契诃夫文集

汝 龙／译

人民文学出版社

16

契诃夫像
（油画）

目　　次

一八九八年

四九六　致费·德·巴丘希科夫 …………………………… *3*
四九七　致阿·谢·苏沃林 ………………………………… *4*
四九八　致巴·费·姚尔达诺夫 …………………………… *6*
四九九　致叶·米·沙甫罗娃 ……………………………… *8*
五〇〇　致费·德·巴丘希科夫 …………………………… *9*
五〇一　致亚·亚·霍恰英采娃 …………………………… *10*
五〇二　致阿·谢·苏沃林 ………………………………… *11*
五〇三　致姚·艾·勃拉兹 ………………………………… *16*
五〇四　致奥·盖·契诃娃 ………………………………… *18*
五〇五　致亚·巴·契诃夫 ………………………………… *20*
五〇六　致伏·米·拉甫罗夫 ……………………………… *22*
五〇七　致巴·费·姚尔达诺夫 …………………………… *24*
五〇八　致奥·罗·瓦西里耶娃 …………………………… *26*
五〇九　致亚·亚·霍恰英采娃 …………………………… *26*
五一〇　致玛·巴·契诃娃 ………………………………… *28*
五一一　致巴·费·姚尔达诺夫 …………………………… *30*
五一二　致巴·费·姚尔达诺夫 …………………………… *32*
五一三　致符·伊·涅米罗维奇-丹钦科 ………………… *34*

1

五一四	致巴·费·姚尔达诺夫 ……………………………	35
五一五	致尼·亚·列依金 ………………………………………	38
五一六	致亚·伊·苏木巴托夫(尤仁) ……………………	40
五一七	致丽·阿·阿维洛娃 ……………………………………	42
五一八	致尼·安·包尔曼 ………………………………………	43
五一九	致达·利·谢普金娜-库彼尔尼克 …………………	44
五二〇	致丽·阿·阿维洛娃 ……………………………………	44
五二一	致维·亚·戈尔采夫 ……………………………………	46
五二二	致亚·巴·契诃夫 ………………………………………	47
五二三	致瓦·米·索包列甫斯基 ……………………………	48
五二四	致阿·谢·苏沃林 ………………………………………	49
五二五	致丽·阿·阿维洛娃 ……………………………………	51
五二六	致丽·斯·米齐诺娃 ……………………………………	52
五二七	致巴·费·姚尔达诺夫 …………………………………	54
五二八	致伊·伊·戈尔布诺夫-波萨多夫 …………………	56
五二九	致达·利·谢普金娜-库彼尔尼克 …………………	57
五三〇	致尼·米·叶若夫 ………………………………………	58
五三一	致阿·谢·苏沃林 ………………………………………	59
五三二	致玛·巴·契诃娃 ………………………………………	61
五三三	致阿·谢·苏沃林 ………………………………………	63
五三四	致瓦·米·索包列甫斯基 ……………………………	65
五三五	致符·伊·涅米罗维奇-丹钦科 ……………………	67
五三六	致丽·阿·阿维洛娃 ……………………………………	69
五三七	致丽·斯·米齐诺娃 ……………………………………	70
五三八	致米·巴·契诃夫 ………………………………………	72
五三九	致阿·谢·苏沃林 ………………………………………	75
五四〇	致亚·谢·美尔彼尔特 …………………………………	77

五四一	致薇·费·柯米萨尔热甫斯卡雅 ……………	78
五四二	致伊·伊·戈尔布诺夫-波萨多夫 ……………	79
五四三	致米·奥·缅希科夫 …………………………	81
五四四	致阿·马·彼希科夫（马克西姆·高尔基）……	82
五四五	致阿·谢·苏沃林 ……………………………	83
五四六	致米·奥·缅希科夫 …………………………	85
五四七	致叶·米·沙甫罗娃 …………………………	86
五四八	致亚·巴·契诃夫 ……………………………	87
五四九	致玛·巴·契诃娃 ……………………………	88
五五〇	致阿·马·彼希科夫（马·高尔基）…………	90
五五一	致伊·伊·奥尔洛夫 …………………………	92
五五二	致达·利·谢普金娜-库彼尔尼克 ……………	93
五五三	致亚·列·维希涅甫斯基 ……………………	94
五五四	致叶·齐·柯诺维采尔 ………………………	95

一八九九年

五五五	致彼·阿·谢尔盖延科 ………………………	99
五五六	致卡·斯·巴兰采维奇 ………………………	101
五五七	致阿·马·彼希科夫（马·高尔基）…………	102
五五八	致丽·伊·韦塞里茨卡雅 ……………………	105
五五九	致符·阿·季洪诺夫 …………………………	106
五六〇	致瓦·米·索包列甫斯基 ……………………	108
五六一	致叶·米·沙甫罗娃 …………………………	109
五六二	致玛·巴·契诃娃 ……………………………	110
五六三	致阿·谢·苏沃林 ……………………………	113
五六四	致伊·巴·契诃夫 ……………………………	115
五六五	致阿·马·彼希科夫（马·高尔基）…………	116
五六六	致薇·费·柯米萨尔热甫斯卡雅 ……………	118

五六七	致伊·巴·契诃夫 ……	120
五六八	致玛·巴·契诃娃 ……	121
五六九	致伊·列·列昂捷夫(谢格洛夫) ……	122
五七〇	致丽·斯·米齐诺娃 ……	124
五七一	致玛·伊·莫罗佐娃 ……	126
五七二	致巴·费·姚尔达诺夫 ……	127
五七三	致玛·巴·契诃娃 ……	129
五七四	致亚·伊·乌鲁索夫 ……	131
五七五	致米·巴·契诃夫 ……	133
五七六	致彼·彼·格涅季奇 ……	134
五七七	致亚·巴·契诃夫 ……	135
五七八	致丽·阿·阿维洛娃 ……	138
五七九	致阿·谢·苏沃林 ……	139
五八〇	致符·伊·涅米罗维奇-丹钦科 ……	141
五八一	致尼·尼·赫美列夫 ……	143
五八二	致阿·费·马克思 ……	144
五八三	致丽·阿·阿维洛娃 ……	145
五八四	致阿·米·康德拉契耶夫 ……	147
五八五	致伊·伊·奥尔洛夫 ……	148
五八六	致阿·费·马克思 ……	151
五八七	致丽·阿·阿维洛娃 ……	154
五八八	致阿·谢·苏沃林 ……	155
五八九	致瓦·米·索包列甫斯基 ……	157
五九〇	致符·加·柯罗连科 ……	159
五九一	致丽·阿·阿维洛娃 ……	160
五九二	致彼·阿·谢尔盖延科 ……	162
五九三	致丽·斯·米齐诺娃 ……	163

五九四	致伊·伊·奥尔洛夫 ……………………………	165
五九五	致尼·米·叶若夫 ………………………………	166
五九六	致丽·阿·阿维洛娃 ……………………………	167
五九七	致玛·巴·契诃娃 ………………………………	169
五九八	致玛·巴·契诃娃 ………………………………	170
五九九	致丽·阿·阿维洛娃 ……………………………	172
六〇〇	致阿·谢·苏沃林 ………………………………	173
六〇一	致阿·马·彼希科夫（马·高尔基）…………	175
六〇二	致阿·马·彼希科夫（马·高尔基）…………	177
六〇三	致丽·阿·阿维洛娃 ……………………………	177
六〇四	致阿·马·彼希科夫（马·高尔基）…………	178
六〇五	致叶·彼·戈斯拉甫斯基 ………………………	180
六〇六	致巴·费·姚尔达诺夫 …………………………	182
六〇七	致米·奥·缅希科夫 ……………………………	184
六〇八	致奥·列·克尼碧尔 ……………………………	186
六〇九	致阿·马·彼希科夫（马·高尔基）…………	187
六一〇	致阿·谢·苏沃林 ………………………………	188
六一一	致阿·马·彼希科夫（马·高尔基）…………	190
六一二	致奥·列·克尼碧尔 ……………………………	191
六一三	致谢·伊·沙霍甫斯科依 ………………………	192
六一四	致阿·谢·苏沃林 ………………………………	193
六一五	致阿·马·彼希科夫（马·高尔基）…………	196
六一六	致奥·列·克尼碧尔 ……………………………	197
六一七	致阿·马·彼希科夫（马·高尔基）…………	199
六一八	致奥·列·克尼碧尔 ……………………………	201
六一九	致玛·费·捷连契耶娃 …………………………	202
六二〇	致维·亚·戈尔采夫 ……………………………	203

六二一	致巴·瓦·温多尔斯基	205
六二二	致叶·巴·卡尔波夫	206
六二三	致阿·费·马克思	206
六二四	致尤·奥·格林贝格	207
六二五	致奥·列·克尼碧尔	210
六二六	致丽·斯·米齐诺娃	211
六二七	致奥·列·克尼碧尔	212
六二八	致莫斯科艺术剧院	214
六二九	致米·奥·缅希科夫	214
六三〇	致奥·列·克尼碧尔	216
六三一	致叶·巴·卡尔波夫	217
六三二	致奥·列·克尼碧尔	218
六三三	致亚·列·维希涅甫斯基	219
六三四	致格·伊·罗索里莫	220
六三五	致亚·伊·乌鲁索夫	223
六三六	致奥·列·克尼碧尔	225
六三七	致尤·奥·格林贝格	227
六三八	致奥·列·克尼碧尔	228
六三九	致亚·列·维希涅甫斯基	230
六四〇	致玛·巴·契诃娃	231
六四一	致符·亚·波谢	233
六四二	致符·伊·涅米罗维奇-丹钦科	234
六四三	致阿·马·彼希科夫(马·高尔基)	236
六四四	致阿·包·塔拉霍甫斯基	238
六四五	致叶·彼·戈斯拉甫斯基	240
六四六	致米·巴·契诃夫	241
六四七	致符·伊·涅米罗维奇-丹钦科	244

六四八	致维·谢·米罗留包夫 ……………………	246
六四九	致奥·列·克尼碧尔 ……………………	248
六五〇	致巴·费·姚尔达诺夫 …………………	249
六五一	致符·亚·波谢 …………………………	251
六五二	致彼·伊·库尔金 ………………………	252
六五三	致符·艾·美耶尔霍尔德 ………………	254

一九〇〇年

六五四	致阿·马·彼希科夫（马·高尔基）……	259
六五五	致奥·列·克尼碧尔 ……………………	260
六五六	致阿·谢·苏沃林 ………………………	262
六五七	致符·亚·波谢 …………………………	265
六五八	致亚·阿·萨宁 …………………………	266
六五九	致瓦·米·索包列甫斯基 ………………	267
六六〇	致格·伊·罗索里莫 ……………………	269
六六一	致奥·列·克尼碧尔 ……………………	270
六六二	致阿·谢·苏沃林 ………………………	272
六六三	致费·德·巴丘希科夫 …………………	275
六六四	致亚·巴·契诃夫 ………………………	276
六六五	致维·亚·戈尔采夫 ……………………	277
六六六	致米·奥·缅希科夫 ……………………	279
六六七	致尼·伊·柯罗包夫 ……………………	281
六六八	致丽·斯·米齐诺娃 ……………………	283
六六九	致米·巴·契诃夫 ………………………	285
六七〇	致达·利·谢普金娜-库彼尔尼克 ……	287
六七一	致伊·列·列昂捷夫（谢格洛夫）……	288
六七二	致阿·马·彼希科夫（马·高尔基）……	290
六七三	致亚·斯·普鲁加文 ……………………	291

六七四	致符·亚·波谢 ……………………………………	292
六七五	致阿·谢·苏沃林 …………………………………	293
六七六	致阿·马·彼希科夫（马·高尔基） ……………	296
六七七	致符·亚·波谢 ……………………………………	299
六七八	致符·亚·波谢 ……………………………………	300
六七九	致阿·马·彼希科夫（马·高尔基） ……………	301
六八〇	致阿·谢·苏沃林 …………………………………	302
六八一	致奥·列·克尼碧尔 ………………………………	304
六八二	致彼·菲·亚库包维奇（美尔欣） ………………	305
六八三	致安·伊·彼得罗甫斯基 …………………………	306
六八四	致阿·马·彼希科夫（马·高尔基） ……………	307
六八五	致阿·马·彼希科夫（马·高尔基） ……………	309
六八六	致亚·列·维希涅甫斯基 …………………………	309
六八七	致奥·列·克尼碧尔 ………………………………	311
六八八	致奥·列·克尼碧尔 ………………………………	312
六八九	致奥·列·克尼碧尔 ………………………………	313
六九〇	致薇·费·柯米萨尔热甫斯卡雅 …………………	314
六九一	致奥·列·克尼碧尔 ………………………………	316
六九二	致尤·奥·格林贝格 ………………………………	317
六九三	致奥·列·克尼碧尔 ………………………………	318
六九四	致奥·列·克尼碧尔 ………………………………	319
六九五	致阿·马·彼希科夫（马·高尔基） ……………	320
六九六	致列·瓦·斯烈津 …………………………………	321
六九七	致薇·费·柯米萨尔热甫斯卡雅 …………………	322
六九八	致奥·列·克尼碧尔 ………………………………	323

一九〇一年

| 六九九 | 致康·谢·阿历克塞耶夫（斯坦尼斯拉夫斯基） … | 329 |

七〇	致奥·列·克尼碧尔	330
七〇一	致亚·列·维希涅甫斯基	332
七〇二	致奥·列·克尼碧尔	332
七〇三	致姚·亚·季霍米罗夫	334
七〇四	致康·谢·阿历克塞耶夫(斯坦尼斯拉夫斯基)	335
七〇五	致米·亚·奇列诺夫	336
七〇六	致奥·列·克尼碧尔	337
七〇七	致奥·列·克尼碧尔	339
七〇八	致奥·列·克尼碧尔	340
七〇九	致亚·列·维希涅甫斯基	341
七一〇	致玛·费·安德烈耶娃	342
七一一	致奥·列·克尼碧尔	343
七一二	致奥·列·克尼碧尔	344
七一三	致尼·巴·孔达科夫	345
七一四	致米·巴·契诃夫	346
七一五	致奥·列·克尼碧尔	348
七一六	致奥·列·克尼碧尔	349
七一七	致尼·巴·孔达科夫	350
七一八	致符·亚·波谢	352
七一九	致米·巴·契诃夫	353
七二〇	致盖·米·契诃夫	355
七二一	致包·康·扎依采夫	356
七二二	致伊·阿·布宁	356
七二三	致奥·列·克尼碧尔	357
七二四	致阿·马·彼希科夫(马·高尔基)	358
七二五	致亚·米·费多罗夫	359
七二六	致奥·列·克尼碧尔	361

七二七	致符·亚·波谢	362
七二八	致叶·亚·契诃娃	364
七二九	致阿·马·彼希科夫（马·高尔基）	364
七三〇	致玛·巴·契诃娃	365
七三一	致阿·马·彼希科夫（马·高尔基）	367
七三二	致阿·马·彼希科夫（马·高尔基）	368
七三三	致米·亚·奇列诺夫	370
七三四	致奥·奥·萨多甫斯卡雅	371
七三五	致阿·马·彼希科夫（马·高尔基）	372
七三六	致列·瓦·斯烈津	373
七三七	致亚·叶·罗齐涅尔	375
七三八	致维·谢·米罗留包夫	376
七三九	致阿·马·彼希科夫（马·高尔基）	377
七四〇	致亚·米·费多罗夫	379
七四一	致奥·列·克尼碧尔	381
七四二	致奥·列·克尼碧尔	382
七四三	致维·亚·戈尔采夫	383
七四四	致维·谢·米罗留包夫	384
七四五	致米·巴·契诃夫	385
七四六	致谢·巴·佳吉列夫	387

一九〇二年

七四七	致康·德·巴尔蒙特	391
七四八	致奥·列·克尼碧尔	392
七四九	致玛·巴·契诃娃	394
七五〇	致彼·伊·库尔金	395
七五一	致伊·阿·布宁	396
七五二	致康·谢·阿历克塞耶夫（斯坦尼斯拉夫斯基）	397

七五三	致奥·列·克尼碧尔……………………	*397*
七五四	致尼·德·捷列肖夫……………………	*400*
七五五	致奥·列·克尼碧尔……………………	*401*
七五六	致奥·列·克尼碧尔……………………	*402*
七五七	致玛·彼·阿历克塞耶娃(莉莉娜)……	*403*
七五八	致巴·费·姚尔达诺夫…………………	*405*
七五九	致格·伊·罗索里莫………………………	*406*
七六〇	致阿·费·马克思…………………………	*407*
七六一	致玛·巴·契诃娃…………………………	*408*
七六二	致奥·列·克尼碧尔……………………	*409*
七六三	致米·亚·奇列诺夫………………………	*410*
七六四	致维·谢·米罗留包夫……………………	*412*
七六五	致亚·瓦·阿木菲捷阿特罗夫…………	*413*
七六六	致维·谢·米罗留包夫……………………	*413*
七六七	致丹·马·拉特加乌兹……………………	*414*
七六八	致符·加·柯罗连科………………………	*415*
七六九	致尼·德·捷列肖夫……………………	*417*
七七〇	致伊·阿·别洛乌索夫……………………	*417*
七七一	致奥·列·克尼碧尔……………………	*418*
七七二	致尼·巴·孔达科夫………………………	*419*
七七三	致符·加·柯罗连科………………………	*420*
七七四	致符·加·柯罗连科………………………	*421*
七七五	致康·德·巴尔蒙特………………………	*422*
七七六	致阿·马·彼希科夫(马·高尔基)……	*423*
七七七	致阿·马·彼希科夫(马·高尔基)……	*424*
七七八	致奥·列·克尼碧尔……………………	*425*
七七九	致阿·马·彼希科夫(马·高尔基)……	*426*

七八〇	致符·伊·涅米罗维奇—丹钦科 ……………	427
七八一	致阿·马·彼希科夫（马·高尔基） …………	428
七八二	致康·谢·阿历克塞耶夫（斯坦尼斯拉夫斯基）……	429
七八三	致阿·马·彼希科夫（马·高尔基） …………	430
七八四	致亚·尼·韦塞洛甫斯基 ……………………	433
七八五	致伏·米·拉甫罗夫 …………………………	434
七八六	致尼·德·捷列肖夫 …………………………	434
七八七	致奥·列·克尼碧尔 …………………………	435
七八八	致阿·费·马克思 ……………………………	436
七八九	致亚·伊·库普林 ……………………………	437
七九〇	致费·德·巴丘希科夫 ………………………	438
七九一	致彼·伊·库尔金 ……………………………	439
七九二	致奥·列·克尼碧尔 …………………………	440
七九三	致奥·列·克尼碧尔 …………………………	442
七九四	致彼·伊·库尔金 ……………………………	444
七九五	致谢·巴·佳吉列夫 …………………………	445
七九六	致维·谢·米罗留包夫 ………………………	446

一九〇三年

七九七	致奥·列·克尼碧尔 …………………………	451
七九八	致叶·彼·戈斯拉甫斯基 ……………………	452
七九九	致费·德·巴丘希科夫 ………………………	454
八〇〇	致奥·列·克尼碧尔 …………………………	455
八〇一	致奥·列·克尼碧尔 …………………………	457
八〇二	致奥·列·克尼碧尔 …………………………	458
八〇三	致维·亚·戈尔采夫 …………………………	460
八〇四	致奥·列·克尼碧尔 …………………………	461
八〇五	致薇·费·柯米萨尔热甫斯卡雅 ……………	463

八〇六	致奥·列·克尼碧尔………………………	464
八〇七	致玛·费·波别季木斯卡雅………………	466
八〇八	致康·谢·阿历克塞耶夫(斯坦尼斯拉夫斯基)…	467
八〇九	致亚·伊·库普林……………………………	468
八一〇	致尼·德·捷列肖夫………………………	469
八一一	致奥·列·克尼碧尔………………………	470
八一二	致维·谢·米罗留包夫……………………	472
八一三	致玛·彼·阿历克塞耶娃(莉莉娜)………	472
八一四	致奥·列·克尼碧尔………………………	474
八一五	致亚·阿·安德烈耶娃……………………	476
八一六	致奥·列·克尼碧尔………………………	477
八一七	致伊·尼·波达片科………………………	478
八一八	致亚·伊·苏木巴托夫-尤仁………………	479
八一九	致维·谢·米罗留包夫……………………	481
八二〇	致伊·阿·别洛乌索夫……………………	481
八二一	致伊·伊·戈尔布诺夫-波萨多夫…………	482
八二二	致符·阿·吉里亚罗甫斯基………………	483
八二三	致奥·列·克尼碧尔………………………	484
八二四	致奥·列·克尼碧尔………………………	485
八二五	致奥·列·克尼碧尔………………………	487
八二六	致维·维·斯米多维奇(威烈萨耶夫)……	488
八二七	致彼·阿·谢尔盖延科……………………	490
八二八	致维·谢·米罗留包夫……………………	491
八二九	致阿·尼·波波娃…………………………	492
八三〇	致尼·叶·艾甫罗斯………………………	493
八三一	致肖·诺·拉比诺维奇(肖洛姆-阿莱汉姆)…	493
八三二	致阿·谢·苏沃林…………………………	494

八三三	致阿·谢·苏沃林 ……………………………	495
八三四	致谢·巴·佳吉列夫 ……………………………	496
八三五	致符·加·柯罗连科 ……………………………	498
八三六	致康·谢·阿历克塞耶夫(斯坦尼斯拉夫斯基)……	498
八三七	致包·亚·拉扎烈甫斯基 ……………………………	499
八三八	致康·德·巴尔蒙特 ……………………………	500
八三九	致列·安·苏列尔席茨基 ……………………………	501
八四〇	致维·亚·戈尔采夫 ……………………………	502
八四一	致符·伊·涅米罗维奇－丹钦科 ……………………	503
八四二	致谢·亚·阿历克塞耶夫(奈焦诺夫) …………………	505
八四三	致符·伊·涅米罗维奇－丹钦科 ……………………	506
八四四	致维·亚·戈尔采夫 ……………………………	507
八四五	致米·亚·奇列诺夫 ……………………………	508
八四六	致玛·彼·阿历克塞耶娃(莉莉娜) …………………	509
八四七	致维·亚·戈尔采夫 ……………………………	511
八四八	致奥·列·克尼碧尔 ……………………………	511
八四九	致维·亚·戈尔采夫 ……………………………	513
八五〇	致叶·尼·契利科夫 ……………………………	514
八五一	致奥·列·克尼碧尔 ……………………………	516
八五二	致奥·列·克尼碧尔 ……………………………	517
八五三	致奥·列·克尼碧尔 ……………………………	521
八五四	致奥·列·克尼碧尔 ……………………………	522
八五五	致符·伊·涅米罗维奇－丹钦科 ……………………	524
八五六	致奥·列·克尼碧尔 ……………………………	526
八五七	致奥·列·克尼碧尔 ……………………………	528
八五八	致康·谢·阿历克塞耶夫(斯坦尼斯拉夫斯基)……	530
八五九	致符·伊·涅米罗维奇－丹钦科 ……………………	532

八六〇　致康·谢·阿历克塞耶夫(斯坦尼斯拉夫斯基)……… 535

八六一　致奥·列·克尼碧尔……………………………… 536

八六二　致康·谢·阿历克塞耶夫(斯坦尼斯拉夫斯基)…… 539

八六三　致符·留·基根-杰德洛夫…………………………… 540

八六四　致康·谢·阿历克塞耶夫(斯坦尼斯拉夫斯基)…… 541

八六五　致尼·伊·柯罗包夫…………………………………… 542

八六六　致阿·尼·韦塞洛甫斯基………………………………… 543

八六七　致亚·谢·拉扎烈夫-格鲁津斯基……………………… 544

八六八　致费·德·巴丘希科夫………………………………… 545

一九〇四年

八六九　致费·阿·切尔温斯基………………………………… 549

八七〇　致伊·阿·布宁……………………………………… 550

八七一　致伊·列·列昂捷夫(谢格洛夫)……………………… 551

八七二　致费·德·巴丘希科夫………………………………… 552

八七三　致符·留·基根-杰德洛夫…………………………… 553

八七四　致尼·巴·孔达科夫……………………………………… 554

八七五　致阿·尼·韦塞洛甫斯基………………………………… 555

八七六　致丽·阿·阿维洛娃…………………………………… 556

八七七　致丽·阿·阿维洛娃…………………………………… 557

八七八　致奥·列·克尼碧尔………………………………… 558

八七九　致玛·彼·阿历克塞耶娃(莉莉娜)…………………… 560

八八〇　致奥·列·克尼碧尔………………………………… 561

八八一　致奥·列·克尼碧尔………………………………… 562

八八二　致亚·瓦·阿木菲捷阿特罗夫………………………… 564

八八三　致包·亚·拉扎烈甫斯基……………………………… 565

八八四　致奥·列·克尼碧尔………………………………… 567

八八五　致玛·巴·契诃娃………………………………………… 568

15

八八六	致包·亚·萨多甫斯基 ………………………	569
八八七	致康·彼·皮亚特尼茨基 ………………………	570
八八八	致阿·费·马克思 ………………………………	571
八八九	致列·伊·留比莫夫 ……………………………	572
八九〇	致彼·伊·库尔金 ………………………………	573
八九一	致瓦·米·索包列甫斯基 ………………………	573
八九二	致玛·巴·契诃娃 ………………………………	575
八九三	致康·彼·皮亚特尼茨基 ………………………	577
八九四	致格·伊·罗索里莫 ……………………………	578
八九五	致玛·巴·契诃娃 ………………………………	579

一八九八年

四九六

致费·德·巴丘希科夫[1]

十分尊敬的费多尔·德米特利耶维奇,寄上手稿[2]一份。劳驾把校样寄来,因为这篇小说还没有完工,没有润色,一直要到我把校样改得一塌糊涂以后才算完事。我只能在校样上润色,而在手稿上我什么也看不出来。

这篇小说略微少于一个印张。请您吩咐一声,校样用薄纸寄来,因为我不能按印刷品而只能按信件寄回。这儿的邮局不承认寄到俄国去的俄文印刷品。

给您拜年,祝您万事如意。

诚恳地尊敬您的

安·契诃夫

一八九八年一月三日

于尼斯

---

[1] 费多尔·德米特利耶维奇·巴丘希科夫(1857—1920),俄国批评家,西欧文学史家。《世界》杂志主编。
[2] 为《国际都市》杂志写的短篇小说《在朋友家里》的原稿。——俄文本注

四九七

致阿·谢·苏沃林①

我的计划是这样:今年一月末(旧历),或者说得准确点,二月初,我要到阿尔及利亚、突尼斯 et c[aete]ra② 去,然后回到尼斯,等候您来(您在信上说过您要到尼斯来),这以后,再在这儿住一阵,如果您乐意的话,就跟您一块儿到巴黎去,再从那儿坐特别快车回俄国去过复活节。您最近这封信是开着口寄到此地的。

我很少到蒙特卡洛③去,每三四个星期去一次。起初,当索包列甫斯基④和涅米罗维奇⑤在此地的时候,我曾经非常有节制地玩过普通的赌博(rouge et noir⑥),有时候带回家五十个法郎,有时候一百个,后来这种赌博我却不得不放弃了,因为它弄得我体力上疲乏得很。

德雷福斯一案⑦正闹得热火朝天,步步进展,可是还没走上轨

---

① 阿历克塞·谢尔盖耶维奇·苏沃林(1834—1912),俄国小说家、剧作家和小品文作者。《新时报》出版人。
② 拉丁语:等(地)。——俄文本注
③ 欧洲的一个赌城。
④ 瓦西里·米哈依洛维奇·索包列甫斯基(1846—1913),俄国财政法学教授,《俄罗斯新闻》报纸编辑。
⑤ 瓦西里·伊凡诺维奇·涅米罗维奇-丹钦科(1848/49—1936),俄国作家。
⑥ 法语:红与黑。——俄文本注
⑦ 1894 年法国政府根据伪造的文件诬告总参谋部的犹太籍军官德雷福斯犯间谍罪,判他终身流放。1897 年 12 月 30 日该案重审,德雷福斯仍被判罪,真正的罪犯埃斯特哈齐无罪开释,而揭发他的间谍罪行的皮卡尔上校却被捕,后来被驱逐出法国国境。——俄文本注

4

道。左拉是一个高尚的人①,我对他的热情非常高兴(我属于辛迪加,已经从犹太人那里拿到一百个法郎了②)。法国是一个美妙的国家,它的作家是美妙的作家。

新年前夕我给您发了一个贺电。我想这个贺电未必会及时送到您那里,因为邮局里电报堆积如山;我是这样想的,所以为了稳妥起见我再一次在信上给您拜年。

请您来信说明要不要我在尼斯等您。我希望您没有改变主意。

这儿有一位从哈尔科夫来的眼科专家吉尔希曼③,是著名的慈善家,柯尼④的朋友,虔诚的人,他是来此地看望他那害肺结核的儿子的。我常同他见面、谈话,可是他的妻子碍我的事,那是一个虚荣心重、不甚聪明的女人,乏味得像成千上万个娘儿们一样。这儿有一个俄国的女画家⑤,每天给我画十到十五次的漫画。

根据《新时报》发表的摘录来判断,列〔夫〕·尼〔古拉耶维奇〕关于艺术的论文⑥不见得有趣味。这些话都陈旧了。在讨论

---

① 1878年1月1日法国作家左拉在法国《曙光报》上发表一封写给法国总统福尔的公开信,题为《J'accuse》(《我控诉》)。左拉在这封信里极其果断地公开指控一切暗中策划德雷福斯一案的人以及总参谋部和军事部,列举与该案有关的一系列罪案行动。——俄文本注
② 契诃夫讥诮反动的、反犹太主义的报界的毁谤性的论调,说凡是站在左拉这边的人都是被"犹太人的辛迪加(垄断组织的主要形式)"所收买的。当时,苏沃林主办的《新时报》用不公正的态度报道德雷福斯一案和左拉的打抱不平行为。这个报纸的反犹太主义的攻讦引起契诃夫的愤慨,他在1898年1月间写信给巴丘希科夫说:"《新时报》简直叫人恶心。"——俄文本注
③ 列昂纳德·列奥波多维奇·吉尔希曼(1834—1921),俄国眼科专家,哈尔科夫大学教授。
④ 阿纳托利·费多罗维奇·柯尼(1844—1927),俄国司法活动家,契诃夫的熟人。
⑤ 指亚历山德拉·亚历山德罗芙娜·霍恰英采娃(1865—1942),莫斯科的契诃夫博物馆里至今保存着她的几幅漫画。——俄文本注
⑥ 指列·尼·托尔斯泰的论文《什么是艺术?》。——俄文本注

艺术的时候说什么艺术已经衰老,走进了死胡同,跟它应有的面目大不相同,等等,等等,这就等于说吃喝的欲望已经陈旧,过时,跟它该当的情形不同了。当然,饥饿是一种古老的东西,我们在吃食的欲望中走进了死胡同,可是不管哲学家和生气的老人怎样扯淡,我们现在还是得吃东西,以后也还要吃。

祝您健康。

您的安·契诃夫
一八九八年一月四日
于尼斯

四九八

致巴·费·姚尔达诺夫①

十分尊敬的巴威尔·费多罗维奇,谢谢您的来信和照片,②我也同样向您恭贺新禧,祝您万事如意。可是我的照片却没法寄给您,也不能应许寄给您,因为我没有照片。不过四月间我回家以后,会把阿尔丰斯·都德的精彩照片寄赠图书馆。

整个今年冬季我对图书馆毫无裨益,然而罪不在我。在我离家的这段时期里已经搜集了一些东西准备运到塔甘罗格去,可是我不在家我妹妹不能做主;我从这儿本来也能寄给您大约二十本俄文书(例如马克西姆·柯瓦列甫斯基③的著作),不料

---

① 医生,后来是塔甘罗格市市长。
② 姚尔达诺夫在信中寄给契诃夫的是一张塔甘罗格图书馆的正面照片。——俄文本注
③ 马克西姆·马克西莫维奇·柯瓦列甫斯基(1851—1916),前莫斯科大学教授,国家法专家,此时正在巴黎讲学。

此地的邮局不接收寄到俄国去的俄文印刷品。所以只能断断续续、零零碎碎地寄。前几天我写过信,叫人把希尔德①的三册《亚历山大一世》寄给您。哈尔科夫的眼科专家吉尔希曼教授到过此地,我给他一本由Ф.乌斯特里亚洛夫翻译的卢梭的《忏悔录》,托他转寄到塔甘罗格。今天机会凑巧我寄出了四本书。收到书以后,劳驾您通知我,或者吩咐别人转达。法国作家的作品您不必买了。到巴黎后我自己会买。新书和旧书我都会买来,在巴黎托运过去,只是我担心检查机关会把这些书扣留到一九〇〇年,然后原封退还。

我原打算到阿尔及尔和突尼斯去,二月和三月的一部分在那儿居住,可是突然间我的计划被打乱了;昨天我收到我的旅伴马·柯瓦列甫斯基的一封信(从巴黎寄来的,他正在那里讲学)②,信中写道他得了病,不能去了。现在我不知道该怎么办了。

我的身体相当不错。您手边的钱不要花掉,积攒起来供图书馆建造新房用。

我能设法弄到书。

祝您健康,祝您万事如意。

您的安·契诃夫
一八九八年一月九日
于尼斯

---

① 尼古拉·卡尔洛维奇·希尔德(1842—1902),俄国历史学家。彼得堡公共图书馆馆长。撰有保罗一世、亚历山大一世、尼古拉一世等人的传记。
② 契诃夫原先同他约定一起到非洲去旅行。

四九九

致叶·米·沙甫罗娃[①]

十分尊敬的同事：

《施催眠术者》[②]是一篇很好的短篇小说；只可惜它的前半部分有点冗长因而损害了后半部分，而且遗憾的是您没有把任尼雅塑造成功，她成了一座钟里的一个多余的齿轮；她变得不必要，而且碍事了。不存在低级药剂师。职位是这样排列的：药剂师，药剂师助理，药房老板助手。他们合在一起统称药剂人员。医生可以做药房老板，然而这种情形很少很少。

篇名《理想》[③]听起来有点发甜。至少这不是俄罗斯的词语，不适宜做篇名。

请您在把这个短篇寄给《田地》之前先把这篇小说的篇名通知我，我立刻就写信给《田地》。您的贺信迟到了两天，不过我仍旧感动，觉得荣幸。Merci！[④] 本月十七日我到蒙特卡洛去了，可是没有赢到五十万；我从来也没有赢过，因为我不善于赌博，在赌场里很快就感到疲劳了。可是，假如我不是乌克兰人，假如我每天至少能写作两个钟头，那我也早就有自己的别墅了。然而我是乌克兰人，我懒。懒惰使我愉快地陶醉，像酒精一样，我已经习惯于懒散，所以我穷得很。

[①] 叶连娜·米哈依洛芙娜·沙甫罗娃（1871—1937），俄国女作家。
[②] 指沙甫罗娃寄给契诃夫的短篇小说《施催眠术者》的手稿。——俄文本注
[③] 沙甫罗娃写信告诉契诃夫说，她写了一篇短篇小说《理想》，目前正在润色，她打算把它寄给《田地》杂志。——俄文本注
[④] 法语：谢谢。

祝您健康。我的堂弟①写信来谈起您的妹妹②,他迷上了她。祝您万事如意。Au revoir③.

您的安·契诃夫

一八九八年一月十九日

于尼斯

五〇〇

致费·德·巴丘希科夫

十分尊敬的费多尔·德米特利耶维奇,我把校样④寄还您。印刷厂没有留下空白,所以我不得不粘上一些纸条。

您在信上对我讲起的您那篇论文的单行本⑤,请您寄到尼斯我这儿来。我在这儿大概要住到四月,我会烦闷无聊,所以您的论文对于我就将成为双重的帮助。

我们这儿谈论的话题只有左拉和德雷福斯。绝大多数知识分子都站在左拉一边,相信德雷福斯无罪。左拉长高了整整三俄尺⑥;从他那封抗议信上似乎吹出来一股清新的风,每个法国人都

---

① 指符拉季米尔·米特罗方诺维奇·契诃夫。——俄文本注
② 指奥尔迦·米哈依洛芙娜·沙甫罗娃,女演员,艺名奥列尼娜。参见第四六八封信。——俄文本注
③ 法语:再见。——俄文本注
④ 指契诃夫的短篇小说《在朋友家里》的校样,该小说刊登在《国际都市》杂志1898年第2期上。——俄文本注
⑤ 巴丘希科夫打算发表他在莎士比亚小组上宣读的关于契诃夫《农民》的报告加以扩充而写成的论文。后来这篇论文发表在1889年于莫斯科出版的《别林斯基纪念集》上,题为《半个世纪以内。巴尔扎克、安东·契诃夫、符拉季米尔·柯罗连科论农民》。——俄文本注
⑥ 旧俄长度单位,1俄尺等于0.71米。

觉得：谢天谢地，人间总算还有正义，假如有人对无辜者判罪，就会有人出头打抱不平。法国报纸非常有趣，而俄国报纸却简直让人丢开不看。《新时报》简直叫人恶心。①

我的短篇小说的单行本请费心按下列地址寄给我的妹妹：莫斯科省，洛帕斯尼亚②，玛丽雅·巴甫洛芙娜·契诃娃。

这儿的天气好极了，像夏天一样。整个冬天我一次也没有穿过雨鞋和秋大衣，在这段时间里只有两次打着伞出门。

请允许我祝您万事如意，谢谢您的关心，这种关心我是极为珍视的。紧握您的手，等候您的论文。始终诚恳地尊敬您的

安·契诃夫

一八九八年一月二十三日

于尼斯

五○一

致亚·亚·霍恰英采娃③

隔壁房间里住着一个四十六岁的太太，她向来不出来吃早饭，因为她涂胭脂抹粉总要弄到下午三点钟。大概她是个女画家吧。

我每天傍晚到贵重的洋娃娃④屋里去，在她那儿喝茶，吃甜面包。穆尔扎基⑤输了钱。那些男爵夫人⑥在享福。

您问我是不是仍旧认为左拉做得对。那么我要问您：难道您

---

① 契诃夫指的是 1898 年 1 月刊登在《新时报》上的关于德雷福斯一案和左拉公开信的反犹太主义的毁谤性电报、论文和短评。
② 1954 年前俄罗斯莫斯科州契诃夫市的名称。
③ 俄国女画家，曾于法国尼斯的俄罗斯公寓小住，当时契诃夫正在那里养病。
④⑤⑥ 尼斯的俄罗斯公寓的房客，契诃夫的熟人。——俄文本注

对我有这么坏的看法,居然能够哪怕只有片刻时间怀疑我不站在左拉一边?我认为所有那些目前在法庭里审判他的人,所有那些将军和气度高贵的证人,合在一起也抵不上左拉手指头上的一个指甲。我在读速记报告,没发现左拉有什么不对的地方,也看不出这个案子还需要什么 preuves①。

《Le rire》②收到了。Merci!!

这儿在举行嘉年华会③。快活得很。今天我要到 Beaulieu④ 柯瓦列甫斯基那儿去吃午饭。

您身体好吗?有什么最新的消息吗?

驴子在叫,然而叫得不是时候。

天气妙极了。

祝您幸福。

您的安·契诃夫
星期一⑤
于尼斯

五〇二

致阿·谢·苏沃林

前几天我在《新时报》第一版上看到一个显眼的广告,讲到

---

① 法语:证据。——俄文本注
② 《笑》,法国的一种幽默杂志。——俄文本注
③ 即谢肉节,亦称"狂欢节"。欧洲民间的一个节日。
④ 法语:博利厄(法国地名)。
⑤ 即1898年2月2日。

《国际都市》和我的短篇小说《做客》的问世①。第一,我的小说不叫《做客》,而叫《在朋友家里》。第二,这样的广告让我讨厌;再者,这个短篇根本不是什么显眼的作品,而是那种一天就能写出一篇的东西。

您在信中说您为左拉感到遗憾,②可是在此地大家都有一种感觉,仿佛一个新的、更好的左拉诞生了。在这场诉讼中他如同泡在松节油里一样,洗净了他从外界沾染来的油渍污垢,从而在法国人面前显出他真正的光辉。这是任何人也不怀疑的纯洁和高尚道德。整个这件丑闻您从一开始就密切注意。德雷福斯被革去官职③这件事,不管做得公正不公正,都给大家(我记得您也在内)留下沉重抑郁的印象。大家注意到在执行判决的时候德雷福斯的举动符合一个正派的、受过良好训练的军官的身份,而判决的旁听者,比如那些新闻记者,却对他喊道:"闭嘴,犹大!"也就是行为恶劣,不正派。在执行判决以后,大家回去的时候都感到不满意,良心不安。特别不满意的是德雷福斯的辩护人D'emange。④这是个正直的人,还在这个案子的审理期间就感到幕后有人捣鬼;其次是法院鉴定人,他们为了使自己相信自己没犯错误而一味谈论德雷福斯,说他有罪,他们在巴黎到处奔走……在这些鉴定人当中有一个实际上是疯子,闹出了荒唐得出奇的笑话,此外还有两个是怪人。大家还不由自主地谈起军事部的侦查局,这个军事方面的宗

---

① 1898年1月31日《新时报》第一版上刊登了一个广告,讲到《国际都市》2月号和契诃夫的短篇小说《做客》的问世,而且作者的姓名用大号铅字印出,其余的字都是小号铅字。——俄文本注
② 参看第四九七封信和注。——俄文本注
③ 1895年1月5日德雷福斯因被诬陷为间谍而被革去军官职务。——俄文本注
④ 法语:德芒热。

教法庭①专管捕捉间谍和拆阅别人信件;大家所以会谈到它,是因为这个局的局长 Sandher 原来害着进行性麻痹症;Paty de Clam② 的所作所为颇像柏林的陶斯③;Picquart④ 突然同那件丑闻一同失踪了,行踪诡秘。好像故意为难似的,一连串不该有的审讯方面的错误全暴露出来了。大家逐渐相信德雷福斯真的是因为一个秘密文件而被判罪,而那个文件既没有给被告看,也没有给他的辩护人看;守法人士都能看出这是根本违法的:即使这封信不仅是威廉⑤写的,甚至是太阳本身写的,也应当交给 D'emange 看啊。人们千方百计地揣测这封信的内容。谣言传开了。德雷福斯是个军官,军人们就警惕起来了;德雷福斯是个犹太人,犹太人就警惕起来了……大家纷纷议论军国主义,议论犹太人。像德吕蒙⑥这类深受藐视的人如今趾高气扬了;渐渐的,在反犹太主义问题上,在散发着屠宰场气味的问题上,闹得乌烟瘴气。每逢我们觉得自己不对头,我们总是在我们的外部找原因,而且不久就会找到:"这是法国人在捣鬼,这是犹太人,这是威廉。"……钱财啦,地狱之火⑦啦,共济会⑧会员啦,辛迪加啦,耶稣会教徒啦,这都是幻影,可是话说回来这些幻影是多么减轻我们的不安啊!这些幻影当然是凶

---

① 天主教会侦查和审判"异端"的机构。
② 帕蒂·德·克拉姆,法国上校,在德雷福斯一案中担任预审职务;他用威胁和挑拨的手段企图迫使德雷福斯认罪。——俄文本注
③ 少校,德国秘密警察头子。——俄文本注
④ 法语:皮卡尔,法国上校,主管军事部的侦查事务局。有一封德国侦查人员打给法国军官埃斯特哈齐少校的电报落到他的手里,而埃斯特哈齐却控告他是间谍。皮卡尔将这件事报告上司,却因而被捕,被驱逐出法国国境。——俄文本注
⑤ 德国皇帝。
⑥ 法国反动政论家,报纸《La Libre Parole》(《自由言论报》)的主编。——俄文本注
⑦ 根据基督教的说法,指地狱中用以惩罚罪人的燃烧的硫黄、松香。
⑧ 18 世纪欧洲的一种秘密会社。

兆。既然法国人讲起犹太人，讲起辛迪加，那就是说他们感到自己不对头，他们心里不踏实，他们需要这些幻影来安抚他们的不安定的良心。其次，还有那个埃斯特哈齐，这是个有屠格涅夫味道的好决斗的人，无赖，早就有嫌疑，素来为同事所不尊重，他的笔迹同那张清单惊人地相似，再加上枪骑兵的信，他那种不知什么缘故没有付诸实施的威胁，最后还有十分神秘的审讯，古怪地断定清单是埃斯特哈齐的笔迹写成的而又不是出于他的亲笔……空气不断加浓，人们开始感到高度的紧张和难忍的窒息。议院里的斗殴①正是这种紧张的后果，是纯粹神经性的歇斯底里现象。左拉的信也好，他的诉讼案也好，都是这一类的现象。您想要什么呢？首先得了解那些优秀的人的忧虑，他们走在全民族的前面——事情就是这样发生的。头一个出来说话的是舍雷尔-克斯特纳②，关于他，那些熟悉他的法国人（按柯瓦列甫斯基的讲法）都说这人是"剑刃"，他就是这样无可指责和态度鲜明的。第二个是左拉。现在他却受审了。

是的，左拉不是伏尔泰，我们大家也都不是伏尔泰，不过在生活里往往有这样一种情形，在这种时候责难我们不是伏尔泰，③就是最不恰当的事。请您回忆一下柯罗连科④，他为穆尔坦多神教徒作过辩护，⑤把

---

① 发生在1898年1月10日，当议员罗莱斯发言抨击政府的时候。——俄文本注
② 法国参议院副议长，律师，德雷福斯的辩护人之一。——俄文本注
③ 指法国哲学家、作家伏尔泰所组织的为新教徒让·卡拉斯辩护的运动，卡拉斯于1762年无辜被判以反对天主教罪而处死刑。由于伏尔泰的论文把欧洲的社会舆论吸引到他这方面来，卡拉斯于死后被宣告无罪。——俄文本注
④ 符拉季米尔·加拉克契奥诺维奇·柯罗连科（1853—1921），俄国作家。
⑤ 1896年夏天俄国作家柯罗连科在穆尔坦一案中出任一群沃佳克族农民的辩护人，这些农民被诬告用活人祭祀多神教的神（详情请参看符·加·柯罗连科的论文《穆尔坦的祭祀》）。——俄文本注

他们从苦役刑里拯救了出来。医师哈兹①也不是伏尔泰,然而他那神奇的一生仍旧十分出色地流逝过去,画上了圆满的句号。

我是凭速记报告了解这个案子的,这同报上所登的大不相同,对我来说左拉是清楚的。主要的是他诚恳,也就是他只凭目睹的事实下判断,而不像别人那样凭幻影。诚恳的人也可能犯错误,这是无可争辩的,然而这样的错误却比蓄意的不诚恳、偏见或者政治意图所带来的害处小。就算德雷福斯有罪,左拉也仍旧做得对,因为作家的任务不是控告,不是迫害,而是卫护甚至有罪的人,只要他们已经定过罪,受过罚。您会说:那么政治呢?国家的利益呢?可是大作家和大艺术家只应当在避开政治的范围内过问政治。即使没有他们,那些公诉人、检察官、宪兵也已经够多的了;不管怎样,对他们来说保罗②这个角色总比扫罗③更适当些。无论判决会怎么样,左拉在受审以后仍旧会体验到生活的乐趣,他的老年仍将是美好的老年,日后他会带着安宁的或者至少也是轻松的良心死去。法国人十分痛苦,他们抓住一切外来的安慰的话语和正当的责难,这就是比约恩斯特彻纳④的信和我们的扎克烈甫斯基⑤的文章(这儿的人在《新闻报》上读到它)何以在此地大获成功的缘故,这也正是对左拉的辱骂,⑥也就是他们所轻蔑的小报每天给他们带来的东西何以惹人憎恶的缘故。不管左拉怎样神经紧张,他在法庭上仍旧代表法国的清醒的观点,为此法国人才爱他,以他

---

① 哈兹(1780—1853),俄国医师,社会活动家,致力于监狱条件的改善。——俄文本注
②③ 按《圣经·新约·使徒行传》的说法,扫罗在未信基督教以前迫害过教徒,皈依基督教后改名保罗,热心传教而成为使徒。
④ 挪威作家比约恩斯特彻纳-比昂松在写给左拉的信上说,左拉决心为保护无辜的人挺身而出,这是对人类的一大功绩。——俄文本注
⑤ 俄国作家扎克烈甫斯基在1898年1月27日的《新闻和交易所报》上发表一篇论文《左拉》,署名"谢尔盖·彼乔林"。——俄文本注
⑥ 当时苏沃林的《新时报》就在攻讦左拉。

为荣,虽然他们也向那些由于心地单纯时而用军队的荣誉,时而用战争吓唬他们的将军们鼓掌。

您看,这是一封多么长的信啊。我们这儿已经是春天,这儿的情绪好比小俄罗斯①过复活节:天气暖和,阳光明媚,让人不由得回忆往事。您来吧!杜丝②就要在此地公演了,这是顺便提到的。

您信上说我的信您常常收不到。好吧,我以后寄挂号信就是。

祝您健康,万事如意。向安娜·伊凡诺芙娜、娜斯嘉、包利亚③深深鞠躬并且致意。

这信纸是《Le petit Niçois》④的编辑部给的。

您的安·契诃夫

一八九八年二月六日

于尼斯

五〇三

致姚·艾·勃拉兹⑤

十分尊敬的姚西甫·艾玛努依洛维奇,我每年夏天都到彼得堡去,到那儿去一趟对于我是不困难的,可是问题在于有一种我不能做主的情况在作梗,因而我不能对您许下任何诺言。要知道,可能会发生这样的事:等我到了彼得堡,寒冷潮湿的天气

---

① 17世纪中期开始,沙皇俄国的官方文书以及俄国贵族和资产阶级历史资料中对乌克兰的称呼。
② 杜丝(1858—1924),意大利女戏剧演员。——俄文本注
③ 即苏沃林的第二个妻子安娜·伊凡诺芙娜·苏沃林娜、女儿阿纳斯塔西娅·阿历克塞耶芙娜·苏沃林娜、儿子包利斯·阿历克塞耶维奇·苏沃林。
④ 法国尼斯出版的一种报纸《尼斯小报》。——俄文本注
⑤ 勃拉兹(1872—1936),俄国画家。

便开始,我吐血了,于是您只得停止工作①。因为医学要把我从彼得堡赶走。

据医师们说,即使在巴黎,在我们的四月初,也往往有寒冷潮湿的天气,因而我在巴黎也可能让您上当。我真不知道该怎么办才好。我怕会给您留下极端利己主义的印象,不过,说真的,我已经没有别的办法,只能设想您是夏娃,而我是蛇,②我开始诱惑您,用法国南方的美景引诱您了。说真的,这儿是多么好!第一,天气暖和,暖和得很;充足的阳光、海洋、美妙的郊区、蒙特卡洛。第二,这儿可以找到良好的工作场所;当地的画家在这方面会给您各式各样的协助。第三,在此地除我以外您还可以给其他人画像;这儿有许多美丽的女性的脸,十分漂亮;著名的马克西姆·柯瓦列甫斯基就住在此地,他的脸在画布上会大放异彩。第四,此地附近的 Menton③ 住着马尔狄诺娃④小姐,您给她画过像……那么此外还有什么可以引诱您的呢?此地的生活开销不大,舒适宜人……一句话,要是情况许可的话,您就到此地,到尼斯来吧,比如说三月初(旧历)就行;我们画完像就到科西嘉⑤去,从那儿回到尼斯来,然后再到巴黎去,最后回到俄国。您是个青年人,朝气蓬勃,应当享受生活,赶紧享受才是;过上十年到十五年,您也会像鄙人这样变成一个老家伙和流动医院了(不过我真诚地不希望您这样)。

---

① 1897年夏天姚·艾·勃拉兹曾经在契诃夫的庄园梅里霍沃为契诃夫画过一幅肖像画,然而不满意,表示打算重画。经订购人特列嘉柯夫同意后,勃拉兹就按照契诃夫在这封信上的建议,到尼斯来,重画了一幅,至今陈列在特列嘉柯夫美术馆里。——俄文本注
② 按《圣经·旧约·创世记》中的说法,这条蛇引诱过夏娃。
③ 法语:芒通,法国的疗养地。
④ 俄国女画家。1896年勃拉兹给她画过像。——俄文本注
⑤ 法属的一个岛屿,位于地中海北部。

我们两个人,您和我,都是随和的人,我们的性格温和,我想最后我们会说妥的,那么我们不久就能见面了。我见到您会很高兴。

请您来信说明您作出了什么决定。您怎样决定就怎样办。我再说一遍:您在工作,而我却是个闲人。

祝您万事如意,握您的手。

您的安·契诃夫
一八九八年二月八日
于尼斯

五〇四

致奥·盖·契诃娃①

我亲爱的干闺女②奥尔迦·盖尔马诺芙娜,庆贺您的家庭增添人口,希望您的女儿③美丽,聪明,迷人,最后嫁给一个好人,而且这个人尽可能温柔忍让,不致因为跟岳母闹气而跳出窗外。您的家庭喜讯早已传到我这儿了,我满心为这件喜事高兴;我之所以至今没有给您道喜,是因为我顾不上了,我自己的肚子里也好像有些孩子要生下来,痛得厉害极了。一个牙科医师弄碎我的一颗牙,后来动三次手术才把它拔下来,而且多半使得我受到感染,因为我的上颌得了传染性骨膜炎,我的脸庞东扭西歪,我痛得直往墙上爬。我生了一场伤寒般的热病。前天人家给我动了手术。现在好一点了。以下的话是写给您的丈夫的。

我不能把英文的选集带回去,然而可以交邮局寄去;只是应当

---

① 契诃夫的小弟米哈依尔·巴甫洛维奇·契诃夫的妻子。——俄文本注
② 这是开玩笑;契诃夫在小弟结婚的时候曾代替父亲做主婚人。
③ 指叶甫盖尼雅·米哈依洛芙娜·契诃娃。

写上选集的名字。您问起我对左拉和他的案子的看法。我首先注意的是明显的事实：欧洲的全体知识界都站在左拉一边，凡是卑鄙的、可疑的人统统反对他。事情是这样的：你不妨设想有一个大学的办公室本该开除这个大学生，却犯了错误，开除了另一个，你就开始抗议，可是人家对你嚷道："你侮辱科学！"其实大学办公室同科学之间只有一个共同点，那就是文官和教授一律穿蓝色燕尾服而已；你就发誓，申辩，揭发，人家却对你嚷道："拿证据来！"你就说："遵命，我们到办公室里去查一查名册吧。""不行！这是办公室的机密！……"得，你就急得团团转了。法国政府的心理状态是清楚的。正如一个正派的女人有一次对丈夫负心，事后往往做出一连串大错特错的事，成了无耻讹诈的对象，终于自杀了事，而这一切都是为了掩盖她的头一个错误一样，法国政府目前就在眯缝起眼睛不顾一切地往前闯，横冲直撞，目的只是为了不承认错误罢了。

《新时报》在发动一个荒谬的运动，①另一方面俄国大多数报纸即使不是站在左拉一边，也是反对迫害左拉的。申请撤销原判的上诉甚至在顺利的结局下也不会有什么结果。② 这个问题会自动解决，会出于偶然似的解决，因为法国人头脑里聚积着的那股热气会爆炸。一切都会过去的。

新闻一点也没有。总的情况，如果不把骨膜炎算在内的话，还算顺利。我的脸庞仍旧有点歪。祝你们健康。要是妈妈还在你们那里，就向她问候。我寄回家许多香皂。假如你们到梅里霍沃去，

---

① 指1898年2月间《新时报》上发表的许多论文和电报，这都是反对左拉以及他的拥护者的。左拉的发言在2月18日的《新时报》上被说成是"由犹太人策划出来为德雷福斯辩护的肮脏事"，等等。——俄文本注
② 1898年7月间法国的上诉法院对德雷福斯一案驳回上诉，维持原判。——俄文本注

那你们也会拿到几块的。

您的爸爸安·契诃夫
一八九八年二月二十二日
于尼斯

五〇五

致亚·巴·契诃夫①

哥哥!!

政府仿佛有意表示它不反对你追求戏剧姑娘似的,下命令在二月十三日上演我的《伊凡诺夫》了。② 霍列娃也是这样,她同陀玛肖娃商量之后,③有意让你高兴,就下命令从剧目里撤销你的《普拉东·安德烈伊奇》④而上演我的《求婚》⑤。正如你现在看到的那样,事情可是再顺心也没有了。

我的健康也处在一种使得你们,我的继承人,只能高兴的境况中。一位牙科医师弄碎我的一颗牙,后来拔了三次,结果我的上颌得了传染性骨膜炎。我痛得要命,紧接着就发高烧,因而经历到我在《伤寒》⑥里富于艺术性地描写过的那种景况以及知识分子看着

---

① 亚历山大·巴甫洛维奇·契诃夫(1855—1913),俄国作家,安·巴·契诃夫的大哥。最初在幽默杂志上开始文学创作活动,1886年起为《新时报》撰稿。
② 这是开玩笑;契诃夫的四幕正剧《伊凡诺夫》是在亚历山大剧院上演的。——俄文本注
③ 这是开玩笑。Н. И. 霍列娃是苏沃林的剧院的剧目主管人;М. П. 陀玛肖娃是该剧院的女演员。契诃夫这里指的是亚·巴·契诃夫写信告诉他的在苏沃林的剧院挑选上演剧目时暗中的策划。——俄文本注
④ 亚·巴·契诃夫的独幕喜剧。
⑤ 契诃夫的独幕笑剧。
⑥ 契诃夫的短篇小说,发表在1887年3月23日《彼得堡报》上。——俄文本注

你的《普拉东·安德烈伊奇》而体会到的那种心情。我有发胖的感觉,常做噩梦。前天我给动了手术,现在又坐下来写字了。这样你就得不到我的遗产了。

我在四月十日左右回家。在这以前我的住址不变。

我从雅罗斯拉夫尔那儿得到消息,说米沙①家里生了一个丫头。这两个初为父母的人乐得像是上了七重天。

在左拉的案子里《新时报》的态度简直卑鄙。② 在这方面我同老头子互相通过信(不过口气非常温和),③于是双方都沉默了。我不愿意给他写信,也不愿意收到他的来信,他在信上总是借口说他喜爱军人来为他那报纸的不近人情的态度辩白。我所以不愿意,是因为这一套早已惹得我讨厌了。我也喜爱军人,不过要是我有一份报纸,我就不会允许那些仙人掌④在副刊上发表左拉的长篇小说而**不付稿费**⑤,同时又在这家报纸上对同一个左拉泼脏水,而这到底是什么缘故呢?这都是由于一种为任何一个仙人掌所永远不能理解的东西,由于高尚的情操和纯洁的心灵。不管怎样,在左拉受审的时候骂左拉,是没有文学气味的。

你的照片收到了,而且送给了一个法国女人,加了题词:〔……〕她以为那题词说的是你论妇女问题的一篇文章呢。

你来信吧,不要拘礼。问候娜〔达丽雅〕·亚〔历山德罗芙

---

① 契诃夫的小弟米哈依尔的小名。
② 参看第五〇〇封信和注。——俄文本注
③ 参看第五〇二封信。苏沃林的回信没有保存下来。后来契诃夫在写给他的小弟米哈依尔的信(参看第六六九封信)上说苏沃林给他写了回信,"我们互相写信已经没有什么可谈的了"。——俄文本注
④ 仙人掌带刺而伤人,在此借喻《新时报》的诬蔑左拉的反动文人。
⑤ 《新时报》的带插图的副刊于1887年和1888年连载法国作家左拉的长篇小说《巴黎》。该报没有付给作者稿费,因为当时俄国没有同法国签订文学协定。——俄文本注

娜]①和孩子们。

L'homme des lettres

A. Tchekhoff②

一八九八年二月二十三日

于尼斯

五〇六

致伏·米·拉甫罗夫③

亲爱的朋友伏科尔·米哈依洛维奇,先是人家给我拔牙,结果把牙折断了,后来就又拔,我的上颌出现了脓肿;按照医学的原理,我痛得哇哇叫,睡不着,吃不下。人家给我动了手术。这就是何以我略略推迟回答你那封可爱的信的缘故。

那个中篇④我不准备寄给你,而打算带给你了。请原谅我的迟误,好朋友。在此地写作极不方便,或者是我的情绪不对头,所以一点合用的东西也写不出来。到了家里,在自己的那个厢房里,我会一下子使得自己按部就班地工作的。

这样说来,我这一冬一次也没看到过雪,一次也没穿过雨鞋和厚大衣。马·柯瓦列甫斯基⑤的花园里玫瑰开花了,他自己绕着房子走来走去,没戴帽子。(顺便说一句,现在每天从早到晚都有一个你认识的人坐在他的花园里,他就是讲授拜占庭文学的教授

---

① 亚·巴·契诃夫的第二个妻子。
② 法语:作家安·契诃夫。——俄文本注
③ 《俄罗斯思想》的主编兼出版人。
④ 契诃夫的小说《姚尼奇》。——俄文本注
⑤ 前莫斯科大学教授马·马·科瓦列甫斯基此时住在法国的博鲁,离契诃夫的疗养地尼斯很近。

别佐布拉佐夫。)此地的玫瑰并不比我们那儿的好,青草是没有的,植物是观赏性的,像是一幅粗劣的彩色画,既听不到鸟叫也见不到鸟影,然而此地却已经是夏天,无可怀疑的夏天了。你同索菲雅·费多罗芙娜①一块儿来吧!此地的气候,如果在这个地方住久了,确实能起医疗的作用。"久"这个字指的是不下二十天的一段时间。

亚·伊·尤仁②到此地来了,住在 Pension Russe③。他的来临当然是最出人意外的喜事。我还在等波达片科④。我没有等包包雷金⑤,可是据说他在三月十五日到达此地。巴甫连科夫⑥在这儿。

我在四月上旬回莫斯科去;那么,很快了。祝你健康,顺遂,不过主要的是别生我的气。你不要生气,要不然你就会在地狱里遭到火焚了。向索菲雅·费多罗芙娜深深鞠躬,并且致意。我拥抱你,紧紧握你的手。

你的安·契诃夫
一八九八年二月二十五日
于尼斯

问候维克托·亚历山德罗维奇⑦和米特罗方·尼洛维奇⑧。

---

① 拉甫罗夫的妻子。——俄文本注
② 即亚历山大·伊凡诺维奇·苏木巴托夫-尤仁,俄国剧作家和演员。
③ 法语:俄罗斯公寓(契诃夫当时就住在这个公寓里)。
④ 伊格纳季·尼古拉耶维奇·波达片科(1856—1928),俄国作家。
⑤ 彼得·德米特利耶维奇·包包雷金(1836—1922),俄国作家。
⑥ 即弗洛连季·费多罗维奇·巴甫连科夫,俄国书籍出版者。——俄文本注
⑦ 维克托·亚历山德罗维奇·戈尔采夫(1850—1906),俄国政论家,《俄罗斯思想》杂志的主编。
⑧ 米·尼·烈美佐夫是《俄罗斯思想》编辑部的工作人员。

五〇七

致巴·费·姚尔达诺夫

十分尊敬的巴威尔·费多罗维奇，为了创办图书馆的外国部，我买了全部法国古典作家的作品，前几天寄到塔甘罗格去了。一共有七十个作家或者说三百十九册书籍。我是通过海路慢运寄去的，作为尝试。如果尝试成功，以后就继续照办。由于书籍应当寄给正式的人或者机构，又由于法语里没有"市议会"或者"市议员"这类名称，我就寄给塔甘罗格的市长先生：M-r le Maire de la ville de Taganrog. 他们没有向我收寄费；据说必须在收到货物的时候付寄费，因此，请您费心按应付的数目照付吧；等我四月间或者五月间回到家，我们再清算账目。

这些书会送去审查，检查机关会扣留它们，或许扣留其中的一部分。要是您愿意的话，那么为了将来不妨做一次尝试，请您用公文纸写一份呈文寄到出版总署去，由您自己出面（主管市立图书馆的市议员）。您写上某月某日自尼斯取道敖德萨寄来某某法国古典作家的某某作品（请您把托运的书的目录照抄一份附去）；假如在上述作家当中有的是检查机关所不能批准的，您就请求准许放这些书自由入境，并且应许不把有害的作家的作品交给图书馆工作人员，而是另用专柜收藏。您写吧，否则，要知道，如果Hugo[①]或者Balzac[②]的作品有一部分被扣，那就太可惜了。（顺便说说，寄去的 V. Hugo 和 Balzac 的作品都不是廉价本。）

---

① 法语：雨果。
② 法语：巴尔扎克。

您在那只箱子里不会找到莫里哀、普雷沃①、帕斯卡②的作品。这些作家的作品我已经提前交邮局寄去了。您也不会找到伏尔泰的作品,我暂时把它们留在手边,正在阅读。

在那只箱子里除了古典作家的作品以外,我还把马·柯瓦列甫斯基的《现代民主的起源》第二、三、四册放进去了(第一册没有,已经全部销完,目前买不到;以后再补寄);此外还放了吉皮乌斯③的《镜子》和《Russie》,后一本是 Larouss④ 出版社的贵重插图本。我还交邮局寄给您苏德尔曼⑤和洛蒂⑥的作品,左拉的最新长篇小说《Paris》⑦。不过您未必会收到《Paris》;据说这本书在俄国是查禁的。

《亚历山大一世》第三册错寄到洛帕斯尼亚我家里去了。您会连同第四册一并收到这一册。

我写得匆忙,似乎有许多事忘了写上。等我想起来,我会再写,目前就再见吧。波达片科和苏木巴托夫(尤仁)来了;必须到蒙特卡洛去,他们玩轮盘赌,我去做向导。

没有什么新闻,一切都顺遂。此地已经是夏天了。祝您健康。握您的手,祝您万事如意。

　　　　　　　　　　　　　　您的安·契诃夫
　　　　　　　　　　　　　　一八九八年三月九日
　　　　　　　　　　　　　　于 9 rue Gounod, Nice⑧

从四月十日起请您把写给我的信寄到洛帕斯尼亚去。

---

① 马尔塞·普雷沃(1862—1941),法国作家。
② 布莱斯·帕斯卡(1623—1662),法国数学家、物理学家,笃信宗教的哲学家,散文家,近代概率论的奠基者。
③ 季娜伊达·尼古拉耶芙娜·吉皮乌斯(1869—1945),俄国女诗人。
④ 法语:拉罗斯。
⑤ 赫尔曼·苏德尔曼(1857—1928),德国小说家、戏剧家。
⑥ 皮埃尔·洛蒂(1850—1923),法国作家。
⑦ 法语:巴黎。
⑧ 法语:尼斯,古诺街九号。

五〇八

致奥·罗·瓦西里耶娃①

"Латаный"②不是俄国单词,还不如说是俄国南方通用的词。您把它删掉是做得对的;假如我现在读校样,就会把它改为"заплатанный"③。请您参看词典里的"rapiécer"④这个词。

我的身体很好。谢谢您的关心和惦记;我由衷地感激您,祝您成功,健康。

安·契诃夫

一八九八年三月二十日

于尼斯

五〇九

致亚·亚·霍恰英采娃

我没有按时答复您的来信;在这方面只能怪我的朋友们,他们把我完全引入歧途了。我离开正路,变成蒙特卡洛的常客,脑子里只能想数目字了。勃拉兹在给我画像。⑤ 有一个画室。我坐在一

---

① 奥尔加·罗季奥诺芙娜·瓦西里耶娃是俄国女翻译家。——俄文本注
② 俄语:补过的。这是瓦西里耶娃在把契诃夫的短篇小说《猎人》译成英语时所遇到的一个词。——俄文本注
③ 俄语:打了补丁的。
④ 法语:修补。——俄文本注
⑤ 参看第五〇三封信的注。——俄文本注

26

把有绿丝绒靠背的圈椅里。En face.①我系着一个白色领结。大家说我整个人和领结都画得很像,可是我面部的表情却像去年②似的露出一副仿佛闻多了辣根③的样子。我觉得勃拉兹最后仍旧会不满意这幅肖像,虽然他目前也在称赞自己。除我以外他还给一个省长夫人(这是由我介绍的)和柯瓦列甫斯基画像。省长夫人坐在那儿神气活现,拿着长柄眼镜,仿佛坐在省长包厢里看戏,肩膀上披着一块猫皮,这在我看来显得过分,有点矫揉造作。勃拉兹见老,不漂亮。从他的外貌看来,倒好像他刚刚远行归来,在旅行期间吃得太多,睡得太久似的。

我取道巴黎回家去。我托您向知情的人打听一下安托科尔斯基④目前在哪儿;要是他不在巴黎,那么什么时候他才回来。我跪下来请求您,因为我很需要找到安托科尔斯基。

那些男爵夫人身体健康。穆尔扎基⑤在赌博。包包雷金到我这儿来过,谈起过教皇。祝您健康,幸福。您什么时候到莫斯科去?

您的安·契诃夫

一八九八年三月二十三日至四月四日

于尼斯

请告诉我安托科尔斯基的住址。

---

① 法语:从正面(画)。
② 1887年勃拉兹曾在契诃夫的庄园梅里霍沃为契诃夫画过像,但不满意。
③ 辣根是一种烧菜用的作料,味道很辣,吃多了会辣得流泪。
④ 即马克·马特威耶维奇·安托科尔斯基:俄国雕塑家。参看第五一一封信和注。——俄文本注
⑤ 指尼斯的俄罗斯公寓的房客。

五一〇

致玛·巴·契诃娃

亲爱的玛霞①,你好。自从你来信讲起下雪和寒冷以后,关于我归家的日期我就说不准了。我要继续住在此地,住完整个受难周②,然后到巴黎去。不管怎样,在复活节后那个星期的星期三以前你还是把信寄到尼斯来,信会转到巴黎交给我的,可是在星期三以后就千万别再寄信来,等着我回去吧,s'il vous plaît③。

勃拉兹仍旧在继续画我的像。这未免拖得久了一点,不是吗?头部差不多已经完工;大家都说他把我画得很像,然而我并不觉得这幅肖像画有趣。其中有些不属于我的东西,属于我的东西却没有。

波达片科今天走了。莫罗佐娃④和索包列甫斯基来接班了。

我书桌的右边中间抽屉里有一份从《花絮》⑤上剪下来的东西,那是短篇小说《错误》(似乎如此)⑥。它讲的是一个文官错把煤油当做白酒,喝下肚去了。这个短篇是用雷明顿打字机打出来的。那么这或者是从《花絮》上剪下来的,或者是用雷明顿打出来的,请你赶快把它寄到尼斯我这儿来;如果这封信你在星期六以后

---

① 契诃夫的妹妹玛丽雅的小名。
② 复活节前最后一个星期。
③ 法语:您费心了。——俄文本注
④ 即瓦尔瓦拉·阿历克塞耶芙娜·莫罗佐娃,女厂主,大慈善家,瓦·米·索包列甫斯基的妻子。
⑤ 彼得堡的幽默杂志,契诃夫早年常在上面发表作品。
⑥ 契诃夫指的是发表在1887年2月21日幽默杂志《花絮》上的《疏忽》。契诃夫需要这篇小说是为了供一个计划中的,目的在于赈济饥民的文集刊登。——俄文本注

才收到,那就把这个短篇寄到巴黎的霍恰英采娃那儿,由她转交给我。她在巴黎(2 rue Leopold Robert①)。

今天我看到英国女王了。

你要在百合和芍药四周插上小木棍子,免得人家踩坏它们。我们家里有两丛百合:一丛就在你的窗子对面,另一丛在白玫瑰的旁边,在通到水仙花的那条路旁边。

你读一读《俄罗斯思想》里的短篇小说《京城一周》②吧。论莫恰洛夫的那篇文章③也不错。

妈妈要我给她买一把雨伞。我是这样理解的:她需要的不是一把女式雨伞。不知我理解得对不对? 你的伞我会给你带去或者寄去;也许我能使你满意,因为我会极力选购最时新的。

波达片科不在,我寂寞得很。

要是我在动身去巴黎以前知道了我的巴黎住址,我就写信告诉你。波达片科答应在那儿给我找一个房间。巴黎天气暖和,栗树已经开花;如果俄国天气很坏,那就只好在巴黎多住些日子。

在复活节以前我还会给你写信;目前就祝你健康。问候爸爸、妈妈和一切住在我们家里的人,向他们致意。要是玛丽雅·季莫菲耶芙娜④住在我们家里,我就给她行一个请安礼。

你的安·契诃夫
一八九八年三月二十八日
于尼斯

---

① 法语:莱奥波德·罗贝尔街二号。霍恰英采娃在巴黎的住址。
② 即安德烈·米罗斯拉维奇的短篇小说《京城一周(摘自一个天真的贵族的日记)》,发表在1898年《俄罗斯思想》第3期上。——俄文本注
③ 指 B. M-скнй 的论文《浪漫主义的演员(纪念俄国悲剧演员巴·斯·莫恰洛夫逝世五十周年)》,发表在1898年《俄罗斯思想》第3期上。——俄文本注
④ 即俄国女画家德罗兹多娃,玛·巴·契诃娃的朋友。——俄文本注

五一一

致巴·费·姚尔达诺夫

十分尊敬的巴威尔·费多罗维奇,今天我到安托科尔斯基那里去了一趟,我所做到的似乎超出了我应该做到的:第一,我在那儿吃了早饭,答应后天再去吃早饭;第二,我为我们未来的博物馆①收到安托科尔斯基的《最后的叹息》,这是一个椭圆形的石膏雕塑品,在艺术方面极其完美。那是被钉在十字架上的耶稣的头部和肩部,他那美妙的表情使得我深受感动。这个礼物会按慢运寄去。此地包装得很好,剩下来只有希望塔甘罗格的海关不要把它砸碎才好。

讲到彼得大帝②,那么我的意见也跟您的一样。连全球比赛会也不会向塔甘罗格提供比这个纪念像再好的纪念像了,而且比它再好的纪念像连想都无从想起。在大海旁边,这个纪念像会又美观,又雄伟,又庄重,更不要说这座塑像酷似真正的彼得,而且是天才的、充满伟大精神的、威力无比的大帝了。

我逐项陈述如下:

(一)这座塑像已经由亚历山大三世买去,目前矗立在彼得堡。

---

① 指塔甘罗格市计划建立的博物馆。
② 姚尔达诺夫在写给契诃夫的信上讲起1898年9月将举行塔甘罗格建市二百周年纪念活动,为此已经筹集了大约两万卢布以供塑造彼得一世纪念像之用。他请求契诃夫"同安托科尔斯基谈一谈,是否能在巴黎于他监督之下铸造彼得的像,如果这个城市为此提供两万资金,那么这座纪念像会有多么大的规模?"——俄文本注

(二)安托科尔斯基说两万足够了。花岗石的台座大约价值五六千,青铜要一万二到一万五。安〔托科尔斯基〕希望全部开支甚至低于两万。

(三)安托科尔斯基本人拿多少钱呢?显然分文不取。

(四)这座塑像有三又四分之三俄尺高。按安〔托科尔斯基〕的说法,为塔甘罗格必须把它扩大到四俄尺,这是为了,第一,免得同彼得宫的那座塑像重复;第二,为了使纪念像更稳固些。体积加大要多花三千(不过总数不会高于一万二到一万五)。

(五)照片过几天寄给您。

(六)安托科尔斯基的住址是 71 avenue Marceau,Paris①。他的名字是马克·马特威耶维奇。

(七)我在巴黎还要住十天;要是您愿意的话,我至少还能在安〔托科尔斯基〕那儿吃五次早饭,而这在我的胃(发炎)的情况下却是不大轻松的。我愿意为您效劳。我的住址是 Hôtel de Dijon,rue Canmartin,Paris②。电报的地址写 Paris Hôtel Dijon Tchekhoff③。

关于左拉一案的速记报告我会寄给您④。昨天我见到巴甫洛夫斯基⑤,跟他谈到博物馆。今年夏天他要到塔甘罗格去,会跟您见面。

祝您万事如意,握您的手。

您的安·契诃夫
一八九八年四月十六日至二十八日
于 Paris,Hôtel de Dijon

---

① 法语:巴黎,马尔索林荫道七十一号。
② 法语:巴黎,康马丹大街,第戎旅馆。
③ 法语:巴黎,第戎契诃夫公馆。
④ 这是寄赠塔甘罗格市立图书馆的。——俄文本注
⑤ 伊凡·亚科甫列维奇·巴甫洛夫斯基是塔甘罗格人,《新时报》派驻巴黎的采访记者,笔名"伊·亚科甫列夫"。

这儿已经春意盎然了。我的身体,如果不算胃炎,是健康的。我同马克西姆·柯瓦列甫斯基一块儿从尼斯出外,他给我吃了不少糖果,从那时候起我就常常呕吐。

那个塑像可能要交税一千五百卢布左右。必须到维特①那儿去疏通一下了。

五一二

致巴·费·姚尔达诺夫

十分尊敬的巴威尔·费多罗维奇,在巴黎除了安托科尔斯基以外还住着一个俄国雕塑家,非常有名,他的作品在展览会上和博物馆里占据显著的地位。这人就是别尔恩希塔姆②(69 rue Donnay, Paris③)。他为彼得也下过不少功夫,做出许多有趣的东西,顺便说一句,目前他正在做《彼得与路易十五④相遇》,这大概是供彼得堡的亚历山大三世博物馆收藏的。我寄给您三张照片,其中的一张就是彼得吻一个男孩,即路易十五。

别尔恩希塔姆会乐于承担为塔甘罗格塑像。他说两万足够了,说这是一大笔钱;他为这个工作不收任何费用,只限于享受荣誉。照他的意见,彼得应当是个年轻人,如同当初他建立塔甘罗格的时候那样,而且应当有五六俄尺高。

---

① 谢尔盖·尤里耶维奇·维特(1849—1915),1893 至 1903 年的俄国财政大臣。
② 利奥波德·阿道福维奇·别尔恩希塔姆(1859—?),俄国雕塑家。
③ 法语:巴黎,多内街六十九号。别尔恩希塔姆的巴黎住址。
④ 路易十五(1710—1774),法国国王(1715—1774 在位)。

明天我会到安托科尔斯基那儿去取他应许给的照片。

左拉一案的全部报告我已经买到,就要寄上。昨天我见到贝纳德·拉萨尔,他是小册子的作者,而那本小册子是这场战争的发端;①我在他那儿取到德雷福斯一案方面一切有趣的东西,也将把它们寄上。德雷福斯一案,按它逐渐暴露出来的情形来看,这是一个大骗局。真正的叛徒是埃斯特哈齐,文件是在布鲁塞尔伪造的;这一点,政府,包括卡齐米尔·佩里埃②在内,是知道的,他从一开始起就不相信德雷福斯有罪,现在也不相信,而且就是因为不相信才走掉的。

祝您健康。祝您万事如意。

您的安·契诃夫
一八九八年五月三日
(四月二十一日)
于巴黎

Hôtel de Dijon,不过您来信最好寄 7 rue Gounod, Monsieur Pavlovsky③,由他转交我。

---

① 贝纳德·拉萨尔是法国社会活动家,政论家。1896 年他在布鲁塞尔发表小册子《La vérité sur l'affaire Dreyfus》(《德雷福斯一案的真相》),这本小册子成为要求重审德雷福斯一案的运动的发端。——俄文本注
② 法国的反动政治活动家,1894 年 6 月 27 日被选为共和国总统,1895 年 1 月 16 日自行辞职。——俄文本注
③ 法语:古诺街七号,巴甫洛夫斯基先生。巴甫洛夫斯基的住址。

五一三

致符·伊·涅米罗维奇-丹钦科①

亲爱的符拉季米尔·伊凡诺维奇,我抓住了你的话。你写道:"我会在排演以前到你那儿去商量一下。"那么你来吧,劳驾!来吧,请!我非常想跟你见面,这是你想都没法想象的,为了获得跟你见面和会谈的快乐,我情愿把我所有的剧本都交给你呢。

那么你来吧。我在巴黎住了三个星期,见到一些事情,能够跟你讲一讲,因此我不认为在我这儿你会感到很乏味。再者天气也好极了。就算会乏味吧,然而不会太乏味。

我焦急地等你来。

问候叶卡捷琳娜·尼古拉耶芙娜②,向她致意。我的妹妹问候你。祝你健康,万事如意。

你的安·契诃夫
一八九八年五月十六日③
于梅里霍沃

---

① 符拉季米尔·伊凡诺维奇·涅米罗维奇-丹钦科(1858—1943),俄国剧作家、导演,莫斯科艺术剧院的创办人之一。契诃夫回到他的庄园梅里霍沃以后,收到涅米罗维奇-丹钦科的信,他在信上第二次要求契诃夫准许《海鸥》在"大众艺术剧院"上演:"要是你不给这个剧本,你就等于杀了我,因为《海鸥》是能够吸引作为导演的我的唯一当代剧本,你是使人们对具备模范剧目的剧院引起极大兴趣的唯一当代作家……要是你乐意的话,我会在排演以前到你那儿去商量一下《海鸥》和我的上演计划……"1898年4月25日涅米罗维奇-丹钦科在写给契诃夫的第一封信上讲起在莫斯科创办艺术剧院一事,并要求契诃夫准许《海鸥》在这个剧院里上演,可是契诃夫回信拒绝了(这封回信没有保存下来)。——俄文本注
② 符·伊·涅米罗维奇-丹钦科的妻子。
③ 应为5月21日。

我的马老是下小驹,我简直毫无办法。你只好花一个卢布租一辆马车,然后,坐着马车在我们的道路上走了一程以后,你就得一连三天按摩你的腰部了。顺便说一句,我们这儿不久就要有马路了。地方自治局会议已经核准而且批下来了。

五一四

致巴·费·姚尔达诺夫

十分尊敬的巴威尔·费多罗维奇,我按快件寄给您一箱子书。在那里,也就是在箱子里,您会找到在最近这段时间里关于别林斯基所出版的一切(顺便说一句,相册里有一些有趣的照片)、《亚历山大三世》三册、塞尼奥博斯[1]两册,等等,等等。箱子里放了《大众杂志》[2]四月号、五月号、六月号;头几期我会交邮局寄去。我顺便把那份经我加过注的目录奉送。您说得对:这份目录糟得很。我本来准备着手修改它,可是不久就作罢了,因为它是没法修改的。多么乱啊!瓦格纳[3]五册、尼尔斯基[4]四册、普列谢耶夫[5]两册,可是所有这些书都堆在一起,门类搞乱了;我出国以前寄去的那些书有许多都不在了。所缺的书那么多,我真想向您建议:我们要不要等到比较合适的时机再买书呢?要知道,如果书籍这样大量地遗失,如果图书馆馆员以后仍

---

[1] 夏尔·塞尼奥博斯(1854—1942),法国历史学家
[2] 一种具有民主主义倾向的俄国科学普及和文学画报,月刊,1896至1906年创刊于彼得堡
[3] 符拉季米尔·亚历山德罗维奇·瓦格纳(1849—1934),俄国动物学家。
[4] 米哈依尔·瓦西里耶维奇·尼尔斯基(1848—1917),俄国东方学家。
[5] 阿历克塞·尼古拉耶维奇·普列谢耶夫(1825—1893),俄国诗人、翻译家。

旧把五六个作者的作品装订成一册，那么最后就会不成其为图书馆，而变成一个堆积人们不要的废书的地点了。在我所知道的所有图书馆里，虽然没有一个图书馆的馆员有这么好的房屋和这么多的空闲时间，可是没有一个图书馆有我们这样的目录。要知道时间多得是，尽可以制作一份最标准的报表；如果有了报表，那么请您相信，我们早就有目录了。

至于制订新的目录，请您等到我去的时候再说吧。

八月间我也许会到塔甘罗格去，住上两天，以便制订目录；目前请您费心对图书馆馆员说，要他让那些两三个合订在一起的作家统统获得自由吧；应该把索福克勒斯①和米亚斯尼茨基②分开，把莎士比亚和《有长号的房客》③分开。

安托科尔斯基把耶稣的头部暂时留在自己那里，为的是把它完工。我托一个俄国人，德雷福斯公司的职员，到安托科尔斯基家去取这个塑像，由轮船运到塔甘罗格去（经过马赛送到塔甘罗格）。为稳妥起见，我把这个俄国人的地址告诉您：Monsieur Jac‐ques Merpert, 118 rue de la Pompe, Paris.④这是个很热情的人。

从一切迹象可以看出，您已经跟安托科尔斯基谈妥⑤，塔甘罗格的纪念像会很出色。我由衷地庆贺您。

去年冬天我什么事也没做，现在不得不补做，像俗话所说的那样，拼死拼活地干。我得写很多东西，可是材料却明显地要枯竭了。应当离开洛帕斯尼亚，换一个地方住才是。要不是杆菌⑥作

---

① 索福克勒斯（约公元前 496—前 406），古希腊三大悲剧诗人之一。
② 俄国作家伊凡·伊里奇·巴雷谢夫的笔名。
③ С.博伊科夫 1891 年所写的独幕滑稽短剧。
④ 法语：巴黎，浮华街一百十八号，雅克·梅尔佩特先生。
⑤ 指姚夫达诺夫约请安托科尔斯基为塔甘罗格铸造彼得大帝的铜像。
⑥ 指契诃夫所患的肺结核的病菌。

怪,我就会搬到塔甘罗格去住上两三年,研究塔甘罗格——克拉马托罗夫卡——巴赫穆特——兹韦列沃地区。这是个美妙无比的地区。我喜爱顿涅茨草原,从前我到了那个草原就感到如同到了家一样,我认识那儿的每一条小山沟。每逢我记起那些小山沟、矿场、萨乌尔陵、关于祖亚、哈尔齐扎、伊洛瓦依斯基将军的故事,每逢我记起我怎样坐车到普拉托夫伯爵的克利尼契卡和克烈普卡亚去①,我总是感到忧郁和惋惜,塔甘罗格没有小说家,这种十分珍贵可爱的材料竟然没有人需要。

如果您已经收到从尼斯寄来的法文书②,那么我欠您多少送达费?请您费心来信写明,我好寄去。

祝您万事如意,握您的手。我没有说不久相见,因为我还没有肯定我去不去南方。我没有钱;要是七月间我工作得没精打采,那我就不去了。

您的安·契诃夫
一八九八年六月二十五日
于梅里霍沃

请您原谅,这封信我是断断续续写成的。发生这种情形并不是我的过错。

---

① 契诃夫童年时代常到他祖父家里去做客,当时他祖父是普拉托夫伯爵的庄园的总管。——俄文本注
② 指契诃夫在法国尼斯养病期间寄给塔甘罗格市立图书馆的法文书。

五一五

致尼·亚·列依金①

亲爱的尼古拉·亚历山德罗维奇：

您寄给我的照片,我要保存着,就像我保存着一切纪念我的老相识和好朋友列·伊·巴尔明②的东西一样。多谢多谢。虽然这张照片是翻拍的,可是倒很像巴尔明本人。

我的身体相当不错。您知道,冬天我是在法国南方度过的,由于不下雪而感到寂寞,而且也没法工作；春天我到了巴黎,在那儿住了将近四个星期。在巴黎是十分快活有趣的,这时候我才发现巴黎的气候不管怎样潮湿和寒冷,对我们这班人来说却是最有益于健康的。顺便说到,在蒙特卡洛,在巴黎,我见到胡杰科夫③一家人,他们邀我到斯科平县他们家里去。我同老胡杰科夫一块儿去过 Thilon④ 商店(maison Borel⑤),在 Quai du Louvre⑥,这个商店按便宜得出奇的价格出售花园的篱笆、大门、长凳、喷壶等等,等等。这些东西做得又精致又牢固,令人惊叹。我拿了一张价目表,将来一定要加以利用。目前我住在家里,在写东西；我把一个中

---

① 尼古拉·亚历山德罗维奇·列依金(1841—1906),俄国幽默作家,1882年起为《花絮》杂志主编兼出版人。
② 列奥多尔·伊凡诺维奇·巴尔明(1841—1891),俄国诗人,《花絮》杂志的撰稿人。
③ 谢尔盖·尼古拉耶维奇·胡杰科夫是新闻记者,《彼得堡报》的出版人,列依金曾介绍契诃夫为该报写稿。
④ 法语：蒂隆。
⑤ 法语：博雷尔商行。
⑥ 法语：罗浮宫路。

篇①寄给《田地》，把另一个中篇②寄给《俄罗斯思想》了。我在干农活，然而是有产者的那种干法；没有什么特别的消息，一般地说有趣的事很少。黄瓜很多，水果很多，可是玫瑰很少。今年我是在五月间回家的，给玫瑰剪枝嫌迟了；其中有许多已经凋萎。现在只好种新的了。

讲到您的那些莱卡狗③，呜呼！冬天我在国外的时候，它们得鼠疫死了。您再也不能想象这对我们一家人，甚至对村里人那是一件多么伤心的事。这些莱卡狗在村子里跑来跑去，把人家的破衣服和旧雨鞋拖走，可是大家总是带着异常的亲切原谅它们。起初那条公狗死了，后来那条母狗憔悴了。现在我这儿只剩下您知道的那几条塔克斯猎犬④和一条新的牧羊犬了，这条狗的模样就吓人；它不是吠，而是像俗话所说的那样，"嗥"。

您没有在给我的信上提到您的身体。您近况如何？我由衷地祝愿您健康，因为缺了健康，生活是有点乏味的。向您的普拉斯科维雅·尼基福罗芙娜及费佳⑤深深鞠躬。祝你们顺遂，不要忘了我们这些罪人。

您的
安·契诃夫
一八九八年七月二日
于莫斯科省，洛帕斯尼亚

---

① 指《姚尼奇》，契诃夫原先打算把它寄给《俄罗斯思想》。——俄文本注
② 指《套中人》。——俄文本注
③ 一种北方猎狗，原是列依金送给契诃夫的。
④ 一种身长、腿短而弯曲、毛光滑的小狗。
⑤ 列依金的妻子和养子。

五一六

致亚·伊·苏木巴托夫(尤仁)①

亲爱的亚历山大·伊凡诺维奇,多承来信和邀请②,谨致最大的谢意。您的信我是带着极大的快乐读完的,可是您的邀请却在我的心里勾起悲伤,因为我无论如何也不能照办。你看一看我的最真实的 assurance③ 吧:我在写作,急于弥补去年冬天欠下的债,一直要忙到八月中旬,然后到南方去,大概是到高加索去。那么,哪有时间到特烈布奈去呢?要是我没有写成两三个中篇就到外地去纳福,我就会开始受到良心的折磨。你工作很多,可以休息;我呢,鬼才知道因懒惰而空耗了多少时间;我休息得太久,甚至出现了耳鸣。我给《田地》写了一篇小说,给《俄罗斯思想》写了另一篇,目前在写第三篇④。……

我已经同涅米罗维奇通过信。大概他不久要到莫斯科去,再从那儿到我这里来;至少他是这么答应的。顺便说说莫斯科。文学界一片萧条,思想领域的一切都沉寂了,搞来搞去总是老一套;不过在隐庐饭店有非常好的黑鱼子,奥蒙的"水族馆"里也不错。⑤

---

① 俄国的演员和剧作家,当时担任小剧院剧团的导演和负责人。——俄文本注
② 苏木巴托夫邀请契诃夫到他的庄园里去,在叶列茨科-瓦卢伊基铁路线上的火车站特烈布奈附近。——俄文本注
③ 法语:此处意为"自白"。
④ 第三篇大概是指《醋栗》或《关于爱情》,这两篇刊登在《俄罗斯思想》八月号上。参看第五一五封信的注。——俄文本注
⑤ 意为:在隐庐饭店的大厅里和奥蒙剧院里有精彩的剧目上演。

我跟谢赫捷尔①见过面,谈起未来的俱乐部②。谈话很长,有苏沃林和他的莫斯科小品文家③在座;我说了一些话,主张如果开办文学俱乐部,就得 en grand④ 开办。要是一开始就办得规模很小,憋气,那么事情会一开始就办砸了。

塔·谢普金娜-库彼尔尼克⑤和巴黎的伊·巴甫洛夫斯基(伊·亚科甫列夫),我的同乡,正在我家里做客。

你大概把我和另一个医师弄混了。我根本没有主张你去玛利恩巴德,也没有主张电光浴。恰恰相反,我说过,玛利恩巴德对你来说还嫌太早。我也没有劝你多走路。我说过不应当多坐着。

祝你健康,顺遂,不要怕肾炎,你没得这种病,以后也不会得。你要过六十七年才会死,而且也不会死于肾炎,蒙特卡洛的闪电会劈死你。

要是你不嫌乏味,就在八月十五日以前写封信来。问候玛丽雅·尼古拉耶芙娜⑥,向她致意。

你的安·契诃夫
一八九八年七月六日
于梅里霍沃
Assurance Tchekhoff

---

① 弗朗茨·奥西波维奇·谢赫捷尔(1859—1926),俄国建筑师,科学院院士。
② 人们计划在莫斯科开办一个文艺俱乐部;契诃夫是创办人之一。——俄文本注
③ 指俄国小说家尼古拉·米哈依洛维奇·叶若夫。——俄文本注
④ 法语:大规模地。
⑤ 塔季扬娜·利沃芙娜·谢普金娜-库彼尔尼克(1874—1953),俄国女作家和翻译家,契诃夫家的熟人。
⑥ 亚·伊·尤仁的妻子。——俄文本注

41

五一七

致丽·阿·阿维洛娃①

您只希望我写三句话,我却要写二十句。

我没有到过斯科平县②,也未必会到那儿去。我住在自己家里,写点东西,因而挺忙。客人很多,他们也不放我走。

我的身体不错。我未必会出国,因为我手头没有钱,而且也没处去拿钱。

现在谈一谈您。您在干什么?您在写什么?我常常听到很多关于您的好话;我在一封信③上批评过您的短篇小说(《精神失常》),而且这种不必要的严厉使您有点伤心,我一想起这件事心里就难过。我跟您是老朋友了;至少我希望是这样。我希望您不要过分严肃地对待我有时候在信上随便说说的话。我是一个不严肃的人;您知道,我甚至差点没被选进《作家协会》④(您自己也没有选我)。要是我的信有时候严厉或者冷酷,那么这是由于不严肃,由于不善于写信;我请求您宽恕我,相信您用来结束您那封信的话"如果您心情舒畅,那么您对我也会和善些"并不是为了惩罚我而说得严厉的。那么,我希望您寄点什么来,单行本或者干脆就

---

① 丽季雅·阿历克塞耶芙娜·阿维洛娃(1865—1942),俄国女作家。
② 阿维洛娃的姐夫胡杰科夫的庄园所在地。
③ 即1897年11月3日契诃夫写给阿维洛娃的信。参看第四八二封信。——俄文本注
④ 契诃夫在1897年10月31日的大会上被选为"俄国作家和学者互助协会"的成员。该协会的某些成员发言反对契诃夫当选。阿·谢·苏沃林在1897年4月27日的日记上有这样的一段记载:"……在这个协会里有几个成员,他们说不应当把契诃夫选进协会,因为他写过《农民》,似乎他在那篇小说里没有按照激进派所应有的准则来表现农民。"——俄文本注

是手稿。您的短篇小说我素来是带着极大的乐趣阅读的。我等着您寄来。

此外我没有什么要写的了,可是,既然您无论如何都希望看见我那下面带着一条长尾巴像是一个吊起来的耗子的签名,既然那一页已经没有剩下画尾巴的空地,那就不得不设法拖长到这一页来。祝您健康。紧紧握您的手,我衷心感激您的来信。

您的安·契诃夫

一八九八年七月十日

于梅里霍沃

五一八

致尼·安·包尔曼①

十分尊敬的尼古拉·安德利阿诺维奇,我们已经为梅里霍沃小学登记了二十八个男孩和女孩。您能批准今年开课吗?我可以定制课桌吗?我一收到您的回信,就会立刻定制全部学校用具;由于目前离秋季剩下的时间不多了,所以请您尽快给我回音。

库兹明的农民们到我这儿来商谈公路的事。他们委托我同地方自治局执行处接洽,如果您已经同公爵②谈过,那就请您写信告

---

① 契诃夫的庄园梅里霍沃所属的谢尔普霍夫县的地方自治局执行处的成员。——俄文本注
② 指谢尔盖·伊凡诺维奇·沙霍甫斯科依,俄国地主,契诃夫在梅里霍沃的邻居。——俄文本注

诉我,你们两位作出了什么结论。祝您万事如意。

真诚地尊敬您的

安·契诃夫

一八九八年七月十四日

于梅里霍沃

五一九

致达·利·谢普金娜-库彼尔尼克

亲爱的教母①,请您到尼科利斯克街的克列尔那儿买两俄磅②最好的淀粉带来,以便把衬衫和裤子浆得洁白挺括。在那儿再买半俄磅橄榄油,要便宜一点的,用来待客。还要请您到阿尔巴特街裁缝索巴金那儿去问一下,他的手艺好不好。始终热爱您的

管磨坊的教父,或酒桶里的撒旦

一八九八年七月二十二日

于梅里霍沃

五二〇

致丽·阿·阿维洛娃

客人那么多,弄得我怎么也不能答复您最近的这封信了。我本想给您写一封长一点的信,可是一想到随时会有人走进来打搅,

---

① 契诃夫和谢普金娜-库彼尔尼克曾在一个婴儿受洗礼时分别做他的教父和教母。

② 俄国采用公制前的重量单位,等于409.5克。

44

我就只好作罢了。果然,我刚写到"打搅"这两个字,就有一个姑娘走进来,通报说有一个病人来了。我得去一趟。

经济问题已经顺利解决。我把《花絮》上我那些小的短篇剪下来,卖给了瑟京①,让他出版十年。再者,看样子我可以从《俄罗斯思想》拿到一千个卢布②;顺便说一句,他们给我增加稿费了。从前是二百五十,现在是三百③。

我厌恶写东西,我不知道该怎么办才好。我宁愿行医,或者随便找个什么工作,可是我的体力已经不够了④。现在我一写东西,或者一想到必须写作,我就极其厌恶,好比吃了掉进蟑螂的菜汤——请原谅我做这样的比喻。使我反感的倒不是写作本身,而是那种文学的 entourage⑤,使人躲也躲不开,无论走到哪儿它都和你同在,就像空气到处和大地同在一样。

我们这儿的天气好极了,我哪儿也不愿意去。我得为八月份的《俄罗斯思想》写东西;已经写了,还得完工⑥。祝您健康,顺遂。这张信纸容不下耗子尾巴了,就让我的签名秃着尾巴吧。

您的安·契诃夫
一八九八年七月二十三日至二十七日
于梅里霍沃

---

① 伊凡·德米特利耶维奇·瑟京(1851—1934),俄国启蒙派出版家,书籍出版商,《俄罗斯言论报》出版人。参看第五二四封信。——俄文本注
② 指契诃夫当时在该杂志发表的《套中人》《醋栗》《关于爱情》的稿费。
③ 指每一个印张的稿酬。
④ 当时契诃夫的肺结核正在发展。
⑤ 法语:氛围。——俄文本注
⑥ 指契诃夫当时正在写的两篇小说:《醋栗》和《关于爱情》。——俄文本注

五二一

致维·亚·戈尔采夫

亲爱的朋友维克托·亚历山德罗维奇,寄上一份挂号印刷品,是两篇小说,供八月号用的①。我还想再写一篇小说,十分短,可是客人们不容我提笔。要是你认为这两篇小说合用,就快些付排,以便八月一至二日我路过特维尔的时候可以带着校样走。等我读完校样,也许我会添写第三篇小说②。

那么,如果八月一至二日你在莫斯科的话,我们就会在编辑部里见面了。

多承写来最近的这封信(三百卢布),merci!! merci beaucoup!③

你的

安·契诃夫

一八九八年七月二十八日

于梅里霍沃

---

① 指契诃夫的两篇小说《醋栗》和《关于爱情》,发表在《俄罗斯思想》杂志1898年第8期上。——俄文本注
② 这篇小说没有写成。——俄文本注
③ 法语:多谢!——俄文本注

五二二

致亚·巴·契诃夫

极受尊崇的大哥:我直到现在没有给你写信,是因为客人们打搅,不过主要的是没有什么可写。新闻一点也没有,除了一件事,那就是我们这儿的天气好极了。大家都健康,父亲常对人发脾气,母亲在塔甘罗格,我待在家里工作,伊凡①到某地去旅行了。玛霞在管理农务。米沙在省税务局工作,享受着家庭幸福,渐渐变成果戈理的米茹耶夫②了。

巴甫洛夫斯基-亚科甫列夫来过了。他离开我这儿就到塔甘罗格去了,他很喜欢那个城市。我正在梅里霍沃建造一所地方学校③。我在筹募捐款。我们在卖苹果。讲到文学,那么在这方面的市场是疲软萧条的。我不想写东西,写起来就像是在大斋的第六个星期吃素食④一样。

我在过单身汉的生活,从秋天起又要开始漂泊了。尘世的生活就是这么回事。

《新时报》在德雷福斯——左拉一案中的态度⑤简直卑鄙可憎。读着真叫人恶心。

---

① 指安·巴·契诃夫的大弟伊凡·巴甫洛维奇·契诃夫,他是一个教员。
② 果戈理的长篇小说《死魂灵》中的一个人物。——俄文本注
③ 这是契诃夫建成的第三所学校。——俄文本注
④ 大斋是基督教节日,在复活节前的四十天;大斋的第六个星期就是大斋将近结束,素食吃得厌而又厌的时候。
⑤ 指《新时报》在1898年7月26日和29日发表的文章,讲的是法院就皮卡尔上校一案的判决和上诉法院对左拉的辩护人拉博里的申诉的驳回。——俄文本注

如果芬兰的岛开张①,那你要寄请帖来。

祝你健康,善良,而且像你的父亲那样温和,他总是在苹果树下拣苹果,免得被人偷去。

你的单身的弟弟
安·契诃夫
一八九八年七月三十日
于梅里霍沃

问候你全家人。

五二三

致瓦·米·索包列甫斯基

亲爱的瓦西里·米哈依洛维奇,我回到家里,在书桌上找到一篇我所写的通讯②,这篇通讯应当在八月二日刊出才是,可是我没有把它带在身边;现在我把它随信寄上,要求在外省通讯栏中把它刊出。服务十五年并不是一件什么了不起的事,然而在地方自治局工作却除外。在地方自治局做十年医生比做五十年大臣困难。

您近况如何?我一切顺遂。紧紧握您的手。

您的安·契诃夫
一八九八年八月八日
于梅里霍沃

---

① 指亚·巴·契诃夫会同精神病学家奥尔德罗格在芬兰的奥兰群岛上为酒徒开辟的疗养区。
② 这篇短讯写的是俄国医师尼古拉·伊凡诺维奇·涅甫斯基在地方自治局开办的库兹明医院里工作了十五年,发表在1898年8月31日《俄罗斯新闻》上。——俄文本注

我写信给我的哥哥,已经说到为"特维尔纺织厂"①所请的外科医师。

五二四

致阿·谢·苏沃林

瑟京买下我的幽默小说,所出的价钱不是三千,而是五千。这个诱惑很大,可是我仍旧没有痛痛快快卖给他;我对一本冠着新名称的书不感兴趣。年年出版一本书,本本书都有一个新名称,这是十分惹人讨厌,极不像话的。不管费·伊·柯列索夫②怎么说,反正迟早得按卷出版小说,简单地称之为第一卷、第二卷、第三卷……一句话,得出版文集了。这会把我从困境中解救出来,这是托尔斯泰给我出的主意。目前我所收集的这些幽默小说就成为第一卷。要是您对这个办法没有什么意见的话,那么今年的深秋和冬天,趁我没有什么事可做,我就会着手编辑我未来的若干卷。还有一种考虑也有利于我的这个想法,那就是最好还是让我自己,而不是我的继承人来编辑和出版。按卷出版的新书不会妨碍未售完的旧书,因为旧书在铁路线上会一售而空的;可是,不知什么缘故铁路线上又固执地不愿意卖我的书。上次我坐尼古拉耶夫铁路的火车,就没有看见书架上有我的书。

我又在建造一所新学校③,算起来这是第三所了。我的学校被人们认为是模范,我说这话是为了让您不要认为我把您的两

---

① 这个厂属于索包列甫斯基的妻子瓦·阿·莫罗佐娃所有。——俄文本注
② 指《新时报》书店经理费多尔·伊凡诺维奇·柯列索夫。——俄文本注
③ 在契诃夫的庄园附近的梅里霍沃村。——俄文本注

百个卢布①花在什么无聊的事情上了。八月二十八日②我不想到托尔斯泰那儿去,因为第一,天气又冷又湿,不适宜到他那儿去了;第二,何必去呢?托尔斯泰的生活天天是纪念日,从中单单挑出一天来是没有理由的;第三,缅希科夫③到我这儿来过,他是从亚斯纳亚·波利亚纳④直接到我这儿来的,他说列〔夫〕·尼〔古拉耶维奇〕一想到八月二十八日会有人去向他祝寿,就皱起眉头,喉咙里发出怪声音;第四,我不想到亚斯纳亚·波利亚纳去,是因为谢尔盖延科⑤会到那儿去。我同谢尔盖延科一块儿在中学里读过书;这人算得上是个喜剧演员,乐天派,爱说俏皮话,可是一旦他自以为是个大作家,是托尔斯泰的朋友(顺便说一句,他总是唠叨得使人厌倦),他就成了全世界最令人讨厌的人。我怕他,这人好比一辆竖起来的灵车。

缅希科夫说托尔斯泰和他家里的人极力邀请我到亚〔斯纳亚〕·波〔利亚纳〕去,说要是我不去,他们就会不高兴。("只是务必不要在二十八日去。"缅希科夫补充道。)可是,我再说一遍,天气开始潮湿,而且很冷,我又咳嗽起来了。大家都说我完全复原了,然而与此同时却又要把我从家里赶出去。我只好到南方去;我正在赶工,在干活,想在动身以前做出一点事来,因此现在就顾不上亚斯纳亚·波利亚纳了,其实倒是应当去两三天的。我本意也想去。

我的行程如下:先到克里米亚和索契去,然后,等到俄国天气

---

① 指苏沃林捐赠的学校建造费。
② 列夫·托尔斯泰的生日。——俄文本注
③ 米哈依尔·奥西波维奇·缅希科夫(1859—1919),俄国政论家。90年代在自由民粹派报纸《周报》当编辑,1901年起为《新时报》经常撰稿人,极端反动分子。
④ 托尔斯泰的庄园所在地。
⑤ 彼得·阿历克塞耶维奇·谢尔盖延科(1854—1930),俄国小说家,政论家。

寒冷了,我就到国外去。我只打算去巴黎,对于温暖的地区我是一点好感也没有的。我怕这次旅行如同害怕流放一样。

我收到符·涅米罗维奇-丹钦科从莫斯科寄来的一封信。他的工作正在紧张进行。① 已经差不多排演了一百次,对演员们也作了多次演说。

要是我们决定按卷出版,那就必须在我动身以前见一见面,谈一谈,顺便在办公室拿一笔钱。

目前阿·彼·柯洛木宁②在哪儿?要是他在彼得堡,那就请您费心对他说,要他把应许给我的照片快点寄来。

祝您健康,顺遂,祝万事如意。

您的安·契诃夫
一八九八年八月二十四日
于梅里霍沃

您找个理由给我发个电报来吧。我喜欢收到电报。

五二五

致丽·阿·阿维洛娃

我就要动身去克里米亚,然后再到高加索去;等到那儿天凉了,我大概要去国外。这就是说,我不到彼得堡去了。

我非常不愿意走。一想到我得出门,我就灰心丧气,没有兴致工作了。我觉得要是今年冬天我在莫斯科或者彼得堡度过,住在

---

① 指创办艺术剧院。——俄文本注
② 阿历克塞·彼得罗维奇·柯洛木宁(?—1900),俄国律师,彼得堡文艺小组负责人之一。

暖和、舒适的房子里,我就会完全复原,而主要的是我会非常起劲地工作(即写作),连魔鬼都会讨厌我——请原谅我这么说。

这种漂泊的生活,再加上是在冬天(在国外冬天是惹人讨厌的)使我的生活完全脱离了常轨。

您对蜜蜂的指责是不公正的。① 蜜蜂先看见鲜艳美丽的花朵,然后才采蜜。

至于其他种种(冷淡、烦闷、有才能的人们只在自己的形象和幻想的世界里生活和爱),我只能说一句话:别人的心是不可捉摸的。

天气坏极了。寒冷而潮湿。

紧紧握您的手。祝您健康,幸福。

您的安·契诃夫

一八九八年八月三十日

于梅里霍沃

五二六

致丽·斯·米齐诺娃②

亲爱的丽卡③,我们正说起您,您的信就来了。在此地,夏里

---

① 阿维洛娃在读完契诃夫的小说《关于爱情》以后对契诃夫进行了批评:"为了一本接一本地发表中篇和短篇小说,必须找多少题材啊。于是作家就像蜜蜂一样不得不到处去采蜜。他写的时候枯燥乏味,可是下起笔来,倒挺顺手,他只是冷漠地把自己的心灵已经不能再体会的感情描述下来,因为才能取代了心灵。作家越是冷漠无情,故事就越显得生动、感人。让读者们去为之唏嘘吧。这就是艺术。"(详见阿维洛娃的回忆录《我生活中的安·巴·契诃夫》第十四章,载《同时代人回忆契诃夫》。)——俄文本注

② 丽季雅·斯达希耶芙娜·米齐诺娃是契诃夫家亲近的熟人。中学教师,准备担任歌剧歌手;有一个时期是莫斯科艺术剧院剧团的成员。

③ 丽季雅的爱称。

亚宾①和C.罗然斯基②正在公演,昨天我们一块儿吃晚饭,谈起了您。但愿您知道您的信使得我多么高兴!您是个狠心肠的女人。您是个胖女人,您是不会了解我的这种高兴的。是的,我在雅尔塔,而且要在这儿住到下雪为止。我本来不想离开莫斯科,非常不想离开,可又非离开不可,因为我仍旧同杆菌有不合法的关系;至于说我长得丰满了,甚至胖了,这纯粹是无稽之谈。关于我结婚的说法也是您散布到人间来的神话。您知道我不得到您的许可绝不会结婚。您对这一点是深信不疑的,可是仍旧散布出种种流言来,这大概是照老猎人的逻辑办事,这种老猎人自己不放枪,也不把枪交给别人去放,却光是躺在火炕上发牢骚,嘟嘟哝哝。不,亲爱的丽卡,不!不得到您的许可,我是不会结婚的,而且在结婚以前我还要叫您吃不了兜着走呢——请原谅我这么说。您到雅尔塔来吧。

我会焦急地等待您的来信和您那张据您说来很像老巫婆的照片。寄来吧,亲爱的丽卡,让我至少也能在照片上见到您。唉,我不属于"我的朋友们"之列,我向您提出的一切请求总是得不到满足。我没法把我的照片寄给您,因为我没有照片,也不会很快就有。我不照相。

尽管有严厉的禁令,可是一月间我大概会到莫斯科去住两天,要不然我就会烦闷得上吊了。那么我们会见面吗?到那时候您给我送两三条领带来吧,我会付钱给您。

离开莫斯科以后我要启程到法国或者意大利去。

---

① 费多尔·伊凡诺维奇·夏里亚宾(1873—1938),俄罗斯男低音歌唱家。
② 俄国歌唱家。在萨·伊·马蒙托夫的歌剧院演出。——俄文本注

涅米罗维奇和斯坦尼斯拉夫斯基①有一个很有趣的剧院。②那儿有一些漂亮的女演员。要是我先前在那儿多流连一阵,我就会神魂颠倒了。我的年纪越大,我的生命的脉搏就跳得越快,越有力。您要记住这一点。可是您不要害怕。我不会惹得"我的朋友们"不痛快,也不敢做那种他们毫无顾忌地敢做的事。

我再说一遍:您的信使我非常非常高兴。我担心您不相信这一点而不很快地给我回信。我向您赌咒,丽卡:您不在我感到寂寞。

希望您幸福,健康,确实获得成就。昨天吃晚饭的时候他们称赞作为歌唱家的您,我很高兴。愿上帝保佑您。

您的安·契诃夫

一八九八年九月二十一日

于雅尔塔

我的住址:雅尔塔,布谢夫寓所。

五二七

致巴·费·姚尔达诺夫

十分尊敬的巴威尔·费多罗维奇,我向您提出一个很大的请求。三四年前我寄给图书馆一个文集《开端》,是由"俄国语文爱好者协会"出版的。这个文集里有我的短篇小说《太太》。请您费心雇一个人把它抄下来,寄给我。这个短篇相当短,不到半个印

---

① 康斯坦丁·谢尔盖耶维奇·斯坦尼斯拉夫斯基(1863—1938),俄国演员,导演,莫斯科艺术剧院的创始人和负责人。
② 指莫斯科艺术剧院。契诃夫在来雅尔塔之前曾到该剧院去观看《海鸥》和《沙皇费多尔·伊凡诺维奇》的排演。——俄文本注

张。我要把它拿去发排。我本来不想麻烦您,可是,唉,我不在莫斯科而在雅尔塔,在这里是很难找到这本书的。

纪念日①过得怎么样?可惜我不能去,而我是很想去的。也许在纪念像②揭幕的时候我会去。您那些委托我同安托科尔斯基见面的信在我这里保存得完整无缺,应当把这些信归并到"纪念像案卷"里,以便让后代子孙看出这个城为这个美丽的雕像所应感谢的不是我而是您。我在报上读到似乎我在"奔走操劳"。可是要知道,奔走操劳的是您,而不是我。

我的身体又好又坏。之所以坏,是因为我脱离了常轨,几乎不工作了。这种被迫的闲散和在疗养区的游荡比任何杆菌都坏。

要是您有机会到莫斯科去,那就请您到隐庐饭店剧院③去看斯坦尼斯拉夫斯基和符·涅米罗维奇-丹钦科排出来的戏。Mise-en-scène④是惊人的,在俄国还从来也没有过。除了别的戏以外,我的倒运的《海鸥》也快要上演了。

我得到一个消息,说是我的堂弟符拉季米尔·契诃夫⑤被派到一个市立学校里去做教员了。这是个好孩子,很正派,有知识。

假如您有空闲的时间,就请您给我写上两三行关于纪念日的情形。

祝您万事如意,握您的手。

您的安·契诃夫
一八九八年九月二十一日
于雅尔塔

----

① 指塔甘罗格建立二百周年纪念,在 1898 年 9 月间。——俄文本注
② 指塔甘罗格市的彼得大帝雕像。——俄文本注
③ 当时莫斯科艺术剧院在隐庐饭店大厅里公演。——俄文本注
④ 法语:布置设计。
⑤ 即符拉季米尔·米特罗方诺维奇·契诃夫。

雅尔塔，布谢夫寓所。

要是您派人把《开端》送到我的堂弟那儿去，他就会把那个短篇抄下来。

五二八

致伊·伊·戈尔布诺夫-波萨多夫[①]

亲爱的伊凡·伊凡诺维奇，我在雅尔塔收到您的信，我在这儿已经住了差不多一个星期了。多谢您惦记我，给我写信。我一直在打听您在什么地方，近况如何；我听说您结了婚，听说尽管"媒介"遭到种种风波，可是您没有疲倦，没有泄气，继续照先前那样工作，我非常高兴。我诚恳地、由衷地祝您身体健康，朝气蓬勃，获得成功，在家庭生活中得到幸福。

您的条件（关于稿费）我当然同意，而且根本不存在不同意的问题。《命名日》的校样[②]我收到，读过，已经寄回去了。要是您那儿有"媒介"的什么新出版物，就请您寄给我，以便阅读。我在这儿闷得慌，几乎没有书可读。八月底我原打算到亚斯纳亚·波利亚纳去，可是潮湿的天气作梗。整个夏天我的自我感觉一直很好，健康而且保养得很好，像是书报检查委员会的主席；可是临近夏末，天气凉下来，我的杆菌就又开始胡闹，不过还不算厉害。紧紧

[①] 伊·伊·戈尔布诺夫-波萨多夫(1864—1940)，俄国作家，自1897年起担任"媒介"出版社的主编。——俄文本注

[②] 指"媒介"出版社准备出版的契诃夫这篇小说的单行本。——俄文本注

握您的手,向您鞠躬。

您的安·契诃夫
一八九八年九月二十四日
于雅尔塔

雅尔塔城,布谢夫寓所。

五二九

致达·利·谢普金娜-库彼尔尼克

亲爱的教母,我赶紧给您回信,答复关于《蠢货》的事①。我再说一遍,我很高兴。我所以写"再说一遍",是因为两三年前我已经按照您的意愿在信上表示过同意,而且似乎差点签了合同。至于我的《蠢货》在小剧院上演(或者说得正确一点,在小剧院的舞台上演),这对我来说只有感到荣幸。

塔季扬娜·叶——娃②,我前几天寄给您一张明信片,要您的《瞬间的永恒》③。劳驾,您寄来吧。我打算在这儿作题为《论戏剧艺术由于退化而衰落》的演讲,我得从您的剧本里摘出一段来读一下,而且要把您的和演员加林④的照片拿给听众们看。

---

① 谢普金娜-库彼尔尼克写信告诉契诃夫,说莫斯科的小剧院打算上演他的轻松喜剧《蠢货》,为此必须由作者同意并且签署合同。——俄文本注
② "他(契诃夫)还给我起了个绰号塔季扬娜·叶——娃,"谢普金娜-库彼尔尼克在回忆录里说,"用他认识的一个新闻记者的姓,这人似乎外貌丑陋(我连见都没见过他),并且吓唬我说要把我嫁给他。"(详见《回忆契诃夫》,载《同时代人回忆契诃夫》)——俄文本注
③ 塔·莉·谢普金娜-库彼尔尼克的独幕剧。——俄文本注
④ 即德·维·加林-文津格,俄国的话剧演员和文学工作者。——俄文本注

不错,您说得对,写剧本的女人不是与日俱增,而是与时俱增;我想,要根除这种灾祸只有一个办法,那就是把所有的女人硬邀到缪尔和梅利里扎商店里去,然后放一把火把这个商店烧掉。

同行在此地是有的,浊泉①向四面八方流动,也有女人们,有写剧本的,有不写剧本的,可是仍旧沉闷乏味,心口堵得慌,仿佛喝下一大口素菜汤似的。您来吧,我们一块儿去游览四郊。这儿的吃食很好。

祝您健康。

您的教父安·契诃夫
一八九八年十月一日
于雅尔塔

我在合同上签了字,立刻就寄回了。

请您告诉玛霞说,我已经寄给她两封信了。

五三〇

致尼·米·叶若夫

亲爱的尼古拉·米哈依洛维奇,有一个谢尔盖·阿历克塞耶

---

① 指酒宴。据谢普金娜-库彼尔尼克在回忆录《回忆契诃夫》里说,契诃夫的父亲有一次对神父的布道很满意,这个神父说:"如果你们看见一个过路人,渴得难受,在他身旁有两眼泉,一眼洁净清澈,一眼肮脏混浊,过路人为了一时解渴,竟不顾清泉而去喝浊泉,你们会怎么说呢?你们也许会叫他无知的人!但是你们在假日,不走向洁净的清泉,不去教堂做弥撒,而去酒馆喝个烂醉,你们不是在做同样的事吗?"从此契诃夫就称吃斋饭的人"到浊泉去"。——俄文本注

维奇·叶皮方诺夫①(住在普烈奇斯钦斯基林荫道,柯彼依金家寓所)写信给我,说他害肺结核,极端贫困。他是《娱乐》②等杂志的很久以前的撰稿人,是个穷人,失意的文学工作者,而且大概是个酒徒。请您费神设法打听一下他的景况怎样,除了小小的金钱方面的帮助以外还能为他做点什么。如果他的病还有药可救,那么把他登记为"互助基金"的成员以防丧失劳动能力,也许还不算太迟。我愿意替他缴纳会费。如果他的情况已经没有希望(肺结核到了晚期),那么在经过查访以后您是否认为可以在《附言》③里向行善的人呼吁,就说现有一个小诗人谢·阿·叶——夫贫病交加等等,就像去世的库烈平④为普佳达⑤所做过的那样。您的《附言》会募到五十到一百卢布,也许还不止这些。要是您见到叶皮方诺夫,就告诉他说我是在雅尔塔给他寄回信的,目前我就住在雅尔塔。我的地址:雅尔塔,布谢夫寓所。祝您健康,顺遂。

您的安·契诃夫
一八九八年十月二日
于雅尔塔

五三一

致阿·谢·苏沃林

您写信说,不应当惯坏了读者;就算这样吧,可是也不应当把

---

① 俄国诗人,在幽默杂志《闹钟》《观察家》上发表作品。
② 俄国的一个幽默杂志。
③ 指叶若夫在《新时报》上刊登的小品文所加的《附言》。——俄文本注
④ 亚历山大·德米特利耶维奇·库烈平是莫斯科新闻记者,1882年起任《闹钟》杂志的主编。晚期为《新时报》撰稿。
⑤ 即尼古拉·阿波洛诺维奇·普佳达,俄国新闻记者和翻译工作者。

59

我的书卖得比波达片科和柯罗连科的贵。在雅尔塔这儿,我的书销得很多,据书店里的人对我说,读者常常表现出反感。我生怕太太们在街上会用阳伞打我。

这儿天气暖和,完全和夏天一样;今天起风了,可是昨天和前天的天气都那么好,我忍不住打了一个电报给《新时报》。我走来走去,没穿大衣,仍旧觉得热。克里米亚的海滨美丽,舒适,比里维埃拉①更惹我喜欢;只是有一个糟糕的地方,那就是没有文化。在文化方面雅尔塔比尼斯走得更远;这儿有下水道,可是郊区却是地地道道的亚细亚②。

我在《新时报》上读到一篇短讯③,讲的是涅米罗维奇和斯坦尼斯拉夫斯基的剧院,还讲了《费多尔·伊凡诺维奇》,我不懂这篇短讯的用意。您那么喜欢那个剧院,而且在那儿受到那么热诚的接待,因此,想必是发生了什么我不知道的大误会,才会有理由写出这样的短讯。出了什么事呢?

顺便说说,我离开莫斯科以前去看过《费〔多尔〕·伊〔凡诺维奇〕》的彩排④。那种有文化修养的表演风格我十分喜欢,并为之感动;从舞台上吹来真正的艺术,虽然演员并不是有伟大才能的

---

① 地中海沿岸地区。冬季温暖,夏季炎热,为世界著名的旅游休憩地。
② 借喻"蛮荒地带"。
③ 契诃夫大概指的是1898年10月1日《新时报》上的一篇短讯,它反驳报上的消息,即苏沃林邀请涅米罗维奇-丹钦科和斯坦尼斯拉夫斯基创办的艺术剧院到彼得堡的文艺小组剧院演出。简讯里说苏沃林"根本无意邀请大众艺术剧院的剧团","他有种种理由认为文艺小组的剧团比一切私人剧团出色"。——俄文本注
④ 契诃夫曾在1898年9月14日到莫斯科的隐庐饭店的大厅里去观看俄国剧作家阿·康·托尔斯泰的悲剧《沙皇费多尔·伊凡诺维奇》,这次彩排由奥尔迦·列昂纳尔多芙娜·克尼碧尔扮演伊林娜,由伊凡·米哈依洛维奇·莫斯克文扮演费多尔,由亚历山大·列昂尼多维奇·维希涅甫斯基演大都诺夫,由瓦西里·瓦西里耶维奇·卢日斯基演舒依斯基,由亚历山大·罗季奥诺维奇·阿尔捷木演老人包格丹·克留科夫。——俄文本注

人。依我看,伊林娜演得出色。她的悦耳的声调、高贵的气度、诚恳的态度,都那么出色,弄得人喉头发痒。我觉得费多尔有点差劲;戈都诺夫和舒依斯基不错,老人(钺)妙极了。然而最好的是伊林娜。要是我留在莫斯科,我就会爱上这个伊林娜①。

薇和娜·柯洛木宁娜②在此地。她们先是住在雅尔塔,后来就到阿卢普卡去了。我遇见她们觉得很愉快。

作为画家的卡拉津③我是不喜欢的。他那种单调沉闷惹得人厌烦。

您应许过为您的书店所出售的剧本印一些广告,散发到各剧院去。这倒不妨一试。

祝您健康,祝您万事如意,向您深深鞠躬。我要到澡堂里去了。

您的安·契诃夫
一八九八年十月八日
于雅尔塔

我的地址很简单:雅尔塔。不久我就要搬出布谢夫寓所了④。

五三二

致玛·巴·契诃娃

亲爱的玛霞,昨天,十月十三日下午两点钟,西纳尼⑤收到你

---

① 后来克尼碧尔成了契诃夫的妻子。
② 俄国律师柯洛木宁的女儿,苏沃林的外甥女。——俄文本注
③ 尼古拉·尼古拉耶维奇·卡拉津(1842—1908),俄国插图画家和小说家,民族学家。——俄文本注
④ 1898年10月中旬契诃夫搬到伊凡诺夫别墅的伊萨克·纳乌莫维奇·阿尔特舒烈尔医生家里住了不久。——俄文本注
⑤ 即伊萨克·阿布拉莫维奇·西纳尼,雅尔塔一家书店的老板。

的电报。电文不清楚:"安东·巴甫〔洛维奇〕·契诃夫怎样对待他父亲去世的消息①"。西纳尼慌了,认为他应该瞒住我。整个雅尔塔都知道我父亲死亡的消息,而我却一点消息也没得到,西纳尼直到傍晚才拿出电报来给我看;这以后我就到邮局去,在那儿看了我刚刚收到的伊凡的信,他在信上告诉我动手术的事。我是在十四日傍晚写这封信的,这以前什么消息也没有,毫无动静。

不管怎样,这个令人悲伤的、完全出人意外的消息使我深深地难过和震动。我为父亲伤心,为你们大家伤心;你们大家在莫斯科经历了这样悲恸欲绝的事,与此同时我却住在雅尔塔,心平气和,这个想法一直不肯离开我,压在我的心上。母亲怎么样?她在哪儿?要是她不到梅里霍沃去(她一个人住在那儿会郁闷),那么你让她住在哪儿呢?总的说来有许多问题,应当加以解决才是。凭你打给西纳尼的电报来看,你们对我的健康心存怀疑。要是你和母亲心神不定,那么我是不是可以到莫斯科去住一阵呢?或者,妈妈是不是愿意到雅尔塔我这儿来,在此地休养一下呢?目前正是她到此地来四处看看的时候,要是她喜欢的话,我们索性就在此地长住吧。这儿的天气一直很暖和,出门不必穿大衣,显然在这儿过冬是很舒服的。那我们就在雅尔塔过冬,在梅里霍沃或者雅尔塔附近的库楚科耶过夏。

若是妈妈要到我这儿来,那就先打个电报给我。我会到塞瓦斯托波尔去接她,从火车站雇马车直接陪她到雅尔塔来。

坐快车是方便的。在这儿妈妈会受到友善的迎接和极好的款待。要是你也能请个假,哪怕到这儿来一个星期,那对于我就会是很大的快乐。顺便也好商量一下现在该怎么办。我觉得父亲死

---

① 契诃夫的父亲巴·叶·契诃夫于1898年10月12日在莫斯科的医院里动手术后去世。——俄文本注

后,在梅里霍沃就不能再居住下去了,仿佛梅里霍沃的生活随着他的日记①一齐停止了似的。

我再说一遍,我的身体完全健康。给我来信吧,劳驾,别弄得我蒙在鼓里了。包裹我收到了。

明天我还要写信。祝你健康。问候妈妈、万尼亚和索尼雅②。

你的 Antoine③

一八九八年十月十四日

于雅尔塔

五三三

致阿·谢·苏沃林

我的父亲是在折磨人的疾病和为时很久的手术之后去世的;要是我在家,就不会出这样的事。我不会容许发展到坏疽。不管怎样,在最近这些日子里我的心绪十分不畅快。不过天气倒很好;白昼温暖,完全像夏天,只有一清早天气凉快。我给《新时报》打了一个关于天气的电报,可是这个电报没有登出来,他们大概以为我夸大其词了。薇拉和娜杰日达·阿历克塞耶芙娜穿着薄薄的连衣裙。

我大概要留在雅尔塔过冬了。我不打算出国去。再者也没去出远门,因为必须拟定今后生活的计划。过几天我妹妹就要到雅

---

① 契诃夫的父亲自从搬到梅里霍沃居住以后每天记日记,直到去世。——俄文本注

② 安·巴·契诃夫的大弟伊凡和弟媳索菲雅·符拉季米罗芙娜·契诃娃的爱称。

③ 法语:安托万。

尔塔来,我们会一块儿决定我们该怎么办。我的母亲大概已经不愿意住在乡下,她一个人住在那儿会害怕。我们多半会卖掉梅里霍沃,在克里米亚安顿下来,住在一起,直到杆菌离开我为止;反正医师们认为我还得在克里米亚度过不止一个春天。这就是所谓的生活脱离常轨了。

以前您不止一次说过,我可以从书店①里取五千以至一万,而且条件优厚,也就是这笔债可以分几年,一部分一部分地偿还。如果您现在还是这样主张,那就请汇给我五千,并且对书店说明这笔债逐步从我的收入②里扣除,每年一千,不要超过此数,要不然我就伤脑筋了。

我在报上看到《费多尔·伊凡诺维奇》一剧在您那里和莫斯科获得的成功③。我正在思考一个描写人民生活的场面④,大概我会写成的。在雅尔塔,生活安静,不由得使人想写一部长篇小说,只要我一恢复平时的心境,我就坐下来,写出大约十个印张的作品来。

您的《达吉雅娜·列宾娜》⑤在此地演过,是由沃尔吉娜扮演的。

请打电报来。我还没收到样本。第一卷⑥的材料由柯洛木宁的两位小姐带去。她们是很可爱的人,跟她们相处是快活的,可是她们很少从阿卢普卡到此地来。昨天她们给我送来了葡萄。

---

① 指《新时报》开设的书店。
② 指契诃夫在苏沃林那里出版的小说集的稿费。
③ 俄国诗人、剧作家、小说家阿历克塞·康斯坦丁诺维奇·托尔斯泰的剧本《沙皇费多尔·伊凡诺维奇》除了在莫斯科艺术剧院上演以外,还在彼得堡的文艺小组剧院上演,由演员奥尔连涅夫扮演沙皇费多尔。——俄文本注
④ 也许是指中篇小说《在峡谷里》。
⑤ 苏沃林的多幕剧。
⑥ 指契诃夫当时准备出版的文集的第一卷。

有月亮了。海洋迷人。我要去发这封信了。

　　　　　　　　　您的安·契诃夫

　　　　　　　　　一八九八年十月十七日

　　　　　　　　　于雅尔塔

雅尔塔,伊凡诺夫别墅。

五三四

致瓦·米·索包列甫斯基

　　亲爱的瓦西里·米哈依洛维奇,我直到现在没有给您写信,是因为什么事都没有确定;我一直不知道我会到哪儿去,在哪儿过冬,等等。现在呢,一切渐渐明确,我能给您写信了。第一,我在本来的意义上,也就是在生理的意义上,是健康的,一切都顺利。第二,雅尔塔的天气迷人,比去年十月的尼斯好①。树和草还是绿的,天气温暖干燥;我们都穿夏天的衣服。海洋美极了。一句话,真是好,因此我决定留在雅尔塔过冬了。

　　叶尔巴契耶甫斯基②在此地,他在给自己造一所三层楼的房子,兴致很高。奥西波夫③在这儿,我在您家里遇见过他。此外还有十月间到此地的医师。

---

① 1897年10月契诃夫和索包列甫斯基都在法国疗养地尼斯。
② 谢尔盖·亚科甫列维奇·叶尔巴契耶甫斯基(1854—1933),俄国作家,医师。——俄文本注
③ 即叶夫格拉夫·阿历克塞耶维奇·奥西波夫,俄国医师,主管莫斯科省卫生局。——俄文本注

那么，我就在雅尔塔住下了。我的地址只有三个字：雅尔塔。只等天气一坏，我就坐下来，给您写十几篇小说。我应许您，而我是说话算数的。

韦塞洛甫斯基(阿·尼)①同我约定，叫我拿出一篇短篇小说给他编文集，这文集是为一个医学训练班募款的。我答应了。现在弄清楚，原来这个文集不是由阿·尼本人编辑，而是由韦塞洛甫斯基夫人编辑的……然而这个短篇仍旧得寄去。

安纳托里·亚科甫列夫②来信说，您没有照您应许的那样把《捐款》的原稿还给他，因而使他失去了修改这篇小说的可能。我安慰他，答应给您写信。

我听说勃拉兹在给瓦尔瓦拉·阿历克塞耶芙娜画像。画得成功吗？我的肖像画如今挂在特列嘉柯夫美术馆里，很少有人喜欢它。这幅嵌在框子里的画根本没有趣味，似乎很难画出比这幅更没趣味的肖像画了。勃拉兹给我画画不走运。

您大概已经听说我的父亲在动手术以后去世的消息。这件事打乱了我们的整个生活；现在也许得按新的方式安排生活了，因为我的母亲未必会愿意冬天一个人住在乡下，一般说来冬天生活是艰难的。我正在等我的妹妹到雅尔塔来找我，我们要一块儿决定我们该怎么办。

瓦尔瓦拉·阿历克塞耶芙娜近况如何？劳驾代我问候她，向她致意，祝她万事如意。也问候娜达霞、格列勃、瓦丽雅③。我常常想起他们，让他们也在他们的神圣的祷告里为我祈祷吧。

---

① 阿历克塞·尼古拉耶维奇·韦塞洛甫斯基(1848—1918)，俄国西欧文学教授，1901至1904年为"俄罗斯语文爱好者协会"主席。——俄文本注
② 即安纳托里·谢尔盖耶维奇·亚科甫列夫，安·巴·契诃夫旧时的学生。——俄文本注
③ 索包列甫斯基和莫罗佐娃的儿女。——俄文本注

克里米亚的葡萄酒很差劲,不过也还可以喝惯;反正我也不能多喝。伙食很好。葡萄便宜。

愿上苍保佑您。要是您有空闲的时间,就给我写上两三行。您到涅米罗维奇的剧院①里去过吗?

紧紧握您的手。

衷心热爱您的安·契诃夫

一八九八年十月二十一日

于雅尔塔

五三五

致符·伊·涅米罗维奇-丹钦科

亲爱的符拉季米尔·伊凡诺维奇,我在雅尔塔,而且在此地还会住很久。树和草像夏天那样发绿,天气暖和,晴朗,无风,干燥,比如今天就不是暖和,而简直是炎热了。这使我很满意,说不定我就此住在雅尔塔不走了。

你的电报②深深地感动了我。多谢你,多谢康斯坦丁·谢尔盖耶维奇,多谢惦记我的演员们。总的说来,劳驾,别忘记我,至少偶尔给我写封信。你现在是个十分忙碌的人,是导演了,可是有时候仍旧要给我这个闲人写写信才好。你写一写你那边的情形,头几次演出的成功对演员们产生了什么影响,《海鸥》③怎么样,演员

---

① 指莫斯科大众艺术剧院。——俄文本注
② 因契诃夫的父亲去世而拍给契诃夫的唁电,署名的还有斯坦尼斯拉夫斯基和艺术剧院的演员们。——俄文本注
③ 莫斯科艺术剧院正在排练该剧。

的分配有什么变动①,等等,等等。从报纸上判断,开端是成功的,我非常非常高兴,高兴得你无法想象。你们的这次成功又一次成为一个额外的证据,它证明观众和演员都需要一个有文化修养的剧院。可是为什么大家不写伊林娜②——克尼碧尔呢?莫非发生了什么挫折吗?你们那个费多尔③我不喜欢,然而伊林娜似乎出类拔萃;可是现在大家谈费多尔却比谈伊林娜多。

这儿的人已经把我拉进社会生活了。他们派我在女子中学担任督学理事会理事。于是现在我神气活现地在这个中学的楼梯上走上走下,身穿短斗篷的女学生们向我行屈膝礼。至于西纳尼所说的庄园,那是很好的,富于诗意,舒适,可是荒凉;这地方算不得克里米亚,而要算是叙利亚④。那庄园只值价两千,可是我没买,因为我没有这两千。要是我们卖掉梅里霍沃,我就买它。

我在等候《安提戈涅》⑤。我等它是因为你答应寄给我。我很需要它。

我在等我的妹妹,她打电报来说她要到雅尔塔来找我。我们要一块儿决定现在该怎么办。我的父亲去世后,我的母亲如今未必会愿意住在乡下了。得想出一个新的办法来才成。

向叶卡捷琳娜·尼古拉耶芙娜·罗克萨诺娃⑥、克尼碧尔、维希涅甫斯基鞠躬问候,深深地鞠躬。

我带着极大的愉快想起他们。祝你健康,顺遂。写信来吧,劳

---

① 在第一次排演的时候,特利果林的角色由阿拉谢夫扮演,沙木拉耶夫的角色由维希涅甫斯基扮演,陀尔恩的角色由斯坦尼斯拉夫斯基扮演。——俄文本注
②③ 指《沙皇费多尔·伊凡诺维奇》中的角色。
④ 借喻"蛮荒地带"。
⑤ 索福克勒斯的悲剧。——俄文本注
⑥ 玛丽雅·留多米罗芙娜·罗克萨诺娃,莫斯科艺术剧院的女演员。——俄文本注

驾。紧紧握你的手。

你的安·契诃夫
一八九八年十月二十一日
于雅尔塔

雅尔塔。
问候苏木巴托夫。

五三六

致丽·阿·阿维洛娃

我看完您的信,只有摊开两只手的份儿了。要是我在最近的那封信①里祝您幸福和健康,那么这不是因为我打算停止我们的通信,或者,千万别这样,打算避开您,而只不过是因为我确实一向希望,现在也希望您幸福和健康。这是很简单的。如果您在我的信里看到了其中所没有的东西,那么这大概是因为我不善于写信。

您的信是从洛帕斯尼亚寄到雅尔塔来的,因此我回信才这样迟。我目前在雅尔塔,而且还要在这儿住很久,甚至也许留下来过冬了。天气极好,完全像夏天一样。您这封令人不快的、纯粹北方气派的信使我回忆起了彼得堡;我想到了你们彼得堡的批评家和哲人,他们对《被遗忘的信》②竟然回报说:"感激之至!"我想起了

---

① 指1898年8月30日契诃夫写给阿维洛娃的信。参看第五二五封信。——俄文本注
② 阿维洛娃的一篇为契诃夫所称赞的短篇小说;参看第四八二封信。——俄文本注

迷雾、谈话，我想啊想啊，就赶紧走到海边去了，目前海洋可是迷人的。也许我甚至就在雅尔塔定居了。我的父亲在十月间去世了，从这以后我本来所住的那个庄园对于我就失去了一切魅力；我的母亲和妹妹也不会再愿意住在那边，于是现在不得不开始新的生活。由于我在北方过冬是被禁止的，那我大概就只好在南方筑一个新巢了。我父亲是在动了大手术之后出人意外地去世的，这使我和全家人都感到心情压抑，我至今都不能镇静下来。

不久以前我把您的地址写给《大众杂志》的主编①了。他想跟您认识。

不管怎样，请您不要生我的气，要是我的上一封信里确实有什么生硬的或者不愉快的地方，那就请您原谅我。我没有故意让您伤心的意思，要是有的时候我的信写得不行，那么这不是我的过错，这是违背我的意志的。

紧紧握您的手，祝您万事如意。我的地址：雅尔塔。此外什么也不必写。光写雅尔塔就行了。

您的安·契诃夫

一八九八年十月二十一日

于雅尔塔

五三七

致丽·斯·米齐诺娃

亲爱的丽卡，我有两个消息。第一个是我的父亲去世了。

---

① 指维克托·谢尔盖耶维奇·米罗留包夫，1897年以前是歌唱演员，以"米罗夫"这个姓进入大剧院。——俄文本注

他得了肠箝闭症,就医迟了,而且是通过一条糟糕透顶的道路给送到火车站去的,然后在莫斯科动手术,剖开了腹腔。从来信判断,他的生命终结的时候痛苦不堪,玛霞难过得很。我的心头也沉重。

第二个是我买下(欠着债)雅尔塔附近的一块地①,为的是有一份不动产,我也好在那儿过冬,并且在闲暇的时候培植您所痛恨的醋栗。我买下的这角土地坐落在一个美丽如画的地方;有海景,也有山景。那儿有自己的葡萄园,自己的水井。那地方离雅尔塔有二十分钟的路程。草图已经画好,同时也没有忘记客人,特为他们在地下的一层房屋里拨了一个小房间;遇到没有客人的时候,这个小房间里就住母火鸡。

不管怎样,在明年四月以前我未必会到巴黎去。我非常想见到您,可是又不想外出。钱也没有,再者克里米亚很好,好得难以形容。天气惊人,好比真正的夏天。不,想必应该您回到俄国来,而不是我到巴黎去。要是您真的不久就回来,那就给我带些领结和手绢(有记号安的)来,我会给您钱。我用人格担保,我会给钱的!哪怕您带来一百个卢布的东西,我也会全部付清;千万别妨碍我。

您的照片很好。您甚至漂亮了,这可是我万万没料到的。我本想把我的照片寄给您,可是我又没有。您能在特列嘉柯夫美术馆里看到我的肖像画。顺便说一句,这幅由勃拉兹画成的肖像非常不好看。

我在等玛霞。这几天她就要到雅尔塔来,见一见面,谈一谈。自从我父亲去世后,自从出了这个延续好几天的惨剧,弄得大家心

---

① 在阿乌特卡街旁边,由契诃夫造了一所别墅,十月革命后成为安·巴·契诃夫的博物馆。——俄文本注

情紧张以后,我的母亲和妹妹未必愿意再住在梅里霍沃了。我已经在考虑是不是我们全家都在克里米亚住下。这儿天天暖和,生活舒适。

您写信来吧,丽卡。别偷懒。我的地址简单,就是雅尔塔。要是您打算回到俄国来,就请您在一个星期以前写一封信来。

您从哪儿知道我秃顶了?这是多么无礼啊!我明白,您这是在报复我,因为以前我在一封信上好意地、一点也不想侮辱您地对您指出过您的歪肋;说来可惜,您就因为这个缘故才至今也没嫁出去。

祝您健康,幸福。不要忘了您的老崇拜者。

安·契诃夫
一八九八年十月二十四日
于雅尔塔

五三八

致米·巴·契诃夫

亲爱的米谢尔①,我刚寄给你一张明信片,就收到了你的信。关于你们大家在父亲下葬期间经历到的一切,我都知道了,而且心里很不好受。关于父亲的去世,我一直到十三日傍晚才从西纳尼那儿知道,可是不知为什么你们迟迟不给我发电报,要不是我偶尔到西纳尼的店里走一趟,我还会久久地蒙在鼓里呢。

我在雅尔塔买下一块地,想造一所房子,以便有个地方过冬。经常的漂泊以及旅馆房间、看门人、杂七杂八的伙食,等等,等等,

---

① 米·巴·契诃夫的小名。

一想到将要面临这种前途,我就感到不寒而栗。母亲也会跟我一块儿过冬。这儿没有冬天;现在是十月底,可是玫瑰和别的花却在竞相开放,树木绿油油,天气暖洋洋。水很多。除了房子以外,什么也不需要,任何侍候都用不着;大家都住在一起。地下室里放煤,放劈柴,有管院子的人住的房间和种种东西。母鸡一年到头下蛋,而且不必给它们单独造鸡窝,只要用隔板隔一下就成。附近有面包房,有市集。因此母亲会觉得很暖和,很方便。正巧树林区里人们整个秋天采集牛肝菌和松乳菌,而这会使我们的母亲消愁解闷的。我自己不管造房,建筑师承当一切。四月间房子会造好。这块地从城市人的眼光来看是大的;有果园,有花圃,有菜园。从明年起雅尔塔就有铁路了。

库楚科耶[①]不适宜于长住。这是个别墅,很可爱,之所以值得买下来,只是因为它可爱,还因为它卖得便宜。

讲到你所主张的结婚,那么我跟你说什么好呢?结婚只有在相爱的情形下才是有趣的;至于仅仅因为一个姑娘惹人喜欢就跟她结婚,那就无异于在市集上买下一种不需要的东西仅仅因为它很好一样。在家庭生活这架机器里最主要的螺丝钉就是爱情、性的吸引、性生活的和谐,至于其他一切东西,不管我们的看法多么明智,都无关紧要而且无聊。可见问题不在于惹人喜欢的姑娘,而在于爱情;你也知道,问题在于男人。

谢尔普霍夫县出了种种可悲的事。维特[②]中风,柯甫烈因[③]

[①] 指柯楚科耶地方的一个小别墅,契诃夫不久就把它买下了。参看第五五一封信。——俄文本注
[②] 即伊凡·盖尔马诺维奇·维特,谢尔普霍夫地方自治局医师。——俄文本注
[③] 即伊凡·科尔尼洛维奇·柯甫烈因,谢尔普霍夫地方自治局医师。——俄文本注

中风。西多罗夫①死了。瓦西里·伊凡诺维奇(会计员)②害肺结核了。

明天玛霞就来了。我们会好好地把事情商量一下,讨论一下;我会把我们的决定通知你。

律师乌鲁索夫③公爵在此地。他讲得很有趣味。他也想买一块地。不久雅尔塔就会连一小块地也不剩下,大家都争先恐后抢着买。我的文学帮助我买下了我这块地。只因为我是文学工作者,人家才便宜地卖给我,而且让我欠着债买下。

祝你健康,请你代为问候奥尔迦·盖尔马诺芙娜和任尼雅④。要避开肠伤寒并不困难;它不传染,只要不喝生水就成。

我的《万尼亚舅舅》在外省各地上演,到处获得成功。这简直叫人摸不着头脑。我根本没有指望过这个戏。祝你健康,你来信吧。

你的安·契诃夫

一八九八年十月二十六日

于雅尔塔

父亲葬在新圣母公墓,这很好。我本想打电报提出这件事,可是我以为已经迟了;你们猜出了我的愿望。

包罗杜林⑤医师在此地,他问候你。国家银行有一个文官问起你,也叫我问候你。

---

① 没有查明。——俄文本注
② 即瓦·伊·费多罗夫,谢尔普霍夫地方自治局执行处会计员。——俄文本注
③ 即亚历山大·伊凡诺维奇·乌鲁索夫(1848—1900),俄国律师、戏剧学家、作家。
④ 米·巴·契诃夫的妻子奥·盖·契诃娃和女儿叶·米·契诃娃。——俄文本注
⑤ 即瓦西里·安德烈耶维奇·包罗杜林,雅尔塔的医师。——俄文本注

五三九

致阿·谢·苏沃林

我不知道谁要吓唬我家里的人,打了这个残忍的,同时又完全是虚假的电报①。我的体温一直正常;我甚至一次也没用过温度计,因为没有理由用它。咳嗽是有的,然而不比从前厉害。我食欲旺盛,睡眠极好,喝伏特加,喝葡萄酒,等等。前天我着了凉,整个晚上待在家里,可是现在又好了。娜和薇·柯洛木宁娜见过我,要是您乐意的话,她们会讲给您听的。

我请求过,您打电报的时候简单地写"雅尔塔,契诃夫"就行了。添上"布谢夫别墅"和"伊凡诺夫寓所",反而会把邮局弄糊涂,因为我常常更换住处。目前我就住在伊洛瓦依斯卡雅②的别墅里。您记得赫烈诺沃耶③吗?您记得果戈理的《婚事》和扮演新娘的伊洛瓦依斯卡雅小姐吗?④ 我目前就住在这个伊洛瓦依斯基的家里。我同那位 madame⑤ 一块儿吃饭,大谈顺势疗法⑥。女儿已经出嫁。将军本人退职家居了。

---

① 1898年10月25日《新闻报》上登载一个《新闻报》特约记者关于契诃夫健康恶化的电讯:"经常咳嗽,体温波动,时而咯血。"——俄文本注
② 即卡皮托利纳·米哈依洛芙娜·伊洛瓦依斯卡雅,位于雅尔塔的别墅的女主人,契诃夫的熟人。
③ 1892年2月契诃夫曾同苏沃林一起到沃罗涅日省赫烈诺沃耶村去筹备赈济饥民的事宜。——俄文本注
④ 指1892年2月赫烈诺沃耶工厂经理家里举行的业余演出。伊洛瓦依斯基家是当地的地主。——俄文本注
⑤ 法语:夫人,太太。
⑥ 用极微量药物来治疗疾病的方法。18世纪末19世纪初由出生于萨克森的医师萨穆埃尔·哈内曼所创立。

康·谢·狄钦金①在他的信上担惊受怕,唯恐全集②会使我遭到损失。当然,对未来是难以判断的,各种各样的灾难都可能发生。我不会过分追求书的数量;对我来说,重要的只是"版本",书的外观,要让这外观能保存到我死的那天而又不惹人讨厌,虽然我还要活六十四年。为了使我的工作不致产生特别的麻烦,我同意让第二卷叫《形形色色的故事》,第三卷叫《在昏暗中》,第四卷叫《故事集》,第五卷叫《闷闷不乐的人们》,等等。至于第一卷,我收进幽默的短篇小说(这些小说已经托柯洛木宁娜姐妹送去),而以下各卷就简单地叫做某某卷,《故事集》(括弧里写上书名)。您觉得这么办怎样?遇上篇幅大的中篇小说或者长篇小说,我就用这个中篇的名字做书名……这样一来,我觉得就可以避免亏损了。只是应当加紧干才成,可是康斯坦丁·谢苗诺维奇显然还不急,他丝毫不急于把答应过的纸样和铅字字样寄来。在雅尔塔,我的书销路惊人。书店都来不及订货。我在我的电报里请求过您不要写反驳的文章。每逢人家写到我,我总是又恼火又激动。

律师乌鲁索夫公爵在此地。他常到我这儿来。他的举止和谈吐像是喝醉了酒,不过他城府很深。

向安娜·伊凡诺芙娜、娜斯嘉、包利亚鞠躬致意,祝她们万事如意。今天我在等我的妹妹来找我,她傍晚到达此地。

谢谢您的电报以及您的同情。钱收到了,也谢谢您。

您的安·契诃夫
一八九八年十月二十七日
于雅尔塔

---

① 即康斯坦丁·谢苗诺维奇·狄钦金,主管《新时报》周刊的发行工作。
② 当时契诃夫同苏沃林商定,由苏沃林的出版社出版契诃夫的全集。第一卷是契诃夫早期的小说,已经准备好,然而没有出版。1898年10月21日契诃夫写信给俄国作家尼·米·叶若夫说:"我的全集进展缓慢,目前几乎停滞不前。"——俄文本注

我简直摸不着头脑:我的《万尼亚舅舅》竟然在外省大演特演,每一个城都演好几场。在敖德萨,今年秋天演过三场,在哈尔科夫也演过,等等。

五四〇

致亚·谢·美尔彼尔特①

十分尊敬的亚科甫·谢苗诺维奇,目前一切都很好②。只是请您删掉用绿笔标出的字。我觉得在生平事迹的细节方面有些多余的东西。换了是我,就不会提兄弟和教师,这反而多此一举。在指明时代方面,我会遵循另一种方法。"在一八三九年",这对于法国人不大能说明问题,也许去掉这种说法,换一种说法要好些:"在陀思妥耶夫斯基二十岁的时候……"再者,关于陀〔思妥耶夫斯基〕先生开始写作和生活的时代作一点轻描淡写的、简短的历史性和文学性的概述,也不会是多余的事;应当指出他是在如此这般的环境下开始写作的,那是在尼古拉一世③执政的时候,在别林斯基和普希金领导文坛的时候(要知道普希金对他有着巨大的影响,使他产生一种压抑感)。而且这些名字,如别林斯基、普希金、涅克拉索夫④等,作为年代来说,我觉得比数字更富于表现能力,数字通常只能为听者的注意力迟钝地接受,而且什么也不能说明。

---

① 俄国讲师,当时在巴黎讲授俄国文学。——俄文本注
② 指寄给契诃夫请他批评的一篇论费·米·陀思妥耶夫斯基的讲稿的一部分。——俄文本注
③ 尼古拉一世(1796—1855),1825年起为俄国皇帝。他镇压了十二月党人起义,建立了第三厅(镇压革命运动的政治警察机构),残酷迫害普希金等自由思想家。
④ 尼古拉·阿历克塞耶维奇·涅克拉索夫(1821—1877),俄国诗人。

你写的文章笔调流畅,风味可人,令人信服。

我要等续稿。

要是您见到伊凡·亚科甫列维奇①,请代我问候他。

您的安·契诃夫
一八九八年十月二十九日
于雅尔塔

我已经把论普希金的讲稿按包裹寄给您了。想必您已经收到了。

五四一

致薇·费·柯米萨尔热甫斯卡雅②

您在信上写道:照这么办吧,照这么办吧,照这么办吧。③ 我呢,回答您说:您心好,心好,心好,心好……一千个心好!等我到故乡塔甘罗格去的时候,我会到附近的罗斯托夫去,见一见瓦西里耶夫,关于他我已经读到过和听说过了。我不急于去,因为第一,罗斯托夫现在天冷;第二,急着去大可不必,因为我的状况不算太坏,报纸上也已经有了反驳④。

雅尔塔天气很好,暖和,到处呈现出一片绿色;大概我要留在此地过冬了。冬天会很长很长。

---

① 即记者巴甫洛夫斯基。——俄文本注
② 即薇拉·费多罗芙娜·柯米萨尔热甫斯卡娅,俄国女演员。1896 至 1904 年在亚历山大剧院演出,曾扮演《海鸥》中的尼娜,受到契诃夫的称赞。
③ 柯米萨尔热甫斯卡雅在写给契诃夫的信上劝他到顿河罗斯托夫去,在瓦西里耶夫那儿就医。——俄文本注
④ 指反驳报纸上关于契诃夫健康状况恶化的传说。

劳驾,把您的照片寄到雅尔塔我这儿来,请您不要拒绝我这个要求;这张照片要尽可能出色,而且要六寸的,小了不行。您的地址也请告诉我,免得我把信寄到剧院去。

您愿意有一个很好的肖像画家给您画张像吗?有这样一个青年画家勃拉兹,他的作品风行一时;特列嘉柯夫美术馆里已经陈列他的作品了。他在尼斯给我画像的时候,恳切地要求我把他介绍给您。女性的肖像,他画得特别成功。要是您拨得出十次到十二次静坐的时间,就请您写信告诉我,我跟他通信商量一下。我再说一遍,这是个很好的、真正的画家,而不是什么画匠。要是您的肖像画完成后拿去陈列,那才好呢。

您的信深深打动了我,我由衷地感激您。您知道我对您抱着什么态度,因而您一定了解我多么感激您,收到您的信多么高兴。

您一点也没有写到您的健康状况。您近况如何?我经常向我的彼得堡熟人打听您的情况,他们都说您痊愈了。

紧紧地握您的手。

忠实的安·契诃夫
一八九八年十一月二日
于雅尔塔

五四二

致伊·伊·戈尔布诺夫-波萨多夫

亲爱的伊凡·伊凡诺维奇,我在雅尔塔还会住很久,说不定甚至就在这儿过冬了,因此,一切(书、《第六病室》①、稿费、信)都请

---

① 契诃夫的中篇小说,1893年在"媒介"出版社首次出版(目前在重版)。——俄文本注

寄到雅尔塔来。我的地址简单：雅尔塔，安·巴·契诃夫。《病室》的作者样书请不必寄来，我有五本就足够了。《妻子》①的校样我读过了，可是《病室》的校样我只看了前面的一半。不过，这也没有什么大不了的，错误很少。

是的，我们的老人去世了，现在梅里霍沃变得可怕了。我本来以为我的母亲和妹妹不会在梅里霍沃住下去，或者至少在那儿会十分寂寞，我已经在考虑要不要卖掉这个庄园，可是我的妹妹到雅尔塔来了，我们开始商量，我这才明白我们住惯了梅里霍沃，跟它分手已经舍不得了。我们就决定不卖它。

要是我想起或者有机会读到什么值得出版的中篇小说，我就立刻写信告诉您。您能不能费心读一下老作家格列比翁卡②的作品？以前我津津有味地读过他的作品，我想起他的一篇动人的小说《医师》，觉得这篇小说值得出版。这是很久以前的事了，说不定我记错了也未可知。

我的身体不错；我在工作，甚至在坏天气也走出家门。咯血早就没有了。

在我的一生中，我对任何一个人的尊敬，简直可以毫无保留地说，都不及对列夫·尼古拉耶维奇的尊敬那么深刻。您信上关于他的那几行字③给我带来很大的快乐。

---

① 契诃夫的短篇小说，1893年在"媒介"出版社首次出版（目前在重版）。——俄文本注

② 叶甫盖尼·巴甫洛维奇·格列比翁卡（1812—1848），乌克兰作家。——俄文本注

③ 戈尔布诺夫在写给契诃夫的信上说：列·尼·托尔斯泰正在结束他的长篇小说《复活》的新稿，就要在《田地》杂志上发表；托尔斯泰把《复活》的稿费捐给迁移到加拿大去的反仪式派教徒了。（反仪式派是18世纪后半期出现的俄国的一种否定正教一切礼仪、反对神父和僧侣的教派，受到沙皇政府的迫害，19世纪末该派教徒被迫迁出俄国；托尔斯泰一直同情这个教派。）——俄文本注

紧紧握您的手,谢谢您的亲切的来信,祝您健康,万事如意。我很想跟您谈一谈。尽管我不认识您的妻子,但我仍旧请您代我问候她。

您的安·契诃夫
一八九八年十一月九日
于雅尔塔

五四三

致米·奥·缅希科夫

亲爱的米哈依尔·奥西波维奇,果然纳克罗兴的短篇小说①很好。我读得十分愉快,立刻把它推荐给别人去读了。

我的妹妹来过了,我们决定一切照旧,不加变动。将来我在梅里霍沃过夏天。我的母亲住惯了梅里霍沃,习惯了那儿的家务;农民习惯了我们,我们也习惯了他们,舍不得卖掉这个庄园。您在信上写道,梅里霍沃潮湿。不,那儿干燥,夏天根本没有雾;那儿是分水岭。我的身体不错。天气迷人。当然,我不会为《女人的事务》②工作,因为我感到为难:我能给它写点什么呢?不过《周报》③那儿我会寄短篇小说去。我有这样一种心情,恨不得老是坐着写东西,然后把短篇小说送到邮局去寄。显然,我会工作的。谢谢您的来信,祝您万事如意。紧

---

① 指俄国作家普罗科菲·叶果罗维奇·纳克罗兴的《巡礼者》,载于1898年《周刊》第11期上。——俄文本注
② 彼得堡的一种月刊,1899年出版,1900年停刊。——俄文本注
③ 俄国文学与政治性报纸,1866至1901年在彼得堡出版。

紧握您的手。

> 您的安·契诃夫
> 一八九八年十一月十五日
> 于雅尔塔

五四四

致阿·马·彼希科夫(马克西姆·高尔基)①

十分尊敬的阿历克塞·马克西莫维奇,您的信和书②我早已收到,而且早已准备给您写信,可是各种各样的事妨碍我动笔。请您务必原谅。我一有空就坐下来,给您详详细细写一封信。昨天夜里我读了您的《戈尔特瓦集市》,十分喜欢,因此考虑给您写这么几行,以免您生气,把我想得不好。我为我们的相识非常非常高兴,很感激您和写信向您谈起我的米罗夫。

好吧,等到适当的时候再写吧!祝您万事如意,友好地握您的手。

> 您的安·契诃夫
> 一八九八年十一月十六日
> 于雅尔塔

---

① 这是契诃夫写给俄罗斯作家阿历克塞·马克西莫维奇·高尔基(1868—1936)的第一封信。——俄文本注
② 高尔基寄给契诃夫一封信和两本书:《随笔与短篇小说》第一卷、第二卷,1898年在圣彼得堡出版。——俄文本注

五四五

致阿·谢·苏沃林

样品①我已经收到,并且给康斯坦丁·谢苗诺维奇写过回信了。我们不要把这个新的出版物②叫做《全集》,而只叫第一卷、第二卷等等,同时这些卷都保持原来的书名(例如:第五卷,《闷闷不乐的人们》),而且书名写在括弧里,而不像您所说的那样写在封皮的背面。如果某一卷比规定的十个印张少,我就另外加上一些短篇小说。甚至可以把最短的两卷《决斗》和《第六病室》合而为一。每卷的售价照旧:一个卢布。当前重要的是选定开本和铅字,为的是无论如何要把它们确定下来,至于纸张,以后可以按情形改换。您同意我的意见吗?我在等康斯坦丁·谢苗诺维奇对我最近这封信的答复,然后着手阅读第一卷的校样。这第一卷是一个大宝库。

我记得,您曾经答应过把您的书店所卖的剧本单独印一个目录,散发到各剧院去。您改变主意了吗?剧本销售市场的情况是一件令人发指的事。这方面需要一个把这种局面重新改变的尼康③。

我为普希卡烈夫④感到惋惜。他从前是个抒情诗人,颇为温柔、敏感,可是现在显然老了,或者衰退了。他需要的不是写剧本,

---

① 指印书的纸样和铅字字样。
② 参看第五三九封信的注。——俄文本注
③ 尼康,原名尼基塔·米诺夫(1605—1681),1652年起为俄罗斯正教会牧首,致力于教会改革。
④ 即尼古拉·卢基奇·普希卡烈夫(1841—1906),俄国诗人、剧作家,《光与影》等幽默杂志的出版人。

而是翻译。我读您那篇关于他的评论①(完全正确)的时候,就不由得想起当初他在莫斯科而且很富有的时代,于是就为他惋惜了。

您可知道,雅尔塔完全是夏天了。白昼炎热,夜晚暖和,月光晶莹。我的妹妹玛霞来过,我们商量了一下,决定一切照旧。将来我在梅里霍沃过夏天,至于冬天,该在哪儿过就在哪儿过,视健康的情况而定。大家舍不得卖掉梅里霍沃。要知道,我们把鬼才知道是什么的东西经营成了一个很好的庄园。

明年春天我会再到巴黎去。在那儿我们会在伊·伊·舒金②家里的早饭桌或者午饭桌上相遇吗?我每年春天都要到巴黎去。

您的问候我已经向伊洛瓦依斯卡雅转达了。她向您道谢,吩咐我也问候您。她的女儿出嫁了。

这两天书店要把我的每一本书各寄十本来。请您打电话嘱咐他们顺便把《俄罗斯日历》和《全俄罗斯》这两本书也夹在那里面一并寄来,这两本书是我按我的严格的本性强加给您的每年的贡品。《俄罗斯日历》您一向送给我精装本。

艾瓦佐夫斯基③的女儿在此地,到我这儿来过;现在我得去回拜她。

您的身体的总的情况如何?热烈地祝您万事如意。请您在您的神圣的祷告里为我祈祷,并且来信。

您的安·契诃夫
一八九八年十一月十六日
于雅尔塔

---

① 1898年11月7日苏沃林在《新时报》上发表评论,否定普希卡烈夫的剧本《所罗门尼娅和叶莲娜》,该剧于1898年11月5日在彼得堡的亚历山大剧院首次上演。——俄文本注
② 伊凡·伊凡诺维奇·舒金(1862—1908),俄国语文学家,教授,巴黎的俄国高等学校的创办人之一。——俄文本注
③ 即伊凡·康斯坦丁诺维奇·艾瓦佐夫斯基(1817—1900),俄国的海景画家。

五四六

致米·奥·缅希科夫

亲爱的米哈依尔·奥西波维奇,我寄给《周报》一篇短篇小说①,因为您希望这样做。我是按挂号印刷品寄去的;由于您的主编目前大概在国外,我就向您提出我的请求:劳驾,请把校样寄来。小说在细节上还没有完工,我要在校样上润色一下。现在我不愿意再长久地坐着修改原稿了。我身体有点不舒服,再说我又急着想寄出去。那么,劳驾,请把校样寄来。

昨天我强制一位小姐订阅《周报》。我强制一位将军夫人读了您的论文。

雅尔塔的天气很好,只可惜我的心绪不佳,钱也没有,好书也没有。您可知道,我在略微做些医疗工作,这个工作既吸引我,又使我分心。要是我愿意的话,我在这儿的医疗工作会很忙。您近况如何?有什么新闻吗?

紧紧握您的手。

您的安·契诃夫
一八九八年十一月二十六日
于雅尔塔

---

① 契诃夫的小说《公差》。——俄文本注

五四七

致叶·米·沙甫罗娃①

十分尊敬的同行,刚才我到您的妹妹②那儿去过,在那儿喝了茶。还有面包圈。她那儿坐着一位有趣的医师。总的来说,我们在此地生活得不错。天气暖和,晴朗,宜人,一切都有滋有味。刚才有人给我送来一罐蜂蜜。

不过我仍旧怀念莫斯科,怀念得很,我一心想到那儿去,现在那边正赶上很坏的天气和很好的熙熙攘攘,这种熙熙攘攘就使得那种天气不为人所留意了。我一心想到莫斯科去,为的是跟我那些好心的朋友们,例如您,见一见面;我想到剧院去,到饭馆去。您会再一次同意到谢尔普霍夫去演戏为学校募捐。不是吗?我又在建一所学校③(在我所建造的学校里这是第三所),缺两千五百个卢布,一点办法也没有。演出结束以后我们就会到谢尔普霍夫的火车站去吃晚饭……不是吗?可是,唉!在四月以前我不会到莫斯科去,再者,要去也不是去莫斯科,而是去乡下,到荒僻的地方,到建筑工地去。

您近况如何?您那有毒的《眼镜蛇》④写好了吗?您寄给我读一下吧。我没有书,没有东西可读,无聊得变成一块石头了,最后就会从防洪堤上掉进海里,或者草率结婚了事。您的妹妹给我格

---

① 叶连娜·米哈依洛芙娜·沙甫罗娃(1871—1937),俄国女作家。
② 指安娜·米哈依洛芙娜·沙甫罗娃。——俄文本注
③ 在梅里霍沃村。——俄文本注
④ 沙甫罗娃所写的短篇小说。——俄文本注

涅吉奇①的作品读,不料这些小说我已经读过了。西纳尼给我一本《关税税率》,叫我读。我没有事情可做,就读它。

请您忘掉我是一个文学工作者,把我当做一个医师,或者更好些,当做一个病人而给我写信,那么您就会内心坦然,您就不会因为您用您的信占去一个大作家的许多时间而感到痛苦,而且那位大作家其实是成天躺在床上瞧着天花板或者读《关税税率》来消磨他的时间的。握您的手。

您的 Antonio②

一八九八年十一月二十八日

于雅尔塔

五四八

致亚·巴·契诃夫

善良的哥哥,我无辜而受过。我一直保持沉默是因为玛霞直到现在还没回答我的问题:究竟该把钱寄到哪儿去,她才能收到。她没有回信,我一直等着,所以我就没给你写信。

我早就不住在布谢夫的寓所里了。我的地址就是雅尔塔。请你不要听狄钦金的话。普天之下很难找到一个像他这样精神恍惚的人。自从他在印刷厂任职以后,他比先前更加五倍地精神恍惚和行动迟缓了。

玛霞到雅尔塔来过,可是住得不久。

我活着并且健康,至少一点也不觉得有病。咯血是有的,不

---

① 即彼得·彼得罗维奇·格涅吉奇(1855—1927),俄国小说家、剧作家,1900至1902年掌管亚历山大剧院的剧目。

② 意大利语:安东尼奥。

过这也不大碍事,而且我习以为常了。我的心脏非常健康,我宣布完全戒烟戒酒,听凭腐化轻浮、没有出息的人去享用它们吧。雅尔塔天气很好,暖和;自然界呈现出一派祥和的气象。轮船时来时往。

关于芬兰的岛,关于酒徒的医院①,为什么绝口不提了?

《新时报》在德雷福斯一案中落井下石②而且下个不停。真不要脸!呸!

向你的可敬的一家深深鞠躬。祝你健康。

你的 Antonio

一八九八年十一月二十八日

于雅尔塔

五四九

致玛·巴·契诃娃

亲爱的玛霞,我把北面的正面图③寄给你。窗子几乎没有,光是一堵没门没窗的墙,因为那是在北方。那几个小圆孔是浴盆和抽水马桶上面的备用贮水槽。

山上有雪。夜里下过雨,天凉了。显然这儿也有冬天。昨天我到那个地段去了。烂泥粘在雨鞋上,到处看到土耳其人,马,大车,一堆堆黑沙土,这简直是个地狱,可是阳光灿烂,那个地段的风

---

① 参看第四六三封信和注,第五二二封信的注。——俄文本注
② 《新时报》对法国德雷福斯一案素来站在法国反动统治者立场上而为契诃夫所指斥。1898 年 11 月间该案中无辜的皮卡尔上校被交付军事法庭审判,《新时报》再次发表毁谤性通讯和文章。——俄文本注
③ 契诃夫在雅尔塔的别墅的建筑设计草图。——俄文本注

景不同寻常。那儿空旷。娜〔达丽雅〕·米〔哈依洛芙娜〕①昨天坐马车走了,虽然海面平静得像镜子一样。阿霞②仍旧没有下决心走掉,她嗓子哑了。

我看着窗外:山上有雪,铅色的乌云笼罩天空……

昨天瓦尔瓦拉·康斯坦丁诺芙娜③打电话通知我,说已经批准我担任这所中学的督学理事会理事了。在我们这个上流社会里别的消息就没有了,一切照旧。

叶卡特琳娜女皇④咳嗽得很厉害,正在用顺势疗法医治。她是一个将军夫人,可是她那儿常常有许多各种身份的客人光临,常常能遇到一些有趣的人物。顺便说一句,在雅尔塔,既没有贵族,也没有小市民,在杆菌面前人人平等,雅尔塔的这种无等级性倒构成了它的一种优点。村长阿乌特基是此地的普罗科菲,打扮成花花公子的模样,很像尤仁。

你从设计图上可以看出来,贮藏室很多,有多少东西都可以装得下。底层建筑比我设想的要大,其中容得下一大家子人呢。那个地段的土壤无论在多么深的地方都是坚固干燥的,地下水低得很。

好,没有什么可写的了。问候妈妈,向她致意。问大家好。

祝你健康。你收到《新时报》十二月份的钱没有?如果没有,就赶快通知我。

你的 Antonio
一八九八年十二月二日
于雅尔塔

---

① 契诃夫旧日别墅的主人亚历山德拉·瓦西里耶芙娜·林特瓦烈娃的三女儿,教员。——俄文本注
② 安娜·米哈依洛芙娜·沙甫罗娃的小名。——俄文本注
③ 雅尔塔的女子中学的女校长瓦·康·哈尔凯耶维奇。——俄文本注
④ 这是契诃夫为雅尔塔的别墅主人卡·米·伊洛瓦依斯卡雅起的绰号。——俄文本注

五五〇

致阿·马·彼希科夫(马·高尔基)

十分尊敬的阿历克塞·马克西莫维奇,您最近的这封来信给我很大的快乐。我向您由衷地道谢。《万尼亚舅舅》是很早很早以前写成的①;我从没见过它的演出。近些年来它常在内地的舞台上公演,也许这是因为我出版了我的戏剧集的缘故。一般说来我对待我的剧本是冷漠的,我早就脱离剧院,已经不想为剧院写作了。

您问我对您的短篇小说有什么看法。有什么看法吗?您具有无可怀疑的才能,同时又有真正的、博大的才能。比方说,在《草原上》②这篇小说里这种才能就表现出了不同寻常的力量。我甚至因为这篇小说不是我写的而产生了嫉妒心。您是画家,是个聪明人。您的感觉出色。您善于塑造,也就是说,您在描写事物的时候眼睛看得见它,手摸得着它。这才是真正的艺术。这就是我的看法,我很高兴能把这个看法告诉您。我要再说一遍,我很高兴;要是我们能够相识,谈上一两个钟头,您就会相信我对您的评价多么高,我对您的天赋抱着多么大的希望。

现在谈一谈缺点吗?可是这就不那么容易了。谈论才能的缺点,无异于谈论花园里生长着的一棵大树的缺点;要知道,在这方面主要的问题不在于树的本身,而在于看树的人的趣味。不是这样吗?

---

① 契诃夫的剧本《万尼亚舅舅》在1890年写成,但是到1897年才在契诃夫的集子《戏剧》里首次发表。参看第四一八封信的注。
② 马·高尔基的短篇小说,刊登在他的《随笔与短篇小说》上。——俄文本注

我要从下面这一点谈起,那就是依我看您缺乏节制。您好比剧院里的一个观众在表达自己的快乐的时候那么不加节制,因而妨碍自己和别人听戏了。在您用来穿插在对话当中的风景描写里,这种不加节制特别清楚地流露出来;人家在读到它们,读到这类描写的时候,总希望它们紧凑一点,简短一点,有这么两三行也就成了。常常提到爱抚、低语、柔和等,就使这类描写平添上一种浮夸和单调的意味,而且会让读者兴味索然,甚至几乎筋疲力尽。就是在描写女人的时候(《马尔华》《筏上》①),以及在恋爱场面上,也使人感觉到缺乏节制。这不是气魄豪放,也不是才情横溢,而恰恰是不加节制。其次,您常常使用完全不适合您那个类型的短篇小说的字眼。伴奏啦、铁饼啦、和声啦,这类字是碍眼的。您常常提到海浪。在描写知识分子的地方流露出一种紧张情绪,仿佛郑重其事似的;这倒不是因为您对知识分子观察不足,您是熟悉他们的,而是因为您拿不定主意该从哪方面着手描写他们。

您多大年纪了?我不熟悉您,不知道您是哪儿的人,您是怎么样的一个人,不过我觉得趁您年纪还轻,应该离开下诺夫哥罗德城②,到文学界和从事文学工作的人那边去住上两三年,所谓耳濡目染一下;这倒不是为了向我们的公鸡请教③,多多学习他们,而是为了死心塌地一头扎进文学,爱上它;再者,外省使人过早地衰老。柯罗连科、波达片科、马明④、艾尔捷尔⑤都是很好的人;也许最初您跟他们相处会觉得有点乏味,不过以后过上两三年,您就会跟他们处熟,为他们的长处而看重他们了;对您来说,跟他们来往

---

① 《马尔华》《筏上》登载在高尔基的《随笔与短篇小说》上。——俄文本注
② 当时高尔基住在该地。
③ 典出俄国作家克雷洛夫的寓言《驴子和夜莺》:一头驴劝一只唱得十分好听的夜莺去向公鸡学习,以便唱得更好听。
④ 德米特利·纳尔基索维奇·马明-西比利亚克(1852—1912),俄国作家。
⑤ 亚历山大·伊凡诺维奇·艾尔捷尔(1855—1908),俄国作家。

会大大补偿京城生活的不愉快和不便。

我要赶紧到邮局去了。祝您健康,顺遂,紧紧握您的手。再一次感谢您的来信。

您的安·契诃夫
一八九八年十二月三日
于雅尔塔

五五一

致伊·伊·奥尔洛夫①

亲爱的伊凡·伊凡诺维奇,我忍不住,摆了摆阔气,把库楚科依小庄园②买下了。我只付出两千,仅仅这一点点钱,可是我这一买大大加剧了我手头的拮据。不管怎样,这个庄园是迷人的,我想您会十分满意。

我们这儿也已经是冬天了。严寒是没有的,可是昨天夜里下了场小雪(一点点),灌木的树梢上微微有点发白。冬天来了,可是石竹却还在开花呢。

罗扎诺夫③动身开会④去了。叶尔巴契⑤在皮捷尔⑥,斯塔罗普罗依多申斯基在行医,身体发胖,心情忧郁。新闻:此地要加宽

---

① 俄国的地方自治局医师,主管莫斯科省地方自治局索尔涅奇诺戈尔斯克医院。——俄文本注
② 雅尔塔附近库楚耶地区的一个小小的别墅。
③ 即巴威尔·彼得罗维奇·罗扎诺夫,雅尔塔的医师。——俄文本注
④ 彼得堡的矿泉疗养学会议。——俄文本注
⑤ 即谢·亚·叶尔巴契耶甫斯基。——俄文本注
⑥ 此地名未查到,可能有误。

沿岸街,加长防波堤(一百俄丈)。希丹盖耶夫①死了。瓦尔〔瓦拉〕·康斯〔坦丁诺芙娜〕病了,现在好些了;她吩咐我向您问好。小姐们也吩咐我问您好。我咯过血,不过持续不久,五天光景。阿乌特卡的建筑工程正在进行。祝您健康,紧紧握您的手,祝万事万事如意。请您常在您的神圣的祷告里为我祈祷。

我还会写信给您。

您的安·契诃夫
一八九八年十二月十一日
于雅尔塔

五五二

致达·利·谢普金娜-库彼尔尼克

亲爱的教母,向您恭贺新禧,祝您在新的一年里身体安康,诸事顺遂,期待到许多未来的好事。您的电报我收到了,我被深深地打动了。您的信也是头一个寄到,您就是带给我《海鸥》的消息②的可以说是第一个燕子③,亲爱的、令人难忘的教母。

您近况如何?您什么时候把您的诗集寄给我?顺便说一说诗:您在《新时报》上发表的诗(《修道院》)④简直美不胜收,出类拔萃,妙不可言。这儿,在雅尔塔,仍旧是温暖的天气,人倒希望下雪了。

---

① 即Φ.T.希丹盖耶夫,雅尔塔的内科医师。——俄文本注
② 电报和信都是报告1898年12月17日莫斯科艺术剧院首次公演契诃夫的剧本《海鸥》所获得的巨大成功。——俄文本注
③ 意为"先驱"。
④ 契诃夫指的是谢普金娜-库彼尔尼克的诗《在墓园里》。——俄文本注

握您的手。祝您健康。不要忘了您的教父、马车夫安东。

一八九八年十二月二十六日

于雅尔塔

五五三

致亚·列·维希涅甫斯基

亲爱的亚历山大·列昂尼多维奇,向您恭贺新禧,祝您健康,幸福,成功,以及您所希望的一切。承蒙您打来那封亲切的电报①,谨致巨大的、庞大的、六层楼那么高的谢意。我把它保存起来留作纪念,日后,比方说过二十年以后,我再拿给您看。

从报纸上我几乎什么也没看懂,可是我的弟弟伊凡到雅尔塔来了,符拉季米尔·伊凡诺维奇的信②寄到了,我才明白您确实演得多么好,总的来说多么好,而我不在莫斯科,实际上是多么荒唐。我什么时候,在什么地方才能看到《海鸥》啊?紧紧握您的手。当初克拉木萨科夫③会想到日后我写戏,您做演员吗?!

向大家鞠躬问好。

您的安·契诃夫

一八九八年十二月二十六日

于雅尔塔

---

① 指维希涅甫斯基于1898年12月19日所打的电报,他为《海鸥》在莫斯科艺术剧院演出的巨大成功而向契诃夫祝贺。——俄文本注
② 指莫斯科艺术剧院的涅米罗维奇–丹钦科于1898年12月18日所写的信,他在信上详细描写了《海鸥》首次公演的情况。——俄文本注
③ 即伊凡·费多罗维奇·克拉木萨科夫,契诃夫故乡塔甘罗格的中学的算术和地理教师,契诃夫和维希涅甫斯基曾在该校读书。——俄文本注

五五四

致叶·齐·柯诺维采尔①

亲爱的叶菲木·齐诺威耶维奇,向您和叶甫多基雅·伊萨科芙娜②恭贺新禧,祝您长寿,安康,万事如意。多承您打来电报,寄来信③,谨致巨大的谢意。谢谢!!! 此地挺好,可是今天有风,天冷;我只好待在家里,用冷漠的眼光瞧着窗外,羡慕那些在这种天气不住在雅尔塔的人。我的剧本不演了吗④?在剧院方面我不走运,非常不走运,这也是命中注定;如果我同一个女演员结婚,我们就一定会生出一个猩猩来,我的运气就是这样!

祝您健康。握您的手。

您的安·契诃夫

一八九八年十二月二十六日

于雅尔塔

---

① 叶菲木·齐诺威耶维奇·柯诺维采尔是俄国律师,《信使报》合作出版人,契诃夫家的熟人。
② 叶·伊·柯诺维采尔是叶·季·柯诺维采尔的妻子,娘家姓埃夫罗斯,契诃夫的妹妹玛·巴·契诃娃的女友。
③ 叶·齐·柯诺维采尔在写给契诃夫的信上讲起《海鸥》一剧的演出,说这出戏在导演方面是"惊人的",然而某些演员的表演不能令人满意:"海鸥(罗克萨诺娃扮演)差极了。斯坦尼斯拉夫斯基把特利果林演得别出新裁,可是不像您笔下的人物。"——俄文本注
④ 《海鸥》于初次公演后因扮演阿尔卡津娜的演员奥·列·克尼碧尔生病而停止演出。——俄文本注

一八九九年

五五五

致彼·阿·谢尔盖延科

亲爱的彼得·阿历克塞耶维奇,我手头一本书也没有,因此我不能寄书而寄上一张便条①。你取到书就寄到科洛姆纳的图书馆去吧,至于作者签名的书以后再寄。

现在谈一谈马克思②的事。我倒是一点也不反对把我的著作卖给他,甚至一丝一毫也不反对,可是这件事该怎么办呢?我不好意思麻烦你,因为你是一个忙人,同马克思开始谈判却会占用不少的时间。除了已经出版的以外,我的桌子抽屉里还保存着四本像《形形色色的故事》那样大小的书的材料;我卖掉一切现有的作品以及日后我在旧杂志和旧报纸上找到的我认为值得出版的东西。

我卖掉一切,只是剧本演出的收入除外。我的书每年给我带来三千五以上;到现在为止,这件事我办得马马虎虎,我的书随随便便地出版,卖掉;可是在良好的经营条件下光是《卡希坦卡》③每年就能给我一千。三千五是从八七年起过去若干年来我一直凭良

---

① 指一张到《新时报》的书店取书用的便条。谢尔盖延科要求契诃夫把自己的一本亲笔签名的书寄到重新开幕的科洛姆纳市立拉热奇尼科夫图书馆。——俄文本注
② 谢尔盖延科写信告诉契诃夫说,彼得堡大出版商阿道夫·费多罗维奇·马克思建议开始商谈取得契诃夫著作的版权之事。——俄文本注
③ 契诃夫的一个儿童文学作品,曾由苏沃林的出版社出版单行本。

心拿到的数字;不过实际上要多得多,因为收入不断增长,比方说去年就给我带来八千左右,这对于我是空前丰收的一年。如果你有兴致的话,那就跟马克思谈一谈。我是愿意卖掉的,而且这件事也早该整顿一下①,目前这个局面已经变得叫人不能忍受了。

假定你准备跟马克思谈,你就打电报来(雅尔塔,契诃夫收)。当然,越快越好。

好,你生活得怎样?你一点也没有写到你的身体。我的身体倒相当不错,病态的现象和其他一切症状都已经在我的身上停止,如同巴威尔·伊凡诺维奇·伏科夫②或者亚·费·季亚科诺夫③一样了,我过着老单身汉的生活,一种不健康的而又不能算病态的生活,平平淡淡。

向你恭贺新禧,祝你写出十部中篇小说和一个剧本,得到许多金钱和名望。

维希涅甫斯基是一个可爱的人。你不觉得是这样吗?以前谁想得到维希涅威茨基④这个常常考不及格和常常没饭吃的学生会成为一个演员,会在艺术剧院里,在另一个常常考不及格和常常没饭吃的学生的戏里表演呢?

祝你健康,顺遂。紧紧握你的手。

　　　　　　　　　　　　　　　你的安·契诃夫
　　　　　　　　　　　　　　　一八九九年一月一日
　　　　　　　　　　　　　　　于雅尔塔

----

① 1898年秋季契诃夫打算在苏沃林的出版社出版他的著作集,但是这个计划没有实现。参看第五三九封信的注。——俄文本注
② 契诃夫在故乡塔甘罗格的一个熟人。
③ 塔甘罗格的中学学监。
④ 维希涅甫斯基真正的姓。——俄文本注

五五六

致卡·斯·巴兰采维奇①

亲爱的卡齐米尔·斯坦尼斯拉沃维奇,多谢你的友好的来信。这封信调子忧郁,可是读起来仍旧让人感到愉快,因为信是你写的。不管你怎样忧心忡忡,不管信的调子多么忧郁,我仍旧再一次祝贺你②,紧紧握你的手,由衷地、真诚友好地祝你长寿,健康,幸福。你在信上说到写作的无益,不必要,可是你在你一生中的最好的时光毕竟是相信这种写作的,你现在没有抛弃它,以后也决不会抛弃;那你就保持着你的信心吧,现在,在纪念会以后,让你的写作成为你的欢乐,给你带来一系列的安慰吧。我高兴是因为你的纪念会开得很成功,你可以相信大家是怎样真正地热爱你,尊敬你,这就是最大的安慰。

我在雅尔塔过冬了。我的身体还可以,可是医师不准我到莫斯科去;大概,今年整个冬天,要是我活着的话,都得在此地度过了。我在这儿买了一小块地,为的是给自己筑一个窝以便过冬;我是欠着债买下的,而且要欠着债造房;显然我办的是一件蠢事……可是这又有什么办法呢?按我这种已经不能算轻的年纪,按我对足不出户的书房生活的爱好,再到处漂泊,住旅馆,一连好几年漂泊在外,未免太苦,甚至不堪忍受了,于是不管自己愿意不愿意,只得费尽心机,为自己筑一个类似鸟窝的东西了。我的父亲去世了,

---

① 卡齐米尔·斯坦尼斯拉沃维奇·巴兰采维奇(1851—1927),俄国作家。
② 1898 年 12 月 23 日举行了巴兰采维奇文学活动二十五周年纪念会。——俄文本注

老家①已经失去十分之九的魅力;我不想再回家去……要是你以后到克里米亚来,就请来找我,如同从前到普肖尔来找我②一样。那时候我为你来而真诚地高兴。今后也会这样。

我这儿没有你的《生活的神话》③,在此地也没处去找到这本书,因此你的《谈话》我就读不到了。请你把这本书寄来,我会高兴而感激你,极其愉快地读一遍的。

紧紧拥抱你,再一次感谢你的来信,祝你和你的一家万事如意。

你的安·契诃夫
一八九九年一月二日
于雅尔塔

五五七

致阿·马·彼希科夫(马·高尔基)

亲爱的阿历克塞·马克西莫维奇,我一下子回答您的两封信。首先向您恭贺新禧;由衷地、友好地祝您幸福,至于是旧的幸福还是新的幸福,那要随您的心意了。

看来,您有点没弄懂我的意思。我跟您谈的不是您用字粗糙④,而只是您使用外来的、非俄国本土的或者别的作家少用的字不妥当。例如"宿命的"这类字眼换了在别的作者的作品里,读者

---

① 指契诃夫的庄园梅里霍沃。
② 1888年夏季契诃夫全家在普肖尔河畔林特瓦烈娃的庄园上租住别墅,巴兰采维奇曾到那里去访问契诃夫。——俄文本注
③ 巴兰采维奇在信上请求契诃夫读一遍他那本1898年在圣彼得堡出版的《生活的神话》中的短篇小说《谈话》。——俄文本注
④ 参看第五五〇封信。——俄文本注

就会不知不觉地放过去,可是您的作品有音乐性,和谐,其中每一根略微粗糙的小线条都扎眼。当然,这是趣味的问题,也许这仅仅表明我过分挑剔,或者我具有墨守成规的人的那种保守作风。我在描写中遇到"八等文官"和"二级上尉"还看得下去,可是"卖弄风情"和"斗士"(当它们在描写中出现的时候)总是惹得我反感。

您是一个自学者吗?您在您的小说里完全是个画家,同时又有真正的文化修养。粗糙恰好是您最缺乏的东西;您聪明,感觉敏锐而优雅。您的最好的作品是《草原上》和《筏上》,我在写给您的信上提到过吗?这都是完美的精彩之作,从中可以发现一个在很好的学校里毕业出来的艺术家。我认为我没有说错。唯一的缺点是缺乏节制,缺乏优雅。人花费最少的活动量而达到一定的效果,那就是优雅。可是您却使人感到花费得太多了。

您的风景描写是有艺术性的;您是真正的风景画家。可是您常把风景比做人(拟人化),例如大海呼吸,天空瞧着,草原怡然自得,大自然低语、说话、忧郁等,这类用语使得描写有点单调,有时太甜腻,有时却又含混不清;风景描写的生动鲜明只有靠朴素才能达到,像"太阳落下去""天黑下来""下雨了"之类朴素的句子就是,而这种朴素是您身上固有的东西,而且非常强烈,这在任何小说作家身上都是少见的。

革新后的《生活》的第一期[1]我不喜欢。这一期有点不严肃。契利科夫的短篇小说[2]幼稚而作假,韦烈萨耶夫的短篇小说[3]是

---

[1] 彼得堡的杂志《生活》从1898年年底起成为"合法的马克思主义者"的机关刊物,由符拉季米尔·亚历山德罗维奇·波谢担任它的主编,高尔基对这个杂志抱着深切的同情态度。——俄文本注
[2] 俄国散文作家,剧作家叶甫根尼·尼古拉耶维奇·契利科夫的作品《外国人》。——俄文本注
[3] 俄国作家维肯季耶夫·韦烈萨耶夫的作品《安德烈·伊凡诺维奇的结局》。——俄文本注

对某个作品的粗糙的模仿,有点像是模仿您笔下的丈夫奥尔洛夫①;它粗糙,而且也幼稚。一个杂志光靠这种短篇小说是不会有多大起色的。在您的《基利尔卡》里地方行政长官的形象破坏了一切,总的调子倒是好的。请您永远也不要描写地方行政长官。再也没有比描写讨厌的长官更容易的了。读者喜欢这种东西,然而那是最令人不愉快的、最平庸的读者。我对于地方行政长官这类时髦人物就像对于"卖弄风情"那样抱着反感,因此我或许不对也未可知。不过我住在乡下,认识本县和邻县的所有地方行政长官;我认识他们很久了,发现他们的形象和他们的活动根本就不典型、毫无趣味,在这方面我觉得我是对的。

现在谈一谈流浪。② 这,也就是流浪,是很好的、诱人的事,可是年复一年,不知怎的,人就变得腿脚懒,粘在一个地方动不了了。文学这种职业本身也能把人吸引住了。在挫折和失望中时间过得很快,人却没有看见真正的生活;我过去原是十分自由的,现在看来这好像不是我的过去,而是其他什么人的。

邮件送来了,我得读信和看报了,祝您健康,幸福。谢谢您的信;多亏您,我们的通信才这样容易地走上了正轨,为此也要谢谢您。

紧紧握您的手。

您的安·契诃夫
一八九九年一月三日
于雅尔塔

---

① 马·高尔基的短篇小说《奥尔洛夫夫妇》中的人物。——俄文本注
② 高尔基在写给契诃夫的信上说:"到彼得堡去住,我是不愿意的。我不喜欢大城市,在从事文学工作以前我原是个流浪汉。"——俄文本注

五五八

致丽·伊·韦塞里茨卡雅①

十分尊敬的丽季雅·伊凡诺芙娜,多谢您的来信和恭贺,不过主要的是多谢您的惦记和关注。我也向您恭贺新禧,由衷地祝愿今年是您一生中最幸福的一年。

昨天我收到米哈依尔·奥西波维奇②的一封信。他写道,您用二十七度的水给亚沙③擦身子。应当不是擦,而是浇。我决不叫我的病人内服煤焦油,如果亚沙是我的病人,我首先就叫他吃鱼肝油;在药品当中也许除了砷制剂以外我什么也不给他开。

雅尔塔在您的心目中肮脏而可憎。可是话说回来,阿卢普卡也肮脏,恐怕还要脏得多呢。雅尔塔有优良的下水道、很好的水;如果此地为中等收入的人们安排下舒适的住处,那么这里就会成为俄国最有益于健康的地方,至少对胸腔患病的病人来说是如此。我知道许多肺结核病人因为住在雅尔塔而痊愈了。这个城市我早就知道,不止十年了,它在我的心里留下不少坏的记忆,不过呢,我是医生,必须客观,必须公正地下断语。雅尔塔比尼斯好,比它不知干净多少倍。可是俄国的疗养区穷,因此乏味,非常乏味,甚至比去喝马乳酒④还要乏味。列夫·托尔斯泰喜欢马乳酒,那是因为当时他健康,年轻,幸福;我曾经一连几个月在草原上生活过,喜

---

① 丽季雅·伊凡诺芙娜·韦塞里茨卡雅(1857—1936),俄国女作家,笔名米库里奇。——俄文本注
② 俄国反动文人缅希科夫,韦塞里茨卡雅的丈夫。——俄文本注
③ 丽·伊·韦塞里茨卡雅和米·奥·缅希科夫的儿子。——俄文本注
④ 在俄国,肺结核病人喝马乳酒以医病。

爱草原,如今它在我的记忆里还是那么令人神往。不过,要是把一个有知识的病人打发到草原上去,硬叫他在那儿,在普通的条件下生活,经常想到疾病、书桌、信件、报纸、娱乐,那么他除了怨恨以外不会有任何其他心情,而且会带着一肚子怨气回到家里去。

我这儿没有您的地址,就把这封信寄到米哈依尔·奥西波维奇那儿,托他转交给您。问亚沙好,给他拜年,祝他健康,快活。谢谢他在信上添写的那些可爱的话。

您可知道,我还没读过您的《稠李》①呢。为什么您写得这么少?或者说为什么您发表得这么少?为什么您不把您的小说合成一个集子出版?您看,老是为什么,为什么……我经常这样写:为什么?上帝才知道这是为什么。

忠实的安·契诃夫

一八九九年一月四日

于雅尔塔

五五九

致符·阿·季洪诺夫②

您好,亲爱的符拉季米尔·阿历克塞耶维奇:

向您恭贺新禧,祝您健康,获得名望,彩票中奖,生活美满。我由衷地感激您的信和书③。我也常常想起您,想起我们一块儿在

---

① 韦塞里茨卡雅的短篇小说,发表在1898年《北方通报》第1期和第2期上,随后收入她在1898年出版的小说集(圣彼得堡,1898);她收到契诃夫的信以后寄给他一本。——俄文本注
② 符托季米尔·阿历克塞耶维奇·季洪诺夫(1857—1914),俄国作家。
③ 季洪诺夫把他的长篇小说《不结果的花》的第一卷寄给契诃夫,书名是《在乡间》,1899年在圣彼得堡出版。——俄文本注

106

一个师团里服役①，在主显节②的前夕一块儿在彼得堡城里漫游③的情景，后来第二天瓦·伊·涅米罗维奇-丹钦科讲起似乎您在伊萨基辅大教堂里跪着，不住捶自己的胸口，叫道："主啊！饶恕我这个罪人吧！"您记得那个夜晚吗？那是一月六日的前夜，今天正是周年纪念日，我赶紧向您庆贺，并且表示真诚的惋惜，如今我和您不在一起，我们不能再像那时候一样漫游到早晨了。

从前您一再说过您害了癔病。那么现在呢？您健康吗？您觉得身体如何？

我的身体还不错，可是医师不准我到莫斯科和彼得堡去；据说杆菌受不了京城的空气。然而我又非常想到京城去，非常想去！我在这儿烦闷无聊，成了一个庸人，大概快要跟一个在平日打我而在假日疼爱我的麻脸女人④姘居了。我们这班人不应该住在内地。巴甫洛夫斯克我还能容忍，这是一个贵族城市（我怀疑正是因为这个缘故您才选中它作为生活地点），一个有治国雄才的人们的城。雅尔塔跟叶列茨或者克列缅丘格的差别很小；在这儿连杆菌都睡觉了。

请您来信说一说文学界有什么新闻。瓦西里·伊凡诺维奇在哪儿？您什么时候把第二卷和第三卷⑤寄来？您写过新的剧本吗？

请您来信，不要吝惜有益健康的香液⑥，这是我极其需要的。

要是您见到我们共同认识的熟人，就请您代为问候，告诉他们

---

① 这是开玩笑。——俄文本注
② 或耶稣洗礼节，东正教十二大节日之一。在1月19日（旧俄历1月6日）。
③ 这是在俄国旧历1893年1月6日的夜间，参加俄国作家彼·彼格涅吉奇家里的晚会以后。——俄文本注
④ 这是季洪诺夫在一次谈话中对契诃夫所说的笑话。——俄文本注
⑤ 指季洪诺夫的长篇小说《不结果的花》。
⑥ "香液"喻"安慰"。

我很寂寞。不跟文学工作者在一起是寂寞的。

再一次感谢您想起我,给我寄信来。紧紧握您的手,祝您获得上述的一切,尤其是健康,这对于我们这种年纪①和身份的人是必不可少的。

请您不要忘记我。

您的安·契诃夫
一八九九年一月五日
于雅尔塔

五六〇

致瓦·米·索包列甫斯基

亲爱的瓦西里·米哈依洛维奇,多谢您的来信。关于巴黎,以及关于法国人,总的来说不能根据报纸来下断语,这是我去年春天到过巴黎以后深信不疑的。它是世界上最好的疗养地,俄国人在任何地方都感觉不到像在巴黎那样健康。

我在上阿乌特卡②,在通往伊萨尔和乌昌萨的大道旁边,在南部的山坡上买了一块地。我不知道这件事做得好不好;这次购买使我的经济状况发生了无法想象的混乱。不管怎样,事情已经做了,房子在建造中,剩下来我所能做的只有请您光临做客了。关于我在克里米亚安家的事,我以后还会详细地给您写信,现在我却不大高兴写,因为我怀念莫斯科。既没有莫斯科人,又没有莫斯科报纸,更没有我十分喜爱的莫斯科钟声,这是乏味的。

---

① 季洪诺夫比三十九岁的契诃夫小三岁。
② 雅尔塔近郊的地名。

劳驾,请您把《俄罗斯新闻》给我寄来吧。

您到沃兹德维任卡①去的时候,请您转达我的问候,向她致意。您就说我很寂寞。

紧紧握您的手。

您的安·契诃夫
一八九九年一月六日
于雅尔塔

五六一

致叶·米·沙甫罗娃

可敬的collega②,您到我妹妹那儿去了吗?您非常非常非常善良,非常可爱,我向您叩头了。

您的眼镜蛇③我已经托我的弟弟送到莫斯科去了。您收到没有?在信上评论这篇小说是困难的,甚至不可能。这个短篇写得很好,可是在结构方面却有些极大的错误,这样的错误不下于您把一根棍子横放在您所画的肖像画上。然而要写清楚是不可能的,因为那会太长,像普罗托波波夫④的批评文章一样。必须当面谈一谈才行。

您身体怎样?有什么新闻吗?有什么不同寻常的事吗?您别偷懒,详细地写一写莫斯科的新事物吧。

---

① 地名,索包列甫斯基的妻子瓦·阿·莫罗佐娃住在那儿。——俄文本注
② 拉丁语:同事。
③ 指沙甫罗娃的短篇小说《眼镜蛇》的手稿。——俄文本注
④ 米哈依尔·阿历克塞耶维奇·普罗托波波夫(1848—1915),俄国文学批评家,政论家。

向您的妹妹(或者妹妹们,如果她们两个都在莫斯科的话)致意,祝她幸福。祝您万事万事如意!

您的安·契诃夫

一八九九年一月九日

于雅尔塔

五六二

致玛·巴·契诃娃

亲爱的玛霞,你在一月五日的信上说万尼亚①还没回去,然而他在一月二日早晨就动身离开雅尔塔了。多半他到格雷勃诺耶去探望伊瓦年科②了。

我这么久没有写信是因为根本没有什么可写。你兴致好,你像你所写的那样在过上流社会的生活,我呢,却像是在流放。以前雅尔塔没有人,有些走了,有些惹人厌烦,四周是一片荒漠:我恨不得到莫斯科去才好,可是大家说这是一件冒险的事,因为我有两年没经历过冬天了③。我只有一件消遣的事,那就是造房子④,然而就是那边我也很少去,因为那块地泥泞不堪,雨鞋陷下去就拔不出来。在雪里和雨里造房是不可能的,所以建筑工程进展很慢,如同老牛破车。建筑师⑤在画书房的内部、壁炉、窗子。画得不错。

---

① 契诃夫的大弟伊凡的小名。
② 即亚历山大·伊格纳契耶维奇·伊瓦年科,俄国长笛手,契诃夫家的熟人。
③ 前一年冬天契诃夫是在法国南部的尼斯度过的,那里天气温暖,跟雅尔塔一样。
④ 当时契诃夫在雅尔塔的郊区上阿乌特卡造一个别墅。
⑤ 指列夫·尼古拉耶维奇·沙波瓦洛夫(1871—1957),俄国建筑师,契诃夫在雅尔塔的别墅的建筑师。——俄文本注

为吉里亚罗甫斯基和列格契谢沃奔走①,当然是可以的,不过我们管好我们的学校②就已经够忙的了。塔列日村③的女教师那边就要有一个看守人了,因此,到梅里霍沃去取钱就有人可派了。要知道这是阿历克塞·安东诺维奇④派去的。冬天修缮地窖是不行的。

关于瓦烈尼科夫⑤的事法院侦察员已经写信告诉我了。这个案子已经了结。

听说罗曼⑥办事认真,我很高兴。要是我们把梅里霍沃卖掉,我就把他带到克里米亚来。万尼亚说你们,也就是你和妈妈,并不反对把梅里霍沃卖掉。那就照你们的意思办吧。你爱卖什么价钱就卖什么价钱,只是不要低于一万五。我的条件是一万五归我,余下的都由你拿去;既然梅里霍沃的兴盛主要归功于你,那么你就有充分的权利得到这种酬金。必须把所有用具也一齐卖掉;只取走厢房⑦里的东西、画片、内衣、地毯、卧具、鞍子、枪支以及一切属于你和妈妈的东西,只是像妈妈的衣柜之类的庞然大物就不要了。我写这些以防你们真的要卖,而且又找到了买主。不过,要是我把我的作品卖给马克思而又卖了好价钱,那我就不卖梅里霍沃,情况就大不一样了。

今天是一个美妙的春日。天气炎热,海上平静。我接到夏里

---

① 玛·巴·契诃娃在写给契诃夫的信上说,列格契谢沃村的学校的女教师诉苦,讲到这个学校处于"可悲的境况",要求玛·巴·契诃娃为此去找一趟这个学校的督学,俄罗斯诗人、小说家、新闻记者吉里亚罗甫斯基。——俄文本注
② 契诃夫在他的庄园附近的几个村子里造了三所学校。
③ 这个村子的学校就是契诃夫创办的。
④ 即阿·安·米哈依洛夫,塔列日村小学教员。——俄文本注
⑤ 俄国地主,契诃夫的庄园梅里霍沃的邻居。
⑥ 梅里霍沃的工人。——俄文本注
⑦ 契诃夫的工作房间。

111

亚宾的一封电报,他去看过《海鸥》①。

　　难道不能先搬到克里米亚来住,而日后又可以到莫斯科去住上两个月?离开莫斯科你会感到寂寞,再者也不必拘束自己。你可以完全丢开中学而专搞绘画。② 如果你把经管我的出书的工作承担下来,我就每月月付给你四十个卢布,同时我会沾光不少,而照现在这样我们俩都遭受很大的损失。这是顺便说说的,à propos③。你爱怎么生活就怎么生活吧,这总比臆想出来的好。

　　顺便讲一讲出书。苏沃林已经在排印全集④;我在读一份校样,并且在骂街,预感到这个全集的出版不会早于一九四八年。同马克思的谈判似乎已经开始了。

　　要是下一次你们给我做衬衫或者内衣,那就做得长一点,到膝盖以下。人穿着短衬衫活像一只仙鹤。

　　外国文学杂志(两种)⑤我已经盼咐寄到雅尔塔来了。《周报》和《历史通报》也寄到这儿来了。

　　问候大家,主要是妈妈、万尼亚和他的一家。祝你健康。要是你到梅里霍沃去,那就到厢房的穿堂去一趟,把凡是结冰的药品统统从药柜里取出来,搬到暖和的地方去。对酒精要小心些,不然它要爆炸的。酒精就留在穿堂里吧,要是瓶子已经胀裂,就干脆把它

---

① 1899年1月8日俄国歌唱家费·伊·夏里亚宾看过契诃夫的戏《海鸥》以后,打电报给契诃夫说:"昨天我看了《海鸥》,被它吸引住,它把我带到这以前我一直不知道的那个世界里去了。谢谢,亲爱的安东·巴甫洛维奇。谢谢。在这个小小的岛里包含着多少内容啊。我诚恳地、热烈地吻这个不平凡的作品的创造者,艺术剧院把这个作品演得非常出色。费多尔·夏里亚宾。"——俄文本注
② 玛·巴·契诃娃当时在尔热甫斯卡雅的莫斯科女子中学教书,同时又从事于绘画,在俄国画家康斯坦丁·阿历克塞耶维奇·柯罗文和瓦连京·亚历山德罗维奇·谢罗夫的画室里工作。——俄文本注
③ 法语:顺便。
④ 参看第五三九、五五五封信和注。——俄文本注
⑤ 指《外国文学通报》和《外国文艺新杂志》。——俄文本注

扔在雪地里算了。祝你健康。紧紧握你的手。

安东尼,梅里霍沃区、阿乌特卡区、库楚科耶区主教①。

一八九八年一月九日
于雅尔塔

五六三

致阿·谢·苏沃林

问题②只牵涉到我那些已经发表的作品;我托人告诉马克思说③,只有戏剧的收入我不卖。将来的小说当然是不能卖的,④因为我们的将来还是个未知数。我自己也知道不必急着办,可是一下子拿到好几万,这是极其诱人的啊!

我读了列夫·利沃维奇⑤的短篇小说《傻瓜村社》⑥。这个短篇的结构很差,还是干脆把它写成论文的好,不过作品的思想倒是论述得正确而充满激情。我自己就反对村社。在应付外来的敌对势力,例如频繁的袭击的时候,在对付野兽的时候,村社是有意义的,然而现在它却是人为地联系在一起的一群人,好比一群囚徒。据说俄国是农业国。这是对的,可是村社在这方面没什么用处,至少在现时是这样。村社是靠耕作生存的,然而一旦耕作开始变为

---

① 这是开玩笑。前一区指契诃夫的庄园,后两区指他在雅尔塔郊区新买的两块地。
② 指俄国出版商马克思正在接洽出版契诃夫的全集。
③ 当时由彼·阿·谢尔盖延科同马克思商谈把契诃夫的文学作品的版权卖给他一事。——俄文本注
④ 但是,后来契诃夫却连同未来的作品的版权一并卖给了马克思。
⑤ 即列夫·利沃维奇·托尔斯泰(1871—1945),列夫·托尔斯泰的儿子,也是作家。
⑥ 发表在1899年1月4日和5日的《新时报》上。——俄文本注

农业技术,村社就四分五裂了,因为村社和技术是两个互不相容的概念。顺便说一句,我们的全民酗酒和极度的愚昧无知正是村社的罪过。

我在这儿由于烦闷无聊而读外省的报纸,这才知道您的《起誓》①前几天在叶卡捷琳诺斯拉夫演得很成功。

雅尔塔的天气像夏天一样。我总是在傍晚出门,遇到寒冷的雨天也出门,这是为了使自己适应寒冷的天气,为了明年冬天可以在莫斯科和彼得堡居住。这样漂泊不定的生活已经使我厌恶了。

我在读第一卷②的校样。许多短篇小说都重新写过了。这一卷一共有七十多个短篇。以后第二卷按《形形色色的故事》印行,第三卷是《在昏暗中》,等等。只是有几卷得增加一些短篇小说,为的是补足书报检查机关所要求的满满十个印张。

您今年春天到哪儿去?夏天呢?我倒想跑到巴黎去,大概我真会这样做的。

在这儿,在雅尔塔,住着院士孔达科夫③。这个城市把我们两个人选进了普希金纪念日筹备委员会④。我们打算上演《鲍里斯·戈都诺夫》⑤,孔达科夫扮演皮缅。我排演活画《我又一次来到了那一块土地》⑥。舞台上是一个荒芜的庄园,有风景,有松树……从舞台里走出一个人来,化装成普希金,朗诵诗篇《我又一次来到了那一块土地》。我们在排演活画《普希金的决斗》,仿照

---

① 苏沃林的一个剧本。
② 指契诃夫打算在苏沃林的出版社出版的文集的第1卷,但是后来没有出版。这一卷所收的是他早年写的短篇小说。——俄文本注
③ 尼科季姆·巴甫洛维奇·孔达科夫(1844—1925),俄国科学院院士,考古学家,拜占庭艺术史家。——俄文本注
④ 指普希金的诞辰百年纪念日,在1899年5月26日;后来,在雅尔塔举行纪念会的时候,契诃夫没有出席。——俄文本注
⑤ 普希金的历史剧。
⑥ 普希金的诗。

114

纳乌莫夫的画①。

向安娜·伊凡诺芙娜、娜斯嘉、包利亚深深鞠躬和问候。祝您健康,顺遂。

您的安·契诃夫
一八九九年一月十七日
于雅尔塔

五六四

致伊·巴·契诃夫

亲爱的伊凡,同马克思接洽的事已经大大向前进展,初步的合同已经签字。按照马克思提出的条件,我由于出让我已经发表过的和未来的作品的版权而得到七万五千卢布,以后每出版一本有二十个印张的新书就付给我五千。这就是说将来我可以照常在杂志和报纸上发表作品,领取稿费,可是只有马克思才能够出版我的小说集,并且每一次,每二十个印张,付给我五千。剧本的收入归我。事情还没有结束,不过谈判在坚定不移地进行;很可能你读到这封信的时候,我已经给卖到埃及去做奴隶了。这一次出售有两个很好的方面:(一)我一下子拿到七万五千,(二)我躲开了苏沃林的杂乱无章②。这一切目前还是个秘密。你把这些事告诉玛霞,叫她暂时不要对外人说,免得《信使报》③登出来。

---

① 俄国画家阿历克塞·阿瓦库莫维奇·纳乌莫夫的画《普希金的决斗》。现存普希金博物馆中。——俄文本注
② 1898年秋天契诃夫同苏沃林商妥由苏沃林出版社出版他的全集,而且第一卷已经交稿,但出版工作停滞不前。
③ 即下文的《克里米亚信使报》,在雅尔塔印行。

你按时收到《克里米亚信使报》吗？我是每天寄出的,只有在假日之后报纸不出版的时候除外。

床已经运来。

向索尼雅和沃洛嘉①鞠躬和问候。那个黑发女人昨天向我诉苦说她病了。我就对她说,我妹妹寄来一罐果酱和一盒糖果,托我转交给她,可是我无意中吃掉了,她竟然相信了。

你对克留金说我答应他把《白额头》收在那个集子里,可是不答应另出小册子②。

祝你健康。

你的 Antonio

一八九九年一月十八日

于雅尔塔

五六五

致阿·马·彼希科夫(马·高尔基)

今天,阿历克塞·马克西莫维奇,我寄上我的照片一张。这是一个业余爱好者,一个性格忧郁、沉默寡言的人照的。我面对着一堵墙,阳光耀眼,所以我皱起了眉头。请您原谅,再好的照片我没有了。讲到我的书,我早就准备把它们寄给您,不过一种想法一直在阻拦我:今年我的小说的全集就要开始出版,如果我把这个经过修改并且大加增补的版本寄给您,那会更好些。

---

① 即符拉季米尔·伊凡诺维奇·契诃夫·伊·巴·契诃夫的儿子。
② 契诃夫答应俄国出版商马克西姆·瓦西里耶维奇·克留金把他的短篇小说《白额头》收入集子《俄国作家关于生活和大自然的故事》;可是马克西姆·瓦西里耶维奇·克留金同时又为这个短篇另外印了单行本。——俄文本注

您可叫我怎么办啊?! 您那封关于《生活》的信和波谢的信①寄到的时候,我已经答应在《开端》②里印出我的姓了。玛·伊·沃多沃佐娃③到我这儿来过,司徒卢威的信来了,于是我就毫不犹豫地答应了。

现成的东西我这儿一点也没有;凡是以前写的,都已经分掉;凡是日后写出来的,都已经答应人家。我是个乌克兰人,所以懒得要命。您写道,我严格。我不是严格而是懒惰,我老是走来走去,嘴里打呼哨。

您也把您的照片寄给我吧。您那几行关于火车头、轨道、钻进地里的鼻子的话④是很可爱的,然而不正确。人们的鼻子扎进地里,不是因为他们在写作;恰恰相反,人们写作是因为他们的鼻子扎进地里,他们走投无路。

您不到克里米亚来吗? 要是您有病(据说您肺部有病),那么我们会在这儿给您医治。

紧紧握您的手。关于《生活》的详细答复,我以后再写。

您的安·契诃夫

---

① 高尔基和《生活》杂志的主编波谢写信要求契诃夫写稿以支持《生活》杂志。——俄文本注
② 俄国杂志,1899年在彼得堡出版,由"合法的马克思主义者"俄国经济学家和政论家彼得·伯恩加尔多维奇·司徒卢威和俄国经济学家米哈依尔·伊凡诺维奇·图甘-巴拉诺夫斯基主编。一共出过4册(5期),后来俄国沙皇政府决定予以查封。——俄文本注
③ 即玛丽雅·伊凡诺芙娜·沃多沃佐娃,《开端》杂志小说栏的负责人。——俄文本注
④ 高尔基在写给契诃夫的信上把自己比做一个火车头,而且说:"……生活用手掌拍打我使得我发热,用种种好的和坏的东西喂养我,终于使我发了热,活动起来;现在呢,我正在治疗。可是我身子底下没有轨道……在前面等着我的是翻车……我鼻子朝下埋进地里的时机,还不会很近;不过即使明天就发生,那也无所谓,我一点也不害怕……"——俄文本注

韦烈萨耶夫有才气,但是粗野,而且似乎是故意这样做的。他无缘无故地撒野,毫无必要。不过当然,他比契利科夫有才能得多,也有趣得多。

一八九九年一月十八日
于雅尔塔

五六六

致薇・费・柯米萨尔热甫斯卡雅

我伤心,薇拉・费多罗芙娜,因为您给我出了一个无法解决的难题。第一,我这一辈子从来也没有写过评论文章①,对我来说这无异于念中国字②;第二,我不给《新时报》写东西。我伤心是因为我不能实现您的愿望,又生怕您不相信我的话,所以我就越发伤心了。您的愿望对我来说是神圣的;不能照办,简直叫人窘得要命。顺便说一句,我早就不为《新时报》写东西,从一八九一年起就不写了③。多谢您寄给我的书,我兴致勃勃地读了一遍。关于我自己我该写什么好呢?我在雅尔塔住着,寂寞得很;这儿样样东西,就连极好的天气,也惹得我讨厌,我一心想到北方去。要是有钱的话,那么到春天开始的时候我就出国,到巴黎去。

---

① 柯米萨尔热甫斯卡雅在写给契诃夫的信上要求契诃夫写文章评论德国反动哲学家尼采所著而由 С. П. 纳尼译成俄语的《扎拉图斯拉如是说》的摘译本(1899 年在彼得堡出版)。《欧洲通报》1899 年第 1 期上发表了一篇针对这本书的尖锐否定的评论。——俄文本注
② 借喻"一窍不通的事"。
③ 契诃夫在《新时报》上发表的最后一个作品是在 1892 年 12 月 25 日。——俄文本注

我的《海鸥》在莫斯科已经上演八次,每一次剧院都满座。据说这个戏演得不同寻常,台词记得很熟。莫·伊·皮萨烈夫①在剧本结束的时候说隔壁房间里有一个"瓶子"炸了,观众们却笑了起来;莫斯科的扮演者说一个装乙醚的瓶炸了,就没有引起什么笑声,一切都进行得非常顺利。不管怎样,我再也不打算写剧本了。彼得堡的剧院把我医好了②。

为什么您老是生病呢?您怎么不去医治一下呢?要知道病,特别是妇女病,是破坏情绪,影响生活,妨碍工作的。我是个医师,我知道这是怎么回事。

您写道,您获得了成功③;这我知道,我高兴,同时我又难过,因为没有机会跟您见面而难过。您是个卓越的女演员,只可惜您缺乏恰当的 entourage④,缺乏剧院,缺乏同事。您应当到莫斯科去。到小剧院去。那儿毕竟比较有艺术氛围,而且演员中间有不少好人!您在莫斯科会获得巨大的成功,甚至是难以想象的成功。

今年夏天您到哪儿去?您在哪儿演戏?如果那是在靠近莫斯科的某个地方,我就会去看望您。从四月份起我将待在家里,在莫斯科附近⑤。

再一次衷心地向您道谢,祝您健康,幸福,获得世上所有的好

---

① 即莫杰斯特·伊凡诺维奇·皮萨烈夫,亚历山大剧院的演员,曾经在《海鸥》一剧中扮演陀尔恩医师。——俄文本注
② 指契诃夫的《海鸥》一剧在1896年于彼得堡的亚历山大剧院首次公演时的失败。——俄文本注
③ 柯米萨尔热甫斯卡雅仍旧在彼得堡的亚历山大剧院演戏,她在信上写道:"我在无休无止地演戏,我演的东西不大能令人信服,几乎丝毫也不能打动人心,我的心灵正在收缩,干枯;即使我的心灵里本来有个什么泉源,这个泉源也会很快就枯竭。与此同时我又获得巨大的成功,我正在徒劳无益地极力弄明白这是怎么回事。"——俄文本注
④ 法语:环境。
⑤ 指契诃夫的庄园梅里霍沃。

119

东西。

您的安·契诃夫
一八九九年一月十九日
于雅尔塔

五六七

致伊·巴·契诃夫

为了补充那封讲到同马〔克思〕谈判的信,我再次通知你:我继续顽强地讨价还价,一直讨到今天,而且直到今天才打电报去,说我同意了。为未来的作品(这些作品在杂志上首次发表的时候按常规办事①)我将要得到每个印张二百五十卢布,五年后是四百五十卢布,再过五年后每个印张是六百五十卢布,依此类推,每过五年就增加二百卢布。我在电报上断定我的寿命不会超过八十岁②。

天在下雨。秋雨拍打窗子,仿佛在梅里霍沃一样。在库楚科耶,地主波波夫在修一条路。床已经运去。问候索尼雅和沃洛嘉,祝你健康。这一次买的帽子很好。

你的 Antonio
一八九九年一月二十日
于雅尔塔

---

① 指作者仍可领取杂志的稿费。
② 这个电报没有保存下来。1899 年 2 月 15 日俄国作家谢尔盖延科(他代表契诃夫与马克思谈判)在写给契诃夫的信上说:"你在电报上所讲的你的寿命不会超过八十岁的话,被马克思当做真话而生了气,几乎破坏了成交。"——俄文本注

明天早晨这封信我交轮船寄出。

五六八

致玛·巴·契诃娃

亲爱的玛霞,关于我同马克思谈判的情形伊凡大概讲给你听了。我讨价还价了很久,讨得又久又顽强,今天终于发出电报,说我同意了。我卖出一切已经发表的和未来的作品而得到75000卢布(七万五千),同时从我未来的作品上每个印张我得到二百五十卢布,过五年是四百五十,再过五年是六百五十,依此类推,每个印张每过五年就增加二百。未来的作品当我在杂志和报纸上已经发表而且领到稿费以后就属于马克思了。剧本的收入属于我个人以及日后我的继承人。

事情总是有利有弊的。我这次出售版权无疑有它坏的一面。不过无疑也有好的一面。第一,我的作品会出版得像模像样;第二,我不会再跟印刷厂和书店打交道,人家不会剽窃我的作品,也不会给我什么好处;第三,我能够安心工作,不必为将来担忧;第四,收入不大,然而经常不断;假定两万五用来清债、造房、买钢琴、家具等,而五万成为我的所谓的基金,年收益率百分之四,那么我每年最低限度就有:

  五万的利息——两千
  十个印张的新作品的稿费——三千五百卢布
  马克思为这十个印张付给我——两千五百卢布
  剧本的收入——一千五百卢布
        共计九千五百卢布

五年以后我从马克思那儿拿到的就不再是二百五十,而是四百五十卢布了;而且这样的年份也不会少,那就是我不是写出十个而是二十个印张来,剧院呢,比方说像今年这样,不是给我一千五百,而是三千卢布。反正会有办法的,谢天谢地。

梅里霍沃该怎么处置呢?要是按我的意思,那就把第二区送给农民,把庄园留下来。不过,随你的便吧。

明天我要写信给妈妈谈一谈玛尔福契卡①,我接到她的一封信。祝你健康。

你的 Antoine

一八九九年一月二十日

于雅尔塔

帽子很好。谢谢。

五六九

致伊·列·列昂捷夫(谢格洛夫)②

亲爱的让③,为您的信,为您又一次使我看到您那悲惨的笔迹(顺便说一句,您的笔迹开始好认些了),我向您致谢,大大致谢。您的友好的贺词在我心里勾起一系列的回忆。顺便说一句,我回想起了我去参加您的命名日宴会的情景,那天您为军人的健康干杯以后,符·季洪诺夫忧郁地摇着头说:"可是您忘了格罗德诺的

---

① 指契诃夫的舅母玛尔法·伊凡诺芙娜·莫罗佐娃,她来信约契诃夫的母亲到故乡塔甘罗格去住一阵。——俄文本注
② 伊凡·列昂捷维奇·列昂捷夫-谢格洛夫(1856—1911),俄国作家。
③ 即伊·列·列昂捷夫-谢格洛夫。

老骠骑兵啦!"

那么您的身体怎么样?您是不是像大多数彼得堡人那样夸大其词,干脆把彼得堡的恶劣情绪当做病了?不管怎样,今年春天您务必出外到某个地方去,把自己想象成又做了准尉①,骑着马驰骋一番。

今年春天我也许会出国,然而不会很久;回国后我就到谢尔普霍夫县我家里去,六月间去克里米亚,七月间再回家,秋天再去克里米亚。这就是我的所谓的生活日程表。那么我们在哪儿见面呢?在哪个地方?您好好考虑一下吧。说真的,我们有许多事应当谈一谈呢。

向您的妻子鞠躬,致意。紧紧握您的手,祝您万事如意,而最首要的是拥有健康和金钱。

您的安·契诃夫

一八九九年一月二十日

于雅尔塔

您在信上讲起罗欣-英萨罗夫遇害②的那个地方,有这样一句话:"现代的生活多么混乱啊!"我素来觉得您对现代生活不公正,素来觉得这像病态的痉挛那样贯穿您的创作成果,伤害这些成果,使它们平添了一种不属于您的东西。我决不是陶醉于现代生活,不过应当抱着客观态度,尽可能公正才是。如果现在不好,如果目前令人讨厌,那么过去就简直糟透了。

---

① 列昂捷夫是俄国军官,最后的军衔是上尉。
② 俄国话剧演员尼·彼·巴宪内的艺名,他在演员、导演、剧院老板尼古拉·尼古拉耶维奇·索洛甫佐夫在基辅创办的剧院里演戏。1899年1月8日该剧院布景师马洛夫出于嫉妒而把他谋害了。——俄文本注

五七〇

致丽·斯·米齐诺娃

亲爱的丽卡,您那封气愤的信像火山那样向我喷出熔岩和火焰,不过话说回来,我仍旧手里拿着它,读得极其愉快。第一,我喜欢接到您的信;第二,我早就发现如果您生我的气,那就是说您心里非常痛快。

亲爱的、气愤的丽卡,您在您的信上大嚷大叫,可是一句话也没有说到您生活得怎样,您有什么新消息,您的身体如何,您的歌唱①怎样,等等。至于我,那么我仍旧住在雅尔塔(不是在布谢夫的别墅里),烦闷无聊,等待春天来临,以便离开。我的生活里有一个很大的新闻,一件大事。我结婚了?您猜猜看:我结婚了吗?如果是的话:跟谁结婚呢?不,我没有结婚,而是把我的作品卖给马克思了。我卖了版权。谈判正在进行,大约过两三个星期以后我也许就会成为靠利息生活的食利者了!当然,梅里霍沃我不打算卖给任何人,只有您除外。让一切都保持原样吧。

三月间我要到巴黎去;要是三月间去不成,就九月间去。四月间我就在梅里霍沃住下。您来吗?您一定要来。然后,如果您愿意的话,六月间我们就一块儿到克里米亚去住上两个星期左右。六月之前我的别墅就会完工;顺便说一句,六月间玛霞也可能去。

目前玛霞和母亲住在莫斯科(小德米特罗夫卡和乌斯宾斯基小巷的拐角处,符拉季米罗夫寓所,十号住宅),显然不寂寞。玛

---

① 当时米齐诺娃在学习演唱歌剧。

霞写道,她那儿常有"贵族"光临(大概是玛尔基耶尔姐妹①);《海鸥》第九次公演,挂了客满牌,票全卖光了。柯诺维采尔做了主编。伊瓦年科每次吃完东西就呕吐。我收到波赫列宾娜②的一封信;您多么像她呀!虽然她很瘦,可是您和她甚至有生理上的共同点。灵魂也相似。要是日后您企图自杀的话,那您就也使用螺旋拔塞器吧。连您的笑声都跟她一样。

女作家③怀孕了。柯尔希④的女儿尼娜⑤到雅尔塔来了。您的朋友伏科尔·拉甫罗夫⑥也来了,这使人非常高兴。

我到巴黎去,老实说,是为了给自己买外衣、内衣、领结、手帕等,而且还为了跟您见面,这是说假如您知道我要去以后,到时候特意不离开巴黎的话,而这是已经发生过不止一次的事情。如果您由于某种缘故觉得不便于在巴黎跟我见面,那么您能不能给我指定一个在郊外相会的地点,例如凡尔赛呢?

我一个人到巴黎去。从前我也总是一个人去。由我的一个女朋友⑦散布出去的流言是一种可爱的谣言,仅此而已。您想知道这个女朋友是谁吗?您跟她很熟。她的肋骨歪斜,脸部轮廓不端正。

天在下雨。令人乏味。我不想写作。生活如同蜗行牛步。

好,祝您健康,亲爱的丽卡。今后请您给我寄挂号信吧。至于挂号信的费用,我会在梅里霍沃用伙食、小吃和种种您巴望的好东西来偿还您。

---

① 即玛丽雅·萨莫依洛芙娜·玛尔基耶尔和索非雅·萨莫依洛芙娜·玛尔基耶尔,玛·巴·契诃娃的女友。——俄文本注
② 即亚历山德拉·阿历克塞耶芙娜·波赫列宾娜,俄国女钢琴家,音乐教师。——俄文本注
③ 指叶·米·沙甫罗娃。——俄文本注
④ 即费多尔·阿达莫维奇·柯尔希,莫斯科的柯尔希剧院的创办人和老板
⑤ 即尼娜·费多罗芙娜·柯尔希,契诃夫家的熟人。
⑥ 即伏科尔·米哈依洛维奇·拉甫罗夫,《俄罗斯思想》杂志的编辑兼出版者。
⑦ 即丽·斯·米齐诺娃。——俄文本注

握您的手。

您的安·契诃夫

一八九九年一月二十二日

于雅尔塔

五七一

致玛·伊·莫罗佐娃

亲爱的舅母玛尔福契卡,我衷心感激您的来信和贺词。愿上帝保佑您长寿。

您邀我的母亲到塔甘罗格去。如果像您所说的那样,一切都由我做主,那么遵命,我就放我的母亲走,给她路费,要多少给多少,只是有一个条件:您也到我们这儿来。您务必要来,先是到梅里霍沃,然后再到克里米亚我们这儿来,我正在这儿造一幢过冬的别墅。您老是待在一个地方不动,这可不好。生命只有一次,应当利用它,尽情享乐才对。在这个世界上凭美德是什么也得不到的。有美德的人好比睡熟的少女。这样吧,亲爱的舅母,今年春天,比方在五月间,您就打点您的一切衣物,跑到莫斯科,跑到梅里霍沃去吧;您先在我们家里住一阵,然后就跟我的母亲一块儿到塔甘罗格去;以后再从塔甘罗格到雅尔塔来。一路上要尽可能地舒服,坐头等车厢,免得旅途劳顿。

我的身体还可以,一切都顺利。

向达莉雅·伊凡诺芙娜[①]、瓦尔瓦拉·伊凡诺芙娜[②]、娜杰日

[①][②] 即达·伊·洛包达、瓦·伊·洛包达、伊·伊·洛包达,莫罗佐娃的姐妹和兄弟。——俄文本注

达·亚历山德罗芙娜①、伊凡·伊凡诺维奇②深深鞠躬和致意。

我亲爱的,祝您万事如意,热烈吻您的手。好吧,再见。

您的安·契诃夫

一八九九年一月二十二日

于雅尔塔

五七二

致巴·费·姚尔达诺夫

十分尊敬的巴威尔·费多罗维奇,您寄来的这些照片③果然好,特别是警察街和广场。警察街连同它的乌黑的阴影甚至有点像墨西哥,又有点像爪哇岛;不管怎样,要不是远处的那个教堂,那就谁都不会说这是一个俄国的城市了。

文盖罗夫④的《俄罗斯的书》您那儿早就有了。每一次有新的分册出版,我总是寄给您,我已经寄出二十六个分册了。现在,如果您订购第二套,那么我不知道以后出版的分册我要不要继续寄给您?

雅尔塔不停地下雨,已经有一个星期,我简直烦闷得要喊救命了。我因为住在此地而遭到多么大的损失啊!顺便说一句,去年图书馆收到我寄去的东西何等少,这就是因为我住在南方这块乐

---

① 待考。——俄文本注
② 即达·伊·洛包达、瓦·伊·洛包达、伊·伊·洛包达,莫罗佐娃的姐妹和兄弟。——俄文本注
③ 塔甘罗格的市容。——俄文本注
④ 即谢苗·阿法纳西耶维奇·文盖罗夫(1855—1921),俄国文学史家,图书编目学专家。

127

土。我处在您的地位就会订购杂志,而不订购书。书让市民们去捐献;对图书馆的阅览者来说,书不如当前的俄国和外国杂志有趣。

伊·亚·巴甫洛夫斯基现在心绪不佳。说句秘密的话,他跟《新时报》处得不好,《新时报》对德雷福斯一案的看法同他不一样,满不在乎地窜改他的电报①。他心绪不佳,大概就是因为这个缘故他才没有给我写信谈起博物馆②。今年春天我会在巴黎跟他见面。

我的《海鸥》正在莫斯科的一个场场满座的剧院里公演,戏票全都卖完了。据说这个戏演得不同寻常。莫斯科人给我打了一个贺电③。

请您来信告诉我,我寄去的《俄罗斯的书》在哪儿,也许已经放在图书馆的架子上了吧。顺便说一句,这套书不适宜于用卡片编排的目录。因为这套书只编到"B"这个字母,所涉及的仅仅是过去的书,而不涉及在我们当代问世的书。在俄国,这类书老是印得非常慢。

通航一开始,我就把书给您寄去,然而不会很多;我顺便寄给您一本苏沃林的《巴勒斯坦》④,装订得极好。

祝您健康,顺遂。我衷心感谢您的信和照片,祝您万事如意。握您的手。

您的安·契诃夫

一八九九年一月二十五日

于雅尔塔

---

① 伊·亚·巴甫洛夫斯基是《新时派》驻巴黎的特约记者。——俄文本注
② 指塔甘罗格正在筹备建立的博物馆。
③ 指《海鸥》首次公演时莫斯科艺术剧院创办人涅米罗维奇-丹钦科应观众的要求打给契诃夫的致敬电。——俄文本注
④ 苏沃林的儿子阿历克塞·阿历克塞耶维奇所写的书,有很多插图。

《塔甘罗格通报》变得多么乏味啊。

五七三

致玛·巴·契诃娃

你写道:"不要卖给马克思",可是从彼得堡打来的电报却说:"合同已经正式签字"。我所进行的出售,可能显得不划算,将来也一定会显得如此,不过这也有好的一面,这会使我行动自由,使我直到死也不会再跟出版社和印刷厂打交道。再者,马克思出版工作做得出色。这将是一种大气的版本,而不是小家子气的东西。他在三年之内付给我七万五千;不过这也像其他条件一样你都知道了。

那么你就不必再掌管我的作品,做个小索菲雅·安德烈耶芙娜①吧。不过,对你来说,还是得把生活安排得要到哪儿去就到哪儿去,要住在哪儿就住在哪儿。你不想长久离开莫斯科的心愿,我是赞成的。一年之中必须在莫斯科至少住两个月,哪怕一个月也好。

现在托你办一件事。劳驾,跟奥尔迦·米〔哈依洛芙娜〕·达尔斯卡雅②见一见面,或者给她写一封信,通知她下面这件事:雅尔塔在复活节③的第二天和第三天要举行普希金日④活动,顺便

---

① 指列·尼·托尔斯泰的妻子索菲雅·安德烈耶芙娜·托尔斯泰娅,她管理托尔斯泰作品的出版事宜。——俄文本注
② 即奥尔迦·米哈依洛芙娜·沙甫罗娃,俄国女演员(艺名奥列尼娜),女作家叶·米·沙甫罗娃的妹妹。——俄文本注
③ 基督教纪念"耶稣复活"的节日,在3月22日至4月25日之间。
④ 指普希金诞辰百年纪念日,在1899年5月26日。

说一句,《鲍里斯·戈都诺夫》即将上演。她,奥尔迦·米〔哈依洛芙娜〕,是不是有可能到雅尔塔来扮演玛琳娜,并且由她的丈夫扮演萨莫兹瓦涅茨。她的身体恰好要求她春天到克里米亚来。这儿有皮缅,有戈都诺夫,可是没有玛琳娜和萨莫兹瓦涅茨,而且大家都希望这两个角色由真正的、有文化修养的演员扮演。要是奥尔迦·米〔哈依洛芙娜〕不同意来此地参加演出,那就让她打一个电报来:"雅尔塔,契诃夫收。不行。"我急等回电。皮缅由院上孔达科夫扮演。复活节我大概到梅里霍沃去,不过你别提起这件事,不要告诉奥〔尔迦〕·米〔哈依洛芙娜〕。演出的收入用来在雅尔塔建造一所普希金学校。

雅尔塔人一旦来访,总要待很久。我办了"星期四晚会",女子中学的人和一些年轻人常到我这儿来;可是瓦〔尔瓦拉〕·康〔斯坦丁诺芙娜〕把一些沉默寡言的语文教师带来了,还带来了像你见过的薇拉·叶菲莫芙娜①那样的有趣的姑娘,所以我决定取消星期四晚会,好摆脱他们。

《周报》一月号上有我的《公差》。顺便说一句,二月间缅希科夫会到德米特罗夫卡你们那儿去。他在信上老是担心地问起我们的妈妈在哪儿,生怕我们把她一个人丢在梅里霍沃。

如果木料已经运来②,如果希巴耶娃要钱,那就可以从地方自治执行机关保管的那笔钱里取出三百个卢布来给她。石头和沙土怎么样了?

那些报表寄到农业统计处里去了吗?不要忘记把我填过的那个表寄来。这就是那张要求在空白的地方填写去年的"总计"(表内所未列入的杂项收入)的表。我打算填上果树和菌子等。

---

① 即微·叶·戈路比宁娜,雅尔塔的女子中学的女教师。——俄文本注
② 为了在契诃夫庄园梅里霍沃附近的村子里造一所学校。——俄文本注

马克思起初打算使我的剧本的收入只在我"生前"归属于我,可是我坚持我死后的收入归我的继承人所有。这个德国人是贪财的,然而按我的代理人的话来说,我也用我的不合理的要求弄得马克思"狼狈不堪"。据说劝马克思买下我的作品的是列·尼·托尔斯泰。

我故意把这封信一直写到这张纸的结尾,免得你说我写得少。要是你认识了克尼碧尔就向她转达我的问候。也向维希涅甫斯基问候。

好,祝你健康。问候妈妈、万尼亚、索尼雅和沃洛嘉。也问候伊瓦年科。

你的 Antonio
一八九九年一月二十七日
于雅尔塔

五七四

致亚·伊·乌鲁索夫

屡屡的和过度的爱抚,最后就会使我们丧失以应有的方式报答这种爱抚的能力;您在《信使报》上发表的评论①、贺电②、莫斯科的来信、偶尔像北风那样刮到这儿来的赞扬声,弄得我疲惫不堪,我似乎筋疲力尽,一直也打不起精神来给您写信,亲爱的亚历山大·伊凡诺维奇。请您宽宏大量地原谅我,宽恕我的罪过,相信我无限地感激您。要不是我住在雅尔塔,那么这个冬天对我来说

---

① 指乌鲁索夫在1899年1月3日在《信使报》上发表的关于《海鸥》第二次演出的评论。——俄文本注
② 参看第五七二封信的注。——俄文本注

就会是一生中最幸福的冬天了。

是的,我一直住在雅尔塔。现在是傍晚。外面在刮风,像《海鸥》的第四幕里一样,可是谁也没到我这儿来,而且刚好相反,十点钟以后我得穿上皮大衣出门。总的说来这儿的生活枯燥乏味。必须努力克制自己,才能在这儿一天天地住下去而不抱怨命运。我在读报,读到普希金词典①的消息,当然,羡慕那些帮助您的人。

我把我的作品永远卖给马克思了,而且已经寄给他整整一个普特②重的"试笔的"短篇小说作为第一卷的内容,这些小说从来也没有收入过任何一个集子,都像胡瓜鱼那么小。它们合在一起活像一盆素的胡瓜鱼甜菜汤。版本大概会很好。

叶卡特琳娜女皇问候您,而且问您什么时候来;她深信您不久就会来。玛〔丽雅〕·亚历山德罗芙娜③一直生病,消瘦。

紧紧握您的手,深深鞠躬,真诚地衷心地向您道谢。祝您健康,幸福,祝阿尔巴特以及紧挨着它的巷子是人世间最愉快、最平安的地方。

您的安·契诃夫
一八九九年二月一日
于雅尔塔

一月间我满三十九岁了。

您答应今年春天到雅尔塔来。请问,应该在什么时候等您:三月还是四月?根据种种迹象来看,今年春天是美妙迷人的。

---

① 乌鲁索夫在1898年12月20日《交易所新闻》上刊登一条消息,建议集体编纂一本《普希金词典》。——俄文本注
② 俄国重量单位,等于16.38公斤。
③ 未查明。——俄文本注

五七五

致米·巴·契诃夫

你可曾听见那树林里的夜半歌声？你可曾听见？① 你可曾听说我把我的作品一股脑儿卖给马克思而得到七万五？合同已经签字了。现在我想吃新鲜的鱼子酱就可以大吃一顿了。

我很久没有得到你们的消息了，你的消息也没有，奥尔迦·盖尔马诺芙娜的消息也没有，家里的来信也一点都没有提到你们。你们生活得如何？你们的女儿怎样？

当初伊凡在这儿的时候，我收到你那封关于莫斯科的信，我就托伊凡口头转告你：关于这封信我不能给你一个明确的答复，因为我一点办法也想不出来。

我在读《北方》②，却没有发现这是一份很有趣的报纸。我把它拿给一个教师③读，他是沃洛格达人，他倒读得津津有味。

在雅尔塔，春天正在开始；百鸟齐鸣，暖雨潇潇，花儿开放。

祝你健康。向奥尔迦·盖尔马诺芙娜深深鞠躬，并且致意；问候任尼雅，我想她已经长大，会走路了吧。也问候彼谢④。

一切都顺利，可是乏味。握你的手。

你的 Antonio
一八九九年二月二日
于雅尔塔

---

① 摘自普希金 1816 年写的抒情诗《歌者》。——俄文本注
② 在雅罗斯拉夫尔(米·巴·契诃夫住在该地)出版的一份报纸。——俄文本注
③ 指雅尔塔的教会司祭，文学家，教会学校教师谢尔盖·尼古拉耶维奇·舒金。——俄文本注
④ 米·巴·契诃夫在雅罗斯拉夫尔的熟人。——俄文本注

五七六

致彼·彼·格涅季奇

亲爱的彼得·彼得罗维奇,首先,衷心地感谢您那篇关于我的剧本的论文①。对我来说这是一件我无法用语言表达的喜事。而且艺术剧院的剧团也会满意,因为您称赞了它;由于您这篇论文,我收到一些热情洋溢的信。

讲到普希金文集②,那么,说真的,我不知道我该怎么办了。现成的东西我手头一点也没有,目前我又什么也没有写,而且也写不出来。我现在只能校订那些我卖给马克思的短篇小说,读校样,一时是不会写作的,大概至早也要在四月底,到那时我又要在谢尔普霍夫县自己家里住下了。这儿的环境根本不适宜于写作,再者我的私生活里又有种种事情,弄得人没法集中精力写一篇哪怕是篇幅很短的短篇小说。您看,我没法许下什么明确的诺言③。

您近况如何?我已经很久没有见到您了。五月底我要到彼得堡去,不过那时候您已经到南方去了吧?

祝您万事如意,紧紧握您的手,再一次道谢。请您读一下《草原上》和《筏上》。显然,这是上乘之作;尽管它粗糙,不成熟,然而仍旧不失为佳作。要是您没有时间,那就只读《草原上》也行。

我把自己卖给马克思而得到了七万五。剧本的收入属于我和

---

① 指格涅季奇的论文《安·契诃夫先生的〈海鸥〉》,发表在1899年1月18日《新时报》上。——俄文本注

② 为纪念普希金一百周年诞辰而出版的普希金文集的编辑人员要求契诃夫提供给该文集一篇短篇小说。——俄文本注

③ 后来契诃夫把他旧日的一篇短篇小说《在树林里》提供给普希金文集刊载,他对这篇小说作了很多改动,并且把篇名改为《变故》。——俄文本注

我的继承人。未来的作品每个印张付给我二百五十卢布,每过五年一个印张就增加二百卢布。

您的安·契诃夫
一八九九年二月四日
于雅尔塔

《燃烧的信》①顺利地按地址寄到了;我接到美尔彼尔特的来信,他千恩万谢,而且通知说您的剧本开始排练了。

五七七

致亚·巴·契诃夫

明察秋毫的萨沙②:穿上你的新裤子,到《新时报》编辑部去,在那儿叫人把我发表在该报第四二五三号上的童话《童话》③抄写一份,寄给我。你再布置一下,哪怕花钱雇个人也不妨(可是要便宜点),叫他也在《新时报》上,在第四二五三号的一年以后,在复活节,或者圣诞节,或者新年号上找出另一篇发表出来的关于打赌的富翁的童话④。你再嘱咐他抄写小说《生活的烦闷》《教师》《难处的人》,它们也发表在《新时报》上,时间是在我为这个优秀的报

---

① 格涅季奇的剧本,根据契诃夫的请求由他寄给巴黎的亚·谢·美尔彼尔特,美尔彼尔特参与俄国作者所写的剧本在巴黎的上演事宜。——俄文本注
② 契诃夫的大哥亚·巴·契诃夫的小名。
③ 契诃夫的短篇小说,发表在1888年1月1日《新时报》上,后来收进集子里的时候改名为《无题》。——俄文本注
④ 契诃夫的短篇小说,原名《童话》,发表在1889年《新时报》上,后来收入集子的时候改名为《打赌》。——俄文本注

纸撰稿的头一年当中①。所有这些都是马克思先生,我们的恩人,所需要的,这位先生甚至不顾你的恶劣的品行而买下我的作品呢。

今天收到苏沃林和狄钦金的来信。苏沃林讲到我这次的出售版权;至于他没有买,他是这样解释的:谢尔盖延科直到同马克思谈妥以后才告诉他②,等等;他是用友爱和好感的口气解释的。他的信写得很热情。狄钦金也富于感情地表白了一番,批评了"年轻的"编辑部③。

不管怎样,总的说来《新时报》给人一种可憎的印象。巴黎的电讯读着不能不使人生出恶感,那不是电讯,那纯属伪造和欺骗④。还有自吹自擂的伊凡诺夫的文章⑤!还有卑鄙的"彼得堡人"⑥的告密!还有阿木菲捷阿特罗夫⑦的鹰隼般的袭击!这不是报纸,而是动物园,这是一群彼此咬尾巴的饿狼,这是鬼才知道的一群什么东西。哼,这些以色列牧人!

我和苏沃林打算庆祝我们一连十二年进行得这样顺利的出版工作。你出一出主意:怎样庆祝?用什么方式?

马克思的钱我还没收到。大概他弄错了,把所有的钱都寄给

---

① 契诃夫在1886年开始为《新时报》撰稿。1886年《新时报》上发表他的小说有5月31日的《生活的烦闷》,7月12日的《教师》,10月7日的《难处的人》。——俄文本注
② 参看第五七三和五七五封信中关于这件事的叙述。——俄文本注
③ 苏沃林的两个大儿子阿历克塞和米哈依尔从八十年代末起积极参与《新时报》编辑部工作。——俄文本注
④ 指《新时报》一月号上刊载的有关法国的德雷福斯一案的电讯。——俄文本注
⑤ 俄国作曲家和音乐批评家米哈依尔·米哈依洛维奇·伊凡诺夫在1月11日和2月1日《新时报》上发表文章吹嘘他的歌剧《普佳契兴的娱乐》的演出。——俄文本注
⑥ 俄国新闻记者瓦西里·谢尔盖耶维奇·里亚林的笔名,他主持《新时报》的"小新闻"栏。——俄文本注
⑦ 即亚历山大·瓦连契诺维奇·阿木菲捷阿特罗夫(1862—1937),俄国小品文作家,小说家。

了你。

为什么你不同莫斯科的《信使报》取得联系呢?那边非常需要小说。玛霞能做你的靠山,因为《信使报》是她的朋友,耶路撒冷的贵族出版的。这份报纸办得很好,稿费也可观。你可以一开口就要价每行四个戈比。嫌少吗?好,那就十二个戈比。

好吧,那么,我从此不在你们那儿出书,涅乌波科耶夫①从此离开我,就像雅各离开拉班②一样了。"我不愿意跟人来往,"这就像从前某人用沙哑的低音说过的那样。

在大斋开始的时候,苏沃林会到雅尔塔来找我。

不久以前你写道,你有意买一小块地。你打算在哪儿买呢?在北方?在南方?你回信详细说一下。

问候你的家人,祝你健康。要是马克思把我的钱送到你那儿去,你就退还给他。

> 你的弟弟和恩人
> 安·契诃夫
> 一八九九年二月五日
> 于雅尔塔

---

① 即阿尔卡季·伊里奇·涅乌波科耶夫·苏沃林的印刷厂的职员,后来成为负责人。
② 据《圣经·旧约》记载,雅各是犹太人始祖亚伯拉罕的孙子,拉班是他的舅舅,为躲避哥哥以扫的谋杀,雅各逃到拉班那里,他为舅舅干了十四年活,终于得以将表妹拉结娶回家,离开拉班。

五七八

致丽·阿·阿维洛娃

十分尊敬的丽季雅·阿历克塞耶芙娜,我有一件很要紧的事拜托您,不过这件事非常乏味,希望您不要生气才好。请您费心找一个人,或者一个品行端正的姑娘,托她把我从前在《彼得堡报》上发表的短篇小说抄下来。另外还要请您去疏通一下①,让《彼得堡报》的编辑部允许她去找我的小说,抄下来,因为到公共图书馆去找报纸和抄写很不方便。如果由于某种原因这个请托不能照办,那就请您作罢,我不会生气的;要是我这个请托多多少少行得通,要是您有抄写人,那就请您写信告诉我,我好把不必抄写的小说列一个单子,寄给您。我不知道准确的发表年月,甚至忘了是哪年在《彼得堡报》上发表作品的,可是等到您写信告诉我说已经有了抄写人,我就立刻去找一位彼得堡的老书目家,让他费神供应您准确的发表年月。

我恳求您原谅我打搅了您,用这种请托来使您做些乏味的事;我非常难为情,可是经过很久的考虑以后我断定此外再也找不到可以请托的人了。我需要那些短篇小说,我得依照我同马克思签订的合同把它们交给他,而且最糟的是我得重新看一遍,加以修改,像普希金所说的那样"我痛心疾首地回顾我的一生……"②。

您的近况如何?有新消息吗?

看来,我的身体还不错;冬天有一回我吐过血,不过现在没什

---

① 《彼得堡报》的主编谢·尼·胡杰科夫是阿维洛娃的姐夫。
② 摘自普希金1828年写的抒情诗《回忆》。——俄文本注

么,平安无事了。

要是您根本不愿意写信的话,至少也请您写信告诉我说您不生气了。

在雅尔塔,天气极好,然而乏味,如同在什克洛夫一样。我活像一个被派到边区去的陆军军官。好,祝您健康,幸福,您的一切工作都顺利。请您常常在您的神圣的祷告里为我这个罪孽深重的人祈祷。

忠实的安·契诃夫
一八九九年二月五日
于雅尔塔

从今以后给我出书的不是苏沃林,而是马克思了。我现在成"马克思主义者"了。

五七九

致阿·谢·苏沃林

首先请允许我作一点小小的更正。我一得到消息,说马克思想买我的版权,就立刻给您打过一个电报。我还给谢尔盖延科打过电报,要他跟您见一见面。连一分钟的秘密或者耽搁都没有;我向您保证,您对谢尔盖延科说过而且在最近这封信上加以重复的那句话:"契诃夫显然不愿意卖给我",用女学监们的话来说,这根据的是似是而非的道理。

康斯坦丁·谢苗诺维奇在写给我的信上说,您可能在大斋初期到克里米亚来。这可太好了。昨天完全像是夏天;春天显然已经开始,到大斋期间天气就会十分好。我们可以从雅尔塔坐马车到费奥多西亚①去,那可能会是一趟有趣的旅行。顺便说一句,此地的街头马车很不错。在那时候以前,也就是在大斋以前,我会收到马克思寄来的头一笔钱,我就可以问心无愧、神气活现地搁笔不工作了。

在寄给我的那个合同的副本上写着许多杂七杂八、完全不必要的事,却一个字也没有提到剧本的收入。我就敲起了警钟,目前正在等待答复……轻松喜剧才算是作品,其余的都是胡闹②;我坚定地遵循着这条古老的真理,认为剧本的收入最可靠。

由于烦闷我就读主教波尔菲利的《我的言行录》③。那里面有一段讲到战争的话:常规军在和平时期乃是蝗虫,吃光人民的粮食,把恶臭留在社会上,而在战争时期它就是一架人工武器,一旦开动起来,自由、安全、人民的荣誉就全完了!……它是一种不合法的保护人,专门保护不公正的和偏私的法律、优势和霸权……

这段话是在四十年代写的。

正值我们纪念我们的十三年的关系④,请您把日历⑤寄给我。不知道什么人在哪一天过生日,那是乏味的。至于纪念的事应该好好想一想,以后再谈一谈。

我常常同院士孔达科夫见面,讲起设立文学部⑥的事。他高兴,

---

① 苏沃林的别墅所在地。
② 引自俄国剧作家亚历山大·谢尔盖耶维奇·格里鲍耶陀夫的喜剧《智慧的痛苦》。——俄文本注
③ 俄国考古学家和主教波尔菲利·乌斯宾斯基的日记,出版时名为《我的言行录》,1891 至 1896 年在圣彼得堡出版;契诃夫的引文是摘自 1848 年 3 月 11 日乌斯宾斯基的日记。——俄文本注
④ 契诃夫在 1886 年同苏沃林相识,并开始为《新时报》写稿和出书。
⑤ 指《新时报》的出版社出版的日历。
⑥ 指俄国科学院设立的文学和语言学部。

可是我认为这个部是完全多余的。由于斯路切夫斯基①、格利果罗维奇②、戈列尼谢夫-库图佐夫③、波捷兴④成了院士,俄国作家的作品以及一般说来俄国的文学活动却不会变得有趣些。只是平添了一种不愉快的而且永远令人怀疑的因素:薪水。不过,我们走着瞧吧。

刚才送来您的第二封信,谈的是马克思和出售版权的事。我是这样想的,如果我活不久,不满五年到十年,这次出售就划算;如果我活得久,那就不划算了。

请您来信告诉我,您是不是真的要到雅尔塔来。

祝您健康,顺遂。

您的安·契诃夫
一八九九年二月六日
于雅尔塔

五八〇

致符·伊·涅米罗维奇-丹钦科

亲爱的符拉季米尔·伊凡诺维奇,军官列斯科夫⑤到你那儿去过了吗?现在有第二个人要找你:卓娅·彼得罗芙娜会去找你,她姓昆达索娃,二十五岁,在费多托夫那儿⑥毕了业,在内地做过

---

① 康斯坦丁·康斯坦丁诺维奇·斯路切夫斯基(1837—1904),俄国诗人、小说家。
② 德米特利·瓦西里耶维奇·格利果罗维奇(1822—1899),俄国作家。
③ 阿尔谢尼·阿尔谢尼耶维奇·戈列尼谢夫-库图佐夫(1848—1913),俄国诗人。
④ 阿历克塞·安季波维奇·波捷兴(1829—1903),俄国剧作家、小说家。
⑤ 即安德烈·尼古拉耶维奇·列斯科夫,俄国作家尼古拉·谢苗诺维奇·列斯科夫的儿子,打算进入艺术剧院。——俄文本注
⑥ 指在俄国戏剧活动家、演员、小剧院导演亚历山大·菲利波维奇·费多托夫所创办的戏剧学校。

两年 ingénue dramatique①。有一个很可爱的人为她请托,那就是她的姐姐②。劳驾,不要拒绝接见这个卓娅,请你为她检查,给她叩诊和听诊,说明她是否适合上舞台,尤其是日后能不能有指望进入艺术剧院。她的姐姐极其直率地说,叫她初次登台扮演海鸥③。

你工作过度,而我却闲得要命。我现在类似于一个百业萧条的县辖城市。不久大斋就要来到,你可以吃吃老本,休息休息,享享清福。

要是有空闲的时间,就写信告诉我,你们大家要在哪月哪天到敖德萨、哈尔科夫、基辅来,我好到那儿去跟你见面。顺便说一句,雅尔塔当地的剧院老板打算打电报给你,约剧团到雅尔塔来演出几次。

多谢你答应拍照而且寄给我一张照片。我焦急地等着。

关于《万尼亚舅舅》我什么也没写④,因为我不知道我该写什么好。我已经口头答应过把它交给小剧院,现在我有点为难了。倒好像我要躲避小剧院似的。请你费心打听一下:小剧院打算在下一个季节上演《万尼亚舅舅》吗？如果不打算,那么我,当然要宣布这个剧本 porto-franco⑤;如果上演,那我就为艺术剧院另写一个剧本。你不要生气:关于《万尼亚舅舅》,早就同小剧院的人谈过了;而且今年我收到亚·伊·乌鲁索夫的信,他通知我说他同亚·伊·尤仁谈过了,等等,等等。

我把一切都卖给马克思了,只有剧本的收入除外。

我闲得发僵,就跟你冻得发僵一样。

---

① 法语:天真少女的角色。——俄文本注
② 指奥·彼·昆达索娃。——俄文本注
③ 指契诃夫的剧本《海鸥》中的少女尼娜。
④ 涅米罗维奇-丹钦科在信上要求契诃夫准许莫斯科艺术剧院上演他的剧本《万尼亚舅舅》。——俄文本注
⑤ 意大利语:可以自由使用。——俄文本注

祝你健康,紧紧握你的手。问候叶卡捷琳娜·尼古拉耶芙娜和剧院所有的人。

你的安·契诃夫
一八九九年二月八日
于雅尔塔

五八一

致尼·尼·赫美列夫①

十分尊敬的尼古拉·尼古拉耶维奇,多谢您的祝贺②和那些亲切的话。我的道谢略微迟了,因为我感冒了,再者您恰好也顾不上看信。您专心于地方自治局大会的利益了。

关于怎样使用斯威尔别耶娃女士所捐助的一百个卢布③,到三月底或四月间我自己稍稍安定下来后再写信告诉您。我认为这一百个卢布够两个人用。如果复活节您到此地来,我们就一块儿商量一下,决定该怎么办。

现在有一件要紧的事奉托。去年年初我向谢〔尔普霍夫〕的执行机关递交了一个申请书,其中要求解除我的契尔科沃学校督学的职务。我的请求,当然,成了旷野的呼声,我的申请书给丢到桌子底下,大概找不到了,不管怎样,我这个申请书没有得到答复。后来,塔列日学校里的经常的口角、教士、农民们、打碎的玻璃、阿

---

① 谢尔普霍夫县的地方自治执行机关主席。——俄文本注
② 祝贺契诃夫的生日。——俄文本注
③ 谢尔普霍夫县的女地主 С. Д. 斯威尔别耶娃每年捐助一百个卢布作为教师们休假和医疗的路费。——俄文本注

尼西莫娃①女士以及她那种个性、她的助手的诉苦信、执行机关的完全疏忽、她的国民教育的工作报告,这一切弄得我筋疲力尽,神经紧张。今天我寄出一份申请书,说明我由于身体衰弱和路途遥远而不能继续照管契尔科沃学校和塔列日学校。我再也不能管了!!

由于这件事由您做主,劳驾代我疏通一下,让我这一次的请求受到尊重。请您在学校会议上支持我。我不是战士,督学的职务对我这种性格的人来说是不合适的,所有这些口角以及我以前和现在不断收到的来信时时刻刻像噩梦一样压在我的心上。

雅尔塔已经是春天的天气了。有太阳的时候总是很好,可是没有太阳的时候,千万出去不得,天气潮湿而多雨。

向娜杰日达·纳乌莫芙娜②热诚地致意,向您鞠躬,紧紧握您的手。祝您健康,顺遂。

忠实的安·契诃夫
一八九九年二月十一日
于雅尔塔

五八二

致阿·费·马克思

十分尊敬的阿道夫·费多罗维奇:

兹寄上由公证人签署的文件一份,由匆忙而造成的无意中的疏忽务请予以谅解。

---

① 即亚历山德拉·马克西莫芙娜·阿尼西莫娃,塔列日学校的女教师。——俄文本注
② 尼·尼·赫美列夫的妻子。——俄文本注

我将大大早于七月送上我的作品的全集的材料,并请相信凡是我们的合同规定我做的事我都会最大限度地仔细办妥。有一种情况对我来说会方便一些,那就是假如您在五月前着手出版,我就能够在夏天最初的几个月里读到校样,那时候我住的地方离彼得堡不远。我认为儿童小说《卡希坦卡》的出版(倘使您有意出单行本的话)现在就可以进行;而且现在可以不管全集而着手出版我的剧本,把全部剧本合成一卷,或者分别印行以供剧院销售;这都是为了这些书的销售不致中断。

第一卷的材料我在一月二十七日寄给您了。总共有六十五篇短篇小说;由于这些都是短小的短篇小说,在校样上进行修改就会方便些。

请允许我祝您万事如意。真诚地尊敬您并且乐于为您效劳的

安·契诃夫

一八九九年二月十六日

于雅尔塔

五八三

致丽·阿·阿维洛娃

有一次,两三个月以前,我列了一个不必抄写的短篇小说的表格,而且把这个表格寄到莫斯科去了①。目前我正想把它要回来,可是如果五六天之内这个表格不寄还我,我就另列一个表,再寄给您,小母亲。由于您乐于帮助我,由于您写来这封亲切和善的信,请您接受我的巨大的谢意,非常非常巨大的谢意。我喜欢不是用

---

① 这个表格寄给俄国作家尼·米·叶若夫,却被他遗失了。——俄文本注

教训口气写成的信。

您写道,我有一种不同寻常的善于生活的本领。也许是这样吧,可是一头喜欢撞来撞去的牛,上帝偏偏没有给它一副犄角。如果我无时无刻不得不出门在外,仿佛在流放似的,那么我善于生活又有什么好处呢。我好比一个在豌豆街上走路却找不到豌豆的人;我自由,却享受不到自由;我是文学工作者,可是我过的生活却不得不跟文学工作者隔绝;我把我的作品卖了七万五千卢布,而且已经收到一部分现钱,可是既然我已经闭门不出在家里待了两个星期,也不敢露面,那么这笔钱对于我又有什么好处呢。顺便提一提我卖作品的事。我把过去、现在和将来都卖给马克思了;我做这件事,小母亲,是为了把我的事情理出个头绪来。我手头还剩下五万(我要过两年才能收齐),这笔钱每年会给我带来两千收入,而在我跟马克思成交以前我的书总会给我带来三千五左右;去年呢,我多半由于《农民》而得到八千!我的商业上的秘密都在这儿了。您爱怎么看待这种事就怎么看待,只是请您不要太羡慕我的不同寻常的善于生活的本领。

然而,不管怎样,要是我有机会到蒙特卡洛去,我一定要输它两千,像这样的阔气,这以前我是连想都不敢想的。可是说不定我还会赢点呢? 小说家伊凡·谢格洛夫管我叫做波将金①,也称赞我善于生活。如果我是波将金,那为什么我待在雅尔塔,为什么这儿乏味得这么可怕。天下雪了,起了大风,风从窗子里刮进来,炉子里送出热气;我一点也不想写东西,也真的什么都没有写。

您很善良。这话我已经说过一千次,现在我要再说一遍。

---

① 即格利果利·亚历山德罗维奇·波将金(1739—1791),俄国国务和军事活动家,俄国女皇叶卡捷琳娜二世的宠臣和亲信,在此借喻文学界的红人。

祝您健康,富裕,快活,愿上苍保佑您。紧紧握您的手。

您的安·契诃夫

一八九九年二月十八日

于雅尔塔

五八四

致阿·米·康德拉契耶夫①

多谢您的信,十分尊敬的阿历克塞·米哈依洛维奇!我把我的剧本《万尼亚舅舅》交给您支配②。由于这个剧本还没有在戏剧文学委员会里宣读,我求您劳神把两个副本寄给委员会,请他们读一遍。

您近况如何?我收到您的信后,就想起有一年春天我怎样跟您一块儿在巴布肯诺③用渔网捕鱼。顺便谈一谈巴布肯诺。阿·谢·基谢廖夫目前在卡卢加;他在那儿的土地银行里工作。玛丽

---

① 阿历克塞·米哈依洛维奇·康德拉契耶夫,莫斯科小剧院导演。——俄文本注

② 小剧院打算在1899年到1900年的演出季节里公演契诃夫的《万尼亚舅舅》。1899年2月间这个剧本送交文学戏剧委员会批准,该委员会指出这个剧本的一系列缺点,认为只有"在经过修改并且送交委员会重审的条件下",这个剧本才"有资格上演"。契诃夫拒绝修改这个剧本,在1899年4月间把它交给了莫斯科艺术剧院排演,但没有采纳剧院主管人符拉季米尔·阿尔卡季耶维奇·捷里亚科甫斯基的下述建议:他主张小剧院经理控告该委员会,或者不经该委员会审批,只要得到小剧院经理的许可就可上演这个剧本。——俄文本注

③ 俄国地主、地方行政长官阿历克塞·谢尔盖耶维奇·基谢廖夫的庄园,早年契诃夫一家曾在那儿租住度夏的别墅。

雅·符拉季米罗芙娜①据说很苍老,她已经到了真正的老年。萨霞②出嫁了。

如果今年夏天您在莫斯科,或者离莫斯科不远,您就写信告诉我(寄莫斯科省,洛帕斯尼亚),我会到您那儿去,跟您见面并且谈一谈那个剧本。

谁打算到蒙特卡洛去?要是三月间雅尔塔的天气不好,那么我多半也会到蒙特卡洛去。

请您允许我祝您万事如意,紧紧握您的手。

真诚地尊敬您并且忠实于您的

安·契诃夫

一八九九年二月二十日

雅尔塔

五八五

致伊·伊·奥尔洛夫

您好,亲爱的伊凡·伊凡诺维奇!您的朋友克鲁托甫斯基③到我这儿来过;我们谈到法国人,谈到巴拿马,可是照您所希望的那样把他引到雅尔塔的熟人的圈子里去,我却没有办到,因为他谈完政治以后就去听流浪乐师的手摇风琴演奏了;这是昨天,今天他到古尔祖夫④去了。

---

① 即玛·符·基谢廖娃,俄国儿童女作家,阿·谢·基谢廖夫的妻子。
② 即亚历山德拉·阿历克塞耶芙娜·基谢廖娃,阿·谢·基谢廖夫和玛·符·基谢廖娃的女儿。
③ 即 B.M.克鲁托甫斯基,俄国园艺学家。——俄文本注
④ 雅尔塔附近的一个海滨疗养地。

我把一切,过去的和未来的,都卖给马克思,这一辈子做定马克思主义者了。以后发表的散文,每二十个印张我从他那儿得到五千,过五年则得到七千,每过五年增加一点,因而到我九十五岁的时候,我会得到多得不得了的钱。由过去的作品我得到七万五。剧本的收入我讲定归我自己和我的继承人。可是,唉!我离范格比尔特①还远得很呢。二万五已经花光,剩下的五万我不是一下子而是在两年之内拿到,因此我可以大摆阔气了。

特别的新闻一点也没有。我写得很少。下一个季节我有一个以前没有在京城上演过的剧本要在小剧院上演②:您看,我要有点小小的收入了。由于天气潮湿,我在阿乌特卡③的那所房子几乎还没有开始建造,这种天气在整个一月和二月里差不多没有中断过。我只好等不到房子完工就走了。我的库楚科耶④的蛋黄酱(《莫斯科小报》出版人尼·伊·巴斯土霍夫总是把不动产说成蛋黄酱⑤)是可爱的,然而几乎不合用。我想在那儿造一所便宜一点的小房子,然而要按欧洲的款式,为的是在那儿消磨时间,度过冬天。现在那所两层楼的小房子只合宜于消夏。

我那封关于魔岛的电报并没有指定发表⑥;那完全是一封私人的电报。在雅尔塔,这个电报引起了愤慨的抱怨声。有一个当

---

① 美国的百万富翁。——俄文本注
② 指契诃夫的剧本《万尼亚舅舅》原定在小剧院上演,但后来没有实现(参看第五八四封信的注)。——俄文本注
③ 雅尔塔的近郊,契诃夫在那儿造房定居。
④ 雅尔塔的郊区,契诃夫在那儿买了一个现成的别墅。参看第五五一封信。——俄文本注
⑤ "不动产"和"蛋黄酱"原是两个法语词,拼法和读音都相似。
⑥ 契诃夫的剧本《海鸥》由莫斯科艺术剧院首次公演的时候,涅米罗维奇-丹钦科应演员和观众的要求给契诃夫打了一个致敬电;这里指的是契诃夫对这封电报的回电。1898 年 12 月 20 日这个回电在《每日新闻》报上刊出:"请向大家转达我的由衷的无限谢意。我待在雅尔塔如同德雷福斯被困在魔岛上一样。我难过的是没有跟你们在一起。你们的电报使得我健康而幸福。"

地的老住户,院士孔达科夫为这封电报却对我说:

"我懊恼而遗憾。"

"怎么回事?"我惊讶地说。

"我懊恼而遗憾的是,发表这个电报的不是我。"

确实,在雅尔塔过冬,是一种并非每一个人都经得住的光荣。寂寞、诽谤、阴谋和最无耻的中伤。阿尔特舒列尔起初就垂头丧气,那些十分可敬的同事拼命说他的坏话。

您的信里引了《圣经》上的话。对您那些关于省长和种种挫折的牢骚①我也要用《圣经》上的话来回答:不要信任王公和人子……我还要提起另一个有关人子的说法,也就是非常妨碍您生活的那些人:时代的儿子。应该负责的并不是省长,而是全体知识分子,全体,我的先生。知识分子在还是高等院校的大学生时,倒是诚实而优秀的人,是我们的希望,是俄罗斯的未来,可是一旦这些大学生自立了,长大成人了,我们的希望和俄罗斯的未来就顿时化为泡影,在过滤器里所剩下的就只有拥有别墅的医师、贪得无厌的官吏和手脚不干净的工程师了。您想一想吧,卡特科夫②、波别多诺斯采夫③、维希涅格拉茨基④是大学里培养出来的人,是我们

---

① 伊·伊·奥尔洛夫在写给契诃夫的信上说,有一个医师的团体打算组织。"索耳涅奇诺戈尔斯克城当地居民卫生需要和经济需要保护协会",可是这个协会的章程经省长送交国务大臣后,没有得到批准。奥尔洛夫抱怨单调乏味的乡村生活,抱怨各种社会性的创举的挫败:"可是这儿聚集着许多我们地方自治局学校的男女教师,他们渴望着以互相交往和教师会议等形式出现的活命水……哎,要是我们哪怕有一点点自由,我们就能做出多少事情来啊……"——俄文本注

② 米哈依尔·尼基福罗维奇·卡特科夫(1818—1887),俄国的反动政论家,《莫斯科新闻》和《俄罗斯通报》的主编。——俄文本注

③ 康斯坦丁·彼得罗维奇·波别多诺斯采夫(1827—1907),俄国国务活动家,法律家,正教院总监。——俄文本注

④ 伊凡·阿历克塞耶维奇·维希涅格拉茨基(1832—1895),俄国国务会议成员,财政大臣。——俄文本注

的教授,绝不是粗人,而是教授,巨擘……我不相信我们那些假仁假义、阳奉阴违、歇斯底里、缺乏教养、好吃懒做的知识分子,就连他们受苦而抱怨的时候,我也不相信他们,因为他们的压迫者来自他们的内部。我相信个别的人,我在那些到处分布于全俄国各地的个别人(他们是知识分子或者农民)身上看到救星;虽然他们人数少,力量却在他们身上。没有一个本乡本土的预言家是高明的①;我所说的那些个别的人在社会上占据着不重要的地位,他们不占优势,然而他们的工作是显著的;不管怎样,科学一直在步步前进,公众的自觉性在增长,道德问题开始令人提心吊胆,等等,等等,而所有这些都是不顾检察长们、工程师们、省长们,不顾 en masse② 知识分子,不顾一切而发生的。

伊·格·维特怎样? 柯甫烈因在此地。他安顿得很好。柯尔卓夫③稍稍好一点了。紧紧地握您的手,祝您健康,顺遂,快活。请您来信啊!!

您的安·契诃夫
一八九九年二月二十二日
于雅尔塔

五八六

致阿·费·马克思

十分尊敬的阿道夫·费多罗维奇:

我赶紧来答复您的信。凡是我以前用真姓或者假名发表的小

---

① 源出俄罗斯谚语:本乡本土没有预言家。此处意谓远来的和尚会念经。
② 法语:全体的。
③ А.И.柯尔卓夫,雅尔塔的医师。

说作品和戏剧作品我都将送上,连最短小的作品也不排除在外。其中有一部分已经收入集子,那些集子我已经托彼·阿·谢尔盖延科转交给您了;另一部分我有单行本,现在正由我修改中;第三部分我还不能确定有多少,目前正按照我的委托在彼得堡和莫斯科让人抄写中,至迟三月就会送到我这儿。准确的发表年月我没有保存下来;那些在几乎二十年的长时期中零散地发表在众多报纸和刊物上的短篇小说,有许多已经被我遗忘;连小说的篇名、我的署名以至杂志的名称,都忘记了;为了使这一切在我的记忆里复活,我就得重新检查我保存着的主编和出版人的所有信件。做这件事,也就是重看旧信,至早也要在四月间等我回到家里才能办到;至于把这件事托付给别人去做,那是不可能的,因为在二十年的大批信件中要理出头绪只有我自己才能办到,再者目前在我的庄园里一个识字的人也没有。不过,我所忘记的那些东西在全部作品中只占微不足道的一小部分,在配备各卷的材料的时候不应当把它算进去。对那些我认为不宜于收入全集的短篇小说和戏剧作品,我就加上按语:"不收入全集。"承蒙您提议帮助我,把必要的杂志寄来,我向您致谢。《花絮》和《蜻蜓》[①]我这里有;《闹钟》[②]上的作品正在莫斯科让人抄写中。您有《蟋蟀》[③]和《旁观者》[④](第二年)吗?如果有,请您不要拒绝把它们寄到雅尔塔我这儿来,我用完以后就奉还。

我的作品我要按时间先后顺序排列,然而严格遵守这个规则是不可能的,所以我只是尽力使新作品不和旧作品相混。我没有部头特别大的作品,所以我不想把它们分为较大的和较小的。至

[①] 为俄国幽默文艺刊物。
[②] 为俄国讽刺性杂志。
[③] 为俄国幽默文艺刊物。
[④] 为俄国月刊,均在彼得堡出版,契诃夫早年为它们写过作品。

于每卷的容量,我也希望材料的分配尽量均匀,各卷的容量基本一致,书的版本现在就确定下来,日后添印新材料的时候也不改变它。书的容量和开本完全由您做主;在这方面我只有一个意见:书越厚越好。关于卷数的多少,大约过两三个星期,等我手头收集到几乎全部材料的时候才能作出判断。

苏沃林的书店答应在它收到内地(书店和火车站的书亭)的调查材料以后立刻把必要的消息寄给您。有两本书,《故事集》和《卡希坦卡》已经售完。

我十分乐于继续为《田地》①写稿②,因为我喜欢您这个杂志。目前,我不在家里,我工作得少而勉强,不过到四月间我大概会开始认真工作,我就会寄给您一些按内容和送审的条件都适合于您的杂志的短篇小说。

现在谈一谈照片。在雅尔塔拍照是不行的,因为此地没有像样的照相馆。只得推迟到以后去莫斯科的时候。我纯粹为了顺应您的愿望才会拍照,至于我自己,如果这件事由我做主的话,我就不会刊出我的照片,至少在最初几版里不刊出。关于我的简历也可以这样说。倘使您认为不用照片和简历也可以,那我会十分感激您。

您二月二十日的来信收到了。最初的几卷收入了我已经寄给您的那些短篇小说以及刊载在《形形色色的故事》《在昏暗中》《故事集》里的那些短篇小说。此外,我还要寄给您一些短小的短篇小说,至少可以印成一卷。您在最近这封信里问起我以前在《彼得堡报》上发表的那些短篇小说。其中有一部分已经收入集子,另一部分我有单行本,或者正在抄写中。

---

① 俄国文艺和科普插图刊物,1870至1918年在彼得堡出版。
② 这个意图没有实现。——俄文本注

最后,请容许我祝您万事如意。真诚地尊敬您而且忠实于您的

安·契诃夫
一八九九年二月二十五日
于雅尔塔

五八七

致丽·阿·阿维洛娃

十分尊敬的丽季雅·阿历克塞耶芙娜,寄上不必抄写的短篇小说的目录一份。请您告诉抄写人,说我衷心地同情他。一切稍稍像样的和看得下去的小说都早已选出来,剩下来没有抄写的只是不好的、很不好的以及可憎的作品,目前我需要它们也只是因为根据合同的第六条我必须把它们交给马克思先生而已。

每一个短篇都抄在一个单独的笔记本上,这种笔记本要有空白的地方,开本是每个印张的四分之一,只写一面。在每个短篇上加上注解:某年某号的报纸。

我一想到以后不必再为每一本新书考虑书名,就感到莫大的愉快。以后光是写《故事集》第一卷、第二卷等等就行了。马克思想登出我的照片,可是我拒绝了。他答应版本会很好。倘使我们会活下去,那我们自会看见的。新书的出版大概不会早于八月。

五六天以前我寄给您一封信,而今天我又在写信了。彼得堡和文学界有什么新消息?您喜欢高尔基吗?依我看高尔基是一个具有真正的才能的人,他有真正的画笔和颜料,不过那是一种缺乏节制、横冲直撞的才能。他的《草原上》是一个精彩的作品。可是

韦烈萨耶夫和契利科夫①我却完全不喜欢。他们不是写作,而是叽叽喳喳乱叫②,他们叽叽喳喳乱叫而且自鸣得意。女作家阿维洛娃我也不喜欢,因为她写得少。女作家如果想写作的话,就应当写得多;英国女人就是榜样。那是些多么了不起的女工作者啊!不过我似乎变成在进行批评了,我担心您给我回信时要写些教训的话了。

今天天气迷人,是春天了;百鸟齐鸣,扁桃树和樱桃树开花了,天气炎热。不过呢,仍旧得到北方去。《海鸥》在莫斯科第十八次公演了,据说演得很好。

祝您健康,紧紧握您的手。

您的安·契诃夫

一八九九年二月二十六日

于雅尔塔

五八八

致阿·谢·苏沃林

我和院士孔达科夫为普希金学校募捐而排演《鲍里斯·戈都诺夫》中的《丘多夫修道院净室》一场。皮缅由孔达科夫本人扮演。劳驾,请您发一发上帝那样的慈悲,看在神圣的艺术的分上,写封信到费奥多西亚去,请那儿的人把挂在您家里的那面锣,中国锣,交邮局寄到我这儿来。我们需要敲锣的音响。我会完好无损地奉还。要是办不到,那就请您赶紧写信告诉我;我就只好敲脸盆了。

---

① 俄国的两个作家,在高尔基赞助的《生活》杂志上发表作品。
② 俄语中契利科夫这个姓意为叽叽喳喳乱叫。

这还没有完。还有请托，请托，请托。如果瓦斯涅佐夫最近的那幅画①有照片或者复制品出售，那就请您吩咐人按代收货款的办法把它们寄给我。关于学潮，②这儿同各地一样议论纷纷，大喊大叫说报上什么消息也没有登。我常常接到彼得堡的来信，其立场是站在大学生这一边的。您那封谈论风潮的信没有令人满意，而这也是理所当然的，因为在不能涉及这件事的事实的时候，在报刊上就不能评断这种风潮。政府禁止您写，它禁止道出真相，这是专横，而您呢，却随随便便地就这种专横谈起政府的权利和特权来了，而这是和人们的思想意识格格不入的。您说到政府的权利，然而您不是站在权利的观点上。权利和公正对政府而言同对每一个法律上的个人一样。假如政府不公正地把我的一小块地划归国有，我就要向法院起诉，法院就会恢复我的权利；在政府用马鞭子抽打我的时候，岂不应当也这样做吗？遇到政府方面使用暴力的时候，难道我就不可以为被侵犯的权利喊叫吗？政府的概念必须以确定的权利关系为基础，在相反的情形下它就成了地狱之火，成了空洞的、恐吓想象力的声音了。

　　斯路切夫斯基写信给我谈到普希金的纪念册，我给他写了回信。我不知道是什么缘故，有的时候不知什么缘故我会怜惜他③。

---

① 指1899年在俄国的美术研究院陈列的俄国画家维克托·米哈依洛维奇·瓦斯涅佐夫的画。——俄文本注
② 指全俄大学生罢课风潮，这是在1899年2月8日(彼得堡大学的周年纪念日)以后从彼得堡大学开始的。苏沃林在他的论文《短信》(《新时报》1899年2月21日和23日)里抨击了大学生的行动，为反动政府所采取的措施进行辩护。——俄文本注
③ 俄国作家康·康·斯路切夫斯基原在俄国革命家、哲学家、作家、批评家尼古拉·加夫里洛维奇·车尔尼雪夫斯基主持的《现代人》杂志上开始他的文学活动，可是后来改变了社会政治观点，从1891年起主编俄国内务部官方日报《政府通报》。——俄文本注

您读过 Michel Deline①的信吗？我在尼斯跟他见过几回面,他常到我那儿去。他是犹太教的戴鲁莱德②。

人家叫我到巴黎去,可是这儿的好时光也开始了。您来吗？大斋结束的时候来吧,我们一块儿回去。要是那面锣不能收到,就请您打电报来。我们的演出在第三个星期。向安娜·伊凡诺芙娜、娜斯嘉、包利亚致意。祝您健康,幸福。

您的安·契诃夫

一八九九年三月四日

于雅尔塔

五八九

致瓦·米·索包列甫斯基

亲爱的瓦西里·米哈依洛维奇,您好！那封从莫斯科打给我(为《海鸥》)的贺电,有您和瓦尔瓦拉·阿历克塞耶芙娜的署名；从那时候起我就想给您写信,这个愿望像钉子似的刻在我的脑子里,可是我一直也没有能够动笔；杂事和来人不断打搅。我的来往信件很多,我的房间活像一个邮局,而且人们不断来来往往,连一个钟头的空闲也没有,弄得人简直想从雅尔塔逃走了。

自从我没有给您写信的时候起,许多水流进了海洋,在我们的天空下面许多事发生了变化。第一,我把自己卖给马克思而得到七万

---

① 法语:米歇尔·德利纳,即米哈依尔·德林,笔名阿希基纳济,彼得堡的《新闻报》驻巴黎记者,法国报纸《时报》的撰稿人。这里是指德林给苏沃林的一封公开信,信中揭露了苏沃林和《新时报》,发表在1899年2月19日的《敖德萨小报》上,后来在1899年2月26日的《信使报》上转载。——俄文本注

② 保罗·戴鲁莱德(1846—1914),法国诗人,剧作家,政治活动家,沙文主义者,反犹太主义者。——俄文本注

五,这您是知道的。我已经收到两万,余下的钱按照合同要在一九〇〇年和一九〇一年收到。剧本的收入归我和我的继承人。我现在有许多钱,因此最神圣的正教院会准许我在轮盘赌上输它两三千了。

第二,漫长而乏味的冬天已经过去,持大斋的春天来了。阳光照得眼睛发痛,天气暖和,紫罗兰和扁桃树开花了,海滨是一片赏心悦目的景色。好得很,好得很。第三,我的健康状况显然大为好转,因此今年秋天和冬初我决定在莫斯科过了,我的这个决定是坚定不移的,特别是因为我已经十分厌倦于冬天在外流浪,像狐狸那样在远处瞧着葡萄而馋涎欲滴了。我要在莫斯科住下,二月间跟您一块儿出国去。

目前在雅尔塔有您的熟人:奥西波夫、叶尔巴契耶甫斯基、伏科尔·拉甫罗夫。他们大家都觉得身体很好,赞扬雅尔塔。叶尔巴契耶甫斯基昨天使了个眼色说,很可能您也会到雅尔塔来做客。啊,要是能够这样就太好了!我会为您**万分**高兴。多半三月间天气会好,四月间则好极了,老居民都相信这一点;在此地居住是十分舒适的;乌萨托夫,过去的男高音歌手,现在的雅尔塔居民,会给您找到一种您以前在克里米亚从没喝过的葡萄酒。牡蛎要多少有多少。按我的看法,不但您应当到此地来,就连瓦尔瓦拉·阿历克塞耶芙娜和娜达霞、格列勃、瓦丽雅也该来。不应当老是到国外去,有时候也得把兴趣转到祖国的疗养地来。

尼斯那边常有人给我写信来。这个季节不好,然而病人很多,医师们赚钱不少。六年到十年以前尼·伊·尤拉索夫①写了一个尼斯的俄国人的生活的剧本,现在正准备把它出版,在读校样,忙得咳嗽起来了。瓦尔特②求我夏天给他在俄国找一个工作,医疗

---

① 尼古拉·伊凡诺维奇·尤拉索夫,俄国驻法国芒通的副领事。
② 符拉季米尔·格利果利耶维奇·瓦尔特,俄国医师,细菌学家,契诃夫在塔甘罗格中学的同学。——俄文本注

工作,我简直不知道该怎么办才好了,他显然非常思念祖国。厄尔斯尼茨在行医,柯瓦列甫斯基在巴黎,住在"Ville franche"①,德国人在火车站工作,蒙特卡洛开办一个新赌场,在那儿下赌注不能少于二十法郎,玩 trente-quarante② 的时候不能少于一百法郎。"俄罗斯公寓"生意兴隆。英国女皇到过尼斯。

下一季节在小剧院似乎要上演我的戏③。我收到导演的信,他回答说同意了。

您到沃兹德维任卡去的时候,劳驾问候瓦尔瓦拉·阿历克塞耶芙娜和孩子们。祝他们健康,万事万分如意,向他们问好。

请您至少给我写上两三行:可以指望您到雅尔塔来吗?紧紧握您的手,向您致意。

您的安·契诃夫
一八九九年三月五日
于雅尔塔

院士孔达科夫在此地;我们天天见面,谈到您。

五九〇

致符·加·柯罗连科

亲爱的符拉季米尔·加拉克契奥诺维奇,显然因为您的缘故,他们把《俄罗斯财富》寄给我了,这使我有机会读到您的美妙的短

---

① 法语:"维尔弗朗什"。
② 法语,一种狂热的赌博。——俄文本注
③ 指契诃夫的剧本《万尼亚舅舅》,参看第五八四封信的注。——俄文本注

篇小说①,而且也提供给我一个给您写信的理由。您近况如何?谢·亚·叶尔巴契耶甫斯基带来一个关于您的健康的好消息,我很高兴。您不要工作过多,不要疲劳,免得再患失眠症,免得身体垮下来。

我的杆菌不大干扰我了,我觉得身体不错。三月底或者四月初我准备回家,到洛帕斯尼亚去。

我衷心感激您惦记我,并且叫他们寄来这个杂志;我正在十分愉快地读这份杂志。祝您万事万事如意。

紧紧握您的手。忠实于您的

安·契诃夫

一八九九年三月五日

于雅尔塔

五九一

致丽·阿·阿维洛娃

小母亲,请您把抄好短篇小说的笔记本寄给我;我要加以修改,而那些无法修改的,就丢到忘川②里去。关于那些不必抄写的短篇小说,我再加上《替罪羊》《睡意蒙眬》《作家》③。

---

① 指《温顺的人们(写生画)》,发表在1899年《俄罗斯财富》第1期上。——俄文本注
② 希腊神话中阴间的"莱达河"的别名,据说人死后魂灵饮河中水,便可忘记生前的一切。
③ 1885年契诃夫发表在《彼得堡报》上的作品,以前已收入他的集子。——俄文本注

我不打算参加作家大会①。今年秋天我要到克里米亚去,或者到国外去,当然这是说如果我活着而且自由的话。整个夏天我要在谢尔普霍夫县里度过。顺便问一句:您在图拉省的哪一个县里买下了庄园?在买下庄园的最初两年当中会感到困难,有时候甚至很不好受,不过后来就会渐渐变得万念皆空,安于现状了。我买庄园是欠了债的,起初很难受(饥荒、霍乱),后来就平安无事,现在一想起我在奥卡河附近有自己的窝就感到欣慰了。我同农民们和睦相处,他们从来也没有偷过我家的任何东西;每逢我穿过村子,老太太们总是向我微笑,或者在胸前画十字;我对一切人,除了孩子以外,一概称呼"您";我从来也不大声叫骂,不过,建立起我们的良好关系的主要是医疗工作。您在庄园里会感到心情舒畅,只是千万不要听任何人的忠告,任何人的恐吓;在最初一段时期里不要失望,不要对农民有看法;农民对待一切新来的人起初总是严格而不诚恳的,特别是在图拉省。甚至有一句谚语:他虽是图拉人,却是个好人。

您看,我给您写了些教训的话了,小母亲,您满意吗?

您认识列·尼·托尔斯泰吗?您的庄园离托尔斯泰的庄园远吗?如果近,那我就嫉妒您了。我很喜欢托尔斯泰。您谈到新作家的时候把美尔欣②也相提并论。这不合适。美尔欣自成一家,他是个没有受到重视的大作家,是个聪明、有才能的作家,即使也许日后他不会写出比已经写过的更好的东西。库普林③的作品我一本也没有看过。我喜欢高尔基,不过在最近这段时期里他开始胡写,胡写得惹人生气,因此我不久就要丢开他的作品不看了。

---

① 1889年秋天人们打算在彼得堡召开作家大会,纪念普希金诞辰一百周年。——俄文本注
② 彼得·费利波维奇·美尔欣(1860—1911),俄国诗人、小说家。
③ 亚历山大·伊凡诺维奇·库普林(1870—1938),俄国作家。

《温顺的人们》①写得很好,不过布赫沃斯托夫这个人物本来可以不要,有他出场反而给这个短篇带来气氛紧张,惹人厌烦,乃至矫揉造作的成分。柯罗连科是个了不起的作家。大家喜爱他,不是无缘无故的。除了其他种种原因以外,他头脑清醒,心地纯洁。

您问我是不是怜惜苏沃林②。当然怜惜。他的错误使他吃了不少苦。可是在他周围的那些人我一点也不怜惜。

不过,我写得太啰唆了。祝您健康。真诚地、衷心地感谢您。

您的安·契诃夫

一八九九年三月九日

于雅尔塔

五九二

致彼·阿·谢尔盖延科

亲爱的彼得·阿历克塞耶维奇,我按照你的话③把一百卢布汇给诺尔曼卡的尼·尼·尤希科娃,同时还把一百卢布寄给契斯托波尔的彼·瓦·特罗伊茨卡雅;我十分十分高兴,这件事圆满成功了,也就是你来找我,我照你的愿望办了。你写道:"你催一催那些心善的人吧。"我尽可能地找齐了雅尔塔的"心善的人",然而是专门为萨马拉养育儿童团体召集的,而且已经给那边汇去一千卢布了。我为喀山省所能做的只有一件事,就是在当地报纸上把

---

① 参看第五九〇封信的注。——俄文本注
② 苏沃林由于发表一篇评论学潮的论文而受到作家协会"荣誉法庭"的传讯。参看第五八八和六〇〇封信的注。——俄文本注
③ 谢尔盖延科在写给契诃夫的信上说到喀山省歉收,农民们患病,要求组织赈济,募集钱财,这些钱财可以汇到诺尔曼卡的尼·尼·尤希科娃和契斯托波尔的彼·瓦·特罗伊茨卡雅那边去。——俄文本注

你寄来的地址通知那些"心善的人"。

马克思显然极力要跟我通信,然而他不大友好。这个可恶的德国人已经开始用违约金恐吓我①,在信上引用了合同条款的全文。我回信告诉他说,我不怕违约金。

《新时报》情况不妙②。各城的人都为了表示抗议而写出或者登出声明和决议,拒绝阅读《新时报》。就连在雅尔塔,当地俱乐部的成员也在大会上一致通过决议不再订阅《新时报》,并且把这个声明登在《彼得堡新闻》上。

新闻一点也没有,一切照旧。祝你健康,快活。握你的手。

你的安·契诃夫

一八九九年三月十七日

于雅尔塔

五九三

致丽·斯·米齐诺娃

亲爱的丽卡,今年春天我不去巴黎了;没有时间,而且此地,在克里米亚,好得很,叫人没法离开。我认为您与其在巴黎等我,不如自己到雅尔塔来的好;在这儿,我会带您去看我那个正在建造中的别墅,陪您坐马车参观南部海岸,然后一块儿动身到莫斯科去。

---

① 经查明,苏沃林的印刷厂里储存着几百本契诃夫的未装订的书。马克思认为如果契诃夫授权苏沃林销售这些书,他就违背了合同的第六款,这就使得契诃夫必须付出违约金。不久,马克思和苏沃林之间就达成协议:苏沃林有权出售契诃夫其余的书。——俄文本注
② 契诃夫的大哥亚·巴·契诃夫写信告诉契诃夫说:苏沃林的指责学潮的论文《短信》引起青年们的愤慨(参看第五八八封信的注),给他写去愤慨的信,大学生通过决议拒绝阅读《新时报》,从此不订该报。——俄文本注

新闻!! 我们大概又要在莫斯科住下了,玛霞正在寻找住处。我们是这样决定的:冬天住在莫斯科,余下的时间住在克里米亚。我父亲去世后,梅里霍沃对我母亲和我妹妹就失去了一切魅力,根据她们的短信来判断,那地方已经变得完全生疏了。

真的,您考虑一下,到雅尔塔来吧。我会在此地等您到旧历四月十日至十五日。要是您打定了主意,就打一个电报给我,只写三个词:"Ialta Tchekhoff. Trois"①,也就是您四月三日到达此地。您可以不写 Trois 而写八日,四日……或者随便您定在哪一天都成,只是至少要让我大体知道在哪一天等您。您从轮船上下来就直接到阿乌特卡的伊洛瓦依斯卡雅别墅来(马车钱是四十个戈比),我就住在这儿;然后我们就一块儿去给您找住处,然后到轮船上去取您的大件行李,然后就去玩乐(不过我不准您有一点自由),然后就坐上出色的特别快车一块儿动身到莫斯科去。您的路线是这样:维也纳,沃洛奇斯克,敖德萨,从那儿坐轮船到雅尔塔。您在敖德萨打一个电报来:"雅尔塔,契诃夫收。我来了。"您明白了吗?

请您在罗浮宫给我买一打有记号 A 的手绢,再买些领结. 我会加倍还钱的。

您的举止如何?胖了吗?瘦了吗?您的歌唱得怎样了?

祝您健康,美丽,迷人,招人喜欢;紧紧握您的手,亟待回音。

您的安·契诃夫
一八九九年三月十八日
于雅尔塔

---

① 法语:雅尔塔,契诃夫收。三日。

五九四

致伊·伊·奥尔洛夫

亲爱的伊凡·伊凡诺维奇,阿尔特舒列尔大概已经写信告诉您说柯尔卓夫死了,我们在一个晴朗暖和的日子把他葬在阿乌特卡的墓园里了。

雅尔塔已经是春天;万物绿生生,鲜花处处开,在沿岸街上常常会遇到新面孔。今天米罗留包夫和高尔基来了,人们纷至沓来,而我在两个到两个半星期以后大概要离开此地,动身到北方去,离您近一点了。我的房子在建造,可是我的缪斯①完全垮了,我什么也不写,一点也不想工作;必须换一换空气才成,在此地,在南方,人变得懒极了!由于我的朋友和熟人寄来的信,我的心绪大部分时间是恶劣的。我不得不常常在信上进行安慰或者训斥,或者像狗那样乱咬人。我接到许多有关大学生事件的信,有大学生寄来的,有成年人寄来的;我甚至收到苏沃林寄来的三封信。被开除的大学生也纷纷来找我。依我看,成人们,也就是父亲们以及掌权的人们,大大地失算了;他们的行动好比土耳其的帕夏②对待青年土耳其党③和神学院学生,而这一次的社会舆论非常雄辩地证明了,谢天谢地,俄国不再是土耳其了。有些信等见面的时候我再拿给您看,现在让我们来谈一谈您。您近况如何?您打算到雅尔塔来吗?什么时候来?要是我去的话,夏天我会在波德索涅契内见到

---

① 指创作的灵感。
② 奥斯曼帝国高级军政官员的称号。
③ 欧洲人对1889年成立并领导了反封建专制制度斗争的土耳其资产阶级地主政党统一进步党的称谓。

您吗?

依我看,柯尔卓夫死于栓塞症。他死前不久,他的肺部患血管梗塞。大概是心内膜炎;什么原因呢?我不知道,我没有问那些给他治病的医师。我无意中听到他们说发现许多蛋白质。看来这个人是由于种种操心的事而疲劳至极的,他就是因为过于劳累而死的。

阿尔特舒列尔身体健康,心情忧郁。至圣的叶尔巴契①在造房,精神焕发地走来走去,兴高采烈,不知疲倦,谈笑风生。我难得到女子中学去;那儿一切顺利,仍旧待客殷勤、亲切。西纳尼还是老样子。

紧紧握您的手。祝您健康,快活,胃口好,不烦闷,没有病;主要的是请您每年到我们这儿来。

您的安·契诃夫
一八九九年三月十八日
于雅尔塔

五九五

致尼·米·叶若夫

亲爱的尼古拉·米哈依洛维奇,要是医师们准许叶皮方诺夫现在到雅尔塔来,要是他自己也不反对这趟旅行,那就劳驾,打发他来吧,也就是您买好车票,送他上车,等等,而且写信告诉我说您花了多少钱。从塞瓦斯托波尔到雅尔塔,他坐船来;到了雅尔塔,

---

① 指俄国作家和医师叶尔巴契耶甫斯基,他在雅尔塔造一座别墅。——俄文本注

我们就把他整个夏天安置在疗养所里,在那儿他会得到很好的护理。不过在打发他来之前,请您跟医师们商量一下,他能不能坐车到雅尔塔来,他夏天是不是留在莫斯科更好,等等,等等。我把这些事都付托给您。假如他的旅行已经决定,就请您告诉我;然后请您事先通知我他在莫斯科动身的日期,哪怕打个电报来也行(雅尔塔,契诃夫收)。

再者您也不妨到克里米亚来,在此地休息一下。祝您健康,幸福。

您的安·契诃夫

一八九九年三月十八日

于雅尔塔

五九六

致丽·阿·阿维洛娃

您不愿意我道谢,可是,小母亲,请仍旧允许我对您的好心肠和办事的才干①作出应有的赞扬。一切都很好,好到不能再好了。有一个抄写人写了个白字,可是这不要紧;再者,也许《彼得堡报》上本来就是那么印出来的。价钱很适当,期限随您的便,可是至迟不要过春天;最好在五月末以前收到。

我同谢尔盖延科一块儿在中学里读过书,我觉得我很了解他。论天性他是个快活的、爱笑的人,是个幽默家、喜剧家;他在三十岁到三十五岁以前一直是这样的一个人,在《蜻蜓》上发表诗(笔名

---

① 阿维洛娃按照契诃夫的委托雇人把契诃夫在《彼得堡报》上发表过的作品统统抄下来,供出版《契诃夫全集》用。——俄文本注

艾米尔·普普),在生活里和在信上拼命开玩笑,可是一旦他自以为是个大作家,那就什么都完了。他过去不是而且现在也不是作家,然而在作家当中已经占有一定的地位:他是个掘墓人。如果需要立遗嘱,永远售出自己的作品,等等,您就找他。他是个好心的人。

您的信里有两个新闻:(一)您瘦了?(二)您写过一篇关于《海鸥》的文章①?在哪儿登出来的?在什么时候?您写了些什么?

您自己选择和处置您的新书的材料吧。应当不要保姆了。

我这儿一点新闻也没有。我打算在莫斯科给我母亲买一所不大的房子,却不知该怎样做。我打算到莫斯科去,人家又不准我去。我的钱像野鸟似的从我这儿飞走了,再过两年光景我就只好去当哲学家了。

我了解托尔斯泰,似乎很了解,我明白他的眉毛的每一个动作,不过我仍旧喜欢他。

高尔基在雅尔塔。从外表看来他是个流浪汉,不过骨子里他是个颇为文雅的人,我很高兴跟他结交。我打算介绍他跟女人们交往,认为这对他有益,可是他摆起架子来了。

祝您健康,愿上帝赐给您幸福。再一次道谢,紧紧握您的手。

您的安·契诃夫

一八九九年三月二十三日

于雅尔塔

---

① 在1896年10月20日《彼得堡报》上丽·阿·阿维洛娃发表了《致编辑部的信》,谈的是契诃夫的剧本《海鸥》在彼得堡的亚历山大剧院的首次公演,对这个剧本作了很高的评价。——俄文本注

五九七

致玛·巴·契诃娃

亲爱的玛霞,请你向格里凯莉雅·尼古拉耶芙娜①道谢,并转达我的答复,就说我恐怕来不及写出什么新的东西来;不过我面前的桌子上放着堆积如山的短篇小说,这是我为马克思准备下的;我挑出两篇不大的小说,它们早就发表过,那是在很久很久以前,已经为人们忘却了,所以它们可以被看做是全新的东西。我正在吩咐人抄写它们,你转告她说过几天就寄出,也许会有用。

妈妈痊愈,我很高兴。她有一点头晕,一点头痛,就以为要中风,而这是完全没有根据的,光是吓唬自己和吓唬别人而已。她不可能中风。

我成天忙忙碌碌,没有休息的工夫。只有早晨七点到九点,我起床、喝咖啡这段时间里才是自由的,然后我这儿就开始乱哄哄,邮件不时送到,电话铃响个不停,等等,等等。真应该到莫斯科去了。你有一次写道,妈妈四月四日到梅里霍沃去。最好让她在莫斯科等我,我们两个人一块儿去。

造房的工程在进展。柯罗包夫②租到房子了。

柔尔日③来了。他后天走。新闻一点也没有,祝你健康,问候

---

① 即莫斯科的小剧院的女演员费多托娃,她要求契诃夫给她一篇小说供她公开朗诵。——俄文本注
② 即尼古拉·伊凡诺维奇·柯罗包夫,俄国医师,契诃夫的大学同学,当时他在雅尔塔租到一个房间。——俄文本注
③ 契诃夫的堂兄盖奥尔吉·米特罗方诺维奇·契诃夫。——俄文本注

妈妈和大家。

你的 Antoine
一八九九年三月二十三日
于雅尔塔

我寄给格〔里凯莉雅〕·尼〔古拉耶芙娜〕的短篇小说,一次也没有收入过我的集子,外界完全不知道。

五九八

致玛·巴·契诃娃

亲爱的玛霞,我已经写信告诉过你,说一九〇〇年一月一日我会收到马克思的三万,那时候就能支付造房子的钱,要付多少就付多少了。要是你喜欢叶烈美耶夫的房子①,那很好,你买吧;也许叶〔烈美耶夫〕会同意到一月一日才卖,那时候再立房契;如果他不同意,那可以借债。你可以抵押贷款,然而款额不要大,不要超过一万,免得付利息负担太重。

这所房子显然会拉一点不大的亏空,不过要是我们会有一个舒适、像样、安静的住处,那就能充分抵补所有的损失;因为生活越是安静(在体力方面),工作起来就越是轻松,越是起劲。你交涉一下,让叶〔烈美耶夫〕承担全部房契的费用,也就是出售房屋的全部费用,不然的话这所房子就要我们花费三万二千五了。你对他解释说,他让价比我们加钱容易。

---

① 指当时契诃夫准备在莫斯科买房,但是后来没有买成。——俄文本注

讲到《万尼亚舅舅》,我既不准备写信,也不准备打电报①,因为,第一,我不知道往哪儿打电报:委员会的地址我不知道;第二,我的信得不到答复,我已经给涅米罗维奇写过一千封信了;第三,这些事已经使我非常厌烦,弄得我头昏脑涨了……总之,我再说一遍,这些事已经惹得我厌烦,我再也不把我的剧本送到任何地方、任何人那儿去上演。我也不再为任何人写戏了。

一八八三年的《蟋蟀》里有尼古拉②的许多精彩的画。要是到苏哈列瓦附近的旧书商那儿去找一下,都买来就好了!我决定搜集尼古拉所有的画,贴在一个本子上,寄到塔甘罗格图书馆去,嘱咐他们妥为保存。有一些画叫人简直不能相信为什么我们至今没有想办法搜集它们。

在阿乌特卡地区扁桃树花开得很盛(红花),看着真让人畅快。房子的工程在进展。工作沸腾起来了。

我不久就去。祝你健康。问候妈妈。

你的 Antoine

一八九九年三月二十九日

于雅尔塔

---

① 玛·巴·契诃娃写信告诉契诃夫说,莫斯科艺术剧院的符·伊·涅米罗维奇-丹钦科得到消息:只有在修改《万尼亚舅舅》的条件下文学戏剧委员会才会批准莫斯科的小剧院上演该剧,可是会议记录一时还得不到,因此他要求契诃夫打电报给该委员会探听会议结果,为的是拒绝修改该剧本,并且尽快把它转交给莫斯科的艺术剧院进行排演。——俄文本注

② 即契诃夫的二哥尼古拉·巴甫洛维奇·契诃夫,画家,已死。——俄文本注

五九九

致丽·阿·阿维洛娃

我,小母亲,在十二日到达莫斯科。我的地址:莫斯科,小德米特罗夫卡,弗拉基米罗夫寓所,第十号。我在莫斯科过复活节,至于我什么时候回家,到洛帕斯尼亚去,我会另行通知您。

如果我的母亲和妹妹没有放弃买房①的念头,我就一定到普留希哈去找安盖烈斯②。要是我买房,我就会最后什么也没有了,既没有作品,也没有钱了。我只好去当税务员了。

我在读您寄来的稿子③:哎呀,不得了,简直是废话连篇啊!我读着它,就想起当初我和您都年轻的时候我带着什么样的烦闷无聊写出这些东西来。

雅尔塔已经出现了夏天的炎热。目前我真不想离开此地。

那么,余下的稿子请您寄到莫斯科去吧。我欠着您多少抄写费?

祝您健康,幸福。

> 您的安·契诃夫
> 一八九九年四月六日
> 于雅尔塔

---

① 参看第五九八封信的注。——俄文本注
② 阿维洛娃介绍给契诃夫的莫斯科房产经纪人。——俄文本注
③ 指契诃夫委托阿维洛娃雇人抄写的契诃夫旧日发表在《彼得堡报》上的短篇小说。——俄文本注

六〇〇

致阿·谢·苏沃林

我已经到达莫斯科,头一件事就是更换住宅。我的地址:莫斯科,小德米特罗夫卡,谢希科夫寓所。这个住宅我租下整整一年,模糊地希望着也许今年冬天医师们会准许我在此地住一两个月。

您最近那封附着单行本(荣誉法庭)①的信昨天从洛帕斯尼亚转来了。我简直弄不明白谁需要这个荣誉法庭,为了什么目的而需要,您有什么必要同意出席这个您不承认的法庭,而且人们在报刊上不止一次地声明过不承认这个法庭。既然文学工作者没有像军官、律师那样单独组成社团,那么文学工作者的荣誉法庭就是毫无意义的事,荒唐的事;亚洲国家没有出版自由和信仰自由,政府和十分之九的社会人士就视新闻工作者为敌,大家生活得又挤又糟,对美好的未来不存多大的希望,因此在那样的地方才会有像互相泼脏水、荣誉法庭之类的娱乐,把写作的人放在一群野兽的可笑可怜的地位上,它们被关在笼子里,彼此咬掉对方的尾巴。即使站在容许荣誉法庭的协会的观点上,那么它,这个协会,到底是何所求呢?何所求呢?由于您在报刊上完全公开地发表自己的见解(姑不论这是什么样的见解)就对您进行审判,这是冒险的事,这是侵犯言论自由,这是使得新闻工作者处于不堪忍受的地位的一

---

① 3月间,俄国作家协会附设的荣誉法庭为《短信》传审苏沃林,苏沃林没有出庭而寄去一份书面申明。在作家协会和苏沃林之间为此而发生的来往信件经苏沃林的印刷厂排印成文件,由苏沃林寄给他的熟人们;所谓"单行本"就指的是这些来往信件。1899年4月26日苏沃林在他的日记里写道:"我给契诃夫写了一封信,把写给荣誉法庭的申明寄给他了,他认为这个申明'缺乏表达力'。"——俄文本注

个步骤,因为在法庭审讯您以后,任何一个新闻工作者都不会怀疑,他迟早会受到这个古怪的法庭的审判。问题不在于学潮,也不在于您的信。您的信可以成为尖锐的论战、对您的敌视的抗议、辱骂的信的口实,然而跟法庭却风马牛不相及。起诉书似乎故意隐瞒这件荒唐事的主要理由,它故意把一切都归之于风潮和您的信,为的是不谈主要的理由。这是因为什么缘故呢?我根本弄不明白,简直莫名其妙。既然有必要而且有劲头跟您作殊死的斗争,那为什么不坦坦率率地说出来?为什么呢?社会(不只限于知识界,而是整个俄国社会)近些年来对《新时报》抱着敌视的态度。人们都坚定地认为《新时报》接受政府的津贴和法国总参谋部的津贴。《新时报》也千方百计地采取种种行动以便保持这种不应得的名声;它何必这样做,为了什么目的这样做,令人难以理解。例如,谁也弄不明白它近来对芬兰所抱的过分的态度,谁也弄不明白它对那些遭到查禁后据说另改名字出版的报纸的告密,这也许可以用"国民政治"的宗旨来辩解,然而这是没有文学气味的;谁也弄不明白《新时报》为什么把德尚奈尔和比利德尔林将军根本没有说过的话硬说是他们说的①,等等,等等。关于您也形成了一种看法,似乎您是政府里的一个铁腕人物,心肠狠毒,手段残忍;而《新时报》又采取种种行动使得社会上的这种成见尽可能长久地保持下去。公众把《新时报》和他们所不喜欢的其他政府机关报纸看成一路货色,他们抱怨,愤慨,成见在增长,流言四起,于是一个雪球发展成一场大雪崩,它不停地滚动,以后还将继续滚滚向

---

① 指1899年4月6日《新时报》上发表的巴黎通讯,п.沃任的《笔战》;其中引用了法国下议院议长德尚奈尔和比利德尔林将军的谈话,据说他们是在法国总统费利克斯·福尔下葬的那天在丧宴上谈这些话的。比利德尔林将军在写给编辑部的信(发表在1899年4月8日《新时报》上)里否定了这个事实。——俄文本注

前,越滚越大。可是现在这份起诉书对这场"雪崩"却只字不提,其实它就是为了这场"雪崩"才打算审判您的;这种虚伪惹得我闷闷不乐,心神不定。

五月一日以后我就到梅里霍沃去了;目前我待在莫斯科,接待客人,而客人多得不计其数。我疲劳不堪。昨天我到列·尼·托尔斯泰那儿去。他和达吉雅娜①带着好感谈起您,他们很满意您对《复活》的态度②。昨天我在费尔托娃家里吃了晚饭。她是个真正的、毫不做作的女演员。我身体健康。您到莫斯科来吗?

您的安·契诃夫

一八九九年四月二十四日

于莫斯科

六〇一

致阿·马·彼希科夫(马·高尔基)

关于您,亲爱的阿历克塞·马克西莫维奇,一点消息也没有。您在哪儿啊?您在干什么?您打算到哪儿去?

前天我到列·尼·托尔斯泰家里去过。他很赞赏您,说您

---

① 即达吉雅娜·利沃芙娜·托尔斯泰雅,托尔斯泰的大女儿。——俄文本注
② 列·尼·托尔斯泰的长篇小说《复活》发表在俄国出版商马克思的杂志《田地》上。1899年4月6日《新时报》上刊出一篇简讯,讲到1899年4月4日《俄罗斯语言》报上发表的一封有关托尔斯泰长篇小说《复活》的致马克思的公开信。这封信责难马克思不准其他刊物转载《田地》上的这部长篇小说。《新时报》的简讯说:4月初各报上已经刊出托尔斯泰的请求,他由于受到他同马克思所订的合同的约束而要求各报刊"略微推迟"转载他的长篇小说,这个请求应当用"君子的态度"来对待。——俄文本注

是一个"出色的作家"。他喜欢您的《集市》和《草原上》,不喜欢《马尔华》。他说:"无论什么东西都可以随便捏造,唯独心理活动不能捏造,可是在高尔基的作品里恰好碰到了心理活动的捏造,他在描写他没有感觉到的东西。"这就是他的看法。我说,等您到莫斯科来的时候,我们就一块儿去看望列〔夫〕·尼〔古拉耶维奇〕。

您什么时候到莫斯科来呢?星期四上演《海鸥》,那是专供我一个人看的内部演出①。要是您来,我就给您留着座位。我的地址:莫斯科,小德米特罗夫卡,谢希科夫寓所,第十四号住宅(大门口在焦油巷)。五月一日以后我就下乡了(莫斯科省,洛帕斯尼亚)。

我接到从彼得堡寄来的沉痛的、类似忏悔的信②,我心里也苦恼,因为我不知道该怎样答复,该抱什么态度才好。是的,当生活不是心理活动的捏造时,确实是伤脑筋的事情。

请您给我写两三行吧。托尔斯泰对您的情形问了很久。您引起了他的好奇心。他分明被感动了。

好,祝您健康,紧紧握您的手。向您的马克西姆卡③问好。

您的安·契诃夫

一八九九年四月二十五日

于莫斯科

---

① 莫斯科艺术剧院在结束演出季节以后,于5月1日另觅地点,在"天堂剧院",单为契诃夫一个人举行《海鸥》的一次内部演出。——俄文本注
② 指苏沃林的信,参看第六〇〇封信和注。——俄文本注
③ 即马克西姆·阿历克塞耶维奇·彼希科夫,马·高尔基的儿子。

六〇二

致阿·马·彼希科夫(马·高尔基)

您那封写着"德米特罗夫卡"的地址的信收到了。请原谅这个墨水点。今天早晨我已经给您寄出一封信了。

怎么可能在莫斯科找不到我的住址①?！我多么盼望您来,多么想跟您见见面呀。

祝您健康,顺遂。紧紧握您的手。

您的安·契诃夫

一八九九年四月二十五日

于莫斯科

六〇三

致丽·阿·阿维洛娃

小母亲,您信上提到的那篇短篇小说我这儿没有;它大概一无是处,可是按照合同的第四十七款我仍旧得把它交给马克思先生。

您收到的我的钱②不是全部。还有邮费呢？要知道邮票至少花了四十二个卢布。要知道您寄来的可不是印刷品邮件,而是大邮包啊!!

我们什么时候见面呢？我需要跟您见面,也好口头上表达一

---

① 高尔基在写给契诃夫的信上说,他在莫斯科盘桓了几天,可是没有到契诃夫家里去,因为不知道他的确切住址。——俄文本注
② 阿维洛娃垫付的抄写费。

下我对您的无限感激之情以及我想跟您见面的真诚愿望。

祝您健康,紧紧握您的手。星期日我还在莫斯科。您是否早晨从火车站到我这儿来喝咖啡①?

您的安·契诃夫

一八九九年四月二十七日

于莫斯科

如果您身边还有孩子,那就带他们一起来。咖啡和白面包,加上鲜奶油;还有火腿。

啊,但愿您知道,小母亲,荣誉法庭这个机关跟我的思想意识,跟我的文学工作者的尊严多么格格不入才好!难道审判是我们的工作吗?要知道,这是命中注定专干这种事的宪兵、警察、官吏的工作。我们的工作是写作,仅仅是写作。要是战斗,造反,审判,那也只能用笔。不过呢,您是彼得堡人,您对我的任何意见都是不同意的,我的命运就是这样啊。

六〇四

致阿·马·彼希科夫(马·高尔基)

亲爱的阿历克塞·马克西莫维奇,寄上斯特林堡②的剧本《朱丽小姐》③。请您读一遍,然后寄还原主:彼得堡,潘捷列伊莫诺夫

---

① 阿维洛娃在她的回忆录中说:5月1日她从彼得堡坐火车路过莫斯科,契诃夫到火车站去接她,约她当天晚上一同去看莫斯科艺术剧院的《海鸥》内部演出,但是阿维洛娃带着儿女,觉得麻烦,没有下火车,只把上文提到的那篇契诃夫的旧小说面交契诃夫,随后就分手了。——俄文本注
② 奥古斯特·斯特林堡(1849—1912),瑞典作家、戏剧家。
③ 指俄国女作家叶连娜·米哈依洛芙娜·沙甫罗娃译成的该剧本的译稿。——俄文本注

卡大街,十三号楼,五号住宅,叶连娜·米哈依洛芙娜·尤斯特。

带枪去打猎,我从前是喜欢的,现在却对此不感兴趣了。我看了《海鸥》的无布景演出①。我不能冷静地评判这个戏,因为海鸥本身②就演得糟透了,随时哇哇大哭,特利果林(小说家)③在舞台上像一个瘫痪病人那样走来走去,说话,他"没有自己的意志",演员按照这种理解进行表演,看得我直恶心。然而总的来说还不错,能吸引人。有些地方我甚至不相信是我写的。

我很愿意同教士彼得罗夫④相识。关于他的事我在报上读到过。如果他七月初在阿卢什塔,那么设法见面是不困难的。他的书我没看过。

我住在梅里霍沃自己家里。天气炎热,白嘴鸦聒噪,农民们常常来。目前还不乏味。

我买了一个金表,可是俗气得很。

您什么时候到洛帕斯尼亚来?

好,祝您健康,顺遂,快活。不要忘记我,至少偶尔来一封信。

如果您打算写剧本,那您就写吧,然后寄给我看一遍。您写吧,而且要保守秘密直到写完为止,要不然人家就会打乱您的计划,破坏您的情绪。

紧紧握您的手。

您的安·契诃夫
一八九九年五月九日
莫斯科省,洛帕斯尼亚

---

① 参看第六〇一封信的注。——俄文本注
② 指《海鸥》中的人物尼娜·扎烈奇娜雅,由玛·留·罗克萨诺娃扮演。——俄文本注
③ 《海鸥》中的一个人物,由康·谢·斯坦尼斯拉夫斯基扮演。——俄文本注
④ 即格利果林·斯皮里多诺维奇·彼得罗夫,俄国教士,文学家,《俄罗斯语言》报撰稿人。——俄文本注

六〇五

致叶·彼·戈斯拉甫斯基①

我读完了您的剧本②,十分尊敬的叶甫根尼·彼得罗维奇,多谢您。确实,五幕太多了。换了是我,就会直接从剧本里的第二幕写起,那样效果会好一点,凡是第一幕里您认为特别有价值的东西,我就会移到第二幕里去。在您的剧本里,幕也罢,人物也罢,对话也罢,都太多,这倒不是缺点,而是才能的本性。不管怎样,要是您把某些人物完全删掉,例如娜嘉,谁也不知道她为什么是十八岁而且谁也不知道她为什么是诗人,这对剧本反而会有好处。她的未婚夫也是多余的。索菲雅也多余。为简练起见,教师和卡切迪金(教授)不妨合并成一个人物。越是紧凑,越是简洁,就越是富于表现力,越是鲜明。爱情在您的剧本里不够亲密,爱情成了饶舌,因为那些女人话很多,甚至侃侃而谈,甚至撒野(毒蛇,世俗的母夜叉们,"我心里产生了一种反应"),尤其因为她们年纪已经不轻而更有惹人讨厌的危险……爱情不亲密,女人缺乏诗意,艺术家没有灵感和宗教情绪,仿佛这些人都是会计员,让人感觉不到他们背后的俄罗斯生活环境,感觉不到包括托尔斯泰和瓦斯涅佐夫在内的俄罗斯艺术。而这主要是因为您也许故意用一般剧本所使用的语言,缺乏诗意的戏剧语言去写这个剧本。句子的简洁富于表现力、生动鲜明,总之恰好构成您的作者个性的东西,在您的剧本

---

① 叶甫根尼·彼得罗维奇·戈斯拉甫斯基(1861—1917),俄国小说家、剧作家。
② 《自由的艺术家》。戈斯拉甫斯基采纳契诃夫的意见对剧本作了一系列修改,成为四幕剧,由俄国出版家谢尔盖·费多罗维奇·拉索兴于1903年出版。——俄文本注

里却占末位，而占首位的倒是 mise en scène 以及它的热闹，上场和下场，角色；显然，这种占首位的东西深深地吸引了您，弄得您没留意到您的剧本里竟有这样的话："关于这个因盗窃罪而被控的男孩"，您也没留意到您的教师和教授的举动和谈吐简直就像波达片科的剧本里的理想主义者了，总之您没留意到您不是不受约束的自由人，您首先不是诗人和艺术家，而是职业剧作家。我写这些是为了把以前我在林荫道上对您说过的话再重复一遍：您不要丢开小说不写。按我对您的理解来说，论天性，论才能的力量，您都是艺术家；您应当坐在书房里写，写，不间断地写上五年，避开毁灭您的创作个性的影响像避开毒瘤一样；您每年应当写二三十个印张，以便了解自己，发挥才能，成熟起来，自由地张开翅膀，到那时候您就会驾驭舞台，而不是由舞台驾驭您了。

关于您，我早就考虑过这一切，这个剧本只是借以说出我的意见的一个口实罢了。您没有要求我提意见，出主意，我像是在强逼您接受，然而您不会特别生气，因为您知道我对您以及您的才能的态度，我对您的才能是重视的，而且一直就您所写的少数作品注意它的发展。我目前所写的都是就这个剧本泛泛而论的话，却没涉及剧本的本身，这个剧本本身给我留下的印象是愉快的，只能在枝节问题上而不能在总的方面批评它，我跟喜欢这个剧本的符·伊·涅〔米罗维奇〕-丹钦科有同感。可惜我不会有机会看见它在舞台上演出，而且总的来说，可惜难得有机会跟您见面。您是那种使人感到愉快的作家，跟这样的作家在一起总是让人想谈一谈他们的作品。

祝您健康。紧紧握您的手，再一次向您道谢。

您的安·契诃夫
一八九九年五月十一日
莫斯科省，洛帕斯尼亚

六〇六

致巴·费·姚尔达诺夫

十分尊敬的巴威尔·费多罗维奇,我连同书籍一并寄出的那些肖像画和勃克林①的画的复制品②您收到了吗?那是歌德、海涅、席勒的很好的肖像画,莱比锡③出品。您寄到雅尔塔我那儿去的那份《海鸥》的译稿④,我已经送交邮局寄上,您收到了吗?请您转告译者,说《海鸥》已经译成法文,而且有好几个译本;至于要判断哪个译本最好,在文学方面有多少令人满意的地方,我就无能为力了,因为我对这种语言不那么精通。

博物馆,不错,在冰点上了,不过它还没有冻死。在最近这段时期里巴甫洛夫斯基⑤顾不上博物馆了;他为德雷福斯一案差点跟《新时报》闹翻⑥,最近一年到一年半之间他生活得颇不轻松;甚至很可能他没收到您的信。一个月以前我在莫斯科见到过他;他稍稍愉快一点,说他同《新时报》的关系重新开始了。显然,在德雷福斯一案结束以前吸引他为博物馆出力是不可能的。在过去的两年里我也几乎没有为博物馆和图书馆做过什么事。这倒不是因

---

① 阿诺尔德·勃克林(1827—1901),瑞士画家,在德国学习,艺术上属于德国浪漫主义。
② 这些画都是寄给塔甘罗格准备创办的博物馆的。——俄文本注
③ 德国城市。
④ 这份译稿是塔甘罗格的一个法语教师将《海鸥》第一幕译成法语的原稿,姚尔达诺夫把这份译稿寄给契诃夫是为了请他对译文质量加以评论。——俄文本注
⑤ 即伊·亚·巴甫洛夫斯基,《新时报》驻巴黎的特派记者,塔甘罗格人,曾为开办博物馆出力。——俄文本注
⑥ 《新时报》编辑部为袒护法国反动当局而窜改他关于德雷福斯一案的报道稿。

为我冷淡了；我从来也没有冷淡过。我之所以毫无作为,应当归咎于我脱离了常轨,失去了过定居生活的权利,活像古代的信使,时而奉命到克里米亚去,时而到华沙去,时而到皇村去,时而到乌拉尔那边去。

我听说您生过病,动过手术。您怎么了？您在信上讲到病,您的情绪悲观,可是您一句话也没讲起到底是怎么回事。您至少写两三行来,说一说详细情形吧。

五月底我要到莫斯科去,到那时候我再办理您委托的关于书的事。《俄罗斯思想》给您打什么折扣？

多谢您寄来的塔甘罗格风景照片。要是可能的话,就请再寄一点来。塔甘罗格变得美丽了,不久生活在那里就会令人感到舒适,大概我到老年(如果我活得到那时候的话)就会羡慕您了。

我不知道自己该怎么办才好。我正在雅尔塔造一个别墅,可是我到了莫斯科,尽管那儿很臭,我却突然喜欢这个地方,租下了一个住宅,为期整整一年,目前我又在乡下,那个住宅封闭了,尽管我不在那边那个别墅仍在修建,总之这都是胡说八道。

我的照片会寄去,不过,如果您容许的话,我只寄给您本人而不是寄给图书馆。

祝您健康,紧紧握您的手。

　　　　　　　　　　　　　您的安·契诃夫

　　　一八九九年五月十五日

　　　　于梅里霍沃

在莫斯科,艺术剧院为我演过《海鸥》①。演出是惊人的。如

---

① 参看第六〇一封信的注。——俄文本注

果您愿意的话,我就会坚持要艺术剧院明年春天 in ntoto①,带着剧团、布景等等,等等,到南方去的时候一定到塔甘罗格去。小剧院相形见绌了,讲到 mise en scène 和演出,就连迈宁根②都远不及这个目前在一个寒碜的地点③上演的新艺术剧院。顺便说一句,在《海鸥》里扮演的有维希涅甫斯基,也就是我们塔甘罗格的维希涅甫斯基,他老是提起克拉木萨科夫、奥夫夏尼科夫④等等,惹得我都厌烦了。所有参加《海鸥》演出的人员跟我一块儿拍照,拍成了一张有趣的一群人的合影。

一八九九年五月十五日
于梅里霍沃

六〇七

致米·奥·缅希科夫

亲爱的米哈依尔·奥西波维奇,您好! 您在旅行吗? 我为您感到高兴,羡慕您。不错,您最后会感到疲劳,乏味,不过另一方面,日后您回到您那可爱的北方巴尔米拉⑤,而那儿又潮又冷又阴暗,总之在您回去以后,您就有可以回忆的东西了。我也为亚沙高兴。您旅行,您在极乐世界,我呢,却待在这可爱的梅里霍沃,冻得

---

① 拉丁语:全班人马。
② 指德国迈宁根公爵剧院的剧团。它经常在欧洲各地巡回表演。这个剧院的演出在克罗奈克的导演下以下列两点最为突出:在再现历史时代方面的最大限度的忠实性(尤其是布景和服装),以及群众场面的极大的自然性。——俄文本注
③ 当时莫斯科艺术剧院在莫斯科隐庐饭店的大厅里演出。——俄文本注
④ 塔甘罗格中学的教师。
⑤ 即圣彼得堡,18 世纪末以来俄罗斯文学作品中对彼得堡的美称,它在富饶美丽方面可同叙利亚的古城巴尔米拉媲美。

发僵,拼命地读马克思给我寄来的若干普特重的校样。我在编辑我到现在为止所写过的一切东西的时候,删掉了两百篇短篇小说以及一切非小说的作品,而剩下来的仍旧有两百多个印张,因而可以出版十二三卷。凡是到现在为止构成您所熟悉的我那些集子的内容的东西,如今完全淹没在一大堆世人所不知道的材料里去了。我收集这一堆东西的时候惊讶得摊开了两只手。

我的妹妹打算卖掉梅里霍沃,已经把广告寄给报纸,可是未必会在秋天乃至冬天以前卖出去。七月间我到克里米亚去,可是八月间就回来,要在俄国本土住到深秋。

普希金纪念日①我没有参加。第一,我没有燕尾服;第二,我很怕演说。在纪念性宴会上一有人开始发表演说,我就变得悲悲戚戚,恨不得钻到桌子底下去才好。在这些演讲里,特别是莫斯科人的演讲里,有许多故意的谎话,而且也讲得不漂亮。在莫斯科,五月二十六日和以后的那些天,天一直下雨,很冷,纪念日没有获得成功,可是话倒讲得很多。当然,讲话的并不是文学工作者,只是一些企业主(文学贩子)。这个时期我在莫斯科碰见的一切人当中,只有戈尔采夫显得可爱。

树林里出现了蘑菇。铃兰开花了。昨天我收到彼得堡打来的一封电报,说:"天气糟透了。"

多谢您的来信,请您以后也不要忘记我。向丽季雅·伊凡诺芙娜②和亚沙热诚地致意和问候;祝他们万事如意。

我的母亲和妹妹为您的惦记道谢,并且问候您。

---

① 在普希金诞辰一百周年纪念日,莫斯科举行了一系列隆重的大会(莫斯科大学、俄罗斯语文爱好者协会、自然科学爱好者协会等),在这些大会上发表演说的有阿·尼·韦塞洛甫斯基、亚·伊·楚普罗夫、奥斯特罗果尔斯基等。——俄文本注
② 即丽·伊·韦塞里茨卡雅,俄国女作家,缅希科夫的妻子。

紧紧握您的手。

> 您的安·契诃夫
> 一八九九年六月四日
> 于梅里霍沃

六〇八

致奥·列·克尼碧尔①

这究竟是什么意思啊？您在哪儿？您那么固执地不寄来您的音信，弄得我们揣摩不透，而且已经开始在想：您忘了我们，到高加索去嫁人②了。如果您真的嫁人了，那么嫁的是谁呢？莫非您决定离开舞台了吗？

作者③被忘记了，这可了不得，这是多么残忍、多么阴险啊！

大家都向您致意。新闻一点也没有。连苍蝇都没有。我们这儿什么也没有。甚至小牛都不咬架了。

那一回我本想送您到火车站去，可是幸而天下雨，把我拦住了。

我到彼得堡去过，照了两张相。我差点在那儿冻死。我到雅尔塔去至早也要在七月初。

如果您许可的话，就紧紧地握您的手，祝您万事如意。

> 您的安·契诃夫
> 一八九九年六月十六日
> 莫斯科省，洛帕斯尼亚

---

① 莫斯科艺术剧院的女演员，后来成为契诃夫的妻子。她在 1899 年春季认识契诃夫一家人。这是契诃夫写给她的第一封信。——俄文本注
② 克尼碧尔在演出季节结束后到高加索去探望她的哥哥。——俄文本注
③ 克尼碧尔演过契诃夫的《海鸥》。

六〇九

致阿·马·彼希科夫(马·高尔基)

为什么您老是闷闷不乐呢,亲爱的阿历克塞·马克西莫维奇?为什么您拼命地骂您的《福玛·高尔杰耶夫》①呢?在这方面请您允许我直说,我觉得除了其他种种原因以外还有两个理由。您刚刚起步就一举成名,蜚声文坛,于是现在,凡是在您看来普通而平淡的东西都不能使您满意,都使得您厌倦。这是一。第二,文学工作者老是住在外省就不能不受到惩罚。不管您怎么说,您已经品尝了文学,中了毒,没有挽回的希望了;您现在是文学工作者,将来也永远是文学工作者了。文学工作者的自然状态是永远靠近文学界,生活在写作的人的旁边,呼吸文学的空气。您不要跟自然作斗争,要从此死心塌地,搬到彼得堡或者莫斯科去住。您尽管跟文学工作者对骂,不承认他们,藐视他们当中的一半人,然而您得跟他们一块儿生活下去。

我到彼得堡去过一趟,差点在那儿冻死。我见到了米罗夫。现在我在为马克思读校样;寄上短篇小说两篇以资证明。

我的地址:莫斯科,小德米特罗夫卡,谢希科夫寓所。我在这儿住到七月五日至十日,然后到雅尔塔去,那儿正在建造一个我自己的城堡②。

我原想给您写一封关于教士彼得罗夫的书③的长信,可是没

---

① 高尔基的长篇小说。高尔基在写给契诃夫的信上说:"对我来说我的《福玛》变得像是一条鳄鱼了。有一次我甚至梦见他:他躺在泥地里,把牙齿咬得嘎吱嘎吱地响,凶恶地说:'魔鬼,你要对我怎么样?'"——俄文本注
② 指契诃夫在雅尔塔郊区阿乌特卡所造的别墅。
③ 指俄国教士和文学工作者格·斯·彼得罗夫的著作《作为生活基础的福音书》。——俄文本注

有写成。我喜欢这本书。

要是您有机会到莫斯科来,那就到德米特罗夫卡我这儿跑一趟。

祝您健康,紧紧握您的手,祝万事如意。您不要闷闷不乐了。

您的安·契诃夫
一八九九年六月二十二日
于莫斯科

六一〇

致阿·谢·苏沃林

我收到您的两封信,可是没有一封信上写着您乡下的地址。我原想写信到斯库拉托沃去,可是犹疑不定;我就开始打听,写信问康斯坦丁·谢苗诺维奇;最后,今天我到书店去了一趟,所以到现在才写信。

首先谈一谈学校的设计。我造过三所学校①,我认为这些学校都堪称样板。它们都是用最好的材料建成的,房间有五俄尺高,火炉是荷兰式的,教员宿舍有壁炉,面积也不小,一套住宅有三四个房间。有两所学校的造价都是三千,第三所少一些,两千多一点。我把这三所学校的正面图都寄给您,我请人拍了照片;我还寄给您这些学校的平面图,尺寸俱全,顺便说一句,这不是随便画画的,而是按照省地方自治局所制订的细则画成的。只是您不要在今年建造,推迟到来年夏天再动工。

您没有弄错,我们是要卖我们的梅里霍沃。自从我的父亲去

---

① 在塔列日村、诺沃肖尔基村和梅里霍沃村。——俄本文注

世后,大家已经不愿意在那儿住下去,一切都变得暗淡无光;再者我的局面也不稳定,我不知道我该住在哪儿,我是个什么样的人,我是个什么身份的人。既然冬天我必须得在克里米亚或者国外过,那么对庄园的需要就自动取消了;有个庄园而又不住在那儿,这是过分的奢侈。在小说方面,自从我写了《农民》以后,梅里霍沃也已经枯竭,对我来说毫无价值了。

买主们纷纷前来看房。要是他们把房子买去,那很好;他们不买呢,冬天就封上。

目前我住在莫斯科。我常到"阿克瓦利乌姆"①去,在那儿看杂耍,同淫荡的女人谈话。我去过彼得堡,时间不久。那儿很冷,天气恶劣,我甚至没有留下来过夜;我星期五到,当天就离开了。我见到了阿历克塞·彼得罗维奇②。

我的身体还可以,几乎很好。要是准许我在莫斯科过冬,那我大概会在这儿做某种生意(独资经营);例如,开办一个专为内地读者服务的书库,也就是不卖货,光是办理邮购,同时只用一个搬运工人,顺便要他给我擦皮靴。可是,唉,人家不会让我留在莫斯科,又会把我赶到沼泽地里去。

过两三天以后我又要到乡下去,可是您不要把信寄到洛帕斯尼亚去,而要寄到莫斯科,小德米特罗夫卡,谢希科夫寓所。我这儿总有人在,信不会存放很久。

向安娜·伊凡诺芙娜、娜斯嘉、包利亚热诚地致意,祝他们万事如意。我很想到您那儿去跟您见面,可是我不知道我什么时候才能抽空去看您,是七月间呢,还是迟一点。

---

① 莫斯科的一个游乐场。
② 即阿·彼·柯洛木宁。——俄文本注

祝您健康,安宁,快活。

> 您的安·契诃夫
> 一八九九年六月二十六日
> 于莫斯科

六一一

致阿·马·彼希科夫(马·高尔基)

我在信上说您刚刚起步就一举成名,蜚声文坛的时候,完全不存什么恶意:责备您或者挖苦您。我没有涉及任何人的功绩,我只是想对您说:您没有进过文学创作的低级学校,您是直接从研究院起步的,现在您觉得做礼拜而没有唱诗班就乏味了。我想说:再等一两年光景,您就会平静下来,发现您那极可爱的《福玛·高尔杰耶夫》①一点过错也没有。

您打算徒步游历俄罗斯吗?祝您一路平安,畅通无阻,不过我觉得您趁现在年轻又健康,应该花两三年的工夫不是徒步,也不是坐三等车去游历,而是就近观察一下读您的书的公众。然后,过上两三年以后,您就是去徒步游历也可以了。

您会说:瞧,这个魔鬼,他在教训人了。是的,这是回报您给我的教训,您说过我何苦不住在雅尔塔而在莫斯科生闷气。确实,莫斯科糟透了。然而现在就走是不行的,有些杂事,我不愿意推给别人去办。我大概在七月十五日左右到雅尔塔去。我要在莫斯科的小德米特罗夫卡待着,在特维尔林荫道上散步,跟淫荡的女人谈天,在国际饭店吃饭。

---

① 参看第六〇九封信和注。——俄文本注

您九月间到库楚科耶来吗?

紧紧握您的手,祝您万事如意。

您的安·契诃夫
一八九九年六月二十七日
于莫斯科

六一二

致奥·列·克尼碧尔

是的,您说对了:作家契诃夫没有忘记女演员克尼碧尔。不仅如此,您邀他一块儿从巴统到雅尔塔去的建议依他看来是极好的。我会去的,不过有条件:第一,您接到这封信后一分钟也不耽搁,把您打算离开姆茨赫塔的大概日期打电报告诉我;您可以用这样的公式:"莫斯科,小德米特罗夫卡,谢希科夫,契诃夫收,二十日。"这就是说您在二十日离开姆茨赫塔到巴统去。第二个条件是我直接到巴统去,在那儿迎接您,而不到梯弗里斯去了。第三,您不要弄昏我的头脑①。维希涅甫斯基认为我是一个很严肃的人,我不愿意让他看出我跟大家一样软弱。

我接到您的电报后就给您写信,那就万事大吉了。目前让我向您送上一千个由衷的祝愿,紧紧握您的手。谢谢您的信。

您的安·契诃夫
一八九九年七月一日
于莫斯科
小德米特罗夫卡,谢希科夫寓所

---

① 意谓"不要诓我白跑一趟"。

我们要卖掉梅里霍沃。我的克里米亚的房产库楚科耶,据人家来信说,目前在夏天好得惊人。您一定得到那儿去一趟。

我到彼得堡去了一趟,在那儿照了两张相。都照得不好。我要卖照片了,一个卢布一张。维希涅甫斯基那边我已经按代收货款的方式寄去五张照片了。

对我来说,最方便的是您打电报来指定"十五日",无论如何也不要迟于"二十日"。

六一三

致谢·伊·沙霍甫斯科依

多谢您的来信,亲爱的谢尔盖·伊凡诺维奇。我原打算从雅尔塔,后来又打算从梅里霍沃给您写信;我父亲去世的时候,承蒙您对我的家人关怀备至,我想由衷地向您致谢。我还想对您的活动表示拥护,您的活动的好消息传到我们雅尔塔那儿去了;我想给您写一封长信,然而这些却一直只限于愿望。有的时候我不知道您的地址,有的时候又没有工夫。

我健康,平安,总的说来生活得没有趣味。去年冬天我是在雅尔塔度过的,在那儿乏味得要命;二月间我把我的作品卖给了马克思,这件事您大概已经听说了;这次出售弄得我脱离了常轨,我从二月到现在一行字也没写过;我既没有心绪,面前又堆着马克思出版的书的校样,我的全部精力都用在这些校样上了。我是在复活节过后到梅里霍沃去的。我们误了温室,误了秧苗,误了花卉。我们正赶上天冷,又碰上愉快的谈话,说瓦烈尼科夫鞭打某些农民,说库兹明斯基桥不能通行了,说包尔曼挪用公款,说执行处什么事也不办,等等,等等。这些都是乏味的,不过主要的是我父亲去世后梅里霍沃在我们眼里显得暗淡无光,没人需要了,尤其是因为冬天我又得到克里米亚去,我的妹妹到莫斯科去,于是我们灵机一动,要卖梅里霍沃了。目前我们正在卖。这件事会不会办成,我不知道,不过我们已经不是谢尔普霍夫的人了。

路伊扎·利沃芙娜①告诉我说,七月间,大约十五日左右,您就到家里来了。要是您有机会路过莫斯科而又有空闲的时间,那么劳驾,到我们这儿来一趟,哪怕时间很短也好,或者请您来信说明您在什么地方,我去跟您见面也成。

我的地址:莫斯科,小德米特罗夫卡,谢希科夫寓所。

再一次道谢,紧紧握您的手。祝您健康,幸福。我的母亲目前也同我一起在莫斯科,她向您致意。

您的安·契诃夫

一八九九年七月一日

于莫斯科

不久以前我到您家里去过,见到我的教女②。

六一四

致阿·谢·苏沃林

您从雅尔塔写来的信寄到了莫斯科,目前我正住在这儿。我到克里米亚去过,不久以前才回到莫斯科,大概明后天又得去,因

---

① 即路·利·沙霍甫斯卡雅,沙霍甫斯科依的妻子。——俄文本注
② 指沙霍甫斯科依的女儿娜达霞·沙霍甫斯卡雅。——俄文本注

为我身体不好。我不知道这究竟是杆菌造反呢,还是天气的影响,只是我支持不住,弄得我的头倒在枕头上了。

我给您写过一封信,寄到韦利耶·尼科利斯科耶去了,可是没有收到回信。我个人方面一点新闻也没有,报上也是一点都没有。鼠疫不大可怕。第一,它不会扩散到特别大的地区,而是始终停滞在个别的几个居民点上;第二,作为毁灭的力量,它并不比白喉或者腹伤寒可怕;第三,我们已经有行之有效的疫苗了,顺便说一句,在这方面我们得感激俄国的犹太籍医师哈甫金①。在俄国他是一个最不出名的人,可是在英国,人们早就叫他大慈善家。这个犹太人遭到印度人的痛恨,差点被他们打死,他的传记是出色的。所以鼠疫作为一种病并不怎么可怕。可是它却像稻草人那么吓人,对群众的想象力影响很大。它在西班牙造成了许多灾难,说不定还会妨碍展览会②。

关于大学生大家谈得少了。不久以前我到一个大学校长那儿去请求收留一个从其他地区来的大学生③;他们拒绝收留,对待我本人也非常不客气。大学校长的接待室和他的书房以及看门人,都使我联想到侦缉队。我走的时候头都痛了。

不久以前我路过费奥多西亚,远远看见您的房子。这座城完全被铁路和费奥多西亚的好心的天才④弄得难看了。这个天才的亚美尼亚精神处处都能让人感觉到。

在南方,在塔甘罗格,我见到了叶若夫,他在那儿考察工厂。他成了一个相当好的新闻记者了。您读过教士彼得罗夫的《作为

---

① 符拉季米尔·阿罗诺维奇·哈甫金(1860—1930),俄国医师、细菌学家。法国化学家、微生物学家巴斯德的学生,1897年在孟买发明了防鼠疫的血清。
② 指在巴黎举行的国际博览会。——俄文本注
③ 契诃夫应大学生伊·阿·西纳尼的请求,设法把大学生韦别尔转到莫斯科大学去。——俄文本注
④ 指经常住在费奥多西亚的俄国画家伊·康·艾瓦佐夫斯基。——俄文本注

生活基础的福音书》吗?在读过这本书以后我一点有趣的东西也没读过,然而豪普特曼①的《孤独的人》除外,这是一个旧剧本,可是它却让我呼吸到了清新的气息。为什么您至今没有排演过这个剧本呢?它隽永而且适合舞台条件。

有两个法国军官,其中一个是过去的陆军部长的儿子,他在非洲杀死了跟他共事的军官。您在报上读到这个新闻了吗?这似乎故意捣乱似的,偏偏发生在目前这个时候,即使没有这种事,那些可怜的法国人也已经受够了种种怪事的折磨:单是狗崽子梅西埃②就够人受的!

外面在下大雨。那么至迟不过一个星期我又要到雅尔塔去了。

包利亚怎么样?他近况如何?向安娜·伊凡诺芙娜、娜斯嘉和包利亚热诚地致意和问候。

您的信(最近这一封)在寄到我这儿以前显然经什么人拆看过。

祝您健康。谢谢您的来信。

        您的安·契诃夫
        一八九九年八月十九日
        于莫斯科
        小德米特罗夫卡,谢希科夫寓所

---

① 豪普特曼(1862—1946),德国作家、剧作家。
② 法国的陆军部长,他是德雷福斯一案中的祸首之一。——俄文本注

六一五

致阿·马·彼希科夫(马·高尔基)

亲爱的阿历克塞·马克西莫维奇,关于我在写长篇小说的传说显然是无稽之谈,因为关于长篇小说我连想都没有想过。我几乎什么也没写,光是一心一意地等着我终于可以坐下来写东西的时候。不久以前我到雅尔塔去过一趟,又回到莫斯科来,为的是去看我的剧本的排演①,可是生了一点小病,现在又得去雅尔塔了。明天我就动身到那儿去。我会不会在那儿住很久,会不会在那儿写东西,这些都不得而知。在最初一段时间里我得露宿在外,因为我的房子还没盖好呢。

差不多跟您的信同时,《生活》的信②也寄到了,谈的是同一件事。今天我也给《生活》写了一封信。

您的《福玛·高尔杰耶夫》我读过一些片断③;随意翻开来,读那么一页。我要等到《福玛》登完以后再通篇读一遍,每个月读一部分对我来说简直是办不到的。由于同一个理由,我连《复活》④也没有读。

我的《生活》杂志丢掉了;要是《福玛》今年不出单行本,我就在雅尔塔借沃尔科娃⑤的杂志来通读一遍。

---

① 当时莫斯科艺术剧院在排演契诃夫的剧本《万尼亚舅舅》。——俄文本注
② 高尔基所赞助的《生活》杂志听到契诃夫在写长篇小说的传言,要求他把这部长篇小说交给该杂志发表。——俄文本注
③ 高尔基的长篇小说,在1899年《生活》杂志2月号到9月号上连载。——俄文本注
④ 托尔斯泰的长篇小说《复活》当时在《田地》杂志上连载。
⑤ 雅尔塔的书店和图书馆的业主。——俄文本注

吉里亚罗甫斯基像旋风似的飞跑到我这儿来,告诉我说他跟您相识了。他十分称赞您。我认识他差不多有二十年了,我跟他一块儿在莫斯科开始我们的事业,我对他作了非常仔细的观察……他身上有一股诺兹德列夫①的气味,心神不定,大呼小叫,不过这个人有一颗忠厚纯洁的心,完全缺乏新闻工作者先生们所富有的那种奸诈的气质。他不停地讲趣闻逸事,怀表里嵌着一张色情画,兴致一来就用纸牌变戏法。

闲散把我折磨苦了,我十分恼火。您什么时候到雅尔塔来?在九月的哪一天?我会非常非常高兴地跟您见面,谈一谈当前发生的种种事情。请您把您的照片和您的书带来。

好,祝您健康,愿上帝保佑您。请写信到雅尔塔来。握您的手。

您的安·契诃夫
一八九九年八月二十四日
于莫斯科

六一六

致奥·列·克尼碧尔

亲爱的女演员,我来回答您的所有问题。我顺利地到达了。我的旅伴们把下面的位子让给我,然后安排一下,使得车厢包房里只剩下两个人:我和一个年轻的亚美尼亚人。我一天喝好几次茶,每次喝三大杯,加上柠檬,喝得很有气派,不慌不忙。筐子里的东

---

① 果戈理的长篇小说《死魂灵》中的一个地主。

西我统统吃光了。不过我发现,翻筐子和跑到火车站上去取开水是不严肃的事,这损害艺术剧院的威望。在到达库尔斯克之前,天气很冷,后来又暖和起来,在塞瓦斯托波尔天气大热了。到了雅尔塔,我在我自己的房子里住下,现在我就住在这儿,由忠实的穆斯塔法[1]保卫着。我不是每天吃午饭,因为到城里去吃路太远,而使用煤油炉做饭又有损威望。每天傍晚我吃干酪。我常跟西纳尼见面。我到斯烈津家里[2]已经去过两趟;他们带着温情细看您的照片,吃掉那些糖果。列〔昂尼德〕·瓦〔连契诺维奇〕觉得身体还可以。钠尔赞矿泉水[3]他不喝了。此外还有什么呢?花园我几乎没有去过,我大部分时间坐在家里想您。我路过巴赫奇萨赖,想起您,回忆起我们一起旅行的情景。亲爱的、非凡的女演员,杰出的女性,要是您知道您的信使我多么高兴就好了。我向您深深地、深深地鞠躬,直到我的额头碰着我那口已挖到八俄尺深的井的底部。我跟您处熟了,现在感到寂寞,无论如何也不能安于这样一个想法,那就是在明年春天以前见不到您;我十分恼火,一句话,要是娜简卡[4]知道我的灵魂里起了什么变化,那就要有热闹可看了。

雅尔塔天气好极了,只是不合时宜地下了两天雨,道路变得泥泞,出门得穿雨鞋了。墙上因为潮湿而有蜈蚣在爬,花园里有癞蛤蟆和小鳄鱼在跳。您送给我而我平安地带回家的花盆里的绿色爬虫如今正待在花园里晒太阳呢。

舰队来了。我用望远镜观看它。

剧院正在上演轻歌剧。受过训练的跳蚤继续在为神圣的艺术

---

[1] 契诃夫的雅尔塔别墅里的一个工人。——俄文本注
[2] 指俄国医师列昂尼德·瓦连契诺维奇·斯烈津的家。克尼碧尔 1899 年 7 月间在雅尔达居留期间就住在斯烈津家里。——俄文本注
[3] 一种碳酸矿泉水,用于治疗心血管系统、胃肠道及新陈代谢等病症,驰名于高加索、克里米亚等地。
[4] 契诃夫在同克尼碧尔通信中臆造出来的一个人物。——俄文本注

服务。我没有钱了。客人常常来。总之,这儿是寂寞的,闲散而茫然的寂寞。

好,紧紧握您的手,吻您的手。祝您健康,快活,幸福;您工作吧,欢跳吧,恋爱吧,用酒请客吧;要是可能的话,请不要忘记我这个编外作家,您的热心的崇拜者。

安·契诃夫
一八九九年九月三日
于雅尔塔

六一七

致阿·马·彼希科夫(马·高尔基)

亲爱的阿历克塞·马克西莫维奇,再一次问您好!我来回答您的信。

第一,一般说来我反对把任何东西献给活人。我以前曾把书题了词献过人,现在却觉得这种事也许不应当做。这是泛泛而论。不过就个别情况来说,把《福玛·高尔杰耶夫》献给我,除了快乐和荣幸,不会使我产生任何其他感情。只是我凭什么获得这种快乐和荣幸呢?然而,判断是非是您的事,我的事只限于鞠躬道谢了。献词请您尽可能不用多余的字眼,那就是请您只写上"献给某某"就够了①。只有沃伦斯基②才喜欢长的献词。要是您乐意的话,我就给您出一个切合实际的主意;多印一点,例如不要少于

---

① 《福玛·高尔杰耶夫》在1900年出版单行本,上面有献词:"献给安东·巴甫洛维奇·契诃夫。高尔基"。
② 俄国文学批评家,早期象征主义思想家阿基木·利沃维奇·弗列克塞尔的笔名。——俄文本注

五六千册。这本书会畅销的。第二版可以跟第一版同时付印。另外,再出一个主意:请您在读校样的时候,尽可能删去那些形容名词和动词的字眼。您的作品里有那么多形容的字眼,弄得读者眼花缭乱,注意力难以集中,而且会使人疲劳不堪。我写道:"一个人坐在草地上",那么这是通俗易懂的,因为它清楚明了,不致妨碍注意力。要是我写道:"一个高个子、窄胸脯、中等身材、长着稀疏的棕色胡子的人坐在绿色的、经行人践踏过的草地上,不出声地、胆怯地、战战兢兢地左顾右盼",那么恰好相反,这句话就难以理解,伤透脑筋。它不能一下子印入人的脑海,而小说却应该一下子立刻印入人的脑海。其次,还有一点:就天性来说您是个抒情诗人,您禀赋的音色是柔和的。假如您是作曲家,您就得避免编写进行曲。粗野、吵闹、挖苦、恶狠狠地揭发,都同您的才能格格不入。因此,要是我劝您在校样上不要姑息那些在《生活》的篇页上不时出现的狗崽子、狗东西、呆鸟等,您就会明白我的意思。

九月底等您来吗?为什么这样迟呢?今年冬天来得早,秋天要短了,得赶紧来才成。

好,祝您健康。希望您又活泼又健康。

您的安·契诃夫

一八九九年九月三日

于雅尔塔

艺术剧院九月三十日开始公演。《万尼亚舅舅》在十月十四日上演。

您最好的短篇小说是《草原上》。

六一八

致奥·列·克尼碧尔

短信、香水和糖果都收到了。您好,亲爱的、珍贵的、卓越的女演员!您好,我在艾佩特里峰和到巴赫奇萨赖去的忠实旅伴!您好,我亲爱的!

玛霞说您没收到我的信。怎么了?为什么呢?我早已把信寄出去了,看完您的信就立刻写了回信。

您生活得怎样?工作如何?彩排①进行得怎样?有什么新闻吗?

我家里的人都来了。渐渐的这所大房子里就会住满人。这就变得很不错。

电话。我因为闷得慌而每个钟头都打电话。没有莫斯科是乏味的,没有您是乏味的,亲爱的女演员。我们什么时候见面呢?

我收到亚历山大剧院的电报。他们要演《万尼亚舅舅》。

我就要跑到城里去,上市场。祝您健康,幸福,欢乐!请您不要忘记我这个作家,不要忘记,否则我就在这儿投海自尽,或者跟蜈蚣结婚了。

热烈地吻您的手,热烈而又热烈!!

完全属于您的安·契诃夫

一八九九年九月九日

于雅尔塔

---

① 莫斯科艺术剧院正在排演德国剧作家豪普特曼的剧本《孤独的人》,由克尼碧尔扮演主角安娜·玛尔。——俄文本注

"瘌痢头"①走了。

六一九

致玛·费·捷连契耶娃②

十分尊敬的玛丽雅·费多罗芙娜,请您不要理睬拉普谢甫尼科夫③,不要理睬什么加路希金和瓦特鲁希金④。在我不知道的情况下**任何时候**也不会调动您的工作;万一某个权贵人士打算调动您的工作,我就尽我所能,采取一切办法使梅里霍沃村的学校不致失去您。学校里的主要人物就是您,除了您的顶头上司,即校委会以外,任何人也没有权利下命令或者调动您的职务。

现在有一种事要拜托。玛霞(您的督学)说您那儿有钱。如果可能的话,就请您想出一个办法来尽快地把二十五个卢布送到亚·伊·阿尼西莫娃⑤那儿去(那就简直太好了!)。请您把这笔钱连同我附上的信一并送去。这件事请尽快办好,哪怕为这笔钱雇一个人送去也值得。

我们生活得很不错,大家都健康。玛·费·捷连契耶娃⑥明年春天会到克里米亚我们这儿来,在我们家里住一个夏天。我们

---

① 契诃夫给一条疏浚海底的轮船所起的绰号。——俄文本注
② 契诃夫的庄园附近的梅里霍沃村的学校里的女教员。——俄文本注
③ 未查明。——俄文本注
④ 契诃夫针对拉普谢甫尼科夫这个姓所开的玩笑。在俄文里"拉普谢甫尼科夫"的原义是"烤面条",而"加鲁希金"和"瓦特鲁希金"的原义是"面疙瘩"和"奶渣饼"。——俄文本注
⑤ 应是亚·马·阿尼西莫娃,塔列日村学校的女教员,曾为学校的急需而向契诃夫要过钱。——俄文本注
⑥ 即收信人。

会拨给她一个单独的、可以看见美妙的海景和山景的房间。

请您费心代我和我的妹妹向您的母亲致意和问候。叶甫盖尼雅·亚科甫列芙娜也问您好。

祝您健康,顺遂。您不要着急。要是发生了什么不愉快的事而需要我帮忙的话,您就打电报给我,电报费由我们付,地址是"雅尔塔,契诃夫收"。

真诚地尊敬您,以前是谢尔普霍夫县的地主而现在是雅尔塔居民的

安·契诃夫

一八九九年九月十日

于雅尔塔

六二〇

致维·亚·戈尔采夫

你好,亲爱的朋友维克托·亚历山大罗维奇!请你原谅,我没有寄给你那篇中篇小说①。因为它还没写好。镶木地板工人和粗木工从早敲到晚,妨碍人写作。而且天气已经很好,在房间里待不住了。

传说你不久要到克里米亚来。是真的吗?

伏科尔在哪儿?他身体怎样?要是他回到莫斯科来,你就代我问候他。

把照片寄来吧。

还有一件事要拜托,这一次是商务性质的:能不能在莫斯科向

---

① 《带小狗的女人》。——俄文本注

什么人借一千个卢布到十二月归还呢？十二月间我会收到马克思的一大堆钱，可是现在，九月间，我却待在这儿，分文也没有。《俄罗斯思想》的办公室能借给我钱吗？我欠着办公室的钱。书店欠着我《萨哈林岛》①的钱，我们似乎账目两清，或者几乎两清了，为此我才敢于要求借钱。十二月间我会带着感激奉还。或者，德·伊·季霍米罗夫②肯借吗？

请原谅，亲爱的，我用这种不愉快的请托来麻烦你。我只能用不会老是欠着债来安慰自己。如果德·伊·季〔霍米罗夫〕在莫斯科，如果他愿意借钱给文学工作者，那我就借三千，到十二月十五日归还。

你会收到这个中篇供十二月号用。你还会收到一篇短小的长篇小说③，大约四个印张，供来年四月号用。你曾经答应过把这个长篇的四个印张在一期杂志上一次登全而不拆散。

我的妹妹问候你。天热了。这儿有好的红葡萄酒，三十个戈比一瓶。

好，祝你健康。握你的手。

          你的安·契诃夫

          一八九九年九月十五日

          于雅尔塔

地址：雅尔塔。

---

① 即《库页岛》，契诃夫1893至1894年写的旅行札记。
② 德米特利·伊凡诺维奇·季霍米罗夫(1844—1917)，俄国教育工作者，《儿童读物》杂志的主编兼出版人。——俄文本注
③ 这篇小说没有写成。——俄文本注

六二一

致巴·瓦·温多尔斯基①

十分尊敬的巴威尔·瓦西里耶维奇：

前天我已经对您说过，如今再在书面上加以肯定：我会为穆哈拉特卡学校给您借到一千个卢布。可是为此您就必须尽可能在短时间内通知我说，您已经取得 C.B.科科列夫为办学而捐助的那块赠予土地，您已经把您为造校舍而捐募到的两千卢布用穆哈拉特卡学校的名义存入储蓄所。换句话说，必须肯定穆哈拉特卡学校在最短期间开始建造②。

最好能在来年一月以前得到答复。您会收到一千卢布而不必开收据，这笔钱您打算借用多久由您酌定。这笔债将只用日后人们捐助给穆哈拉特卡学校的款项偿清。

请允许我祝您成功，万事如意。真诚地尊敬您并且乐于为您效劳的

安·契诃夫

一八九九年九月十七日

于雅尔塔

---

① 俄国教士，穆哈拉特卡村学校的教员。——俄文本注
② 后来契诃夫把这笔钱汇给他，1900 年穆哈拉特卡学校建成。——俄文本注

六二二

致叶·巴·卡尔波夫①

亲爱的叶甫契希·巴甫洛维奇,《万尼亚舅舅》按挂号印刷品寄上②。我非常非常惋惜由于相距遥远而不能跟您见一面,谈一谈,就连去看一次排演也办不到。我希望索尼雅由薇·费·柯米萨尔热甫斯卡雅扮演,阿斯特罗夫由萨莫依洛夫扮演,如果他在您那儿工作的话。据说萨莫依洛夫在外省演过阿斯特罗夫,而且演得相当出色。要是他不在您那儿,就把这个角色交给盖先生吧。沃依尼茨基,即万尼亚舅舅,戈烈夫会演得出色;教授让尼·费·萨左诺夫扮演,捷列京让弗·尼·达维多夫扮演。

祝您万事如意,紧紧握您的手。

你的安·契诃夫
一八九九年九月二十二日
于雅尔塔

六二三

致阿·费·马克思

十分尊敬的阿道夫·费多罗维奇:

目前我在读第二卷③的校样。先前我曾寄上一份应当收入这

---

① 叶甫契希·巴甫洛维奇·卡尔波夫(1859—1926),俄国剧作家,彼得堡的亚历山大剧院的导演,后来是文艺小组剧团的导演。
② 亚历山大剧院原定公演《万尼亚舅舅》,并且征得了契诃夫的同意,但是这个计划没有实现。——俄文本注
③ 指《契诃夫全集》的第二卷。

一卷的短篇小说的目录,然而印刷厂没有按这个目录办事,却按自己的选择寄来短篇小说,例如今天我就收到一些我在最近两年中所写的短篇小说,而这些小说只能收在最后一卷,即第十卷里。他们还寄来《套中人》《醋栗》《关于爱情》等短篇小说的校样,而这些小说是一整套系列小说里的三篇,这套小说还远远没有完成,因此这三篇小说只能收在第十一卷或第十二卷里,到那个时候这一整套系列小说才会写完①。

我恳求您作出安排,使得印刷厂在选择小说的时候每一次都严格按照我的目录办事,使得在近期写成的短篇小说不致跟早年的短篇小说收集在一起,印在一起,否则我们的集子在内容方面就会显得杂乱无章,随意拼凑了。我知道您现在很忙,您现在顾不上我的事;如果我敢于写信麻烦您,那也只是为了把事情办得有条有理,因为您自己在信上和口头上都表示过,希望我的作品尽快地读完校样,印出来。

请您允许我祝您万事如意。真诚地尊敬您的

安·契诃夫

一八九九年九月二十八日

于雅尔塔

六二四

致尤·奥·格林贝格②

十分尊敬的尤里·奥西波维奇,今天我寄给阿道夫·费多罗

---

① 这个计划没有实现。——俄文本注
② 尤里·奥西波维奇·格林贝格,俄国的阿·费·马克思的出版社和《田地》杂志的办公室主任。——俄文本注

维奇一封公函①；请您费心读一下那封信的内容，赐予协助。此外，请您再一次允许我指摘校样寄来非常慢，以及完全无视我的信，等等，等等。今年夏初第二卷的校样寄到我这儿，我读完就寄还了。后来，过了五天，我又收到第二卷的校样，可是内容变样了；在旧日的幽默小说里夹杂着最新的小说(《白额头》)，我把这篇小说也读了，寄回了，不愿意为一篇小说而通信，可是今天我又收到一些只能收进最后几卷的短篇小说。《戏剧集》至今没有寄来，关于它，我在信上写过很多，见面的时候也谈过很多。请原谅我惹您厌烦，可是有什么法子呢，我不知道该怎么办，怎样才能不麻烦您。如果印刷厂的工作太忙，那也不妨把我的作品的排印推迟到一个不确定的时期，对此我是丝毫也不会反对的。总之，我愿意答应任何条件，只求我同印刷厂的关系有哪怕一点点的理顺就好。

不久我就会寄给《田地》一个短篇②。让瓦尔特③心里高兴吧，他很希望我在《田地》上发表东西。

阿道夫·费多罗维奇曾经当着我的面作出安排，吩咐把捷尔皮果烈夫④的作品集寄给我。这个作品集我没有收到。

克里米亚的天气十分好。

祝您万事如意，紧紧握您的手。

忠实的
安·契诃夫
一八九九年九月二十八日
雅尔塔

---

① 即上一封信。
② 契诃夫的这篇小说没有寄出。——俄文本注
③ 即俄国医师，细菌学家符·格·瓦尔特，《田地》杂志的一个撰稿人。——俄文本注
④ 谢尔盖·尼古拉耶维奇·捷尔皮果烈夫(1841—1895)，俄国作家。

假如第二卷的短篇小说的目录已经遗失,那就请您把随信附上的那张纸送交印刷厂。第三、四、五卷就用苏沃林出版社的《形形色色的故事》《在昏暗中》《故事集》《闷闷不乐的人们》,外加一些没有收进这些卷的短篇小说。

收入第二卷的小说:

(一)《醉汉》

(二)《彩票》

(三)《某小姐的故事》

(四)《歌女》

(五)《怕》

(六)《散戏以后》

(七)《严寒》

(八)《强烈的感受》

(九)《乞丐》

(十)《昂贵的课业》

(十一)《旧房》

(十二)《在车房里》

(十三)《阴雨天》

(十四)《纸包不住火》

(十五)《逃亡者》

(十六)《美女》

(十七)《侦讯官》

六二五

致奥·列·克尼碧尔

您那封通情达理并且附带吻我的右鬓角的信以及另一封附着照片的信，我都收到了。感谢您，亲爱的女演员，感谢之至。今天您那边①开始公演，那么我为了报答您的信和您的惦记向您庆贺季节的开始，送上一百万个祝愿。我本想打电报给剧院经理，庆贺大家，然而由于他们不给我写信，由于他们显然忘掉了我，甚至没有把报告②寄给我（据报上说不久以前它已经问世），又由于罗克萨诺娃③仍旧在演《海鸥》，我就认为最好还是装出我生气了的样子，现在就只庆贺您一个人了。

我们这儿下过雨，现在天气晴朗，凉爽了。夜里发生过一次火灾，我从床上起来，站在凉台上观看火焰，感到自己十分孤单。

目前我们住在家里，在饭厅里吃饭；钢琴有了。

钱没有，一点也没有，我只得忙于躲避我的债主了。这会一直延续到十月中旬，到那时候马克思就会寄钱来了。

我原想再给您写点通情达理的事，可是无论如何也想不出来。要知道我的季节还没有开始，我没有什么新鲜有趣的事，一切都是老一套。我也没有期待任何东西，只有坏天气除外，它倒真的就要来了。

---

① 指莫斯科艺术剧院。
② 指小册子《大众艺术剧院第一年（1898年7月14日至1899年2月28日）的活动的报告》，这个小册子在1899年秋天出版。——俄文本注
③ 玛·留·罗克萨诺娃在《海鸥》中扮演尼娜·扎烈奇纳雅；契诃夫不满意她的表演，曾经要求撤换她。

亚历山大剧院正在上演《伊凡诺夫》和《万尼亚舅舅》。

好,祝您健康,亲爱的女演员,杰出的女性,愿上帝保佑您。吻您的两只手,向您深深鞠躬。不要忘记我。

您的安·契诃夫

一八九九年九月二十九日

于雅尔塔

六二六

致丽·斯·米齐诺娃

您照例在信上谈我的未婚妻,亲爱的丽卡,可是一句也没提到您生活得怎样,身体如何,您的工作进行得怎样。我不会在信上再提一句您的未婚夫了,我首先要讲的是我健康,或者几乎健康,住在雅尔塔的一所自己的房子里,这儿天气很好,像是夏季,我离开莫斯科而感到烦闷。玛霞在此地,十月二十日以后要回到莫斯科去。我母亲牙痛,玛留希卡老妈妈①看到我们的院子里有自家的桂叶②而感到又惊又喜,不过看样子她不喜欢克里米亚,想回到俄罗斯本土去。

您什么时候到雅尔塔来?请您把一切情况详细地写信告诉我,主要的是关于您自己。顺便告诉我奥尔加·彼得罗芙娜③的地址。

---

① 即玛丽雅·陀尔米东托芙娜·别列诺斯卡雅,契诃夫家的女仆。
② 桂树的干叶,用作调料。
③ 即昆达索娃。——俄文本注

您常去看戏吗？您跟列维丹①常见面吗？跟马蒙托夫②常见面吗？

请您常写信来,丽卡,不要偷懒,不要拖拖拉拉。

此地的上等葡萄酒售价三十五个到四十个戈比,还有极好的白面包和雪白的羊奶干酪。每到傍晚吃着白干酪,喝着红葡萄酒是很畅快的。您来吧。

您的安·契诃夫

一八九九年九月三十日

于雅尔塔

六二七

致奥·列·克尼碧尔

遵照您的吩咐,我赶紧答复您的来信,在这封信上您问起最后一幕③中的阿斯特罗夫和叶连娜④。您写道,在这一幕中阿斯特罗夫像一个最热情的爱人那样对待叶连娜,"抓住自己的感情如同落水的人抓住一根稻草一样"。可是这不对,完全不对！阿斯特罗夫喜欢叶连

---

① 伊萨克·伊里奇克·列维丹(1860—1900),俄国风景画家。
② 谢尔盖·萨维奇·马蒙托夫(1865—1915),俄国作家,米齐诺娃的女友歌唱家瓦尔瓦拉·阿波洛诺芙娜·艾别尔列的丈夫。——俄文本注
③ 指契诃夫的剧本《万尼亚舅舅》中最后一幕。莫斯科艺术剧院正在排演该剧,由克尼碧尔扮演剧中的叶连娜。
④ 1899年9月26日克尼碧尔写信给契诃夫说:"关于最后一幕中的阿斯特罗夫和叶连娜,康·谢·斯坦尼斯拉夫斯基说了一句话,弄得我慌张起来了;他说在这一幕中阿斯特罗夫像一个最热情的爱人那样对待叶连娜,抓住自己的感情如同落水的人抓住一根稻草一样。依我看,如果真是这样,叶连娜就会跟他走,不会有勇气对他说:'您多么可笑。'……恰恰相反,他极其厚颜无耻地跟她讲话,甚至自己也好像讥诮自己的无耻似的。对不对?"——俄文本注

娜,她凭她的美丽抓住了他的心,不过在最后一幕中他已经知道这不会有什么结果,对他来说叶连娜从此永远消失了;于是他在这一场戏里跟她说话的口气就像说到非洲的炎热一样,他吻她也很随便,只是由于闲着没有事做罢了。如果阿斯特罗夫把这场戏演得很火爆,那么第四幕的平静而疲沓的情调就全完了。

我托公爵①带给亚历山大·列昂尼多维奇②一本日本的按摩法。让亚〔历山大〕·列〔昂尼多维奇〕把这本书拿给他的瑞典人看吧。

雅尔塔忽然冷了起来,从莫斯科那边刮来了风。哎,我多么想到莫斯科去啊,亲爱的女演员! 不过呢,您的脑袋正在发晕,您中毒了,您迷迷糊糊,总之您现在顾不上我了。您现在可以写信对我说:"我们来嚷叫吧,老兄,我们来嚷叫吧!"③

我在给您写信,而眼睛却瞧着大窗子外面:那儿的天地辽阔极了,简直无法描写。我在没有收到您的照片以前不会把我的照片寄给您,啊,蛇! 我根本没有像您所写的那样叫您"小蛇"。您是蛇而不是小蛇,您是大蛇。难道这不光彩吗?

好,握您的手,向您深深鞠躬,直至额头碰响地板,我十分尊敬的女性。

不久我就会再寄给您一样礼物。

您的安·契诃夫
一八九九年九月三十日
于雅尔塔

---

① 指谢·伊·沙霍甫斯科依,住在契诃夫旧日庄园梅里霍沃附近。——俄文本注
② 即亚·列·维希涅甫斯基。——俄文本注
③ 引自俄国剧作家亚·谢·格里鲍耶陀夫的喜剧《智慧的痛苦》。——俄文本注

六二八

致莫斯科艺术剧院①

无限感激。庆贺你们。致以衷心的祝愿。希望我们自觉地、精神饱满地、永不疲倦地、同心协力地工作,使这个美好的开端成为今后成就的保证,使剧院生活成为俄罗斯艺术史和我们每个人生活中的光辉篇章。请相信我们的真诚的友谊。

契诃夫

一八九九年十月一日

于雅尔塔

六二九

致米·奥·缅希科夫

亲爱的米哈依尔·奥西波维奇,有一次在莫斯科跟您见过面的尼·米·叶若夫听说我打算给您写信,就要求我对您提出下列的申请。今年夏天他,叶若夫,来到南方,走遍顿涅茨河和亚速海沿岸地区,到过冶金工厂和其他工厂,因此他那儿积累了"工人生活"的素材,而这些素材对《新时报》是不大适宜的。您是不是愿

---

① 这是契诃夫打给莫斯科艺术剧院的电报,答复这个剧院在1899年9月30日打给他的贺电。在那封贺电中说:"……在第二个季节开始以前往事的美妙回忆浮现在眼前,过去的欢乐又重现了。整个剧团一致要求向我们剧院的亲爱的朋友致敬。希望在我们当中很快就能见到您。阿历克塞耶夫,涅米罗维奇-丹钦科。"——俄文本注

意看一下这些材料,把那些您认为有价值的东西拿去在《周报》上发表? 如果您愿意,那么叶〔若夫〕就会把材料整理出来,寄给您。请您写信给他,寄到莫斯科、小佩斯科夫斯基巷、克鲁格里科夫寓所。或者给我写信也成。

其实,我还在莫斯科的时候他就托过我,可是我忘了,直到昨天收到他的信时才想起来。

为《周报》而写的短篇小说①我会寄给您,S'il vous plaît。这个短篇不大,有一个半印张光景。现在我这儿没有人常来打搅,我的书桌也已经放好,我能够工作了。

我读了纳克罗兴的作品②。这是个很有才干的作家,然而胆怯,不大抓得住读者的心。这个作家的大提琴极好,又有技艺高超的才能,可是共鸣差。必须振作一点,胆大一点,大大开阔视野。他的最好的作品是《巡礼者》和《得意》,其他的作品就笔调和手法来说都是那两个最好的作品的重复。还有一点:应当描写女人。不写女人是无论如何也不行的。我没有照先前打算的那样写信给纳克罗兴;理由是我怎么也想不出来该写什么好。我倒很想跟他相识,谈一谈。

谢谢您和丽季雅·伊凡诺芙娜答应把你们的照片寄来。我在等着呢。

啊,这儿的天气多么美妙啊! 阳光一个劲儿地扑进窗子里来。树叶还没发黄,仍旧是夏天的风光。

---

① 契诃夫原打算为《周报》写一篇短篇小说《残废人》,但是没有完成。——俄文本注
② 指俄国作家普·叶·纳克罗兴的短篇小说集《散文的牧歌》,1899 年在圣彼得堡出版。——俄文本注

祝您健康,紧紧握您的手。

真诚地忠实于您的安·契诃夫
一八九九年十月二日
于雅尔塔

六三〇

致奥·列·克尼碧尔

亲爱的女演员,您在您那封闷闷不乐的信里①老是极力夸大其词,这是显而易见的,因为报纸十分善意地对待这一首次公演。不管怎样,一两次不成功的演出完全不足以使人垂头丧气,通宵睡不着觉。艺术,特别是舞台,是一个往前走的时候不可能不栽跟头的领域。不成功的日子,整个不成功的季节,前面还会有许多,就连巨大的纠纷和极度的失望也会有;应当对所有这一切作好思想准备,应当预料到这一切,而且应当不顾一切,顽强而狂热地走自己的路。

当然,您说得对:阿历克塞耶夫②不应当扮演雷帝。这不是他的事。做导演的时候,他是一个艺术家,可是一演戏,他就成了一个想用艺术来消遣的青年富商了。

我病了三四天,目前待在家里。客人多得让人受不了。外省的、爱嚼舌头的人喋喋不休,我感到乏味,我恼火,恼火,而且嫉妒在您的剧院的地板底下住着的大老鼠。

---

① 克尼碧尔在写给契诃夫的信上说,9月29日莫斯科艺术剧院上演俄国剧作家阿·康·托尔斯泰的悲剧《伊凡雷帝之死》,然而没有获得预期的成功。——俄文本注

② 即康·谢·斯坦尼斯拉夫斯基。

您最近的这封信是在早晨四点钟写的。倘使您觉得《万尼亚舅舅》不会得到您所想望的那种成功,那么劳驾,您还是上床睡觉的好,而且睡得香香的吧。您已经给成功宠坏,受不了平淡了。

在彼得堡,《万尼亚舅舅》①将由达维多夫演出,他会演得很好,可是这个戏一定会垮台。

您近况如何?请多多来信。您看,我几乎每天写信。作者这样常常给女演员写信,于是我的自尊心开始受到损伤。应当严格管束女演员,而不是给她们写信。我老是忘记我是女演员的监督②。

祝您健康,小天使。

您的安·契诃夫

一八九九年十月四日

于雅尔塔

六三一

致叶·巴·卡尔波夫

亲爱的叶甫契希·巴甫洛维奇,如果达维多夫演万尼亚舅舅,我会很高兴。他会演得很出色。由萨左诺夫扮演阿斯特罗夫,我也欣然同意。可是把教授交给谁去演呢?戈烈夫吗?连斯基③吗?叶连娜·安德烈耶芙娜和玛丽雅·瓦西里耶芙娜这两个角色您愿意交给谁就交给谁吧,我只要求扮演叶连娜·安德烈耶芙娜的演员年轻一点,热情一点,我主张与其由米丘林娜演她,不如由

---

① 彼得堡的亚历山大剧院原定公演《万尼亚舅舅》,但是后来这个计划没有实现。参看第六四七封信。——俄文本注
② 这是莫斯科艺术剧院的演员们对契诃夫的戏称。——俄文本注
③ 即巴威尔·德米特利耶维奇·连斯基,亚历山大剧院的演员。

波托茨卡雅演她。萨文娜不会承担这个工作,因为这是个小角色。

我不能到您那儿去,因为我未必会得到离开雅尔塔的许可。我身体健康,然而不是每天如此。

现在有一件事奉托。这是谢·亚·叶尔巴契耶甫斯基交给您的信。他已经到彼得堡去,开始为他那在大学读书的儿子①奔走,想请求国家警察厅准许他的儿子出国。这个厅倒有一个门路:亚·巴·柯洛木宁同厅长兹沃良斯基熟识。您觉得可以同柯〔洛木宁〕见一次面,托他到兹沃良斯基那儿去一趟,谈一谈年轻的叶尔巴契耶甫斯基的事吗?我本来想亲自给亚·巴写一封信,可是又担心光是写信还不够。他是个遇事总要问个明白的人。顺便说说,他是个热心肠的人,每一次受到请托总是以他固有的善心办妥的。祝您健康,握您的手,祝万事如意。

您的安·契诃夫

一八九九年十月四日

雅尔塔

六三二

致奥·列·克尼碧尔

亲爱的、著名的、非凡的女演员,送上首饰盒一个,是供收藏金银珠宝用的。您收下吧!

您在最近这封信里抱怨说,我简直不写信,其实我给您写信很频繁,固然不是每天一封,可是总比我收到的您的信频繁。

---

① 谢·亚·叶尔巴契耶甫斯基的儿子是莫斯科大学法律系学生,因参加革命活动而成为警察的"怀疑对象"。——俄文本注

这封信由彼·伊·库尔金医师转交您,他就是那张将要在《万尼亚舅舅》里使用的统计地图的作者①。他在我们这儿做过客,要是您乐意的话,他就会给您讲一讲我们的新房子,讲一讲我们的旧生活。

祝您健康,快活,幸福,睡眠安稳,愿上帝保佑您。

您的安·契诃夫

一八九九年十月七日

于雅尔塔

六三三

致亚·列·维希涅甫斯基

您好,亲爱的亚历山大·列昂尼多维奇,多谢您的来信。我们在小德米特罗夫卡谈过的那个剧本至今还没有写出来,大概一时也写不出来了。我动过两次笔,又丢下了,因为写出来的东西完全不对头。请您转告格里凯莉雅·尼古拉耶芙娜②说,假如一年前,或者至少半年前我知道她为纪念演出而需要剧本,那么这个剧本早就写好了;写得好坏,我不知道,然而一定是写好了。您知道我对格里凯莉雅·尼古拉耶芙娜怀着多么深的敬重;她演我的戏,我会认为这是我的莫大光荣,我的作者的自尊心会得到充分的满足。现在呢,剧本没有,可是未来还不会离开我们,我只有一个办法,那

---

① 即彼得·伊凡诺维奇·库尔金,俄国的地方自治局医师。他根据契诃夫的请求绘制了一张统计地图(以谢尔普霍夫县梅里霍沃村为中心),供莫斯科艺术剧院演出《万尼亚舅舅》用。——俄文本注

② 维希涅甫斯基写信给契诃夫说,格·尼·费多托娃要求契诃夫给她一个新的剧本,供她在纪念演出场演出。——俄文本注

就是指望未来了。

我庆贺您的成功①,衷心地庆贺您。您收到这封信正值《万尼亚舅舅》首次公演之前不久。我是多么懊丧和痛心啊,因为我不能够和你们大家在一起,对我来说排演和公演都几乎是白白地过去了,我只能凭传言来了解它们,可是另一方面对我来说,只要能看排演就足以振作精神,取得经验,坐下来写新的剧本了。

塔甘罗格市杜马②推选我担任市立图书馆的监督官。今后您到塔甘罗格去的时候,我就会批准您在图书馆里下榻了。

罗克萨诺娃在扮演海鸥吗?您一点也没提到《海鸥》一剧演得怎样,特利果林怎样,等等。假如您知道我在这儿多么烦闷,您的信就不会这么简短了。

此地是乏味的,不过阳光灿烂,照进窗子,妨碍人写作。树木还是绿的。好,祝您健康,紧紧握您的手。

您的安·契诃夫

一八九九年十月八日

于雅尔塔

六三四

致格·伊·罗索里莫③

亲爱的格利果利·伊凡诺维奇,照相费八个卢布五十个戈比

---

① 维希涅甫斯基在写给契诃夫的信上说,报界评论他在阿·康·托尔斯泰的悲剧《伊凡雷帝之死》中所演的戈都诺夫一角的时候认为表演是成功的。——俄文本注
② 沙皇俄国的代议立法、咨询机构或行政机关。
③ 格利果利·伊凡诺维奇·罗索里莫(1860—1928),俄国神经病学家,莫斯科大学教授,契诃夫的大学同学。——俄文本注

和年金五个卢布我今天汇给拉尔采维奇医师①了。我的照片②我已经按挂号印刷品寄到您那儿去,这张照片相当差(是在我的 enteritis③ 发作的时候照的)。自传吗?我正好有一种病,叫做"自传恐怖症"。要我默读自己的详细履历,尤其是要我写出来供报刊发表,对我来说简直是苦难深重。我另外附上一张小纸条,写了一点材料,非常简单,可是另外我就再也写不出来了。要是您高兴的话,您就添几句,说我进大学的时候在递给大学校长的申请书上写道:"进入医疗(学)系。"

您问我什么时候我们才会见面。大概不会早于来年春天。我在雅尔塔,在流放中,也许这种流放是很好的,然而毕竟是流放。生活过得乏味。我的身体还将就,不是每天都健康。除了其他种种疾病以外,我还有痔疮,recti④ 炎,有些天因为常常发作而弄得我精疲力竭。应当动手术了。

我很惋惜没有参加宴会,没有能够跟同学们相会。本年级的互助协会是一件好事,然而更切合实际、更容易实现的是互助基金,就像我们的文学工作者的基金一样。每一个死去的会员的家属可以得到这笔基金,每次某个会员去世以后,大家就再缴一次会费。

您每年夏天或者秋天不到克里米亚来吗?在这儿休养是愉快的。顺便说说,南方的海岸成了莫斯科省地方自治局医师们最喜

---

① 即阿波利纳里·安东诺维奇·拉尔采维奇,俄国牙医师,契诃夫在莫斯科大学医学系的同学。
② 1899年5月8日,莫斯科大学1884年毕业的医师们举行纪念性的晚餐会,会上决定印行一种附有莫斯科大学医学系1884年毕业生照片的纪念册,并且组织一个该年级的互助协会。纪念册的出版事宜委托格·伊·罗索里莫办理。1899年这个纪念册出版。——俄文本注
③ 拉丁语:肠炎。——俄文本注
④ 法语:直肠。

爱的地方。他们在这儿住得又好又便宜,每一次离开此地的时候总是依依不舍。

要是发生了什么有趣的事,那就劳驾您给我来信。说真的,我在这儿过得乏味,收不到信就可能悬梁自尽,学会喝低劣的克里米亚葡萄酒,跟丑陋愚蠢的女人姘居。

祝您健康,紧紧握您的手,向您和您的家庭致以最热诚的祝愿。

您的安·契诃夫
一八九九年十月十一日
于雅尔塔

我,安·巴·契诃夫,在一八六〇年一月十七日生于塔甘罗格。我最初在康斯坦丁皇帝的教堂所办的希腊语学校里读书,后来在塔甘罗格中学读书。一八七九年我进入莫斯科大学医学系。当时我对各系一般说来只有模糊的概念,据我现在回想,我选定医学系决不是出于某种考虑,然而后来我对这个选择并不后悔。我在大学一年级的时候就已经开始在各周刊和报纸上发表作品,这种文学工作在八十年代初期就已经有了经常的、职业的性质。一八八八年我获得普希金奖金。一八九〇年我动身到萨哈林岛去,后来写出一本关于我们的流放地和苦役刑的书。除了法庭报告、评论、小品文、通讯等以前天天为报纸写出来而如今已经难以寻找和搜集的东西以外,我在二十年的文学活动中所写成的和发表的中篇小说和短篇小说超过了三百个印张。我也写过剧本。

我不怀疑医学工作对我的文学活动有着重大的影响;它大大地开阔了我的视野,丰富了我的知识,这种知识的真正价值只有作家本人兼做医生的人才能领会。医学工作还有指导作用,大概多亏接近医学,我才得以避免许多错误。我由于熟悉自然科学,熟悉科学方法而变得始终存有戒心,凡是可能的地方我总是极力按照科学根据考虑事情,凡是不可能的地方我就宁可一点也不写。顺便我要说一句,艺术创作的条件不可能永远都允许作品中的事实同科学根据充分符合,舞台上的服毒自尽就不可能表现得像实际情形一样。然而即使在这种程式化的表演里也得使人感到事实与科学根据的符合,那就是必须让读者或者观众明白这只是程式化的表演,而作者其实是心中有数的。我不属于那种用否定的态度对待科学的小说作家,我也不愿意属于那种凭自己的聪明推断一切的作家。

讲到实际的医疗工作,早在大学生时代我就在沃斯克列先斯克地方自治局医院(在新耶路撒冷附近)里工作过,那是在著名的地方自治局医师巴·阿·阿尔汉盖尔斯基①手下,后来在兹韦尼哥罗德医院里工作。在霍乱盛行的岁月(九二年,九三年)我主管谢尔普霍夫县的梅里霍沃区。

六三五

致亚·伊·乌鲁索夫

亲爱的亚历山大·伊凡诺维奇,我原打算四月间到您那儿去,为的是见一见面,为您在去年冬天使我得到的欢乐②而向您道谢,可是我们的共同的熟人们却不允许我去找您,说您的神经痛闹得

---

① 即巴威尔·阿尔先季耶维奇·阿尔汉盖尔斯基,俄国兹韦尼哥罗德县沃斯克列先斯克地方自治局医院医生。
② 大概指1899年1月5日乌鲁索夫热情赞扬《海鸥》的信,以及同年1月3日乌鲁索夫发表在《信使报》上关于莫斯科艺术剧院演出《海鸥》的评论。——俄文本注

很厉害,顾不上客人。后来您走了。

亲爱的亚历山大·伊凡诺维奇,我恳求您不要生气:我不能发表《树精》①。我憎恨这个剧本,极力要忘掉它。是它本身该负责呢,还是应该归咎于写它和演它的那个环境,我不知道,可是,如果有某种力量让它死灰复燃,使它生存下去,这对于我就会是一个真正的打击。这就是父母②感情的反常的明显例子!

您的愿望是以可爱的、友好的请求的方式在您的信上表达出来的,我现在却极其羞愧,因为我没有对您作出应有的答复,我不知道该怎么办好了。对您许下诺言吗?遵命,我应许写出一个新剧本来,把它寄给佳吉列夫③。我写好就把原稿寄给您。

如果您再出国,那就劳驾,请您在那边把您的健康状况写上两三行,寄给我。这不论对我还是对您的熟人都是必要的,他们常常向我问起您的身体。

我目前就住在我这块地上,这块地您去年已经见过了。在这儿造了一所房子,是二又四分之一层的楼房;这是一所白色的房子,赶马车的和鞑靼人管它叫"白别墅"。站在阳台上眺望,风景美妙极了。我极害怕的尘土,这儿根本没有。我的身体还可以。杆菌退到第二位,如今在为痔疮和肠炎操心了,这两种病耗费我的体力,弄得我面有菜色。伊〔洛瓦依斯卡雅〕夫人前不久从卡尔斯

---

① 1889年契诃夫所写的剧本。乌鲁索夫要求契诃夫准许他发表《树精》,他把那个剧本叫做"《万尼亚舅舅》的出色的异文";他准备把这个剧本交戏剧杂志《丛刊》出版单行本。——俄文本注
② 指作者;对作品来说他是"父母"。
③ 即谢尔盖·巴甫洛维奇·佳吉列夫(1872—1929),俄国艺术理论家,象征派杂志《艺术世界》的主编。——俄文本注

巴德①回来了。她问起您;她说她在报纸上读到您最近的成就,她说这句话的时候容光焕发。今天我打电话给她,在电话里把您的信上有关她的那一段读给她听了。

今天的天气好极了,像五月里一样。

向您深深鞠躬;向您道谢,道谢,道谢;紧紧握您的手。

您的安·契诃夫

一八九九年十月十六日

于雅尔塔

六三六

致奥·列·克尼碧尔

亲爱的女演员,好人。您问我是不是心情激动。可是要知道,我直到读了您的信之后才确切知道《万尼亚舅舅》在二十六日上演②,而这封信我是在二十七日收到的。二十七日晚上电报纷纷寄来,那时候我已经躺到床上去了。电报的内容是由电话转达给我的。我每一次惊醒,就光着脚,摸着黑,跑到电话那儿,冻得要命;随后我刚刚睡着,电话铃又一次次地把我吵醒。这还是第一次我个人的荣誉妨碍我的睡眠。第二天我躺下的时候,把一双拖鞋和一件长睡袍放在床边,可是电报却不来了。

电报里光是讲到演员的多次谢幕和辉煌的成功,然而又使人感到有一种微妙的、难以捉摸的意味,从这一点我可以断定你们大

---

① 卡罗维发利的德语旧称,捷克城市,矿泉疗养地。
② 契诃夫的《万尼亚舅舅》于1899年10月26日在莫斯科艺术剧院首次公演。——俄文本注

家的情绪并不那么好。今天收到的报纸肯定了我的揣测①。是的,所有你们这些有艺术才能的演员们对于普通的、中等的成功已经不满足。非给你们爆炸、排炮、炸药不可了。你们已经完全被关于成功、关于满座和非满座的经常的议论惯坏,别的都听不进了,你们已经中了这些麻醉药的毒,再过两三年所有你们这些人就会变成废物!活该!

您生活如何,身体怎样?我还是住在老地方,还是老样子,工作,栽树。

可是客人络绎不绝,没法写下去了。客人们已经坐了一个多钟头,不断要茶喝。叫人去烧茶炊吧。唉,真乏味!

别忘掉我,也别让友谊消逝,以便来年夏天我们还可以一块儿到某个地方去旅行。再见!我们见面大概不会早于四月。要是你们大家春天到雅尔塔来,在此地表演和休息就好了②。那才是出奇的有艺术趣味呢。

这封信要由客人带走,投进邮筒。

紧紧握您的手。问候安娜·伊凡诺芙娜③和您那当军官的

---

① 1899年10月27日《信使报》上的一篇评论讲到这个戏所产生的强烈印象,然而又说:"在舞台离开乡村生活的框框而开始演出以万尼亚舅舅、索尼雅、叶连娜和其他人同利己主义的教授谢烈勃利亚科夫的冲突为基础的戏剧场面的地方……在这种地方,常常出现失望的时刻。"在同一天的《每日新闻》报上的另一篇评论里写道:"这次演出的最后一场……以自己的非同寻常的力量遮盖了其他的印象,使人忘掉了安东·契诃夫的这个剧本里,舞台的布景方面,台上的表演方面都难免存在的缺陷。"——俄文本注
② 契诃夫的这个愿望后来实现了。1900年4月间莫斯科艺术剧院来到雅尔塔。——俄文本注
③ 即安·伊·克尼碧尔,莫斯科音乐戏剧学校声乐系教授,奥·列·克尼碧尔的母亲。——俄文本注

舅舅①。

>您的安·契诃夫
>一八九九年十月三十日
>于雅尔塔

女演员,请您看在一切神圣的东西的分上,写信来,要不然我寂寞极了。我像是被关在监狱里一样,一肚子的气,一肚子的气。

六三七

致尤·奥·格林贝格

十分尊敬的尤里·奥西波维奇:

我个人认为前三卷②的最切合实际、最合适的名字是《故事集》,因为这个名字极好地说明了这些书的内容,它朴素,我的买主在书店里常常问起"契诃夫的小说";苏沃林的出版社的《故事集》一书比其他一切书都销得快,发行量最大,也就是因为这个名字的缘故,这四卷的书名是一样的,然而要加以辨别也不困难,因为在封面或者封底(在出版说明中)可以印出这些书的内容,也就是印出其中所收的所有小说的篇名。您写道,各书的封面上的标志,第一卷、第二卷等等,会使得顾客们发生误会,他们可能会推测每一卷都是前一卷的续篇,而不是独立成书。可是话又说回来,人人都知道我只写很短的小说,所以谁都不会想到有续篇。再者(为零售起见)也没有必要标出第一卷、第二卷等等,只要像我上

---

① 即亚历山大·伊凡诺维奇·扎尔察,俄国陆军上尉,安·伊·克尼碧尔的哥哥。——俄文本注
② 指马克思出版社出版的契诃夫全集的前三卷。

面写过的那样在封面上印出小说的篇名就行了。

《新故事集》这个名字不恰当,因为所有的小说都是旧的,一篇新的也没有。《形形色色的故事》这个名字倒是不错,然而那些已经有了苏沃林版本的人就不会再买马克思出版社的冠有这个名字的书了。

我再说一遍,我认为第一卷的最好的书名就是《故事集》,我要求您相信我的所谓的实际嗅觉。不过,倘若阿道夫·费多罗维奇无论如何反对我从一开头起就再三表白过的这种意见,那么这四卷的书名可以改为:(一)《小作品》,(二)《不长的故事》,(三)《形形色色的故事》,(四)《故事集》。或者第二卷起名为《真事和假事》,如果这个书名以前还没人用过的话。

祝您万事如意,握您的手。

忠实的安·契诃夫

一八九九年十一月一日

于雅尔塔

六三八

致奥·列·克尼碧尔

我明白您的心情,亲爱的女演员,我十分明白,不过假定我处在您的地位,我就不会这样灰心丧气。不管安娜①这个角色也好,这个剧本本身也好,都不值得您耗费那么多的心血和神经。这是

---

① 契诃夫的笔误,应是"叶连娜",契诃夫的剧本《万尼亚舅舅》中的一个人物。奥·列·克尼碧尔在写给契诃夫的信上说到她不满意她的表演。——俄文本注

个老剧本①,已经过时了,其中有许多各式各样的缺点;要是一半以上的演员无论如何也演不好这个戏的话,那么这自然应该由剧本负责。这是一。第二,必须永远丢开对成功或者不成功的操心。不要让这种操心沾染您。您的责任是按部就班地干下去,一天天地干下去,不声不响,准备犯那些无法避免的错误,准备遭受挫折,一句话,沿着您认定的演员道路勇往直前,让别人去计算谢幕的次数好了。写作或者演戏的同时意识到自己做得不对头,这是极其平常的事,而对新手来说这又是极其有益的!

第三,主管人打电报来②,说第二场演出很出色,大家演得极好,他十分满意。

玛霞写信来,说莫斯科天气不好,不应当到莫斯科去,可是我非常想离开雅尔塔,我在此地的寂寞已经惹得我厌烦了。我成了一个没有妻子的约翰内斯③,没有学问、没有美德的约翰内斯了。

问候您在信上提起的尼古拉·尼古拉耶维奇④。祝您健康!请您写信来,说您已经心平气和,一切都很好了。握您的手。

您的安·契诃夫
一八九九年十一月一日
于雅尔塔

---

① 契诃夫的剧本《万尼亚舅舅》是在1890年写成的。——俄文本注
② 符·伊·涅米罗维奇-丹钦科在《万尼亚舅舅》由莫斯科艺术剧院进行第二场演出以后,于1899年10月30日打电报给契诃夫说:"第二场演出。剧院满座。观众对这出戏听得入神,理解得透彻。这一次大家表演得很出色。表演手法无以复加。今天我十分满意。我在写东西。下个星期我要让这个戏演出四场。"——俄文本注
③ 德国剧作家豪普特曼的剧本《孤独的人》中的主要人物。这个戏曾由莫斯科艺术剧院演出。——俄文本注
④ 即尼·尼·索科洛甫斯基,俄国的音乐学院的声学系教授,克尼碧尔家的朋友。——俄文本注

六三九

致亚·列·维希涅甫斯基

亲爱的亚历山大·列奥尼多维奇,我小时候的朋友,多谢您的信和您寄来的海报。是的,这个海报是别致的①,您说得对,然而它不够气派,倒更适合于某个有自由思想的男爵夫人家里的慈善演出。不管怎样,一切都很好,我感谢上苍,我在生活的海洋里游泳,最后总算碰到了像艺术剧院这样美妙的仙岛。将来我有了儿女,我就会叫他们为你们大家祈祷。

您对我们的厨娘玛霞②怀孕感到惊讶,您在信上问我,这事该怪谁。到我们家里来得最多的男人有您和一个年轻士兵,至于谁该负责,我不知道,再者评判别人也不是我的本分。如果不是您,那当然也就不必为那孩子而拉您去打官司了。

我有一件事要请求你们:明年春天到南方来演出吧,请您把这件事向符〔拉季米尔〕·伊凡诺维奇和康斯坦丁·谢尔盖耶维奇提一提。你们来演出,顺便也休息一下。在雅尔塔,你们会有五次满座,在塞瓦斯托波尔也会有五次,在敖德萨人们会像迎接国王那样接待你们,因为大家虽然没见过你们,但是光凭传说就已经喜欢你们了。

请您来信,劳驾。没有信来,我会很寂寞。

---

① 《万尼亚舅舅》首次公演的海报。据克尼碧尔在写给契诃夫的信上说,这个海报上印着"第一幕的布景、万尼亚舅舅的算盘和契诃夫的照片"。——俄文本注

② 即玛丽雅·季莫费耶芙娜·沙金娜,契诃夫家的女仆。

请向格里凯莉雅·尼古拉耶芙娜①、你们的两个主管人②和剧团全体人员转达敬意和由衷的问候。我会焦急地等候照片——您自己的和参加《万尼亚舅舅》演出的全体人员的。

握您的手。

您的安·契诃夫

一八九九年十一月三日

于雅尔塔

六四〇

致玛·巴·契诃娃

亲爱的玛霞,我们这儿发生了内阁危机。穆斯塔法走了,约来接替他的工作的是阿尔塞尼,一个穿短上衣的俄罗斯人,识字,以前在尼基塔植物园③里工作过。大家都夸奖他好。他年轻。

现在来答复你最近的一封信。玛霞④的孩子不应当由阿谢肖夫⑤抚养,而应当由维希涅甫斯基抚养。连玛霞本人他也应当每月至少给三个卢布。要是他把美拉尼雅⑥接去,把她和那个孩子一起养在家里,那就更好。他已经写信给我,说孩子的父亲就是他,根本不是那个士兵亚历山大。

---

① 俄国女演员费多托娃。——俄文本注
② 指符·伊·涅米罗维奇-丹钦科和康·谢·斯坦尼斯拉夫斯基。——俄文本注
③ 1812年由Х.Х.斯捷文在克里米亚黑海沿岸建立,离雅尔塔七公里。
④ 指契诃夫家里的厨娘。
⑤ 俄国政论家和文学批评家,新闻工作者,《信使报》撰稿人;他是契诃夫家的厨娘玛霞的孩子的教父。——俄文本注
⑥ 契诃夫家的厨娘玛霞的母亲。——俄文本注

我觉得凭借据追还欠款①是不应该的。这不是我的作风。

山上有雪。寒冷在持续。目前在克里米亚生活,无异于干大蠢事。你写到剧院、小组以及各式各样的诱惑,仿佛在嘲弄我似的,仿佛你不知道这儿多么乏味,逼得人晚上九点钟就上床睡觉,带着一肚子怨气躺下去,明白自己没有地方可去,也没有可以谈话的人,而且写作也不值得,因为反正看不见,也听不见自己的作品②。钢琴和我是这所房子里无声无息地消磨自己的生涯的两种东西,这两种东西大惑不解:既然没有人来弹奏我们,又何必把我们放在这儿呢。

母亲身体完全健康。玛留希卡③也是这样。玛尔福霞④苍老了。关于古尔祖夫附近海滨的庄园,目前还没有什么确切的消息可写。你等一下吧。附上交给容克尔的信一封,支票一张。完了。别的没有什么可写的了。问候奥尔迦·列昂纳尔多芙娜、沙霍甫斯科依公爵、带着婴儿的玛霞。顺便说一句,有一封打来的电报的署名是列彼希金娜⑤。她漂亮而有趣还是平平常常呢?

问候玛·尼·克里敏托娃⑥和玛·伊·玛霍林娜⑦。她们都是玛谢琪卡⑧。如今艺术界满是玛谢琪卡。(我说的不是在座

---

① 指康兴的欠款,他买下契诃夫的庄园梅里霍沃,然而没有付清这个庄园的价款。——俄文本注
② 指剧本的上演。
③ 即玛·多·别列夫斯卡雅,契诃夫家的女仆,从80年代起就在契诃夫家里工作。——俄文本注
④ 契诃夫家的女工。——俄文本注
⑤ 即丽季雅·瓦西里耶芙娜·列彼希金娜,谢·伊·沙霍甫斯科依的第二个妻子。——俄文本注
⑥⑦ 即玛丽雅·尼古拉耶芙娜·克里敏托娃和玛丽雅·伊凡诺芙娜·玛霍林娜,均是俄国女歌唱家。——俄文本注
⑧ 玛丽雅的爱称。

诸君①。)

你到奥·列·克尼碧尔家里去的时候,替我问候她的母亲。

也问候符拉季米尔·伊凡诺维奇。我嫉妒他,因为有一件事目前对我来说是毫无疑问的,那就是他获得了一个女人的垂青。

好,祝你健康。写信来。

伊凡②近况如何?

你的 Antoine
一八九九年十一月十一日
于雅尔塔

那封写给容克尔的信,我注明十一月十七日。那么你在二十日以后再到他那儿去吧。

六四一

致符·亚·波谢

十分尊敬的符拉季米尔·亚历山德罗维奇。您的信③一直躺在我的桌子上,等着我答复它;对我来说它一直成了严厉的责备,直到最后我对您的电报④打了回电以后才拿起钢笔来给您写信。问题在于我正在为《生活》写一部中篇小说⑤,不久就会写好,在将近十二月下半月的时候大概就会脱稿。它一共有三个印张上下,

---

① 演说中的套语,在此借喻"我说的不是你",因为契诃夫的妹妹的名字也是玛丽雅,而且她学习绘画。
② 即契诃夫的四弟伊·巴·契诃夫。——俄文本注
③ 指波谢请求契诃夫为《生活》杂志写一篇小说的信和电报。——俄文本注
④ 指波谢请求契诃夫为《生活》杂志写一篇小说的信和电报。——俄文本注
⑤ 《在峡谷里》。——俄文本注

不过人物极多,拥挤不堪,密密匝匝,因此不得不费许多周章,好让这种拥挤不致太扎眼。不管怎样,到十二月十日左右它就会完全定稿,可以拿去发排了。可是这儿有一个问题:我战战兢兢,生怕书报检查官会拔它的毛。我受不了书报检查官的删改,或者我觉得我受不了。正因为这个中篇有些地方不大合书报检查官的意,我才不敢明确地写信告诉您,肯定地答复您。现在,我当然是肯定地答复您了,不过有个条件:如果您也觉得它有些地方不合书报检查官的意,也就是说如果您也预先看出来它有被书报检查官大改一通的危险,您就把我的中篇小说还给我好了。

现在有一个请求:劳驾,不要在广告里把我写得太多。说真的,这是令人不快的。请您把我和所有的人印在一行里,按字母顺序排列好了。

马克西姆·高尔基在什么地方?

好,祝您健康。愿您的订户大增,读者加多,比如说十万。握您的手。

忠实的安·契诃夫

一八九九年十一月十九日

于雅尔塔

六四二

致符·伊·涅米罗维奇-丹钦科

亲爱的符拉季米尔·伊凡诺维奇,劳驾,不要因为我沉默而生我的气。一般说来我的通信停顿了。这是因为第一,我在写我的小说;第二,我在为马克思读校样;第三,我为外地来的病人忙碌得很,不知什么缘故这些病人都来找我。为马克思读校样,简直是活受罪；我好不容易才搞完了第二卷，如果我早知道这工作这么难做，那我在马克思那儿就不会拿七万五，而是拿十七万五了。外地来的病人大多数是穷人，他们来找我是为了请求我安置他们，于是就要费许多的口舌，写许多的信。

当然，我在这儿烦闷得要命。我白天工作，一到晚上就问自己，我该做什么，该到哪儿去，而在你们的剧院上演第二幕的时候，我却已经躺在床上了。我起床的时候，天还黑着，你可知道这是怎样的一种场景，周围一片漆黑，寒风呼啸，雨点敲打着窗户。

你错了，你以为"人们从各地写信"给我。我的朋友们和熟人们根本没有写信给我。在整个这段时间里我只收到维希涅甫斯基的两封信，而其中有一封信不能算，因为亚〔历山大〕·列〔奥尼多维奇〕在这封信里批评了一篇我没有读过的评论。我还收到戈斯拉甫斯基的一封信，可是这封信也不能算，因为那是一封公函，之所以说它是公函，是因为收信人无论如何也不会想到给它写回信。

我没有写剧本。我已经有《三姐妹》①的题材，但在我未完成我早就该写的那些中篇小说以前，我不会着手写这个剧本。下一个季节不会有我的戏，这一点已经确定了。

我的雅尔塔别墅造得很合用。它舒适，暖和，外观也漂亮。花园会不同凡俗。我自己种植，亲手栽培。光是玫瑰就种了一百株，都是最稀有、最精良的品种。五十棵角锥形的刺槐、大量山茶花、百合花、晚香玉等等。

你的信里有一种勉强听得出的颤音，类似古钟的余音；这就是你写到剧院，写到剧院生活的烦琐怎样使你疲劳的地方。啊，你可别厌倦，别冷漠！艺术剧院是日后会有人写出的论俄国当代戏剧的专书中的最好的篇页。这个剧院是你的骄傲，这也是我所喜爱

---

① 契诃夫于1900年写成的四幕正剧。

的唯一的剧院,虽然我一次也没有去看过戏。倘使我住莫斯科,我就会极力去参与你们那儿的管理工作,即使做个看门人也成,为的是帮上哪怕一点点的忙,而且只要可能,我就要阻止你对这个可爱的机构态度冷漠。

外面下着大雨,房间里暗下来了。祝你健康,快活,幸福。

紧紧握你的手。向叶卡捷琳娜·尼古拉耶芙娜和剧院里所有的人鞠躬,向奥尔迦·列昂纳尔多芙娜深深地鞠躬。

你的安·契诃夫

一八九九年十一月二十四日

于雅尔塔

六四三

致阿·马·彼希科夫(马·高尔基)

您好,亲爱的阿历克塞·马克西莫维奇,承您赠书①,极为感谢。有几篇短篇小说我看过,有几篇我还没看过,看这几个短篇对我来说正好是我这乏味的外省生活里的乐趣。不过《福玛·高尔杰耶夫》什么时候出版呢?我只读过几个片断。现在想通读一遍,分两三次把它看完。

喏,我正在为《生活》写一个中篇,供一月号发表。我收到多罗瓦托夫斯基的信,要求我为一本书②寄一张照片去。此外就没有什么文学消息了。

---

① 高尔基的书《随笔与短篇小说》第三卷,1899年由谢尔盖·巴甫洛维奇·多罗瓦托夫斯基和察鲁希尼科夫的出版社出版。——俄文本注
② 指多罗瓦托夫斯基的出版社出版的俄国批评家和文学史家安德烈耶维奇(叶甫盖尼·安德烈耶维奇·索洛维耶夫)论契诃夫的书。——俄文本注

您的书印得很好。

我一直在等您来,可是没有等到,只好算了。雅尔塔在下雪,天气潮湿,起了风。不过当地的老住户有把握地说以后还会有晴朗的日子。

那些害肺结核的穷人弄得我不胜其烦。如果我是省长,我就会采取行政措施把他们驱逐出境,他们大大地搅扰了我的丰衣足食的安宁生活!

在他们央求的时候看着他们的面孔,在他们临死的时候看着他们的衣服,这是令人难受的。我们决定修建一个疗养院,我起草了一份呼吁书;我起草这个东西是因为我找不到别的办法。假如可能的话,就请您在您有熟人和关系的下诺夫哥罗德城报纸和萨马拉城报纸上把这份呼吁书宣传一下①。说不定人家会寄点钱来。《娱乐》②的诗人叶皮方诺夫前天在此地的慢性病患者收容所里孤苦伶仃地死了,他在去世的两天以前要苹果糕吃,后来我给他送去,他忽然活跃起来,用有病的喉咙发出嘶哑的声音,高兴地说:"就是这个!就是它!"仿佛看见了一个同乡似的。

您好久没有跟我通信了。这是什么意思呢?我不喜欢您在彼得堡久住,那地方容易得病。

好,祝您健康,快活,愿上帝保佑您。紧紧握您的手。

您的安·契诃夫
一八九九年十一月二十五日
于雅尔塔

---

① 高尔基把这份呼吁书加以补充后,发表在1899年12月1日《下诺夫哥罗德小报》上。——俄文本注
② 俄国的一个幽默杂志,契诃夫早年为它写过稿。

六四四

致阿·包·塔拉霍甫斯基[1]

我终于着手给您回信了,十分尊敬的阿勃拉木·包利索维奇。互助基金会[2]的章程我没有。请您写信给伊波里特·费多罗维奇·瓦西列甫斯基[3],彼得堡,军官街,四十号,他会寄给您;或者您直接写信给一个敖德萨人,让他们把您选进敖德萨分会(敖德萨似乎有分会);似乎需要两个人举荐您。我就来做这两个人当中的一个。为了证明您的文学方面的能力,只要举出"媒介"出版的那本书就行,更不要说您作为新闻记者的经常而重大的活动了。如果敖德萨没有分会,那就入莫斯科或彼得堡的分会。您跟瓦西列甫斯基通一下信吧,在写给这位先生的信上附去回信的邮票好了。

为什么您随身带着手枪?[4] 您正直地履行您的职责,真理在您这一边,那么您何必带手枪呢?会有人打您吗?那就让他打去好了。不管人家怎样威胁,都不应当害怕;像这样经常带着手枪,反而会使您惶恐不安。

是的,人民阅览室和人民剧院应当有自己的地方,而市立图书

---

① 塔甘罗格的新闻记者。——俄文本注
② 指俄国文学工作者与学者的互助基金会(文学基金会)。——俄文本注
③ 伊·费·瓦西列甫斯基(1850—1920),俄国小品文作家,俄国幽默文艺杂志《蜻蜓》的主编。
④ 塔拉霍甫斯基在写给契诃夫的信上说,由于他在《亚速海滨地区》报上发表了一些关于塔甘罗格的生活的小品文,他收到了许多恐吓信。"他们口口声声说要毒打我,杀死我。我没办法,只好购置一把手枪,永远带在身边"。——俄文本注

馆应当另有地方。教育机构不应当集中在一个地方,必须分散在城里各处。这是一。第二,应当怕拥挤、碰撞,应当怕嘈杂,这在剧院里是必然会有的,而在图书馆里却十分碍事。第三,几个同一性质的机构容纳在同一所房子里,那么其中的一个机构就必然会吞没其他的机构。第四,图书馆馆员、剧院管理员等等的厨娘们会吵嘴,而且挑拨彼此的主人吵嘴。主要的是第五,市立图书馆作为书库应当有它自己的、宽敞的、对读者有吸引力的房屋,同时还应当保证随着图书馆场所的需要,可以加以扩充;如果一边是阅览室,一边是剧院,关于扩充就无从设想了。要知道,随着现代文化生活需求的增长,谁也不能保证在二十五年到四十年以后图书馆不需要五层楼的大厦!讲到剧院,那么这是一种半商业性的机构;只要给予时间,它们自己就会如雨后春笋般生长起来;每一条街道都会有一家剧院,而且正是那条街道所需要的那种剧院。比方说,像那不勒斯①那样。

　　天在下雪。这儿的生活还可以,但是乏味。唉,多么乏味啊!我略微做一点工作,正在等候春天的到来,那时候我也许可以离开此地。外地来的肺结核病人弄得人不胜其烦;他们纷纷来找我,我茫然失措,不知道该怎么办好了。我拟了一份呼吁书②;我们在募集捐款;要是我们一点钱也募集不到,那我只好从雅尔塔逃之夭夭了。请您把这份呼吁书读一遍,如果您认为必要的话,就请您在《亚速海滨地区》报上发表几行。请您强调说明我们打算修建一个疗养院。但愿您知道这些害肺结核病的穷人在此地是怎样生活的,而他们是从俄国各地被人们驱赶到此地来,以便摆脱他们的。但愿您知道这些就好了,这简直是一幕惨剧啊!最惨的是孤独

---

① 意大利南部的港口城市和金融、文化中心。
② 参看第六四三封信。——俄文本注

和……很坏的衣服,这种衣服不能保暖,只能激起嫌恶之感。

您给我来信写过星期日学校的事吗?写过吗?请给我报名入会,并且通知我会费交多少钱,应该把钱寄到哪里去。

请您对戈尔东①说我记得我的诺言。供候诊室用的图片我会寄给他,让他耐心等着吧。

您的安·契诃夫
一八九九年十一月二十六日
于雅尔塔

向您的全家致意。

六四五

致叶·彼·戈斯拉甫斯基

十分尊敬的叶甫盖尼·彼得罗维奇,到现在为止我没有动笔答复您的信,是因为我一直无论如何也想不出一个能够容纳在一封信里而又稍稍令人满意的答复。这是那种不应当写信而应当面谈的题目,而一谈起来,话就会很多。再者,客人和几乎从九月起一直拖到现在的坏天气惹得人恼火,以至我完全没有兴致,觉得自己不能给您写出什么使人振作的话来。那么,我们推迟到春天我到莫斯科去,跟您见面的时候再谈吧。

我会在写信给《大众杂志》《俄罗斯》②《生活》的时候讲到您。我觉得,比方说,在《俄罗斯报》上您可以每个星期发表一个作品,

---

① 即达维德·莫伊谢耶维奇·戈尔东,塔甘罗格的水疗医院的院主。
② 1905至1914年由政府在彼得堡出版的一种半官方日报。——俄文本注

听说那儿的稿酬优厚,办事很有条理。您也可以在《北方信使报》①上发表作品,事先可以同达·利·谢普金娜-库彼尔尼克见一下面,她同这家报纸的编辑人员熟识。不要等待专门的约稿。有的人偷懒,有的人为琐事疲于奔命;您不要等人家来开门,您要自己去开门。我同《田地》的主编不大熟识,不过,要是您有心的话,我还是可以给他写信。明年春天我会同他见面,到那时候我可以说一说。

谢谢您的善良热诚的来信,请您原谅我没有很快给您回信。

《生活》的主编的姓名是符拉季米尔·亚历山大罗维奇·波谢。《大众杂志》的主编是维克托·谢尔盖耶维奇·米罗留包夫。在《俄罗斯》掌权的是亚历山大·瓦连契诺维奇·阿姆菲捷阿特罗夫。

祝您万事如意,紧紧握您的手。

您的安·契诃夫
一八九九年十二月一日
雅尔塔

六四六

致米·巴·契诃夫

亲爱的米谢尔,我给你写的信短,次数也少,这是事实;其中原因很多。第一,我随着年龄的增长而对通信淡然置之,只喜欢收到信而不喜欢写信了;第二,我每天大约得写五封信,筋疲力尽,怒气冲冲;第三,我过分地期望你宽容我。其他一切原因都跟这些差不

---

① 在彼得堡出版的一种自由主义报纸。——俄文本注

多,我可以向你保证:在这件事上你的婚姻根本毫不相干。归咎于婚姻,这是 lapsus linguae①,而不是别的,而且顺便说一句,用这样的理由来作解释是极不应该的,因为这样危险。不管怎样,我的缄默使得你这样长久地伤心,对此我是难过的。我要极力改正。

现在讲一讲当前的事。我们在雅尔塔住下了。我们造了一所房子。这所房子不大,然而舒适。我们在小铺里凭折子赊购货物,每天早晨扫院子的人到市场去一趟。电话成天价响,客人多得惹人厌烦。我们待在家里,哪儿也不想去,我一直在等待我可以动身到莫斯科去的时刻,甚至想能不能设法出国走一趟。在财政方面,情况不怎么好,因为不得不极力节省。我已经拿不到书的收入,马克思还不会很快就按合同付清我的钱,至于我已经收到的钱,早就没有了。然而我的局面并不因为我节省而好转,倒好像我的头上竖着一根工厂的高烟囱,我的所有福利都从这个烟囱里飞掉了似的。我为我自己花得不多,家用也有限,可是我的文学工作的资历、我的文学工作者(或者我不知道该怎么称呼才好)的习惯,把我到手的钱夺走了四分之三。目前我在工作。如果工作的情绪能延续到三月,我就会挣到两三千,否则只好把马克思的钱坐吃山空了。房子没有押出去。

至于梅里霍沃,它被卖掉了,如同卖掉我的著作一样,也就是分期付款。我觉得好像我们最后会什么也得不到,或者得到很少很少。详情你向玛霞去打听吧,如果你去莫斯科的话。

我的情绪不错。我的身体也不错。母亲和陀尔米东托芙娜大娘身体健康,克里米亚的气候显然于她们有益;她俩都满意。母亲更硬朗了。

我在这儿给病人们弄得不胜其烦,他们是从各地被打发到这

---

① 拉丁语:失言。——俄文本注

儿来的,有杆菌,有空洞①,有发青的脸色,然而衣袋里分文没有。于是不得不对这些噩梦作战,玩种种花招。请参看随信附上的这张小纸条②;劳驾,要是可能的话,就在《北方》报上发表它的全文或者摘要。你帮一下忙吧。

现在谈一谈波列沃依③。我跟彼得④不通信,也不愿意去托马克思,至于苏沃林那边,我早就不再通信了(德雷福斯一案⑤);你委托的事我至早要在春天到彼得堡去的时候才会办理。不过,为什么你需要波列沃依的书呢?要知道它内容贫乏,早已过时了。其中除了不光彩的履历以外什么也没有。

据人家来信说,《万尼亚舅舅》在莫斯科演得很好。你到莫斯科去的时候就去看一看吧。

你不应谋求主管人的职位,而应该谋求调到离莫斯科近一点的地方去,或者索性调到莫斯科去。外省把神经质的人束缚得紧紧的,他们的翅膀飞不起来。

向奥尔迦·盖尔马诺芙娜和任尼雅致意,祝她们万事如意。玛霞会在圣诞节以前回来,她买了些绸料子,我一点也不懂,也许我在买废物了。

好,祝你健康,你别生气了。问候波谢。

你的安·契诃夫
一八九九年十二月三日
于雅尔塔

---

① 指肺结核病人肺部形成的窟窿。
② 参看第六四三封信。——俄文本注
③ 米·巴·契诃夫托契诃夫帮他弄到一本波列沃依的《俄国文学史》,1900年该书在彼得堡的马克思出版社出版。——俄文本注
④ 波列沃依的名字。
⑤ 1892年契诃夫和苏沃林对法国的德雷福斯一案的看法发生严重的分歧。

如果那些评论①(署名契)是你写的,那我就庆贺你,写得很不错。

六四七

致符·伊·涅米罗维奇-丹钦科

亲爱的符拉季米尔·伊凡诺维奇,卡尔波夫的回信来了②。他同意把《万尼亚舅舅》的公演推延到下一年(或者更准确些说,下一个季节)。现在你们剩下来要做的,按照高明的律师的说法,就是在"合法的"基础上办事了。这个剧本属于你们了,你们带着它一起去,我呢,装出没有力量跟你们斗争的样子,因为我已经把剧本交给你们了。

你怕苏沃林?我和他已经不通信,我不知道现在那边的情形怎样。然而,可以有很大的把握预先说一句:艺术剧院不会受欢迎。彼得堡的文学工作者和演员们嫉妒心重,喜欢吃醋,同时又轻浮。跟他们相比,伊·伊·伊凡诺夫③要算是最宽宏大量、最公正、最贤明的人了。

我只在《信使报》和《每日新闻》④上读到过关于《万尼亚舅

---

① 指评论雅罗斯拉夫尔的剧院的演出的文章,登载在雅罗斯拉夫尔的报纸《北方》上。——俄文本注
② 涅米罗维奇-丹钦科要求契诃夫暂时不要准许亚历山大剧院上演《万尼亚舅舅》,因为莫斯科艺术剧院打算带着这个戏到彼得堡去上演,为此契诃夫给亚历山大剧院的导演叶·巴·卡尔波夫写了一封信。——俄文本注
③ 伊凡·伊凡诺维奇·伊凡诺夫(1849—1927),俄国文学史家和批评家。——俄文本注
④ 参看第六三六封信的注。——俄文本注

舅》的评论。我在《俄罗斯新闻》上看到关于《奥勃洛摩夫》①的文章②,然而我没有看下去;我厌恶这种胡诌,这种把人比做《奥勃洛摩夫》、比做《父与子》等等的类比。人可以把任何剧本比做任何东西,假如萨宁③和伊格纳托夫不拿奥勃洛摩夫而拿诺兹德列夫或者李尔王④来作类比,那也会同样深刻和严谨。这类文章我是不读的,免得败我的兴。

你希望在下一个季节到来之前一定要有一个剧本⑤。可是万一写不出来呢?当然,我会试一试,然而我不能担保,而且决不许下任何诺言。不过,关于这一点我们留到明年复活节以后再说,如果维希涅甫斯基和报纸上的话可以相信,你们的剧团在复活节后就到雅尔塔来了。到那时候我们再谈吧。

今天早晨完全是夏天的天气,可是到傍晚天气又坏了。雅尔塔从来也没有像现在这样可憎。要是我待在莫斯科,倒会好得多。

是的,你说得对,为了彼得堡阿历克塞耶夫扮演的特利果林必须至少稍加改动才是。应当给他注射点精氨酸⑥什么的。我们的小说家大多数住在彼得堡,阿历克塞耶夫把特利果林演成一个无可救药的阳痿患者,就会引起普遍的困惑。我脑海里关于阿历克塞耶夫的表演的记忆阴暗极了,弄得我无论如何也忘不掉,而且我

---

① 俄国作家伊凡·亚历山德罗维奇·冈察洛夫的长篇小说。
② 指俄国批评家和政论家伊里亚·尼古拉耶维奇·伊格纳托夫的论文《奥勃洛摩夫家族》,发表在1899年10月28日和11月24日《俄罗斯新闻》上,内容是评论《万尼亚舅舅》的演出。这篇论文把该剧中的沃依尼茨基和奥勃洛摩夫作了类比。——俄文本注
③ 莫斯科艺术剧院的演员和导演亚历山大·阿基莫维奇·宪别尔格的艺名。涅米罗维奇-丹钦科在写给契诃夫的信上说,用奥勃洛摩夫来类比,这"在今年春天已经由艺术剧院的演员宪别尔格(萨宁)提出过了"。——俄文本注
④ 莎士比亚的悲剧《李尔王》中的人物。
⑤ 指《三姐妹》。参看第六四二封信。——俄文本注
⑥ 一种含有胍基的碱性氨基酸。精子蛋白的主要组成成分。医学上用以治疗肝性昏迷。

无论如何也不相信阿历克塞耶夫在《万尼亚舅舅》里演得好,虽然大家一致写道,他确实演得好,甚至很好。

你应许过把你的照片寄给我,我一直在等啊,等啊……我需要两张,一张归我自己,另一张送给塔甘罗格的图书馆,我担任这个图书馆的监督官。那儿还需要苏木巴托夫的照片,你对他说一声吧。

我在为《生活》写一部中篇小说①。我会寄给你一个单行本,因为你大概是不看《生活》的。

好,祝你健康。问候叶卡捷琳娜·尼古拉耶芙娜、阿历克塞耶夫和剧团全体人员。握你的手,拥抱你。

你的安·契诃夫
一八九九年十二月三日
于雅尔塔

六四八

致维·谢·米罗留包夫②

亲爱的维克托·谢尔盖耶维奇,我一定寄给您一篇短篇小说,只是您不要催我。我在闹痔疮,害眼病,将近年终又压下一大堆工作;即使我有错,也应当从宽发落了。我寄给您一个短篇《主教》。要是发生误会,如果这篇小说依书报检查官的看法不适合您的杂志刊载,那我就另外给您寄一篇去……

您不该忧郁,不该把脚泡在冷水里,不该不朗诵这个杂志。要

---

① 《在峡谷里》。——俄文本注
② 俄国大剧院的歌唱演员,自 1898 年起担任《大众杂志》月刊的主编兼出版人。——俄文本注

知道如今已经是十二月,可是到处都看不到《大众杂志》的广告,西纳尼夜里睡不着觉,一直提心吊胆,不知道会不会接受到订户。从我随信附上的文告①来看,您,大人,能够看出我们在这儿干些什么事。赤贫的病人弄得我不胜其烦,不得不为他们做点什么,要不然简直得从雅尔塔逃之夭夭了。不知什么缘故他们都来找我。请您读一下这个文告,考虑一下:能不能在《大众杂志》的一个角落里或者内部评论里刊载这篇东西?不妨写道:目前我们收到呼吁书一份,内容是如此这般。假定,比方说,我们打算在二月间把这份呼吁书当做杂志的附件分发出去(作为广告),这要花费多少钱?我们每三个月改换一次文字的内容。顺便说一句,阿乌特卡协会为疗养院捐了一俄亩②上好的土地。

请您对唐③说一声,要他把他的小书寄给我一本。我听人说起这本书,读到许多好作品,可是没有地方可买,再者也不好意思去买同乡的书。

我在为《生活》写一部中篇小说,已经写完了。您什么时候到雅尔塔来?写信吧,别偷懒。

握您的手。

您的安·契诃夫

一八九九年十二月六日

于雅尔塔

您到莫斯科去的时候,去看一看《万尼亚舅舅》吧。据说演得

---

① 指契诃夫起草的为到雅尔塔来的贫穷的肺结核患者募集捐款的呼吁书。参看第六四三封信。——俄文本注
② 一俄亩等于1.09公顷。
③ 即符拉季米尔·盖尔马诺维奇·唐-包果拉斯,俄国作家,民族学家,契诃夫在塔甘罗格中学的同学。契诃夫索要他的书《楚科奇小说》,该书1900年在圣彼得堡出版,作者寄给契诃夫一本,并且题了赠词。——俄文本注

很好。

六四九

致奥·列·克尼碧尔

我们与世隔绝了：电报到处都不通，邮件也不来。暴风雪闹了三天了，那气势就像俗话所说的是空前的。

亲爱的女演员，迷人的女性，我没有给您写信是因为我在迫使自己坐下来工作，不许自己分心。

到节日我会停下来休息一下。到那时我就会把信写得长了。请您清楚地、有根据地写信告诉我：剧团①来年春天到雅尔塔来不来？是作了最后决定呢，还是没有？

您喜欢保存剪报，现在我寄给您两份。

风大极了。

您常见到沙霍甫斯科依公爵吗？在他的一生中，他的曲折的经历是相当引人入胜的。

好，祝您活泼、健康、严厉的女演员；祝您健康、快活、有钱，并且得到您这可爱的人想要的所有东西。紧紧握您的手，向您深深地鞠躬。

您的安·契诃夫
一八九九年十二月八日
于雅尔塔

---

① 指莫斯科艺术剧院。

六五〇

致巴·费·姚尔达诺夫

请您原谅,十分尊敬的巴威尔·费多罗维奇,我那么久没有给您写信,没有回您的信。有那么多纯粹私人性质的事情压在我的身上,以至于,用塔甘罗格人的说法,把我弄得晕头转向,在整个这段时间里我只好不写信,光写些敷衍塞责的回信了。

关于叶若夫①我一句话也没有答复过您。不过有什么可答复的呢?要使自己不被通讯报道提到,不管是聪明的还是愚蠢的通讯报道,那是无论如何也办不到的,至于对那种由于草率或者由于无知而傲慢地说谎的通讯记者加以反驳,这却无异于极力提高喉咙要压倒一个凶恶的女人。

我一直没有为选我做图书馆监督官而向您道谢,为此我始终受到良心的责备。在这种情形下人们照例该做些什么呢?要不要给市长写一封信?劳驾,您教一教我吧。

我记得您打算叫我担任孤儿院的理事。劳驾,凡是我能为塔甘罗格效劳的事,您尽管叫我担任和出力,我把我自己交给您全权处理。孤儿院的会员费一百个卢布我交邮局汇上。假如这笔钱必须随申请书一并交去,那就请您寄来,我签个字就是。塔拉霍甫斯基来信写道,塔甘罗格开办了星期日专科学校(似乎是这样),应当把我登记为理事。对这一点我也连一点反对的意见也没有。

到十二月底我会寄给您一张书目,上面开列着我今年夏天根

---

① 指俄国作家叶若夫发表在报纸上的通讯报道《寄自塔甘罗格》,这是他在1899年夏天访问过塔甘罗格的工厂以后写成的。——俄文本注

据您寄来的书目寄去的书。请您检查一下这些书都收到没有。书价打了极大的折扣,因此图书馆欠我的钱很少。

教士们把我团团围住,要我担任教区学校理事会的理事。这是在塔夫里达省。从我做校董的谢尔普霍夫县里不断寄来歇斯底里的信。

我在报上读到罗斯托夫城将要有高等法院了。我读到塔甘罗格又归并到叶卡捷琳诺斯拉夫省里去了。那么加强岗哨怎么办呢?没有哥萨克人,谁来守卫呢?

有一次在杜布基我对您说起过在莫斯科附近的莫斯科省有一个学校,县地方自治局和县城派遣教师们利用夏天到那儿去学习园艺基础知识;后来我在莫斯科问过一些熟悉内情的人,他们说您也不妨夏天送一两个人来,照这样每年都送,为的是在塔甘罗格也可以逐渐培养出一批具有中等身份的人,善于判断树木栽得对不对,并且有人去照管杜布基、卡兰青、公园、市里的植林工作。等我老了,我就会要求您批准我做市里的花匠。条件是在公园里,在圆形建筑物里,给我一个房间,而且禁止海员穿过公园。顺便说一句,我为我的雅尔塔小花园从敖德萨订购了一些树木。那些树真好,在塔甘罗格的公园里我就没有见过这样的树。您为自己的别墅订购一些角锥形的刺槐和角锥形的桑树吧。这些树美极了。

希望您的妻子儿女健康,我也由衷地祝您本人健康。

紧紧握您的手。

您的安·契诃夫
一八九九年十二月十一日
于雅尔塔

学校①的章程我寄给您了。您收到了吗?

六五一

致符·亚·波谢

十分尊敬的符拉季米尔·亚历山德罗维奇,请您原谅,第一,我稍微迟误了一点②;第二,我的原稿以丑陋的面目寄给您了。我没有着手誊清,生怕这样会耽搁得更久,生怕在誊清的时候又加以修改。劳驾,请送去付排,并且把校样寄给我,我在校样上再做我通常在誊清的时候所做的工作,也就是把丑陋变成优雅。我把校样留在我手边两天。不过,要是您推迟到二月号上发表③,那就好了。

祝您健康,顺遂。

我的原稿是按挂号印刷品寄上的。

诚恳地尊敬您的安·契诃夫
一八九九年十二月二十日
于雅尔塔

请看背面④。

篇名《在峡谷里》我也许会改动,如果我想出一个更富于表现力、更醒目的篇名的话⑤。

------

① 即上文所述的园艺学校。——俄文本注
② 指契诃夫为《生活》杂志所写的中篇小说《在峡谷里》的交稿时间。
③ 契诃夫的《在峡谷里》是在1900年《生活》杂志1月号上发表的。——俄文本注
④ 指信纸的背面。
⑤ 后来篇名没有更动。

六五二

致彼·伊·库尔金

亲爱的彼得·伊凡诺维奇,我这么久没有给您写信,是因为我在工作,而又不愿意给您写短信。有些小事跟做过我的房客的您有关系。第一,穆斯达法走了,我们雇了一个俄罗斯人阿尔塞尼接替他,这是个有点愚笨的小伙子,不会烧菜,然而却读圣徒行传,性情文静。第二,自来水已经使用,水表装上了,水箱里装满了水;对下水道也进行了勘查。第三,马路正在加宽,道路工程专家们早已在工作(不要忘记谢德林的金科玉律:"一小块归皇帝,一小块归自己"),来往的交通都断绝了;我们家附近的马路正在拓宽,并且加高了六俄尺,因此我像是住在一个箱子里了。改革幅度是很大的。

前几天我收到伊凡·盖尔马诺维奇①的一封信。他的笔迹不好,表明他的运动系统的紊乱(大肌肉痉挛,缺乏纤维性的颤动),然而精神系统倒不紊乱。如果凭这封信来判断,那么伊〔凡〕·盖〔尔马诺维奇〕的头脑工作得完全正常。

医师阿尔特舒烈尔和斯烈津收到了书②,吩咐我向您道谢。我也收到了,而且由衷地感激您。昨天玛霞回来,带来了那个温度计;我把它竖在我的书房里,把原先的那个拿掉了。谢谢,这个温

---

① 即伊·盖·维特。——俄文本注
② 指彼得·伊凡诺维奇·库尔金的著作《一八九五年和一八九六年莫斯科省的疾病和人口变迁的资料》,这本书 1899 年由莫斯科地方自治局在莫斯科出版。——俄文本注

度计正是我所需要的那种。我为这个温度计欠您多少钱?

现在谈一谈《卫生统计学随笔》①。我要从这一点说起,那就是这个篇名对通俗文章来说不大合适,因为其中有两个外来词②;它略微长了一点,略微刺耳一点,因为其中有许多"斯"音和"特"音③。您不妨起个简单一些的名字,例如《医师札记》,或者诸如此类的东西。顺便说一句,统计学一般说来是个不能令人满意的名字,卫生统计学也是如此。要知道,这个名字并没有确切说明这种科学,它过于枯燥、狭隘,近似"会计学"。应当另外想出一个名字,一个恰当的名字,足以较为广义而准确地说明统计学是一种有关我们称之为社会的庞大机体的科学,是一种在生物学和社会学之间铺设桥梁的科学。这是顺便说说的。讲到您的愿望,您想在杂志的土地上深深地扎下根去,我只能为您以及为那个土地高兴。依我看,不应当把时间浪费在犹豫和怀疑上;越早下决心投身到这个工作中去,日后就越不会后悔。要知道您以前就已经为您的巨大的未尽的义务浪费过许多时间了。您会说:没有工夫。不错,可是话说回来,这仅仅能减轻罪行,而不足以消除所有的罪行。维·亚·戈尔采夫非常看重作为撰稿人的您,而且多半会发表《随笔》,可是(请您原谅,我又要用教训的口吻说话了),不应当把这个问题的命运寄托在一个人或者一篇文章上面。您必须为好几份杂志和报纸写作,既写札记,也写论文,并且写出各种新东西,您的社会科学,特别是地方自治局的领域,是有极其丰富的新东西可写的。必须想出或者发明出一种外部的刺激剂,例如常同文学工作

---

① 彼·伊·库尔金在写给契诃夫的信上说,他决定"使卫生统计学通俗化",为此他在写一些随笔,并且把第一篇随笔寄给《俄罗斯思想》的主编维·亚·戈尔采夫了。库尔金的这些随笔后来发表在1900年《俄罗斯思想》第5期和第8期上。——俄文本注
② 指"卫生"和"统计学"。
③ 在这个篇名的俄语原文里有三个"斯"音和四个"特"音。

者来往(虽然这并不是始终有趣的),加入互助基金会①,加入文艺小组或者俱乐部,总之让自己 in toto② 担起这个重任,至少搞这么一两年,直到文学工作成为习惯为止。您不要为这些教训生气。我是出于一片真心。

我的身体比去年好,痔疮需要进行高压灌肠,也就是这不成其为痔疮,而是 recti 发炎了。我安装了一个具有新结构的捕鼠器,我在捉老鼠,而这是当前我力所能及的唯一运动了。新年好!祝您幸福,健康。请来信!

您的安·契诃夫

一八九九年十二月二十三日

于雅尔塔

六五三

致符·艾·美耶尔霍尔德③

亲爱的符塞沃洛德·艾米里耶维奇,我手头没有书④,关于伊⑤这个角色我只能笼统地谈一谈。如果您把台词本寄来,我就会把它读一遍,使得记忆中的东西重又复活,这样才能详细地谈一谈,然而现在我只能讲一些对您来说可能是最具有现实意义的东西。首先,伊完全是一个知识分子,这是一个在大学城中成长起来

---

① 指俄国文学工作者和学者互助基金会。
② 拉丁语:整个地。
③ 莫斯科艺术剧院的演员,导演。——俄文本注
④ 指德国剧作家豪普特曼的剧本《孤独的人》;当时莫斯科艺术剧院正准备公演这个戏。——俄文本注
⑤ 豪普特曼的剧本《孤独的人》的主人公;这个角色将由美耶尔霍尔德扮演。——俄文本注

的青年学者。他完全没有小市民的素质。他的言行举止是有教养的，习惯于同正派人（例如安娜）交往，他的举动和外貌都和善，显得年轻，如同在一个从小受到娇宠的家庭里生长起来而且至今还在母亲的羽翼下生活的人一样。伊是德国的学者，因此他同男人相处是庄重的。同女人相处却正好相反，每逢他单独同她们在一起的时候，他就变得女人般地温柔。他同他妻子在一起的那个场面，在这方面是颇有特色的：他忍不住要爱抚他的妻子，其实他已经爱上或者开始爱上安娜了。现在谈一谈神经质。不应当强调神经质，为的是让神经病理学的本性不致遮盖，不致贬低重要的东西，也就是孤独，只有高级的同时又健康（就最高意义来说）的生物才能体验到的孤独。您要让观众看到一个孤独的人，至于神经质，您要在剧本本身所规定的范围内表演它。不要把这种神经质处理成个别现象，要记住在当今这个时代几乎每个文化人，甚至最健康的人，在任何地方都不会像在家里，在自己的亲人的家庭里那样容易愤懑，因为现在和过去的冲突首先是在家庭里感觉到的。这种愤懑是长期的，没有激昂慷慨，没有暴跳如雷，这种愤懑是客人们看不出来的，它的全部重担首先落在最亲近的人（母亲，妻子）身上，这是一种所谓的家庭的、隐秘的愤懑。不要太强调它，只把它表现为典型的特征之一，不要失去分寸，否则您就会把这个人物不是演成一个孤独的人，而是演成一个爱生气的青年人了。我知道康斯坦丁·谢尔盖耶维奇会坚决主张这种过分的神经过敏，他会夸大它，可是您不要让步，不要为了重音之类的无聊东西而牺牲声调和语言的美丽和力量。不要牺牲这些，因为愤懑实际上是小节，是小事。

多谢您想着我。劳驾，请再给我写信，这对您而言完全是宽宏大量，因为我烦闷无聊。此地天气极好，暖和，可是话说回来这只是作料而已，如果没有肉，要作料又有什么用呢。

祝您健康,紧紧握您的手,祝您万事如意。

您的安·契诃夫
一八九九年底
于雅尔塔

问候奥尔迦·列昂纳尔多芙娜、亚历山大·列昂尼多维奇、布尔德查洛夫①、卢日斯基。再一次谢谢您的电报。

---

① 即盖奥尔吉·谢尔盖耶维奇·布尔德查洛夫,莫斯科艺术剧院的演员。

一九〇〇年

六五四

致阿·马·彼希科夫(马·高尔基)

亲爱的阿历克塞·马克西莫维奇,恭贺新禧!您近况如何?身体怎样?什么时候到雅尔塔来?请您详细地写信来。照片已经收到,它拍得很好,多谢您。

多承您为我们对外来人的救济事务①操心,对此也要道谢。现有的和日后募来的钱请您统统寄到我的名下或者慈善团体的管理处,反正都是一样的。

中篇小说②已经寄给《生活》。我是不是写信告诉过您,说我很喜欢您的短篇小说《孤儿》③,而且已经把它寄给莫斯科一个出色的朗诵者了?莫斯科的医学系④有一位教授亚·包·福赫特⑤,朗诵斯列普佐夫⑥的作品很出色。比他更好的朗诵者,我还没有见过。因此我就把您的《孤儿》寄给他了。我是不是写信告诉过您,说我很喜欢您的第三卷里的《我的旅伴》?这一篇跟《草

---

① 马·高尔基写信告诉契诃夫,说已经将他寄去的呼吁书发表(参看第六四三封信的注)并分送到熟人手里。——俄文本注
② 指《在峡谷里》。——俄文本注
③ 高尔基的短篇小说,发表在1899年10月4日《下诺夫哥罗德小报》上。——俄文本注
④ 指莫斯科大学的医学系。
⑤ 亚历山大·包格丹诺维奇·福赫特,莫斯科大学医学系病理解剖教研室教授。
⑥ 瓦西里·阿历克塞耶维奇·斯列普佐夫(1836—1878),俄国作家。

原上》同样有分量。要是我处在您的地位,我就会从这三卷里选出最好的作品若干篇,印成售价一卢布的版本,那会是一木在分量上和严整性上真正出色的书。如今这三卷却显得庞杂;差的作品倒没有,不过它们使人得到这样的印象,好像这三卷不是出自一个作家之手,而是由七个作家写成的。这是一个征象,说明您还年轻,还没有充分发酵呢。

请您写两三行来。紧紧握您的手。

您的安·契诃夫
一九〇〇年一月二日
于雅尔塔

斯烈津问候您。我们,也就是我和斯烈津,常常谈起您。斯烈津喜欢您。他的身体还可以。

六五五

致奥·列·克尼碧尔

亲爱的女演员,您好!您为了我这么久没有给您写信而生气了吗?我是常常给您写信的,可是您没有收到我的信,这是因为它们被一个我们都熟识的人截去了。

向您恭贺新禧,恭贺新禧。祝您真正幸福,给您叩头。祝您幸福,富裕,健康,快活。

我们生活得不错,吃得多,聊得多,笑得多,常常惦记您。玛霞回到莫斯科去以后会讲给您听,她会告诉您我们是怎样度过节日的。

我没有庆贺你们的《孤独的人》的成功①。我至今仍然觉得你们大家会到雅尔塔来,我会在舞台上看到《孤独的人》,会当场热诚地庆贺你们。我已经写信给美耶尔霍尔德,劝他不要把神经质的人表演得过激。要知道,绝大多数的人都神经质,大多数人只是痛苦,少数人才感到剧烈的病痛,可是,在什么地方,在街上或者在家里,您见过东奔西跑,抱着脑袋上蹿下跳的人吗?痛苦应当按它在生活里所表现的那样去表现,也就是不动胳膊不动腿,而用口气和眼神来表现;不是指手画脚,而是用优雅的姿态来表现。知识分子所固有的细腻的内心活动,即使在外部形式上也必须表现得细腻入微。您会说,舞台条件不允许这样做。然而任何舞台条件也不允许作假。

　　妹妹说您把安娜演得很出色。啊,但愿艺术剧院到雅尔塔来才好!

　　《新时报》很称赞你们的剧团②。那儿的行情大变:显然,就是在大斋期间他们也会称赞你们大家的。《生活》第二期上会发表我的中篇小说③,那篇东西极其古怪。人物很多,还有风景画。有新月,有鸺鸟,这种鸟在极远极远的地方叫着:布——乌!布——乌!就像一头关在牛棚里的母牛一样。什么都有。

　　列维丹在我们这儿。他在我的壁炉上画了一幅割草季节的月夜。草地、干草垛、远处的树林,在这一切上面高挂着明月。

---

① 莫斯科艺术剧院于1899年12月16日首次公演德国剧作家豪普特曼的剧本《孤独的人》。——俄文本注
② 1899年12月28日《新时报》上发表Π.彼尔佐夫的论文,评论莫斯科艺术剧院演出的《万尼亚舅舅》。——俄文本注
③ 参看第六五一封信的注。——俄文本注

好,祝您健康,亲爱的、非凡的女演员。我惦记您。

您的安·契诃夫
一九〇〇年一月二日
于雅尔塔

您什么时候把您的照片寄来?
这是什么样的野蛮行径啊!

六五六

致阿·谢·苏沃林

恭贺新禧!节日过去了,今天我把客人们送走①,又剩下我一个人,于是想提笔写信了。恭贺您,祝您万事如意,健康,长寿。问候安娜·伊凡诺芙娜、娜斯嘉、包利亚,从心灵深处向他们谨致祝愿;我还要问候那个不知名的女人,她在您的信纸上给我写信(写了 A.C. 两个花体字),却没有署名。我的健康状况不错,我觉得自己身体比去年好,可是医师们仍旧不准我离开雅尔塔。而这个可爱的城市已经惹得我腻烦到要恶心,活像一个惹人讨厌的老婆。它会治好我的结核病,可是它却会使我衰老十岁。如果我到尼斯去,那也不会早于二月。我偶尔写一点东西;不久以前我寄给《生活》一个很长的短篇。钱很少;到现在为止我收到的马克思的钱以及剧本的收入,都已经花光了。

您告诉我的报纸订户的消息十分有趣。《新闻》跌下来了,

---

① 俄国画家伊·伊·列维丹和契诃夫的妹妹玛·巴·契诃娃离开雅尔塔。——俄文本注

而这并不惊人。《光》显然已经丧失了最廉价的报纸的意义。不错,《北方信使报》在内地很受读者欢迎。如果凭这个报纸来评判巴利亚青斯基公爵①,那么,老实说,我是对不起他的,因为以前我把他描摹成一个跟他的本来面目大不相同的人了。当然,这个报纸会被停办的,然而他的优秀的新闻工作者的名声却会留存很久。您问道:为什么《北方信使报》取得了成功?这是因为我们的社会人士厌倦了;他们被仇恨弄得萎靡不振,好比沼泽里的青草,他们渴望一些新鲜的、自由的、轻松的东西,渴望得要命。

您的中篇小说②我似乎已经交给莫斯科的书店③,托它转交您,或者我把它忘在我的莫斯科的寓所里了。我会找出来寄给您。您要把您的剧本④寄给我,我读完以后会立刻寄还您。请您吩咐人把《历史通报》⑤寄给我;顺便说一句,如果您愿意多加恩赐,那就把日历⑥也寄来。去年我没有得到您的日历。请您把它装订后寄来。

我在此地常常同院士孔达科夫见面。我们常谈到科学院普希金文学部⑦。由于孔〔达科夫〕将要参加未来的院士的推选,我就

---

① 即符拉季米尔·符拉季米罗维奇·巴利亚青斯基,《北方先驱报》的主编兼出版人。——俄文本注
② 篇名不详。——俄文本注
③ 指苏沃林的书店。
④ 《问题》。——俄文本注
⑤ 俄国保守的帝制派刊物,1880至1917年在彼得堡出版,苏沃林是这个杂志的出版人。
⑥ 指苏沃林的出版社每年出版的日历。
⑦ 俄国科学院为纪念普希金一百周年诞辰(1899年5月26日)而在1899年12月23日创立俄罗斯文学和语言学部。在以普希金命名的俄罗斯文学和语言学部的成员中,除了正式院士以外,还可以从杰出的作家当中选出名誉院士。——俄文本注

极力对他施行催眠术,怂恿他推选巴兰采维奇和米哈依洛夫斯基①。第一位是一个受尽折磨、疲惫不堪的人,一个毫无疑问的文学工作者,目前已经到了老年,生活贫困,在马拉轨道车公司里工作,仍旧像年轻时候那样贫困,那样工作。薪金和安宁正好切合他的需要。第二位,也就是米哈依洛夫斯基,会为新成立的部奠定坚实的基础,他入选会使全体文学界同行们的四分之三感到满意。可是催眠术不灵,我的事没有得手。法令补充条款②好比托尔斯泰的《克莱采奏鸣曲》③的跋④。那些院士千方百计摆脱文学工作者,对他们来说同文学工作者相处是有失体面的,就像德国人觉得同俄国院士们相处有失体面一样。小说家只能成为名誉院士,而这是毫无意义的,好比做维亚济马城或者切列波韦茨城的名誉公民一样:没有薪金,没有投票权。真会骗人啊!教授们被推选做正式院士,而被推选做名誉院士的却是那些不住在彼得堡的作家,也就是那些不能出席会议、跟教授们对骂的作家。

我听到清真寺塔上报祈祷时间的人怎样呼唤。土耳其人很信宗教,目前他们在过斋期,一整天什么东西也不吃。他们没有信教的女人,这个因素就使得宗教日益狭小,好比伏尔加河由于沙土淤积而日益狭小一样。

您做得好,发表了一篇文章,写出了俄国各城市遭到受贿的工程师们的敲诈的蒙难史⑤。名作家契诃夫在他的中篇小说《我的一生》中就写过这样的一段话:

---

① 尼古拉·康斯坦丁诺维奇·米哈依洛夫斯基(1842—1904),俄国文学批评家,政论家,自由民粹主义思想家。
② 指俄国的"科学院俄罗斯文学和语言学部现行章程的补充条款"。——俄文本注
③ 列·尼·托尔斯泰的中篇小说。
④ 契诃夫对这个跋极不满意,参看第二六九封信。
⑤ 指《新时报》上发表的一篇论文,篇名是《蒙难的俄国各城市(遭到铁路的敲诈)的名单》。——俄文本注

火车站建筑在离城五俄里的地方。据说工程师要五万卢布贿赂才肯把铁路修到城边,市政机关只同意给四万,双方为那一万闹翻了。现在城里人后悔了,因为他们得修一条公路通到火车站去,据估计,修这条公路所花的钱更多。

铁路工程师们是报复心很重的人。您在一点点小事上拒绝他们,他们就会一辈子对您进行报复,这已经成为传统了。

谢谢您的来信,谢谢您的宽厚。紧紧握您的手,向您鞠躬。

您的安·契诃夫

一九〇〇年一月八日

于雅尔塔

六五七

致符·亚·波谢

十分尊敬的符拉季米尔·亚历山德罗维奇,校样①奉还。读这个校样很困难,因为印刷厂不知什么缘故没有把原稿寄来。有些遗漏的地方,我好歹凭记忆添上了;各行文字的间隔很窄,没有地方写字,这就不得不裁开,再贴上去,而且我差点忍不住要给您打电报,叫您把原稿寄来了。

请您对校对员说,他不必再修改,尽量不要加逗号和引号。让印刷厂注意连接符号⌒,在这些地方有些空格把对话打断了。

我把校样留了没多久,只有一昼夜。我希望我这个中篇不至于推迟杂志的出版。

---

① 指契诃夫的中篇小说《在峡谷里》,发表在1900年《生活》1月号上。——俄文本注

祝您万事如意。

忠实的安·契诃夫
一九〇〇年一月十一日
于雅尔塔

在雅尔塔,大家在等高尔基来。
校样按挂号印刷品随这封信同时寄出。

六五八

致亚·阿·萨宁

亲爱的亚历山大·阿基莫维奇,多谢您惦记我,给我寄来这封信。我也向您恭贺新禧,希望生活在一切主要方面仍然照旧,像以前一样,而在细节问题上,如果您愿意的话,有新的变化。到现在为止您一直是个有趣的、有益的、出色的人,希望您以后也这样。祝您的剧团得到新的剧本和自己的戏院,让其他方面一切照旧吧。

我活着,而且基本上健康,可是没有文明,没有莫斯科的钟声,我烦闷无聊。我情愿付出很高的代价,只求在莫斯科哪怕只住一天,跟你们大家见一见面才好。

你们在复活节后到雅尔塔来吗?你们会卖五场满座,不过主要的是,本地的剧院是专为你们要租来演戏而修建的。你们不妨演一演戏,并且休息一下。

祝您健康,紧紧握您的手,从心灵深处送上热诚的祝愿。

您的安·契诃夫
一九〇〇年一月十四日
于雅尔塔

六五九

致瓦·米·索包列甫斯基

亲爱的瓦西里·米哈依洛维奇,十一月间我写了一篇短篇小说①,充分相信我在为《俄罗斯新闻》写作,然而这篇小说写长了,不止一个印张,我只得把它送到另一个地方②去了。其次,我和叶尔巴契耶甫斯基③原来决定在除夕那天给您打一个电报④,可是俗务缠身,我们错过了这个时间。现在呢,只得搞一次所谓的倒填日期,犯一下公务上的伪造罪,又向您拜年,又庆贺您的命名日了。请您宽恕我的这许多罪过!您知道我深深地尊敬您,喜爱您,如果我们的通信的中断为时很长,那也只应该归咎于纯粹外部的原因。

我活着,基本上健康。偶尔也生病,可是时间不长,今年冬天我一次也没有病倒在床上,而是生病时也能走动。我工作得比去年多,也比去年烦闷无聊。不在俄罗斯本土是不好的,从各种意义上说都不好。在此地生活好比待在斯特烈尔纳⑤里,所有这些四季常青的植物似乎都是用白铁做成的,一点欢乐的气氛也没有。有趣的东西一点也看不到,因为当地的生活缺乏美感。

叶尔巴契耶甫斯基和孔达科夫都在此地。第一位在为自己造一所大房子,高出于整个雅尔塔之上;第二位就要动身到彼得堡去,为的是在那边的科学院里住下,他很高兴。叶〔尔巴契耶甫斯

---

① 指契诃夫的中篇小说《在峡谷里》。——俄文本注
② 这篇小说发表在《生活》杂志上。
③ 指谢·亚·叶尔巴契耶甫斯基,俄国作家,医师。
④ 指贺年电。
⑤ 莫斯科郊外的一家饭店。——俄文本注

基〕精神饱满,始终乐天知命,不管什么天气,总是穿着薄大衣;孔〔达科夫〕喜欢带着愤懑嘲笑人,老是穿皮大衣。这两个人常到我这儿来,我们常念叨您。

瓦〔尔瓦拉〕·阿〔历克塞耶芙娜〕写道,她在图阿普谢买下一块地。嘿,嘿,可是话说回来,那是个乏味透了的地方。那儿净是车臣人和蜈蚣,主要的是没有大道,而且一时也不会有。在俄国一切暖和的地方当中,目前最好的就是克里米亚的南岸,不管人们对高加索的自然界怎么议论,这一点总是毫无疑义的。不久以前我到普希金山附近的古尔祖夫①去过一趟,尽管天在下雨,而且我早已看厌了风景,可是我仍旧欣赏那儿的景色。克里米亚舒服一些,离俄罗斯本土也近些。让瓦尔瓦拉·阿历克塞耶芙娜卖掉图阿普谢的那块地,或者把它送给别人吧,我会替她在克里米亚找到一小块海边的地,有港湾,有浴场。

您到沃兹德维任卡去的时候,请您向瓦尔瓦拉·阿历克塞耶芙娜、瓦丽雅、娜达霞、格列勃转达我的敬意和问候。我在想象格列勃和娜达霞长得多么大了。是啊,要是你们一家人复活节都到此地来,我就能好好地看一看你们大家。劳驾,不要忘记我,不要生气。向您谨致衷心的祝愿,紧紧握您的手,拥抱您。

您的安·契诃夫,d'academie②
一九〇〇年一月十九日
于雅尔塔

---

① 雅尔塔附近的一个疗养地。
② 法语:科学院院士。1900年1月17日契诃夫当选为俄国科学院文学和语言学部名誉院士。——俄文本注

六六〇

致格·伊·罗索里莫

亲爱的格利果利·伊凡诺维奇,自传①的后面不妨附一个PS②,不过最好还是等到科学院开大会,到那时候就会产生最后的选举结果了。

在我的作品里,适合于孩子读的③,看来只有两篇描写狗的生活的故事④,我把它们按挂号印刷品寄给您。此外在我的作品里似乎再也没有这种东西了。一般说来我不善于写供孩子看的作品,我为他们每十年写一篇,至于所谓的儿童文学,我是既不喜欢,也不承认。供孩子们读的作品只应当是那些也适合于成人读的作品。安徒生的作品、《战船巴拉达号》⑤、果戈理的作品,孩子们都乐于一读,成人也是一样。应当不是专为孩子们写东西,而是善于从那些已经为成人写出的作品里挑选,也就是从真正的艺术作品里挑选;善于挑选药品和定出药品的剂量,比起只因为病人是孩子而特意为他想出某些药品来要合理得多,也直截了当得多。请您原谅这种医学的比喻。这种比喻在目前也许是恰逢其时,因为我已经做了四天的医疗工作,治我自己和我母亲的病。大概是流行

---

① 1899年10月11日契诃夫寄给罗索里莫一份自传(参看第六三四封信)。契诃夫当选为科学院名誉院士后,罗索里莫写信问契诃夫是否可以把这件事添写在契诃夫自传的后面。——俄文本注
② 英语:附言。
③ 罗索里莫担任俄国教师协会家庭教育部的主席,正在编纂一套儿童丛书范本。1900年1月16日他写信给契诃夫,要求他指出在他的小说里哪几篇可以供这套儿童丛书范本采用。——俄文本注
④ 指契诃夫的中篇小说《卡希坦卡》和短篇小说《白额头》。——俄文本注
⑤ 俄国作家伊·亚·冈察洛夫的旅行日记。

性感冒。发烧,头痛。

要是我写出什么东西,我就会随时让您知道,可是能够出版我写出的作品的只有一个人——马克思!日后凡是我的作品如果不是由马克思出版,我就得付出五千卢布的罚金(每一个印张)。

我有一个做教员的弟弟伊凡·巴甫洛维奇,他和孩子们打交道已经二十多年了。他十分了解孩子们喜欢什么,不喜欢什么。在编纂文集方面他会对您有用;他做编辑不行,然而日后如果您想出版一个适合于儿童读的艺术作品和论文的图书索引,我的弟弟就能为您提供一些极好的建议。他在莫斯科做教员。他的地址是新巴斯曼大街,彼得罗夫斯科-巴斯曼学校。他的嗅觉十分灵敏。

您的信使我大为高兴,并且在我的酸溜溜的心情中洒了点苏打。谢谢您惦记我。不久《生活》会发表我的一个中篇①,这是最新的一篇描写民间生活的作品。紧紧握您的手。

您的安·契诃夫
一九〇〇年一月二十一日
于雅尔塔

六六一

致奥·列·克尼碧尔

亲爱的女演员,一月十七日我收到您的母亲和哥哥②的电报,收到您的舅舅亚历山大·伊凡诺维奇(署名萨沙)和尼·尼·索科洛甫斯基的电报。请您费心向他们转达我的由衷的谢意和我的

---

① 《在峡谷里》。
② 即康斯坦丁·列昂纳尔多维奇·克尼碧尔,奥·列·克尼碧尔的大哥,俄国铁路工程师。

真诚的好感。

为什么您不写信来？出了什么事？或者，莫非您迷上了西服翻领上的波纹绸里子①？唉，那又有什么办法呢，愿上帝保佑您吧。

听说五月间你们会到雅尔塔来。要是这已经定下来，那么何不先张罗一下剧院呢？本地的剧院租出去了；不同承租人、演员诺维科夫谈一谈是不行的。要是你们委托我，那我大概会跟他谈一谈。

一月十七日，我的命名日和我当选为院士的日子，闷闷不乐、暗淡无光地过去了，因为我在生病。现在我病好了，可是我的母亲又有点不舒服。这些小小的灾难完全打消了对命名日和对院士称号的任何兴致，而且它们妨碍我给您写信，及时答复那些电报。

现在我的母亲痊愈了。

我跟斯烈津一家人常见面。他们常到我这儿来，我却很少很少到他们家里去，不过去还是去的。医师罗扎诺夫（我们以前在柯科兹看见过的那些疯子②之一）不久就要到莫斯科去，他会常到玛霞那儿去；您设法让他到剧院里去一趟吧。

那么，看来，您是不给我写信了，而且一时也还不打算写。我把全部罪责归咎于那件上衣的波纹绸翻领。我了解您！

---

① 契诃夫戏指莫斯科艺术剧院负责人符·伊·涅米罗维奇-丹钦科。——俄文本注
② 1899年8月间契诃夫和克尼碧尔同坐一辆马车从雅尔塔沿着大道到巴赫奇萨赖去，途中经过柯科兹的地方自治局医院。医院里的医师们，包括罗扎诺夫在内，看到他们，就对他们大声喊叫，并挥动胳膊，极力引起他们的注意。可是契诃夫和克尼碧尔错以为他们是精神病人，没有理睬就从他们身边通过了。（参看一九五四年在莫斯科出版的《同时代人回忆契诃夫》中的奥·列·克尼碧尔的回忆录《安·巴·契诃夫》。）

吻您的小手。

您的安·契诃夫
一九〇〇年一月二十二日
于雅尔塔

六六二

致阿·谢·苏沃林

新的剧本①,第一幕和第二幕,我是喜欢的,我甚至认为它比《达吉雅娜·列宾娜》②好,那一个剧本比较接近剧院,而这一个比较接近生活。第三幕不明朗,因为其中缺乏行动,甚至意图不明。也许,为了让它明朗,意图明确,应当先写第四幕。在第三幕里,那个丈夫对妻子所作的解释很像苏木巴托夫的《链条》;换了是我,宁可让那个妻子始终待在后台,而且让瓦丽雅相信父亲胜过相信母亲,生活中常有类似的情形。

我的意见不多。那个受过教育而去做教士的贵族已经过时,引不起兴趣了,大凡做了教士的,从此就石沉大海,无声无臭;有的当上正式的修士大司祭后,就浑身发胖,早已把一切思想丢在脑后;有的就抛开一切,退职家居。从他们身上是任何明确的东西也无从期待的,他们自己也一点不会提供这种东西;在舞台上,这个准备去做教士的青年人对观众来说简直会惹人讨厌,人们会在他

---

① 指苏沃林寄给契诃夫的尚未完工的剧本《问题》的原稿;苏沃林的这个剧本在1902年和1903年分别在莫斯科的小剧院和彼得堡的亚历山大剧院上演;这个剧本1903年出版单行本。——俄文本注
② 苏沃林的另一个多幕剧。

的童贞和圣洁里找到某种阉割派①的味道。再者,演员会把他演得十分滑稽。您最好还是描写一个青年人,一个神秘的耶稣会教徒,幻想着统一各派教会,或者描写另外一个什么人,只是这个人要比那个去做教士的贵族有地位一些。

瓦丽雅不错。她在第一场里所说的话过于歇斯底里。应当不让她说俏皮话,因为照现在这样在您的剧本里人人都说俏皮话,玩弄词句,这使得读者的注意力有点疲劳,有点眼花缭乱;您的人物的话语好比白绸衫,太阳时时刻刻在它上面变幻色彩,使人瞧一下眼睛都发痛。"伧俗"和"伧俗地"这两个词已经过时了。

娜达霞很好。您不该在第三幕里让她换了个样子。

"拉契谢夫"和"穆拉托夫"这两个姓太带戏剧味,不朴素。给拉契谢夫起一个小俄罗斯的姓吧,这样也就算是换一换花样了。

父亲没有弱点,没有外部的特征;他不喝酒,不吸烟,不打牌,不害病。应当给他增加某些品质,让演员有东西可以抓住才成。

父亲知道不知道瓦丽雅的罪恶,我以为没有关系,或者不那么重要。性的活动范围,当然,在这个世界上占有重要地位,不过话说回来并不是一切都依赖它,决不是一切;它也决不是在各方面都起决定作用的。

等您把第四幕寄来,如果我又想出什么,我还会写信告诉您。我高兴,因为您差不多已经写完了这个剧本;我还要重复一遍,您应当既写剧本又写长篇小说,第一,因为总的来说这是需要的;第二,因为对您来说这有益于健康,这会给您的生活平添一点愉快的

---

① 俄罗斯正教会分离出来的精神基督教的一支。产生于18世纪,主张摆脱"世俗生活",反对性欲,宣扬用阉割的办法来"拯救灵魂"。

变化。

关于科学院的情况您不够熟悉。在作家当中**不会**有正式院士。他们让作家当名誉院士、首席院士、特别院士,至于普通院士,却永远也不让当,或者一时还不让当。他们决不让他们所不熟悉和不相信的人登上他们的挪亚方舟①。请您说说看,有什么必要想出名誉院士的称号呢?

不管怎么样,他们选上我,我总是高兴的。从今以后我的出国护照上要写明我是院士了。莫斯科的医师们也高兴。这对于我如同喜从天降。

谢谢您寄来的日历和《全彼得堡》一书。

向安娜·伊凡诺芙娜、娜斯嘉、包利亚敬礼和问候。劳驾,请问一问娜斯嘉,是不是她在您的信纸上给我写信而没有署名(只写 A.S. 两个字)。那封信上有"可恶的作家"这个词,谈到在波波夫那儿买到的我的照片。祝您健康。

您的安·契诃夫

一九〇〇年一月二十三日

于雅尔塔

尤利耶夫②不错。只是不必让他欠女高利贷者的钱。最好还是让娜达霞瞒过父亲在她那儿借钱。而且让瓦丽雅拿到钱,交给母亲。

---

① 据《圣经·旧约·创世记》记载,古时洪水泛滥,挪亚带着家人登上方舟避难,其余的人和动物都死亡。
② 苏沃林的剧本《问题》中的人物。

六六三

致费·德·巴丘希科夫

十分尊敬的费多尔·德米特利耶维奇:

罗什①要求把《农民》里面被书报检查官删掉的地方寄给他。然而这样的地方是没有的。有一章杂志上没有发表过,集子②里也没有收进去;那就是农民们关于宗教和行政当局的谈话。可是把这一章寄到巴黎去却没有必要,正如一般说来也没有必要把《农民》译成法文一样。

我为照片③向您由衷地致谢。列宾的插图是一种我没有料到而且没有想望过的荣誉。收到原稿是令人愉快的;请您对伊里亚·叶菲莫维奇④说我会焦急地等着原稿,而且说他,伊里亚·叶菲莫维奇,现在不能改变主意了,因为我已经立下遗嘱把原稿送给塔甘罗格城,顺便说一句,我就是在这个城里诞生的。

您在您的信上提到高尔基。那么顺便说一句:您觉得高尔基怎么样?他写的东西我不是全部都喜欢,不过有些作品我却十分十分喜欢,对我来说,有一件事不容置疑,即高尔基是由那种会成为艺术家的材料做成的。他是真正的艺术家。他是个善良、聪明、有思想、爱思考的人,不过他里里外外有许多不必要的负担,例如他的土气。

---

① 德尼·罗什,法国作家;他把契诃夫的作品译成法文。——俄文本注
② 1897年契诃夫把他的小说《农民》和《我的一生》合成一个集子出版。
③ 指俄国画家列宾为契诃夫的中篇小说《农民》法文译本的封面所作的照片。这张照片还发表在法国杂志《Revue illustrée(插图评论)》上。——俄文本注
④ 即伊·叶·列宾(1844—1930),俄国画家。

您写道:"谁也不知道从哪儿可以期望到水的活动①。"那么您在期望吗?活动是有的,可是它,如同地球绕着太阳活动一样,是我们所看不见的。

多谢您的来信,多谢您惦记我。我在此地感到乏味,厌烦,有这样一种感觉,好像从船上给扔进水里去了似的。此外再加上天气恶劣,我身体不好。我仍然不断地咳嗽。

祝您万事如意。

忠实的安・契诃夫

一九〇〇年一月二十四日

于雅尔塔

六六四

致亚・巴・契诃夫

白发苍苍的哥哥:随信寄上一千卢布的期票一张。我稍微迟误了一点,因为我自己也六神无主,丧失一切思考力,无所作为,把补丁打在我的财务的长衫上,而这件长衫显然是无论如何也补不好了。

母亲痊愈了。我时而健康,时而生病。我当选为院士的消息是在我害病的时候送来的,于是这个消息的所有魅力都失去了,因为我当时对什么都无所谓。

你务必不要在报纸上辟谣。这不是小说家的事。要知道,反驳新闻记者,无异于揪住魔鬼的尾巴或者极力压倒泼妇的叫骂声。那些熊蜂,特别是敖德萨的熊蜂,会故意蜇你一下,只为了要你把

---

① 俄国谚语,意谓"期望到好事"。

辟谣的文章给他们寄去。在我以前和现在所认识的一切小说家当中只有两个人写辟谣的东西：你和波达片科。波达片科老是因此而挨骂，他自己每一次都后悔了。即使人家发表消息说你在制造假币，那也无法辟谣；只有在一种情况下我们写反驳文章才是合适的，那就是必须为别人挺身而出的时候。不是为自己，而是为别人。

电报，我昨天晚上收到后，立刻发了回电。

《俄罗斯》在内地取得很大的成功，《新时报》江河日下。依我看，这是十分公平的。

好，祝你健康。至少写两三行来谈一谈你近况如何。问候你家里的人。

你的 Antoine

一九〇〇年一月二十五日

于雅尔塔

六六五

致维·亚·戈尔采夫

亲爱的维克托·亚历山德罗维奇，我已经发过电报[1]，不过仍旧请你允许我在信上再一次庆贺你。我庆贺你，紧紧拥抱你，紧紧握你的手，请你相信我对你的喜爱和尊敬是对外人所少有的。近十年以来，你成了我的最亲密的人之一。

我一直在等候你信上提到的那位青年学者，他却一直也没有来。他在哪儿？当然，我们会把他安顿好的。这儿的天气极坏，到

---

[1] 指庆贺《俄罗斯思想》杂志创刊二十周年的电报。——俄文本注

二月间会更坏,不过据说,雅尔塔的气候即使在坏天气也能够治病。我从一月十七日(我的命名日和我被提升到不朽的品级去①的日子)起一直害病,甚至有时候暗想可别辜负了那些推选我做"不朽的人"的人,不过总算还好,我活过来了,现在又健康了,不过左边的锁骨下面还贴着斑蝥硬膏。医师认为我的右肺十分好,比去年好。除了其他的以外,比较麻烦的病是痔疮。

在旧鲁萨②开设阅览室的想法我是完全不赞成的。要知道在旧鲁萨除了渡船和饭馆以外什么也没有,这是一;第二,开设一个好的阅览室反正是做不到的;第三,农民们读了阅览室里的书,一点也不会变得聪明。应当设立奖学金。等到你的二十五周年纪念日来临,我要建议为了纪念你而让一个被你的原则上的敌人所极其痛恨的"厨娘的儿子"③受到完全的中学教育和大学教育。

那个大学生(在雅尔塔中学毕业的),那个极其可怜的人,很快就会因为他自己的事而去找你。他名叫盖奥尔吉·安德烈耶维奇·马克西莫维奇。劳驾,不要拒绝他,同他谈谈话。

克烈斯托甫斯卡雅的《痛哭》④是一篇好东西;一切都好,只有篇名除外。这个作品有托尔斯泰的《家庭幸福》的味道,在手法上颇有古风,于是一切都微妙而隽永了。马明的那个中篇⑤却是粗糙的、缺乏美感的、虚伪的胡诌。

向伏科尔致意,庆贺他的已经过去的纪念日。

---

① 1900年1月17日契诃夫当选为俄国科学院的名誉院士。
② 戈尔采夫的别墅在旧鲁萨附近,舍尔科夫卡地方。——俄文本注
③ 在帝俄时代,厨娘的儿子不能上学读书。
④ 俄国女作家和女演员玛丽雅·弗谢沃洛多芙娜·克烈斯托甫斯卡雅的短篇小说,发表在1900年《俄罗斯思想》杂志第1期和第2期上。——俄文本注
⑤ 德·纳·马明-西比利亚克的中篇小说《在老爷们周围》,发表在1900年《俄罗斯思想》杂志第1、3、4期上。——俄文本注

祝你健康,幸福。

> 你的安·契诃夫
> 一九〇〇年一月二十七日
> 于雅尔塔

六六六

致米·奥·缅希科夫

亲爱的米哈依尔·奥西波维奇,托尔斯泰得的是什么病,我弄不明白。切利诺夫①毫无回音,从我在报纸上读到的和您现在所写的,我什么结论也得不出来。胃溃疡和肠溃疡的症状不是这样;他没有害这一类的病,要不然就是胆石经过胆壁而损伤它,因此产生一点出血的擦伤。癌症也不是,它首先影响到胃口,影响到总的健康状况,而且主要的是,如果得了癌症,脸色就会表现出来。更准确些说,列〔夫〕·尼〔古拉耶维奇〕是健康的(如果不谈结石的话),还可以再活二十年光景。他的病使我心惊胆战,神经紧张。我怕托尔斯泰死掉。万一他去世,我的生活里就会出现一大块空白。第一,我爱任何人都不及爱他那么深,我是一个无所信仰的人,不过在种种信仰当中我认为跟我最亲近最适合我的就是他的信仰。第二,文学界有托尔斯泰在,做一个文学工作者就感到轻松愉快,甚至在意识到自己以往没做出什么事,目前也没做出什么事的时候也不会觉得那么可怕,因为托尔斯泰替大家都做了。他的活动成为人们对文学所寄托的希望和期待的保证。第三,托尔斯泰德高望重,地位巩固,在他活着的时候,文学中的各种粗俗志趣、

---

① 莫斯科大学医学系教授,内科医师。——俄文本注

各种厚颜无耻、哭哭啼啼的低级趣味、各种鄙俗而充满怨气的虚荣心都躲得远远的,深深地藏在阴影里。光是他的道德威望就足以把所谓的文学的情绪和潮流保持在一定的高度上。缺了他,大家就成了一群没有牧人的羔羊或者一锅难以分辨的大杂烩了。

为了结束关于托尔斯泰的话,我还要说到《复活》①;这个作品我不是零敲碎打,不是分为几卷,而是一口气读完,没有中断过。这是一个出色的艺术作品。最没有趣味的是写到涅赫柳多夫和卡秋莎的关系的那些地方,最有趣味的是那些公爵、将军、姑妈、农民、囚犯、狱吏。我读到彼得保罗要塞的司令官,那个招魂术士,那个将军的场面时,心里就紧张:写得可真好啊!还有坐在圈椅上的科尔恰金夫人,还有那个农民,费多西娅的丈夫!这个农民说自己的老婆"灵巧"。其实托尔斯泰的这支笔才真"灵巧"呢。这篇小说没有结尾,至于现有的这个结尾,是不能叫做结尾的。写着写着,然后一下子把一切都归结到《福音书》的经文上去,这未免太宗教化了。用《福音书》上的经文解决一切,就跟把犯人分成五种一样专横。为什么分成五种而不是分成十种呢?为什么引《福音书》的经文而不引《古兰经》的经文呢?必须先使人相信《福音书》,相信它确实是真理,然后才能用那上面的经文来解决一切。

我惹得您厌烦了吧?等您来到克里米亚,我就会对您进行采访,然后把采访内容在《每日新闻》报上发表出来。大家都在写托尔斯泰,好比老太婆议论被当成先知的疯修士一样,什么无稽之谈都有;他真不该理睬这些熊蜂。

我有两个星期身体不舒服,勉强支撑着。现在我待在家里,左边的锁骨下面贴着斑蝥硬膏,感觉还不错。倒不是斑蝥硬膏不错,而是贴过硬膏之后留下的那块红斑不错。

---

① 托尔斯泰的长篇小说,发表在1898年和1899年的《田地》杂志上。

我一定把照片寄给您。我为院士的称号感到高兴,因为知道现在西格玛①在嫉妒我是一件愉快的事。可是如果发生一场什么纠纷,以致失掉这个称号的话,我会更高兴。这种纠纷是一定会发生的,因为那些有学问的院士很怕我们会失了他们的体面。他们选托尔斯泰不是心甘情愿的。按那边的人的看法,他是个虚无主义者。至少有一位太太,一位二等文官的夫人,是这样称呼他的,我为此衷心地向他庆贺。

我没有收到《周报》。这是什么缘故？编辑部里保存着我寄去的谢·沃斯克烈先斯基的手稿《伊凡·伊凡诺维奇的蠢事》②。如果它不合用,就请寄回。祝您健康,紧紧握您的手。问候亚沙和丽季雅·伊凡诺芙娜。

您的安·契诃夫
一九〇〇年一月二十八日
雅尔塔

请来信!

六六七

致尼·伊·柯罗包夫

亲爱的尼古拉·伊凡诺维奇,谢谢您的来信和庆贺③。我为

---

① 谢尔盖·尼古拉耶维奇·绥罗米亚特尼科夫的笔名,《新时报》撰稿人。——俄文本注
② 指雅尔塔的教会学校的教师谢·尼·舒金的短篇小说的手稿。参看《同时代人回忆契诃夫》中休金写的回忆录。——俄文本注
③ 庆贺契诃夫当选为俄国科学院的名誉院士。——俄文本注

叶卡捷琳娜·伊凡诺芙娜①非常非常高兴,她头一次来雅尔塔,在亚赫年科②那儿住下的时候,我瞧着她那么痛苦就难受,我怜惜她。可是最近这次,秋天我见到她的时候,不由得为她的变化而吃惊。她不是丰满了,而是发胖了。我呢,没有丰满,也没有发胖,还是老样子。体重没有增加,每天早晨咳嗽。阿尔特舒列尔不久以前给我听诊,他说我的右肺已经干净,左肺大概更坏了,因为他在我左边的锁骨下面贴一个斑蝥硬膏。当选为院士的消息传来的时候,正赶上我心情沮丧,我和我的母亲都觉得身体不好,因此我也没有好好地弄清楚这是怎么回事,这个称号有什么味道,后来等到我痊愈了,我却已经习惯于这种新地位,所以你问我做院士有什么感想,我简直一点也答不上来。

报上所登的关于院士和科学院的消息,可靠的很少,因为报纸不熟悉情况。只有作家才能被认为是"不朽的",像在法国一样,可是显然,只有那些有学问的研究工作者才能做正式院士,做词典的编纂者,只有他们才工作,才为自己设立分部,ergo③领取薪金。根据我同住在此地的院士孔达科夫谈话所了解到的情况来看,院士的称号赋予不受侵犯的权利(不能逮捕)和为了出国旅行而向科学院领取特殊的"特别"护照的权利(不受书报检查、海关检查),别的似乎就什么也没有了。

我觉得我在雅尔塔好像住了一百万年了。

庆贺你和叶卡捷琳娜·伊凡诺芙娜的乔迁之喜,祝你们俩幸

---
① 柯罗包夫的妻子。——俄文本注
② 即玛丽雅·亚科甫列芙娜·亚赫年科,雅尔塔的一个女房产主。
③ 拉丁语:从而。——俄文本注

福健康。今年夏初我们大概会在莫斯科见面。我会去的。现在，握你的手。问候符亚切斯拉夫·伊凡诺维奇①，为他的惦念致谢。

你的安·契诃夫
一九〇〇年一月二十九日
于雅尔塔

六六八

致丽·斯·米齐诺娃

亲爱的丽卡，人家写信告诉我说您长得十分丰满了，我就再也不期望您会想起我，给我写信。可是您倒想起我来了，那么我为此向您多多道谢，可爱的人。您一句也没有提到您的身体，显然您的身体不错，我很高兴。我希望您的母亲也健康，一切都顺遂。我基本上算是健康的，偶尔也生病，然而这不常有，而且纯粹是因为我年老②了，这跟杆菌没关系。现在我见到漂亮的女人，总是像老人那样微笑，撇一撇下嘴唇，如此而已。

您跟女作家③认识了吗？我想象得出您在她的面前会做出什么样的姿势来掩盖您的歪斜的肋骨。顺便说一句，今年春天她要到雅尔塔来；既然您已经跟她约定一块儿旅行，那您就跟她一块儿来好了。春天克里米亚是很好的。

您住在"赫尔辛基"里，我不赞成。要知道，有带家具的房间，

---

① 此人未查明。——俄文本注
② 当时契诃夫四十岁。
③ 指叶·米·沙甫罗娃。——俄文本注

也有干净一点的。至少也可以租一套住宅嘛。住在"赫尔辛基"里是个坏习惯;您住在里面的时候倒不觉得那是坏习惯,可是您只要在别处住上一两个星期,马上就会觉得"赫尔辛基"像我一样可憎了。

瓦丽雅①在哪儿?她怎么样?

等到本地的摄影师给我照了相,我就把我的照片寄给您。在这儿,人家常常给我照相,可是不给我照片。

您写道,您要到别尔季切夫②去。难道您要跟《信使报》编辑部里的一个什么人私奔吗?跟柯诺维采尔?真的吗?

丽卡,我在雅尔塔很烦闷无聊。我的生活度日如年。不要忘记我,至少偶尔写封信来。您在信里就像在生活里一样是个很有趣的女人。紧紧握您的手

您的安·契诃夫
一九〇〇年一月二十九日
于雅尔塔

如果您跟戈尔采夫和柯诺维采尔见到面,就请您问候他们。也请您务必问候奥尔迦·彼得罗芙娜③。

---

① 指俄国女歌唱家瓦·阿·艾别尔列。——俄文本注
② 乌克兰北部日托米尔州的一个小城。
③ 契诃夫家的熟人昆达索娃。——俄文本注

六六九

致米·巴·契诃夫[①]

亲爱的米谢尔,我来回答你的信。

(一)我生平一次也没有去过托尔若克[②],从来也没有从托尔若克给谁打过电报;我是在《海鸥》演出的第二天离开彼得堡,由苏沃林的仆人和波达片科送我走的。

(二)关于我把著作卖给马克思以及按什么条件卖的,苏沃林原是详细知道的。他听到直截了当向他提出的问题,愿不愿意买这些著作的时候,便回答说他没有钱,他的孩子们也不允许他买我的著作,而且任何人也不可能比马克思给得多[③]。

(三)预支两万,意味着用两万买去作品,因为这笔债我是无论如何也还不了的。

[①] 契诃夫的小弟米哈依尔·巴甫洛维奇在写给契诃夫的信上讲到他最近同阿·谢·苏沃林和安·伊·苏沃林娜夫妇见面,他们要求他给安·巴·契诃夫和苏沃林"调解",他们还表明了他们的伤心,因为契诃夫把他的著作卖给马克思而没有卖给苏沃林,等等。米·巴·契诃夫在信上引用了苏沃林讲契诃夫对他态度大变的话:"……我知道这是怎么发生的。安托沙(契诃夫)不肯原谅我的报纸的方向……我知道这一点。可是难道可以让我们的报纸这样大的事业里……只存在一个主脑……我记得,远在尼斯的时候,有一次我同安东·契诃夫在岸边或者似乎在一条什么……林荫道上散步,我问契诃夫:'为什么您不给《新时报》写东西?'契诃夫忽然眼睛一亮——只有他才能那样眼睛一亮,尖刻地说:'我们不要谈这些!'我记得很清楚……"米·巴·契诃夫在信上劝契诃夫"恢复对苏沃林的好感"。——俄文本注

[②] 米·巴·契诃夫在写给契诃夫的信上引用苏沃林的话说,苏沃林想起契诃夫的《海鸥》一剧在彼得堡的亚历山大剧院首次公演失败以后,契诃夫立刻离开彼得堡,然后苏沃林"突然接到契诃夫从托尔若克打来的电报"。——俄文本注

[③] 马克思给价七万五千卢布。

(四)等到同马克思谈妥,阿·谢就写信告诉我说,他对已经定局的这件事十分高兴,因为他以往出版的我的作品版本都不好。为此他心里一直过意不去。

(五)在尼斯根本没有谈过《新时报》的方向。

(六)我给你写信提到过的"关系"(关于这一点当然不应该同苏沃林夫妇说穿),是在阿·谢本人写信给我,说我们彼此之间在信上再也没有什么可写的时候才开始大变的。

(七)我的著作的全集曾经开始在印刷厂①排印,可是没有继续下去,因为他们老是遗失我的手稿,不答复我的信,这种粗枝大叶的工作态度弄得我灰心丧气;我有结核病,我必须考虑到不要让我的著作成为一大堆杂乱而不值钱的东西留给我的继承人。

(八)当然,我不应该在信上跟你谈这些,因为这些都太涉及个人,太乏味,可是既然人家迷了你的心窍,弄得你按另一种方式理解事情,那么没有法子,只好让你把这八项读一下,记在心里。讲到什么和解,那是根本说不上的,因为我和苏沃林并没有吵翻,我们又在通信了,仿佛没出什么事似的。安娜·伊凡诺芙娜是个可爱的女人,可是她很狡猾。我相信她的好感,不过我跟她谈话的时候,一分钟也没有忘记她的狡猾,阿·谢是个很善良的人,他在出版《新时报》。这些话是我单独对你一个人说的。

我们这儿一切顺利。母亲本来得了一点小病,可是现在没事了。你在莫斯科见到玛霞了吗?

《北方》报我收到了。新闻栏应当编得更丰富些。外省的通讯员很好,特别是从沃洛格达来的。

任尼雅怎么样?好,祝你健康,问候奥尔迦·盖尔马诺芙娜。

---

① 指苏沃林的出版社的印刷厂。

祝你们俩身体健康,万事如意。

你的安·契诃夫

一九〇〇年一月二十九日

于雅尔塔

六七〇

致达·利·谢普金娜-库彼尔尼克

亲爱的教母,我收到您的可爱的短信以后,说不出有多么高兴和感动。谢谢您,教母,多谢多谢! 莫斯科的人几乎完全不给我写信了,我简直断定隐士安东尼①被人忘掉了。

关于我自己我说些什么好呢? 我活着,基本上健康……您看,我弄了个墨点。我跟先前一样充满激情,可是我在克制它们,而且相当顺利。每逢魔鬼来引诱我,我就揪住它的尾巴,涂上松节油,它就逃之夭夭了。有一次魔鬼逃跑的时候,甚至用蹄子把窗上的玻璃踹碎了呢。

新闻一点也没有,一切照旧。祝您健康! 幸福,快活,亲爱的教母。向您深深鞠躬,叩头,吻您的小手。当您在家里顶礼膜拜,或者小声祷告,或者穿着宽松的外衣在街上行走的时候,请您为我祷告!

您因为我在莫斯科没有去看望您而生气。可是,我亲爱的教母,我在莫斯科谁家里也没有去过,因为一直在闹病。请您原谅,化愤怒为慈悲吧。《圣经》上写道:"太阳不会落到您的愤

---

① 指契诃夫本人。

怒上!"

> 世袭的名誉院士安·契诃夫
> 一九〇〇年一月三十日
> 于雅尔塔

六七一

致伊·列·列昂捷夫(谢格洛夫)

亲爱的让,我来答复您最近的这封信。斯坦尼斯拉夫斯基的姓名是康斯坦丁·谢尔盖耶维奇·阿历克塞耶夫,住在莫斯科红门附近,他自己的寓所里。除他以外,符·伊·涅米罗维奇-丹钦科(马车场,艺术剧院)也读剧本。到现在为止,他们似乎没有公演过独幕剧。要是剧本中他们的意,他们就会排演它。在他们的语言里"中意"的意思是适合于上演,在导演方面和其他舞台条件方面都会很有意思。您最好为这个不平凡的剧院写出一个四幕剧来,具有谢格洛夫的风格,富于真正的艺术性,类似《不可解的谜》①;其中没有新闻记者,没有高尚的老作家。亲爱的让,揭发、闹脾气、愤怒、所谓的"独立精神",也就是对自由主义者和新人的批判,完全不是您的本行。上帝赐给您一颗善良温柔的心,您要好好运用它,笔下留情,心情畅快,把您所遭受到的委屈抛到脑后。您说您是我的崇拜者。我呢,也是您的崇拜者,而且是最死心塌地的崇拜者,因为我了解您,了解您的才能是用什么材料做成的,谁也不能打消我的坚定信念,我相信您有真正的才能。然而您,由于种种这样而不是那样出现的情况,变得容易发怒,一头钻进琐屑的

---

① 伊·列·谢格洛夫的长篇小说,1887年在圣彼得堡出版。——俄文本注

小事,被这类琐事弄得疲惫不堪,疑神疑鬼,不相信自己了,因此经常想到疾病、贫困,想到养老金、魏恩贝格①。关于养老金,您还想得过早;至于魏恩贝格,如果他对您冷淡,那他在这方面是有某种权利或者根据的。您发表过抗议,揭发过文学戏剧委员会,②这件事当时给大家留下了深刻的印象,大概因为这种事是不合乎常情的。请您保持客观态度,用善良人的眼睛,也就是用您自己的眼睛看待一切,坐下来写写有关俄罗斯生活的中篇小说或者剧本,不是对俄罗斯生活的批评,而是对俄罗斯生活以至我们的整个生命的谢格洛夫式的讴歌;上帝只赐给我们一次生命,如果耗费在揭发〔……〕、狠毒的女人、委员会上,那么,说真的,那是划不来的。亲爱的让,要公正地对待自己,对待自己的才能,把您的大船放到汪洋大海里去,不要把它停在冯坦卡③。您要原谅那些得罪您的人,挥一挥手,然后,我再说一遍,坐下来写作。

请您原谅我用朝圣的女信徒的唱歌般的声调说话。不过我对您是诚恳的,把您看做我的同志;写一封短短的公函作为回信来搪塞一下,在我这方面至少也是不合时宜的。

要是今年春天命运驱使我同您见面,我会很高兴。拉乌尔④我很久没有见到了。我没有听到过他说任何人的坏话。

我的身体没有复原,然而还能活下去。我今年比去年好。我的母亲为您的问候衷心致谢,她也向您问好。

---

① 彼得·伊萨耶维奇·魏恩贝格(1830—1908),俄国文艺学家,诗人,翻译家,文学戏剧委员会主席。——俄文本注
② 指谢格洛夫的小品文《最后一段纪事(致文学委员会)》,发表在1897年12月10日《新时报》上。"最后一段纪事"是普希金的《鲍里斯·戈都诺夫》中的一句诗。参看第四八七封信。——俄文本注
③ 彼得堡的街名,谢格洛夫住在那里。
④ 亚历山大·阿历克塞耶维奇·拉乌尔(1854—1901),俄国顺势疗法医师,剧作家,新闻工作者。——俄文本注

向您的妻子致意,祝您健康,亲爱的让。紧紧握您的手。

您的安·契诃夫

一九〇〇年二月二日

于雅尔塔

六七二

致阿·马·彼希科夫(马·高尔基)

亲爱的阿历克塞·马克西莫维奇,谢谢您的来信以及关于托尔斯泰和我没看过演出的《万尼亚舅舅》的那几行①,总的来说谢谢您没有忘记我。在此地,在雅尔塔这块乐土,收不到信简直能叫人活活闷死。饱食终日、得过且过的冬季以及经常生活在零度以上的气温、有趣的女人的完全缺乏、常常出现在沿岸街上的那些猪嘴脸,这一切都能在最短时期内使一个人蜕化变质,精力衰退。我厌倦了,觉得这个冬季已经拖了十年之久。

您得了胸膜炎吗?既是这样,那您何必待在下诺夫哥罗德城?何必呢?顺便说一句,这个下诺夫哥罗德城对于您有什么需要呢?是什么焦油把您粘在这个城里呢?要是您像您在信上所说的那样喜欢莫斯科,那您何不住在莫斯科呢?莫斯科有剧院,等等,等等,主要的是从莫斯科便于出国,至于住在下诺夫哥罗德城,那您就会一直困这个城里,走不出瓦西里苏尔斯克②以外去。您得多看,多

---

① 1900年1月21日或22日高尔基在写给契诃夫的信上讲到他同托尔斯泰的相识,讲到他看过莫斯科艺术剧院演出的《万尼亚舅舅》后所得到的印象:"我不认为这个戏是空前绝后的杰作,然而我在其中看到的内容却比别人看到的多,那就是它的巨大的、象征性的内容;在形式上它是一个完全独创的作品,一个无可比拟的作品。"——俄文本注

② 俄罗斯高尔基州城镇。

了解,见闻得广博。您的想象力丰富,而且灵敏,可是它在您那儿却像一个没有加足木柴的大炉子。这是处处都能使人感觉到的,特别是在您的短篇小说里;在短篇小说里您描写两三个人物,可是这几个人物孤立地站在那儿,与人群隔绝;看得出来这些人物是生活在您的想象里的,然而只有人物,人群却没有刻画。我把您的克里米亚小说(例如《我的旅伴》)除外,在这类小说里除了人物之外,还可以感觉到人物从中走出来的那个人群、氛围、背景,总之应有尽有。您看,我对您唠叨了这么多的话,这都是为了劝您不要守在下诺夫哥罗德城。您是个年轻、结实、刻苦耐劳的人,要是我处在您的地位,我就会到印度去,到鬼才知道的什么地方去,我就会再读两次大学。我就会,我就会——您笑了,可是我一想到我已经四十岁,我得了气喘病以及种种妨碍我生活的乱七八糟的病,为此就觉得十分抱屈。不管怎样吧,希望您做一个好心的人,好心的朋友,不要因为我在信上像大司祭那样给了您一顿教训而生气。

请您给我写信。我在等候《福玛·高尔杰耶夫》,我至今还没有好好读它。

新闻一点也没有。祝您健康,紧紧握您的手。

您的安·契诃夫
一九〇〇年二月三日
于雅尔塔

六七三

致亚·斯·普鲁加文①

……讲到我过去的信,那么请您原谅,我反对您把它们发表出

---

① 亚历山大·斯捷潘诺维奇·普鲁加文(1850—1913),俄国政论家,宗教研究家。他写信给契诃夫,说他正在准备出版《饥馑的农民》一书,要求契诃夫准许他在这本书里发表契诃夫写给"救济歉收的萨马拉省农民的孩子的私人捐募委员会"的信(契诃夫曾为它募集捐款)。这封信的开头部分没有保存下来。——俄文本注

来。我向您大大地道谢,我十分明白这是怎么回事,而且高度评价您的意图和您对我的态度;我所以拒绝发表我的信,也只是出于所谓的心理原因。发表出来就会使我以后感到拘束,以后我写信的时候就不会再自由自在,因为我会老是感到我在为出版而写作。

请您允许我再一次向您道谢,祝您万事如意。主要的是祝您健康。

诚恳地尊敬您和忠实于您的

安·契诃夫

一九〇〇年二月五日

于雅尔塔

六七四

致符·亚·波谢

十分尊敬的符拉季米尔·亚历山德罗维奇,我不该看校样①,印刷厂没有按照校样改正。第二百零三页上原是"假日",应改为"最后荤食日"②,却照旧未改。在农村,谁也不知道假日也不过假日,因此对熟悉农村的人来说"假日"这两个字显得荒谬。在一百一十页上"白鲑"后面不知为什么加了一个逗号,在"歌手们"后面(ibid③)却没有加逗号,在"上帝仁慈"后面又加了逗号。"眼睛"校对员改了,他觉得不正确(第二百十六页),可是冈达烈夫应改为公托烈夫,却没有改。不必要的引号和冒号加得太多。我用分

---

① 指契诃夫的中篇小说《在峡谷里》,发表在1900年《生活》第1期上,发表前契诃夫读过校样,作过修改。——俄文本注

② 指斋戒期之前。

③ 拉丁语:同上页。——俄文本注

号的地方,他加冒号。第二百十九页上倒数第九行"拿去"后面没有破折号(——),等等,等等。

所有这些误刊,特别是"假日"和"崔布里亚金"(第二百三十一页下面)、"崔布尔金"(第二百三十三页从上数第八行),弄得我目瞪口呆,现在我都不能看我的这篇小说了。这样多的误刊,对于我还是一件空前的事,我觉得简直像是集排印疏漏之大成了——请您原谅我的这种气愤。

单行本我至今没有收到。

有一个包·拉扎烈甫斯基①,学法律的,已经出版过一本小说集,前几天他写信告诉我说他把一部中篇小说②寄给《生活》了,并且要求我在给您写信的时候提一句。

祝您健康,愿您万事如意。

忠实的安·契诃夫
一九〇〇年二月五日
于雅尔塔

六七五

致阿·谢·苏沃林

我为第四幕③绞尽脑汁,却什么也没想出来,也许只有一点,那就是不能用虚无主义者来结束这个戏。这样太火爆,太喧嚣,可是对您的剧本来说却更适宜于有一个平静的、抒情的、动人的结

---

① 包利斯·亚历山德罗维奇·拉扎烈甫斯基(1871—1919),俄国作家,在大学学的是法律。
② 《当家教》。——俄文本注
③ 指苏沃林新写成的剧本《问题》的原稿。参看第六六二封信。——俄文本注

293

局。您的女主人公一事无成,也没为自己解决什么问题而步入老年,看见自己被所有的人抛弃,变得不招人喜欢,也不为人需要,同时她又了解到她周围的人都是些游手好闲、一事无成、品行恶劣的人(她父亲也是这样的人),她明白自己已经错过了生活的机遇,这岂不比虚无主义者更可怕吗?

您那些关于《鲁萨尔卡①》和柯尔希的信②极好。格调高雅,文笔优美。然而关于柯诺瓦洛娃和陪审员,我觉得,不管这个题材多么诱人,您也不应当写③。让阿——特④去由着性儿写吧,可是您不能这样做,因为这不是您的本行。为了大胆而又有把握地讨论这一类问题,就必须成为一个直爽的人,可是您在半封信上前言不搭后语,像往常一样,突然谈起我们大家有时候也都想杀人,巴望我们的亲人死掉。如果一个儿媳妇被一个害病的婆婆,凶恶的老太婆折腾得厌烦之至,忍无可忍,那么她一想到老太婆很快就要死掉,心头就会轻松一些;然而这并不是巴望死亡,而是疲劳,脆弱,烦恼,渴望安宁。要是叫这个儿媳妇去杀死那个老太婆,那么,不管她心里怀着什么样的愿望,她也宁可杀死自己。

---

① 俄罗斯民间传说中河湖里以长发披散裸体女人形象出现的精灵。
② 1900 年 1 月 10 日、16 日、20 日和 2 月 7 日、11 日、12 日《新时报》上发表了苏沃林的一系列《短信》,他在这些文章里反驳 1897 年《俄国档案》(俄国历史杂志,1863 至 1917 年在莫斯科出版)上俄国工程师 Д. П. 祖耶夫发表的《普希金的〈鲁萨尔卡〉的结尾》的真实性,并且证明俄国语文学家费·叶·柯尔希在刊物上为这个"结尾"进行辩护时所提出的各种论据的错误(参看《科学院俄罗斯文学和语言学部通报》,1898 年第 3 卷第 3 部和第 4 卷,1809 年第 1 和第 2 卷以及费·叶·柯尔希的著作《论 Д. П. 祖耶夫写的关于亚·谢·普希金的〈鲁萨尔卡〉的结尾的真实性问题》,圣彼得堡,1898—1899)。——俄文本注
③ 指 1900 年 2 月 3 日苏沃林发表在《新时报》上的《短信》;这篇文章抨击陪审法庭宣告被指控杀害亲生儿子的柯诺瓦洛娃无罪。——俄文本注
④ 俄国新闻工作者、《新时报》撰稿人符拉季米尔·卡尔洛维奇·彼捷尔森的笔名;1900 年 1 月 26 日他在《新时报》上发表小品文《为人类害怕》,讲的也是上述的诉讼案。——俄文本注

是的，当然，陪审的人们也可能犯错误，可是这又怎么样呢？常常有这样的事：人们由于一时弄错而把饭食施舍给饱汉，却没有施舍给饿汉，然而在这个问题上不管您写多少，也还是什么道理都写不出来，反而会损害饿汉的。不管从我们的观点看来陪审员们犯了错误还是没犯错误，我们必须承认他们在每个案子里都是认真审判的，而且在这种时候他们的良心都是极其不安的；如果一条轮船的船长认真驾驶他的轮船，时时刻刻瞧着地图，瞧着罗盘，而如果这条轮船仍旧遇险了，那么不在船长方面寻找遇险的原因，而在其他方面，比方说在地图早已过时，或者海底发生变化这些方面去寻找原因，岂不更正确吗？要知道，对待陪审员必须考虑到三种情况：（一）除了现行的法律以外，除了法典和法律规定以外，还存在着道德的法律；在我们要按良心办事的时候，道德的法律总是走在现行法律的前面，支配我们的行动；例如，按照法律，女儿应得七分之一，可是您根据纯粹道德准则的要求而走在法律的前面，于是违背法律而在遗嘱里规定女儿应得的跟儿子一样多，因为您知道不这样做就是违背良心行事。陪审员也常遇到这种情形，在这种时候他们就意识到而且感觉到他们的良心不能为现行的法律所满足，在他们着手解决的诉讼案中有一些《惩治条例》里所没有涉及的细枝末节，那么为了正确地解决问题，显然还缺少一点东西，由于缺少这个"一点东西"他们就作出了有所缺欠的判决；（二）陪审员们明白宣判无罪并不是宽恕，而且宣告无罪释放并不能使被告免于受到另一个世界里的末日审判①，受到良心的审判，受到社会舆论的审判；他们解决问题纯粹着眼于那是一个法律上的问题；至于杀死孩子是好事还是坏事，那就让阿——特去解决吧；（三）被

---

① 又称"最后审判"，基督教的一种教义，该教称，耶稣将在"世界末日"对世人进行审判。

告出庭的时候已经被监狱和侦讯折磨得筋疲力尽,在法庭上还要处于痛苦的境地,因此就连被宣判无罪的人也不是不受制裁地走出法庭的。

事情也许是这样,也许不是这样,然而结果是这封信已经差不多写完了,而我实际上却什么也没写出来。

我们雅尔塔这儿已经是春天了,新闻和有趣的事一点也没有。我在此地的书店里买到列·托尔斯泰的《复活》的最新版本;不料这是托尔斯泰的出版物的纯粹的伪造品,克留金的杰作。我问道:这是从哪儿订购来的?回答说:从敖德萨的苏沃林书店订购来的。

福玛·涅维尔奈伊①是谁?向安娜·伊凡诺芙娜、娜斯嘉、包利亚致意,深深鞠躬。春天您到克里米亚来吗?从雅尔塔可以坐马车到费奥多西亚去,到修道院去。祝您健康,向您鞠躬。

您的安·契诃夫

一九〇〇年二月十二日

于雅尔塔

《复活》是一部出色的长篇小说。我很喜欢它,只是必须一口气,一次读完它。结局没有趣味,而且虚伪,在技巧意义上的虚伪。

六七六

致阿·马·彼希科夫(马·高尔基)

亲爱的阿历克塞·马克西莫维奇!您发表在《下诺夫哥罗德

---

① 俄国历史学家和经济学家 Г. А. 涅米罗夫在《新时报》上所用的笔名。——俄文本注

小报》上的小品文①对我来说是一种灵丹妙药。您多么有才能啊!我除了小说之类的散文以外什么也不会写;您呢,还能充分掌握新闻工作者的那种笔。我起先以为我喜欢这篇小品文是因为您夸奖了我,后来才知道原来斯烈津也好,他的家人也好,亚尔采夫②也好,都读得津津有味。那么您索性也写政论吧,愿上帝保佑您!

为什么他们不把《福玛·高尔杰耶夫》给我寄来呢?我只读过它的几个片断,可是这得一口气,一次看完才成,就像不久以前我读《复活》那样。除了涅赫柳多夫和卡秋莎的关系相当不明朗,出于捏造以外,这部长篇小说里的一切东西都使我惊叹,它说服力大,内容丰富,视角全面,而且描写了一个怕死却又不愿意承认、抓住《圣经》上的经文不放的人的虚伪。

请您写信要他们把《福玛》寄给我。

《二十六个和一个》③是一篇好的短篇小说,总的来说在《生活》这个业余水平的杂志上所发表的作品当中是最好的一篇。在这个短篇里让人看得到描写的地方,闻得到面包圈的气味。

《生活》登载了我的小说④,虽然我读过校样,却有许多粗率的误刊。在《生活》杂志上,不管契利科夫的外省小景也罢,图片《新年好!》也罢,古烈维奇的短篇小说也罢⑤,都惹得我生气。

刚才他们送来您的信。这么说您不愿意去印度?这可不必。一个人的过去有了印度,有了长久的海上生活,那么在失眠的时候

---

① 指1900年1月30日《下诺夫哥罗德小报》上发表的高尔基的论文《文学随笔。关于安·巴·契诃夫的新小说〈在峡谷里〉(《生活》杂志1月号)》。——俄文本注
② 格利果利·费多罗维奇·亚尔采夫(1858—1918),俄国画家。——俄文本注
③ 高尔基的短篇小说,发表在1899年《生活》杂志12月号上。——俄文本注
④ 参看第六七四封信。——俄文本注
⑤ 1900年《生活》杂志1月号上发表了俄国散文作家和剧作家叶·尼·契利科夫的《外省小景》,发表了一幅画,画着一个流浪汉,题词为《新年好!》,还发表了俄国女作家留·亚·古烈维奇的短篇小说《乘客》。——俄文本注

就有可以回忆的东西了。而且出国旅行占去的时间很少,它不可能妨碍您徒步漫游俄罗斯。

我烦闷无聊不是在 weltschmerz① 的意义上说,不是在生存的痛苦的意义上说的,而只不过是因为没有人,没有我所喜爱的音乐,没有雅尔塔所缺乏的女人。没有鱼子酱,没有酸白菜是乏味的。

非常令人惋惜,您看来已经改变主意,不到雅尔塔来了。可是莫斯科艺术剧院五月间要到此地来。他们演五场戏,然后留下来排戏。您还是来吧,在排戏的时候研究一下舞台条件,然后用五天到八天的时间写出一个剧本来,我会高兴地、满腔热忱地欢迎这个剧本。

是的,我现在有权利摆出架子来,我已经四十岁,不再是年轻人了。我本来是最年轻的小说家,可是您一出现,我马上就老气横秋,已经没有人再叫我最年轻的作家了。紧紧握您的手。祝您健康。

您的安·契诃夫
一九〇〇年二月十五日
于雅尔塔

刚才收到茹科夫斯基的小品文②。

---

① 德语:世界的悲哀。
② 1900 年 2 月 4 日《彼得堡新闻》上发表的俄国新闻工作者茹科夫斯基的论文《颓废的歌手》,署名"颓废派"。——俄文本注

六七七

致符·亚·波谢

十分尊敬的符拉季米尔·亚历山德罗维奇,《福玛·高尔杰耶夫》收到,而且是精装本,这真是珍贵而动人的礼物;我衷心向您道谢。道谢一千次!我只是读过《福玛》的几个片断,现在则可以好好读一遍了。高尔基的作品不能片断地、分成段落地发表;要么就是他该写得短一点,要么就是您得把它一次登完,如同《欧洲通报》①对包包雷金的作品一样。顺便要说到,《福玛》获得了成功,然而只是在足智多谋、博学多识的人那儿得到成功,在青年人那儿也是如此。我有一回在花园里偷听到一位太太(彼得堡人)同她的女儿谈话!母亲骂这本书,女儿称赞它。

我为那些误刊②并不是对您生气,而是对印刷厂生气。现在我心里轻松了,忘掉这件事了,不过当初支配我的与其说是愤怒,不如说是一种考虑:对印刷厂必须常常加以申斥。印刷厂和办公室是杂志的,也就是编辑部的永久的对头,因为在我们的文化落后的条件下,编辑部很难,而且几乎不可能在印刷厂或者办公室里安插自己的人。好人是很多的,然而办事认真、训练有素的人却少而又少。必须同误刊,同字体,等等,等等,进行斗争,要不然那些琐细的、没完没了的疏忽就会成为习惯,杂志就会经常带上某种所谓的业余水平的色彩。至于斗争,依我看,只有一种方法:经常指明已经发现的错误。

---

① 俄国资产阶级自由派文学与政治月刊,1866 至 1918 年在彼得堡出版。
② 参看第六七四封信。——俄文本注

在任何情况下您都不要太伤心,太损伤您的神经;恰恰相反,您应当自鸣得意才是,因为您的事业干得出色。《生活》是极受读者欢迎的。

唉,我还是老一套:请您给我至少寄五个单行本①来。我需要,首先是需要寄给马克思,其次是外国的翻译家。

稿费我收到了,谢谢。

好吧,您不要伤心了;请您原谅我用我那封信弄得您心绪恶劣。

以后我不再写那样的信了。祝您万事如意。

忠实的安·契诃夫
一九○○年二月二十五日
雅尔塔

六七八

致符·亚·波谢

十分尊敬的符拉季米尔·亚历山德罗维奇,高尔基通知我说他和您打算到雅尔塔来,你们什么时候来呢?高尔基反复无常,捉摸不定,他常常改变自己的决定。劳驾,请您写封信来,讲一讲你们是否真的要来,什么时候来,等等,等等。在复活节以前我会一直守在雅尔塔,不外出;复活节我也许到哈尔科夫去作短期逗留,然后又在雅尔塔住下。

有传言说,复活节莫斯科艺术剧院要到塞瓦斯托波尔和雅尔塔来演戏;如果是这样,你们就不会感到寂寞了。

---

① 指《生活》杂志已发表的契诃夫小说《在峡谷里》的单行本。

《福玛·高尔杰耶夫》写得单调乏味,好比一篇论文。所有的人物说起话来都是一个腔调;他们的思想方法也是一致的。所有的人都不是随随便便地讲话,而是先想好了才讲;他们似乎都有什么深藏不露的思想;他们没有把话全都说出来,仿佛知道些什么似的;但是他们什么也不知道,这只不过是他们的 façon de parler① 罢了:说是说的,然而偏不说完。

《福玛》里有些地方十分出色。高尔基会成为极伟大的作家,只要他不厌倦,不灰心,不偷懒。

祝您健康,顺遂。我等着关于您的光临的回音。

忠实的安·契诃夫
一九〇〇年二月二十九日
于雅尔塔

六七九

致阿·马·彼希科夫(马·高尔基)

亲爱的阿历克塞·马克西莫维奇,艺术剧院从四月十日到十五日要在塞瓦斯托波尔上演,从十六日到二十一日在雅尔塔上演。上演剧目有《万尼亚舅舅》《海鸥》、豪普特曼的《孤独的人》、易卜生的《海达·加布勒》②。请您一定要来。您得多多接近这个剧院,仔细观摩,以便写戏。如果您常去看排戏,您就会更加熟练。任何东西也不如排演时所发生的紊乱那样容易使人熟悉舞台条件。

---

① 法语:说话的方式。——俄文本注
② 挪威戏剧家、诗人易卜生(1828—1906)的戏剧。

雅尔塔有一种传说，似乎斯烈津收到了您的信，信上说您四月初来。真的吗？这个传说应当加以核实，可是到斯烈津家去却不行，因为外面正在下雨下雪，已经是第五天了。新闻一点也没有。祝您健康、幸福，您快一点写《农民》①吧。

紧紧握您的手。

您的安·契诃夫
一九〇〇年三月六日
于雅尔塔

艺术剧院是带着自己的布景道具来的。

六八〇

致阿·谢·苏沃林

对我来说没有一个冬天像这个冬天拖得这么久；它光是拖时间，却止步不前，现在我才明白我离开莫斯科是多么愚蠢。我不习惯住在北方，又没有在南方住惯，如今在我这个处境里除了出国以外我就什么也想不出来了。过了春天，在这儿，在雅尔塔，冬天就开始了；下雪，下雨，天冷，路泞，简直把人腻烦得要吐唾沫。

多马周②莫斯科艺术剧院要在雅尔塔演出，他们带来了自己的布景和道具。已经做了广告的所有四场戏的戏票，尽管票价大幅度提高，却仍旧在一天之内就卖光了。除了其他的剧目以外他们还要公演豪普特曼的《孤独的人》，依我看这是一个精彩的剧

---

① 高尔基的中篇小说《农民》发表在1900年《生活》杂志3月号和4月号上；这篇小说没有写完。——俄文本注
② 复活节后的第一个星期。

本。我虽然不喜欢这个剧本,却十分愉快地读过它,据说它在艺术剧院里演得很出色。

新闻一点也没有。不过有一件大事:谢尔盖延科的《苏格拉底》①在《田地》的增刊上登出来了。我在读它,可是十分费劲。这不是苏格拉底,而是一个吹毛求疵、有点迟钝、城府很深的人,他的全部智慧和兴趣只在于他专门在所有亲朋好友的嘴里抓语病。甚至让人感觉不到这个剧本有一点才气,不过这个剧本倒很可能获得成功,因为在这个剧本里可以碰到像"古希腊双耳罐"之类的词儿,卡尔波夫就说这个剧本适合于上演。

科学院的新闻。院长为柯尔希②的书和他的论战③很伤心。二月五日选出正式院士。孔达科夫教授被选进普希金部④里去了。那么,加上拉曼斯基⑤和柯尔希,总共就是三个。孔达科夫写信告诉我说:"这个部要到余下的三个席位都有了人选的时候才能作决议",他认为他本人是等不到那个"时候"了。关于孔达科夫的当选,并没有正式公布,显然他们是在隐瞒,免得刺激文学工作者先生们。

此地的肺结核病人何其多啊!多么贫穷,跟他们在一起多么让人心神不定啊!这儿的旅馆也罢,公寓也罢,一概不收重病人;您可知道,在此地会观察到一些什么样的怪事。人们由于身体虚弱,由于环境恶劣,由于完全无人照管而纷纷死亡,而这是发生在

---

① 苏格拉底(前469—前399),古希腊唯心主义哲学家。《苏格拉底》是彼·阿·谢尔盖延科的剧本,发表在1900年《田地》的《每月文学增刊》2月号和3月号上。——俄文本注
② 即俄国语文学家费·叶·柯尔希。
③ 参看第六七五封信和注。——俄文本注
④ 即以普希金命名的俄国科学院俄罗斯文学和语言学部。
⑤ 符拉季米尔·伊凡诺维奇·拉曼斯基(1833—1914),俄国科学院院士,彼得堡大学斯拉夫语文学教授。——俄文本注

塔夫里达①这个乐土。对太阳也好,对海洋也好,人就失去任何兴趣了。

向安娜·伊凡诺芙娜、娜斯嘉、包利亚问候。祝您健康,顺遂。

您的安·契诃夫

一九〇〇年三月十日

于雅尔塔

六八一

致奥·列·克尼碧尔

亲爱的、迷人的女演员,您好!您生活得怎样?您觉得身体如何?我在动身到雅尔塔来②之前身体已经很不好。在莫斯科我就头痛得厉害,发烧;说来不应该,我是一直瞒着您的,现在病好了。

列维丹怎么样?③ 情况不明使我痛苦至极。要是您听到什么消息,就写信告诉我,劳驾。

祝您健康,幸福。我得知玛霞要给您寄信,就赶紧写了这几行。

您的安·契诃夫

一九〇〇年五月二十日

于雅尔塔

---

① 克里米亚半岛归属俄国(1783年)后的称呼。
② 契诃夫5月17日离开莫斯科。——俄文本注
③ 俄国风景画家伊·伊·列维丹当时正患重病。——俄文本注

六八二

致彼·菲·亚库包维奇（美尔欣）

十分尊敬的彼得·菲里波维奇：

我自从认识尼·康·米哈依洛夫斯基以来一直对他怀着深深的敬意，而且在许多方面很感激他，然而我仍旧用了很长的时间准备给您回信。第一，在十月一日到十五日即您信上所说的至迟的交稿期限之前，我未必会写出什么新东西来，因为我忙，而且一般说来夏天我很难写出东西来。第二，在一九〇〇年内我收到为出版文集而发来的约稿信，这已经是第六次了，也就是有六个文集准备出版。……我觉得尼〔古拉〕·康〔斯坦丁诺维奇〕①是个太优秀、太著名的人，因此庆祝他的四十周年纪念活动不能光是筹备出版一本文集，一本书，即使这本书全是由论文，也许是精彩的、然而却属于偶尔写出的论文编纂而成，这本书也还是会不易销售，因为文集除极少数的例外一般说来都销售得糟而又糟。如果我在彼得堡，我就会极力向您灌输对文集和文选的不信任；目前我就是抱着这种不信任的态度，而这是发生在我为很多文集提供稿件之后，几乎有二十本，也就是在我的文学活动中每年摊到一本。我不知道，说不定我衰老了，或者厌倦了，不过话说回来，文集即使编得精彩，销售得快，我也认为是不够的。如果这件事由我做主，我就会公开征求一本论尼〔古拉〕·康〔斯坦丁诺维奇〕的活动的书，一本很好、很必要的书，而且不必匆忙出版，可以认认真真地编；我还会出版他的论文的索引以及评述他的论文的索引，刊登他的出色的照片。……

---

① 米哈依洛夫斯基的本名和父名。

不管怎样,我会把您指出的期限记在心里,如果我动笔写东西,我就一定通知您。目前请您允许我祝您万事如意,允许我成为诚恳而深刻地尊敬您的

安·契诃夫

一九〇〇年六月十四日

于雅尔塔

六八三

致安·伊·彼得罗甫斯基[1]

安德烈·伊凡诺维奇先生:您的短篇小说[2]很好,只是它冗长,因而有损于它的艺术上的优点;其中有许多不必要的细节,有些像"独特的"之类的说法,等等,等等。这个短篇的调子被男主人公和丈夫之间的厮打,一场完全不必要的厮打,以及火车出轨之类的描写所破坏;我觉得这像是安静的海洋的图景,在这个海洋上有两三个地方无缘无故冒起高浪,破坏了印象的庄重、完整、严肃。特别不合宜的是厮打,又粗暴又多余。然而我要重复一遍,我觉得这些话也许不对头。祝您万事如意。乐于效劳的

安·契诃夫

一九〇〇年六月十九日

于雅尔塔

---

[1] 俄国律师,新闻工作者。——俄文本注
[2] 安·伊·彼得罗甫斯基把他发表在《亚速海滨地区》报上的短篇小说中的一篇寄给契诃夫,请他评论。——俄文本注

六八四

致阿·马·彼希科夫(马·高尔基)

亲爱的阿历克塞·马克西莫维奇,今天我收到卡皮托丽娜·瓦列里安诺芙娜·纳扎利耶娃①的一封信(她是您的崇拜者,以"H.列文"为笔名在《交易所新闻》上发表作品)。她问起您在什么地方,她要您的照片,为的是登在叶罗尼木·亚辛斯基②的杂志《著作》③上。那就是说不是要我的照片,而是要您的。她的地址是彼得堡,纳杰日金斯卡亚街,十一号楼,十一号住宅。两个十一。瞧!

其次,我收到美尔欣的一封长信,回答我的拒绝④。这封信又长又缺乏说服力,可是我不知道该怎么办了,是再给他写一封信呢,还是不写。

好,您生活得怎样?我接到您的信是在您离开雅尔塔以后⑤不久,您那儿还一点新闻也没有,可是现在,我想,有一大堆各种各样极有趣的新闻了。到割草季节了吧?您写完剧本⑥了吗?您写吧,写吧,写吧,写得平凡而朴素,然后祝您得到盛赞!

请您照您答应的那样把这个剧本寄给我;我会读一遍,把我的

---

① 卡·瓦·纳扎利耶娃(1847—1900),俄国女作家。
② 叶罗尼木·叶罗尼莫维奇·亚辛斯基(1850—1930),俄国小说家,新闻工作者。用笔名"马克西姆·别林斯基"发表作品。
③ 即《著作月刊》,1900年3月起在彼得堡出版的一种文学杂志,由叶·亚辛斯基编辑。——俄文本注
④ 参看第六八二封信。——俄文本注
⑤ 高尔基是在6月中旬离开雅尔塔的。——俄文本注
⑥ 高尔基当时在写他的剧本《小市民》。——俄文本注

意见非常坦率地写给您,凡是对舞台不适宜的字句,我就用铅笔画出来。我一切都会做到,只是您务必要写,不要错过时间和兴致。

刚才有一位下诺夫哥罗德城的太太安娜·伊诺节木采娃①给我带来她的作品的第一卷(《著作集》第一卷),就走了,没有跟我见面。书上有照片。这本书是在下诺夫哥罗德城印的,所以我才说她是下诺夫哥罗德城的。

至于到您那儿去,唉!我不能去,因为我要到巴黎去,要到莫斯科去动手术(痔疮),要留在雅尔塔写东西,要到一个很远很远的地方去,而且去很久……在雅尔塔什么新闻也没有。天热,然而还不算太热。我家里的人都到古尔祖夫去了,我一个人住在雅尔塔。斯烈津身体健康,可是生过一场病,而且相当重。我们有两天很不安,想写信把安纳托里②从您那儿找回来,不过后来总算过去了,一切又都照旧。

请您给我来信写点什么,谈谈您生活、写作的近况。如果我日后不在雅尔塔,那么您的信,如同您的剧本一样,会给寄到我去的地方去的。关于这一点您不用担心,一切都会安然无恙。不过有一点是极为确切的:在八月五日到十日之前我会在家。

向叶卡捷琳娜·巴甫洛芙娜③致意,深深鞠躬;举起双手为您的马克西姆卡祝福,吻他。我们这儿一切顺利。我送您走的时候,有点不舒服,现在没事了。

好,祝您健康,幸福,愿上帝保佑您。

您的安·契诃夫
一九〇〇年七月七日
于雅尔塔

---

① 安娜·安德烈耶芙娜·伊诺节木采娃(1864—?),俄国女作家。
② 列·瓦·斯烈津的儿子,正在高尔基家里做客。——俄文本注
③ 即叶·巴·彼希科娃,马·高尔基的妻子。——俄文本注

六八五

致阿·马·彼希科夫(马·高尔基)

亲爱的阿历克塞·马克西莫维奇,您约我到中国去①,这使我十分惊讶。那么剧本②呢?剧本怎么办呢?莫非您已经写完了吗?不管怎样,到中国去已经迟了,因为,显然,战争已经进入尾声。再者我只能以医师的身份到那儿去。以军医的身份去。如果战争拖下去,我就去;目前呢,我正坐着不慌不忙地写东西。

我的信收到了吗?您给纳扎利耶娃回信了吗?

我这儿什么新闻也没有,只是天气又热又闷,几乎叫人受不了。

向叶卡捷琳娜·巴甫洛芙娜和马克西姆深深鞠躬,致意。祝您健康,幸福。

您的安·契诃夫
一九〇〇年七月十二日
于雅尔塔

六八六

致亚·列·维希涅甫斯基

我亲爱的同乡亚历山大·列昂尼多维奇,多谢您的来信以及

---

① 当时中国正发生义和团起义,高尔基打算以新闻记者的身份到中国来,并且约契诃夫同行。——俄文本注
② 指高尔基当时所写的剧本《小市民》。

总的说来,您的善良。大概我们很快就会见面,因为我东奔西跑,脑子里老是想着莫斯科,我该怎样动身。我烦闷到了可怕的程度,绝望的程度。

我在写剧本,已经写了很多,可是在我没去莫斯科之前,我不能评论它。也许我写出来的不是剧本,而是克里米亚的乏味的胡诌。它叫做《三姐妹》(这您已经知道),我为您准备了一个中学校长的角色,他是这些姐妹之一的丈夫。您要穿制服,脖子上套着一枚勋章。

如果这个剧本在这个季节不宜上演,那么在下个季节我会修改一下。

我嫉妒您,因为您常到我已经有六年没去的地方,也就是到澡堂去。如今我周身布满鱼鳞,长了满满一层,我不穿衣服走来走去,发出野性的呼喊声;小姐们怕我了。

据说您同拉①结婚了。是真的吗?要是真的,我就衷心庆贺您。她是个好演员。

我到莫斯科以后,请您容许我到您那儿去做客。我妹妹来信说您有一个很好的住宅;如果您真的满意,而且心情舒畅,那么我就十分高兴,而且嫉妒您。同乡,祝您健康,快活,精力充沛,工作出色而且心情愉快,不要忘记您的

安·契诃夫
一九〇〇年八月五日
于雅尔塔

---

① 即艺术剧院女演员叶甫根尼雅·米哈依洛芙娜·拉耶甫斯卡雅(耶路撒冷斯卡雅)。——俄文本注

六八七

致奥·列·克尼碧尔

我亲爱的奥丽雅,可爱的人,你好!今天我收到你的来信,你走后的第一封信,我读了一遍,然后再读一遍,现在呢,我就来给你写回信,我的女演员。我把你送走①以后,就坐车到基斯特的旅馆去,在那儿过了夜;第二天因为烦闷无聊,因为没事可做,就坐车到巴拉克拉娃那儿去。在那儿我一直躲着那位女主人,她认出了我,打算为我举行一个盛大的欢迎会;我在那儿过夜,早晨就坐塔威列号轮船到雅尔塔来了。轮船摇晃得要命。现在我坐在雅尔塔,寂寞,生气,苦恼。昨天阿历克塞耶夫②到我这儿来。我们谈到剧本③,我应许他了,同时约定至迟九月间写完剧本。你瞧,我多么聪明啊。

我老是觉得过一会儿房门就会被推开,你就会走进来。可是你不会走进来,目前你在梅尔兹利亚科夫小巷里排戏,离开雅尔塔和我远得很呢。

再见,愿上天的力量、保护天使保佑你。再见,好姑娘。

你的安·契诃夫

一九〇〇年八月九日

于雅尔塔

---

① 克尼碧尔8月5日离开雅尔塔,契诃夫一直把她送到塞瓦斯托波尔。——俄文本注
② 即康·谢·斯坦尼斯拉夫斯基。
③ 指契诃夫新写的剧本《三姐妹》。——俄文本注

六八八

致奥·列·克尼碧尔

我亲爱的,这是怎么回事?!你信上说至今你只收到过我的一封信,可是我每天,或者几乎每天在给你写信啊!这是什么意思?我的信从来也没有失落过。

昨天我到公园去,为的是散一散心,忽然间——啊,真可怕!——有一位白发苍苍的太太走到我跟前来,原来是叶卡捷琳娜·尼古拉耶芙娜①!她对我说了各式各样的废话,同时又向我暗示,只有一点钟到三点钟这段时间里才能在她家里遇到她。只有!她跟我分手以后过了一会儿,又走过来,说一点钟到三点钟可以在她家里遇到她。可怜的人,她生怕我去惹她厌烦呢。

剧本②的开头似乎不错,可是我对这个开头兴趣冷淡了,依我看它庸俗,于是现在我不知道该怎么办了。要知道剧本是应当一口气写下去,不能停顿的,可是今天早晨……这还是头一个早晨——只有我一个人,没有人来打搅我。好吧,不过,那也没关系。应当让萨沙舅舅③结婚了。

等我去了以后,我们再到彼得罗夫斯科-拉祖莫夫斯科耶去吗?只是要去就去一整天,就要有秋高气爽的好天气,而且你不能忧郁,不能时时刻刻唠叨说你要去排戏。

叶〔卡捷琳娜〕·尼〔古拉耶芙娜〕悄悄告诉我,说符〔拉季米

---

① 涅米罗维奇-丹钦科的妻子。
② 契诃夫新写的剧本《三姐妹》。——俄文本注
③ 即克尼碧尔的舅舅亚·伊·扎尔察。——俄文本注

尔〕·伊〔凡诺维奇〕①要到此地来住两个星期,为了工作。在这个月的月底。那我就到古尔祖夫去,免得打搅他。

雅尔塔已经是秋天了。好,我的小心肝,祝你健康,多来信,多来信,直到写厌了为止。再见,小母亲,我的天使,美丽的德国女郎。② 没有你,我寂寞得要命。

你的 Antonio

一九〇〇年八月二十日

于雅尔塔

六八九

致奥·列·克尼碧尔

我的小心肝,我的天使,我没有给你写信,可是你不要生气,宽容人类的弱点吧。我一直坐在这儿致力于我的剧本③,想得多,写得少,不过我仍旧觉得我在忙于做事,现在顾不上写信似的。我在写这个剧本,然而并没有赶着写,因此很可能还没有写完我就到莫斯科去了;剧本里人物很多,挤在一起,我生怕剧本会写得不明朗或者平淡无味,所以依我看最好还是把它拖到下一个季节去。顺便说一句,只有《伊凡诺夫》我才是一写完就马上交给柯尔希去排演的,其余的剧本都在我手边放很久,等着符拉季米尔·伊凡诺维奇来要,因此我就有时间对它进行种种的修改。

我这儿有客人:一个中学的女校长带着两个姑娘。我在断断续续地写。今天我送两个熟识的小姐上轮船,而且,唉! 见到了叶

---

① 即涅米罗维奇-丹钦科。
② 克尼碧尔的祖籍是德国。
③ 《三姐妹》。——俄文本注

卡捷琳娜·尼古拉耶芙娜,她动身到莫斯科去。她对我十分冷淡,像是秋天的一块墓石!我呢,恐怕也没有特别热情。

　　当然,我会打电报,你务必要来接我,务必!我坐特别快车,早晨到达。我一到,当天就坐下来工作。可是我该住在哪儿呢?小德米特罗夫卡①那边既没有桌子,也没有床,那就只好在旅馆里下榻了。在莫斯科我不会住很久的。

　　雅尔塔缺雨。树木干枯,青草已经焦黄;每天刮风。天冷了。

　　常给我写信吧,你的信每一次都使我高兴,使我情绪高涨,而我的情绪几乎每天都是又干又硬像克里米亚的土地一样。不要生我的气,我亲爱的。

　　客人们要走了,我去送她们。

你的 Antonio
一九〇〇年九月五日
于雅尔塔

六九〇

致薇·费·柯米萨尔热甫斯卡雅

　　亲爱的薇拉·费多罗芙娜,这些天来我一直身体不好,发烧,头痛得要裂开,心绪恶劣至极。我已经有六天没有走出家门,而且什么事也没做。剧本②早已写开了头,躺在桌子上,枉然等着我再在桌子旁边坐下,接着写下去。大概我不久就会重新动手写它,可是什么时候写完,怎样结尾,现在却无论如何也说不上来。不管怎

---

① 契诃夫的妹妹玛丽雅·巴甫洛芙娜的住处。——俄文本注
② 《三姐妹》。——俄文本注

样,这个剧本不适宜于纪念演出,您未必会愿意让它参加纪念演出。不过,关于这一点以后再谈吧,大概十月间我会写完这个剧本,到时候我会寄给您,由您处置好了。

等我能够走出家门,我就到照相馆去一趟,吩咐他们给您寄半打照片去。您呢,劳驾,也一个钟头都不耽搁,马上把您的照片寄给我,只是要在彼得堡拍的,不要别处的。此地的、在雅尔塔拍的照片我不喜欢。

您给玛丽雅·伊里尼希娜①写信的时候,请您对她说我向她深深鞠躬,等我从这半睡半醒的状态里清醒过来,我就一定会给她写信,一定会到伊兹别尔杰耶站去(那个火车站似乎就叫这个名字吧?)。在我看来,她是十分十分可爱的。现在我常常想起她捉老鼠的样子。

您写道,您搬到新住宅去了,同时您却没有告诉我您的新地址。这可不好,小姐。

十月一日我要出国(至少我是这样想),虽然我并不想望出国。那么,您不用担心这个剧本,我一写完就马上寄给您,连一天也不会耽搁。

祝您健康,幸福,愿上帝和天使保佑您。请您原谅,我没有给您打电报,因为反正没有剧本,反正这个剧本没有写好。

您的安·契诃夫
一九〇〇年九月十三日
于雅尔塔

雅尔塔的剧院被大火烧掉了。顺便说一句,它在此地是完全不必要的。

---

① 即玛·伊·齐洛契,薇·费·柯米萨尔热甫斯卡雅的女友。——俄文本注

六九一

致奥·列·克尼碧尔

你可知道,亲爱的?你演过戏的那个雅尔塔的剧院给烧掉了。那是在几天以前的夜里起火的,不过火灾的现场我没看见,因为我生病,不在城里。那么另外我们还有什么新闻吗?另外就没有了。

我从报上知道你们在九月二十日开始公演,而且似乎高尔基在写剧本。注意,务必要写信来讲一讲你们的《雪女》[①]演得怎样,高尔基的剧本如何,如果他真在写剧本的话。我觉得这个人非常非常可爱,凡是报纸上有关他的文章,哪怕是各式各样的废话,我看了也会高兴,会感兴趣。讲到我的剧本[②],那么早晚会写成,在九月,十月,或者甚至十一月;然而我是不是决心让它在这个季节上演,这却不得而知,我亲爱的女人。我所以不能下决心,是因为第一,这个剧本可能还没完全写好,那就让它在桌子上放一放再说;第二,我一定要看排演,一定!有四个重要的女角,四个有知识的年轻女人,尽管我尊重阿历克塞耶夫[③]的才具和理解力,却不能把她们交给他了事。我必须至少看一眼排演才成。

疾病作祟,现在我懒得动笔写剧本了。不过那也没关系。

昨天女校长走后,m-me 包涅[④]来了,在这儿吃的晚饭。

[①] 俄国剧作家亚历山大·尼古拉耶维奇·奥斯特洛夫斯基(1823—1886)的诗剧,准备在艺术剧院上演。——俄文本注
[②] 《三姐妹》。——俄文本注
[③] 即斯坦尼斯拉夫斯基。
[④] 即 madame,法语:夫人。索菲雅·巴甫洛芙娜·包涅,契诃夫在雅尔塔的熟人,参加安置到雅尔塔来的结核病人的工作;她来找契诃夫,要求合作。——俄文本注

再给我写一封有趣的信。再去一趟沃罗比约夫山,再写一封信来。你是我的乖孩子。只是要写得长一点,使得信封上非贴两张邮票不可。不过呢,你现在顾不上写信了;第一,工作很多;第二,你已经开始疏远我了。这不是实话吗?你冷淡得要命,不过这倒适合于女演员的身份呢。你不要生气,小心肝,我这是信口胡言,随意说说的。

没有雨,没有水,植物都枯死了。天气又暖和起来了。今天我多半会到城里去。你一句也没有提到你的健康状况。你觉得身体怎样?好吗?胖了还是瘦了?来信把一切都谈一谈吧。

热烈地吻你,直到昏厥,直到发疯。不要忘了你的

安

一九〇〇年九月十五日

于雅尔塔

六九二

致尤·奥·格林贝格

十分尊敬的尤里,奥西波维奇:

今天我寄出我通读过的第三卷①。我想,二十六个印张足够了,这本书足够厚了,跟上面的两卷相比甚至部头太大了。请您给这本书起名《随笔》。我还要重申一遍,给每一本书单独起名并不是一个好主意;由于它,这种主意,第三卷的销路会比第一卷和第二卷差得远,而第四卷,我觉得,会完全没销路。假如各卷都简单地叫做《故事集》,再标明第一卷、第二卷、第三卷等等,那就会多

---

① 指《契诃夫全集》的第3卷。

么好、多么庄重啊。

校样我每一次都仔细地通读过,可是您的印刷厂常常对我的修改十分冷淡,错误仍旧没有改正,至于为什么会这样,我就弄不懂了。例如在短篇小说《梦想》里,数字没有改正,而这样的错误屡见不鲜。

我就要出国了,不过在动身的前一个星期我会写信告诉您我到什么地方去。不管怎样,雅尔塔的邮局会知道我的国外的地址。

祝您万事如意,紧紧握您的手。

您的安·契诃夫
一九〇〇年九月二十四日
于雅尔塔

六九三

致奥·列·克尼碧尔

我亲爱的奥丽雅,今天我给你打了一个电报,说我大概在十月间到莫斯科去。倘使我去,那就是在十月十日或者十日左右,不会更早,我在莫斯科住上五天就出国去。不管怎样,关于我的到达日期我会打电报告诉你。我不知道十月四日以后有没有特别快车,你打听一下吧,免得白跑一趟火车站。

今天我看了头一批关于《雪女》的评论;作为娱乐来说,这个剧本只有开头使人喜欢,后来就使人厌烦了。我有这样的一个看法:你们的剧院必须专演现代的剧本,专演!你们必须处理现代的生活,也就是知识分子所过的那种生活,别的剧院却由于完全缺乏文化修养,部分地也由于缺乏才能而处理不了这种生活。

我什么人的信也收不到。涅米罗维奇仿佛生气了,这一段时间连一行文字也没写来。亲戚们也不来信。《孤独的人》演得怎么样？这个戏比《雪女》好。

好，祝你健康，幸福。啊，《三姐妹》里给你准备下一个什么样的角色！什么样的角色啊！① 要是你给我十个卢布，你就把这个角色拿去，要不然我就给别的女演员了。我在这个季节不把《三姐妹》拿出去，让这个剧本搁一下，出一出汗，或者像商人的妻子把馅饼端到桌子上来的时候所说的那样，让它透一透气。

新闻一点也没有。

完全属于你的 Antoine

一九〇〇年八月②二十八日

于雅尔塔

六九四

致奥·列·克尼碧尔

亲爱的，我十月二十三日傍晚五点三十分到达莫斯科，因为特别快车已经没有了。如果这天傍晚你演戏，那就不用来接我了。

雅尔塔的天气好得惊人，你在此地的时候一次也没有遇到过。百花齐放，绿树成荫，阳光像夏天那样明媚，和煦，天气不热。昨天和前天下了雨，倾盆大雨，今天太阳又出来了。你看，我过得多么好啊。关于剧本，你就不要问了，反正今年又不演它。

我将从莫斯科启程出国。你写到你怎样厌恶《雪女》，而且你问道："这你高兴了吧？"我有什么可高兴的呢？我写的是这个剧

---

① 《三姐妹》中的玛霞。——俄文本注
② 笔误，应是"9月"。

本不适合你们剧院演,演这类戏不是你们的事,即使这个戏取得巨大的成功,我也仍旧反对你们演它。你们的事是演《孤独的人》,即使它们,也就是《孤独的人》之类的戏,遭到失败,你们也应当坚持演下去。

祝你健康,心上人! 再见! 我又吃肉,开斋了。我的胃在提抗议,可是我仍旧顽强地吃它,我不认为这样做很好。

二十三日我要到剧院去,一定去。

你的 Antonio

一九〇〇年十月十四日

于雅尔塔

六九五

致阿·马·彼希科夫(马·高尔基)

亲爱的阿历克塞·马克西莫维奇,寄给您丹尼洛夫的书一本①。您看完以后请按下列地址寄出:"塔甘罗格,市立图书馆。"地址下面写上"安·契诃夫寄"。

好,我的先生,本月二十一日我就要到莫斯科去,然后从那儿启程出国。您可知道,我写了一个剧本。然而,由于它现在不上演,而要推迟到下一个季节去,我就没有把它誊清。让它就这样放一放吧。《三姐妹》难写极了。这是因为里面有三个女主人公,各人应当有各人的样子,而这三个人又都是一个将军的女儿! 情节

---

① 指 И. А. 丹尼洛夫的小说集《避风港》,丹尼洛夫是俄国女作家福利别斯的笔名。1900 年 9 月 28 日契诃夫在写给高尔基的信上推荐这本书说:"《避风港》是一个隽永的作品。只是不应当用日记的体裁写。它给人留下深刻的印象。"——俄文本注

发生在像彼尔姆之类的外省小城里,身份是军人,炮兵。

雅尔塔天气美妙,空气清新,我的身体复原了。我甚至不想离开这儿到莫斯科去,工作是那么顺手,肛门不感到发痒①是那么愉快,而整个夏天都是发痒的。我甚至不咳嗽,甚至已经吃肉了。我独自一人生活着,完完全全一个人。我母亲在莫斯科。

谢谢您的来信,好朋友,多谢多谢。我把您的信读了两遍。向您的妻子和马克西姆卡鞠躬,衷心问候他们。那么,我们在莫斯科再见。我希望您不骗我,我们会见到面。

愿上帝保佑您!

您的安·契诃夫

一九〇〇年十月十六日

于雅尔塔

六九六

致列·瓦·斯烈津

亲爱的列昂尼德·瓦连契诺维奇,寄给您女医士美德威德金娜的 curriculum vitae② 一份,她希望在雅尔塔或者南方海岸的某个地方找到一个工作。请您把这张纸转交亚·尼·阿列克辛③。

我在莫斯科,而且不知道什么时候才能离开这里。天气相当不错,严寒来了,然而不低于零下三度,没有风。高尔基在这儿。我和他几乎每天都到艺术剧院去,而且不妨说,一去就出事,因为观众总是向我们欢呼,仿佛见了塞尔维亚的义勇军一样。明天我

---

① 契诃夫患有严重的痔疮。
② 拉丁语:履历。
③ 雅尔塔的医师。——俄文本注

们两个人要到瓦斯涅佐夫那儿去。等等,等等;一句话,我还没坐下来工作,至于什么时候坐下来,就不得而知了。

新闻一点也没有,也许只有一个。您已经知道大学生西纳尼①的情形,他前天下葬了。这个孩子死于忧郁症。

前天我到克尼碧尔家里去,在那儿见到娜杰日达·伊凡诺芙娜②。她身体健康,盼咐我问您好。

好,祝您健康,顺遂,愿天使保佑您。向您的全家人,向我极其喜爱的您那幢可爱的房子深深鞠躬和问候,我的地址是小德米特罗夫卡,谢希科夫寓所。拥抱您,热烈地吻您。

您的安·契诃夫

一九〇〇年十月③一日

于莫斯科

六九七

致薇·费·柯米萨尔热甫斯卡雅

亲爱的薇拉·费多罗芙娜,对您的来信我原打算口头向您答复,因为我非常巴望到彼得堡去,然而某些情况不允许我到那儿去,现在我只好写信了。《三姐妹》已经写好,可是它的前途,至少是最近的将来,对我来说还是个未知数。这个剧本写得乏味,拖拉,不当;我说不恰当是因为例如其中有四个女角色,剧本的情绪据说忧郁至极。

---

① 即阿布拉姆·伊萨科维奇·西纳尼,雅尔塔的书店老板伊·阿·西纳尼的儿子。——俄文本注
② 列·瓦·斯烈津的母亲。——俄文本注
③ 笔误,应是"11月"。

倘使我把它寄到亚历山大剧院去,你们那些演员就会非常非常不喜欢它。可是不管怎样,我还是会把它寄给您的。请您读一遍,决定一下今年夏天巡回演出的时候值不值得把它带去。现在艺术剧院正在朗诵它(只有一份稿子,没有多余的),然后我就把它拿回来,再誊清一遍,然后我们就排印若干份,我会把其中的一份赶紧寄给您。

可是,要是我能够脱身到彼得堡去,哪怕只待一天,那会多么好啊。在这儿,我好比在服苦役:白天,我从早到晚转动轮子,也就是东奔西跑去拜客;夜里,睡得像死人一样。我来到此地的时候十分健康,可是现在又咳嗽起来,发脾气,而且据说脸色发黄了。您生病,心绪不佳我很难过。我见到玛丽雅·伊里尼希娜了。她多半已经跟您在一起,您觉得畅快一点了,说不定您已经完全好了也未可知,而这正是我现在和将来发自最纯洁的内心的祝愿。总之,我的剧本正在艺术剧院里朗诵,以后我会誊清,随后就印出来,寄给您,最后这件事我要极力在十二月以前完成。这个剧本复杂得像长篇小说一样,而那情绪据说足以致人死命。

热烈地吻您的手——这一只和那一只,向您深深地鞠躬。愿天使保佑您。

衷心地忠实于您的安·契诃夫
一九〇〇年十一月十三日
于莫斯科

六九八

致奥·列·克尼碧尔

星期日。日期不记得了。

瞧，我到尼斯已经三天了，可是从你那儿连一行字也没有写来。这是怎么回事呢？请问，这该怎样理解呢？我亲爱的奥丽雅，不要偷懒，我的天使，多给你的老头子写信吧。这儿，在尼斯，好得很，天气好得惊人。在雅尔塔住过以后，此地的风景和天气简直像是在天堂里一样了。我给自己买了一件薄大衣，招摇一番。昨天我把剧本①的第三幕寄到莫斯科去了，明天寄第四幕。在第三幕里我只是某些地方作了改动，而第四幕发生了根本的变化。我给你②添了许多话。（你应当说：我感激不尽……）为此你得写信告诉我排演的经过怎样，如此这般，样样都得写上。由于你不给我写信，那我也不想写了。算了！这是最后一封信了。

今天画家亚科比③到我这儿来了。前天我见到马克西姆·柯瓦列甫斯基④，莫斯科的名流，我接受他的邀请，待一会儿就要到他家里，到 Beaulieu 他的别墅里去吃饭。不久我就要到蒙特卡洛去玩轮盘赌。

给我写信吧，亲爱的，不要偷懒。你那儿有一大堆我的信，而我这儿却一封也没有。我干了什么事惹得你这么生气啊？

玛霞走了吗？⑤

你把我的地址告诉维希涅甫斯基，如果他愿意知道的话：9 rue Gounod, Nice（或者 Pension Russe, Nice）。

这儿的伙食极丰富。吃过饭后必须打个盹儿，什么事也不做，而这是不好的。应当改变生活习惯，少吃一点。

我们这个 Pension 里的房客都是俄国人，同时又乏味得要命，

---

① 《三姐妹》。
② 克尼碧尔扮演《三姐妹》中的玛霞。
③ 瓦列里安·伊凡诺维奇·亚科比(1834—1902)，俄国画家。
④ 马·马·柯瓦列甫斯基原在莫斯科大学做教授，现在法国讲学。
⑤ 契诃夫的妹妹玛·巴·契诃娃打算同她的母亲一起到雅尔塔去。——俄文本注

要命。大部分是太太。

热烈地吻你,拥抱我的亲爱的女人。不要忘记我。每个星期至少想起我一次也好。再一次拥抱你,再一次。

你的 Antoine
一九〇〇年十二月十七日
于尼斯

你见到列夫·安东诺维奇①,就转告他说我现在不到非洲去,我要工作。你对他说我把埃及和阿尔及利亚留到明年再去了。

---

① 列·安·苏列尔席茨基(1872—1916),俄国文学工作者,画家。——俄文本注

一九〇一年

六九九

致康·谢·阿历克塞耶夫
（斯坦尼斯拉夫斯基）

十分尊敬的康斯坦丁·谢尔盖耶维奇，您的信在十二月二十三日以前寄出，我却直到昨天才收到。信封上没有写地址，从邮戳来看，信是十二月二十五日从莫斯科寄出的，因此这也就是回信迟延的原因了。

向您恭贺新禧，而且如果可以指望的话，也恭贺你们不久就要动工建造的新剧院①。祝您得到五个精彩的新剧本。讲到旧剧本《三姐妹》，在伯爵夫人的晚会上朗诵它是无论如何也不行的②。我恳求您看在造物主的分上在任何情况下都不要以任何形式朗诵它，否则您会惹得我十分伤心的。

第四幕③我早已在圣诞节以前寄给符拉季米尔·伊凡诺维奇了。我作了许多改动。您写道，在第三幕里娜达霞夜里巡查房子，

---

① 由俄国工程师谢赫捷尔设计而在莫斯科大卡美尔盖尔斯基巷建造的艺术剧院大厦（奥蒙剧院改建而成），于1902年开工。——俄文本注
② 康·谢·斯坦尼斯拉夫斯基在写给契诃夫的信上说，托尔斯泰夫人索·安·托尔斯泰娅（即契诃夫所说的伯爵夫人）要开一个慈善音乐会，要求斯坦尼斯拉夫斯基在这个会上朗诵列·尼·托尔斯泰刚写成的小说《谁对？》，并且"希望我朗诵《三姐妹》的一些场景"。斯坦尼斯拉夫斯基要求契诃夫不要允许朗诵这个剧本："您的剧本每经过一次排演，我就爱得越深，这个剧本极其完整，弄得我没法选出个别的场面来在音乐会的舞台上朗诵。"——俄文本注
③ 指《三姐妹》的修改稿。

吹灭火亮,在家具底下发现几个小偷。可是我觉得让她举着蜡烛,顺一条直线穿过舞台,不看任何人和任何东西,像麦克白斯夫人①一样,倒更好些。这样更简练,更恐怖。

给玛丽雅·彼得罗芙娜②拜年,向她热诚地问候,祝她万事如意,主要的是身体健康。

我由衷地感谢您的信,这封信使我高兴。紧紧握您的手。

您的安·契诃夫

一九〇一年一月二日

于尼斯

七〇〇

致奥·列·克尼碧尔

目前你在忧郁呢,我的心上人,还是高高兴兴?不要忧郁,小心肝,活下去,工作下去,而且常常给你的老头子安东尼写信吧。我已经很久没有收到你的信了,如果不把我今天收到的、你在十二月十二日写的信计算在内的话,在那封信上你描写我动身的时候你哭泣的情景。顺便说说,这是一封多么美妙的信啊!这不是你写的,想必是另外一个什么人受你的请托而写的。这封信好得惊人呢。

涅米罗维奇没到我这儿来。前天我给他打了一个电报,请他"seul"③到我这儿来,原因,或者用教会学校学生的说法,缘故就

---

① 莎士比亚悲剧《麦克白斯》里的人物。
② 即玛·彼·莉莉娜(阿历克塞耶娃),莫斯科艺术剧院的女演员,斯坦尼斯拉夫斯基的妻子。
③ 法语:一个人。——俄文本注

在于此了。另一方面我又需要跟他见一见面,谈一谈我收到的阿历克塞耶夫的信。今天我整天待在家里,跟昨天一样。我没有出去。理由是有一个地位很高的人请我吃饭,我说自己有病。我既没有礼服,也没有兴致。今天莫斯科人马克拉科夫①来找我。此外还有什么呢?什么也没有了。

你至少把《三姐妹》的一场排演情形描写一下吧。不需要增加点什么或者删去点什么吗?你演得好吗,我的心上人?啊,注意!无论在哪一幕里都不要露出悲伤的表情来。生气倒还可以,可就是不要悲悲切切。凡是内心早就怀着痛苦而又对这种痛苦习以为常的人,光是时常吹吹口哨,沉思默想。那么你在舞台上就常常在谈话当中沉思好了。明白吗?

当然,你是明白的,因为你聪明。我在信上向你拜过年吗?难道没拜过?吻你的两只手、所有的十个手指、你的额头,祝你又幸福又安宁,祝你的爱情多一些,能维持得久一些,比方说十五年。你觉得怎样,能有这样的爱情吗?我能办到,你就不行了。不管怎样,我了解你……

你的托托
一九〇一年一月二日
于尼斯

偶尔贴上两个戈比的邮票,给我寄一点儿报纸来(《俄罗斯新闻》除外)。

我收到基辅的索洛甫佐夫打来的贺电。

---

① 瓦西里·阿历克塞耶维奇·马克拉科夫(1870—),俄国律师,国家杜马议员。——俄文本注

七〇一

致亚·列·维希涅甫斯基

亲爱的亚历山大·列昂尼多维奇,9 rue Gounod 或者 Pension Russe 是完全一样的。向您恭贺新禧,祝您有更多的钱、名声和漂亮的未婚妻。您只在第一幕①里才穿燕尾服;关于饰带(黑色漆皮的皮带),您说得完全正确。至少在第四幕以前必须穿一九〇〇年以前时兴的那种制服。

有什么新消息吗?有什么好消息吗?此地非常暖和,完全是夏天了,不过二月间我大概就要回俄罗斯了。

祝您健康,幸福。愿您万事如意。

您的安·契诃夫

一九〇一年一月六日

于尼斯

七〇二

致奥·列·克尼碧尔

我亲爱的、伶俐的姑娘,我已经很久没有收到你的来信了;显然你对我不屑一顾了。顺便说一句,我已经收到过你寄来的两封信;特别保险的是那些写明我的全部地址的信,至于不写地址的

---

① 指《三姐妹》。维希涅甫斯基在这个戏里扮演中学教员库雷京。——俄文本注

信,就会大大迟延,误投到切尔特科夫①那儿去了;不过话说回来,我还是所有的信都收到了。

我的小心肝,在 Pension Russe 里我已经结束了我的观察,现在想搬到另一个旅馆里去,搬到一个也是人多热闹的旅馆里去了。我一搬去就立刻打电报给你。在此地,在 Pension Russe 里,我研究了基辅的教授②,于是又想写喜剧了!多么渺小的女人,唉,心上人,多么渺小啊!有一个女人拥有四十五张彩票,她因为没事可做而住在此地,光是吃啊喝啊,常到蒙特卡洛去,在那儿畏首畏尾地赌钱,不过到一月六日就不去了,因为第二天是节日!在此地,特别是在蒙特卡洛,糟蹋了多少俄国的钱!

我终于收到了玛霞的信。现在我要每三天给我的母亲写一封信了,免得她惦记我。昨天我写信给维希涅甫斯基,在信上称呼他亚历山大·列昂契耶维奇③,这儿有一个俄国医师④就叫这个名字,我写信的时候,他正巧到我这儿来了。

《三姐妹》进行得怎么样?没有一个人给我来信谈一谈这件事。你也不写信来,我为此要揍你一顿。涅米罗维奇到芒通去过,神气活现地住在 Hôtel Prince de Galles⑤ 里,神气活现地不理睬任何人,今天动身走了;他那聪明机智的太太留在此地。我很少同他们见面。

你不给我写信。要是你爱上了什么人,那就写信告诉我,免得

---

① 即符拉季米尔·格利果利耶维奇·切尔特科夫,"媒介"出版社的创办人,托尔斯泰主义者。他的姓在法语里容易同契诃夫相混。
② 俄罗斯公寓里当时住着基辅的两个教授,一个是历史学家米哈依尔·符列贡托维奇·符拉季米尔斯基-布丹诺夫,另一个是动物学家阿历克塞·阿历克塞耶维奇·柯罗特涅夫。——俄文本注
③ 应是亚历山大·列昂尼多维奇。
④ 亚·列·艾尔斯尼查。——俄文本注
⑤ 法语:威尔士亲王旅馆。

333

我冒昧地在心里吻你,甚至拥抱你,就像我现在正在这样做的一样。好,心上人,再见,再见!活下去,傻姑娘,指望上帝吧。不要多疑。

> 你的 Antoine
> 一九〇一年一月六日
> 于尼斯

七〇三

致姚·亚·季霍米罗夫①

十分尊敬的姚萨甫·亚历山德罗维奇,我刚才收到您的信,您让我很高兴,我要大大地感谢您。现在来回答您的问题:(一)伊莉娜②不知道土句巴赫③去决斗,不过猜到昨天发生了一件蹊跷的事,并且这件事可能有重大的而又很坏的结局。当一个女人猜出什么事来的时候,她总是说:"我早就知道,我早就知道。"

(二)切布狄金④只唱了几句歌词:"您愿不愿意收下这颗枣……"这是从一个小歌剧里摘出来的几句歌词,那个小歌剧从前在隐庐饭店里上演过。它的名字我记不得了,如果您乐意的话,不妨向建筑师谢赫捷尔打听一下(他住在叶尔莫莱教堂附近他自己的寓所里)。切布狄金不应当再唱别的,否则他下场的时间就拖长了。

---

① 莫斯科艺术剧院的演员。——俄文本注
② 契诃夫的剧本《三姐妹》中的妹妹。
③ 《三姐妹》中的男爵,中尉。
④ 《三姐妹》中的军医官。

(三)的确,索列内依①认为自己像莱蒙托夫;可是他当然不像,甚至这样想都是可笑的……应当把他打扮得像莱蒙托夫。他跟莱蒙托夫极其相像,然而这只是索列内依个人的看法。

请您原谅,不知我回答得是否合适,您是否满意……我的生活里什么新鲜事也没有,一切照旧。我回去大概会比我打算的早,很可能三月间我就已经在家了,也就是在雅尔塔了。

关于剧本谁也没有给我写过任何消息。符拉季米尔·伊凡诺维奇在此地的时候,闭口不谈;我觉得这个剧本已经惹得大家讨厌,不会获得成功了。多谢您,您的来信把我心里的忧郁略微打消了一点。祝您健康,问候您的妹妹②。愿您健康,万事如意。

您的安·契诃夫
一九〇一年一月十四日
于尼斯

七〇四

致康·谢·阿历克塞耶夫
(斯坦尼斯拉夫斯基)

十分尊敬的康斯坦丁·谢尔盖耶维奇,多谢您的来信。当然,您说得完全正确:土旬巴赫的尸首完全不应该搬上台来,这在我写剧本的时候,我自己就感觉到了,而且我跟您说到过这一点,如果您还记得的话。至于结尾使人联想到《万尼亚舅舅》,这个问题倒

---

① 《三姐妹》中的上尉。
② 指亚历山德拉·亚历山德罗芙娜·季霍米罗娃,她在莫斯科艺术剧院的办公室里工作。——俄文本注

不大。《万尼亚舅舅》本来就是我的剧本,而不是别人的,那么你在自己的作品里使人想到你的时候,人家就会说这是理应如此的。"您愿不愿意收下这颗枣"这句话,切布狄金不是说而是唱。这是从一个小歌剧里摘出来的,至于究竟是哪个小歌剧,我怎么也想不起来了。可以向建筑师弗·奥·谢赫捷尔打听一下,他住在花园街叶尔莫莱教堂附近他自己的寓所里。

多谢您写信来。向玛丽雅·彼得罗芙娜和所有演员深深鞠躬,祝他们万事如意。祝您健康,顺遂。

您的安·契诃夫
一九〇一年一月十五日
于尼斯

七〇五

致米·亚·奇列诺夫[1]

亲爱的米哈依尔·亚历山德罗维奇,我对您的信寄上一个简短的答复。有一位瓦西里耶娃女士捐了钱,或者暂时说得准确点,准备捐钱。这是一位二十岁到二十二岁的小姐。我给她念了一段您的信,也就是讲皮肤病的那一段,至于有关梅毒的那一段,我就没有提。我觉得需要开办一个专治皮肤病的医院,只是抱着学术研究的目的;至于治疗梅毒的医院,市里早晚会开办的,或者可以另找一个捐款人。您看如何?捐款的数字有十二万,也可能是十三万,这要看在敖德萨的房子卖掉多少钱。今天我要到瓦西里耶娃女士家里去,同她谈一谈,大概再过一个月问题就会彻底解

---

[1] 俄国皮肤病医师,莫斯科大学教授。——俄文本注

决,那就是说您要有一个新的医院了。

从您信上的口气来判断,您认为我自己准备拿出钱来捐助……唉!我连二十分之一都无力捐助;我已经囊空如洗了。

不过目前要请您保守秘密,以后也不要对任何人谈起我干预过莫斯科医疗工作的未来。

我的电报地址是 Nice,9 Gounod,Tchechoff。在法国,人们不懂 Anton Pavlovitch 是什么意思,所以请您不要写这些字。

祝您健康,紧紧握您的手。不久我还要给您写信。

忠实的安·契诃夫
一九〇一年一月十九日
于尼斯

您还没结婚吗?

七〇六

致奥·列·克尼碧尔

亲爱的女演员,我的灵魂的榨取者,为什么你给我打电报来?打电报应当说你自己的事,而不应当说一件那么无聊的事①。那么,《三姐妹》怎么样了②?从你们写的信来看,你们都在胡说八道。第三幕里有喧闹声……为什么要有喧闹声?喧闹声只是在远处,在舞台后面,而且是沉闷的喧闹声,隐隐约约,而这里,在舞台上,大家都疲劳,几乎睡着了……要是你们破坏了第三幕,这个剧

---

① 克尼碧尔因为担心契诃夫的身体而给他打了一个电报。——俄文本注
② 当时莫斯科艺术剧院正在排演《三姐妹》。——俄文本注

本就失败了，我到了老年倒要给人喝倒彩了。阿历克塞耶夫在自己的信上很称赞你，维希涅甫斯基也是这样。我虽然没有看到排演，可是也称赞你。韦尔希宁①嘴里说"特拉姆-达姆-达姆"是作为发问，你呢，也这样说，算是回答，而且你觉得这玩意儿十分新奇，因此你一边说"特拉姆"，一边嗤笑……你一说"特拉姆-达姆"就笑，然而声音不大，只是随意那么一笑，声音小到刚刚能让人听见。在这出戏里你不要做出《万尼亚舅舅》里的那种表情，而要显得年轻一点儿，活泼一点儿。你要记住，你爱笑，爱生气。是啊，我也指望着你，我的心上人；你是个好演员。

我当时就说过，抬着土旬巴赫的尸首穿过你们的舞台是不合适的，可是阿历克塞耶夫却说不抬尸首无论如何也不行。我已经写信给他说不要抬尸首，不知道他接到我的信没有。

要是这个剧遭到失败，那我就到蒙特卡洛去，输它个精光。

我已经想离开尼斯，打算走掉了。可是到哪儿去呢？目前到非洲去是不行的，因为海上浪大，而我又不想到雅尔塔去。不管怎样，二月间大概我会在雅尔塔，四月间在莫斯科，在自己心爱的人那里。然后我们就一块儿从莫斯科到一个别的地方去。

我这儿简直一点新闻也没有。祝你健康，我的心上人，绝望的女演员；不要忘记我，要爱我，哪怕爱一点点，只有一丁点儿也好。

我吻你，拥抱你。祝你幸福。四百卢布确实少了一点，你应当得到的比这多得多。

好，祝你健康。

你的老头子安东尼
一九〇一年一月二十日
于尼斯

---

① 《三姐妹》中的中校，炮兵连长。

七〇七

致奥·列·克尼碧尔

我的小心肝,第三幕①里玛霞的忏悔根本不是忏悔,而只是坦率的谈话②,你可以兴奋,可是不要绝望,不要喊叫,有的时候甚至不妨笑一笑;你主要就照这样演,为的是让人感到夜晚的疲劳。为了要让人家觉得你比你的姐妹们聪明,至少你得认为你自己比她们聪明才行。关于"特拉姆-达姆-达姆",就按你的意思办。你是个有见识的人。

昨天我给你打了一个电报。你收到了吗?

当然,我在写作,可是一点儿兴致也没有。我觉得《三姐妹》好像已经把我累得筋疲力尽,或者就简直是厌恶写作,老了。我不知道。我很想一连五年不写东西,旅行五年,然后回来,坐下写东西。那么,《三姐妹》这个季节不在莫斯科上演吗?你们让它在彼得堡首次公演吗?

顺便说一句,你要注意,你们在彼得堡是不会获得任何成功的。当然,这是一件幸事,因为去过彼得堡以后你们就不会再出去旅行,而会待在莫斯科了。要知道,出去作巡回演出,这根本不是你们的事。在彼得堡会卖满座,可是成功是一丁点儿也谈不上的——请原谅我这么说。

---

① 指《三姐妹》。
② 奥·列·克尼碧尔在写给契诃夫的信上说:"同涅米罗维奇的争论点是第三幕,玛霞的忏悔。我想把第三幕演得兴奋、冲动,那么这场忏悔就富于感染力,富于戏剧性,也就是笼罩在周围的黑暗对爱情的幸福占了上风,可是涅米罗维奇要我演出这种爱情的幸福。……"——俄文本注

祝你健康,亲爱的夫人。

热爱你的科学院院士托托
星期日①
于尼斯

七〇八

致奥·列·克尼碧尔

我的心上人,卓越的女性,我一直没到阿尔及利亚去,因为海上浪大,我的同伴们都不肯去。结果,我就不理他们,独自到雅尔塔去了。顺便提到,据来信说,那边天气很好,而且再顺便提一句,现在我的母亲一个人住在那边。

寄给你一张我的照片。

我收到玛·费·热里亚布日斯卡雅②的来信,她为花向我道谢,可是我没寄花给她。我从你这儿得到消息,说是在第三幕里你们搀着伊莉娜走路……为什么要这样?难道你情愿这样做吗?你不应该离开长沙发。而且难道伊莉娜自己不能走路吗?这是什么新花招?上校③写给我一封长信,抱怨费多契克④、罗代⑤、索列内依;他抱怨韦尔希宁,说他道德败坏;上帝饶恕,他引诱别人的妻子走上了歧途啊!不过,我认为这位上校把我托他办的事办到了,也就是使军人穿戴得像个军人。顺便说一句,他很称赞三个姐妹和

---

① 即1901年1月21日。
② 即玛丽雅·费多罗芙娜·安德烈耶娃,莫斯科艺术剧院的女演员。参看第七一〇封信。——俄文本注
③ 即维克托·亚历山德罗维奇·彼得罗夫。他应契诃夫的请求在莫斯科艺术剧院排演《三姐妹》时担任顾问。——俄文本注
④⑤ 均是《三姐妹》中的少尉。

娜达霞①。他也称赞土旬巴赫。

　　热烈地吻你,热烈地拥抱你。人家来叫我去吃饭了。领事来了,劝我不要去阿尔及利亚。他说目前正是密史脱拉风②季节。我十分健康,不咳嗽,可是寂寞得很。我感到寂寞是因为没有莫斯科,没有你,你这条小狗。

　　好吧,我吻你。

修士司祭③安东尼
一九〇一年一月二十四日
于尼斯

七〇九

致亚·列·维希涅甫斯基

　　亲爱的亚历山大·列昂尼多维奇,"生活里的一切主要东西,就是它的形式"这句话的前面,请您加上几个字:④"我们的校长说。"

　　所有的人都得到了好评,您的表演甚至让观众入了迷。您近况如何?有什么新闻吗?握您的手。

您的安·契诃夫
星期四⑤
于尼斯

---

① 《三姐妹》中的母亲。
② 法国南部沿着下罗讷河从北向南吹的一种干冷强风。冬季和春季风力最强并最多见。
③ 契诃夫对自己的戏称。
④ 这是《三姐妹》第三幕里库雷京的一句台词;维希涅甫斯基扮演中学教员库雷京。——俄文本注
⑤ 1901年1月25日。

七一〇

致玛·费·安德烈耶娃①

亲爱的玛丽雅·费多罗芙娜,我没有寄花给您,不过,劳驾,就算我寄给您好了,要不然我的困窘和伤心就无边无际了。您的信给我带来的欢乐是我无法向您表达的。多谢您,非常感谢您,现在请您把我算作您的无力偿还的债务人吧。

您写道,我在最近这次去莫斯科期间惹得您伤心,似乎我怕跟您坦率地谈《三姐妹》,等等,等等。愿上帝饶恕吧!我并不怕坦率地谈话,我怕的是搅扰您,故意极力沉默,尽量抑制自己,这正是为了不妨碍您的工作。如果我待在莫斯科,那么我也许一直要到第十次排演之后才会提出我的看法,而且即使到那时候也只是就一些小节提意见。据莫斯科的来信说,您在《三姐妹》里演得很出色,您演得简直好极了,我高兴,非常非常高兴,愿上帝保佑您健康!一言以蔽之,您把我算作您的债务人吧。

今天我动身到阿尔及利亚去②,在那儿住两个星期,然后回俄国。讲到你们要在彼得堡上演,我很惋惜,因为我不喜欢彼得堡,对它的鉴赏力估价不高。向安德烈·阿历克塞耶维奇③深深鞠

---

① 在《三姐妹》中扮演伊莉娜一角。——俄文本注
② 这次旅行没有成功。契诃夫同马·马·柯瓦列甫斯基和阿·阿·柯罗特涅夫一起到意大利旅行去了。——俄文本注
③ 安德烈耶娃的丈夫热里亚布日斯基。——俄文本注

躬,致意;也问候孩子们。祝您健康,愿天使保佑您。

忠实的安·契诃夫
一九〇一年一月二十六日
于尼斯

七一一

致奥·列·克尼碧尔

我亲爱的心上人,我仍旧在罗马。我离开这儿要到那不勒斯去,从那不勒斯再到科孚岛①去,只要经过探听证明在君士坦丁堡没有鼠疫的话;如果情形恰恰相反,我就取道维也纳回俄国去。

这儿不好写字,光线很差,有一个大阴影落在纸上。昨天我收到从那不勒斯转来的涅米罗维奇的电报②,通知我说《三姐妹》上演了。按他的说法,女角演得精彩。现在我就等你的信了。

今天我收到列夫·安东诺维奇③从里昂寄来的信,还收到米罗留包夫从 Nervi④ 打来的电报。今天我同一家俄国人和两位小姐一块儿去参观古罗马。莫杰斯托夫⑤教授进行讲解,那两位小

---

① 由伊奥尼亚海中岛屿与毗邻小岛组成,希腊领土,以风景秀丽著称,为冬季疗养地。
② 这是涅米罗维奇-丹钦科关于《三姐妹》首次公演而在1901年2月2日打给契诃夫的第二个电报:"第一幕演完,观众屡屡喝彩,热情洋溢,有十次之多。第二幕显得太长。第三幕获得巨大成功。演完以后喝彩变成了真正的欢呼。观众要求打电报给你。演员们的表演好得出奇,特别是女演员。整个剧团向你致意。涅米罗维奇-丹钦科。"他打的第一个电报是在前一天打到阿尔及利亚去的,后来转到雅尔塔的契诃夫家里。——俄文本注
③ 即苏列尔席茨基。
④ 意大利语:内尔维(意大利气候疗养地,位于利古里亚海岸,热那亚东郊区)。
⑤ 即瓦西里·伊凡诺维奇·莫杰斯托夫(1839—1907),罗马语文学家,历史学家。

姐很可爱。我给玛霞买了一把阳伞,可是似乎不好。我买了头巾,然而也不怎么样。罗马毕竟不是巴黎。

这儿天气冷。明天我到那不勒斯去,在那儿住五天或者四天。你那些信从尼斯转到我这儿来了,我亲爱的姑娘,而且一封也没有遗失。那么,二月间我就回到雅尔塔了;我在那儿会写信,写很多信,直到跟你相见为止,然后我们一块儿到一个地方去。好不好?

热烈地吻你。祝你健康,不要忧郁。

你的安

Le 4 Fevral①,1901

于 Rome②

七一二

致奥·列·克尼碧尔

我亲爱的,再过两个钟头我就动身到北方,回俄国去了。这儿很冷,正在下雪,因此到那不勒斯去的兴致一点也没有了。那么,今后你就把写给我的信寄到雅尔塔去吧。

关于《三姐妹》上演的情形,你一封信也没有,而另一方面《新时报》上和电报上③说,你演得比所有的人都好,你特别出众。你给我详细地写一封信,寄到雅尔塔去,写吧,我的心上人,我恳求你。

写字真难,灯光糟透了。

---

① 意大利语:2月4日。
② 意大利语:罗马。
③ 1901年2月2日《新时报》上登载了莫斯科的电讯,报道艺术剧院首次公演《三姐妹》的情形。——俄文本注

好,拥抱你,热烈地吻你。不要忘记我。谁也没有像我这么爱你。

你的 Antonio
一九〇一年二月二十日(七日)
于 Rome

今后你写信到雅尔塔去吧。

七一三

致尼·巴·孔达科夫

十分尊敬的尼科季木·巴甫洛维奇,前天我回到雅尔塔,今天您的信来了,它在路上走了十五天。多谢您!在尼斯我收到您的一封信,为此也向您衷心地道谢,而且现在来道谢,因为,显然,我从尼斯寄出的回信您没有收到。

我从尼斯跑到意大利,到过佛罗伦萨,到过罗马,可是我不得不从各处逃跑,因为到处都冷得厉害,下雪,而且没有炉子。目前在雅尔塔我才感到暖和。

您问道:我有没有读过各处写的有关我的文章?没有,我在国外很少读俄国报纸;不过布烈宁的谩骂①我倒读了。我生平从没要求过任何人,也从没要求过任何人在报纸上为我说哪怕一句话,

---

① 指俄国反动批评家、小品文作家维克托·彼得罗维奇·布烈宁在 1901 年 2 月 9 日《新时报》上发表的关于俄国作家包包雷金的中篇小说《同学》的评论。布烈宁对这个中篇作出基本上否定的评价,同时又说他满意这篇小说中"对契诃夫先生的受到过多颂扬和称赞的《海鸥》一剧的较为公正的批评意见";布烈宁把"这类作品"的风行解释为契诃夫在出版界似乎做了"巧妙的广告"。——俄文本注

这一点布烈宁十分清楚,那么他有什么必要指责我为自己做广告,往我身上泼脏水,这就只有上帝才知道了。

我是同柯瓦列甫斯基一起到意大利去的,我们不止一次谈起您,而且他吩咐我问候您,关于他的教授职位①目前还不得而知,他光是快活地哈哈大笑;他六月间到美国去讲学,而且似乎已经收到一万法郎了。

您在信上表示同意说,您会写信告诉我艺术剧院的情形。谢谢您,我会焦急地等着。我觉得艺术剧院的演员们习惯于在莫斯科的小小的剧院里演戏,到了巴纳耶夫剧院②这个庞然大物里就会完全吓破了胆,台词声小到叫人听不见了。

再一次为您的信向您衷心地道谢,愿上帝保佑您的健康!请代我向您的全家问候,衷心地致意;祝您健康,顺遂。

诚恳地忠实于您的

安·契诃夫

一九〇一年二月二十日

于雅尔塔

七一四

致米·巴·契诃夫

亲爱的米谢尔,我已经从国外回来,现在能够答复你的信了。讲到你将要在彼得堡住下,这当然很好,不无小补,可是关于在苏沃林那儿工作,虽然我想了很久,却连一句明确的话也说不出来。

---

① 孔达科夫说,根据传言马·马·柯瓦列甫斯基将要重新得到批准可以在俄国教书。——俄文本注
② 彼得堡的一个剧院。莫斯科艺术剧院将到彼得堡去公演。——俄文本注

当然,我处在你的地位也会选中印刷厂里的工作,而不愿到报馆去工作。目前《新时报》声誉极坏,在那儿工作的纯粹是些饱足而满意的人(如果不把亚历山大①计算在内的话,他是什么也看不见的);苏沃林虚伪,非常虚伪,特别是在所谓的开诚相见的时候,也就是他可能讲得诚恳,然而谁也不能担保过半个钟头他做出来的事不是截然相反。不管怎样,这不是一件容易的事,上帝保佑,我的意见对你未必会有什么帮助。要是在苏沃林那儿工作,你就得天天记住:跟他分手并不是十分困难的,所以你得着手寻找公职,或者就去做律师②。

苏沃林那儿有好人,那就是狄钦金,至少他是个好人。至于他的儿子,我是说苏沃林的儿子③,却是在各方面都渺小的人,安娜·伊凡诺芙娜也变得浅薄了。娜斯嘉和包利亚看来是好人。柯洛木宁④人很好,可是不久以前他死了。

祝你健康,顺遂。给我写信讲一讲你那儿的情形。对奥尔迦·盖尔马诺芙娜和孩子们来说,住在彼得堡倒是比住在雅罗斯拉夫尔好。

你把详情写来,如果有这种详情的话。母亲身体健康。

你的安·契诃夫
一九〇一年二月二十二日
于雅尔塔

---

① 契诃夫的大哥亚·巴·契诃夫在《新时报》编辑部里担任秘书。
② 米·巴·契诃夫原在莫斯科大学法律系毕业。
③ 苏沃林的长子阿历克塞是《新时报》的实际主管人,次子米哈依尔掌管书报发行业务。
④ 苏沃林的妹夫。

七一五

致奥·列·克尼碧尔

亲爱的,今天已经是二月二十六日,可是你那儿一封信也没有来,没有来!这是什么缘故?是没有什么可写呢,还是彼得堡以及那儿的报纸把你惹火了,弄得你对我也不理睬了?算了,心上人,这都是废话。我只看《新时报》和《彼得堡报》,我并不生气,因为我早就知道会这样。对《新时报》我以往和现在都是除了卑鄙龌龊以外什么也不期待,而在《彼得堡报》上写文章的是库盖尔①,他绝不会原谅你,因为你扮演叶连娜·安德烈耶芙娜,而这是他的情妇,最缺乏才能的霍尔木斯卡雅②女士的角色。我接到波谢的电报③,说你们大家都闷闷不乐。不要理会,我的好姑娘,不要理会那些评论,不要忧郁。

受难周你是否跟玛霞一块儿到雅尔塔来,然后再一块儿回莫斯科?你意下如何?好好想一想吧,亲爱的。

我本来身体不好,咳嗽,等等,现在好多了,今天已经出去散步,到沿岸街去了。

二月二十八日《新时报》举行纪念会④。我担心人家会弄得苏沃林当众出丑。我倒不惋惜《新时报》,而是惋惜那些让人出丑

---

① 即亚历山大·拉斐洛维奇·库盖尔(1863—1928),俄国剧评家,用笔名 Homo novus 发表文章。——俄文本注
② 即季娜伊达·瓦西里耶芙娜·霍尔木斯卡雅,彼得堡的亚历山大剧院的女演员。
③ 符·亚·波谢在《生活》杂志编辑部人员同艺术剧院的演员们会面的时候给契诃夫打了一个电报。——俄文本注
④ 纪念苏沃林主编《新时报》二十五周年。——俄文本注

的人。

你还会很久不给我写信吗？一个月？一年？

热烈而又热烈地吻你,我的亲人。愿上帝祝福你。

你的安东尼

修士司祭

一九〇一年二月二十六日

于雅尔塔

七一六

致奥·列·克尼碧尔

我亲爱的,不要看报①,根本不要看,要不然你可就要完全憔悴了。往后这也是对你的一个教训:听老修士司祭的话吧。我不是早就说过,早就断定过在彼得堡会出问题,应当听我的话才是。不管怎样,你们剧团从此再也不会到彼得堡去了,这倒要谢天谢地了。

我个人是完全丢开剧院,从此再也不为剧院写作了。在德国可以为剧院写作,在瑞典也可以,甚至在西班牙也可以,可是在俄罗斯就不行,这儿的人不尊重戏剧作者,伸出脚来踹他们,对他们的成功或者失败都不谅解。你是生平第一次挨骂,所以你才这样敏感,不过时间一长也就过去了,会习惯的。然而我想象得到萨宁的心绪多么畅快,多么舒服②! 大概他把所有的评论都揣在口袋

---

① 克尼碧尔在信上说,她因为在契诃夫的《万尼亚舅舅》一剧中扮演叶连娜一角而在《俄罗斯》报上"挨了骂"。——俄文本注
② 莫斯科艺术剧院的演员亚·阿·萨宁在德国剧作家豪普特曼的《孤独的人》一剧中的表演在彼得堡各报上获得好评。——俄文本注

里,高高地、高高地扬起眉毛……

这儿的天气好极了,阳光充足,温暖宜人;杏树和扁桃树开花了。我到受难周会等你来,我的可怜的挨骂的女演员,我会等了又等,这一点你要记住。

从二月二十日起到二十八日我给你寄过五封信,打过三个电报;我要求你打电报给我,可是杳无音信。

我已经收到亚沃尔斯卡雅①打来的有关《万尼亚舅舅》的电报。

写信告诉我你们大家在彼得堡要住到哪一天。写信来,女演员。

我身体健康,这是真话。

拥抱你。

你的修士司祭
一九○一年三月一日
于雅尔塔

七一七

致尼·巴·孔达科夫

十分尊敬的尼科季木·巴甫洛维奇:

多承赠书②,谨向您致以万分的、衷心的谢意。我读得极有滋有味,极其愉快。除了别的原因以外,问题在于我的母亲,舒依斯基县人,五十年前在帕列赫和谢尔盖耶沃(离帕列赫三俄里远)住

---

① 即丽季雅·包利索芙娜·亚沃尔斯卡雅,俄国戏剧女演员。
② 孔达科夫的《俄国民间圣像绘画的目前状况》一书,1901年在彼得堡出版。——俄文本注

过,她的亲戚当中有画圣像的,那时候他们生活得很富裕;那些在谢尔盖耶沃的人住着两层楼而且带阁楼的大房子。我把您书中的内容告诉我的母亲,她就活跃起来,讲起帕列赫和谢尔盖耶沃,讲起那所当时就已经破旧了的房子。根据她至今保留着的印象,那时候的生活美好而富裕;那时候,她常常接到莫斯科和彼得堡的大教堂的订货。

是的,人民的力量是无比伟大和层出不穷的,可是靠这种力量不能起死回生。您把圣像绘画称为手艺,它也像手艺那样提供手工制品;它渐渐变为查科的工厂和包纳凯尔的工厂,如果您关闭这些工厂,就会出现新的工厂主,他们将用木板合法制造,可是霍路依和巴列赫再也不能复活。圣像绘画当它是艺术而不是手艺的时候是有生命力而且很持久的,那时候主持这个工作的是有才能的人;可是临到在俄国出现"绘画",开始训练画家,使他们置身于贵族社会的时候,就出现了瓦斯涅佐夫、伊凡诺夫①之类的人,在霍路依和巴列赫就只剩下一些画匠,圣像绘画就变成手艺了。

顺便说一句,农民的小木房里几乎一张圣像也没有;原有的那些旧圣像都给烧掉了,新的圣像完全是偶然绘成的,有的画在纸上,有的描在箔上。

我没有看过《亨舍尔》,也没有读过这个剧本②,因而完全不知道这是一个什么样的剧本。不过我喜欢豪普特曼,我认为他是一个大剧作家。再者,根据表演,而且仅仅是一幕的表演,是不能妄下断语的,如果表演的是罗克萨诺娃,那就更不用说了。

---

① 即亚历山大·安德烈耶维奇·伊凡诺夫(1806—1858),俄国画家。
② 孔达科夫在写给契诃夫的信上讲到德国剧作家豪普特曼的《车夫亨舍尔》的演出:"我看到的这种毫无才能的表演,以前我是见过的;可是如此厚颜无耻、平淡无味的剧本,老实说,我倒还没有见过。"他又说,第二幕一开演,他就离开了剧院。——俄文本注

这些天来我一直身体不好。我突然咳嗽起来,而且很久以来都没有咳得这么厉害过。

您那本关于圣像绘画的书写得感情热烈,有些地方甚至热情洋溢,所以读起来极其生动有趣。毫无疑义,圣像绘画(巴列赫和霍路依)已经消亡,或者快要灭种,如果有人能写出一部俄国圣像绘画史来,那该多好啊!要知道,为这个工作有可能要献出整个一生。

不过,我心里已经感觉到我惹得您厌烦了。公众是用哗笑声对待托尔斯泰被革除①这件事的。主教不该在他的呼吁书里插进一些斯拉夫语的文字。这是很不诚恳的,或者有不诚恳的味道。祝您健康,愿上帝保佑您,请您尽量不要忘记真诚地尊敬您并忠实于您的

安·契诃夫
一九〇一年三月二日
于雅尔塔

七一八

致符·亚·波谢

亲爱的符拉季米尔·亚历山大罗维奇,多谢您的电报②,而且总的来说,多谢您的惦记。请您原谅这种稍稍迟误的致谢,不过,用聪明人的话来说,晚做总比不做好。请您发一发善心,想到我是孤身一个人,想到我是在一片荒漠里;那么请您怜惜我,来信告诉

---

① 按照俄国正教院的裁决,俄国作家托尔斯泰被革除东正教教籍。——俄文本注
② 参看第七一五封信和注。——俄文本注

我,第一,文明世界里有些什么新闻;第二,高尔基目前在哪儿,给他写信要寄到哪儿去;第三,您是否打算到雅尔塔来休养一下。

短篇小说我一定寄上①。高尔基发表在一月号②上的《三人》③,就写作的笔调来说,我是非常喜欢的。那些姑娘不真实,那样的姑娘是没有的,那样的谈话也是绝对没有的,不过读起来仍旧愉快。他发表在十二月号上的那部分我不那么喜欢,它充满了紧张的气氛。高尔基不该带着那么严肃的脸色创造(他不是在写作,而确实是在创造),应当轻松一点,稍稍站得高一点。

总之,隐士在等待您的极其详细的信。您不要偷懒,劳驾。

我的咳嗽很凶,有五六天了,不过总的来说我的身体是好的,不该抱怨了。

祝您活泼、健康,请您不要忘记您的

安·契诃夫

一九〇一年三月三日

于雅尔塔

七一九

致米·巴·契诃夫

亲爱的米谢尔,我的伊凡诺夫④对医师李沃夫⑤所说的话,是一个筋疲力尽、萎靡不振的人说的;恰好相反,人经常应当即使不

---

① 指寄给《生活》杂志供发表。——俄文本注
② 指《生活》杂志1901年1月号。
③ 高尔基的长篇小说。
④⑤ 契诃夫剧本《伊凡诺夫》中的农务局常务委员和地方自治局青年医师。——俄文本注

是从自己的贝壳里爬出来,也要往外张望才行,人得一生一世心明眼亮,要不然就不成其为生活,而只是消磨时光了。除彼得堡生活,我是一点也不反对的,这是个好城,很容易让人住惯,就像在莫斯科一样;问题在于该到哪儿去工作。我在我那封信①里反对为苏沃林的报纸工作;在那儿只能发表小说,即使这样也得躲得离它远远的。至于在印刷厂里工作,那就是另一回事了;他的印刷厂是在各方面都很好的一个印刷厂。然而最好还是在彼得堡的某个机关里谋到一个什么职位,每天晚上干文学工作。克罗波托夫②粗暴,可是你要注意,苏沃林更加粗暴,仅仅在他手下工作比在切尔尼戈夫③或者博布鲁伊斯克④工作要糟得多。但愿能这样:午饭前在某个机关里就职,傍晚到他的印刷厂里去工作;要是能这样就好了。

我写这封信的时候不断受到打搅,人们纷纷来找我。问候奥尔迦·盖尔马诺芙娜和孩子们,代我祝她们万事如意。祝你健康;当然,一切都会如愿,一切都会顺利。

你的安·契诃夫
一九〇一年三月五日
于雅尔塔

要是你有空闲的时间,就给我写信,我会回信的。

---

① 即 1901 年 2 月 22 日契诃夫写给米·巴·契诃夫的信。
② 雅罗斯拉夫尔城的税务局局长,米·巴·契诃夫就在他手下工作。——俄文本注
③④ 俄国的两个小城,比米·巴·契诃夫所在的雅罗斯拉夫尔城小得多。

七二〇

致盖·米·契诃夫

亲爱的柔尔日,我们这儿的扁桃树和杏树早已开花了,天气暖和,晴朗,要不是近十天来咳嗽弄得我心神不宁,我原本会高高兴兴的。《三姐妹》获得了巨大的成功,不过一定得有三个优秀的年轻女演员,而男演员们得会穿军服。这个剧本不是为内地的剧院写的。①

新闻一点也没有,一切照旧。母亲身体健康,在持斋。那只仙鹤满院子走来走去,俨然是个主人。请来信告诉我市立图书馆在做些什么,读者的数量增加没有。

祝你健康。问候婶母、堂姐妹、沃洛嘉、伊莉努希卡②。紧紧握你的手。

你的安·契诃夫
一九〇一年三月八日
于雅尔塔

---

① 盖·米·契诃夫在写给契诃夫的信上说,他的故乡塔甘罗格将要上演《三姐妹》。——俄文本注
② 契诃夫家的保姆。

七二一

致包·康·扎依采夫①

平淡,枯燥,冗长,没有青春活力,然而妙笔生花。

契诃夫

一九〇一年三月九日

于雅尔塔

七二二

致伊·阿·布宁②

库尔斯克城,莫斯科街,伊萨科夫寓所,这就是索·巴·包涅的地址,亲爱的伊凡·阿历克塞耶维奇!我生活得不错,还可以,只是感到苍老。可是我又打算结婚。关于您,我们大家,您在雅尔塔的熟人们,常常极其愉快地回想起来,久久地惋惜您离开了我们。我收到了"蝎子"的校样③,可是那个校样乱七八糟,而且只贴一戈比的邮票,因此不得不付罚款;"蝎子"为它的书所做的广告④也是乱来,把我放在第一位,于是,我读完《俄罗斯新闻》上这个广告以后,就暗自发誓,从此再也不跟蝎子、鳄鱼、游

---

① 即包利斯·康斯坦丁诺维奇·扎依采夫(1881—1972),俄国作家。这是契诃夫的电报的手稿,评论扎依采夫的原稿《没有趣味的事》。——俄文本注
② 伊凡·阿历克塞耶维奇·布宁(1870—1953),俄国作家。——俄文本注
③ 俄国的蝎子出版社出版了《北方之花》文选,其中收入契诃夫的短篇小说《在黑夜》,是由他早年的短篇小说《在海上》改写而成的。——俄文本注
④ 载在1901年3月8日《俄罗斯新闻》上。——俄文本注

蛇打交道了。

我们什么时候见面呢？复活节后我大概会到莫斯科去小住几天，在"德累斯顿"①下榻。

紧紧握您的手，祝您万事如意。

衷心地忠实于您的安·契诃夫

一九〇一年三月十四日

于雅尔塔

七二三

致奥·列·克尼碧尔

这样说来，女演员，你过几天就要回莫斯科，那就是说我不必再写信到彼得堡去了。那么，你的莫斯科地址呢？照原来的地址寄去呢，还是等你写新地址来？

我们这儿的天气简直出色，惊人，像这样极其美妙的春天是多年来所没有的。我原可以好好欣赏一番，然而糟糕的是我孤身一个人，完全孤身一人！我只好待在书房里，或者到花园里去，仅此而已。

为什么你们停演《海达·加布勒》？你们预定在下一个季节演什么戏呢？你们最终决定造新剧院②了吗？小心肝，写得详细一点，周到一点，要知道你聪明，精干，有条理。

我这儿一切照旧，什么新闻也没有。不过昨天出乎意料地收

---

① 莫斯科的一个旅馆的名字。
② 参看第六九九封信的注。——俄文本注

到一千卢布的债款。我从彼得堡和莫斯科收到一些颇为不祥的信①,带着憎恶的心情读报纸②。

我可爱的女演员,你不要演《米夏埃·克拉默》③了,要不然整个五月和六月你就得为这个不值一提的角色困守在莫斯科了,再者这是一个令人乏味的角色。听我的话吧,我的好女人,要知道如果以后我们活着而且健康,你还来得及演一千个角色呢。啊,多么迷人的天气!温度计的水银柱猛升上去了。

好,心上人,我可爱的女演员,再见!热烈地吻你。写信来,不要丢开我。

你的**爷们**
一九〇一年三月十八日
于雅尔塔

七二四

致阿·马·彼希科夫(马·高尔基)

亲爱的阿历克塞·马克西莫维奇,您在哪儿呀?很久以来我

---

① 这些信讲到当时俄国反动政府因为对大学生执行"暂行条例"而引起的大学生风潮,根据这个条例大学生因"结伙闹风潮"就要受到被最高学府开除学籍并且送去当兵的惩处,大学生们纷纷抗议,要求废除"暂行条例";1901年1月间基辅大学一百八十三名大学生因集会而被开除学籍并且送去当兵后,大学生的抗议变得尤为强烈。大学生举行示威游行,结果是大学生们遭到痛打,大批被逮捕、被处以流刑。(参看《列宁全集》第4卷《183个大学生被送去当兵》一文。)——俄文本注
② 当时各报刊登政府发布的关于哈尔科夫和莫斯科的示威游行的通告,关于3月4日在彼得堡的喀山大教堂附近的示威游行的通告,还有关于封闭作家协会的通告,此外还有内务部对各省长发出的有关采取措施警告和镇压"骚动"的通令,等等。——俄文本注
③ 德国剧作家豪普特曼的剧本《米夏埃·克拉默》。——俄文本注

就在等您的尽量长一些的信,却始终也没有等到。您的《三人》①我读得很愉快,请您注意,我读得愉快极了。

您那边不久就要有真正的、俄国的春天了,我们这儿呢,却已经是克里米亚式的春天,而且春色烂漫了;此地的春天好比一个漂亮的鞑靼女人,可以让人欣赏,而且样样都可以,就是不能爱她。

我听说您先是在彼得堡,后来在莫斯科一直闷闷不乐②。请您来信告诉我这究竟是怎么一回事;我知道得很少,几乎什么也不知道,好比一个在鞑靼人当中生活的俄罗斯人,然而我的预感很多。

那么,请您容许我期待您的来信。

问候您的妻子,祝她和马克西姆卡万事如意,主要的是身体健康。

祝您健康。

您的安·契诃夫

一九〇一年三月十八日

于雅尔塔

七二五

致亚·米·费多罗夫③

亲爱的亚历山大·米特罗方诺维奇,书是我不久以前才收到

---

① 高尔基的长篇小说,发表在《生活》杂志1900年2月号和1901年1月号、3月号、4月号上。——俄文本注
② 1901年3月8日《生活》杂志主编符·亚·波谢在写给契诃夫的信上讲到高尔基,说:"当前正是重要的时代,非常重要!大量的深重的苦难。高尔基在这儿,非常激动。"——俄文本注
③ 俄国小说家,翻译家。——俄文本注

的①,剧本我倒早就读完了②,我没有照我所应许的那样给您写信,是因为我一直准备动笔,却又一拖再拖;我的生活懒懒散散……

讲到剧本,那么我很喜欢它,而且依我看会获得很大的成功。您是个有才能的人,这是丝毫也不容许怀疑的。我们应当见一见面,谈一谈才成,在信上是一言难尽的,再者我也不善于简略地陈述我的意见。让我们哪怕今年秋天在莫斯科或者在彼得堡见一见面吧,那时候我们就可以详细地谈一谈了。目前我只指出两点:(一)您的人物不新颖,您也没有稍稍花一点力气来把它们处理得新奇一点,例如那个保姆就是这样;(二)这个剧本使人感到对效果的强烈的偏爱,效果胜过了思想,有的时候会让人觉得似乎作者是先想出效果,后来才围绕着效果渐渐编出这个剧本来的。第一点,依我看,是写得太快的产物,而第二点随着时间的消逝会渐渐地自行消亡。唉,有什么办法呢,在信上总是一言难尽,容不下自己想说的话。我们就等到秋天再谈吧。

向可爱的意大利致敬。如果您是第一次出国,您很快就会打算回家,可是您不要理睬这种思乡之情,要硬逼自己积累种种印象,为的是整个冬天有足够的资料可回忆。意大利是一个好得惊人的国家。

请您代我向您的妻子和孩子鞠躬和致意。祝他们一路平安。紧紧握您的手。

您的安·契诃夫
一九〇一年三月二十五日
于雅尔塔

---

① 费多罗夫向契诃夫索取他的文集的第3卷。——俄文本注
② 指费多罗夫的剧本《旧房》,这个剧本已经由彼得堡的亚历山大剧院接受,准备上演。——俄文本注

我等着您应许的书①。您的剧本,我再说一遍,会获得很大的成功。

七二六

致奥·列·克尼碧尔

奥尔迦小狗:我在五月头几天到达莫斯科。你一收到电报就立刻到"德累斯顿"旅馆去一趟,打听第十五号房间空着没有,等等,换句话说,给我租一间比较便宜的房间。

我常同涅米罗维奇②见面,他很可爱,没有架子;我还没见到他的太太。我到莫斯科去主要是为了玩一玩,吃个够。我们一块儿到彼得罗夫斯科-拉祖莫夫斯科耶去,到兹韦尼哥罗德去,各处都去,只要天气好就行。要是你同意跟我一块儿到伏尔加河去,我们就会吃到鲟鱼了。

库普林显然在谈恋爱,入迷了。他爱上一个身材魁梧、身体健康的女人,你认识她,还劝我跟她结婚呢。

要是你担保莫斯科在我们举行婚礼之前不会有人知道我们的婚礼,那么哪怕在我到达的当天就跟你举行婚礼,我也愿意。不知什么缘故我非常害怕婚礼和庆贺,手里还得拿着香槟酒,同时没有表情地微笑。从教堂出来以后不要坐车回家,而是直接到兹韦尼哥罗德去。或者就在兹韦尼哥罗德举行婚礼。你考虑一下,考虑一下吧,心上人!要知道大家都说你很聪明呢。

---

① 费多罗夫在自己的信上答应寄给契诃夫"我翻译的书《黑人的地狱》"和"另外一些我出版的东西"。——俄文本注
② 即符·伊·涅米罗维奇-丹钦科。

雅尔塔的天气糟透了。起了大风。玫瑰在开花,可是开得很少;以后会开得旺的。方块牛奶糖好吃得很。

我这儿一切都走上正轨了,只有一件小事除外,那就是我的身体。

高尔基不是被流放,而是被逮捕①;他被关在下诺夫哥罗德。波谢也被捕了。

拥抱你,奥尔迦。

你的 Anltoine

星期四②

于雅尔塔

七二七

致符·亚·波谢

亲爱的符拉季米尔·亚历山德罗维奇,您的信③寄到雅尔塔,再从那儿转到莫斯科,如今我就住在这儿,所以我直到昨天才收到这封信;我回信这样迟,您可不要生气。您被放出来了吗④?高尔基已经在四天前被放出来;他快活而健康,在家软禁不会超过十天。我见到了给他检查身体的医师⑤,还看到米罗留包夫,他到下

---

① 高尔基于 1901 年 4 月 17 日在下诺夫哥罗德城被捕,关在下诺夫哥罗德监狱里。他被指控在彼得堡为下诺夫哥罗德社会民主党组织搞油印机。——俄文本注
② 即 1901 年 4 月 26 日。
③ 指 5 月 7 日波谢在羁押期间寄给契诃夫的信。——俄文本注
④ 波谢在 1901 年 4 月间被捕,5 月中旬被释放,然而在三年当中禁止在京城、大学城、工人区居住。——俄文本注
⑤ 即尼丰特·伊凡诺维奇·多尔果波洛夫,俄国下诺夫哥罗德城医师。——俄文本注

诺夫哥罗德去找斯维亚托波尔克-米尔斯基①办交涉,他们两个人的消息都是非常令人宽慰的。

我觉得身体不错,可是我的健康状况竟然差得很,我只好出外去喝马乳酒治病。这无异于去流放。我去喝马乳酒要两个月的时间,要是您把《生活》五月号和六月号②寄到我那边去,我就会对您感激不尽!星期五,在动身的那天,我会把我喝马乳酒的地址寄给您。

短篇小说我一定寄上③。

这是一定的!要是我不寄去,您就把我杀掉好了。

您那篇关于莫斯科艺术剧院的论文,④我十分喜欢。不过,为什么像普特曼的《孤独的人》在彼得堡这样不受欢迎?为什么在莫斯科大家又喜欢它呢?

我的《海鸥》在下一个季节上演。

我和您今年夏天该见一见面才好,不知您意下如何?七月间我会从乌法省回来,那时候我会在莫斯科住下。

您到彼得堡去吗?

顺便说一句,我很久没有到彼得堡去了。

请来信告诉我今年夏天您在什么地方、情况如何,说不定我们会见面的。

祝您健康,顺遂,在羁押以后您该好好休养一下,把身体养好。

---

① 即德米特利耶维奇·斯维亚托波尔克-米尔斯基,俄国内政大臣,宪兵头目。
② 《生活》5月号没有出版。这个杂志在4月号出版后暂停出版(4月号上刊登了高尔基的《海燕之歌》);6月间被政府查禁,停止出版。——俄文本注
③ 指交由《生活》杂志发表。
④ 《莫斯科艺术剧院(关于它在彼得堡的巡回演出)》,发表在1901年《生活》4月号上。——俄文本注

紧紧握您的手。

您的安·契诃夫
一九〇一年五月二十一日
于莫斯科

那么在莫斯科我要住到星期五。
我的地址是莫斯科,"德累斯顿"。

七二八

致叶·亚·契诃娃①

亲爱的妈妈,请您祝福我,我结婚了。一切照旧。我动身去喝马乳酒。地址:萨马拉-兹拉托乌斯托夫斯克车站,阿克肖诺沃村。我身体极好。

安东
一九〇一年五月二十五日
于莫斯科

七二九

致阿·马·彼希科夫(马·高尔基)

亲爱的阿历克塞·马克西莫维奇,鬼才知道我到了什么地方,目前我待在醉森林,我在这儿要待到明天早晨五点钟,而现在刚刚

---

① 这是契诃夫打给他母亲的电报。——俄文本注

是中午！多尔果波洛夫买的火车票就是到达醉森林的①,其实只需要买两张到达喀山的火车票,在那儿换乘到乌法去的轮船就行了。现在我坐在码头上,夹在人群里,身旁有一个肺结核病人坐在地上咳嗽,天在下雨,总之我永远也不会原谅多尔果波洛夫办的这件事。

请您写信给我,寄到阿克肖诺沃去,讲一下您的近况如何,叶卡捷琳娜·巴甫洛芙娜身体可好。

我的妻子问候您,向您深深鞠躬。

在这儿,在醉森林待着,啊,真是可怕,这活像是我在西伯利亚旅行②……白天倒还将就,到了晚上会是什么样呀！

您的安·契诃夫

一九〇一年五月二十八日

于醉森林

七三〇

致玛·巴·契诃娃

你好,亲爱的玛霞！我老是打算给你写信,可是总也没有动笔,各种各样的事情很多,当然都是些琐碎事。我结婚的事你已经知道了。我认为我的这个举动丝毫也不会改变我的生活以及到现在为止我所处的环境。母亲一定在说些上帝才知道是什么的话了,不过请你告诉她说,任何变化都绝对不会发生,一切照旧。我要照我至今所过的生活那样过下去,母亲也

---

① 契诃夫和克尼碧尔在去阿克肖诺沃的途中到达下诺夫哥罗德城,在高尔基家里住了一天;火车票是在那里买的。——俄文本注
② 1890年契诃夫穿过西伯利亚,到萨哈林岛去考察流放犯的生活。

是这样;到现在为止我一直对你抱着热情而诚恳的态度,以后也保持不变。

此地,在乌法省,枯燥乏味;我在喝马乳酒,我显然很能对付这东西。这是一种类似克瓦斯①的酸饮料。这里的人们愚昧无知,枯燥乏味;其中有丘诃夫②的妻子安娜·伊凡诺芙娜,似乎是个贵族。她带着她的儿子住在这儿,这个儿子是个二流子,母亲显然把他宠得厉害。

要是你们的钱快用完了,那就从书桌抽屉里取出支票来寄给我。先前我把国家银行的收据放在一起,另外放上一张二千七百卢布的收据,合成一个纸包,写上"交玛·巴·契诃娃"。它,也就是这个纸包,如今在克尼碧尔③那儿,她会转交你。劳驾,小心保管好,要不然我就损失惨重了。

我的身体还可以,目前甚至很好;咳嗽减轻,几乎没有了。七月末我要到雅尔塔去,在那儿住到十月,然后到莫斯科去,在那儿住到十二月,随后再到雅尔塔去。那么我同我的妻子只得分居而过,不过对此我倒已经习惯了。

雅尔塔的天气怎么样?你在那儿的时候下过雨吗,哪怕只下一次?伊凡去过吗?他身体健康,可他却觉得不舒服,因为疲乏了。他得休养一下。

不久我还要给你写信;现在祝你健康。向妈妈深深鞠躬。她的电报从莫斯科邮局转到我这儿来了。也问候玛留希卡、玛霞、玛尔福霞、阿尔塞尼。

这儿没有地方可以游泳。钓鱼的地方倒有,可是远得很。

---

① 俄国的一种用麦芽或面屑制成的清凉饮料。
② 指契诃夫的堂兄米哈依尔·米哈依洛维奇·契诃夫,在莫斯科商人伊凡·叶果罗维奇·加甫利洛维奇的货栈里供职。——俄文本注
③ 指克尼碧尔的母亲安·伊·克尼碧尔。——俄文本注

好,愿基督与你同在。

你的 Antoine
一九〇一年六月二日
于阿克肖诺沃

七三一

致阿·马·彼希科夫(马·高尔基)

您好,亲爱的阿历克塞·马克西莫维奇!我住在阿克肖诺沃,正在喝马乳酒,体重已经增加八俄磅了。我再一次重复我的地址:乌法省,阿克肖诺沃。生活富足,不愁吃穿,然而乏味。

过几天作家伊凡·谢格洛夫(列昂捷夫)会到下诺夫哥罗德去,他大概会去找您,跟您见一见面。他向我要过您的地址,我寄给他了。这个人颇为古怪,然而是个大好人,而且很贫穷。

我的妻子问候您和叶卡捷琳娜·巴甫洛芙娜,请求您写信来讲一下你们的身体怎样,你们生了一个男孩还是女孩。我向你们表示问候,并深深地、深深地鞠躬。目前您在什么地方?要是您改变了地址,就请您把新地址寄给我。

请您把剧本①寄给我,哪怕是一部分也好,我们在十分焦急地等着。请您寄一本书来给我读一读,这儿几乎什么也没有,真糟糕!能不能给我订一个月的《下诺夫哥罗德小报》?

请您告诉要到您那儿去的列·瓦·斯烈津,让他无论如何也不要坐火车到醉森林去,而要经过萨马拉一直往前走。请您对他说,我们在焦急地等他,虽然我们也知道他并不喜欢这个地方。让他试一试吧;要是不合口味的话,再走也不妨。已经给他准备下一

---

① 高尔基当时在写剧本《小市民》。——俄文本注

个小小的厢房了。

马乳酒不难闻,可以喝,然而讨厌的是必须喝很多。

握您的手,吻您,我亲爱的。祝您健康,安宁。

您的安·契诃夫
一九○一年六月八日
于阿克肖诺沃

七三二

致阿·马·彼希科夫(马·高尔基)

请您原谅,亲爱的阿历克塞·马克西莫维奇,我这么久没有给您写信,没有答复您的信,是有合法而又很糟的理由的:我生了点儿小病!在阿克肖诺沃的时候我倒觉得身体不错,甚至很不错,可是到了这儿,到了雅尔塔,我就开始咳嗽,等等,等等,我瘦了,似乎不会好起来了。您最近这封信里谈到一件事,您大概在等我回信,那就是关于我的作品和马克思的事。您写道:收回来吧①。可是怎样收回来呢?钱我已经全部收到,而且几乎全部花完;至于借七

---

① 1901年6月27日高尔基在写给契诃夫的信上说:"斯烈津对我略微讲了一点您把自己的书卖给马克思的那些条件,现在我向您提出一个建议:您打发马克思这个骗子见鬼去吧。《知识》(俄国有民主倾向的学术和书刊评论性月刊,1870至1877年在彼得堡出版)的主编康斯坦丁·彼得罗维奇·皮亚特尼茨基说,马克思把您的书一次就印四万册,早就抵销了他付给您的钱。这是打劫,安东·巴甫洛维奇!您消耗那么多的精力可不是为了叫这个德国人坐享其成啊。为此我代表《知识》,也代表我自己,对您提出如下的建议:请您毁掉您同马克思所订的契约,把您在他那儿取来的钱统统退回去,如果必要的话,甚至可以多退一些。您要多少钱,我们会给您。然后请您把您的书交给我们出版,也就是请您以合伙经营的方式加入《知识》,自己来出版。一切赢利都由您拿去,在出版方面您一点也不必劳神,同时您又始终是您的书的全权主人。《知识》可以坚决保证每年向您提供一定的收入,数目由您自己定,哪怕两万五也行。这件事您考虑一下吧,亲爱的安东·巴甫洛维奇!"——俄文本注

万五,我却没处去借,因为谁也不会给这么一笔钱。再者我也不想做这件事,不想为此去战斗、奔走,我既没有愿望,也没有精力,更没有对这样做十分必要的信心。

我在为马克思读校样,有些地方重新写过。我的咳嗽似乎开始减轻了。我的妻子是个心地善良、体贴入微的人,我很愉快。

九月间我到莫斯科去,要是天气许可的话,就在那儿住到十一月中旬,然后到克里米亚或者国外的某个地方去。我非常非常想跟您见面,非常!请您来信讲一下您到哪儿去,在秋天前后您住在什么地方,有没有机会跟您见面。

您什么时候把《三人》的结尾①寄给我呢?您答应过我的,请您不要忘记!我的奥丽雅的舅父②,一个德国籍的医师,素来痛恨当代一切作家,连列夫·托尔斯泰也包括在内,不料忽然迷上了《三人》,于是到处夸奖您。斯基达列茨③在哪儿?这是个极好的作家,假如他一蹶不振,那是令人遗憾和难过的。

至少给我写一行来吧,亲爱的朋友,不要偷懒。问候您的妻子和儿女,祝他们万事如意。

雅尔塔天气极好,常常下雨。

紧紧握您的手,祝您万事如意,主要的是获得成功和身体健康。拥抱您。

您的安·契诃夫
一九〇一年六月二十四日
于雅尔塔

---

① 高尔基的长篇小说《三人》原在《生活》杂志上连载,后来这个杂志被查禁,《三人》的结尾没有发表。《三人》在1901年由《知识》月刊出版单行本。——俄文本注
② 即卡尔·伊凡诺维奇·扎尔察,俄国医师。
③ 斯捷潘·加甫利洛维奇·斯基达列茨(彼得罗夫)(1868—1941),俄罗斯作家。

七三三

致米·亚·奇列诺夫

亲爱的米哈依尔·亚历山德罗维奇,八月末或者九月初我要到莫斯科去,然而不能再早了。我不大健康。先前我去喝马乳的时候,倒万事大吉,现在却咳嗽起来,身体不舒服了。

您的信开头写得很好,弄得我暗自以为现在庆贺您正是时候了,可是将近结束的地方却写得十分糟糕,我不知道您结婚没有,还是只不过随便说说而已。为科学,为中心思想工作,这本身就是个人幸福。① 不是"其中有"个人幸福,而是"本身就是"。果真如此,那么您,先生,就是世人当中最幸福的一个了。

芬兰那边不应当去,八月间那边天冷,潮湿,白昼已经缩短了。您到我们雅尔塔这儿来吧。要知道坐火车到雅尔塔,只要一天半时间就行了!

新闻一点也没有,一切顺利。我在读校样,疲倦得很。祝您万事如意,紧紧握您的手。

您的安·契诃夫

一九〇一年七月二十四日

于雅尔塔

---

① 奇列诺夫在写给契诃夫的信上说:"不知什么缘故有一种预感稳固而牢实地盘踞在我的心里,那就是我永远也不会体验到人们所谓的个人幸福了……唉,那就算了吧!我要为科学和中心思想工作。这些东西也许比个人幸福更宝贵。……"——俄文本注

七三四

致奥·奥·萨多甫斯卡雅[1]

十分尊敬的奥尔迦·奥西波芙娜:

　　整个六月我是在喝马乳酒中度过的,而七月,从头到尾整整一个月,我却在雅尔塔生病,因此在整个这段时间里我连一行字也没有写成,其实我倒是打算写很多的。请您原谅我这种不由自主的闲散、我这种不由自主的马虎,不过请您允许我希望在有利的条件下,如果我身体健康的话,我会写出您让我寄给您的那个剧本[2]。我很久以来就深深地敬重您,我本来就一心想尽我的力量把这一点表白得尽可能清楚些。再一次请求您原谅我。

真诚地忠实于您的安·契诃夫
一九〇一年八月九日
于雅尔塔

　　请您费神向米哈依尔·普罗维奇转达我的问候和由衷的敬意。

---

[1] 莫斯科小剧院的女演员,小剧院演员米哈依尔·普罗维奇·萨多甫斯基的妻子。——俄文本注
[2] 1901年春天萨多甫斯卡雅跟契诃夫会晤的时候,请求契诃夫写一个剧本供她在纪念演出的时候上演。同年8月3日她在写给契诃夫的信上提起这件事:"……那时候虽然您没有向我许下诺言,可是在我的心里却产生了一线希望:在纪念演出的时候我能够成为全世界最幸福的一个女演员。"——俄文本注

七三五

致阿·马·彼希科夫(马·高尔基)

亲爱的阿历克塞·马克西莫维奇,目前我在莫斯科,而且在这儿,在莫斯科,收到了您的信。我的住址是斯皮里多诺夫卡,包依佐夫寓所。我在动身离开雅尔塔之前到列夫·尼〔古拉耶维奇〕那儿去过一趟①,跟他见了面;他非常喜欢克里米亚,克里米亚在他心里激起了一种纯粹孩子气的欢喜,不过他的健康状况我却不满意。他很苍老,他的主要病征就是老,老已经支配了他。我到十月间重返雅尔塔,要是人家让您到雅尔塔去②,那就太好了。雅尔塔冬天人很少,谁也不会来惹得您厌烦,不会来打搅您的工作,这是第一;第二,列夫·尼〔古拉耶维奇〕缺人做伴显然会寂寞,那我们可以常常去拜访他。

好朋友,把剧本③写完吧。您觉得这个剧本写不出来,然而您不要相信您的感觉,它在蒙骗您。通常一个人在写剧本的时候,总是不满意的,事后也不会满意;可是,让别人去判断和决定吧。只是您不要让别人读它,千万不要让人读它;您把它直接寄给莫斯科的涅米罗维奇,或者寄给我转交艺术剧院也成。这以后,如果有什么没写好的地方,那就可以在排演的时候,甚至在上演的前夜加以修改。

---

① 1901年9月12日契诃夫拜访了在加斯普拉的列夫·托尔斯泰。——俄文本注

② 高尔基在写给契诃夫的信上说,他已经向警务厅提出申请,要求批准他到克里米亚去。——俄文本注

③ 高尔基正在结束剧本《小市民》。——俄文本注

您那儿有没有《三人》的结尾部分①？

我寄给您一封完全不必要的信②。我自己也收到一封。

好，愿上帝与您同在。祝您健康；如果您迁居阿尔扎马斯③以后身体能够健康，那您就有福了。向叶卡捷琳娜·巴甫洛芙娜及孩子们④问候和致意。

您的安·契诃夫

一九〇一年九月二十四日

于莫斯科

请您务必来信。

七三六

致列·瓦·斯烈津

亲爱的列昂尼德·瓦连契诺维奇，今天我给高尔基写了一封信。昨天收到他的信，他在信上讲起阿尔扎马斯，讲起他打算冬天到雅尔塔去住，为此他已经递上申请书了。此外，他正在结束剧本，答应九月末把它寄到莫斯科去。他没有说他身体不好。大概

---

① 高尔基在写给契诃夫的信里说："《三人》的结尾部分我没有。《生活》遭到的袭击十分残暴，连一张小纸片都没有留下，我只得要求排印这个杂志的印刷厂至少给我寄一份校样来。他们寄来了，经书报检查官审查过，满是涂改。我把它寄到《知识》去了。"——俄文本注
② 契诃夫收到俄国翻译家 M. 费奥法诺夫托他转交高尔基的一封信。——俄文本注
③ 阿尔扎马斯被指定为高尔基的居住地点，因为警务厅命令他迁出下诺夫哥罗德，搬到省里的一个县城去住。——俄文本注
④ 指高尔基的儿子马·阿·彼希科夫和女儿卡嘉·彼希科娃。后面提到的小姑娘也是指他女儿。

在短时间内我会再次收到他的信,到时候我会再写信给您。

事实证明《野鸭》①是不适宜由艺术剧院上演的。它疲沓,乏味,没有分量。不过《三姐妹》倒演得很好,非常成功,而且演得比剧本里所写的好得多。我稍稍插了一下手,以作者的身份对他们某些人进行了一番开导。据说这个戏现在比上一个季节演得好。戏剧界一点新闻也没有;关于剧院的建造,光是议论纷纷,大概不会动工②。斯坦尼斯拉夫斯基-阿历克塞耶夫在生病,老是沉默寡言,闷闷不乐;涅米罗维奇常生气。《克拉默》一时还不会上演,大概要到我离开以后才上演。

莫斯科的天气好极了:又暖和又干燥。我在雅尔塔动身的时候本来身体不好,现在呢,感谢上苍,我觉得身体颇为不错了。

奥尔迦向您和索菲雅·彼得罗芙娜③深深鞠躬,致意,吩咐我写道,她很喜欢你们两位,她在这个世界上生活得很好。我也鞠躬:向您,向索菲雅·彼得罗芙娜,向安纳托里,向齐娜④鞠躬。请您转告亚历山大·瓦连契诺维奇⑤,就说我很对不起他,近来我忙得简直没有一点儿工夫,身体又有病,所以虽然必须去找他,却没有去成。您对他说我很快就会去赎我的罪。

艺术剧院总卖满座,然而大家的情绪不怎么好。

多谢您的来信,您的惦记。要是您听到有关列夫·托尔斯泰的消息⑥,那就劳驾来信告诉我。我觉得他的身体现在一定复原了,毫无疑问。不过,这只有上帝才知道。关于您自己的身体,您也来信提一句。

---

① 易卜生的剧本,9月19日在莫斯科艺术剧院首次公演。——俄文本注
② 指莫斯科艺术剧院的新剧院,在1902年建成。
③ 列·瓦·斯烈津的妻子。——俄文本注
④ 列·瓦·斯烈津的女儿齐娜依达。——俄文本注
⑤ 斯烈津的弟弟,俄国画家。——俄文本注
⑥ 当时列夫·托尔斯泰在雅尔塔养病。

请原谅这个墨点。

您的安·契诃夫
一九〇一年九月二十四日
＊斯皮里多诺夫卡,包依佐夫寓所

＊"大"这个字不需要。

七三七

致亚·叶·罗齐涅尔①

阁下：

《花匠头目的故事》②收进第十卷③；本来定下收入第九卷的短篇小说《太太》，请放在第八卷里吧。

《萨哈林岛》在各卷之外单独出一本，④因为这不是小说。第九卷作为全集最后一本排印的书，余下的短篇小说（例如《套中人》）收进第十卷，将来等我寄出新作品，其数量足够出版第十卷的时候再出版这一卷。

第九卷的校样过几天就寄出。

祝您万事如意。荣幸地尊敬您的

安·契诃夫
一九〇一年十月八日
于莫斯科
斯皮里多诺夫卡,包依佐夫寓所

---

① 即亚历山大·叶甫塞耶维奇·罗齐涅尔,马克思的《田地》出版社的办公室主任。
② 契诃夫在1894年发表的短篇小说。
③ 指《契诃夫全集》第10卷。
④ 罗齐涅尔请求契诃夫指定第10卷中收入哪些作品。他打算在这一卷中也收入《萨哈林岛》。——俄文本注

七三八

致维·谢·米罗留包夫

亲爱的维克托·谢尔盖耶维奇,您好!您的信我收到了,多谢您。目前我在莫斯科,不过下一个星期,大概星期三,我就动身到雅尔塔去,在那儿住一个冬天,不外出。整个冬天我要工作。

请您原谅,好朋友,我至今没有把短篇小说①寄给您。这是因为我中断了写作,而中断的事情对我来说是永远难以完工的。

我就要回家去了,我会从头写起,给您寄去。请您放心吧!

您到雅尔塔去吗?

我的妻子,我已经跟她处熟,依恋她了,她却要独自留在莫斯科,我只好一个人动身。她哭了,可是我并没有叫她舍弃剧院。总之,事情乱七八糟。祝您健康,好朋友。请您常给我来信。

您的安·契诃夫

一九〇一年十月十九日

莫斯科,斯皮里多诺夫卡,包依佐夫寓所

高尔基在下诺夫哥罗德,身体健康。他把一个供艺术剧院演出的剧本②寄给我了。在这个剧本里一点儿新的东西也没有,然而这是个好剧本。

---

① 契诃夫的短篇小说《主教》。——俄文本注
② 高尔基的剧本《小市民》。——俄文本注

七三九

致阿·马·彼希科夫(马·高尔基)

亲爱的阿历克塞·马克西莫维奇,现在离我读您的剧本①的时候已经过了五天光景,我至今没有给您写信,理由是我怎么也得不到第四幕,老是在等,却始终没有等到。所以我只看了三幕,不过,我以为,凭这三幕就足以判断这个剧本了。不出所料,它很好,写得有高尔基风格,新颖别致,十分有趣。如果要谈缺点的话,那么目前我只发觉一个,一个无法补救的缺点,好比红头发的人的红头发,那就是形式的保守。您驱使有独创精神的新人照着外观陈旧的乐谱唱新歌;您有四幕戏,人物常常说教,让人感觉到对累赘的恐惧,等等,等等。可是所有这些都不重要,所有这些,不妨说,都被这个剧本的优点所掩盖。毕尔契兴多么生动啊!他的女儿迷人,达吉雅娜和彼得也是如此,他们的母亲是一个极好的老太太。这个剧本的中心人物尼尔塑造得有感染力,非常有趣!一句话,这个剧本从第一幕开始就吸引住了人。只是愿上帝保佑您,毕尔契兴这个人物除了阿尔捷木以外您千万不要让别人扮演,至于尼尔,一定要让阿历克塞耶夫-斯坦尼斯拉夫斯基扮演。这两个人会演得恰到好处。彼得由美耶尔霍尔德扮演。只是尼尔这个角色,这个美妙的角色,他的戏必须加长一两倍,必须用他的戏来结束全剧,使他成为主要人物。可是不必用他来作彼得和达吉雅娜的对照,让他们互不相干,他是他,他们是他们,这些人物都美妙、精彩。每逢尼尔极力使自己显得比彼得和达吉雅娜高明,自我吹嘘,说他

---

① 《小市民》。——俄文本注

多么了不起的时候,就丧失了我们这些自食其力的正派人所固有的品质,谦虚的品质。他说大话,他吵架,可是话说回来,就是没有这些也看得出来他是个什么样的人。让他兴高采烈,让他哪怕在四幕剧中一直胡闹,让他工作以后吃很多东西,这就足以使他征服观众了。彼得这个人物,我再说一遍,很好。您大概也没有料到他会很好。达吉雅娜也是一个写得完美的人物,只是必须做到下列几点:(一)让她做一个真正的女教师,教孩子,来自学校,同教科书和练习簿打交道;(二)应当在第一幕或者第二幕里提到她以前企图服毒自尽;那么,有过这个暗示以后,第三幕里的服毒就不致显得出人意料,而是合情合理了。捷捷列夫说话过多,而这样的人应当夹在别人当中,偶尔露一露面,因为不管怎样,在生活里也好,舞台上也好,反正这种人到处都是配角。您得叫叶连娜在第一幕里跟大家一块儿吃饭,让她坐着,开开玩笑,要不然她的戏很少,她这个人物变得不明朗了。她对彼得吐露爱情未免突兀;这在舞台上显得太突出。您得把她写成一个热情的女人,即使不爱什么人也是多情的。

现在离排演还有很多时间,您完全有工夫把您的剧本再修改十来次。我就要离开此地,太遗憾了!我很想去看您的剧本的排演,把一切应该告诉您的都写信告诉您。

星期五我动身到雅尔塔去。祝您健康,愿上帝保佑您。向叶卡捷琳娜·巴甫洛芙娜和孩子们深深鞠躬和问候。紧紧握您的手,拥抱您。

您的安·契诃夫
一九〇一年十月二十二日
于莫斯科

七四〇

致亚·米·费多罗夫

亲爱的亚历山大·米特罗方诺维奇,我读完了您的剧本①,现在谈一谈我的看法;同时我认为必须预先声明这跟我的经验无关,因为我没有经验,或者经验很少;这纯粹是印象。首先我觉得您的剧本里缺少一个男性的角色,中心的角色。我时时刻刻以为马上就要有一个男人出场,说一些很重要的话了,可是却没有出现这样一个男人。节连佐夫很苍白,完全没有写深刻;罗曼只是稍稍勾了几笔,对演员来说是个没有趣味的角色。沃洛嘉很好,只是我认为还得把他写得热情点;而且必须让他现在或者早先某个时候真正做过机械技术员,使得"放汽""现在开动轮子"等说法不致成为空洞的闲聊,而是发自所谓的心灵深处。不必把孩子搬上台来;如果必要的话,由人物在舞台上提到他们就行了。现在我要回过头来谈那些女人。奥尔迦·巴格罗娃很好。这是供十分出色的女演员扮演的角色。只是您得让她少说一点话;她只要说上半句话,说出头几个字,人家就可以明白她的为人;要是您在第三幕或者第四幕里安排一个发脾气的场面,要是她突然间发一通脾气,随后又平静下来,那她就简直精彩极了。我再说一遍,这是一个美妙的角色。娜达霞话很多,老是用同一种口气,很快就使人厌烦了。应当把她写得多样化一点,丰富一点。其余的人物都是观众早就见过的,落了陈套。另外还有什么呢?椋鸟是在三月底飞回来,那时候还有雪。剧本结尾的开枪使得观众产生出一种想法:这是某个人在自

---

① 《平常的女人》。——俄文本注

杀,也许是罗曼吧。所有的人物都用同一种语言讲话(奥尔迦除外),就连罗曼的"有趣"也于事无补。有些不适合舞台的多余的字,例如"你一定知道,**那就是**这儿不能抽烟"。在剧本里要小心地用这个"那就是"。等等,等等。您看,我给您写了这么多!这个剧本的调子好,有费多罗夫风格,读起来轻松,我会很愉快地看它上演。

我把这个剧本寄还给您,因为艺术剧院的排演要到一月底才完结,在那以前反正他们也没工夫读您的剧本(他们正在排演涅米罗维奇和高尔基的剧本)。那么,要是您乐意的话,在一月以前,您可以想出一个比较中心的男性角色,一个比较重要有趣的男人来;开枪不要在后台,而应当在台上,并且不是在第四幕里,而是在第三幕里……

好,祝您万事如意。祝您身体健康,工作顺利。在雅罗斯拉夫尔,您的剧本《旧房》演得很成功,我是在《北方》上读到的①。

紧紧握您的手。

您的安・契诃夫
一九〇一年十一月三日
于雅尔塔

请您把剧本寄给涅米罗维奇-丹钦科,然而不要早于十二月。目前他正忙着写他自己的剧本。

换了是我,就会把罗曼也写成大好人;他善良,可是无论如何也想不明白,他哥哥,一个出色的人,居然跟这样一个平庸的女人同居。

---

① 指1901年10月9日《北方》报上的评论:《亚・米・费多罗夫的新剧本〈旧房〉》。——俄文本注

七四一

致奥·列·克尼碧尔

哎,亲爱的,昨天我到托尔斯泰家里去了一趟。我遇见他躺在床上。他碰伤了一点点,如今躺着。他的身体比过去好,不过这只是在十月底的温暖日子,然而冬天临近了,很近了!他显然因为我去而高兴。这一次不知什么缘故,我见到他也特别高兴。他神情愉快,面目和善,不过见老,或者,更准确地说,显出龙钟老态;他愉快地听我讲话,自己也乐于说。对克里米亚他还是十分喜欢的。

今天巴尔蒙特①到我这儿来过。他现在不能到莫斯科去,他得不到许可,要不然十二月间他就会到你那儿去,你就会帮他弄到你们剧院所演的一切戏的戏票。他是个很好的人,主要的是我早已认识他,被认为是他的朋友,我也把他当作自己的朋友。

你生活得怎样,亲爱的,我的美人?今天斯烈津到我这儿来过,带来一张照片,就是我和你从阿克肖诺沃带回来的那张,只是放大了;在这张照片上我和你两个人都显老,眯缝着眼睛。

心上人,亲爱的,你在信纸上要写得简单点,用普通的信封装好封上,要不然你的信寄来的时候,看上去总好像是匆匆封上口的。这是小事,可是我们,心上人,是外省人,是多疑的人。

他们会造剧院②吗?什么时候?写信来,我的妻子,写吧,要不然我就会烦闷,烦闷,而且我有这样一种感觉,好像我已经结婚二十年,而现在刚刚第一年跟你分离似的。大概来年一月我会到

---

① 康斯坦丁·德米特利耶维奇·巴尔蒙特(1867—1943),俄国象征派诗人,翻译家。
② 参看第六九九封信的注。——俄文本注

你那边去。我会穿得暖和些到那边去,在莫斯科我就待在房间里。

祝你健康,我的善良的德国女人,我的漂亮文静的女人。我很喜欢你,珍视你。

拥抱你,热烈地吻你,祝你健康,快乐。谢谢你的来信!

你的 Antonio
一九〇一年十一月六日
于雅尔塔

七四二

致奥·列·克尼碧尔

我亲爱的夫人,流传到你们那里去的有关托尔斯泰的谣言,关于他的疾病以至死亡的谣言,是一点根据也没有的。他的健康状况现在并没有特殊的变化,过去也没有;他离开死亡显然还很远。不错,他衰弱,模样消瘦,然而危险的症状却一点也没有,一点也没有,只是苍老而已……你什么也不要相信。如果出了什么事(愿上帝保佑不要这样),我就打电报通知你。我在电报上称呼他"爷爷",否则这个电报也许寄不到你那儿。

阿〔历克塞〕·马〔克西莫维奇〕在这儿,身体健康。他在我这儿投宿,户口登记在我这儿①。今天区警察局长来了。

我在写东西,工作,可是,我的心上人,在雅尔塔不可能工作,不可能,不可能。远离世界,没有趣味,而主要的是天冷,我收到了维希涅甫斯基的信;你对他说,我会把剧本写好,可是至早也要到

---

① 高尔基被警察局禁止在雅尔塔市内居住,契诃夫就把高尔基的户口登记在阿乌特卡,他自己的家里,当时阿乌特卡被认为是郊区。——俄文本注

明年春天。

现在我的书房里点着一盏灯。目前没有煤油的臭气,还不错。

阿〔历克塞〕·马〔克西莫维奇〕没有变,仍旧是一个正派的、有教养的、善良的人。他身上,或者更准确地说,他的外貌,只有一点是不顺眼的,那就是他的衬衣。我看不惯这件衬衣,就跟看不惯宫廷高级侍从的制服一样。

这儿是秋天的天气,不怎么好。

好,希望你活着而健康,我亲爱的。谢谢你的来信。不要生病,要乖一点。问候你家里的人。热烈地吻你,拥抱你。

你的丈夫安东尼

一九○一年十一月十七日

于雅尔塔

我身体健康。莫斯科对我的影响好得惊人。我不知道这应当归功于莫斯科,还是归功于你,反正我的咳嗽很轻了。

要是你见到昆达索娃或者别的很快会见到她的人,你就转告她说:目前瓦西里耶夫医师,精神病学家,住在雅尔塔,他病得很重。

七四三

致维·亚·戈尔采夫

亲爱的朋友维克托·亚历山德罗维奇,目前我躺在床上,正在吐血。我什么东西也不吃,什么事也不做,光是看报。不要生我的气,好朋友。等我身体好一点,我就再开始写作。

关于我的病,请不要对别人讲,免得报上登出来。我给我的妻子写过信了。

紧紧握你的手,吻你,我亲爱的。祝万事如意!

你的安·契诃夫

一九〇一年十二月十一日

于雅尔塔

七四四

致维·谢·米罗留包夫

亲爱的维克托·谢尔盖耶维奇,我不健康,或者不完全健康,这样说更确切些;我不能写东西。我在吐血,目前身体虚弱,脾气很大,敷着热敷布侧身坐着,服杂酚油和种种乱七八糟的药。不管怎样,关于《主教》我不会骗您,迟早会寄上。

我在《新时报》上读到警察罗扎诺夫的文章①;从这篇文章里,我还额外知道了您的新活动。但愿您知道,我的好朋友,我是多么伤心!我觉得您必须马上离开彼得堡,到内尔维去或者到雅尔塔来,总之得离开那儿。您,一个直率的好人,跟罗扎诺夫,跟诡计多端的谢尔吉②,跟志得意满的梅列日科夫斯基③,有什么共同点呢?我本来打算写很多很多,可是最好还是忍住不写,况且如今看信的往往多半不是收信人。我只想说:在您感兴趣的问题当中,重要的不是那些被遗忘的词句,不是理想主义,而是自身纯洁的意

----

① 俄国批评家和政论家,《新时报》撰稿人瓦西里·瓦西里耶维奇·罗扎诺夫在 1901 年 12 月 9 日《新时报》上发表文章《宗教哲学的会议》,讲到经宗教当局批准,一个宗教哲学团体已经成立,这个团体的领导成员中有维·谢·米罗留包夫。——俄文本注

② 俄国主教,彼得堡神学院院长。——俄文本注

③ 德米特利·谢尔盖耶维奇·梅列日科夫斯基(1865—1941),俄国小说家、诗人、批评家和政论家,宗教哲学团体的创立者。

识,也就是您的灵魂完全摆脱各种各样被遗忘的和没被遗忘的词句、理想主义以及诸如此类难以理解的辞藻。必须信仰上帝,如果没有这种信仰,那也不要用喧嚷来代替它,而要独自一个人,单凭自己的良知去寻求,寻求,寻求。……

不过,祝您健康!如果您会到这儿来,那就请您写封短信来。托尔斯泰在此地,高尔基在此地,我想您不会寂寞的。

新闻一点也没有。紧紧握您的手。

您的安·契诃夫
一九〇一年十二月十七日
于雅尔塔

七四五

致米·巴·契诃夫

亲爱的米谢尔,我身体不好,因此请你允许我推迟到节日[1]再答复你的信。目前我只给你写下列的一些话。《俄罗斯》有四万五千个订户和零购者,局面很好,然而操纵这个局面的是萨左诺夫,他是个没有才能的人,却又无法甩开他。如果萨左诺夫留下来,那么阿木菲捷阿特罗夫和陀罗谢维奇[2]势必会离开;这家报纸是不会让他们去办的。阿木菲捷阿特罗夫多半会到《新时报》去,而要收买陀罗谢维奇却是困难的。以前在《闹钟》里我跟他一起工作过,我了解他;他看不起布烈宁,不愿意跟他共同编辑一份

---

[1] 指圣诞节。
[2] 符拉斯·米哈依洛维奇·陀罗谢维奇(1864—1920),俄国小品文作家。

报纸。

要抬高《新时报》是不可能的,它会同阿·谢·苏沃林一起灭亡。设想提高《新时报》的声誉,就是对俄国社会一无所知。

我吐过血,现在身体虚弱,不过一般说来没有什么大问题。母亲身体健康,玛霞明天回来过节。

你的信写得不短,为此我衷心地感谢你,请你以后也不要忘记我。你可知道我像在流放一样。

衷心问候奥尔迦·盖尔马诺芙娜、任尼雅、谢辽查①,祝他们万事如意。也由衷地祝你幸福。问候老苏沃林,你有工夫就给我写信。

你的安·契诃夫
一九〇一年十二月十七日
于雅尔塔

在彼得堡铸造街十五号住着我的熟人,甚至可以算是朋友尼科季木·巴甫洛维奇·孔达科夫,他是院士。如果你有机会跟他相识,就向他转达我的问候。他的妻子喜欢吵架,可是你可以不理睬她。

我还有另一个朋友,他会乐于跟你相识,那就是《大众杂志》的主编维克托·谢尔盖耶维奇·米罗留包夫。他会乐于发表你的短篇小说,会付每行十个戈比的稿费。总之,在他那里不难找到工作。

---

① 即谢尔盖·米哈依洛维奇·契诃夫,米·巴·契诃夫的儿子。

七四六

致谢·巴·佳吉列夫

十分尊敬的谢尔盖·巴甫洛维奇：

关于我的所有的作品都是在什么时候写成的这一问题①，请您原谅，我只能作出大概的回答。如果拿马克思那里的我那些作品来说，那么第一卷是在八〇到八三年写成，第二卷是在八二到八四年写成，第三卷是在八四到八七年写成（短篇小说《白额头》除外，那是在一八九〇年以后写成的），第四卷是在八五到八八年写成，第五卷是在八五到八九年写成，第六卷是在八九年写成（《匿名氏故事》②除外，那是在九〇年以后写成的），第八卷是在一八九〇年以后写成，第九卷是在九五到一九〇〇年写成。《萨哈林岛》是在一八九三年写成，这本书代替了一八八四年我在医学系毕业以后打算写的一篇论文。第七卷刊载我的剧本：一八八八年的《伊凡诺夫》，一八九六年的《海鸥》，一八九〇年的《万尼亚舅舅》。独幕轻松喜剧都是在一八九〇年以前写成的。还有，一九〇〇年在《生活》上发表的中篇小说《在峡谷里》没有收入这套文集。

现在来回答第二个问题：我有一段时期靠行医挣钱，然而时间不长。有的时候我的诊疗工作很多，那是在乡下③，然而我不收

---

① 佳吉列夫要求契诃夫回答一系列的问题，因为《艺术世界》的一个撰稿人打算写一篇关于契诃夫的论文。——俄文本注
② 契诃夫的中篇小说，最初发表在1893年第2期和第3期《俄罗斯思想》杂志上。
③ 指契诃夫旧日的庄园梅里霍沃。——俄文本注

费,因为不缺钱用。诗歌我从来也没有写过。

您希望我为列维丹写几句话①,可是我想说的不是几句话,而是许多话。我不急于写出来,因为写有关列维丹的文章是永远也不会嫌迟的。目前我身体不好,敷着热敷布坐在这儿,不久以前吐过血。总之我对您非常抱歉。

祝您健康,愿您万事如意。

真诚地尊敬您的安·契诃夫
一九〇一年十二月二十日
于雅尔塔

---

① 《艺术世界》为纪念俄国风景画家伊·伊·列维丹正在准备出专刊;列维丹于1900年去世。——俄文本注

一九〇二年

七四七

致康·德·巴尔蒙特

亲爱的康斯坦丁·德米特利耶维奇,向您恭贺新禧,祝年轻、美丽、淫荡的缪斯生出新的奇想!愿上苍保佑您。

您在此地的时候我常害小病,总算支撑住了,可是您刚一走,我就大病一场,开始吐血,瘦下来,像福法诺夫①一样;我一直没有走出家门;现在家里人把我养肥了,医师给我看病,我复原了。

您的书我有下列几种:(一)《在北方的天空下》;(二)《雪莱②文集》第二卷和第七卷(钦契③);(三)《在无限中》;(四)《寂静》;(五)《卡尔德隆④文集》第一卷;(六)《神秘的短篇小说》;(七)《爱伦·坡⑤文集》第一卷。

衷心感谢您赠的书⑥。我现在不工作,光是读书,明后天我就开始读埃德加·坡的作品。

您在乡下感到烦闷吗?不感到烦闷?雅尔塔好极了,完全是夏天的天气了,而这却不妙。整个夜晚猫叫,狗吠,墓穴被扒开;白

---

① 即康斯坦丁·米哈依洛维奇·福法诺夫(1862—1911),俄国诗人,晚年贫病交加,死在雅尔塔。——俄文本注
② 雪莱(1792—1822),英国诗人。
③ 即雪莱的五幕悲剧《钦契一家》。
④ 卡尔德隆·德·拉·巴尔卡(1600—1681),西班牙剧作家。
⑤ 即埃德加·爱伦·坡(1809—1849),美国诗人、小说家、批评家。
⑥ 巴尔蒙特把他所译的《爱伦·坡文集》第1卷寄给契诃夫。——俄文本注

天阳光灿烂,回忆令人苦恼,思念寒冷,思念北方的人。

我的妻子答应一月底到此地来。我的妹妹已经回来过节了。托尔斯泰那边我没去过,可是过几天我就要去,问一问他,再把他的答复告诉您①。目前我听说您给他留下良好的印象,他跟您谈话感到愉快……我听说是这样。

新闻一点也没有。一切照旧。祝您健康,幸福,快活;不要忘记雅尔塔住着一个对您颇有好感的人;您至少偶尔写封信来吧。

由衷地忠实于您的安·契诃夫
一九〇二年一月一日
于雅尔塔

请向您的妻子转达我的问候并且恭贺新禧。

请您告诉蝎子,让他们务必把就要出版的那本书②寄给我。

七四八

致奥·列·克尼碧尔

心上人,亲爱的奥丽雅,今天没有收到你的信。我觉得你们演员不了解《小市民》。尼尔不能由卢日斯基扮演;这是个主要的、英雄的角色,它同斯坦尼斯拉夫斯基的才能完全吻合。捷捷列夫却是一个在四幕戏里很难演出什么名堂的角色。捷捷列夫在各幕戏里老是那个样子,说的也是老一套,再者这个人物不是活生生的,而是捏造出来的。

---

① 巴尔蒙特很想知道托尔斯泰是否喜欢他的书《燃烧的大厦》。——俄文本注
② "那本书"不知何所指。——俄文本注

庆贺艾丽雅和沃洛嘉①,由衷地祝他们幸福,健康,希望沃〔洛嘉〕成为歌唱演员②以后对艾丽雅不变心,即使变心也不要让人知道;希望艾丽雅不要发胖。不过主要的是希望他们在一起生活。

雅尔塔大雪覆盖。鬼才知道这是怎么回事。连玛霞都垂头丧气,不再称赞雅尔塔,默默不语了。

涅米罗维奇到什么地方去了?到尼斯去了吗?他的地址呢?

我们雇了一个厨娘。显然,她饭菜做得很好。老太太跟她合得来,这是主要的。

昨天晚上我梦见了你。我什么时候才能真正见到你,这却完全不得而知,而且依我看是遥遥无期的。因为一月底人家不会放你走。还有高尔基的剧本,等等。这也是我命该如此。

好,我不让你伤心了,我的不平凡的好妻子。我爱你,即使你用棍子打我一顿,我也还是会爱你。除了大雪和严寒以外,新闻一点儿也没有,一切照旧。

我拥抱,亲吻,抚爱我的伴侣,我的妻子;不要忘记我,不要忘记,不要疏远我。屋檐在滴水,满是春天的喧闹声,可是往窗外一看,却是冬天的景色。到我的梦中来吧,心上人!

你的丈夫安
一九〇二年一月五日
于雅尔塔

你收到两个布尔人③的照片吗?

---

① 指艾丽雅·伊凡诺芙娜·巴尔捷尔斯和克尼碧尔的弟弟俄国歌唱家,莫斯科大剧院导演符拉季米尔·列昂纳尔多维奇·克尼碧尔;当时他们两人举行了订婚仪式。——俄文本注
② 符·列·克尼碧尔已进入大剧院,当歌唱演员,艺名纳尔多夫。——俄文本注
③ 非洲南部荷兰移民的后裔。

七四九

致玛·巴·契诃娃

今天我收到一份电报,照抄如下:"俄国医师第八次皮罗戈夫代表大会①的代表们、医师同人们今天在莫斯科艺术剧院观看了《万尼亚舅舅》的演出②,特向大家热爱的作者,我们亲爱的同人致以深深的敬意并祝他身体健康。"下面是署名。

还有一份电报:"俄罗斯各个角落的地方自治局医师们在艺术家们的表演中看到了医师兼艺术家的创作,特向我们的同人致敬,并将永远记住一月十一日这一天。"下面是署名。

我希望你已经平安到达。家里一切顺利。向奥丽雅、万尼亚、索尼雅、维希涅甫斯基深深鞠躬,不要忘记把收条③转交维希涅甫斯基。不要忘记为《每日新闻》奔走一下。在塞瓦斯托波尔等地你觉得厌烦吗?我收到拉扎烈甫斯基的一封长信。

祝你健康,写信来!

你的 Antoine

一九〇二年一月十二日

于雅尔塔

---

① 为纪念俄国解剖学家、外科学家、教育家、社会活动家尼古拉·伊凡诺维夫·皮罗戈夫(1810—1881)而成立的俄国医师协会会员代表大会,始于1885年。
② 莫斯科艺术剧院专为"俄国医师第八次皮罗戈夫代表大会"的参加者演出了一场契诃夫的《万尼亚舅舅》。——俄文本注
③ 指雅尔塔慈善团体收到维希涅甫斯基为这个团体募捐到的款项后所开的收条。——俄文本注

七五〇

致彼·伊·库尔金

亲爱的彼得·伊凡诺维奇,昨天我收到代表大会的代表们的两个电报①,今天又收到叶·阿·奥西波夫打来的一个电报②。这样的荣誉我没料到,也不可能料到,我带着欣喜的心情接受这样的奖赏,不过我也意识到我是不配得到这样的奖赏的。代表大会的代表们已经各自回家,可是叶·阿·奥西波夫在莫斯科;好朋友,请您费神跟他见一下面,说我无限感谢他。他的地址我不知道,我不能给他打电报,剩下来就只有一个办法,拜托您替我道谢了。

艺术剧院演得好吗?

现在我是孤身一人,我妹妹走了;我感到寂寞,而莫斯科显得像澳大利亚那么遥远。我什么事也不想做,况且我身体也不好。

您的信我收到了,衷心地、万分地感谢您。奥丽雅极喜欢您,我很高兴。

我们这儿一点新闻也没有。列〔夫〕·尼〔古拉耶维奇〕跟先前一样,时而觉得身体很好,精神矍铄,时而无精打采。高尔基身体健康。目前一切顺利。

---

① 参看上一封信。——俄文本注
② 俄国医师叶·阿·奥西波夫是俄罗斯医师的皮罗戈夫协会的创立者和领导人之一,他打电报给契诃夫说:"我偕同同志们一起衷心祝愿您,最尊敬的安东·巴甫洛维奇身体健康,愿您的卓越的才华永远发扬下去。"——俄文本注

紧紧握您的手,向您深深鞠躬。祝您健康,幸福。

您的安·契诃夫
一九〇二年一月十三日
于雅尔塔

七五一

致伊·阿·布宁

亲爱的伊凡·阿历克塞耶维奇,您好!恭贺新禧!祝您闻名世界,跟最漂亮的女人同居,买债券中奖得二十万。

我生了一个半月的病,现在虽然还有点咳嗽,可是我认为自己康复了;我几乎什么也不做,老是在等待什么,大概是等待春天吧。

关于《松树》①我给您写过信吗?第一,多谢您寄来校样;第二,《松树》很新颖,很别致,很好,只是过于紧凑,像是凝成冻的肉汤了。

那么,我等您来!您快点来吧,我会很高兴。紧紧地、紧紧地握您的手,祝您健康。

您的安·契诃夫
一九〇二年一月十五日
于雅尔塔

对《南方评论》②的约稿我回答说:我没有什么意见,不过目前我什么东西也不写,请您原谅,等我写好就寄去。我对所有的人都

---

① 布宁的短篇小说,发表在《世界》杂志1901年11月号上。——俄文本注
② 敖德萨的报纸。——俄文本注

396

是这样回答的。

七五二

致康·谢·阿历克塞耶夫(斯坦尼斯拉夫斯基)

亲爱的康斯坦丁·谢尔盖耶维奇,据我所知(从信上),在塔甘罗格图书馆里,作家们的照片都并排挂在一个大镜框里。大概他们打算把您也安置在那个镜框里,所以我觉得最好无须费事,寄去一张普通的六寸照片,不带镜框就行。要是以后事实证明需要镜框,那么以后再寄镜框去也不妨。

我读《小市民》的时候,觉得尼尔是个中心的角色。这人不是农民,不是工匠,而是新人,有知识的工人。依我看,他在剧本里没有得到充分的描写,而把他描写得充分是既不困难,也用不了多少时间。可惜,十分可惜,高尔基被剥夺了看排演的机会。

顺便说一句,第四幕写得不好(结局除外);既然高尔基被剥夺了看排演的机会,那么这个不好就变得无可补救了。

紧紧握您的手,衷心地问候您和玛丽雅·彼得罗芙娜。

您的安·契诃夫

一九〇二年一月二十日

于雅尔塔

七五三

致奥·列·克尼碧尔

你真是个蠢女人,我的心上人,真是个傻女人啊!你干什么愁

397

眉不展,这是为了什么呢?你写道:一切都被夸大了,你是个十分渺小的人,你的信惹得我讨厌,你战战兢兢地感觉到你的生活多么狭窄,等等,等等。你这个蠢女人啊!我在信上没有跟你谈起我的未来的剧本,这倒不是因为像你所写的那样我对自己没有信心,而是因为我对那个剧本还没有信心。它刚刚在我的脑子里闪出一点亮光,好比最早的晨曦;我自己也还不了解它是什么样子,会写成什么样的东西,而且它天天都在变样。倘使我们见面,我就会告诉你,然而写信告诉你却不行,因为我什么都还没有写,光是说了一堆废话,以后就会对这个题材兴趣冷淡下来。你在你的信上威胁说,从此你再也不问我任何事情,再也不多管闲事了;然而这是为什么,我的心上人?不,你是一个善良的女人,等到你再一次看见我多么爱你,你对于我是多么亲密,缺了你我就活不下去,你就会把愤怒化为怜悯,我的小傻瓜。丢开忧郁,丢开吧!欢笑起来!我忧郁倒是可以容许的,因为我生活在一片荒漠里,没有事做,看不到人,几乎每个星期都生病,可是你呢?不管怎样,你的生活毕竟是充实的。

我收到康斯坦丁·谢尔盖耶维奇的一封信。他写得很多,很可爱。他暗示高尔基的剧本①可能不在这个季节上演。他写到奥蒙,写到"mesdames, ne vous décolletez pas trop②"。

顺便说一句,高尔基打算坐下来写一个新剧本,描写在一家夜店投宿的客人的生活③,不过我劝他过那么一两年再写,不必赶着写。作家应当写得多,可是不应当赶着写。不是这样吗,我的夫人?

在一月十七日,我的命名日那天,我的心绪坏透了,因为身体

---

① 《小市民》。
② 法语:女士们,不要把胸口袒得太低。——俄文本注
③ 《底层》的构思。——俄文本注

不好,因为电话铃不断地响,向我转达许多贺电的内容。就连你和玛霞也没有放过我,打来了电报!

顺便说一句,你的 Geburtstag① 是在什么时候?

你写道:不要闷闷不乐,我们很快就会见面。这话是什么意思呢?我们会在受难周见面吗?或者更早一些?不要让我激动,亲爱的。你在十二月间写道你一月间来,弄得我心神不定,兴奋不已,后来你又来信说你在受难周来,于是我吩咐我的心灵平静下来,抽紧,可是现在你突然又在黑海上掀起了风暴。这是何必呢?

讲到索洛甫佐夫,我曾经把我的《蠢货》专供他上演,他的去世②是我的外省生活中最不愉快的一件事。我对他很熟悉。我在报纸上读到,似乎他对《伊凡诺夫》作过修改,我作为剧作者听他的话,然而这不是真情。

那么,我的妻子,我可爱的人,亲爱的人,心爱的人,愿上帝保佑你,祝你健康,快活,至少在每天晚上上床睡觉的时候想起你的丈夫。主要的是不要忧郁。因为你的丈夫不是酒鬼,不是败家子,不是好事之徒;按我的品行来说,我是一个十足的德国丈夫;我甚至穿厚的长衬裤……

拥抱我的妻子一百〇一次,而且吻个没完。

你的安

一九〇二年一月二十日

于雅尔塔

你写道:"不管往哪儿闯,到处都是墙。"那么你闯过什么地方?

---

① 德语:生日。——俄文本注
② 柯尔希剧院的演员尼·尼·索洛甫佐夫在 1902 年 1 月 12 日去世。——俄文本注

七五四

致尼·德·捷列肖夫①

亲爱的尼古拉·德米特利耶维奇,唉,唉——别的就无话可说了。您为您的书②索取一篇已经发表过的东西,然而凡是我发表过的东西统统属马克思所有;按照合同我有权把还没有给马克思出版的我的小说给予别人,然而只能给予具有慈善性质的文集,而且不收稿费。

您办出版物是个美妙有趣的计划,祝您获得最圆满的成功,我嫉妒您。只是这个办法未必好:这本书有杂凑的外观,文集的形式,然而话说回来,它仍旧会畅销的。顺便提到,《外国文学新杂志》③上目前正在发表歌德的《浮士德》的散文译文,译者是魏恩贝格④;译文好极了!您不妨也约人做这种忠实的散文翻译工作,把《哈姆雷特》《奥赛罗》,等等,用精彩的散文译出来,出版,定价也是二十个戈比。您跟魏恩贝格见一见面,谈一谈吧!

祝您万事如意,新年吉祥,获得成功。愿您身体健康。

您的安·契诃夫

一九〇二年一月二十日

于雅尔塔

----

① 尼古拉·德米特利耶维奇·捷列肖夫(1867—1957),俄国作家。——俄文本注
② 捷列肖夫打算出版一本书,有三百多页,而售价仅仅是二十个戈比,因此"劳动知识界的最广大的阶层都能买得起"。这个计划没有实现。——俄文本注
③ 即《外国文艺新杂志》。
④ 即俄国文艺学家、诗人、翻译家彼·伊·魏恩贝格。

七五五

致奥·列·克尼碧尔

你好,我亲爱的奥留霞①,你近况如何? 我近况还可以,因为换一种方式生活反正是不可能的。您喜欢卢的剧本②,不过要知道,这是个业余爱好者所写的剧本,用庄严的古典语言写成,因为作者不会写得朴素,不会描写俄罗斯生活。这个卢似乎早就在写作,要是翻一下,也许还能在我这儿找出他的信来。布宁的《在秋天》③是用受拘束的、紧张的手写出来的,不管怎样库普林的《在马戏院里》④要比它好得多。《在马戏院里》是一个流畅的、质朴的、完美的作品,同时又是由一个无疑了解内情的人写出来的。唉,愿上帝保佑它们吧! 我们何必谈起文学来呢?

你把收条交给维希涅甫斯基吧⑤。你对他说钱早已交给会计主任,而收条我直到昨天才派人去取来。是谁把我的书带给他的?

托尔斯泰昨天好一点了,有希望了。

关于晚会⑥的描写和海报我都收到了,谢谢,我的心上人。我

---

① 奥尔迦的小名。
② 指俄国新闻工作者、批评家、著名社会活动家阿纳托利·瓦西里耶维奇·卢纳察尔斯基(1875—1933)所写的文艺复兴时代的剧本《诱惑》。——俄文本注
③ 布宁的短篇小说,发表在《世界》杂志1902年第1期上。——俄文本注
④ 俄国作家亚·伊·库普林的短篇小说,发表在1902年《世界》杂志第1期上。——俄文本注
⑤ 参看第七四九封信的注。——俄文本注
⑥ 指莫斯科艺术剧院的"白菜会"(源于收白菜时举行娱乐晚会的旧风俗),由滑稽节目组成的演员们的传统的小型联谊晚会。——俄文本注

大笑了一阵。特别惹我发笑的是那些战士、卡恰洛夫①的半高勒皮鞋、莫斯克文指挥的乐队。你那儿多么乐陶陶,我这儿却多么灰溜溜!

好,祝你健康,我亲爱的,愿上帝保佑你。不要忘记我。拥抱你,吻你。

你的德国丈夫安
一九〇二年一月三十一日
于雅尔塔

告诉玛霞说,母亲已经可以走动,复原了;这是我在一月三十一日喝过茶以后写的,给她的信却是在早晨写的。一切都顺利。

七五六

致奥·列·克尼碧尔

亲爱的股东,我的精明强干的妻子,今天我收到莫罗佐夫②的信;我要写信告诉他说我同意,我为这个事业拿出一万③:只是分两次付:一九〇三年一月一日和七月一日。你看,我多么大方啊!

寄上照片一张;照片上是托尔斯泰一家人:老人和他的妻子索〔菲雅〕·安〔德烈耶芙娜〕,远处是他的女儿④和布朗热⑤(好像

---

① 即瓦西里·伊凡诺维奇·卡恰洛夫,莫斯科艺术剧院演员。
② 即萨瓦·季莫费耶维奇·莫罗佐夫,俄国的大工厂主,对莫斯科艺术剧院给予了很大的物质上的帮助,是剧院经理之一。
③ 指加入莫斯科艺术学院的股份。——俄文本注
④ 指玛丽雅·利沃芙娜·托尔斯泰雅,托尔斯泰的二女儿。——俄文本注
⑤ 即帕维尔·亚历山德罗维奇·布朗热,俄国工程师,托尔斯泰主义者。——俄文本注

是),近处是你的丈夫。

到你们那儿去过的包包雷金,干脆在《欧洲通报》上骂了我一顿①。这是因为《三姐妹》。我的剧本在他的长篇小说里挨了骂,骂的人是格利亚节夫教授,也就是季米利亚节夫②,顺便说一句,我对这个人倒是很尊敬、很喜欢的。

我收到你的朋友奇列诺夫医师的一封长信。他写道,他到你们那儿去过,听过卢纳察尔斯基讲话③,感到悲观失望。

你要我给你写一写天气吗?哼,你别妄想了!我只想说今天没有风,阳光灿烂,椴梓开花,扁桃开花,其余我就不想再说了。

再见,奥丽雅,愿上帝保佑你不要心怀恶意。每天给我写信。对于你会来此地,我可不相信。

吻你,拥抱你,等等,等等。

你的安
一九〇二年二月二日
于雅尔塔

七五七

致玛·彼·阿历克塞耶娃(莉莉娜)

亲爱的玛丽雅·彼得罗芙娜,您很善良,多谢您的来信。可惜

---

① 指包包雷金的中篇小说《忏悔者》,这篇小说的开头部分发表在1902年《欧洲通报》第1期上。——俄文本注
② 即克利门特·阿尔卡季耶维奇·季米利亚节夫(1843—1920),俄国植物学家,彼得罗夫农林学院教授。——俄文本注
③ 讲的是他的剧本《诱惑》(参看第七五五封信)。——俄文本注

的是我不能给您写一点有趣的事情,因为在我们的雅尔塔,什么新闻也没有,什么有趣的事也没有,我们像是生活在丘赫洛马①或者瓦西里苏尔斯克,日见衰老,喝着汤药,穿着毡靴……不过呢,新闻倒是有一个,而且令人极其愉快:那就是列夫·托尔斯泰痊愈了。伯爵本来病得很重,而且开始得肺炎了,像他这样的老人得了这种病照例是不会痊愈的。有三天光景我们料想他要死了,可是突然间我们的老人活过来,有了希望。现在,我给您写这封信的时候,已经相当有希望,而等到您看这封信的时候,列〔夫〕·尼〔古拉耶维奇〕多半已经康复了。

讲到高尔基,那么他觉得身体不错,生活得颇有生气,只是感到无聊,准备坐下来写一个新剧本②,这个剧本的题材他已经有了。就我所能了解的来说,再过五年光景他就会写出精彩的剧本来;目前他却似乎仍旧在摸索。

您秘密地在信上告诉我的那件有关康斯坦丁·谢尔盖耶维奇和我妻子的事③,使我非常高兴。谢谢您,我会马上采取步骤,今天就努力开始为离婚奔走。今天我就向宗教事务所④递交呈文,同时把您的信附上去,我想,到五月我就可以自由了;而且在五月之前我会把我的夫人稍稍教训一番。她怕我,要知道我对她可是毫不客气的,我想干什么就干什么,谁也管不着!

向康斯坦丁·谢尔盖耶维奇鞠躬,由衷地致意。祝贺您和他有新的剧院,我相信你们会成功。

---

① 俄罗斯科斯特罗马州城市。
② 《底层》。——俄文本注
③ 莉莉娜在写给契诃夫的信上开玩笑说:康·谢·斯坦尼斯拉夫斯基正在追求奥·列·克尼碧尔。——俄文本注
④ 旧俄时东正教主教教区管理宗教事务、婚事诉讼等的机构。

向您深深鞠躬,吻您的手,再一次鞠躬。

真诚地忠实于您的安·契诃夫

一九○二年二月三日

于雅尔塔

七五八

致巴·费·姚尔达诺夫

十分尊敬的巴威尔·费多罗维奇,寄上书的货运单一张,过两三天这些书就会运到塔甘罗格。

不久以前我在报上读到,似乎您收到美术学院的一个公文,它向您建议博物馆应当有守卫,等等,等等。我不知道这个学院能寄给您一些什么样的作品或者画。凡是目前它所能寄的东西,对塔甘罗格来说都不需要。搜集画不是一下子,不是一年之间所能完成的,而要用一百年的时间,所以,我觉得,拒绝这个学院并不意味一切都完了;日久天长,塔甘罗格会有自己的著名画家,会有本地人,内行,业余爱好者,他们会把画赠给这个城市的。

这一冬天我常咳嗽,而且偶尔痰中带血,不过也没有什么了不起的问题。托尔斯泰的健康情况是这样:起初是肺炎,先是一个肺,后来另一个肺也感染上了,有三天光景大家都料想他要死了,可是后来命运突然发出微笑,老人病情好转,现在正在复原。他身体衰弱,卧床休息,可是希望仍旧是有的。给他治病的是莫斯科医师舒罗甫斯基[①],我素来看重这个人;另外还有一个极其正派、学

[①] 即符拉季米尔·安德烈耶维奇·舒罗甫斯基,莫斯科内科医师。

识渊博的当地医师①也在给他治病。托尔斯泰住在加斯普拉,离雅尔塔十俄里远;再下去一点,在奥列伊扎,住着高尔基,目前他处在警察的监视之下,处在公开的监视之下。顺便说一句,我为图书馆保存着几张在加斯普拉拍的托尔斯泰照片;有一张照片拍的是托尔斯泰和我。有的是托尔斯泰和他家里的人,等等。

好,祝您万事如意,祝您健康;主要的是祝您全家身体健康。倘使托尔斯泰出了什么大事,我会写信告诉您。目前,我再说一遍,一切都顺利。

您的安·契诃夫
一九〇二年二月六日
于雅尔塔

七五九

致格·伊·罗索里莫

亲爱的格利果利·伊凡诺维奇,我给丹尼洛夫寄了钱②,也没收到回信。石沉大海,杳无音信。大概是出了什么事,而且多半是不吉利的事。您在卡卢加有熟人吗?如熟识的医师,以便托他在当地打听一下。

我住在雅尔塔,在这儿感到寂寞无聊,好比终身流放;有时咳嗽。今年冬天我有好几次吐血,只好躺下来,停止工作,以后再从头开始,一句话,不怎么妙。

---

① 指雅尔塔医师伊·纳·阿尔特舒特列尔。——俄文本注
② B.K.丹尼洛夫是契诃夫和罗索里莫在莫斯科大学医学系的同班同学,住在卡卢加。他长期害病,这时候经济状况十分困难,就向同学们请求接济。——俄文本注

哪怕收到一封您谈公务事的信,我也很高兴。今年春天我打算在莫斯科住,在那儿我有一个很好的寓所:从斯皮里多诺夫卡转到涅格林内大街,戈涅茨卡雅寓所。

紧紧握您的手,祝您心情舒畅,身体健康。

您的安·契诃夫

一九〇二年二月六日

于雅尔塔

要是您收到丹尼洛夫的回信或者有关丹尼洛夫的信,请您务必通知我。

七六〇

致阿·费·马克思

十分尊敬的阿道夫·费多罗维奇:

您寄给我的那张地图①我早就看到过,我这儿已经有这张地图了。对我的书来说这张地图完全不适宜。它在一八八五年出版,而到一八九〇年我在萨哈林岛的时候就已经被人们认为陈旧了;至少谁也不用它,船长们都凭借自备的地图航行,而这些地图都是他们自己画的,因为当时流传的一切地图(包括现在您寄给我的这一张在内)统统不能令人满意。我的书里讲的是北部和南部的几个不大的地区;如果要刊登地图,那也不是萨哈林岛全貌,而仅仅是那些沿河的不大的平原。然而目前那些地区的生活同一

---

① 指萨哈林岛的地图;马克思建议把它附在契诃夫的《萨哈林岛》一书里出版。——俄文本注

八九〇年我在当地的时候完全不一样,那么我的地图就令人乏味,引不起兴趣了。

这就是我的意见,我认为我有责任把这个意见向您诉说一下。祝您万事如意。

真诚地尊敬您的

安·契诃夫
一九〇二年二月八日
于雅尔塔

七六一

致玛·巴·契诃娃

亲爱的玛霞,今天严寒,有雪;凡是相信春天已经来到而开始争艳吐翠的花草,大概全完了。《每日新闻》收到了,谢谢。我的健康状况不错,已经不吐血了,我在吃东西,写作了。你写道,剧院里,群众对变化不满意;这是可以理解的,得罪这一部分人而讨好另一部分人,如果没有正当的理由,那是不行的。应当让那些从剧院创办起就在剧院里工作的人当中凡是愿意做股东的都做股东。母亲收到了你的信。她身体十分健康,跟我一样。库普林跟《世界》的女儿达维多娃小姐①结婚了。他结了婚就到雅尔塔来了。车轴草②让奥尔迦带来吧。爷爷③的健康状况不大好,阿尔特舒

---

① 指《世界》杂志的女出版人亚历山大·阿尔卡契耶芙娜·达维多娃的女儿玛丽雅·卡尔洛芙娜·达维多娃;库普林为这个杂志撰稿。——俄文本注

② 豆科,多年生和一年生草本。约有三百种,主要分布于欧亚大陆和北美洲。饲料植物。

③ 指列·尼·托尔斯泰。参看第七四二封信。——俄文本注

列尔显出悲观的样子。你对奇列诺夫医师说,他是个青年人,只要坚持不懈,一切都会遂愿①,只是不必灰心丧气,怨天尤人。要知道他才三十岁!你对奥尔迦说,让她到库兹涅茨克大街去的时候在缪尔商店买一瓶所谓"蒽制的"墨水,随身带来。不过要是她不到库兹涅茨克大街去,那就算了,不买也成。我已经有一个多月没有到城里去了。今天是二月八日,可是外面是十二月底的天气。明年冬天我不想住在雅尔塔,我要出去周游世界,到一个很远的地方去。祝你健康,顺遂。为什么腰痛?你要多加保重。母亲问你好。吻你,向你深深鞠躬。

你的 Antoine
一九〇二年二月八日
于雅尔塔

七六二

致奥·列·克尼碧尔

亲爱的奥丽雅,小狗,我写信告诉过你,要你把《瓦纽申的孩子们》②带来吗?你到玛霞那儿取来;顺便说一句,你可以在路上读它。你从辛菲罗波尔坐马车来,可以同别人合雇一辆驿车,或者独自一个人来,只是要快点来;天气会很冷,你要注意,穿得多一点,要不然你会冷得打战。

天在下雪,寒冷,糟透了。

---

① 1902年2月3日玛·巴·契诃娃在写给契诃夫的信上说:奇列诺夫"萎靡不振",因为"没有得到想望的职位"。——俄文本注
② 俄国剧作家谢尔盖·亚历山德罗维奇·奈焦诺夫(阿历克塞耶夫)(1868—1922)的剧本。

昨天人家打电话通知我,说托尔斯泰的身体十分好。他本来病况危急,现在体温正常了。

我的好心上人,拥抱你,吻你。为什么你们演高尔基的剧本时,逢"O"字就念重音①?你们在干什么呀?!!这是庸俗的,犹如达尔斯基扮演夏洛克②的时候用犹太口音说话一样。在《小市民》里,大家都像你和我一样讲话。

你不久就会来到此地吗?我在等着,等着,等着……可是天气很糟,很糟……

再一次吻我的德国籍的妻子、股东。

你的丈夫安·阿克特利森③

一九〇二年二月九日

于雅尔塔

七六三

致米·亚·奇列诺夫

亲爱的米哈依尔·亚历山大罗维奇,您生气了吧?您在骂我不给您写信吧?说真的,简直没有什么可写的。托尔斯泰,谢天谢地,总算复原,肺炎痊愈了;春天显然还没有开始,有趣的人没有见到,新鲜的事也一点都没有听到。

我来写一写过去的事。首先我衷心地、万分地感谢您的信

---

① 为了模仿高尔基故乡下诺夫哥罗德城的乡音。
② 1898年莫斯科艺术剧院公演莎士比亚的《威尼斯商人》一剧,由演员米哈依尔·叶果罗维奇·达尔斯基(普萨利扬)扮演剧中的犹太富翁夏洛克。——俄文本注
③ "阿克特利森"在俄语里含有"女演员的丈夫"的意思。

和您在代表大会上的劳碌。在大会期间我感到自己成了王子，一些电报①把我抬举到我从来没有想望过的高度。只是有一件事：为什么拿出勃拉兹的那张肖像画②，为什么呢？要知道这是一张不好的肖像画，糟透了的肖像画；尤其是印在照片上。去年春天我在彼得罗夫卡的照相师奥皮捷茨那儿照过相，他给我照了好几张，有的颇为成功，无论如何也总比勃拉兹的肖像画强。唉，但愿您知道勃拉兹给我画这幅肖像的时候怎样折磨我！他画一幅肖像用了三十天工夫，却没有获得成功；后来他到尼斯去找我，另画一幅，上午画，下午也画，又是三十天。如果我变成悲观主义者，写出忧郁的小说，那就应该归咎于我这幅肖像画。

请您来信告诉我莫斯科有什么新闻，发生了什么事，听到一些什么议论，大家在想望什么。我呢，当然，会用没有趣味的信答复您。说不定会发生地震也未可知，那就又当别论了，我就会给您写很长的信，把所有细节都写上。

我的健康状况似乎还可以。已经不咯血了。

请您来信告诉我列昂尼德·安德烈耶夫③近况如何。他真的打算到克里米亚来吗？……

复活节以后我就到莫斯科去，哪怕给我一百万，我也要去。整个五月我都要住在莫斯科。

---

① 参看第七四九封信。——俄文本注
② 指俄国画家姚·艾·勃拉兹为契诃夫所画的肖像。俄罗斯医师代表大会的医师们看完莫斯科艺术剧院演出的《万尼亚舅舅》一剧后，赠给这个剧院一张由勃拉兹所画的契诃夫肖像的照片。这张肖像画的照片挂在莫斯科艺术剧院的休息室里。后来，这张肖像画被取下来，换上了契诃夫在这封信上提到的、由摄影师彼得·阿道福维奇·奥楚普拍摄的照片；但是契诃夫误把这个摄影师称为奥皮捷茨了。——俄文本注
③ 即列昂尼德·尼古拉耶维奇·安德烈耶夫(1871—1919)，俄国作家。

紧紧握您的手,再一次衷心地感谢您,请您相信,这种感谢是真诚的。请您常写信来,好朋友。

您的安·契诃夫
一九〇二年二月十三日
于雅尔塔

七六四

致维·谢·米罗留包夫

亲爱的维克托·谢尔盖耶维奇,请您原谅,我把这件事拖了这么久。短篇小说①早就完工了,可是誊清却有点困难;我一直身体不舒服……不舒服得很。

校样我一定会寄上。我要在结尾的地方再加上两三句话。

我不容许书报检查机关改动一个字,这一点请您注意。要是书报检查机关删掉哪怕一个字,也请您把这个短篇退还给我,五月间我再另外寄给您一篇。

好,愿上帝保佑您。请您给我来信。

祝您健康,幸福。

您的安·契诃夫
一九〇二年二月二十日
于雅尔塔

---

① 《主教》。——俄文本注

七六五

致亚·瓦·阿木菲捷阿特罗夫

十分尊敬的亚历山大·瓦连契诺维奇,我刚刚听说您在米努辛斯克①。请您费神给我写一封信寄到雅尔塔来,讲一讲您是否需要什么东西,我能不能为您出点力,等等,等等。

文学界的新闻一点也没有。列·尼·托尔斯泰康复了,马·高尔基身体健康,目前这两个人似乎没写什么东西。高尔基的剧本《小市民》就要在彼得堡公演,在复活节的第二周。我略微有点咳嗽。

那么,我等着您的信。

祝您万事如意,紧紧握您的手。

您的安·契诃夫

一九〇二年二月二十七日

于雅尔塔

七六六

致维·谢·米罗留包夫

亲爱的维克托·谢尔盖耶维奇,今天我收到校样②,本来想今天

---

① 阿木菲捷阿特罗夫发表了一篇小品文《奥博曼诺夫之流的先生们》,对俄国的罗曼诺夫王朝进行了讽刺(其实这种讽刺是非常浅薄的)。1902年1月13日《俄罗斯报》由于发表这篇小品文而被查封,小品文作者被遣送到米努辛斯克居住。按:"奥博曼诺夫"这个姓在俄语里的原义是"欺骗"。——俄文本注
② 指契诃夫的短篇小说《主教》的校样,这篇小说发表在1902年《大众杂志》4月号上。——俄文本注

就读完，寄上，可是第一，您的校样把所有的句号都换成惊叹号，而且在没有必要的地方加了引号（"句法"）；第二，有许多遗漏的地方，必须加上去（例如"杰米扬-兹美耶维杰茨"）。我还想添几句话，这是另外的一个理由。那么这份校样您会在收到这封信的第二天收到，或者同一天收到，如果我来得及在晚上七点钟以前完工的话。

请您原谅，我亲爱的，我再一次请求您：倘使书报检查机关删掉哪怕一个字，就请您不要发表这篇小说。我会另外寄给您一篇。我写的时候已经顾及书报检查机关而删去了很多，缩短了很多。

请您记住我这个要求吧，恳求您了。

目前艺术剧院在彼得堡。那儿的情况如何，我不知道，他们什么也不写信告诉我。想必是作风疲沓吧？精神颓丧吧？不过，在这个世界上是什么东西也弄不清楚的，包括观众在内。

多谢您打来的关于院士①的电报，好朋友。愿上帝保佑您万事如意，生活愉快，身体健康。请您常常给我写两三行来。

您的安·契诃夫
一九〇二年三月八日
于雅尔塔

七六七

致丹·马·拉特加乌兹

十分尊敬的丹尼尔·马克西莫维奇：

请您原谅，到现在为止我没有答复您的信。我一直身体不好！

---

① 1902年2月27日米罗留包夫打电报给契诃夫，通知他说马·高尔基当选为俄国科学院和文学语言学部的名誉院士。——俄文本注

目前克里米亚的天气转变,好起来了,我的身体也随着天气见好了。我早就熟悉您的诗,您的头一个集子①我已经有了,柴可夫斯基②的浪漫曲《又像先前那样孤单》我也记得很清楚,而且很喜欢,总之您已经是我的老相识了。承赠《歌》③一册,我十分感谢,由衷地感谢。我非常愉快地读完了它。我很难为情,因为您想现在得到我的照片,而我却不得不回绝,或者差不多等于回绝。目前可寄的照片我这儿一张也没有;有是有的,可是都不好。五月间我要到莫斯科去,我会在那儿寄给您。要是五月间您不在基辅,那就请您来信说明应该寄到哪儿去。

祝您万事如意,再一次感谢您。

真诚地尊敬您的安·契诃夫
一九○二年三月十日
于雅尔塔

七六八

致符·加·柯罗连科

亲爱的符拉季米尔·加拉克契奥诺维奇,这一冬我简直什么事也没做,因为我病了。现在我已见好,几乎可以说是健康了,可是以后会怎么样,我却不知道,所以关于收进专刊的短篇小说④我

---

① 《诗集》,1900年在圣彼得堡出版。
② 即彼得·伊里奇·柴可夫斯基(1840—1893),俄国作曲家。——俄文本注
③ 拉特加乌兹把他的书《爱情和悲哀的歌》(1902年在圣彼得堡出版)寄赠契诃夫。——俄文本注
④ 柯罗连科在写给契诃夫的信上要求他为一个拟议出版的纪念果戈理专刊提供一篇短篇小说。——俄文本注

连一句明确的话也不能说。七月间或者八月间我会通知您,到那时候情况就会明了。讲到《俄罗斯财富》,那么一有机会,我就会寄去一个中篇或者短篇。这个杂志是我所满意的。我喜欢它,而且乐于为它工作。

今天我收到一个正式院士①的来信,内容如下:"昨天举行了文学部的特别会议(昨天是三月十一日),又是在大理石宫里举行的,专门讨论马克西姆·高尔基的事件②。他们宣读了皇上的申斥,大意是说皇上为这次选举'十分痛心',国民教育部建议今后把一切候选人统统呈请皇上和内务部裁夺。"

顺便说到,马·高尔基目前住在奥列伊扎,今天到我这儿来过。列·尼·托尔斯泰痊愈了。

祝您万事如意,紧紧握您的手。

多承来信,多承您惦记我,谨向您致以万分的感谢。

您的安·契诃夫

一九〇二年三月十九日

于雅尔塔

---

① 指尼·巴·孔达科夫。——俄文本注
② 指高尔基当选为科学院名誉院士一事由于沙皇尼古拉二世表示不满而被取消。1902年3月10日《政府通报》上以及后来其他各报上发表了下列的通告:"由于皇家科学院的俄罗斯文学和语言学部的联席会议所不知悉的种种情况,业已按刑事诉讼程序法规第一〇三五款交付侦讯的阿历克塞·马克西莫维奇·彼希科夫(笔名马克西姆·高尔基)当选为名誉院士一事特宣告无效。"1902年3月12日这个通告重新在各报刊出,标题是"皇家科学院公告"。——俄文本注

七六九

致尼·德·捷列肖夫

亲爱的尼古拉·德米特利耶维奇,今天我收到您的来信,当天就给您回信。我生怕我的祝贺会迟误①。是的,伊凡·阿历克塞耶维奇是一个当之无愧的接受庆贺的人:就某一点来说,他是个独一无二的作家,同时又是个很好的人。

向您谨致衷心的祝愿,握您的手。过了复活节我就要到莫斯科去,这是一件使我极其快乐的事。

您的安·契诃夫
一九〇二年三月二十一日
于雅尔塔

七七〇

致伊·阿·别洛乌索夫

亲爱的伊凡·阿历克塞耶维奇,请您容许我也向您道贺②,紧紧地、紧紧地握您的手,我想到没有跟您在一起就由衷地遗憾。

请您接受我衷心的祝愿,我祝您幸福,祝您成功;愿上帝保佑您活到这样一天(也保佑我跟您一块儿活到这样一天):到那天的

---

① 捷列肖夫写信告诉契诃夫,说3月27日恰逢俄国诗人伊凡·阿历克塞耶维奇·别洛乌索夫(1863—1929)从事文学活动二十周年纪念日,别洛乌索夫的朋友们准备在捷列肖夫的寓所里纪念这一天。——俄文本注
② 参看第七六九封信的注。——俄文本注

傍晚我们可以聚在一起,庆祝您的平静的、谦虚的、美好的文学活动的四十周年纪念。再一次紧紧握接受庆贺的人的手,拥抱您。

您的安·契诃夫
一九〇二年三月二十一日
于雅尔塔

七七一

致奥·列·克尼碧尔

亲爱的心上人,我马上就要出去,到托尔斯泰那儿去。天气好极了。那么你在彼得堡住腻了?觉得乏味吗?冷吗?

关于名誉院士的事,什么决定都还没作出来,而且什么都不知道;谁都不给我写信来谈一谈,我不知道我该怎么办才是①。今天我要跟列〔夫〕·尼〔古拉耶维奇〕谈一谈。

高尔基的剧本②获得成功了吗?真行!

那么,再见,我的心上人!要是有必要的话,我就打电报给你;如果明天我不再写信,这就是最后一封信了③。

我完全健康,明天我的牙就镶完了。布宁的朋友,画家尼路斯④,星期三开始给我画像。

那么,我的妻子,再见!我们会相逢,然后,任何人也没法把我们分开,直到九月或者十月为止。

---

① 指对高尔基被撤销名誉院士一事应采取什么行动(契诃夫自己也是科学院名誉院士)。——俄文本注
② 指莫斯科艺术剧院在彼得堡公演的高尔基的《小市民》一剧。
③ 契诃夫准备离开雅尔塔到莫斯科去。
④ 彼得·亚历山德罗维奇·尼路斯(1869—?),俄国画家。

拥抱你,吻你一百万次。

《野鸭》倒霉了吗?

你的忠实的丈夫
安
一九〇二年三月三十一日
于雅尔塔

今天没有收到你的信。

七七二

致尼·巴·孔达科夫

十分尊敬的、亲爱的尼科季木·巴甫洛维奇,我不知道您回到彼得堡去没有(您来信说而且报上也说您在莫斯科),不过仍旧请您允许我向您提醒我的存在。首先我要讲的是在雅尔塔真正的春天已经来到,树木吐翠,桃花开放,天气暖和,演员萨左诺夫在他的庄园里每逢喝茶就一定要坐在露天底下。我的健康状况在二月和三月初不好,我瘦下来,咳嗽很厉害,可是现在我的情况显然在好转,我觉得身体很好了。

我很想跟您见面谈一谈,听一下最近院士选举的详情。到现在为止有许多事对我来说还是不清楚的,至少我不知道我该怎么办:是仍旧做名誉院士呢,还是辞掉不干。

列·尼·托尔斯泰好多了,这是毫无疑义的,他的病(肺炎)过去了,但他的身体还是虚弱,非常虚弱。最近才开始在圈椅上坐着,本来是一直躺着的。他一时还不能走动。前天我到他那儿去过,依我看他复原了,只是很老,几乎衰迈。他博览群书,头脑清楚,眼光异常敏锐。当然,写作是不行的,不过他手边仍旧有些写成的新东西①,不过关于这一点我们见面再谈吧。

我们什么时候见面呢？劳驾,写信告诉我。我,再说一遍,很想跟您谈一谈,很想,而且很必要。

祝您万事如意,向您以及您家里的人深深鞠躬。祝您健康,顺遂。

您的安·契诃夫
一九○二年四月二日
于雅尔塔

七七三

致符·加·柯罗连科

亲爱的符拉季米尔·加拉克契奥诺维奇,我的妻子带着三十九度的体温从彼得堡来到此地,十分衰弱,痛得厉害;她不能走路,她下轮船的时候是靠人抱下来的……现在似乎略微好一点了……

我不想把那个声明转交托尔斯泰了②。我跟他谈起高尔基,谈起科学院的时候,他说:"我不认为我是院士③。"然后他就埋下头去看书了。高尔基那儿,我转交了一份声明,并且把您的信对他

---

① 大概指托尔斯泰的一些宗教哲学论文和中篇小说《哈泽·穆拉特》。——俄文本注

② 柯罗连科写了一个致俄国文学史家、科学院院士、科学院第二部(文学和语言学部)部长亚历山大·尼古拉耶维奇·韦塞洛甫斯基(1838—1906)的声明,说明他辞去名誉院士的称号,借以表示他对马·高尔基先是当选名誉院士而后来又被取消一事的抗议。柯罗连科把这个声明分别寄给契诃夫、马·高尔基和托尔斯泰。——俄文本注

③ 托尔斯泰也是俄国科学院的名誉院士。

读了一遍。不知什么缘故我觉得科学院不会在五月二十五日开会,因为在五月初院士们已经走散了。我还觉得高尔基不会第二次当选①,人家会对他投反对票。我非常想跟您见面谈一谈。您到雅尔塔来吗?我在这儿要住到五月十五日。我本想到波尔塔瓦去找您,可是目前我的妻子病势很重,多半还要卧床三个星期。或者五月十五日以后我们在莫斯科见面?在伏尔加河流域?在国外?您来信吧。

紧紧握您的手,愿您万事如意。祝您健康。

您的安·契诃夫

一九〇二年四月十九日

于雅尔塔

我的妻子问候您。

七七四

致符·加·柯罗连科

亲爱的符拉季米尔·加拉克契奥诺维奇,我的妻子仍旧在生病,我怎么也没法理清我的思路以便好好地给您写一封信。在昨天的信上我问您我们在四月间或者五月初能否相见。我觉得对我们来说共同行动要方便些,应当商量一下。您在写给亚·尼·韦塞洛甫斯基的信②上所陈述的意见,我完全同意;我觉得在五月十

---

① 柯罗连科在写给契诃夫的信上说:院士们中间产生了各式各样有关消除冲突的方案。其中之一主张"废止第一〇三五款的效力,也就是尽力结束这个案件,然后再进行选举以便第二次当选"。——俄文本注

② 参看第七七三封信。——俄文本注

五日的会议上,如果这个会议真的按时召开的话,您可以把我的意见也说几句。要是在五月十五日以前我们没有见到面,那就只好通信商量了。

我的妻子体温很高,仰面朝天躺在床上,瘦下来了。您在彼得堡跟她谈了些什么①?她痛苦地抱怨说她全忘了。

紧紧握您的手。祝您健康,顺遂。

您的安·契诃夫
一九〇二年四月二十日
于雅尔塔

七七五

致康·德·巴尔蒙特

亲爱的康斯坦丁·德米特利耶维奇,愿上苍为了您这封可爱的信保佑您!我活着,大体上是健康的,然而仍旧住在雅尔塔,而且会住很久,因为我的妻子病了。《燃烧的大厦》和卡尔德隆的第二卷都已经收到,感激不尽。您知道,我欣赏您的才能,您的每一本书都带给我不少的快乐和激动。这也许因为我是保守主义者。

您的妻子所翻译的剧本②也收到了,而且早已收到,后来转寄给艺术剧院了。这个剧本我喜欢,它是一个现代的剧本,只是写得过于严峻;恐怕书报检查官会不放过它。

我羡慕您。您就在可爱的牛津多住些日子,工作工作,找点乐趣,而且有的时候想起我们这些生活得乏味、疲沓、寂寞的人吧。

---

① 柯罗连科为高尔基被撤销名誉院士称号一事特地到彼得堡去住了几天,同契诃夫的妻子克尼碧尔见过面。——俄文本注
② 德国作家施拉夫的剧本《艺术家艾里策》。——俄文本注

祝您健康,愿天使保佑您。请您再给我来信,哪怕写一行也成。

您的安·契诃夫
一九〇二年五月七日
于雅尔塔

七七六

致阿·马·彼希科夫(马·高尔基)

亲爱的阿历克塞·马克西莫维奇,您的信我是在莫斯科住到第六天才收到的。到阿尔扎马斯去无论如何也不行,因为我的妻子奥尔迦病得**很重**。昨天晚上她自己很痛苦,她周围的人也很痛苦;明天我把她送到施特劳赫①的医院去,然后到弗兰岑斯巴德去。

再给我来信,好朋友,哪怕写一行也成。地址:莫斯科,涅格林内大街,戈涅茨卡雅寓所。前几天我见到一位先生,他跟普列威熟识,了解他;他说您不久就会被取消监视。这话是否说得对,我不作判断,不过,我想,要是阿尔扎马斯有小河,有果园,那么对监视也可以不去介意了。

向叶卡捷琳娜·巴甫洛芙娜·马克西姆卡和小姑娘深深鞠躬,衷心致意。紧紧握您的手,拥抱您。以前当过歌手的那个人②昨天到我这儿来过,今天来吃饭。他是一个很好的人,很有才能,很有趣味。

---

① 即马克西姆·奥古斯托维奇·施特劳赫,给克尼碧尔看病的俄国妇科医师。——俄文本注
② 即俄国作家斯·加·斯基达列茨。——俄文本注

423

在我动身离开雅尔塔的前夕,柯罗连科到我家里来过①。我们商量了一阵,大概过几天我们就会写信到彼得堡去,提出辞职②。

再一次深深鞠躬。

您的安·契诃夫

一九〇二年六月二日

于莫斯科

七七七

致阿·马·彼希科夫(马·高尔基)

亲爱的阿历克塞·马克西莫维奇,我住在莫斯科,而且不知道我在这儿还要住多久。我的妻子在生病,躺在床上,痛得不住呻吟;她不能坐着,更不要说走路或者坐车了。大概下个星期她要动手术。

请您把剧本③寄到下列地址:莫斯科,涅格林内大街,戈涅茨卡雅寓所,我会愉快地读它,甚至不止是愉快。

问候叶卡捷琳娜·巴甫洛芙娜和孩子们。我有点疲乏。祝您健康,顺遂。

您的安·契诃夫

一九〇二年六月十一日

于莫斯科

---

① 柯罗连科于1902年5月24日到过契诃夫家。——俄文本注
② 1902年7月和8月符·加·柯罗连科和契诃夫分别辞去俄国科学院名誉院士的称号,借以抗议沙皇政府无理撤销高尔基的名誉院士的称号。(参看第七八四封信)——俄文本注
③ 《底层》。——俄文本注

七七八

致奥·列·克尼碧尔

我的亲爱的好妻子奥丽雅,在火车上我一夜睡得非常好,现在(白天十二点钟)正在伏尔加河上航行①。有风,天凉,可是好得很,好得很。我一直坐在甲板上,瞧着河岸。莫罗佐夫带着两个好心肠的德国人,一个年老,一个年轻;这两个人一句俄国话也不会说,于是我不得不说德国话。要是及时从这一边换到那一边去坐,那就可以感觉不到有风。总之,我的心情很好,而且是德国人的心情②,航行舒适而愉快,咳嗽大为减轻。我没有为你担忧,因为我知道,我相信我的小狗是健康的,而且也不可能不是这样。

向维希涅甫斯基鞠躬,道谢;他的体温略微有点高,他胆怯而忧郁,这是因为不习惯的缘故。

向妈妈③深深鞠躬,希望她在我们那儿生活安宁,没有遭到臭虫咬。问候齐娜④。

我会每天给你写信,我的心上人。你要安稳地睡觉,常常想起你的丈夫。轮船摇晃,写字困难。

吻我的不平凡的妻子,拥抱你。

---

① 契诃夫的妻子克尼碧尔健康状况好转以后,契诃夫同俄国工厂主谢·季·莫罗佐夫一起到这个工厂主的庄园所在地乌索利耶去小住一段时间;他们先坐火车到下诺夫哥罗德,然后换乘轮船沿着伏尔加河和卡马河到彼尔姆。——俄文本注
② 这是开玩笑;克尼碧尔祖籍德国,于是契诃夫戏称自己也是德国人。
③ 即克尼碧尔的母亲安娜·伊凡诺芙娜。
④ 即克尼碧尔家里的女管家齐娜伊达·阿历克塞耶芙娜·尼基茨卡雅。——俄文本注

打电报来告诉我施特劳赫怎么说。

> 你的安
> 一九〇二年六月十八日
> 于下诺夫哥罗德到喀山的路上

七七九

致阿·马·彼希科夫(马·高尔基)

亲爱的阿历克塞·马克西莫维奇,我前几天到彼尔姆,后来逆水而上,到乌索利耶,现在顺铁路线下来,再到彼尔姆去;目前我在弗〔谢沃洛多〕维利瓦车站附近。六月二日我又要到莫斯科去,这是一定的;如果您已经把剧本①寄到那儿去,那么三日我就会读完它。倘使还没寄,那么请您注意,我的莫斯科地址就是主要的地址,直到我另外通知为止。说不定我会同奥尔迦一起住到别墅去(阿历克塞耶夫的别墅),不过在我的莫斯科寓所和别墅之间每天都通消息。

奥尔迦病得不轻,可是现在,正如您现在看到的,我总算得到释放,可以放心了。她病情好转,而且有希望到八月中旬完全康复,可以像真正的克尼碧尔那样排戏了。

艺术剧院搬进新的房子,那儿很好。这就是报纸巷里所谓的利安诺佐夫剧院。这个剧院经过重新翻修,流传着种种神话。

我已经多少天没有读报纸了!

问候叶卡捷琳娜·巴甫洛芙娜、马克西姆卡和您的可爱的女

---

① 马·高尔基新写成的剧本《底层》于7月25日由到阿尔扎马斯去在高尔基家里做客的医师阿·尼·阿列克辛带到柳比莫夫卡的别墅,交给契诃夫。——俄文本注

儿。我希望您身体健康,心情不太烦闷。此地,在彼尔姆省,天气很热,我老是喝 Apollinaris①:这是我在彼尔姆发现的水。那么,请您写信给我,寄到莫斯科。

紧紧握您的手,拥抱您。

您的安·契诃夫

一九〇二年六月二十四日

于弗谢沃洛多维利瓦

七八〇

致符·伊·涅米罗维奇-丹钦科

你好,亲爱的符拉季米尔·伊凡诺维奇:鬼才知道我在什么地方给你写这封信。我在彼尔姆省的北部。要是你伸出一个手指顺着卡马河往上移,过了彼尔姆,那你就碰到了乌索利耶,我就在这个乌索利耶附近。

我收到莫斯科打来的令人宽慰的电报。我六月二日到那儿去,也就是到莫斯科去;如果奥尔迦可以挪窝儿,那么三日或四日我就已经在阿历克塞耶夫的别墅里了。

此地,在彼尔姆附近,生活是单调乏味的,要是把它描写在剧本里,那就过于沉闷了。不过关于这一点,见面的时候再谈吧。目前,祝你健康,顺遂,不要忧郁,写点东西,并且常常想起我们。我希望维希涅甫斯基照他该做的那样按时给你打电报。

拥抱你,紧紧握你的手。代我问候叶卡捷琳娜·尼古拉耶

---

① 拉丁语:阿波罗。

芙娜。

>你的安·契诃夫
>一九〇二年六月二十五日
>于乌索利耶

七八一

致阿·马·彼希科夫(马·高尔基)

亲爱的阿历克塞·马克西莫维奇,我仍旧在莫斯科(或者在它的附近)。我很想知道您近况如何,可是您的信我连一封也没有收到。剧本①写完了吗?您在忙什么?总之,您生活得怎样?我生活得不错,在钓鱼(在克利亚济马河上,在阿历克塞耶夫的别墅附近),身体健康,可是奥尔迦身体仍旧不健康,仍旧无论如何也不能集中精力做事。

如果剧本已经写好,那么您不可以把它寄给我吗?②

您写一封信来吧,哪怕一行也行。地址照旧:莫斯科,涅格林内大街,戈涅茨卡雅寓所。向叶卡捷琳娜·巴甫洛芙娜、马克西姆卡和小姑娘深深鞠躬,致意。

握您的手,拥抱您。

>您的安·契诃夫
>一九〇二年七月十七日
>于柳比莫夫卡

---

① 《底层》。
② 参看第七七九封信的注。——俄文本注

请看背面。

今年冬天您在哪儿过呢?在下诺夫哥罗德?在克里米亚?我大概会出国。到非洲去,或者到更远的某个地方去,如锡兰,如果那儿没有鼠疫或者霍乱的话。

七八二

致康·谢·阿历克塞耶夫
(斯坦尼斯拉夫斯基)

亲爱的康斯坦丁·谢尔盖耶维奇,今天医师施特劳赫到柳比莫夫卡来,发现一切都顺利。他只禁止奥尔迦做一件事:在路面不好的马路上乘车,总之不准过多地活动,至于参加排戏,他却无条件地允许她了,这真使我高兴万分;至少从八月十日起,她就可以在剧院里工作了。医师禁止她到雅尔塔去。八月间我一个人到那儿去,九月中旬回来,然后在莫斯科住到十二月。

在柳比莫夫卡我很满意。四月和五月弄得我好苦,现在呢,我一下子转运了,仿佛为了奖赏过去似的;这么多的安宁、健康、温暖、快乐,我只有摊开两只手拥抱它们了。天气好,河也好,而且在这所房子里我们吃饭,睡觉,简直比得上大主教。我直接从内心深处向您致以一千次感谢。我很久以来没有这样度过夏天了。我每天钓鱼,一天钓五次,成绩不坏(昨天烧了鲈鱼汤);在岸上坐着愉快得很,弄得我都没法表达了。一句话,一切都很好。只有一件事不好;我很懒,什么事也不干。剧本还没有动笔①,光是在思考。

---

① 1902年7月26日契诃夫的妻子克尼碧尔在柳比莫夫卡写信给斯坦尼斯拉夫斯基,说契诃夫已经把他的未来的剧本考虑成熟了(契诃夫的最后一个剧本四幕喜剧《樱桃园》)。——俄文本注

大概至早也要在八月底动笔。

奥尔迦向您致意,深深鞠躬。维希涅甫斯基也这样。请您代我向玛丽雅·彼得罗芙娜和孩子们①问候和致意。祝您健康,快活,精力充沛。握您的手。

您的安·契诃夫
一九○二年七月十八日
于柳比莫夫卡

维希涅甫斯基发胖了。

收信人一栏我写的不是 C.②,而是 K. Alexeeff③。这样方便些。

奥尔迦住在楼下,我和维希涅甫斯基住在楼上;我们八点钟起床,十点半到十一点睡觉,一点钟吃午饭,七点钟吃晚饭。叶果尔④和杜尼雅霞⑤很忙碌,很亲热。邻居们当中最常来的是米卡(您的侄子)和女画家 H. 斯米尔诺娃⑥,她在给我画像。

七八三

致阿·马·彼希科夫(马·高尔基)

亲爱的阿历克塞·马克西莫维奇,您的剧本⑦我看完了。它

---

① 即康·谢·斯坦尼斯拉夫的儿子伊果尔·康斯坦丁诺维奇·阿历克塞耶夫和女儿基拉·康斯坦丁诺维奇·阿历克塞耶娃。——俄文本注
②③ 法语:谢和康·阿历克塞耶夫。
④ 即叶果尔·戈威尔多甫斯基,康·谢·斯坦尼斯拉夫斯基在柳比莫夫卡的别墅的仆人。
⑤ 康·谢·斯坦尼斯拉夫斯基的女仆。
⑥ 康·谢·斯坦尼斯拉夫的亲戚。
⑦ 《底层》。——俄文本注

新颖,而且无疑是好的。第二幕极好,这是最好、最有分量的一幕,我读它的时候,特别是读到它结尾的地方,差点高兴得跳起来。这个剧本的调子是阴郁沉闷的,观众会由于不习惯而离开剧院,不管怎样您可以和您的乐观主义者的名声分手了。我的妻子将要扮演瓦西里莎这个放荡而狠毒的女人。维希涅甫斯基正在屋子里走来走去,模仿那个鞑靼人,他相信这就是他的角色。鲁卡呢,唉!可不能交给阿尔捷木扮演,他会照他以前的老样子演,让人厌倦的;不过他倒会把警察演得绝妙,这是他的角色。姘妇由萨玛罗娃①扮演。演员您写得很成功,这是个精彩的角色,应当交给一个有经验的演员来演,如斯坦尼斯拉夫斯基就行。男爵由卡恰洛夫扮演。

第四幕里您没有叫那些最有趣的人物出场(演员除外),那么请您注意,不要因此出什么问题。这一幕可能显得乏味而且不必要,特别是如果比较有感染力有趣的演员都走掉了而只剩下一些中常的演员的话。那个演员的死亡太可怕;您仿佛无缘无故给了观众一个耳光,事先没有让观众有所准备。为什么男爵沦落小客栈,为什么他是男爵,这也不够清楚。

八月十日左右我动身到雅尔塔去(我妻子留在莫斯科),然后,八月间我再回到莫斯科来,如果不发生什么特别的事的话,就在那儿住到十二月。我会看到《小市民》,会看到新剧本的排演。您也能够抽身离开阿尔扎马斯,到莫斯科去,哪怕只住上一个星期吗?我听说他们准许您到莫斯科去,大家正在为您奔走。在莫斯科,利安诺佐夫剧院正在翻修成艺术剧院,工作紧张,预定十月十

---

① 即玛丽雅·亚历山德罗芙娜·萨玛罗娃,莫斯科艺术剧院的演员。

五日完工,然而开始公演却未必会早于十一月底,以至十二月。我觉得雨,大雨,会妨碍工程的进行。

我住在柳比莫夫卡,阿历克塞耶夫的别墅里,从早到晚钓鱼。这儿有条小河极好,水深,鱼多。我懒散得很,连我自己都讨厌自己了。

奥尔迦的健康状况显然在改善。她向您鞠躬,由衷地致意。请您代我问候叶卡捷琳娜·巴甫洛芙娜、马克西姆卡和您的女儿。

列·安德烈耶夫的《思想》①是一个矫揉造作的、不易看懂的、显然不需要的、然而写得有才气的作品。安德烈耶夫缺乏朴素,他的才能类似人工做成的夜莺的啼鸣。斯基达列茨固然是麻雀,然而是一只真正的有生命力的麻雀。

不管怎样,八月底我们会见面。

祝您健康,顺遂,不要烦闷。阿列克辛到我这儿来过,他极好地讲了您的情形。

您的安·契诃夫
一九○二年七月二十九日
于柳比莫夫卡

您收到我寄还的剧本以后,请您写几行来。我的地址是涅格林内大街,戈涅茨卡雅寓所。

关于剧本,您不必着急,您总来得及想好的。

---

① 发表在1902年《世界》杂志第7期上。——俄文本注

七八四

致亚·尼·韦塞洛甫斯基①

亚历山大·尼古拉耶维奇阁下：

去年十二月我得到阿·马·彼希科夫当选为名誉院士的消息。阿·马·彼希科夫当时正在克里米亚，我没有迟延，立刻跟他见面，头一个把当选的消息带给他，头一个庆贺他，后来，过了不久，报纸上登出消息说，由于彼希科夫已经按第一○三五款交付侦讯，这次选举被认为无效。同时报纸又明确指出这个通告是科学院所发的；由于我是名誉院士，那么发这个通知也有我的份。我由衷地庆贺过他，而我又认为选举无效，这样的矛盾是我的头脑所不能容纳的，我的良心也不能处之泰然。而且第一○三五款经我查阅后也没有向我说明任何问题。我经过长久的思考以后只能作出一个对我来说极其沉重而悲痛的决定，那就是极其恭敬地恳求您申请免去我的名誉院士的称号。

我以深深的敬意荣幸地做您的最忠实的仆人。

安东·契诃夫

一九○二年八月二十五日

于雅尔塔

---

① 给俄国科学院的俄罗斯文学和语言学部主任的申请信。——俄文本注

七八五

致伏·米·拉甫罗夫

亲爱的朋友伏科尔·米哈依洛维奇,我八月间来到此地,为的是工作,然而我到了这儿,跟往常一样,就生病了。我开始咳嗽,身体虚弱,胃口不好,照这样差不多过了一个月。此外再加上天气极糟,仿佛故意捣乱似的,一滴雨也不下,天气炎热,尘土飞扬。我决定离开此地,只要一有机会,就会这么办。我大概会到Nervi(在米兰附近)去,我要设法路过莫斯科。

今年我不会写剧本了。我会写短篇小说,详细情形等我们在莫斯科见面后再谈,那大概要在九月二十五日之后。

今天天气凉快,我感到轻松了,咳嗽也似乎轻了些。

祝您健康,请您问候维克托·亚历山德罗维奇。

你的安·契诃夫
一九〇二年九月八日
于雅尔塔

我的妹妹和奥〔尔迦〕·列〔昂纳尔多芙娜〕都在莫斯科。

七八六

致尼·德·捷列肖夫

亲爱的尼古拉·德米特利耶维奇,多谢您!今天我收到了您的《白鹭》①和《小说诗歌集》②。我已经差不多都看完了,有许多作品使我满意,有许多作品使我入迷。您的作品都可爱,《在圣诞节前夜》和《关于盲人的歌》(特别是结尾)我觉得异常好,精彩,这也许是很长时间我没有看小说的缘故。多谢,多谢多谢!紧紧握您的手,请您不要在您的神圣的祷告里忘记我。向"星期三"的常客鞠躬和致意。

您的安·契诃夫
一九○二年九月十四日
于雅尔塔

七八七

致奥·列·克尼碧尔

我可爱的夫人,我这儿出了一件大事:夜里下雨了。今天早晨我在花园里散步的时候,一切都已经干枯,蒙上灰尘,可是确实下过雨,我夜里听见雨声了。凉爽过去,又热起来了。我的健康状况完全走上正轨,至少我胃口好了,咳嗽减轻了;我没吃黄油,因为此地的黄油使胃失调,弄得肚子很胀。一句话,你不要担心,一切即使不是很好,至少也不比往常坏。

今天我心里难过,左拉去世了。这太出人意外,而且似乎不是时候。他作为作家,我是不大喜欢的,可是作为人,在德雷福斯一案轰动一时的近几年当中,我却十分敬重他。

---

① 捷列肖夫的小说集《白鹭·童话》,1901年在莫斯科出版。——俄文本注
② 由文学小组"星期三"(莫斯科文学工作者同人小组,19世纪90年代由尼·德·捷列肖夫发起和创办,每逢星期三在捷列肖夫家聚会)的参与者的作品选出来的一个集子,1902年在莫斯科出版。——俄文本注

那么，我们不久就要见面了，我的小娃娃。我会去的，而且要一直住到你把我赶走为止。我总会惹得你厌烦的，你放心就是。要是你跟奈焦诺夫谈起他的剧本①，你就对他说：不管怎样，他有很大的才能。我没有给他写信，是因为不久就要跟他见面了，你就这样对他说吧。

我给莫罗佐夫②所写的信就跟我给你所写的信一样，那就是说我由于没钱而不做股东了，因为我没收到我指望会收到的债款③。

不要忧郁，这跟你不相称。祝你快活，我的心上人。吻你的两只手、额头、脸颊、肩膀、〔……〕。

你的安
一九〇二年九月十八日
于雅尔塔

柯契克在哪儿？

母亲问你好，她老是抱怨说你不给她写信。

七八八

致阿·费·马克思

十分尊敬的阿道夫·费多罗维奇：

对于登出广告，说《田地》一九〇三年要刊载我的短篇小说，我一点反对的意见也不会有，因为我根本就不反对给您的杂志写

---

① 《房客》。——俄文本注
② 指俄国大工厂主萨·季莫罗佐夫，当时正在为莫斯科艺术剧院募股。
③ 指契诃夫出售梅里霍沃庄园所应得的款子。——俄文本注

稿,而且,只要疾病不作梗,我的短篇小说一定会寄上。

讲到艾庭盖尔先生,那么他的《思想和想法》①十分幼稚,要严肃地谈论这篇文章是不可能的。再者,所有这些"思想和想法"都不是我的,而是我的人物的;例如,要是我的小说里或者剧本里的某个人物说应当杀人或者偷东西,这绝对不等于说艾庭盖尔先生有权利把我算做一个宣扬凶杀和盗窃的人。

艾庭盖尔先生的原稿奉还。请您允许我祝您万事如意,允许我真诚地尊敬您。

安·契诃夫
一九〇二年十月二十三日
于莫斯科

七八九

致亚·伊·库普林

亲爱的亚历山大·伊凡诺维奇,《退职》②已经收到而且读完,多谢您。这个中篇写得好,我是一口气看完的,就跟看《在马戏院里》一样,而且得到了真正的愉快。您要我只谈缺点,这就让我为难了。这个中篇没有缺点,如果可能有什么使人不能同意的地方,那也只是它的某些特征。例如,您是用旧手法处理您的人物,那些演员,如同很多年以来大家所用的处理手法一样;新的东西一点也

---

① 艾庭盖尔是俄国新闻工作者苏土京的笔名。他从契诃夫的作品中摘录一些语句,汇编成一篇《安·巴·契诃夫的思想和想法》,马克思把这篇文章的原稿寄给契诃夫,请他加以评论。——俄文本注
② 库普林把他的这篇小说的校样寄给契诃夫,请他加以评论;这篇小说发表在《俄罗斯财富》1902年11月号上。——俄文本注

没有。第二,您在头一章里致力于描写外貌,而且又是按旧手法描写,这类描写即使取消也无关大局。把五个人物的外貌确切地描摹一番,就会使得读者感到厌倦,注意力难以集中,结果最终失去其价值。刮光胡子的演员们总是彼此相像,如同天主教教士一样,不管您怎样努力描写,他们也仍旧彼此相像。第三,笔调有点粗糙,对醉汉的描写太过分……

对于您那专谈缺点的要求,我所能提出的答复只有这些,此外我就什么也想不出来了。

请您对您的妻子说,叫她不必担心,一切都会顺利地过去。分娩持续二十个小时,然后最令人欣喜的幸福就会降临,她会微笑,您呢,由于感动而想哭。二十个小时是第一次分娩的平常的 maximum①。

好,祝您健康。紧紧握您的手。我这儿的来客极多,弄得我头昏脑涨,难以写东西。艺术剧院确实好②,不太奢华,然而舒适。

您的安·契诃夫

一九〇二年十月③一日

于莫斯科

七九〇

致费·德·巴丘希科夫

十分尊敬的费多尔·德米特利耶维奇,在雅尔塔的时候我身体不好,什么工作也没做,现在也几乎什么都不做,因为从早晨到

---

① 拉丁语:极限。
② 指它的新演剧场所。
③ 笔误,应是"11月"。

深夜不断接待客人。可是,尽管我身体不好,长期闲散,我却仍旧没有失去希望,很快就会坐下来工作,为您的杂志写出一个不长的中篇或者短篇①。这在哪一个月办到,是在十二月还是明年一月。我不知道,然而我仍旧可以向您保证:我会坐下来写东西,当然,这是说如果我活着而又健康的话;短篇小说我一定会寄给您。所以我觉得,把我的名字放在来年的写稿人的广告里也未尝不可。

《底层》是个好剧本;据说,它被书报检查官乱改了一通,然而仍旧会上演,不久就要开始正规的排练了;再者目前有这样一种希望,书报检查官也许会化愤怒为怜悯,剧本的有些地方可以恢复旧观。昨天上演《黑暗的势力》②,颇为成功。他们倒不见得表现出多少的才能,不过在表演中却流露出对工作的极其认真和热爱。

紧紧握您的手,祝您万事如意。

祝您健康。

忠实的安·契诃夫

一九〇二年十一月六日

于莫斯科

我的妻子向您致意,深深鞠躬。

七九一

致彼·伊·库尔金

亲爱的彼得·伊凡诺维奇,多谢您的来信。我已经回到雅尔

---

① 这个愿望没有实现;《世界》杂志没有登载过契诃夫的小说。——俄文本注
② 托尔斯泰的多幕剧。

塔,已经在此地感到无聊,而且挨冻了。不过,心情倒是好的。希望您不久在艺术剧院会看到《底层》,而且会写信告诉我演出的情况,我恳切地请求您做到这一点。您信上提到的布宁的短篇小说,已经在《大众杂志》十月号上发表了①。

那么,希望您活着,健康,十分顺利,而且不要忘记忠实于您的

安·契诃夫

一九〇二年十二月四日

于雅尔塔

А.В.波果热夫②把《工业和健康》寄给我了。

七九二

致奥·列·克尼碧尔

我的心上人,可怜虫,小狗,你一定会有孩子,大夫们都这样说。只要你完全恢复精力〔……〕,你就能生出一个小小子,他会打碎碗碟,揪你的塔克斯猎犬的尾巴,你呢,瞧着他,心里就得到安慰了。

昨天我洗头,大概着了一点凉,因为我今天不能工作,头痛。昨天我头一次进城,那边乏味极了,街上净是些丑八怪,没有一个容貌漂亮的女人,没有一个穿戴显眼的女人。

---

① 这是契诃夫用来回答库尔金的暗语;库尔金在写给契诃夫的信上想了解契诃夫所收到的在俄国遭到查禁的刊物。契诃夫的这句暗语大概指的是《解放》杂志(俄国资产阶级自由派刊物,1902至1905年在司图加特—巴黎出版)10月号,其中刊载着契诃夫写给俄国科学院辞去名誉院士的称号的信。参看第七七六封信。——俄文本注
② 俄国卫生医师,《工业和健康》杂志的主编兼发行人。——俄文本注

等我坐下来写《樱桃园》,我就写信告诉你,小狗。目前我在埋头写一篇短篇小说①,这篇小说相当乏味,至少我觉得是这样;它惹得我厌烦了。

在雅尔塔,地面上铺着一层青草。没有雪的时候,看着它是愉快的。

我接到艾甫罗斯②寄来的一封信。他要求我写一下我对涅克拉索夫有什么看法③。他说这是用来发表在报纸上的。这真讨厌,可又不得不写。顺便说一句,我十分爱戴涅克拉索夫;不知什么缘故,我对他的错误总比对任何别的诗人的错误乐于原谅。我就照这样写给艾甫罗斯了。

大风刮得很凶。

现在叫福木卡④到雅尔塔来,未免太冷;不过也许可以设法把它装在火车里运来,或者也许装狗的地方有暖气。要是玛霞不把它带来,那么古尔祖夫的教员维诺库罗夫-契果林也许会带来。他今天到莫斯科去了。

你送给我的那只猪掉了一个耳朵。

好,亲爱的,愿上帝保佑你,希望你做个乖孩子,不要忧郁,不要烦闷,常常想起你的合法的丈夫。要知道,老实说,世上再也没有人像我这么爱你,除了我以外你就什么人也没有了。你必须记住这一点,牢牢地记在心里。

---

① 可能是契诃夫的短篇小说《一封信》,这篇小说没有写完。——俄文本注
② 即尼古拉·叶菲莫维奇·艾甫罗斯(1867—1923),俄国新闻工作者,剧评家,《家庭》杂志的主编。
③ 为了纪念俄国诗人尼·阿·涅克拉索夫逝世二十五周年,《每日新闻》报编辑部向一系列文学工作者提出请求,请他们写出"寥寥几行",说明他们是否同意列夫·托尔斯泰的观点,即涅克拉索夫缺乏诗才,"已经过时了",等等。1902年12月27日《每日新闻》报刊出了契诃夫的答复。——俄文本注
④ 狗名。

拥抱你和吻你一千次。

> 你的安
> 一九〇二年十二月十四日
> 于雅尔塔

来信写详细点。

七九三

致奥·列·克尼碧尔

我亲爱的女演员,你好!你最近的两封信都令人不快:一封信上闷闷不乐,一封信上说头痛。不该去听伊格纳托夫的演说①。要知道伊格纳托夫是个没有才具的、保守的人,虽然他自以为是个批评家和自由主义者。戏剧培养具有被动性②。那么绘画呢?诗歌呢?要知道,读者看画或者读长篇小说的时候,也不能对画里或者书里的东西表示同情或者反感。"光明万岁,黑暗灭亡!"这是所有落后的、没有听觉也没有能力的人的假惺惺的伪善;巴热诺夫是骗子,我早就知道他;包包雷金爱生气,而且老了。

要是你不想去参加小组,去找捷列肖夫,那你不去就是,亲爱的。捷列肖夫是个可爱的人〔……〕;一般地说,同所有那些跟文学有关联的人打交道是乏味的,只有极少数的人除外。关于我们

---

① 伊·尼·伊格纳托夫是俄国批评家和政论家,原是学医的。克尼碧尔听过他在文学小组上发表的题为《舞台与观众》的演说后写信给契诃夫说:"伊格纳托夫宣读一篇论文。持反对意见的有俄国精神病医师尼古拉·尼古拉耶维奇·巴热诺夫。……包包雷金做总结。"——俄文本注

② 伊格纳托夫演说中的一个论点。

莫斯科文学界那些老老少少都是怎样的落后,怎样的衰老,你日后自会看到,只要过上两三年光景你就会看清楚所有这些先生对艺术剧院的独树一帜采取什么态度。

大风刮得猛烈。我没法工作!天气闹得我筋疲力尽,我准备躺下去,咬枕头了。

水管坏了,水没有了。人们正在修理。天在下雨。很冷。房间里也不暖和。想你想得要命。〔……〕。我在《彼尔姆地区》上读到对《万尼亚舅舅》的评论①,它说阿斯特罗夫喝得很醉;大概他在前后四幕戏里都是摇摇晃晃地走路吧。你对涅米罗维奇说,我至今没有答复他的电报是因为我还没有想出来明年该演什么剧。依我看,剧本会有的。梅特林克的三个剧本②不妨照我说过的那样上演,并且配上音乐。涅米罗维奇答应过我,说每星期三写一封信来,甚至把他的诺言记了下来,可是到现在为止一封信也没有,一点消息也没有。

要是你见到列·安德烈耶夫,就对他说,把一九〇三年的《信使报》寄给我。劳驾!对艾甫罗斯也说一说《每日新闻》。

我的乖孩子,心肝,亲爱的,小狗,祝你健康,快活,愿上帝保佑你。对于我你不用担心,我身体健康,吃穿有余。拥抱你,吻你。

你的安
一九〇二年十二月十七日
于雅尔塔

---

① 1902年12月8日《彼尔姆地区》报上发表了一篇剧评,评论《万尼亚舅舅》在彼尔姆市立剧院的演出。——俄文本注
② 在1904年到1905年,莫斯科艺术剧院公演了比利时作家、剧作家、象征主义者莫里斯·梅特林克(1862—1949)的三出戏:《盲人》《在那里面》《不速之客》。——俄文本注

我会收到《公民报》①。我收到亚·米·费多罗夫寄来的一本诗集②。所有的诗都差劲(或者我觉得是这样),浅薄,不过其中有一首我倒很喜欢。照抄如下:

> 窗外街上响起手摇风琴曲。
> 我的窗子洞开。天色近黄昏。
> 房间里飘进来原野上的白雾,
> 春天的气息在亲切地吹拂。
> 我不知道我的手为什么发抖,
> 也不知道我脸上为什么热泪滚流。
> 我把我的头倒在手上。我为你满腔哀愁,
> 你啊,……你离我那么遥远!

七九四

致彼·伊·库尔金

亲爱的彼得·伊凡诺维奇,您的绝妙的信③收到了,我已经叫人照抄一份,为的是寄给阿〔历克塞〕·马〔克西莫维奇〕。多谢您!这个成功来得再及时也没有了,现在我们的剧院就可以不必担心,管自躺在桂冠上睡大觉,直到下一个季节。

为即将到来的新年向您致贺!祝您身体健康,精神饱满,工作

---

① 俄国政治与文学报刊,反动贵族所办的刊物,1872年至1914年在彼得堡出版。——俄文本注
② 亚·米·费多罗夫的《诗》,O. H. 波波娃出版社,圣彼得堡,1903年出版。——俄文本注
③ 指库尔金写给契诃夫的信,信上谈到莫斯科艺术剧院首次演出高尔基的《底层》一剧的盛况。——俄文本注

愉快。我生小病已经有整整一个星期了,昨天晚上因为周身疼痛而睡得不好,大概发烧了。我不知道这是怎么回事,究竟是我的旧病复发了呢,还是什么出乎意料的病。那么,再一次多谢您。紧紧握您的手,请您不要忘记我。

您的安·契诃夫
一九○二年十二月二十四日
于雅尔塔

A.B.波果热夫把他的杂志①寄给我了。

七九五

致谢·巴·佳吉列夫

十分尊敬的谢尔盖·巴甫洛维奇:

登载着关于《海鸥》的论文②的《艺术世界》收到了,论文读过了,多谢您。我看完这篇论文,就又打算写剧本了,大概过了一月以后我真会写它。

您写道,我们谈过俄罗斯的严肃的宗教运动。我们所谈的不是俄罗斯的,而是知识界的运动。关于俄罗斯,我什么也不打算说,至于知识界,那么目前它只是装作信仰宗教,而这主要是因为闲得没事干。不管人们怎么说,也不管办了一些什么样的哲学宗教团体,可是关于

---

① 《工业和健康》。——俄文本注
② 指俄国批评家和政论家德米特利·符拉季米罗维奇·菲洛索福夫的论文《海鸥》;在这篇论文里他把彼得堡的亚历山大剧院在 1896 年和 1902 年两次演出契诃夫的《海鸥》一剧的情况加以对比。这篇论文发表在《艺术世界》杂志 1902 年 11 月号上。——俄文本注

我们社会里受过教育的那部分人,可以说他们已经离开了宗教,而且越离越远了。这是好是坏,我不打算评论,我只想说:您在信上所提到的宗教运动是一回事,一切现代文化又是一回事,认为现代文化对宗教运动具有因果依赖关系,那是不可能的。当今的文化是一种为了伟大的未来而进行的工作的开始,这种工作也许还要持续几万年,为的是人类至少在遥远的将来会认识到真正的上帝的真理,也就是无须猜测,无须到陀思妥耶夫斯基的作品里去寻找,而是认识得清清楚楚,如同认识二乘二等于四一样。当今的文化是一种工作的开始,而我们所说的宗教运动却是一种残余,几乎是一种已经过时或者正在过时的东西的尾巴。不过,说来话长,一封信里是写不完的。您见到菲洛索福夫先生的时候,劳驾向他转达我的深深的谢意。向您恭贺新禧,祝您万事如意。

忠实的安・契诃夫
一九〇二年十二月三十日
于雅尔塔

七九六

致维・谢・米罗留包夫

亲爱的维克托・谢尔盖耶维奇,恭贺新禧!请您读一读十二月二十四日《新时报》上罗扎诺夫那篇论述涅克拉索夫的小品文①。很久很久以来没有读过这一类文章,这样完美、全面、善意、

---

① 俄国批评家瓦・瓦・罗扎诺夫的论文《涅克拉索夫逝世二十五周年》。——俄文本注

高深的文章了。

《新娘》不久寄上①。祝您在一九〇三年幸福健康。

您的安·契诃夫
一九〇二年十二月三十日
于雅尔塔

---

① 契诃夫的最后一篇短篇小说,1903年2月写成,寄给米罗留包夫,由《大众杂志》发表,然而契诃夫两次修改校样,因此一直到1903年12月才发表。——俄文本注

一九〇三年

七九七

致奥·列·克尼碧尔

亲爱的小狗,今天傍晚经医师先生的同意,我取下了热敷布。那么我痊愈了,以后我就不再提我的健康状况了。你在信上问起的那个叫唤得很难听的动物,是一只鸟;这只鸟是活的,可是不知什么缘故它今年冬天的叫声尖得不得了。

我这儿没有毁约书①,然而这并不是说马克思那里也没有。我记得我好像没有在这个东西上签过字,可是也许我是记错了。谢尔盖延科有委托书②。其次:格鲁森贝格要求我把我的信抄一份。这指的是我的哪一封信呢?

我觉得如果我现在写信给马克思,他就会同意在一九〇四年一月一日收回七万五千而把我的作品还给我。可是要知道,我的著作作为商品已经被《田地》庸俗化③,不值这笔钱了,至少还有十年不值,必须等到一九〇三年的《田地》增刊被人翻破了为止。你见到高尔基的话,就跟他谈一谈,他会同意我的看法。我不相信格鲁森贝格,再者,突然抓住马克思的错误或者疏忽,大做文章,"在

---

① 俄国律师奥斯卡尔·奥西波维奇·格鲁森贝格(1860—?)想知道毁约书的内容,就是为了判断是否可以废除契诃夫和阿·费·马克思原有的契约。参看第七三二封信和注。——俄文本注
② 彼·阿·谢尔盖延科曾经受契诃夫的委托跟马克思进行了出售版权的谈判。
③ 1903年契诃夫文集的第2版是作为《田地》杂志的增刊而出版的。——俄文本注

法律上"扭转局面,也未免缺乏文学气味。再者,当时的情形毕竟也不该忘记,在谈到把我的著作卖给马克思的时候,我身边一个钱也没有,而且欠着苏沃林的债,同时我的书出版得糟透了,主要的是我当时在作死的准备,希望把我的事好歹理出个头绪来。不过,时间没有跑掉,也不会很快就跑掉,必须把这件事好好商量一下,为此最好在三月或者四月间(那时候我在莫斯科)同皮亚特尼茨基见一见面,关于这一点我已经给他写过信了。

后天玛霞就要走了。她一走,这儿就要十分寂寞了。

吻我的可怜虫,拥抱你。我已经有很久一个字也没写了,老是闹小病,明天再坐下来写。我收到涅米罗维奇的一封信。

你的安
一九〇三年一月九日
于雅尔塔

我爱你吗?你认为怎样呢?

七九八

致叶·彼·戈斯拉甫斯基

亲爱的叶甫根尼·彼得罗维奇,马克西姆·高尔基是一个极其善良、随和,极其和蔼可亲的人,无论如何不会浅薄到为了一件极纯粹的琐事而生您的气。促使您这样想的不是列·安德烈耶夫[①],而是

[①] 戈斯拉甫斯基在写给契诃夫的信上说,俄国作家列·尼·安德烈耶夫受到请托同高尔基谈一谈由《知识》杂志出版戈斯拉甫斯基的小说集的事,安德烈耶夫答应这样做,可是他怀疑是不是能办成,因为高尔基知道戈斯拉甫斯基说过他的"坏话"。——俄文本注

您的多疑,我向您保证!

我对《知识》这个招牌几乎不熟悉,或者换句话说,还没有熟悉得足以向您明确地应许什么事。三月一日我要到莫斯科去,到那时我们会见面,并且一起去看望马·高尔基,同他谈一谈。我不打算写信,因为,再说一遍,我对那儿的情况不熟悉。过几天伊·阿·布宁就要到雅尔塔来。我会跟他谈一谈,要是他把《知识》的内情告诉我,我就立刻写信给高尔基或者皮亚特尼茨基,决不迟延,而且会通知您。这是一定的。

假如您提到的是您的书《道路》①,那么这本书我早已收到,早就读完了。难道我什么也没给您写过吗?请您原谅,好朋友。我时而生病,时而外出旅行,于是按时办事早已不再是我的美德了。大多数的短篇小说我在以前,在出书之前就读过,关于其中的几篇我似乎已经写信给您讲过了。要是我目前在莫斯科,我就会为您搞到批评的文章,找两三个人仔细读一下您的作品,写出关于您的论文。这是早就应该做的了。写批评文章的人都很忙,因为他们不得不读很多东西;怪罪他们是不行的。

《道路》出版得不大好。不管怎样,把这批书交给《知识》,要它换一个封面再卖出去,像自己的出版物一样,那是不妥当的。对《知识》来说,重新出版您的小说集比起把别人的出版物算作自己的出版物来,要方便得多,也容易得多。

您的兄弟来找我,正巧我不在家。今天我要一直等他到傍晚;如果他不来,我就把这封信交邮局寄出。

祝您健康,请您不要愁眉不展。一切都会有办法的。紧紧握

---

① 戈斯拉甫斯基的短篇小说集,1902年在莫斯科出版。——俄文本注

您的手。

> 您的安·契诃夫
> 一九〇三年一月十日
> 于雅尔塔

三月初我一定到莫斯科去。当然,如果我身体健康的话。

七九九

致费·德·巴丘希科夫

十分尊敬的费多尔·德米特利耶维奇,这些天来我一直打算给您写信,今天您的电报①来了,于是现在我终于坐下来写了。我本来得了胸膜炎,直到昨天才取下热敷布。整个节期我一直同疾病打交道,什么工作也没做,现在,一切已经写开头的东西只好重新写起,而重新写起是不无烦恼的。请您原谅我,我对《世界》来说是无辜的罪人。什么时候才能把小说写出来,我说不准。我还需要把一篇给《大众杂志》的小说②写完,我已经答应很久了。附带说一句,我变成一个很差的工作者了。

有人从女子中学给我带来了《世界》第一期,我十分愉快地读完了阿尔包夫的论文③。以前我没有机会读到阿尔包夫的作品,我想知道他是个什么样的人,是初露头角的新作家呢,还是

---

① 这是约契诃夫为《世界》杂志写稿的电报。——俄文本注
② 契诃夫的短篇小说《新娘》。——俄文本注
③ 俄国辛菲罗波尔城的教员韦尼阿明·巴甫洛维奇·阿尔包夫的论文《安·巴·契诃夫创作发展中的两个因素(批评随笔)》,发表在《世界》1903年第1期上。——俄文本注

阅历甚广的老作家。总之,有人从女子中学给我带来了《世界》,而且答应以后每期都给我送来;那么,要是您今年也把杂志寄给我(为此我对您感激不尽),就请您按去年的地址寄到莫斯科去。

您那篇关于高尔基剧本的论文①我很喜欢。笔调极好。我没看过这个剧目,对它知道得很少,不过我读完您的论文以后就明白那是一个杰出的剧本,它不可能不获得成功。

我羡慕您,总的来说羡慕一切有可能不住在克里米亚的人。

紧紧握您的手,再一次请求您设身处地为我想想,原谅我。也许将来我会弥补我的罪过。祝您万事如意。

您的安·契诃夫
一九〇三年一月十一日
于雅尔塔

八〇〇

致奥·列·克尼碧尔

亲爱的女演员,心上人,今天我写信给巴丘希科夫,要他把《世界》寄到莫斯科你那儿去。我给他写道,我在雅尔塔不需要《世界》,因为女子中学收到这个杂志供我阅读了。今天玛霞动身了,可是午饭以前刮起大风来了。你对她说,要她给我写信谈谈她坐的船摇晃不摇晃。总之让她写一写她到达莫斯科的旅途经过。

---

① 《莫斯科艺术剧院演出的马·高尔基的〈底层〉一剧》,发表在 1903 年《世界》第 1 期上。——俄文本注

等我到了莫斯科,我一定去看望亚昆契科娃①。虽然我很少见到她,但我却喜欢她。心上人,在这次节期中我的脑子全乱了,因为我身体不好,什么事也没做。现在一切又都只好从头开始。这可真愁死我了。嗯,不过也没关系。

让你的丈夫再闲散两年,然后再坐下来写出十五本书,弄得马克思胆战心寒。

我要从锡诺普②订购许多花,为的是把它栽在花园里。这是因为闲得没事干,因为烦闷无聊。我的狗不在,那就只得弄弄花了。

今天我终于读到了斯基达列茨的那首诗,也就是使得《信使报》因而停刊的那首诗③。关于这首诗只有一点可说,那就是它写得不好;为什么人家那么怕它,我是无论如何也不明白的。据说把书报检查官拘禁起来了?这是为什么?我不懂。只能认为这完全是出于胆怯。

让玛霞给你讲一讲某位达尔纳尼④到我们家里来拜访的情形吧。

这大概已经是我寄给你的第二封有墨点的信了。原谅你的邋遢的丈夫吧。

《领事贝尔尼克》⑤什么时候上演?斯坦尼斯拉夫斯基的贝尔尼克演得好吗?至于我的妻子⑥演得好,精彩,这我是毫不怀疑

---

① 即玛丽雅·费多罗芙娜·亚昆契科娃,莫斯科附近纳罗福明斯克区一个别墅的女主人。——俄文本注
② 土耳其北部省份和城市。史称锡诺卜。省会及黑海海港。
③ 斯基达列茨的诗《古斯里琴手》发表在1902年12月13日《信使报》上。根据沙皇政府内务部的命令,《信使报》为此停刊三个月。——俄文本注
④ 即伊凡·叶果罗维奇·达尔纳尼,雅尔塔一个牛奶场的场主。——俄文本注
⑤ 即易卜生的剧本《社会支柱》。康·谢·斯坦尼斯拉夫斯基在该剧中扮演领事贝尔尼克。——俄文本注
⑥ 克尼碧尔在《领事贝尔尼克》一剧中扮演洛娜。——俄文本注

的。再过两三年你,我的女人,就会成为一个最名副其实的女演员,我已经在为你骄傲,为你高兴了。祝福你,我的女人,我要让你在空中翻几个身,〔……〕把你一次次抛上去,然后接住,紧紧搂在怀里,吻你。要常常想起你的丈夫。

你的安
一九○三年一月十一日
于雅尔塔

八〇一

致奥·列·克尼碧尔

达达利诺娃①得了肺炎,我的心上人,等她痊愈以后我就到她家里去取照片,早去可不行。你寄给我的那个皮夹子,我用来做了一个装原稿和札记的小仓库;每篇小说都有它自己的房间。这很方便。

你拿定主意没有,关于瑞士你会对我说什么?我觉得可以安排一次很好的旅行。我们一路上可以到维也纳、柏林等地去走一走,到剧院里去看戏。好吗?你觉得怎么样?

萨文娜要把我旧日的独幕笑剧《纪念日》给她作纪念演出②。又会有人说这是新的剧本,又会幸灾乐祸了。

今天有太阳,天气晴朗,可是我坐在房间里,因为阿尔特舒列尔不准我出去。顺便说一句,我的体温完全正常。

亲爱的,你老是写道,由于你没有跟我一块儿住在雅尔塔,

---

① 即方尼·卡尔洛芙娜·达达利诺娃,契诃夫在雅尔塔的熟人,后来成为莫斯科艺术剧院的歌唱教员。
② 这次演出没有举行。——俄文本注

而是住在莫斯科,你就受到良心的责备。那么,该怎么办呢,小心肝?你认真地作出结论:假定你整个冬天跟我一块儿住在雅尔塔,你的生活就会很糟,我就会感到良心不安,这样未必就更好。可是话说回来,当初我就知道我是跟一个女演员结婚,也就是说,我结婚的时候,清楚地意识到每年冬天你都要住在莫斯科。我丝毫也不认为自己受了屈,上了当;恰恰相反,我觉得一切都很好;或者理应如此,所以,心上人,不要用你的良心不安使我着急。三月间我们又会在一起生活,又会不感到现在的孤独了。你放心吧,我亲爱的,不要激动,等着,抱着希望吧。抱着希望,别的就都不要去管了。

在雅尔塔的集市里有四个学徒煤气中毒。我收到《田地》的增刊:我的短篇小说和一张照片①。照片下面印着糟糕透顶的我的签名。

目前我在工作,我大概不会每天给你写信了。你要原谅我才好。

我们出国去吧!出国去吧!

你的丈夫安
一九○三年一月二十日
于雅尔塔

八○二

致奥·列·克尼碧尔

我亲爱的女演员,你好!今天我收到涅米罗维奇的信,他

---

① 1903年《田地》杂志的增刊是《契诃夫全集》的第1卷。——俄文本注

写到将要上演的剧本,问起我的剧本①。讲到我要写我的剧本,这是确切无疑的,如同二乘二等于四一样,只是,当然,如果我身体健康的话;可是它会不会写成,会不会像个样子,我就不知道了。

你要波丽雅②给我放敷布?她会吗?!不过,现在我不再放敷布,光是斑蝥硬膏就能对付了。昨天我的体温正常,今天还没量。现在我坐下来写东西了。你不要咒我呀。兴致倒是有的,我恨不得到小酒馆去喝个痛快,然后坐下来写。

斯基达列茨为什么结婚?他何必结婚?

我一直等着你说起瑞士的事。我们可以在那儿很好地生活一阵。我可以顺便喝一喝啤酒。你考虑一下吧,我的最可爱的心上人,要是你不想去,也不要过分表示抗议。古尔祖夫的那个教员③一点也没有跟我谈起莫斯科,光是坐在那儿咬他的胡子;也许因为一瓶瓶啤酒都冻得爆裂,他在发愁吧。再者我身体不好,坐着默默不语,等他走。

你那个背上驮着小猪的母猪向你鞠躬。这是一只十分可爱的猪。

啊,我的脑子里有多少题材,我多么想写出来呀,可是我觉得似乎缺一点什么东西,不知是环境呢,还是健康。《田地》的增刊出版了,是我的短篇小说和照片,我觉得那好像不是我的小说。我不该住在雅尔塔,就是这样!我住在这儿活像住在小亚细亚。

圣徒萨沙·斯烈津④在莫斯科干些什么事?他的身体怎样,

---

① 《樱桃园》。——俄文本注
② 契诃夫家的女仆。——俄文本注
③ 维诺库罗夫-契果林,他刚从莫斯科回来。
④ 即俄国画家亚·瓦·斯烈津。

他的妻子如何？你在莫斯科见到巴尔蒙特吗？

好，小狗，祝你健康，祝你心情舒畅，常给你的丈夫写信。祝福你，拥抱你，吻你，把你在空中翻几个身。我是不是很快就能见到你了？

你的安
一九○三年一月二十三日
于雅尔塔

八○三

致维·亚·戈尔采夫

亲爱的维克托·亚历山德罗维奇，你好！二月间人们设宴庆贺你的纪念日①，这个消息我是在《敖德萨新闻》上读到的。如果这是真的，那么你，好朋友，在宴席上坐下来的时候，可不要忘了我是你真挚的、忠实的朋友，而且至死都始终如此，也不要忘了我喜爱你，早就尊敬你。要是我确切知道你的纪念日是在哪一天，你们在什么地方举行宴会，我就会打电报去。

从十二月到如今我什么事也没做，我得了胸膜炎，哎，别提它啦。现在已经好了，我的医师甚至准许我明天进城去理发了，主要的是我已经坐下来，给《大众杂志》写短篇小说②了。我一完工，就立刻动手给《俄罗斯思想》写作，我用人格担保！题材堆积如山啊。

你身体怎么样？即使写一行来也好。

---

① 指戈尔采夫从事文学活动二十五周年。——俄文本注
② 《新娘》。——俄文本注

向伏科尔①叩头,致意。祝您健康,紧紧拥抱你,吻你。

> 你的安·契诃夫
> 一九〇三年一月二十六日
> 于雅尔塔

八〇四

致奥·列·克尼碧尔

我的不平凡的心上人,我可爱的小狗,那么你同意到瑞士去,总之同意一块儿去旅行了?好极了!我们在维也纳住上五天光景,随后到柏林去一趟,到德累斯顿去一趟,然后再到瑞士去。在威尼斯,天气大概已经很热了。

你的皮夹子我过去和现在都很喜欢,我可以向你起誓,可是我不愿意丢开旧的也是你送给我的那一个。现在你的皮夹子(新的一个)就放在我的桌子上,里面装着各式各样写小说用的笔记。我写作的时候,屡次翻开皮夹子查一查。

你们的剧院不再给我寄节目单来了。这一点请你们注意,先生们。

那只戴帽子的公鸡我不喜欢,因为那是一个冒充艺术的作品;房间里不能放这样的东西。好,叫它,叫这只公鸡见鬼去吧。

这儿的天气好得出奇,明天我要到城里去。胸膜炎已经所剩无几,差不多完全痊愈了。

---

① 即伏·米·拉甫罗夫。

我认识叶甫拉丽雅①,知道她。她丈夫的文章②我偶尔在《俄罗斯言论报》上读到,不过目前这些文章不大有趣。

我正在为《大众杂志》写一个短篇③,用的是老式写法,七十年代的写法。我不知道这会写成什么样子。然后我得为《俄罗斯思想》写东西,然后为《世界》写东西。……救救我吧,啊,天使!

我和你一块儿外出旅行,这是多么好,多么美妙绝伦啊!啊,但愿没有什么事来阻挠!

我收到柯米萨尔热甫斯卡雅的一封信,她要求我为彼得堡的她的私人剧院④提供一个新剧本。她就要当剧院老板了。她真是个怪人,要知道她只能够维持一个月,一个月以后对她的剧院的一切兴趣就会消失;可是在写给她的信上讲这种话是不恰当的,而且也不行;她已经完全埋头于她的事业。可是关于剧本该对她怎么说呢?拒绝吗?你**赶快**跟涅米罗维奇谈一谈,写信告诉我,能不能应许把《樱桃园》给她,也就是说你们的剧院会不会在彼得堡演这个剧目。如果不会演,那我就应许她。

那么,我跟你一块儿去旅行了?我的乖孩子,从此我再也不丢开你了。我要把你拥抱得每根肋骨都咯吱咯吱地响起来,我要吻你的面颊〔……〕并且请求你给你的丈夫写信。

你的安
一九○三年一月二十六日
于雅尔塔

---

① 即伊拉丽雅·符拉季米尔·阿木菲捷阿特罗娃,亚·瓦·阿木菲捷阿特罗夫的妻子。——俄文本注

② 亚·瓦·阿木菲捷阿特罗夫在《俄罗斯言论报》上用不同的笔名发表的文章。——俄文本注

③ 《新娘》。——俄文本注

④ 薇·费·柯米萨尔热甫斯卡雅在彼得堡创办的剧院一直存在到她去世的1910年。这个剧院所演过的契诃夫的剧本计有《海鸥》《万尼亚舅舅》和独幕剧《婚礼》。——俄文本注

达达利诺娃的女儿到你们那儿去了。你在谢肉节①不会来的,你别耍滑头。况且也不必来,我亲爱的;你只会累得筋疲力尽,然后就生病。**整个大斋你就到这儿来吧,那我倒同意。**

在那个新皮夹子里,我有一个新发现:最深的一个口袋有半俄尺深,显然是为了藏钱用的。

八〇五

致薇·费·柯米萨尔热甫斯卡雅

亲爱的薇拉·费多罗芙娜,多谢您的来信。不是谢谢,而是万分感谢,的确如此!您身体好,我很高兴。关于剧本,我所要说的如下:(一)这个剧本已经想好,剧名也已经有了(《樱桃园》,不过暂时请保密),大概至迟二月底我就会动手写它,当然,如果我身体健康的话;(二)使作者大为遗憾的是,这个剧本的中心人物是个老太婆!(三)要是我把这个剧本交给艺术剧院,那么按照这个剧院目前的条件或者规章,这个剧本无论在莫斯科还是彼得堡上演都要受到艺术剧院的完全支配,这是毫无办法的。如果在一九〇四年艺术剧院不到彼得堡去(这是十分可能的;这一年它不去吧?),那就毫无问题了;倘使这个剧本适合于您的剧院,我就高兴地把它交给您。或许还有一个问题要谈一下:我是否可以为您写一个剧本。不是为这个或者那个剧院,而是为您。这是我的夙愿。可是,得听天由命。要是我有以前那样的身体,那我就什么话也不说,干脆坐下来,马上动手写剧本了。您可知道,从十二月起我就得了胸膜炎,直到明天我才能在长久的幽闭之后走出家门。

---

① 大斋前的一星期。

不管怎样,我已经写信到莫斯科去,托人准确地查明艺术剧院是否到彼得堡去,告诉我。过上八天到十天,我就会收到回信,到那时候再给您写信。

您见到了我的妻子,可是我要到春天才能见到她。时而她生病,时而我旅行,所以我们一切都没有走上正轨。

您写道:"……我是怀着信心前进的,一旦失败,这种信心就会在我心里毁掉……"等等。这说得完全正确。您是对的,只是看在造物主分上不要把这件事寄希望于新剧院。要知道您是个演员,这就好比一个好海员,无论在什么轮船上,国营的也罢,私营的也罢,他都能航行;他到处,在一切情况下,都是一个好海员。

再一次多谢您的信。向您深深鞠躬,紧紧握您的手,吻您的手。

您的安·契诃夫
一九〇三年一月二十七日
于雅尔塔

八〇六

致奥·列·克尼碧尔

我的老大娘,要是你打算给我寄糖果来,就不要寄杏子糖,而要寄弗列依①。或者特拉木勃列②的,并且只要巧克力糖。再给我寄十块咸鲱鱼,要是有人带的话,就捎二十块也成,在别洛夫③那儿买。你看,我的心上人,我托你办多少事啊!我的可怜虫,好妻子,不要因为有这样的丈夫而苦恼,忍耐一下吧,到夏天你就会

---

① ② ③ 均为商店老板的名字。

为这一切得到奖赏了。

是的,心上人,《在雾中》①是一个很好的作品,作者向前跨出了一大步;只是结尾,在肚子被剖开的地方,写得冷漠,缺乏诚恳。兹万采娃②会受到接待,你放心好了,我甚至邀请她来吃饭了。天气可怕极了:狂风怒吼,暴风雪肆虐,树木弯下了腰。我倒还好,身体健康。我在写东西。虽然写得慢,可是毕竟在写。

我的心上人,到盖特林格的药房去一趟,在那儿买一盎司的 Bismuthi subnitrici;要是有机会的话,就连同别的商品一起捎来。在盖特林格那儿买一小盒最细的木制牙签,价钱是五个戈比,盒子是细柳条编的。明白吗?花露水有的,香水有的,肥皂也有。要是真的有机会,那么(记住!)也在盖特林格那儿买一些 Capsulae operculatae,为的是用这些胶囊吞服杂酚油,要二号的,英国货,一小盒。

过了一天我继续写这封信。雪大得不得了,像在莫斯科一样。没有接到你的信。捉到一只老鼠。我马上就要动手写作,继续写那个短篇③,可是大概会写得糟糕,疲沓,因为还在刮风,家里乏味得让人受不了。

等我们到瑞士去的时候,我什么东西也不带,一件上衣也不带,样样东西都到国外去买。我只带着我的妻子和一口空皮箱。我在《彼得堡新闻》上读到巴丘希科夫议论我的小品文④;相当蹩脚。像是一个颇有前途的六年级学生写的。由新人写稿的《艺术

---

① 俄国作家列·尼·安德烈耶夫的短篇小说,发表在 1902 年 12 月的《大众杂志》上,在俄国文学界和社会上引起许多议论。人们责难作者小说写得过于忧郁,使用自然主义手法过多。——俄文本注
② 即伊丽莎白·尼古拉耶芙娜·兹万采娃,俄国女画家,克尼碧尔的熟人。——俄文本注
③ 《新娘》。——俄文本注
④ 《论契诃夫》,发表在 1903 年 1 月 27 日《彼得堡新闻》上。——俄文本注

世界》也给人留下十分幼稚的印象,似乎是一些生气的中学生写出来的。

好,小狗,不要忘乎所以。要记住你是我的妻子,我每天都可以通过警察局把你召来。我甚至可以对你进行体罚呢。

我紧紧地拥抱你,弄得你甚至会尖叫起来,我吻我的心上人,请求你常来信。克塞尼雅和玛霞喜欢《小市民》吗?她们怎么说呢?

我去理了发,理完一看,自己都觉得奇怪。

好,亲爱的女演员,愿上帝保佑你。

你的安
一九〇三年二月一日和二日
于雅尔塔

八〇七

致玛·费·波别季木斯卡雅①

玛丽阿娜·费多罗芙娜女士:

您关于叶连娜·安德烈耶芙娜的看法②完全正确。只是我觉得这封信您要在二月九日③以后才能收到。您在一月三十日寄出的信我直到今天才收到。也许叶连娜·安德烈耶芙娜确实是既不善于思考,也不善于爱,然而在我写《万尼亚舅舅》的时候,我所写

---

① 俄国的一个业余女演员。——俄文本注
② 波别季木斯卡雅在《万尼亚舅舅》中扮演这个角色;她在信上问契诃夫,她把这个人物的形象处理成"一个通情达理、善于独立思考,甚至由于对现实生活不满而变得不幸的人",这样做是否正确。——俄文本注
③ 《万尼亚舅舅》演出的日子。

的却完全是另外一种人。

祝您万事如意。

尊敬您的安·契诃夫
一九〇三年二月五日
于雅尔塔

八〇八

致康·谢·阿历克塞耶夫
（斯坦尼斯拉夫斯基）

亲爱的康斯坦丁·谢尔盖耶维奇，昨天我收到《海鸥》的勋章①，多谢您，感激不尽。我已经把它系在表链上，戴在身上，以后我也会戴着这个精致可爱的小玩意儿，会常常想起您。

我曾经身体欠佳，现在复原了，我恢复健康了；如果我在目前这段时间没有好好地工作，那么这得归咎于天气冷（房间里只有十一度），归咎于寂寞，大概也得归咎于懒惰，而这种懒惰是在一八五九年，也就是比我早一年就诞生了。不过我仍旧指望二月二十日以后着手写剧本，三月二十日以前写完。它已经在我的脑子里酝酿成熟。它名叫《樱桃园》，共四幕，在第一幕里从窗口可以看见开花的樱桃树，看见一片白茫茫的花园。女人们都穿白色连衣裙。一句话，维希涅甫斯基会哈哈大笑，而且，当然，谁也不知道他为什么笑。

天在下雪。向玛丽雅·彼得罗芙娜深深鞠躬，紧紧握她的手，吻她的手。她在演剧目，这很好；这么说一切都顺利。

---

① 金质纪念章，上面刻着莫斯科艺术剧院的标志——海鸥。——俄文本注

祝您健康,快活,顺遂,请您不要忘记衷心地忠实于您的

安·契诃夫
一九〇三年二月五日
于雅尔塔

八〇九

致亚·伊·库普林

亲爱的亚历山大·伊凡诺维奇,我今天收到科学院出版的《俄语辞典》第二卷的第六分册,其中(即这个分册中)终于出现了您的名字。例如,在一八六八页上您会找到"雷声隆隆",那下面写着:"在那个很长的纵队里,到处都响起军鼓声,一阵紧似一阵,雷声隆隆。库普林。《宿营地》。"

还有,在"泛起涟漪"这个词的下面(第一九〇六页):"水面上立刻印下……一个斑点,火光的明亮的投影在这个斑点的中央泛起涟漪。库普林。《布拉文》。"

另外还有一个地方,只是我把页数忘记了。

我身体健康,胸膜炎已经过去了,可是我的房间里很冷(外面是严寒),真讨厌。我写得慢。希望您万事如意,您的妻子和婴儿身体健康。紧紧握您的手。

您的安·契诃夫
一九〇三年二月七日
于雅尔塔

您的丽季雅①已经会笑了吗？

八一〇

致尼·德·捷列肖夫

亲爱的尼古拉·德米特利耶维奇，我今天收到科学院出版的《俄语辞典》第二卷第六分册，其中也出现了您的名字。例如，在第一六二六页上"落"这个词的下面："从眼睛里淌下冰冷的泪水，大颗地落到疲劳的胸膛上。捷列肖夫。《空想的草图》。"还有，第一八一四页上"覆盖"这个词下面："四轮马车又开动了，沿着新下的雪覆盖的道路走去。捷列肖夫。《在马车上》。"还有，第一八四九页上"火光"这个词的下面："神像前面点着很多小蜡烛，它们那明亮的火光照在穿着法衣的教士身上。捷列肖夫。《命名日》。"可见从辞典的编纂者的观点看来，您是模范的作家，而且从今以后千秋万代您都永远是模范的作家。

好，您近况如何？您有什么新消息吗？我的健康状况有了好转，现在已经在写一点东西了。此地严寒袭人。紧紧握您的手，祝您万事如意。《俄语辞典》包含所有的俄语单词，直至字母。祝您健康。

您的安·契诃夫

一九〇二年二月七日

于雅尔塔

---

① 即丽季雅·亚历山德罗芙娜·库普林娜，亚·伊·库普林的新生的女儿。——俄文本注

八一一

致奥·列·克尼碧尔

亲爱的女演员,秋明娜的诗①也许还好,可是……"一阵纯粹的冲动"!难道像"纯粹的"这类糟糕的字眼适合于写诗吗?要知道,得有鉴赏力才行。我不到瑞典②去了,因为我想单独跟你在一起至少生活两个月。要是你想去,那我们就去,可是非两个人一块儿去不可。我知道阿尔别宁③,他是个身材高大、怀才不遇的演员,常把长篇小说和社论改写成剧本;他的妻子④是个黑发女人,额头很小,二十年前在敖德萨跟我相识,当时小剧院的剧团正在那里演出,我常同这个剧团来往,常跟那些最穷的、没有成为女演员的人一块儿吃饭、游玩,可是对她们我一个也没有引诱过,也没有起过这种念头。另外还有什么呢?你写道,你要托科索维奇⑤捎来薄荷药片,可是要知道我已经收到这些药片了。

严寒过去了,可是天气仍旧恶劣。我身上怎么也暖和不过来。我试着在卧室里写作,可是也不行:背上给炉子烤得很热,胸口和两只手却感到冷。在这种流放中,我觉得连我的性格也变坏了,我

---

① 俄国女诗人奥尔迦·尼古拉耶芙娜·秋明娜(1862—1909)写了一首献给契诃夫的诗,克尼碧尔把它寄给契诃夫。后来这首诗略加改动,起名《在克里米亚》,收入《纪念契诃夫·诗和散文》,圣彼得堡,1906 年版。——俄文本注
② 此处和八七四、八九四封信上的瑞典可能是笔误,前面提到的是瑞士。
③ 即尼古拉·费多罗维奇·阿尔别宁(1863—1906),俄国演员和剧作家。——俄文本注
④ 即格拉菲拉·维克托罗芙娜·潘诺娃。1887 年起为莫斯科小剧院女演员,1895 至 1897 年为彼得堡话剧院女演员。——俄文本注
⑤ 即瓦尔瓦拉·萨木索诺芙娜·科索维奇,雅尔塔的眼科女医师。——俄文本注

整个人都变坏了。

巴尔蒙特我是喜爱的,可是我弄不懂为什么玛霞会入迷。因为他的讲演吗?可是要知道,他的朗诵很可笑,装腔作势,主要是很难听懂他的话。能够听懂他而且看重他的只有玛·格·斯烈津娜①,也许还要加上巴尔蒙特夫人②。他只有在喝了酒以后说话才清楚,才富于表现力。他的朗诵别具一格,这倒是实情。

巴丘希科夫的讲演③我这儿有。关于它,我好像已经在信上给你写过,我写过我不太喜欢这篇东西。这篇文章里几乎什么东西也没有。原谅我,亲爱的,我冻僵了,大概就因为这个缘故我才这样严厉。不过等我暖和过来,我就会仁慈一点。

我接到玛丽雅·彼得罗芙娜的一封可爱的信,明天我要给她回信。我老是忘记在信上告诉你:有两条小看家狗在我们的院子里住习惯了,整夜地叫唤,声音忽高忽低,快活得很。经过我长时间的请求和开导,阿尔塞尼才把它们装在一个口袋里,送给了别人;它们从此再也没有回来。

另外还有什么要给你写的呢?明天亚尔采夫夫妇④到莫斯科去,他们会给你讲一讲此地的生活,会恳求你给他在剧院里找个职位。好,祝你健康,亲爱的。快点把我带走吧。吻你,拥抱你,我的心肝。

你的安
一九〇三年二月九日
于雅尔塔

---

① 即玛丽雅·格利果利耶芙娜·斯烈津娜,俄国画家亚·瓦·斯烈津的妻子。——俄文本注
② 即叶卡捷琳娜·阿历克塞耶芙娜·巴尔蒙特,俄国女翻译家,俄国诗人康·德·巴尔蒙特的妻子。——俄文本注
③ 参看第八〇六封信和注。——俄文本注
④ 俄国画家格·费·亚尔采夫和A.B.亚尔采娃。——俄文本注

八一二

致维·谢·米罗留包夫

亲爱的维克托·谢尔盖耶维奇,我在写《新娘》,打算在二月二十日以前写完,或者提前一些,或者略略推后,这要视我的健康状况等等而定。不管怎样,请您放心吧,我会把它寄给您。只是有一点请您注意:恐怕那些卫护您的杂志的纯洁的未婚夫先生们会把我的《新娘》大骂一通呢!

您今年春天到雅尔塔来吗?要不要等您呢?目前正是严寒,今天已经是第三天或者第四天了。列·斯烈津本来病得很重,眼看就要死了,可是现在却活过来了,而且大概还会活很久,因为他身上除了肺部以外一切都健康,而病势并没有加剧。不过您不要着急,上帝是仁慈的,过了冬天,甚至极寒冷的冬天以后永远会是春天。紧紧握您的手。

您的安·契诃夫
一九〇三年二月九日
于雅尔塔

八一三

致玛·彼·阿历克塞耶娃(莉莉娜)

亲爱的玛丽雅·彼得罗芙娜,多谢您的来信,多谢您惦记修士司祭安东尼。看完您的信,我,当然,首先坐下来给亚历山大·列昂尼多维奇写了一封贺信,祝他婚姻美满。让他结婚吧!

我身体本来不好,现在复原了;不过,今天又有点咳嗽,懒惰了。剧本①我还没开始写,到二月二十日以后开始;我又一次满心希望您一定参加这个剧的演出。我不知道这个剧本会写成什么样子,它会不会写得成功也还是问题,然而不管它是什么样子,要是您拒绝演这个剧目,我就不让这个剧本搬上舞台。请您记住这一点,不要毁掉作者。现在我几乎一个钱也没有,要是您拒绝演这个剧目,那么我就像俗话所说的那样,彻底完蛋了。那我就要跟您大闹一场! 去年秋天我还顾虑您有病,可是现在事情很清楚,您完全健康,可以演剧目,那就没话可说了! 今年春天我的剧本就写好,我会带去。

关于我自己我能给您写些什么呢? 也许只有一件事可写:我生活得跟修士一样。经过恶劣的天气以后,今天本来出现了温暖无风的白昼,可是刚才又狂风呼啸,烟囱里热闹极了! 您当然知道我跟艺术剧院的一个女演员结婚了,可是我没有跟我的妻子住在一起,她把我丢开了。我没有儿女,我一个人住在这里。

不管人们怎样逐一挑拣《钦差大臣》《智慧的痛苦》《村居一月》②等,可是到头来仍旧得演这些剧目。而且我觉得你们会把《钦差大臣》演得很出色。《婚事》③也一样。不管怎样,在节目单里列上这些剧目绝不是多余的事。不知什么缘故,我开始觉得,过上三四年光景新剧本已经使人看厌,观众想看的大概不是新剧,而

---

① 《樱桃园》。——俄文本注
② 玛·彼·莉莉娜在写给契诃夫的信上讲起艺术剧院为下一个季节的剧目所举行的会议,说:"有一件伤脑筋的事,一个剧本也没有……大家又开始逐一挑拣《村居一月》(伊·谢·屠格涅夫)、《智者千虑必有一失》(亚·尼·奥斯特洛夫斯基)、《钦差大臣》(尼·瓦·果戈理)、《智慧的痛苦》(亚历山大·谢尔盖耶维奇·格里鲍耶陀夫),结果一个剧本也没定下来。全部的希望是:契诃夫会写,高尔基会写。"——俄文本注
③ 果戈理的喜剧。

473

是有文学味道的剧目了。或许我看错了也未可知。

我想三月初就到莫斯科去,可是医师不准我去,大概四月以前不会放我去。只是您目前不要对奥尔迦提到这一点,或许我去得成也未可知。

向康斯坦丁·谢尔盖耶维奇和您的孩子们衷心地致意,深深地鞠躬。愿天使保佑您!祝您健康;尽可能多演剧目,我恳求您!!

您的安·契诃夫

一九〇三年二月十一日

于雅尔塔

八一四

致奥·列·克尼碧尔

我的无与伦比的妻子,我同意! 如果医师们准许,我们就在莫斯科附近找一所房子,只要有火炉和家具就成。反正我在这儿,在雅尔塔,也难得到户外去。可是,关于这一点我们不久再详细地谈吧,我的心上人。

你在信上说过你要把巴丘希科夫的文章[①]寄给我;我没收到。那么你读过索·安·托尔斯泰雅的那篇论安德烈耶夫的文章[②]吗? 我读过,而且弄得我上火,这篇文章荒谬至极触目惊心。甚至叫人难以置信。要是你写出这类文章来,我就只许你吃面包和饮

[①] 《论契诃夫》,参看第八〇六封信的注。——俄文本注
[②] 指1903年2月7日《新时报》上刊登的列·尼·托尔斯泰的妻子索·安·托尔斯泰雅所写的一封关于列·尼·安德烈耶夫的短篇小说《在雾中》的信;她在这封信里附和维·彼·布烈宁的评论;布烈宁在1月31日《新时报》上发表文章,把那篇小说评价为有害的、淫秽的作品。——俄文本注

水①,而且整整打你一个星期。现在,如果有人趾高气扬,自鸣得意,极端厚颜无耻,这个人就是她极口称赞的布烈宁先生。

今天没有接到你的信。你偷懒,开始忘却你的丈夫了。我亲爱的心上人,关于某某人,你不要太激动,她是一个没有教养的太太,而他是一个异族人,应当原谅他们。剧本会有,满座也会有,其余的一切实际上都是废话。玛〔丽雅〕·彼〔得罗芙娜〕不该挑拨,弄得她的丈夫②闷闷不乐。

我的身体开始常出毛病;大概,吃蓖麻油的时候到了。你写道,你羡慕我的性格。必须告诉你,我的性格生来是粗鲁的,我动不动就发脾气,等等,等等,然而我习惯于克制自己,因为对正派人来说,放纵自己是不应当的。从前,我干过些鬼才知道的事。要知道我的爷爷③按信念来说是一个狂热的农奴制拥护者。

扁桃树上的花蕾已经发白,不久花园里就要开花了。今天天气暖和,我就外出,到花园里去散一散步。

你不在,亲爱的,我寂寞得要命!我觉得自己像是一个孤独的傻瓜,总是一动也不动地坐上很久,只差吸一根长烟斗了。剧本④到二月二十一日开始写。你将演一个蠢女人。可是谁来演老母亲呢?谁?只好请玛〔丽雅〕·费〔多罗芙娜〕⑤了。

刚才安纳托里·斯烈津来过,带来碗、巧克力糖、鳀鱼、领带。谢谢,亲爱的,谢谢!吻你一千次,拥抱你一百万次。

你可知道,我觉得索·安·托尔斯泰雅的信不是真的,而是伪造的。这是某个人为了开玩笑而伪造的她的笔迹。好,亲爱的祝

----

① 意谓"我就把你关起来"。
② 即康·谢·斯坦尼斯拉夫斯基。——俄文本注
③ 这是对契诃夫的祖父叶果尔·米哈依洛维奇·契诃夫的评述,他曾经是地主Γ.切尔特科夫家的农奴,1841年赎得自由。——俄文本注
④ 《樱桃园》。
⑤ 莫斯科艺术剧院的女演员安德烈耶娃。

你安宁,健康。

你的安
一九〇三年二月十一日
于雅尔塔

八一五

致亚·阿·安德烈耶娃①

十分尊敬的亚历山德拉·阿历克塞耶芙娜,讲到我能寄给您什么作品②,那么我,像通常所说的一样,简直心里发蒙,我不知道,根本不知道。目前我在结束一个篇幅不长的短篇小说③,可是,虽然它篇幅不长,朗诵起来却至少需要一个小时,或者还不止。从这个短篇里摘出一段来交给您,也断然不行,因为这个短篇的任何一部分,单独朗诵的话,都不可能在任何方面使人满意,既不能使朗诵者满意,也不能使听众满意。我手边留存的稿子一行也没有,不过,这没有把一个很短的短篇计算在内,这篇小说倒早已写好④,可是按照书报检查机关的条件是完全不便于公开朗诵的。

已故的亚·伊·乌鲁索夫的信⑤我一定能在我这儿找到,到大斋期间我会把它们交给我的妹妹玛丽雅·巴甫洛芙娜,托她带

---

① 亚·阿·安德烈耶娃(1858—1926),俄国文学家。
② 亚·阿·安德烈耶娃在写给契诃夫的信上要求他寄一篇短篇小说给她,为的是在俄罗斯语文爱好者协会的公开大会上进行朗诵,借以纪念俄国律师和作家亚·伊·乌鲁索夫。——俄文本注
③ 《新娘》。——俄文本注
④ 这篇小说没有发表。——俄文本注
⑤ 指乌鲁索夫生前写给契诃夫的信;这些信要收入正在准备出版的乌鲁索夫的文集里。——俄文本注

给您,或者经邮局寄给您。

我的妻子写信告诉我说,康·德·巴尔蒙特目前在莫斯科。请您费神向他转达我的最友好的问候,代我向他深深鞠躬。

请您原谅我拒绝您的要求;这是违背我的意志的。但凡我有一个适合于朗诵的短篇小说,或者哪怕半篇,四分之一篇,我也会立刻寄给您。请您务必相信我才好。

真诚地忠实于您的安·契诃夫
一九○三年二月十四日
于雅尔塔

八一六

致奥·列·克尼碧尔

心上人,为什么你寄给我邮局的通知单呢?应当干脆把我的地址写上,或者告诉邮递员,这就成了。你随这封信收到这张通知单后,就立刻派人把它投进邮筒里,不要贴任何邮票,也不要把它装在信封里。明白吗?

为什么你把有美德的角色[1]演成功了就那么高兴?要知道,只有没才华的和恶毒的演员才扮演有美德的角色。活该,你就去承受这句恭维话吧。比我为你写的角色(例如,《海鸥》[2])更好的角色,你未必找得到。我倒不是说这个角色写得好,而是说你把它

---

[1] 指易卜生的《社会支柱》一剧中的洛娜。——俄文本注
[2] 克尼碧尔在契诃夫的《海鸥》一剧中扮演女演员阿尔卡津娜。

演得精彩。至于约柯米萨尔热甫斯卡雅演《海鸥》①,那可太好了。

我身体健康。此外关于我自己我就没有什么可奉告的了。

好,吻我的老大娘。祝你健康,希望你偶尔想起你的丈夫。

你的安

一九〇三年二月十七日

于雅尔塔

八一七

致伊·尼·波达片科

你好,我亲爱的伊格纳季乌斯,我们终于又谈天了!是的,你没有弄错,我是在雅尔塔,大概在这儿要住到四月十日至十五日,然后到莫斯科去,从那儿出国。要是日后你不知道我在哪儿,你就写信到莫斯科,艺术剧院去;他们会从那儿把信转给我。

现在谈一谈那个杂志②。第一,你没有写明我作为出版者究竟应当负什么责任;关于钱,你信上说不需要;我是不能在彼得堡长住的,因而既不能参加工作,也不能对它起什么作用,再说下一个冬天我要在国外生活。第二,在出版工作方面我任何宪法也不承认,做杂志的头脑必须是一个人,一个主

---

① 1896年彼得堡的亚历山大剧院首次公演《海鸥》,遭到惨败,但是契诃夫对扮演尼娜一角的薇·费·柯米萨尔热甫斯卡雅却极为赞赏;莫斯科艺术剧院扮演尼娜一角的女演员却为契诃夫所不满。——俄文本注

② 伊·尼·波达片科在写给契诃夫的信上说:"我回到旧日的梦想上去,想自己编一个杂志;我为出版这个杂志而搞了一个小小的组合。我们一共三个人:马明-西比利亚克、瓦·涅米罗维奇-丹钦科和我。不过我们希望你做第四个。"——俄文本注

人,有一个明确的意图。第三,马明-西比利亚克和瓦·涅米罗维奇-丹钦科都是有才能的作家和极好的人,但是他们不适合做编辑工作。第四,我永远都会做你的杂志的撰稿人,在这一点上是无话可说的。

  在一九〇四年之前还有很多时间,我们还可以通信商量,达成协议;或许你会说服我,使我相信我错了也未可知。

  关于我的健康状况我无法夸耀。整个冬天我都在害病;咳嗽,胸膜炎,不过现在倒似乎没有什么了。我甚至坐下来写东西,而且写成了一篇短篇小说①。你近况如何?瘦了吗?胖了吗?我永远怀着亲切而美好的感情想起你。我家里的人都健康,特殊的变化一点也没有。不过呢,我结婚了。然而在我这种年纪,这种事甚至已经有点不为人所注意了,如同头上的秃顶一样。

  紧紧握你的手,拥抱你。

你的安·契诃夫
一九〇三年二月二十六日
于雅尔塔

八一八

致亚·伊·苏木巴托夫-尤仁②

  亲爱的亚历山大·伊凡诺维奇,多谢你的来信。我同意你的意见,对高尔基是难以下断语的,得从许许多多评论他的文章和议

---

① 《新娘》。——俄文本注
② 苏木巴托夫-尤仁写给契诃夫的回信,信上讲到他对高尔基作品的印象。——俄文本注

论他的话里进行分辨。他的《底层》一剧我没有看过,了解得很少,不过已经有诸如《我的旅伴》或者《切尔卡希》之类的小说足以使我认为他绝不是小作家了。《福玛·高尔杰耶夫》和《三人》使人读不下去,这些都是蹩脚的作品,《小市民》依我看是中学生的作品,可是高尔基的功绩并不在于他的作品都让人喜欢,而在于他在俄罗斯,乃至全世界,是头一个带着轻蔑和厌恶谈到市侩习气的人,并且他恰好是在社会已经为这种抗议作好准备的时候来谈的。不管从基督教的观点来看,还是从经济学的观点来看,总之从任何观点来看,市侩习气都是一大恶习,它好比河上的堤坝,永远只为停滞服务,至于流浪汉①,虽然不文雅,虽然醉醺醺,却仍旧不失为一种有效的药剂,至少看起来是这样,堤坝虽说还没决口,却已经涌出了湍急、危险的水流。我不知道我把我的意思说清楚没有。依我看,将来有一天高尔基的作品会被人忘记,然而他本人就连在一千年以后也未必会被人忘记。我是这样想,或者这样觉得的,或许我说错了也未可知。

你目前在莫斯科吗?你没有到尼斯或者蒙特卡洛去吗?我常常想起我和你的青年时代,那时候我们常常坐在一块儿玩轮盘赌。我也常想起波达片科。顺便说到,今天我接到波达片科的一封信,这个怪人打算出版杂志了。

紧紧握你的手。祝你健康,顺遂。

你的安·契诃夫
一九〇三年二月二十六日
于雅尔塔

---

① 高尔基作品中屡见不鲜的人物。

八一九

致维·谢·米罗留包夫

亲爱的维克托·谢尔盖耶维奇,我诓了您两天:我不是照我在信上所写的那样在二十五日完工①,而是直到二十七日傍晚才完工。不过,这也没有什么大不了的。我的身体已经不容许我照从前那样写作,我很容易疲劳。请您把校样寄来,因为必须修改和写完结局。我总是在校样上写完结局的。

祝您健康。我等着您。

您的安·契诃夫
一九○三年二月二十七日
于雅尔塔

八二○

致伊·阿·别洛乌索夫

亲爱的伊凡·阿历克塞耶维奇,如果您在信上讲的是《诚恳的歌》一书,那么我早已收到而且读完了。多谢您!既为这本书而谢您,又感谢您惦记我。您知道以往和现在我都是多么热诚地对待您和您的才具,因此您可以判断您的新书每一次都给我带来多么大的快乐。

我要顺便说到,除了《诚恳的歌》以外我这儿还有您的四本

---

① 指契诃夫的短篇小说《新娘》,供《大众杂志》刊登。——俄文本注

书:(一)《小孩》,(二)《劳动歌》,(三)《自由》,(四)《科勃扎琴手》。

那么一共就有五本了。

向您由衷地致意,紧紧握您的手。祝您健康,顺遂。

您的安·契诃夫
一九〇三年三月十五日
于雅尔塔

八二一

致伊·伊·戈尔布诺夫-波萨多夫

亲爱的伊凡·伊凡诺维奇,多谢您的来信,多谢您惦记我。关于您问起的那篇小说,我只能这样回答:我有一个短篇《仇敌》①,其中有一个医师,他的儿子刚刚死于白喉症,他由于一个女病人的丈夫再三请求而到那个女病人家里去,后来真相大白,原来这个妻子乘丈夫外出而跟情夫私奔了。在我这里,您问起的那类短篇小说,其他的就没有了。

今年整个冬天我照例多病,除了我的旧病以外又添上胸膜炎;现在将近春天,我的健康状况有所改进,觉得身体不错,甚至工作了。我打算四月下旬和五月在莫斯科住。要是我能够跟您见面,我会非常高兴和满意,我对您说这话是一点也不夸张的。在我的莫斯科的往事的记忆里您占据着一个明显的位置,我常常想起您。

倘使您真的要把我所没有的书寄给我,那我就对您致以万分

---

① 发表于1887年。

的感谢。我缺包包雷金的《尸首》《圆寂》、富耶文集、施皮尔文集、施泰尔特文集,巴雷科夫文集,诗选、翻译家彼·魏恩贝格的《贤明的纳坦》、罗斯金文集和《圣经》《论相信自己》、E.波波夫的《丰收的菜园》。

您看,这么多。您从这一大堆里选出三四本来,寄给我吧。我现在读很多书,因为总的来说我工作得很少。

今年春天我要到彼得堡去,同马克思见面,跟他谈一谈准许"媒介"出版我的小作品的事。要知道他已经发了财,够了。

谢谢您那些书,日历我已经有了,不过这也不要紧,我会把收到的这一份送给我的母亲,她会很满意的。

紧紧握您的手;祝您健康,安宁,万事如意。请您不要忘记

您的安·契诃夫

一九〇三年三月十九日

于雅尔塔

我的莫斯科地址:彼得罗夫卡,柯罗文寓所。不管怎样,四月底我就在莫斯科了。

八二二

致符·阿·吉里亚罗甫斯基

亲爱的吉里亚舅舅,你的《四维人》①真精彩,我一面看一面不停地笑。舅舅真了不起!

---

① 吉里亚罗甫斯基仿照俄国颓废派笔调所写的短篇小说。——俄文本注

四月二十日以后我就在莫斯科了。紧紧握你的手。

你的安·契诃夫
一九〇三年三月二十三日
于雅尔塔

八二三

致奥·列·克尼碧尔

我亲爱的老大娘,你为地址生我的气,老是肯定地说你写过,而且似乎写过好几次。你等着就是,我会把你的信带给你,你自己会看见的,目前呢,我们都闭上嘴,不必再谈地址的事,我是心平气和的。其次,你写道,我又问起屠格涅夫的剧本,而你已经给我写过,我忘了你的信的内容。我什么也没忘,你的信我都反复读过好几遍,问题在于我去的信和你来的回信之间每一次都要耽搁十天。屠格涅夫的剧本我差不多全读过。关于《村居一月》,我已经写信给你,说我不喜欢这个剧本,可是你们就要上演的《食客》①倒还可以,写得不错,要是阿尔捷木不拖拖拉拉,不显得单调,这个剧目就会演得不错。《外省女人》②得删削一番才成。对吗?角色倒是很好的。

整个冬天我的痔疮没发,今天我成了真正的九等文官了。天气极好。百花齐放,天气暖和,没风,然而没有雨,我为植物担心。你写道,你要把我搂在怀里整整三天三夜。可是怎么吃饭或者喝茶呢?

---

① 屠格涅夫的剧本,莫斯科艺术剧院直到 1912 年才上演这个剧目,阿尔捷木在《食客》一剧中本来扮演库左甫金。——俄文本注

② 屠格涅夫的剧本。

我接到涅米罗维奇的一封信；多谢他。我没有给他写回信，因为不久以前我给他写过一封信。

好，祝你健康，看家狗。关于高尔基，我已经在信上告诉过你：他到我这儿来过，我也到他那儿去过。他的身体不错。短篇小说《新娘》我不能寄给你，因为它不在我这儿；你不久就会在《大众杂志》上读到它。这类小说，我已经写过，写过许多次，因此你不会读到什么新的东西。

可以把你两脚朝天，然后摇晃你，然后把你搂在怀里，咬你的耳朵吗？可以吗，心上人？你写信告诉我，要不然我就骂你是坏蛋。

你的安
一九〇三年三月二十三日
于雅尔塔

八二四

致奥·列·克尼碧尔

我亲爱的，你不要忘记在彼得堡会见莫杰斯特·柴可夫斯基①，用我的名义要求他把彼得·柴可夫斯基的信②还给我，先前他从我这儿把那些信取去，为的是写他的书（彼·伊·柴的一生）③。要是莫杰斯特·柴可夫斯基不在彼得堡，那就向卡拉勃切

---

① 莫杰斯特·伊里奇·柴可夫斯基(1850—1916)，俄国剧作家，翻译家，音乐家彼得·柴可夫斯基的弟弟。
② 指彼得·柴可夫斯基写给契诃夫的三封信。
③ 莫杰斯特·柴可夫斯基的著作《彼得·伊里奇·柴可夫斯基的一生》。共三卷，尤尔根松（彼得·伊凡诺维奇·尤尔根松〈1836—1903/04〉，俄国乐谱出版家。）出版社，莫斯科–莱比锡1900年至1902年版。——俄文本注

甫斯基或者某个文学工作者打听一下他在什么地方,能不能得到他的地址,如果他已经出国的话。明白吗?要是你明白了,那你真是个聪明女人了。

《物从细处断》①是在那样的一个时代写成的,那时候拜伦、莱蒙托夫以及他的彼乔林②还对最好的作家有着极其明显的影响。要知道高尔基也是彼乔林。高尔基有点软弱,有点庸俗,然而仍旧不失为彼乔林。不过这个剧本可能显得没有趣味;它稍稍长了一点,而且只有把它作为逝去的年代的纪念碑来看才有趣味。可是我也许说得不对,而这是非常可能的。要知道去年夏天我对《底层》多么悲观,可是这个剧目获得了什么样的成功啊!我没有资格评判。

我们很快很快就要见面了,我亲爱的、珍贵的老太婆。我会拥抱你,抚爱你,跟你一块儿在彼得罗夫卡散步。

我对你欢呼"乌拉",永生永世做你的被抛弃的、萎靡不振的、无精打采的丈夫。

安

一九〇三年三月二十四日

于雅尔塔

《艺术世界》在称赞你③,克尼普霞④。今天我把称赞你的这一期杂志寄给你了。我为你骄傲,我的心上人,骄傲!

---

① 屠格涅夫的剧本,写成于1847年。——俄文本注
② 莱蒙托夫的长篇小说《当代英雄》中的主人公。被认为是"多余的人"的典型。
③ 俄国象征派杂志《艺术世界》1903年5月号上发表 B.美耶罗维奇的论文《莫斯科艺术剧院的〈社会支柱〉》,在这篇文章里作者赞扬奥·列·克尼碧尔所扮演的洛娜一角。——俄文本注
④ 这是契诃夫为了打趣而给克尼碧尔这个姓硬造出一个爱称。

八二五

致奥·列·克尼碧尔

我的无与伦比的心上人,我的傻里傻气的女人,你不该因为我沉默而没有根据地生我的气;第一,你自己在信上告诉过我,你要在受难周的开头几天离开莫斯科;第二,我常给你写信。再者,既然我们很快很快就会见面,〔……〕,那又何必再写信呢。车票已经订好,我在二十二日动身,二十四日到达莫斯科。我一到,马上就去澡堂。床单我会给你带去。

为什么你们跟《新时报》唱一个调子,为什么你们把《底层》演砸了?① 哎,这未免不像样子。你们到彼得堡去演出我是很不满意的。我不大愿意为你们的剧院写剧本,主要是因为你们没有老太婆。他们会硬叫你演老太婆角色,其实另外有一个角色是给你的,不过话说回来,你在《海鸥》里已经演过老太太②了。

哦,昨天下了一场不小的雨。我们这儿的春天很好,只是天气凉,而且乏味。

在雅尔塔,医师包格达诺维奇死了。你认识他吗?

---

① 这句针对艺术剧院的尖刻的话是由克尼碧尔在1903年4月9日和10日写来的信引起的,在那些信里她讲起《底层》在彼得堡演出而没有获得成功,这同该剧在莫斯科所获得的巨大成功形成鲜明的对照。克尼碧尔在4月9日的信上说:"《底层》不大受欢迎。大多数人不喜欢这个剧目。不知什么缘故,这个剧目的头两幕我们自己也老是演得松松垮垮……这次演出留下了不愉快的感觉。"她在4月10日写道:"不管是观众还是报界,大家都在骂这个剧目……《小市民》我们不打算上演了。用《万尼亚舅舅》来代替它吧。"这时候契诃夫收到1903年4月9日的《新时报》,那上面发表了苏沃林对《底层》的演出的尖刻的否定的评论。——俄文本注

② 指《海鸥》中的阿尔卡津娜一角。

到敖德萨去,到基辅去,是个好主意。我也会跟着你们一块儿去巡回演出。在敖德萨你们会大卖满座,至于在基辅生活,迎接春天,那会很愉快。

为什么不演《小市民》呢?要知道这个剧在彼得堡会受欢迎的。

我再给你写一封信,再打一个电报,然后我们就会极快地见面。我晒黑了,像阿拉伯人一样。我们的花园很好,我整天坐在那儿,拼命晒太阳。你见到莫杰斯特·柴可夫斯基了吗?你见到苏沃林了吗?米沙到剧院里去吗?不过,这些问题你将来要在莫斯科回答我了,我的忠实的伴侣。

吻你的脸,拍你的背。

你的切尔诺莫尔季克①
一九〇三年四月十五日
于雅尔塔

八二六

致维·维·斯米多维奇(威烈萨耶夫)②

亲爱的维肯契·维肯契耶维奇,我有点迟误了;您那封附着照片的信找了我好久,最后才终于转到这个别墅来。我的住址是莫斯科省,纳罗福明斯克。

多谢您!您的书③对我来说现在来得正是时候,因为我正好

---

① 这个姓的原义是"黑脸"。
② 俄国作家,笔名威烈萨耶夫。——俄文本注
③ 《小说集》第1卷,第5版,圣彼得堡,1903年版。——俄文本注

没有书看。我在读您的书和谢·阿克萨科夫的童年纪事①;我觉得自己很好。

我到奥斯特罗乌莫夫②教授那儿去过。他在我身上除了发现严重受损的右肺以外,还发现肺气肿、胸膜炎等等,等等;他不允许我冬天住在雅尔塔,叫我住在莫斯科近郊的别墅里。我现在不知道该听谁的话,该怎么办才好。我的妻子目前正在给我找一个过冬的别墅。

我略微做一点工作。我在短篇小说《新娘》的校样上改动很大,面目全非了③。

再一次向您道谢。紧紧握您的手。

您的安·契诃夫
一九〇三年六月五日
于纳罗福明斯克

寄上我的照片一张,至于书,我这儿目前没有,请您等到秋天吧。要是您把所缺的那几本书寄到纳罗福明斯克我这儿来,那就

---

① 俄国作家谢尔盖·季莫费耶维奇·阿克萨科夫的长篇小说《巴格罗夫孙子的童年》。——俄文本注
② 即阿历克塞·阿历克塞耶维奇·奥斯特罗乌莫夫,俄国内科医师,教授。
③ 根据威烈萨耶夫回忆录的记载,1903年春天在雅尔塔,他谈及《新娘》的二校样:"头一天晚上,我们在高尔基家里读契诃夫新创作的短篇小说《新娘》的校样(小说载于温和的《大众杂志》)。

　　安东·巴甫洛维奇问:

　　'你们觉得小说怎么样?'

　　我犹豫了一下,但还是决定直陈己见。

　　'安东·巴甫洛维奇,女孩子并不是这样出走去参加革命的。而且像您的娜嘉那样的姑娘是不会去参加革命的。'

　　他的眼睛严肃而又警觉地看看我。

　　'参加革命的道路是各种各样的。'"(《安·巴·契诃夫》,参看《同时代人回忆契诃夫》。)

　　但是契诃夫在修改校样的时候仍旧把娜嘉参加革命的情节删掉了。——俄文本注

好极了。

前几天我读了尤希凯维奇和古谢夫－奥连布尔格斯基的作品①。依我看，尤希凯维奇既聪明又有才能，日后他可能会大有出息，只是有的地方他常常使人产生一种印象，仿佛他的作品是从外文翻译过来的；像他这样的作家我们还没有过。古谢夫就少谈一点了，不过他也有才能，只是他那些醉醺醺的助祭很快就使人厌烦了。差不多他的每一篇小说里都有一个醉醺醺的助祭。

一九〇三年六月五日
于纳罗福明斯克

八二七

致彼·阿·谢尔盖延科

亲爱的彼得·阿历克塞耶维奇，你的信一会儿寄到莫斯科，一会儿寄到纳罗，一会儿寄到纳尔瓦，它终于起了你当然指望的作用，也就是使我非常快活。《俄罗斯思想》的编辑工作照你所希望的那样顺利地开始了②，这是我没有梦想到的命运，再者我也不敢这样梦想，我对你这样说完全是出于真诚。当然，最好是打听一下，了解清楚，可是这该怎么做呢？找谁呢？要是找列〔夫〕·尼

---

① 谢苗·所罗门诺维奇·尤希凯维奇（1868—1927）的《文集》第1卷和谢尔盖·伊凡诺维奇·古谢夫－奥连布尔格斯基（1867—1963）的《小说集》（圣彼得堡，1903年出版）。——俄文本注

② 契诃夫担任《俄罗斯思想》杂志的小说栏的编辑工作，事实上是在1903年春天。直到1903年10月这个杂志才正式宣布契诃夫参与编辑工作。彼·阿·谢尔盖延科在写给契诃夫的信上说，在现有的条件下，也就是在契诃夫参与《俄罗斯思想》的编辑工作的条件下，列·尼·托尔斯泰把自己的中篇小说《哈泽·穆拉特》交给这个杂志发表。（《哈泽·穆拉特》是在列·尼·托尔斯泰去世以后才发表的。）——俄文本注

〔古拉耶维奇〕本人,那信上该怎样写呢?好朋友,你给我写两三行吧,我焦急地等待着。

我的地址是莫斯科省,纳罗福明斯克。我在这儿病了一个星期,现在似乎没有什么了。天气很好。

我立等回音,这一点请你注意。

你的安·契诃夫

一九〇三年六月十一日

于纳罗福明斯克

八二八

致维·谢·米罗留包夫

亲爱的维克托·谢尔盖耶维奇,今天把那篇小说①按挂号印刷品寄上。请您原谅,我没有办法,我闲着没事做,着了魔,把整篇小说都作了改动②。您知道我现在住在哪儿吗?我住在莫斯科郊外的一个别墅里,在布良斯克大道的旁边;我的通信地址是莫斯科省,纳罗福明斯克。我没有出国。奥斯特罗乌莫夫把我留下来,叫我在此地住一个夏天和一个冬天。

我似乎写信告诉过您,我要在新耶路撒冷(沃斯克列先斯克)居住。这是当时那么打算的。要是我在信上写过,而您把写给我的信寄到那边去了,那我明天也会收到所有的信件,因为我今天动身到沃斯克列先斯克去。六月十六日我再回到家里来。

请您来信讲一下您那儿有什么新闻,您大体上生活得怎样。

---

① 指《新娘》的校样。
② 参看第八二六封信的注。——俄文本注

我在读谢·阿克萨科夫的《家庭纪事》。祝您健康,顺遂。

您的安·契诃夫

一九〇三年六月十二日

于纳罗福明斯克

八二九

致阿·尼·波波娃①

十分尊敬的阿娜斯塔西雅·尼古拉耶芙娜:

唉!符拉季米尔·符拉季米罗维奇②说得完全对。八十年代《新时报》上发表过我的一篇小说,小说的结尾就像他对您讲述的那样③。后来,我读校样的时候,对那个结尾很不满意(详细情形我现在已经记不清了),觉得它过于冷漠和严峻,我就把小说丢掉了;随后,我删掉结尾,添上两三行算是新的结尾,于是,您发现小说的思想内容跟以前截然不同了。当然,照我现在的想法,这篇小说我根本不应当发表,至于当初为什么发表,这件事是怎样发生的,现在我都记不清了,因为这是很久以前的事。祝您万事如意。

真诚地忠实于您的

安·契诃夫

一九〇三年六月十七日

于莫斯科省,纳罗福明斯克

---

① 彼得堡的医师。——俄文本注
② 即符·符·契诃夫,彼得堡的医师,精神病学家。——俄文本注
③ 指契诃夫在1889年发表于《新时报》上的短篇小说《童话》;这篇小说原有第三章;它在修改时被删掉了。90年代末契诃夫把它收入文集,将篇名改为《打赌》。——俄文本注

八三〇

致尼·叶·艾甫罗斯

亲爱的尼古拉·叶菲莫维奇,唉!剧本①我甚至还没有开始写,而不是像您所说的那样已经写完了。讲到我加盟《俄罗斯思想》,那么大概我从秋天起才做编辑工作,或者主持那儿的小说栏而不涉及其他一切。不过我仍旧要想尽一切办法使您和《俄罗斯思想》接近②;您作为剧评家,我很久以来一直是给予高度评价的,而且我记得,关于让您开始为《俄罗斯思想》撰稿,我费了很多口舌,也费了很多工夫。再过两三个星期我要到莫斯科去,跟他们见个面,谈一下,再给您回音;现在就祝您健康,快活。愿您万事如意。

您的安·契诃夫
一九〇三年六月十七日
于纳罗福明斯克村

八三一

致肖·诺·拉比诺维奇(肖洛姆–阿莱汉姆)③

十分尊敬的肖洛姆·诺胡莫维奇:
我现在大体说来不写东西,或者写得很少,因此我只能有条件

---

① 《樱桃园》。艾甫罗斯在写给契诃夫的信上要求契诃夫把他的新剧本的名称、题材、主题思想告诉他。——俄文本注
② 艾甫罗斯在写给契诃夫的信上要求契诃夫出力协助他成为《俄罗斯思想》的撰稿人,他想把他的关于戏剧的论文交给这个杂志发表。——俄文本注
③ 肖洛姆–阿莱汉姆,笔名肖·诺·拉比诺维奇(1859—1916),犹太作家。——俄文本注

地许下诺言:如果疾病不作梗,我就会遵命写出一篇小说①。讲到我那些已经发表的短篇小说,那么它们完全听凭您处置;为了救济基什尼奥夫的受难的犹太人而把这些小说译成犹太语,收入文集,这除了会给我带来衷心的愉快,不会带来任何别的。

真诚地尊敬您和忠实于您的

安·契诃夫

一九○三年六月十九日

于纳罗福明斯克

您的信我是在昨天,六月十八日,收到的。

八三二

致阿·谢·苏沃林

您寄来的叶若夫的著作②已经收到,多谢您。同一个叶若夫的以前各册我已经在读完后交到莫斯科您的书店里,托他们转交给您,这一册我也会照样办。叶若夫的风格单调,结果就变得有点乏味,仿佛在读百科全书似的,以后也仍然会如此,除非小说文学来帮他的忙。

六月六日我到雅尔塔去,在那儿大概要住到九月。雅尔塔的天气不同寻常,天天下雨,我的妹妹欣喜万分。高尔基的关于基什

---

① 肖洛姆-阿莱汉姆写信给契诃夫,要求他提供一篇短篇小说,以便译成犹太语,收入在华沙出版的一个文集,用以救济在基什尼奥夫遭到蹂躏暴行的犹太人。——俄文本注
② 这是一个预先约定的暗语,指的是在国外出版而在俄国遭到查禁的杂志《解放》,这是俄国自由主义资产阶级的杂志,由彼·伯·司徒卢威主编。——俄文本注

尼奥夫的信①,当然,像他所写的一切作品那样招人喜欢,不过这封信不是写出来的,而是做出来的,它既缺乏青春的气息,也缺乏托尔斯泰主义者的信心,再者它也不够简短。

在马克思出版的我那些书里,在所有的九卷书里,您没有读过的短篇小说是很多的。第九卷是萨哈林岛;第十一卷也很快就要出版,那里面是近些年来我所写的短篇小说。马克思在买下我的作品的时候也没有想到我有那么多的短篇小说;后来他向我表示过他的惊讶。

他大概以为只有三四卷吧。

向您鞠躬,祝您万事如意。目前我的健康状况还不错,甚至很好。只有在爬山或者上楼梯的时候,我才感到自己不大好。

我的地址:雅尔塔。

问候安娜·伊凡诺芙娜,向她致意。

您的安·契诃夫
一九〇三年六月二十九日
于莫斯科

八三三

致阿·谢·苏沃林

您目前在读小说,那么请您顺便读一下魏列萨耶夫的短篇小说。您从第二卷那个篇幅不长的短篇小说《里扎尔》读起吧。我觉得您会读得很满意。魏列萨耶夫是一个医师,我跟他相识不久;

---

① 指高尔基的文章《论基什尼奥夫的蹂躏犹太人暴行》,这篇文章在俄国以石印传单的形式广为流传。它刊登在1903年6月2日《解放》杂志24号上。——俄文本注

他给人留下很好的印象。

我路过莫斯科的时候,把叶若夫的著作留在书店里了。下一卷,如果您觉得可以的话,请您寄到雅尔塔去。

我常到河里去游泳。

新闻一点也没有,一切都顺利。祝您健康,愿您万事如意。

您的安·契诃夫

一九○三年七月一日

于纳罗福明斯克

八三四

致谢·巴·佳吉列夫

十分尊敬的谢尔盖·巴甫洛维奇,我答复您的信有点迟了,因为我收到这封信不是在纳罗福明斯克,而是在雅尔塔;我前几天来到这儿,大概会住到秋天。我读完您的信,想了很久,尽管您的建议或者邀请那么诱人,可是最后我仍旧只得不像我和您所希望的那样答复您。

《艺术世界》的编辑我不能做①,因为在彼得堡居住对于我是不可能的,而这个杂志也不会为了我而搬到莫斯科来,至于通过邮局和电报来编辑,那是不行的,要我只做挂名的编辑对杂志来说并没有什么好处。这是一。第二,正如一张画只能由一个画家来画,一篇演说只能由一个演说家来演说一样,一个杂志也只能由一个人来主编。当然,我不是批评家,大约不会把批评栏编好,不过从另一方面来说,我怎么能跟德·谢·梅烈日科夫斯

---

① 佳吉列夫邀请契诃夫主编《艺术世界》的小说栏。——俄文本注

基在同一个屋顶下和睦相处呢?① 他有明确的信仰,跟导师一样的信仰,与此同时我却早已失去我的信仰,只能用困惑不解的眼光看那些有信仰的知识分子了。我尊敬德·谢·梅列日科夫斯基,无论他作为人还是作为文学活动家都为我所看重,可是话说回来,如果要我们拉车的话,我们就会把车往不同的方向拉去。不管怎样,不管我对这个工作的态度是否错误,可是我素来认为,而且现在也这样相信:主编应当是一个人,仅仅一个人,《艺术世界》尤其应该只由您一个人主编。这就是我的意见,我觉得我不会更改这个意见。

请您不要生我的气,亲爱的谢尔盖·巴甫洛维奇;我觉得要是您再编这个杂志五年,您就会同意我的看法。办杂志好比画画或者写诗,应当是一个人,应当让人感到这里只有一个意志。到现在为止《艺术世界》一直就是这样,而这样是好的。应当抱定这个宗旨才是。

祝您万事如意,紧紧握您的手。雅尔塔天气凉爽,或者至少不热。我扬扬得意了。

向您深深鞠躬。

您的安·契诃夫
一九○三年七月十二日
于雅尔塔

---

① 照佳吉列夫的计划,梅列日科夫斯基应当主编《艺术世界》杂志的批评栏。——俄文本注

八三五

致符·加·柯罗连科①

珍贵的、深受爱戴的同事,卓越的人,今天我带着特殊的感情想起您。我欠您很多的情。多谢您。

契诃夫

一九○三年七月十五日

于雅尔塔

八三六

致康·谢·阿历克塞耶夫(斯坦尼斯拉夫斯基)

亲爱的康斯坦丁·谢尔盖耶维奇,非常非常遗憾,现在您没有到雅尔塔来;此地的天气空前地好,好得迷人,好得无与伦比。这儿整个夏天都下雨,不热,没有灰尘,一切都是绿油油的。

我的剧本②没有写完,进展得有点迟缓,这我要用懒散、美妙的天气、题材的难写来解释。等到这个剧本写完,或者在快要写完之前,我会给您写信,或者最好是打电报。您的角色③似乎写得还不错,然而我不打算进行评论,因为一般说来,我在读剧本的时候总是对剧本了解得很少的。

---

① 这是打给柯罗连科的电报,庆祝他诞生五十周年。
② 《樱桃园》。——俄文本注
③ 契诃夫打算让斯坦尼斯拉夫斯基扮演《樱桃园》中的商人洛巴兴一角。——俄文本注

奥尔迦身体健康,每天游泳;她在为我忙碌。我的妹妹也健康,她们两个人为您的问候道谢,并且也问候您。昨天我见到工程师兼作家米哈依洛夫斯基-加林,他就要兴修克里米亚铁路①了;他说他将写一个剧本。

我身体健康。代我向玛丽雅·彼得罗芙娜和孩子们问候,致意;也向伊丽莎白·瓦西里耶芙娜②问候和致意。紧紧握您的手,祝您健康,万事如意。

您的安·契诃夫

一九〇三年七月二十八日

于雅尔塔

我不打算把我的剧本朗诵给您听,因为我不会朗诵;我只让您看一遍——当然,如果剧本写成的话。

八三七

致包·亚·拉扎烈甫斯基

亲爱的包利斯·亚历山德罗维奇,《中篇小说和短篇小说集》③收到了,多谢您的这本书。我把它全都看完了,现在我可以说:您向前迈出了巨大的一步,您是好样的。那些短篇小说都一样,很难说哪一篇更好些!不过,如果花很长的时间来选择,例如,

---

① 尼古拉·盖奥尔吉耶维奇·加林-米哈依洛夫斯基完成了克里米亚铁路的设计,但是后来这条铁路没有动工兴修。——俄文本注
② 即伊·瓦·阿历克塞耶娃,康·谢·斯坦尼斯拉夫斯基的母亲。——俄文本注
③ 拉扎烈甫斯基的书,莫斯科 1903 年版。——俄文本注

像推选教皇(罗马教皇)那样,那我就选《医师》。这本书的版本很好。语言有的地方精致,有的地方土气:"军官们互相嫉妒"①,可是军官们可能为女人而互相嫉妒呢……此外还有什么呢?全在这儿了。我愉快地读完这本书。祝您万事如意,紧紧握您的手,再一次道谢。

您的安·契诃夫
一九〇三年七月二十八日
于雅尔塔

八三八

致康·德·巴尔蒙特

亲爱的康斯坦丁·德米特利耶维奇,我过着一个饱食终日、无所用心、寂寞无聊的流浪汉生活,现在我住在雅尔塔,这就是《太阳赞歌》②为什么过了整整十天才到我手里的缘故。我觉得这是您的最美的诗歌之一,可是它仍旧没有躲过维克托·亚历山大罗维奇。我只在 inspe③ 是主编,目前我还没有看稿子,大概至早也要在明年才会开始看稿子和决定它们的命运。听说八月底您就要到雅尔塔来;如果是这样,那么我们不久就能见面和畅谈了;我会向您解释一切的。

《太阳赞歌》目前在莫斯科,我把它连同信一起寄到那边去了。

---

① 《医师》中的一句话。——俄文本注
② 康·德·巴尔蒙特的诗,作者打算把它发表在《俄罗斯思想》上;契诃夫当时已经参与这个杂志的编辑工作。——俄文本注
③ 拉丁语:拟议中。——俄文本注

《我们将像太阳一样》①我收到了,读过了,而且拿给别人去读了;可是我没有及时向您道谢,那是因为第一,我不知道您的地址;第二,因为我以为这本书不是您寄给我的(通常有的亲笔签名,书上没有),而是一个熟人寄来的。

哦,不过这也没关系,道谢总是不晚的,我向您深深鞠躬三次。

您问我是否在九月底到莫斯科去。我回答您:是的。

紧紧握您的手。

阿乌特卡的小市民安·契诃夫
一九〇三年八月五日
于雅尔塔,阿乌特卡

八三九

致列·安·苏列尔席茨基

亲爱的列夫·安东诺维奇,今天,八月十六日,我收到了您在七月二十三日发出的信。问题在于我不在莫斯科,而在雅尔塔的自己家里,至于报上发表的有关我的一切消息,不是别的,而是无聊的神话。请您把您的论文②寄到雅尔塔我这儿来,我读过以后就会告诉您:您该把它,把这篇论文,怎样处置,是交给杂志发表呢,还是出版单行本。或许我们会把您的论文寄给柯罗连科,发表在《俄罗斯财富》上。

---

① 康·德·巴尔蒙特的书《我们将像太阳一样。象征的书》,"蝎子"出版社,莫斯科1903年版。——俄文本注
② 一篇关于"反仪式派"(从俄罗斯正教会分离出来的精神基督教的一支。产生于18世纪后半期,否定正教的一切礼仪,不承认教会和神职人员。因违抗当局、拒服兵役而受到沙皇政府的迫害)的论文手稿。——俄文本注

庆贺您添了个婴儿。那么,现在您已经做爸爸了。

我们常常想起您,谈起您,比您想象的频繁得多。秋天,从十月一日到来年一月我将住在莫斯科,在那儿我们大概会见面。您应该递一个呈文上去,让您的案子①尽快得到审理,您也可以尽快得到释放。我的妻子和妹妹都健康,艺术剧院仍旧是老样子。我的健康状况还不错,而去年冬天却不怎么好。好,愿上帝保佑您,紧紧握您的手,深深鞠躬。我不久会再给您写信的。

您的安·契诃夫
一九〇三年八月十六日
于雅尔塔

请写一封详细些的信来。

八四〇

致维·亚·戈尔采夫

亲爱的维克托·亚历山德罗维奇,在你寄来而我现在寄回的稿子当中,值得注意的只有一篇小说《原因何在?》②。这是一个好作品,可以发表,只是小说的结尾必须彻底改写。你对作者说,或者写信告诉他:那个餐车里的场面又粗鄙又虚伪,第一章不需要,结尾冗长而不需要。让作者允许进行删削,允许修改某些小地方。这个中篇,我再说一遍,是好的,有些地

---

① 1902年苏列尔席茨基被捕,关在莫斯科的塔甘斯克监狱里,因为他被指控加入俄国社会民主工党(苏共1898至1917年的名称);后来,在受审以前,被遣送到波多利斯克省居住。——俄文本注
② 指谢苗诺夫的中篇小说的原稿。——俄文本注

方甚至很好。

倘使作者允许修改，那就把这个中篇再寄给我。对他说，小说的名字让他想一个朴素一点的。

祝你健康。

你的安·契诃夫

一九〇三年八月十八日

于雅尔塔

八四一

致符·伊·涅米罗维奇-丹钦科

亲爱的符拉季米尔·伊凡诺维奇，奈焦诺夫的这个剧本[1]很好，只是必须把主要人物库波罗索夫改写成一个令人信服的、比较明确的好人，必须把布景安排得朴素些，不要电话和其他的俗物（这个剧本的布景引得观众有所期待，结果这个期待又落了空），必须让男主人公捷普洛夫和女教师在第四幕结尾不要谈钱，也不要写信。有了朴素的、不渲染的、不刺眼也不刺耳的布景，有了安静的、很安静的朴素的调子，这个剧本就可能演得大获成功。这就是我对这个剧本的简略看法。

好，讲到我自己的剧本《樱桃园》，那么目前一切都顺利。我在慢条斯理地工作。如果我稍稍延误一点时间，那也没有什么大不了的，我已经把这个剧本里的布景部分减少到最小限度，任何特殊的舞台装置都不需要，用不着耗费心思了。目前我的健康状况极佳，好得无与伦比，因此可以工作了。

---

[1] 指奈焦诺夫交给莫斯科艺术剧院的《钱》。——俄文本注

大臣委员会①的主席是一个很高的荣誉职位,通常总是由已经离职的大臣(本格②、杜尔诺沃③)担任。关于你信上所说的独裁④,我觉得是根本谈不到的。

　　我打算今年冬天也住在莫斯科。将近十一月的时候我就去。我会高兴地看我还没看过的《底层》以及目前我在预先领略其美味的《尤利乌斯·恺撒》⑤。在我的剧本的第二幕里我已经把一条河换成一个老教堂和一口井了。这样更安静一点。只是在第二幕里你得给我布置一片真正的绿地和一条大道,还有舞台上罕见的远方。

　　好,愿造物主保佑你。我读过了奥尔迦的信,我再说一遍:我赞成奈焦诺夫的剧本。只是,当然,必须略加修改。略加修改就成了。

　　祝你健康,快活。拥抱你。

你的安·契诃夫
一九〇三年八月二十二日
于雅尔塔

---

① 1802至1906年俄罗斯帝国最高咨议机构。1892年起该委员会同时是最高检查机关。其主席由沙皇钦命。
② 即尼古拉·赫里斯季安诺维奇·本格(1823—1895),俄国国务活动家,自由资产阶级经济学家,彼得堡科学院院士,1881至1886年任财政大臣。
③ 即伊凡·尼古拉耶维奇·杜尔诺沃(1834—1903),俄国国务活动家,反动分子,1889至1895年任内务大臣。1895年起任大臣委员会主席。
④ 符·伊·涅米罗维奇-丹钦科在写给契诃夫的信上说:"有趣的是维特比普列威地位高了以后不知会发生什么后果。维特会成为独裁者。"——俄文本注
⑤ 莎士比亚的悲剧。

八四二

致谢·亚·阿历克塞耶夫(奈焦诺夫)

亲爱的谢尔盖·亚历山德罗维奇,多谢您想起我而且把您的剧本①寄来。我这么久没有给您回信是因为现在我忙,我自己也在写剧本,还因为不久以前我把我对《钱》的看法写信告诉一个人②了。依我看,这个剧本非常精彩,其中的人物是活生生的,剧本简短而优雅,不过换了是我,就会改换剧名,取一个比较朴素的名称,布景也改得朴素些,不要电话,不要那种驱使读者和观众期待发生什么特别事件的豪华装置;我会把库波罗索夫写成一个纯粹的好人,让人一看就知道他是好人,为的是使人怜惜他(例如在他穿上浮士德的服装的时候),我会改换他的姓,使他强烈地爱上一个好人——女教师,而且让这个女教师在剧本的结尾不必谈钱和写信……您的剧本以那个看门人的戏结尾是很好的。那些妓女刻画得极好。男主人公的妻子和岳父写得完美。办公室里的职员和搬运工人我觉得应当写得和善一点。观众看到舞台上的恶人,总会期望发生什么重大的事情,否则就不会满足。

您写道您在赶着写剧本。何必赶着写呢?要是您每五年写一个剧本,那也完全足够了。

我没有征得您的许可就让我全家的人,其中包括我的妹妹和妻子,读了您的剧本;她们两个人都很满意。

我十一月间到莫斯科去。

---

① 《钱》。
② 参看第八四一封信。——俄文本注

我认为最好的一幕是您的第二幕,其次是第四幕。在第二幕里,您应当把男主人公稍稍润色一下,使得作为画家的他在观众面前成长起来;给他添点勇气。

　　请您来信告诉我应当如何处置您寄给我的这个剧本的副本。把它留在我这儿呢,还是寄到什么地方去。

　　如果可能的话,请您把《第十三号》和《浪子》①寄给我。要是不行的话,就等到十一月再说,那时候想必我们会见面了。

　　紧紧握您的手。祝您健康,顺遂。

您的安·契诃夫
一九〇三年八月二十九日
于雅尔塔

八四三

致符·伊·涅米罗维奇-丹钦科

　　亲爱的符拉季米尔·伊凡诺维奇,谢谢你的来信。十分遗憾,我们对奈焦诺夫的剧本的看法截然不同②;这个剧本的第二幕和《孤独的人》有相似之处,库波罗索夫不尽如人意,可是要知道,这并不那么重要。重要的是这得是一个剧本,而且在这个剧本里得让人感觉到作者的风格。在我有幸读到的一些当代剧本里全都看不到作者的风格,好像它们都是由同一个工厂、同一架机器制造出来似的,然而奈焦诺夫的这个剧本里却能让人看到作者的风格。

---

① 谢·亚·奈焦诺夫的两个两幕剧。——俄文本注
② 符·伊·涅米罗维奇-丹钦科在写给契诃夫的信上对奈焦诺夫的剧本《钱》作了否定的评价。——俄文本注

要是你像你信上所写的那样要到小剧院去①,那你是不会感到高兴的。要知道,你对雷巴科夫②也罢,对列希科甫斯卡雅③也罢,都已经生疏,不管他们怎样表演,你都会觉得不和谐,笨拙。不,还是守着自己的剧院好。

我的剧本④(如果我继续照我在今天以前那样工作下去的话)很快就会完工,你放心吧。第二幕难写,很难写,不过写出来的结果似乎还行。我把这个剧本叫做喜剧。

我的健康状况还好,我没有什么可抱怨的。我在对冬天有所幻想,我指望在莫斯科过冬。

祝你健康,顺遂。在我的剧本里,母亲一角由奥尔迦扮演,可是谁来扮演那个十七八岁的女儿,那个年轻而苗条的姑娘,我就不敢决定了。哦,那时候再说吧。

向你深深鞠躬,拥抱你。

你的安·契诃夫
一九〇三年九月二日
于雅尔塔

八四四

致维·亚·戈尔采夫

亲爱的维克托·亚历山德罗维奇,在你寄给我而我现在寄还

---

① 涅米罗维奇-丹钦科在写给契诃夫的信上说:"前几天小剧院的几个演员,以导演为首,向我极其热烈地证明:我应当把我的剧本拿到他们那儿去演。他们似乎说得对……"——俄文本注
②③ 即康斯坦丁·尼古拉耶维奇·雷巴科夫和叶连娜·康斯坦丁诺芙娜·列希科甫斯卡娅,莫斯科小剧院的演员。——俄文本注
④ 《樱桃园》。

你的稿子当中,值得注意的只有克拉舍宁尼科夫的短篇小说①。这篇小说,依我看,稍加删削,把有些地方的文字润色一下,然后就祈祷上帝保佑,便可以拿去发表了。

秋天我要到莫斯科去。我会写短篇小说的,你略微等一下吧。祝你健康,愿善心的神(不是鬼,而是神)保佑你。克拉舍宁尼科夫要是还年轻,日后可能会成为一个好作家。

你的安·契诃夫
一九〇三年九月三日
于雅尔塔

八四五

致米·亚·奇列诺夫

亲爱的米哈依尔·亚历山德罗维奇,这是实情:夏天我过得很好,身体健康,略微做一点工作;可是一个星期以前我病了,目前精神萎靡,什么工作也不做,极力躲避几乎从九月初起就开始征服雅尔塔的寒冷。

剧本②我差不多写完了,应当重抄一遍,可是疾病作梗;我又不能口授而由别人代笔。

多谢您的来信。我指望十月间去,指望整个冬天在莫斯科居住,这是根据奥斯特罗乌莫夫的意见。

我很想跟您一块儿谈一谈美奇尼科夫③。他是个大人物。关

---

① 指尼古拉·亚历山德罗维奇·克拉舍宁尼科夫写的《关于一个女人的短篇小说》,发表在《俄罗斯思想》杂志1903年第11期上。——俄文本注
② 《樱桃园》。——俄文本注
③ 即伊里亚·伊里奇·美奇尼科夫(1845—1916),俄国生物学家和病理学家。

于疫苗的希望,实现了吗?

好,紧紧握您的手,祝您圆满成功。愿您健康,顺遂。

您的安·契诃夫

一九〇三年九月十三日

于雅尔塔

八四六

致玛·彼·阿历克塞耶娃(莉莉娜)

亲爱的玛丽雅·彼得罗芙娜,您不要相信人家的话,我的剧本①还没有任何人读过;我为您写的不是一个"伪君子",而是一个很可爱的姑娘②,我想您会满意的。剧本我差不多写完了,可是八天到十天以前我病了,开始咳嗽,身体衰弱,一句话,去年的历史又重演了。现在,也就是今天,天气开始暖和,我的身体就好像好一点了,可是仍旧不能写作,因为头痛。奥尔迦不把剧本带去;我只等有可能坐下来写上一整天,就把所有的四幕一齐寄去。我写出来的不是正剧,而是喜剧,有些地方甚至是闹剧,我生怕我会挨涅米罗维奇-丹钦科的骂。康斯坦丁·谢尔盖耶维奇有一个大角色③可演。大体说来,角色不多。

下月初我不能去,我在雅尔塔要住到十一月。今年夏天奥尔迦发胖了,结实了,她大概星期日要到莫斯科去。我一个人留在此地,而且,当然,我不会忘记利用这个机会。我既然是个写

---

① 《樱桃园》。——俄文本注
② 《樱桃园》中女地主的养女瓦莉雅一角。——俄文本注
③ 契诃夫打算让康·谢·斯坦尼斯拉夫斯基扮演《樱桃园》中的商人洛巴兴一角。——俄文本注

作的人，就必须观察尽可能多的女人，必须研究她们，所以忠实的丈夫我就做不成了。由于我观察女人主要是为了写剧本，那么，照我的看法，艺术剧院就应当给我的妻子增加薪金或者给她一点补偿才是。

您在您的信上没有提到您的住址，我就把这封信寄到侍从巷①去了。大概您常去排戏，所以会很快接到这封信。您想起我，给我写信来，为此我对您感激不尽。我向伊果尔和基拉深深鞠躬，为他们惦记我而道谢，可是基拉不该为 St. Bernard'y② 高兴，这是一条好心的狗，然而是一条使人不愉快的、完全没用的狗。我的朋友茨冈③才好呢。前几天我也养了一条异常愚蠢的看家狗。

请您在见到维希涅甫斯基的时候对他说，他得尽可能瘦一点，这对我的剧本是必要的④。那么，祝您健康、幸福、快活，愿您永远成功。您也祝我快点恢复健康，动手做事吧。向康斯坦丁·谢尔盖耶维奇和您所有的男同事和女同事深深鞠躬。

您的安·契诃夫
一九〇三年九月十五日
于雅尔塔

吻您的小手。

---

① 莫斯科艺术剧院所在地。
② 法语：圣贝尔纳，狗名。
③ 狗名。
④ 契诃夫打算让维希涅甫斯基扮演《樱桃园》中女地主的哥哥加耶夫一角。——俄文本注

八四七

致维·亚·戈尔采夫

请你原谅,亲爱的维克托·亚历山德罗维奇,我扣住这个短篇小说①不放,是因为我病了将近十天。天凉了,秋风起了,于是我的健康状况也就换成秋天的调子了。我咳嗽,衰弱,而且按照我的惯例,肠失调了。

目前我寄去的短篇小说本来还可以多改一点,可是稿子写得不当,各行之间的空隙很窄,左右也没有空白地方。

奥尔迦这个星期日到莫斯科去。玛霞在这儿住到十月。

祝你健康,握你的手。

你的安·契诃夫
一九〇三年九月十八日
于雅尔塔

八四八

致奥·列·克尼碧尔

我的心上人,小马,我已经给你打过电报,说剧本②已经写完,前后四幕都写好了。我已经在重抄。我笔下的人物写得栩栩如生,这倒是实情,然而究竟剧本本身怎么样,我却不知道。我会寄

---

① 大概是第二次寄给契诃夫,请他修改的谢苗诺夫的小说(参看第八四〇封信)。——俄文本注
② 《樱桃园》。

给你,你读一遍就看出来了。

米哈依洛夫斯基①和潘诺夫②昨天来过。米哈依洛夫斯基讲了很多话,我听得津津有味,潘诺夫不吭声。后来柯斯嘉③来了。他虽然不同意某些话,不过显然满意。米哈依洛夫斯基在我面前对他大为称赞。

前天,出人意外,你那不平常的朋友,留着火红色小胡子的沙波希尼科夫④来了。今天他又来了,吃了午饭,饭后跟玛霞一块儿到苏克-苏去看望索洛维耶娃⑤。他烦闷得要命,简直弄得人一听他讲话就会吐舌头。

但愿你,小马,在《尤利乌斯·恺撒》⑥首次公演以后别忘了给我打一个电报来!《樱桃园》我是用涅米罗维奇送给我的纸抄写的;而且也是用他寄来的金笔尖写的。不知道这样一来有什么变化没有。

唉,可怜的沃洛嘉⑦,为什么他听他亲属的话呢!他不会成为歌唱演员的,可是他已经成了一个既优秀又热心的律师。为什么律师的职业使得你们这么害怕呢?难道做一个正派的律师还不如在剧院里唱十年男高音,一年挣四千五百卢布,然后退休回家吗?显然,对于什么叫作律师,辩护人,你们是没有概念的。

海上波涛汹涌,然而天气很好。潘诺夫已经走了。他和米哈

---

① 指尼·盖·加林-米哈依洛夫斯基,俄国作家和工程师。——俄文本注
② 即尼古拉·扎哈罗维奇·潘诺夫,俄国画家。——俄文本注
③ 即克尼碧尔的哥哥康·列·克尼碧尔。——俄文本注
④ 即亚历山大·康斯坦丁诺维奇·沙波希尼科夫,塞瓦斯托波尔的银行的职员,契诃夫的熟人。——俄文本注
⑤ 即奥尔迦·米哈依洛芙娜·索洛维约娃,克里米亚古尔祖夫附近的苏克-苏庄园的主人,契诃夫的熟人。——俄文本注
⑥ 莎士比亚的剧本《尤利乌斯·恺撒》由莫斯科艺术剧院在1903年11月2日首次公演。——俄文本注
⑦ 即克尼碧尔的弟弟符·列·克尼碧尔。——俄文本注

依洛夫斯基要去观看《樱桃园》的首次公演,他们这样说过。

代我问候希纳普①,用我的名义向它道谢,因为它没有吓坏你,他的脖子也没有歪。沙利克②对生活满意。土齐克③有的时候陷入悲观。

斯烈津④在给你画像吗?是的,这是一种快乐,然而是一生之中只能承受一次的快乐。要知道,你已经由他,斯烈津,画过像了!

好,小马,我来理顺你的鬃毛,给你刷洗,用最好的燕麦喂你,吻你的额头和脸蛋。愿上帝保佑你。要给我写信;要是我不是每天给你写信,你不要太生气。目前我在重抄剧本,因此应当受到宽容。

问候大家。

你的安
一九〇三年九月二十七日
于雅尔塔

八四九

致维·亚·戈尔采夫

亲爱的维克托·亚历山德罗维奇,多谢你,可是,请你原谅,我无论如何也不收这笔钱⑤。要知道,我什么工作也没做,或者,说得确切些,一共只做了一个半卢布的工作。

---

① ② ③ 狗名。
④ 俄国画家亚·瓦·斯烈津。——俄文本注
⑤ 这笔钱是酬劳契诃夫参与《俄罗斯思想》的编辑工作的,契诃夫从这年春天起参与这个杂志的小说栏的编辑工作。戈尔采夫在写给契诃夫的信上说:"他们要求我从7月1日起暂时送给你二百个卢布。你说,我把这笔钱寄到哪儿去呢?"——俄文本注

不，好人，你不要恼气，不要寄钱来，也不要再提这件事。十月底或者十一月初我要到莫斯科去，到那时候我们见了面再谈；如果日后我工作的话，那我就不再多说，拿下两百个卢布就是，这笔钱完全足够了。

我在咳嗽，而且，请你原谅我用下面这两个字，泻肚。这已经有一个多月了。我稍稍有点衰弱。

握你的手，吻你，拥抱你。一有机会就给我来信。

你的安·契诃夫

一九〇三年十月六日

于雅尔塔

八五〇

致叶·尼·契利科夫

亲爱的叶甫根尼·尼古拉耶维奇，我正想着您，您的信就来了；我正有事要找您！我的妻子给我写信讲起您，主要的是关于您的《犹太人》①我听到许多议论。我已经写信给高尔基，托他把《犹太人》寄给我，现在我再眼泪汪汪地向您提出这个要求，不要拖到我们在莫斯科见面的时候了。您寄来吧，亲爱的，我读过之后会立刻给您写信。一般说来，没有搬上舞台的剧本我是理解不了的，因而也就不喜欢，然而《犹太人》我却会仔细地读一遍，用我的想象来弥补舞台上的欠缺，说不定我的阅读会得出一点结果来。如果剧本已经写好，而且您满意的话，那么何不让它上演呢？为什

---

① 契利科夫的剧本。——俄文本注

么不试一试呢？或者，如果万不得已的话，何不把它译成德语呢①？您寄来吧，或许我们能想出点什么办法来也未可知。

奥尔迦·列昂纳尔多芙娜来信讲到《尤利乌斯，恺撒》的巨大成功。我想象得出那儿有多么热闹！

关于供文集刊登的短篇小说②，我已经写信给高尔基讲过了。今年十月二十日我会发一封信，说明我在写或者没有写那个短篇。目前我却在泻肚和咳嗽，此外就没有什么可资夸耀的事了。

关于《俄罗斯思想》③您理解得不对。等见面的时候我再跟您谈吧。

为您寄赠的照片我向您深深鞠躬并紧紧握您的手。为了诺薇拉④我向您磕头。现在，到了老年，我多么惋惜我没有女儿啊！您是个幸福的人。我的照片，等我们在莫斯科见面的时候，我再给您；我先得到奥皮捷茨那儿去照一张。要不然我就请我们雅尔塔的医师斯烈津给我照一张很不错的照片寄给您，只要我能很快见到他，而且要是他乐于干的话。

您像您所说的那样正在为人民之家⑤"奔忙"吗？不，您还会更忙，特别是为了编制节目单。这种事是在任何时候也不会使任何人满意的。

那么，请您容许我等着《犹太人》。我这儿有您在"知识"出版社出版的《剧本集》，以及《报刊的朋友》的单行本。如果《犹太

---

① 契利科夫在写给契诃夫的信上说："我把剧本（指《犹太人》）对某人读了一遍，他很满意，然而在俄国公演这出戏，那是想都不用想的。"——俄文本注
②③ 契利科夫在写给契诃夫的信上要求契诃夫为拟议出版的文集"年轻的不到五十岁的小说家们的作品！……"提供一篇短篇小说，并且说："可是您跟可怜的俄罗斯思想打得火热，那么，大约您不肯给这个短篇?！您对那个刊物有点偏爱……"——俄文本注
④ 即诺·契利科娃，契利科夫的女儿。——俄文本注
⑤ 在下诺夫哥罗德城。这是由当地的知识界倡议而创办的一种文化教育机构。——俄文本注

515

人》需要在读完之后奉还,我就会立刻寄还,一天也不耽搁。

祝您健康,快活,紧紧握您的手,吻您。

您的安·契诃夫
一九〇三年十月七日
于雅尔塔

八五一

致奥·列·克尼碧尔

那么,小马,我的和你们的长久的耐性万岁!剧本①已经完工。彻底完工了,明天傍晚或者至迟十四日早晨寄到莫斯科去。同时我会寄给你一点注解②。如果需要修改,那么依我看,那也是很少的。这个剧本最不好的地方在于我不是一口气写成的,而是写了许久,十分久,因此一定会使人感到有点拖沓。不过,到时候再看吧。

我的健康状况改善了,我咳嗽得已经不厉害,也不再跑来跑去③了。玛霞一走,当然,伙食就差一点了;例如今天午饭的菜是羊肉,而这是我现在吃不进的,所以只好不吃烤的菜。我在吃很好的果子羹。咸火腿难以下咽。我在吃鸡蛋。

心上人,我写这个剧本是多么困难呀!

你对维希涅甫斯基说,要他给我找一个税务员的职位④。我

---

① 《樱桃园》。——俄文本注
② 参看下一封信。
③ 指因泻肚而常去卫生间。
④ 这是开玩笑,意思是说由于不能写作而只好改行。

为他写了一个角色①,只是我担心他演过安东尼②以后,由安东所写的这个角色在他的心目中就显得不雅致了,粗糙了。不过,他要扮演的是贵族。你的角色③只在第三幕和第一幕里作了刻画,而在其余几幕里光是抹了几笔。不过这也没关系,我并不灰心。可是斯坦尼斯拉夫斯基畏缩不前却是丢脸的。要知道起初他那么果敢,按自己的意思扮演特利果林④,现在因为艾甫罗斯没有称赞他⑤就垂头丧气了。

好,小鸽子,别抱怨我,愿上帝保佑你。我现在爱你,将来也会爱你。我也可以打你。拥抱你,吻你。

你的安
一九〇三年十月十二日
于雅尔塔

八五二

致奥·列·克尼碧尔

你干什么老是唠唠叨叨,老太婆!阿尔特舒列尔是我自己请来的,因为我觉得身体不大舒服,懒得往外跑了。他指定我一天吃八个鸡蛋,还要吃切碎的火腿。这跟玛霞毫不相干。缺了你,我如

---

① 参看第八四六封信的注。——俄文本注
② 《尤利乌斯·恺撒》中的人物。
③ 《樱桃园》中的女主角:女地主留包芙·安德烈耶芙娜·拉涅甫斯卡雅一角。——俄文本注
④ 《海鸥》中的人物(契诃夫对他扮演的这个角色不满意)。——俄文本注
⑤ 指斯坦尼斯拉夫斯基在《尤利乌斯·恺撒》一剧中扮演的布鲁特。——俄文本注

同缺了手一样,仿佛住在一个荒无人烟的岛上似的。

那么,剧本①寄出去了,大概你会跟这封信同时收到。我随信附上一个小信封②,你读完剧本以后再看它。读完剧本以后你要立刻打一个电报来。你把这个剧本交给涅米罗维奇,对他说,要他也给我打一个电报来,好让我知道究竟如何。你请求他把这个剧本保守秘密,在公演以前不要让艾甫罗斯和其他人读。我不喜欢不必要的议论。

你的信不快活,你忧郁。这不好,我的心上人。今天干脆没有收到你的信。如果剧院里发生了什么不对头的事,那么要知道受点挫折是在所难免的,要知道一定会有一两年时间剧院光是受挫折。应当坚持下去。过去几年斯坦尼斯拉夫斯基倒是坚定不移的,可是现在连他也挺不住,忧郁起来了。

我的健康状况良好。前天傍晚我开始肚子痛,昨天痛了一天,可是今天万事大吉了。今天我停止吃鸡蛋,我要少吃一半东西。昨天阿尔特舒列尔来过,给我听了诊,准许我到城里去。我这些医疗方面的话没有惹得你厌烦吧?真的没有吗?

我读到一个消息说从莫斯科到哈尔科夫的电报线路坏了,我的电报耽搁很久。明天我要坐下来慢慢地写短篇小说③。我不相信我不再写剧本了。信不信由你,我把这个剧本誊清了两次。你的丈夫老了,要是你有了一个爱慕者,我已经没有权利表示不满了。

要是你们决意上演什么新的剧本,那就写信告诉我。写得详

---

① 《樱桃园》。
② 这个小信封里装着一张字条,在这张字条上契诃夫写明了《樱桃园》中角色的分配和他对一些角色的解释。现在把它附在这封信的后面。——俄文本注
③ 契诃夫在他的短篇小说《新娘》发表以后没有再在报刊上发表过短篇小说。在契诃夫档案馆里保存着作家未完成的小说的手稿《补偿的障碍》和《一封信》,以及作为某部未完成的作品的概要的笔记手稿。——俄文本注

细点。

祝你健康,小马。你要读这个剧本,仔细读一读。我的剧本里也有马①。我祝福你,拥抱你无数次。愿上帝保佑你。

> 你的安
>
> 一九〇三年十月十四日
>
> 于雅尔塔

(一)留包芙·安德烈耶芙娜要由你演,因为此外没有人能演了。她穿着不华丽,然而极雅致。她聪明,善良,悠闲自在;对所有的人都亲亲热热,脸上总是带着笑容。

(二)安尼雅②必须由一个比较年轻的女演员扮演。

(三)瓦莉雅——也许玛丽雅·彼得罗芙娜可以承担这个角色。

(四)加耶夫是给维希涅甫斯基的。你要求维希涅甫斯基在别人打台球的时候注意地听,多记下一些台球的术语。我不打台球,或者以前打过而现在全忘了,在我的剧本里一切都是偶然的。以后我会跟维希涅甫斯基商量一下;我会把该写的都写进去。

(五)洛巴兴——斯坦尼斯拉夫斯基。

(六)大学生特罗菲莫夫——卡恰洛夫。

(七)西缪诺夫-彼希克——格利布宁③。

(八)沙尔洛达④——问号。第四幕里我还要添写她的台词:

---

① 参看《樱桃园》的第3幕〔西缪诺夫-彼希克(地主)和特罗菲莫夫(大学生)的谈话〕。——俄文本注
② 《樱桃园》中女地主的女儿。
③ 即符拉季米尔·费多罗维奇·格利布宁,莫斯科艺术剧院演员。
④ 《樱桃园》中的女家庭教师。

昨天我抄写第四幕的时候肚子痛,写不出什么新的东西。在第四幕里沙尔洛达用特罗菲莫夫的雨鞋变戏法。拉耶甫斯卡雅①不能演。必须由一个善于幽默的女演员扮演。

(九)叶彼霍多夫②——也许卢日斯基不会拒绝承担这个角色。

(十)菲尔斯③——阿尔捷木。

(十一)亚沙④——莫斯克文。⑤

如果这个剧本合适,那你就说,凡是对于符合舞台条件必要的修改我都会进行⑥。时间我是有的,不过老实说,这个剧本已经惹得我厌烦透了。要是剧本里有什么地方不清楚,你就写信告诉我。

房子是古老的地主宅子;以前房子里的人生活得很阔气,这应当在布景里使人感觉到。阔气而舒服。

瓦莉雅有点粗鲁,有点傻气,可是很善良。

---

① 即叶·米·拉耶甫斯卡雅(耶路撒冷斯卡雅),莫斯科艺术剧院演员。
② 《樱桃园》中的管事。
③ 《樱桃园》中的八十七岁的老听差。
④ 《樱桃园》中年轻的听差。
⑤ 契诃夫所定的角色的分配后来有一些变动。安尼雅一角由玛·彼·莉莉娜扮演。瓦莉雅由玛·费·安德烈耶娃扮演。加耶夫由康·谢·斯坦尼斯拉夫斯基扮演。洛巴兴由莫斯科艺术剧院演员列昂尼德·米罗诺维奇·列昂尼多夫扮演。沙尔洛达由莫斯科艺术剧院演员叶连娜·巴甫洛芙娜·穆拉托娃扮演。叶皮霍多夫由伊·米·莫斯科文扮演。亚沙由莫斯科艺术剧院演员尼古拉·格利果利耶维奇·亚历山德罗夫扮演。亚·列·维希涅甫斯基没有扮演任何角色。——俄文本注
⑥ 契诃夫在亲自观看《樱桃园》的演出以后对该剧第二幕作了某些修改。——俄文本注

八五三

致奥·列·克尼碧尔

小马,昨天我到城里去了,我理了发,年轻了八岁光景。今天我在花园里坐了很久,一直到太阳被迷雾遮住为止。

我收到高尔基的电报,要求把我的剧本①交给他的文集②发表,每一个印张给一千五百卢布。我不知道该怎么答复才好,因为第一,莫斯科还没有寄来回音;第二,根据我与马克思所订的合同,我只能把自己的作品交给定期刊物(即报纸和杂志)或者慈善性质的文集发表。

这个剧本里有几个地方必须加以修改和补充,我觉得这只要用十五分钟就够了。第四幕没有写完,第二幕里有的地方要更改,而且第三幕的结局也许要改动两三个字,否则也许就类似《万尼亚舅舅》的结尾了。

如果目前这个剧本不合用,那你也不要灰心,小马,不要难过,过一个月我会把它大改一番,弄得你都认不出它的原来面目。要知道我写这个剧本的时间太久,由于肠胃失调,由于咳嗽而屡次停顿很长的时间。

厨房里现在按照规定做饭。一切都改善了。我们的阿尔塞尼坐在老太婆的身旁,优游自在,极少干活。

写信告诉我《尤利乌斯·恺撒》的票房收入如何。

我收到伊瓦年科的一封信!

---

① 《樱桃园》。
② 《知识》。——俄文本注

我在等电报,却怎么也等不到。拥抱你,我的亲人。

你的安
一九〇三年十月十七日
于雅尔塔

八五四

致奥·列·克尼碧尔

我亲爱的小马,不知道我在信上对你说过我的失败没有:勃罗卡罗夫粉不灵,也就是不出泡沫。我们是按包装上的说明书做的;头一次我们以为水多了,可是到第二次就不知道是怎么回事了。你教教我们该怎么做吧。

莫罗佐夫①是个好人,然而不应该让他接近事情的本质。关于表演,关于剧本,关于演员,他能像观众那样判断,却不能像主人或者导演那样判断。

今天我收到阿历克塞耶夫②的电报③,他在电报上把我的剧本④说成是天才的作品;这无异于过分赞美这个剧本,剥夺了它在有利条件下所能获得的一大半成功。涅米罗维奇还没有把参加这个戏排演的演员的名单寄给我,可是我一直在担心。他已经打电

---

① 即俄国大工厂主萨·季·莫罗佐夫。
② 即康·谢·斯坦尼斯拉夫斯基。
③ 斯坦尼斯拉夫斯基在读完《樱桃园》以后打电报给契诃夫说:"我刚读完您的剧本。大为震动。我还不能回过神来。我处在前所未有的兴奋状态中。我认为这个剧本是您所写的一切精彩作品里最好的一部。我由衷地庆贺天才的作者。我体会而且珍重每一个字。我为这个剧本已经带来以及日后还将带来的快乐感激您。祝您健康。阿历克塞耶夫。"——俄文本注
④ 《樱桃园》。

报来,说安尼雅像伊莉娜;他显然想把安尼雅交给玛丽雅·费多罗芙娜去演。可是如果安尼雅像伊莉娜,那我也就像布尔德查洛夫了。安尼雅首先是个孩子,快活到极点,不懂生活,一次也没有哭过,只有在第二幕里除外,不过在那一幕里她也只是眼睛里含着眼泪罢了。可是话说回来,玛〔丽雅〕·费〔多罗芙娜〕却会用诉苦的声调念全部台词,再者她也老了。谁演沙尔洛达呢?

我觉得身体不错,虽然咳嗽没有停止;我比去年这时候咳嗽得厉害。

我在十一月上旬去莫斯科;我的母亲在十一月中旬或者下旬去那里,她在此地闷得慌。

亚历山大·普列谢耶夫[1]就要在彼得堡出版一种像《戏剧和艺术》那样的戏剧杂志[2]。这个人会打垮库盖尔。来年一月我会给他寄去一个轻松喜剧,让他去发表吧。我早就想写一个颇为荒唐的轻松喜剧了。

我的剧本什么时候开始排演呢?写信告诉我,心上人,不要让我着急。你的电报总是很短,这一次至少尽可能详细一点吧。要知道我在这儿如同在流放一样。

不知什么缘故,亚昆契科娃那儿的生活[3]我每天都想起来。像在那所白房子里所过的那种闲散得不像样子的、荒唐的、没有趣味的生活恐怕很难再遇到。那儿的人活着纯粹是为了取乐:在家里接待加东[4]将军,或者同副大臣奥包连斯基公爵跳舞。维希涅甫斯基怎么会不理解这一点呢,他恭恭敬敬地看着他们,就像看着

---

[1] 即亚历山大·阿历克塞耶维奇·普列谢耶夫(1859—1918),俄国剧作家和新闻工作者,是俄国诗人阿·尼·普列谢耶夫的儿子。
[2] 《彼得堡戏剧爱好者日记》,自1904年1月起出版。——俄文本注
[3] 即在纳罗福明斯克区的别墅,1903年夏天契诃夫住在那儿。——俄文本注
[4] 俄国上校,莫斯科总督的副官。——俄文本注

神一样。那儿只有两个值得尊敬的好人:娜达丽雅·亚科甫列芙娜①和马克西姆②。其余的人……不过,我们还是不谈这些吧。

可是娜达丽雅·亚科甫列芙娜忘了她答应过给我做一个小城③。

包涅太太打算到莫斯科去,她已经定做好一件白色连衣裙,是专门为了到艺术剧院去看戏穿的。

你的信到底什么时候才来呀?我一心想读一读关于我的剧本的议论;要是你像我这样住在这个暖和的西伯利亚④,你才会理解这种焦急的心情。不过,我对雅尔塔已经开始习惯,也许我会学会在此地工作的。

好,我的小马,我的匈牙利好女人,我拥抱你,热烈地吻你。不要忘记我,要知道我是你的丈夫,我有权利打你,收拾你。

你的安

一九〇三年十月二十一日

于雅尔塔

八五五

致符·伊·涅米罗维奇-丹钦科

亲爱的符拉季米尔·伊凡诺维奇,当初我把《三姐妹》交给你们的剧院,而《每日新闻》上刊出一篇报道的时候,**我们两个人**,也

---

① 即娜·亚·达维多娃,俄国女画家。——俄文本注
② 纳罗福明斯克区的别墅里的一个工人。——俄文本注
③ 娜·亚·达维多娃向契诃夫答应过用木头雕一个古代俄国小城的模型,后来她照办了。——俄文本注
④ 指雅尔塔。

就是我和你,都很愤慨,跟艾甫罗斯谈过,他保证以后这种事不再重演。现在我忽然读到①拉涅甫斯卡雅和安尼雅如今住在国外,跟一个法国人住在一起,第三幕在某地的一个旅馆里进行,洛巴兴是个为富不仁的人,狗崽子,等等,等等。我能怎样想呢?我能怀疑这是你指使的吗?我在电报里所指的只是艾甫罗斯,所责难的也只是艾甫罗斯一个人,而我读到你的电报②,发现你把全部责任揽到自己身上的时候,我甚至感到奇怪,不相信我的眼睛了。你这样理解我,我很难过,而更加令我难过的是发生了这样的误会。不过这件事应当赶快忘掉才对。请你对艾甫罗斯说,我从此再也不跟他来往;其次,如果我在电报上说得太过分,就请你原谅我;这件事就此了结吧!

今天我收到我妻子的信,这是头一封谈这个剧本的信。我还要焦急地等候你的信。信要走四五天,这多么可怕呀!

很久以来我就肠胃失调,咳嗽。肠子似乎好转了,然而咳嗽照旧。我不知道该怎么办才好,去不去莫斯科。我很想到排练场上去,仔细看一看。我生怕安尼雅给演得用哭哭啼啼的调子说话(不知什么缘故你认为她像伊莉娜),我生怕由一个年纪不轻的女演员来演她。在我的剧本里,安尼雅一次也没有哭过,在任何地方也没有用哭哭啼啼的调子说过话,在第二幕中她的眼睛里有泪水,可是说话的调子却快乐活泼。为什么你在电报上说这个剧本里有许多泪人儿呢?他们在哪儿呢?只有瓦莉雅一个人才是这样,不过这是因为瓦莉雅生性爱哭,她的眼泪不应当在观众心里引起悲伤的感情。在我的剧本里常常可以碰到"含泪"这个词,可是这只表明人物的心境,却不是真有眼泪。第二幕里没有墓园。

---

① 1903年10月19日《每日新闻》上刊出尼·叶·艾甫罗斯的短文《樱桃园》,对契诃夫的这个剧本的内容作了歪曲的报道。——俄文本注
② 这封电报没有保存下来。——俄文本注

我孤身一个人生活着，按规定的食谱进餐，有的时候发脾气，读书已经读得厌烦了，这就是我的生活。

我还没看过《社会支柱》，没看过《底层》《尤利乌斯·恺撒》。如果现在我到莫斯科去，我就会整整欣赏一个星期。

此地的天气也变冷了。好，祝你健康，安宁；不要生气。我等着来信。不是等一封信，而是等源源不断的来信。

你的安·契诃夫
一九〇三年十月二十三日
于雅尔塔

这个剧本大概会在高尔基的文集①里刊登。

八五六

致奥·列·克尼碧尔

我亲爱的小马，今天《克里米亚信使报》和《敖德萨新闻》上转载了《每日新闻》的文章；将来各报都会转载的。要是我早知道艾甫罗斯的乖张行径会对我起这么不好的作用，那我无论如何也不会把我的剧本交给艺术剧院。我有这样一种感觉，仿佛灌了我一肚子并且浇了我一身的脏水似的。

涅米罗维奇答应写给我的信至今没有来。而且我也不太焦急地等待了；艾甫罗斯的乖张行径破坏了我的全部情绪，我已经冷下来，只剩下一种心情——恶劣的心情了。

昨天叶卡〔捷琳娜〕·巴甫〔洛芙娜〕和斯烈津娜到我这儿来

---

① 《知识》。

了。米哈依洛夫斯基①来过。我在写给你的信上骂过契利科夫的剧本,不料事实证明我太性急了;这得怪阿克辛,他在电话里把这个剧本狠狠地骂了一顿。昨天傍晚我把《犹太人》看了一遍;特别的地方倒是一点也没有,不过写得也不那么坏,可以给它打一个3+(三分多一点)。

不,我根本无意于让拉涅耶甫斯卡雅平静下来。只有死亡才能让这样的女人平静下来。很可能我没弄懂你想说的是什么。扮演拉涅甫斯卡雅并不难,只是要从一开头就抓住正确的神韵;必须想出微笑和大笑的样子,必须善于打扮。是啊,只要你有那种兴致,只要你身体健康,这些你都能做到。

我跟艾甫罗斯再也不来往了。

我吃得很多。你对玛霞说,阿尔塞尼的哥哥(厨房里的人叫他彼通卡)回来了,住在我们的厨房里。他是个出色的园丁;我们的熟人里有人要用他吗?你对齐·格·莫罗佐娃②说,这个园丁学完了园艺课程,不喝酒,年轻,正派,能够培植一个出色的园子(不是花园,而是果园)。她是不是愿意有一个自己的、占地二三十俄亩的、茂盛的园子呢?真的,你跟她谈谈吧。我敢担保,因为我对这个工作是非常非常了解的。不要放过这个机会。

马克思打电报来:要求我不要发表《樱桃园》。

阴天。天冷。

斯烈津排泄出许多蛋白质。事情不妙。不久以前我也受过检查,没有发现蛋白质。我们要每年检查一次。可是我比往年咳嗽得频繁,厉害。

树上的叶子还在,没有掉下来。我买了鱼子、鲱鱼、小鲱鱼,却

---

① 即尼·盖·加林-米哈依洛夫斯基。
② 即齐娜依达·格利果利耶芙娜·莫罗佐娃,俄国大工厂主萨·季·莫罗佐夫的妻子。——俄文本注

忘了买鳁鱼。等玛霞给老太太寄皮靴来的时候,你就把鳁鱼一起寄来。但是,不必了,这是我随手写的。在久巴①那儿有鳁鱼。

好,小马,吻你,拥抱你。多写信来使我得到安慰吧。我爱你。

你的安
一九〇三年十月二十五日
于雅尔塔

八五七

致奥·列·克尼碧尔

你看,我在用什么样的纸给你写信啊,小马!关于我被选入语文爱好者协会这件事,我一点也不明白。如果选我做会长,那又为什么是临时会长呢?② 如果是临时的,那么究竟是多少时间呢?不过主要的是我不知道该向谁道谢,该给谁写信。前几天我接到一个通知,笔迹很差,署名的是一个姓卡拉希③的;这个通知不是用公文纸写的,显然不是正式文件,这个卡拉希叫什么名字,他住在哪儿,都不得而知,我至今都还没有为我当选而写感谢信。

斯坦尼斯拉夫斯基会演成一个很好的、新奇的加耶夫,可是那样一来洛巴兴由谁来演呢?要知道洛巴兴是一个主要角色。要是这个角色演得不成功,那么整台戏就都会演砸。洛巴兴不应当由一个喜欢大嚷大叫的人来演,不必非演得像个商人不可。他是个

---

① 雅尔塔的商店老板的名字。
② 俄罗斯语文爱好者协会临时会长基尔皮钦尼科夫教授去世以后,该协会全体会员1903年10月11日一致推选契诃夫担任临时会长(即副会长)。——俄文本注
③ 即符拉季米尔·符拉季米罗维奇·卡拉希(1866—1918),俄国文学史家,教育工作者,语文爱好者协会秘书。——俄文本注

性情柔和的人。格利布宁不合适,他得扮演彼希克。愿上帝保佑,千万别把彼希克交给维希涅甫斯基去演。要是他不演加耶夫,那么我的剧本里另外就没有角色给他了,你就这样对他说吧。要不然就这么办:他愿意试一试洛巴兴吗?我会写信给康〔斯坦丁〕·谢尔盖耶维奇,昨天我收到他的一封信。

今天《公民报》骂艺术剧院上演的《尤利乌斯·恺撒》①。

昨天我的胃无缘无故地失调了,今天没有什么了。

如果莫斯克文愿意演叶皮霍多夫,那我很高兴。可是那样一来卢日斯基演什么呢?

我稍稍考虑一下,也许会到莫斯科去,因为我担心涅米罗维奇会出于策略上的考虑而把角色分配给安德烈耶娃、奥·阿历克塞耶娃②等③。

我闷得慌,没法工作。天气阴冷,房间里有生火炉的感觉了……

事实证明我不该为这个剧本赶工。要不然我还可以为它忙一个月呢。

剪右手的指甲真是费劲啊。总之,妻子不在,我糟糕得很。

你那件长袍我倒穿惯了。可是对雅尔塔我还不能习惯。天气好的时候我觉得一切都好,可是现在我意识到:不行!仿佛现在我住在比尔斯克④,也就是我和你坐船游别拉亚河⑤的时候看见的

---

① 指1903年10月26日《公民报》上发表的一篇论文《离开到波斯去的路(零碎的印象)》,署名是:Н. Б-ов。——俄文本注
② 即奥尔迦·巴甫洛芙娜·阿历克塞耶娃,1900至1904年在莫斯科艺术剧院当演员。
③ 关于剧本《樱桃园》中的角色分配请参看第八五二和八六一封的注。——俄文本注
④ 俄罗斯的一个小城。
⑤ 位于俄罗斯南乌拉尔和前乌拉尔,卡马河左支流。

那个地方。

菊花收到了吗？成了什么样子？如果没弄坏，那我还会寄去。吻小虫子。祝你快活。

你的安
一九〇三年十月三十日
于雅尔塔

八五八

致康·谢·阿历克塞耶夫
（斯坦尼斯拉夫斯基）

亲爱的康斯坦丁·谢尔盖耶维奇，多谢您的来信①，也谢谢您的电报②。目前对我来说，信很珍贵，因为第一，我孤零零地待在这儿；第二，剧本我在三个星期以前就寄出去，可是信，我直到昨天才收到您寄来的一封，要不是我的妻子有信来，我就简直什么也不知道，只能凭我脑子里冒出的种种想法来推测了。当初我写洛巴兴的时候，我原想着这是您的角色。要是由于某种缘故这个角色不合您的心意，那就演加耶夫也成。洛巴兴，不错，是个商人，然而却是个各方面都称得上正派的人，他的举止应当彬彬有礼，有教养，不浅薄，不要滑头，而且我觉得这是剧本里的中心人物，您会演

---

① 康·谢·斯坦尼斯拉夫斯基在这封信上热情洋溢地评论了契诃夫的剧本《樱桃园》。——俄文本注
② 《樱桃园》在艺术剧院剧团朗诵以后，斯坦尼斯拉夫斯基给契诃夫打了一个电报："剧团听了您的剧本的朗诵。极大的、辉煌的成功。听众从第一幕起就被吸引住。每一个细节都得到好评。演最后一场时大家都掉了眼泪。我的妻子也跟大家一样欣喜若狂，还没有一个剧本像这样被我们一致热情地接受过。"——俄文本注

得精彩。要是您扮演加耶夫,就把洛巴兴交给维希涅甫斯基吧。这就不会成为艺术的洛巴兴了,不过另一方面倒也不致浅薄。卢日斯基会把这个角色演成冷冰冰的外国人。列昂尼多夫会演成一个小市侩。为这个角色选择演员的时候不应当忽略一件事,那就是瓦莉雅这个庄重的信教的姑娘爱洛巴兴;她是不会爱上一个小市侩的。

我很想到莫斯科去,可是我不知道我怎样才去得成。天冷下来了,我几乎足不出户,与世隔绝,而且我在咳嗽。我所怕的倒不是莫斯科,不是这趟旅行,而是在塞瓦斯托波尔必须从两点钟坐等到八点钟,同时又得夹在最乏味的旅伴当中。

请您来信说明您担任什么角色。我妻子来信说莫斯克文打算扮演叶皮霍多夫。行,这很好,这样一来对这个戏只会有好处。

向玛丽雅·彼得罗芙娜深深鞠躬和致意,祝她和您万事万分如意。祝您健康,快乐。

要知道我还没看过《底层》《支柱》①《尤利乌斯·恺撒》。很想看一看。

您的安·契诃夫
一九〇三年十月三十日
于雅尔塔

我不知道您现在住在什么地方,所以就把信寄到剧院去了。

---

① 即易卜生的剧本《社会支柱》。

八五九

致符·伊·涅米罗维奇-丹钦科

亲爱的符拉季米尔·伊凡诺维奇,同一天接到你的两封信,多谢! 我没喝啤酒,最后一次喝它是在七月间;我不能吃蜂蜜,吃了就肚子痛。现在来谈一谈剧本①。

(一)安尼雅由任何人来扮演都成,哪怕由一个毫无名气的女演员扮演也可以,只要她年轻,像一个姑娘,用年轻而清脆的嗓音说话就行。这不是一个重要的角色。

(二)瓦莉雅,假如由玛丽雅·彼得罗芙娜来演,就会成为一个比较严肃的角色。玛〔丽雅〕·彼〔得罗芙娜〕不演,别人就会把她演得呆板,粗鲁,那就只好重写这个角色,使它柔和一点。玛〔丽雅〕·彼〔得罗芙娜〕是不可能复制的,因为第一,她是个有才能的人;第二,因为瓦莉雅不像索尼雅和娜达霞,这是个穿黑衣服的人,是个修女,傻里傻气,爱哭鼻子,等等,等等。

(三)加耶夫和洛巴兴这两个角色让康斯坦丁·谢尔盖耶维奇选择一下,试一试吧。要是他承担洛巴兴,要是他把这个角色演得成功,这个戏就会获得成功。要知道如果洛巴兴演得平淡无味,由一个平庸的演员来演,那么这个角色连同这个戏就都会一起演砸。

(四)彼希克由格利布宁扮演。愿上帝保佑,千万别把这个角色交给维希涅甫斯基。

---

① 关于契诃夫的《樱桃园》一剧的角色分配的最后名单请参看第八六一封信的注解。——俄文本注

（五）沙尔洛达是个重要的角色。当然，把它交给波米亚洛娃[1]是不行的，穆拉托娃倒可能演好，可是不会令人发笑。这是克尼碧尔女士的角色。

（六）叶皮霍多夫，要是莫斯克文愿意演它，那就照办。那会是一个出色的叶皮霍多夫。我本来打算让卢日斯基演。

（七）菲尔斯——阿尔捷木。

（八）杜尼雅霞[2]——哈留青娜[3]。

（九）亚沙。要是你信上所说的亚历山德罗夫[4]就是在你们那儿做助理导演的那个人，那就让他把亚沙拿去吧。莫斯克文本来可以成为一个绝妙的亚沙。我也不反对列昂尼多夫演他。

（十）过路人——格罗莫夫[5]。

（十一）在第三幕里朗读《女罪人》的火车站站长——一个用男低音说话的演员。

沙尔洛达不是讲半通不通的俄国话，而是讲纯粹的俄国话，只是有时候把词尾的ъ（软音符号）念成ъ（硬音符号），把阳性的和阴性的形容词弄混。彼希克是俄国人，被老年人的痛风病、衰老、厌食折磨着，长得胖胖的，穿长外衣（à la[6] 西莫夫[7]）、平底皮靴。洛巴兴穿白背心、黄皮鞋，走路摆动胳膊，跨着大步，一边走一边想心思，顺一条直线走。他的头发不短，因此常常把脑袋往后一仰；他在沉思的时候总是摩挲胡子，从后面往前面摩挲，也就是从脖子

---

① 即亚历山德拉·伊凡诺芙娜·波米亚洛娃，莫斯科艺术剧院演员。
② 《樱桃园》中的女仆。
③ 即索菲雅·瓦西里耶芙娜·哈留青娜，莫斯科艺术剧院演员。
④ 即尼·格·亚历山德罗夫，莫斯科艺术剧院演员。
⑤ 即米哈依尔·阿波利纳里耶维奇·格罗莫夫，莫斯科艺术剧院演员。
⑥ 法语：像，宛如。
⑦ 即维克托·安德烈耶维奇·西莫夫（1858—1935），俄罗斯布景画家，1898年起在莫斯科艺术剧院工作。

那儿摩挲到嘴那儿。特罗菲莫夫似乎很清楚。瓦莉雅穿一身黑衣服,系一条宽腰带。

三年来我一直准备写《樱桃园》,三年来我一直对你们说,要你们请一个女演员来演留包芙·安德烈耶芙娜这个角色。瞧,现在你们只好摆一副无论如何也通不了的牌阵了①。

我现在处在一种最荒唐的局面里:我一个人坐在这儿,却又不知道坐在这儿是为了什么。可是你不该说什么你在工作,而剧院仍旧是"斯坦尼斯拉夫斯基的剧院"。大家都光是谈论你,光是写有关你的文章,斯坦尼斯拉夫斯基却因为演布鲁特②而挨骂。要是你走掉,那我也走掉。高尔基比你和我都年轻,他有他自己的生活……讲到下诺夫哥罗德城的剧院,那只是一件小事;高尔基试一下,闻一闻,就会丢开了事。顺便说说,人民戏剧也罢,人民文学也罢,这都是胡闹,这都是人民的糖果。不应当把果戈理降低到人民的水平上去,而应当把人民提高到果戈理的水平上来。

现在我十分想到隐庐饭店去,在那儿吃点鲟鱼,喝一瓶葡萄酒。以前我 solo③ 喝下一瓶香槟酒,没有醉,后来我喝白兰地,也没醉。

以后我还会给你写信,目前我向你深深鞠躬,道谢。卢日斯基的父亲去世了吗?我是今天在报上读到的。

为什么玛丽雅·彼得罗芙娜打算非演安尼雅不可呢?为什么玛丽雅·费多罗芙娜认为对瓦莉雅来说她过于贵族气呢?她不是演过《底层》吗?好,愿上帝保佑她们。拥抱你,祝你健康。

您的安·契诃夫
一九○三年十一月二日
于雅尔塔

---

① 意谓:现在你们左右为难,应付不了了。
② 莫斯科艺术剧院上演的莎士比亚《尤利乌斯·恺撒》一剧中的人物。
③ 意大利语:独自一个人。

八六〇

致康·谢·阿历克塞耶夫
（斯坦尼斯拉夫斯基）

亲爱的康斯坦丁·谢尔盖耶维奇，剧本①里的房子是两层楼，很大。在那里，在第三幕里本来就提到了下楼的楼梯。不过，顺便说说，这个第三幕弄得我极其激动。艾甫罗斯在《每日新闻》上讲过这个剧本的内容，后来在最近一期的报纸上甚至（顺便说一句，颇为蛮横地）肯定过那篇文章，引证了符拉季米尔·伊凡诺维奇的信。艾甫罗斯的文章里说第三幕"在某个旅馆里进行"，符〔拉季米尔〕·伊〔凡诺维奇〕在自己的信上说艾甫罗斯"对剧本的转述在一般的和基本的特征上是忠实的"；显然，我的剧本里有**笔误**。第三幕的情节不是"在某个旅馆里"进行，而是在**客厅**里。要是我的剧本里写的是旅馆②，而自从符〔拉季米尔〕·伊〔凡诺维奇〕来信以后我对这一点不能再有怀疑，那么劳驾给我打一个电报。这得更正才成，像这样让剧本带着歪曲其意义的最不可饶恕的错误是不行的。

房子必须宽敞，结实；木头的（像阿克萨科夫的房子一样，萨·季·莫罗佐夫似乎知道这所房子）或者石头的也没有关系。它很陈旧，很宏伟，消夏的客人是不会租住这种房子的；这样的房子通常总是被拆掉，材料用来造别墅。家具古老，有风格，结实；破产和抵押都与陈设无关。

---

① 《樱桃园》。
② 在《樱桃园》的原稿里没有这个笔误。显然是艾甫罗斯在文章里写错的。在俄语里"旅馆"和"客厅"这两个词的拼法相近，容易混淆。——俄文本注。

人们买下这样的房子的时候,总是这样考虑:盖一所比较小的新房子比修理这所旧房子便宜得多,也容易得多。

您的牧童吹得好①。这正合乎需要。

为什么您这样不喜欢《尤利乌斯·恺撒》②?我却十分喜欢这出戏,我会极其快乐地看你们的这出戏。大概,表演不容易吧?在这儿,在雅尔塔,大家纷纷谈论《恺撒》所获得的极其巨大的、前所未有的成功,我认为你们以后还会长久地而且场场满座地演这出戏。

今天我收到您的两封信:一封短一点,一封长一点。多谢您。紧紧握您的手,向您和玛丽雅·彼得罗芙娜深深鞠躬。祝您健康。

您的安·契诃夫
一九〇三年十一月五日
于雅尔塔

请您告诉我您的家庭地址。

八六一

致奥·列·克尼碧尔

我的心上人,小马,你好!新闻一点也没有,一切都顺利,一切的一切。我不想写作,而想到莫斯科去,一直在等你的许可。

---

① 1903年11月1日斯坦尼斯拉夫斯基在写给契诃夫的信上说:"今年夏天我把牧童用牧笛吹出的曲子录了音。就是您在柳比莫夫卡的时候所喜欢的那个牧童……现在这个小轴很有用。"——俄文本注

② 在上述的那封信里,斯坦尼斯拉夫斯基一开头就说:"……在18日我所痛恨的《恺撒》演出以后,我就回到家里来了。"——俄文本注

《农民》的作者冯·波伦茨①,这个极好的作家,去世了。我收到了涅米罗维奇的信,也收到了阿历克塞耶夫的信,他们两个人显然都感到莫名其妙;你对他们说,我不喜欢我的剧本,我在为它担心。不过,难道我写得那样不易理解吗?到现在为止我所担心的只有一件事,我担心西莫夫会为第三幕画出一个旅馆来②。错误应当改正。我为这件事已经写了一个月的信,然而回答我的只是耸一耸肩膀,显然,他们倒喜欢旅馆呢。

涅米罗维奇打来一个紧急的电报③,要求我打去一个紧急的回电,说明沙尔洛达、安尼雅、瓦莉雅④应该由谁演。瓦莉雅后面排了三个姓:两个我不认识,一个是安德烈耶娃。那就只好选择安德烈耶娃了。这样安排十分精明。

柯斯嘉很久没有到我这儿来了。大概他今天会来。米哈依洛

---

① 威廉·冯·波伦茨(1861—1903),德国作家,他的长篇小说《农民》已经译成俄语出版,并且由列夫·托尔斯泰写了序言。——俄文本注
② 参看第八六〇封信。——俄文本注
③ 这封电报是关于《樱桃园》的角色的分配:"洛巴兴——列昂尼多夫,加耶夫——阿历克塞耶夫,他不敢演洛巴兴。列昂尼多夫会演得好。特罗菲莫夫——卡恰洛夫,彼希克——格利布宁,菲尔斯——阿尔捷木,叶皮霍多夫——莫斯克文,亚沙——亚历山德罗夫,过路人——格罗莫夫,朗诵的演员——扎加罗夫(亚历山大·列昂尼多维奇·扎加罗夫,莫斯科艺术剧院演员),拉涅甫斯卡雅——克尼碧尔,杜尼雅霞——哈留青娜和阿杜尔斯卡雅(安东尼娜·费多罗芙娜·阿杜尔斯卡雅,莫斯科艺术剧院演员)。关于其余的角色,意见不一致,你干脆作出决定吧:安尼雅——李森科(莫斯科艺术剧院女演员)、柯斯明斯卡雅(莫斯科艺术剧院女演员)、安德烈耶娃、莉莉娜;瓦莉雅——安德烈耶娃、莉莉娜、里托甫采娃(尼娜·尼古拉耶芙娜·里托甫采娃,莫斯科艺术剧院女演员)、萨维茨卡雅(玛加丽塔·盖奥尔吉耶芙娜·萨维茨卡雅,莫斯科艺术剧院女演员);沙尔格达——莉莉娜、穆拉托娃、波米亚洛娃。你关于这三个角色的意见请打一个急电来。涅米罗维奇-丹钦科。"——俄文本注
④ 这三个角色最后分配如下:安尼雅——莉莉娜,瓦莉雅——安德烈耶娃,沙尔洛达——穆拉托娃。——俄文本注

夫斯基①在彼得堡耽搁住了；显然，柯斯嘉不会很快就离开家。

心上人，你来信叫我离开这儿到你那儿去吧。我托巴热诺夫把被子给你捎去了，他是昨天来辞行的。要是你不喜欢它，就寄回来，我给你换一条。

《破产者》在新剧院演砸了吗？② 我见过这出戏的精彩演出，我觉得那是一个出色的剧本，而且事实上也真是如此。那里面有两个男角色写得极好。

今天我睡过头了，到九点钟才醒来！我觉得身体似乎不错。只是肠失调。应当改变治疗方法，过较为不道德的生活，应当不管是菌子也罢，白菜也罢，什么都吃，而且什么酒都喝。对吗？你以为如何？

你对维希涅甫斯基说，要他多多走路，不要着急。

好，我的小洋娃娃，拥抱你。快点写信叫我去吧。难道你就不想看一看你的穿新皮大衣的丈夫吗？

安

一九〇三年十一月七日

于雅尔塔

不要在信上提烤鸭，不要折磨我。等我去了，我会吃掉整整一只鸭子呢。

---

① 即尼·盖·加林-米哈依洛夫斯基。——俄文本注
② 《破产》是挪威作家比约恩斯彻纳·比昂松（1832—1910）的剧本。契诃夫所指的大概是1903年11月4日《每日新闻》报上的报道。——俄文本注

八六二

致康·谢·阿历克塞耶夫
（斯坦尼斯拉夫斯基）

亲爱的康斯坦丁·谢尔盖耶维奇，当然，第三幕和第四幕①可以用一样的布景，都有前厅和楼梯。大体说来，关于布景请您不必拘束，我听从您的安排，我只有惊讶的份儿，像通常那样坐在你们的剧院里张开嘴巴看戏。这是无须多说的；不管您怎样做，一切都会很好，比我所能想出来的一切好一百倍。

杜尼雅和叶皮霍多夫在洛巴兴面前总是站着，而不是坐着。要知道洛巴兴的举动是随随便便的，像老爷一样，对仆人称呼"你"，而仆人对他称呼"您"。

谢尔盖·萨维奇到日本去……是为了《俄罗斯小报》吗？②他最好还是到月亮上去找《俄罗斯小报》的读者，在地球上是没有它的读者的。您读过他的剧本吗？要是他到日本去是为了写出一本有关日本的书出版，那倒是很好的，那倒会充实他的全部生活。

如果我至今没有到莫斯科去，那么这要由奥尔迦负责。我们曾经约定：等她叫我去，我才去。

---

① 指莫斯科艺术剧院准备上演的契诃夫《樱桃园》一剧。
② 斯坦尼斯拉夫斯基在写给契诃夫的信上说，俄国作家谢尔盖·萨维奇·马蒙托夫以《俄罗斯小报》的特派记者的身份到日本去。后来，斯坦尼斯拉夫斯基在答复契诃夫的这封信的时候又说，谢·萨·马蒙托夫赴日本不是由《俄罗斯小报》而是由《俄罗斯言论》派去的。——俄文本注

紧紧握您的手,由衷地感激您的来信。

您的安·契诃夫

一九○三年十一月十日

于雅尔塔

我还没看过《底层》《社会支柱》《尤利乌斯·恺撒》。那么我会每天傍晚到你们的剧院里去凑热闹了。

八六三

致符·留·基根-杰德洛夫[①]

十分尊敬的符拉季米尔·留德维果维奇,您的两本书出人意外地来了,还来了一封信,我真不知道我该说什么才好,我该用什么样的话语来向您表达我最诚恳、最由衷的谢意才好。我拿过《一概是短篇小说》[②]来,几乎一口气读完了所有的短篇小说;其中有许多过去的、古老的东西,可是也有新的东西,也有很好的、新鲜的气象。《抒情的短篇小说》[③]我今天读。

我常闹小病,已经开始衰老了;在此地,在雅尔塔,我感到乏味,我觉得生活正在从我的身旁溜走,有许多作为文学工作者应当看到的东西我却没有看见。我所看到而且幸运地意识到的只有一件事,那就是生活和人们都变得越来越好,越来越聪明和诚实,这是主要的,而渺小浅薄的东西在我的眼睛里已经连成一片单调的

[①] 符·留·基根-杰德洛夫(1856—1908),俄国小说家、政论家和批评家。——俄文本注
[②] 圣彼得堡1904年版。——俄文本注
[③] 圣彼得堡1902年版。——俄文本注

灰色，因为我不再像从前那样看见它们了。

纳克罗兴确实有才能。我读过他的《散文的牧歌》，可是他只描写房子四周的美丽的花圃、栅栏，却不敢走进房子里去。您信上提到的别热茨基①已经被人遗忘，而说真的这也是势所必然。伊·谢格洛夫（军事小说的作者）也被人忘掉了。

祝您健康，幸福。您还没结婚吗？为什么？② 请您原谅我这样问您。我在两三年之前结了婚，而且很高兴；我觉得我的生活变得更好了。人们关于婚姻生活通常所写的那些话，完全是无稽之谈。

紧紧握您的手。

您的安·契诃夫
一九〇三年十一月十日
于雅尔塔

再一次道谢！！

八六四

致康·谢·阿历克塞耶夫
（斯坦尼斯拉夫斯基）③

亲爱的康斯坦丁·谢尔盖耶维奇，割草通常是在六月二十日

---

① 俄国作家阿历克塞·尼古拉耶维奇·马斯洛夫的笔名，二十年前常在《新时报》上发表小说。
② 基根当时已四十七岁。
③ 契诃夫答复康·谢·斯坦尼斯拉夫斯基信上问起的有关契诃夫剧本《樱桃园》第二幕的布景问题的信。——俄文本注

到二十五日进行,这时候秧鸡似乎已经不叫,青蛙到这个时候也沉默了。只有黄鹂还啼鸣。墓园是没有的,以前很早的时候**有过**。有两三块墓石凌乱地丢在那里,所遗留下来的只有这一点东西了。搭一座桥倒很好。如果能让火车不发出轰隆轰隆的响声,无声无息地开过去,那您就照办吧。我不反对第三幕和第四幕用同一个布景;只是第四幕里的上场和下场得方便才成。

我在焦急地等待我的妻子最终准许我去的日子和时刻。我已经开始怀疑我的妻子,莫非她在耍什么花招。

此地的天气没风,暖和,惊人,可是我一想起莫斯科,一想起桑杜诺夫浴室,那么这种魅力就变得乏味,毫无必要了。

我坐在我的书房里,老是瞅着电话机。电报总是通过电话转告我的,现在我时时刻刻都在等着最终把我叫到莫斯科去。

紧紧握您的手,为您的信向您叩头。祝您健康,顺遂。

您的安·契诃夫

一九○三年十一月二十三日

于雅尔塔

八六五

致尼·伊·柯罗包夫

亲爱的尼古拉·伊凡诺维奇,你稍稍等一下,我不久就要去了,关于票子[①]的事我们到那时候再谈吧。我的剧本什么时候上演还不得而知;目前刚在排演第一幕。

我去了就会给你写信。

---

① 大概指将来莫斯科艺术剧院演出契诃夫的剧本《樱桃园》的戏票。

我跟苏沃林早已不通信了。布烈宁是一个宠坏了的、养得肥肥的畜生,心思歹毒,由于忌妒心重而脸色发黄。这就是我对你的问题的答复,如果你想知道详细情形,那就等我们见面的时候再谈吧。紧紧握你的手。

你的安·契诃夫
一九〇三年十一月二十三日
于雅尔塔

八六六

致阿·尼·韦塞洛甫斯基

十分尊敬的阿历克塞·尼古拉耶维奇:

我不知道我该怎样为您的信向您致谢才好。关于我当选为俄罗斯语文爱好者协会的临时会长①,我最初是从报上知道的,可是我没有给您写信,因为我一直在等着证实。这次当选是一种出乎意外的、受之有愧的而且甚至不敢想望的荣誉。关于我是否同意,这是不必申说的,我整个儿属于协会,要是我不但能在口头上,而且也能在行动上表明这一点,那我就无比幸福了。目前,可惜由于我身体欠佳而不能参与公众的会议,如果可能的话,我就会要求准许我延期一两年任职。或者,我也许能在出版工作方面为协会效力,我能够担任编辑工作,读校样,总之,虽然我在莫斯科不能长住,却仍旧能做点事。我现在不住在莫斯科,而只是试一试能不能在这儿住,只要一吐血或者有剧烈的咳嗽,我就得逃离此地,到克里米亚去或者到国外去。

---

① 参看第八五七封信的注。——俄文本注

请您费心写信告诉我什么时候能够在您的家里见到您。我很久没有跟您见面了,很想见一见,亲自道谢,谈一谈。

祝您万事如意。

诚恳地尊敬您和忠实于您的

安·契诃夫

一九〇三年十二月十一日

于莫斯科

八六七

致亚·谢·拉扎烈夫-格鲁津斯基①

亲爱的亚历山大·谢苗诺维奇,等我到《俄罗斯思想》编辑部去的时候,我一定会说一说②,不过我至早也要在下一个星期才会到那个编辑部去。

我很想跟您见面,谈一谈,回忆一下过去。请您来信告诉我您哪一天和几点钟能够到我这儿来一趟,到时候我就会守在家里等您。现在我的剧本③在排演,我忙得团团转,很难在我的家里见到我。劳驾来一封信吧。

在布拉格,人们很喜爱俄国文学,早就在翻译我们的东西了。④ 连俄国的剧本也在那儿上演。只可惜双方没有协定,因此

---

① 亚·谢·拉扎烈夫-格鲁津斯基(1861—1927),俄国作家。
② 1903年12月8日拉扎烈夫-格鲁津斯基写信给契诃夫,希望《俄罗斯思想》和《闹钟》这两个杂志之间恢复交换刊物。——俄文本注
③ 《樱桃园》。
④ 拉扎烈夫-格鲁津斯基在上述那封写给契诃夫的信上写道:"不久以前我收到一封从布拉格寄来的信,询问我能不能把最近的作品寄一篇去以便译成捷克文。原来我的一些短篇小说早已译成捷克文了。……"——俄文本注

关于翻译只能偶尔听到一点。

紧紧握您的手,向您友好地鞠躬。祝您健康,顺遂。

您的安·契诃夫

一九〇三年十二月十三日

于莫斯科

我这样迟才答复您的来信是因为直到昨天傍晚我才收到由《俄罗斯思想》转来的您的信。我的地址是彼得罗夫卡,柯罗文寓所,三十五号住宅。

八六八

致费·德·巴丘希科夫①

亲爱的费多尔·德米特利耶维奇,今天我从邮局收到自雅尔塔转来的您在一个星期以前打给我的电报。我就也通过邮局来答复您。

从八月起整个秋天我都在害病;咳嗽和肠失调一直折磨我,我不能工作,于是只好从我的生命篇章里勾掉今年的秋天,作为不必要的、多余的时间了。目前我住在莫斯科,我的健康状况比在雅尔塔好得无可比拟,然而,必须说明,我几乎完全不工作,因为必须常到艺术剧院的排演场上去。他们答应至迟在一月九日上演我的戏②;因此在一月十日以前我只好什么工作也不做,东游西逛,谈天说地,为一些琐事而过于激动。我心里是很想答应您,向您保证至迟二月一定寄给您一篇小说的。……

---

① 费·德·巴丘希科夫曾写信请求告诉他,契诃夫有没有为《世界》杂志1904年1月号或2月号提供一篇小说。——俄文本注
② 《樱桃园》。

新年期间您会到莫斯科来吗?

紧紧握您的手,祝您万事如意,身体健康,心情舒畅。

您的安·契诃夫
一九〇三年十二月二十一日
于莫斯科

一九〇四年

八六九

致费·阿·切尔温斯基①

十分尊敬的费多尔·阿历克塞耶维奇,要是我错了,要是我把您的父名写得不对②,那就请您原谅。要知道自从我们分别以后,已经过了很长很长的时间了。

下一个星期我要到《俄罗斯思想》编辑部去,我会向戈尔采夫打听为什么他们那么久没有答复您③。我会愉快地按您的愿望办理。我还记得,那时候我坚决主张您要多写。您写得太少,时间间隔太长,就像诗人拉迪任斯基④一样,而用单个的、寥寥无几的咖啡豆是难以煮出咖啡来的。

说不定一月间我要到彼得堡去,到那时候我们会见面。我这儿一点新闻也没有,一切都照旧。

紧紧握您的手,祝您万事如意。向您恭贺新禧。

您的安·契诃夫
一九〇四年一月三日
莫斯科,彼得罗夫卡
柯罗文寓所

---

① 费·阿·切尔温斯基(1864—1917),彼得堡律师,作家。
② 切尔温斯基的父名的确是阿历克塞耶维奇。
③ 费·阿·切尔温斯基在写给契诃夫的信上说,他的短篇小说《报纸》在《俄罗斯思想》的编辑部里存放有一年了。当时契诃夫参与这个杂志小说栏的编辑工作。——俄文本注
④ 符拉季米尔·尼古拉耶维奇·拉迪任斯基(1859—1933),俄国诗人,小说家。

八七〇

致伊·阿·布宁

您好,亲爱的伊凡·阿历克塞耶维奇,恭贺新禧!您的来信收到了,谢谢。在我们的莫斯科,一切都顺利而乏味,新的事情(除了新年以外)什么也没有,而且看不出以后会有;我的剧本①还没有上演,什么时候能上演也不得而知。很可能二月间我要到尼斯去,在尼·伊·尤拉索夫那儿住下,不久以前我收到他的一封信。请您代我问候可爱的、温暖的太阳和平静的海洋,希望您十分愉快地生活下去,得到安慰,不去顾虑疾病,常常给您的朋友们写信。代我问候谢尔盖·亚历山德罗维奇②、符拉季米尔·格利果利耶维奇③。您在尼斯吃些什么呢?梭鲈没有了,而鲶鱼对您来说未免难以消化,汤类难吃,馅饼油腻;禽类很难推荐,只有小鸡除外,也许还有鸽子。好,祝您健康,快活,幸福;不要忘掉您那些褐色皮肤、害消化不良症、心绪恶劣的北方同胞。吻您,拥抱您。

您的安·契诃夫
一九〇四年一月八日
于莫斯科

我们今天吃腌牛肉和火鸡。

---

① 《樱桃园》。
② 俄国剧作家谢·亚·奈焦诺夫(阿历克塞耶夫)。——俄文本注
③ 即符·格·瓦尔特,俄国医师,细菌学家。——俄文本注

八七一

致伊·列·列昂捷夫(谢格洛夫)

亲爱的让,我故意不庆贺您的命名日:我不愿意让您想起我们两个人都已经苍老,将近五十岁,每一个庄稼汉都会叫您"老大爷"了!

去年二月间,据我所知,如果我没有记错的话,我没有收到您的来信。要不然我就会回信了。

我的剧本昨天上演①,所以我的情绪不佳。我打算外出,大概二月以前我就动身到法国去,或者至少到克里米亚去。我本来打算工作,担任《俄罗斯思想》的编辑业务(专管无名作者的短篇小说,知名作者的作品由戈尔采夫阅读),可是,显然,这一点没有做到,或者至早要在秋天做到。我本来想坐下来写一个中篇,可是周围人来人往,很难工作。

寄到雅尔塔去的信最好挂号,寄到莫斯科的仍旧用平信吧。

我很久没有见到您了,不知道您怎么样,身体如何,在想些什么。好,愿上帝保佑您,祝您健康,顺遂,永远快活。紧紧握您的手。

您的安·契诃夫
一九〇四年一月十八日
于莫斯科

---

① 1904年1月17日莫斯科艺术剧院举行契诃夫的《樱桃园》的首场公演,当时契诃夫在场。——俄文本注

八七二

致费·德·巴丘希科夫

亲爱的费多尔·德米特利耶维奇,我向您担保,我的纪念日①(如果您说的是二十五周年纪念日的话)还没有到,而且一时也不会到。我是在一八七九年的下半年到莫斯科来上大学的;我的第一篇小东西,有十行到十五行,刊登在《蜻蜓》一八八〇年三月号或者四月号上;如果极其宽厚,认为这篇小东西就是开端,那么即使这样我的纪念日也得推迟到一九〇五年才能庆祝。

不管怎样,在一月十七日《樱桃园》首次公演那一天,大家那么盛大而热情地庆贺我②,并且实际上那么出人意料,弄得我直到现在都无论如何也回不过神来。

如果您在谢肉节来,那就好。依我看,我们的演员们也一直要到谢肉节才能回过神来,演《樱桃园》的时候不致像现在这样失魂落魄,这样黯然失色了。

我为您的祝贺致以最深厚的、发自内心的谢意。多谢您,无限感激您。

我的妻子为您的祝贺致谢,深深鞠躬。她现在工作很多,**分明**疲劳了。

紧紧握您的手,向您深深鞠躬,祝您健康,顺遂。

您的安·契诃夫
一九〇四年一月十九日
于莫斯科

---

① 指文学活动的纪念日。
② 1904年1月17日莫斯科艺术剧院首次演出契诃夫《樱桃园》一剧的时候,举行了对契诃夫的文学活动二十五周年的庆祝。——俄文本注

八七三

致符·留·基根-杰德洛夫

十分尊敬的符拉季米尔·留德维果维奇,我不在雅尔塔,而在莫斯科。我的住址是莫斯科,彼得罗夫卡,柯罗文寓所。比我更不称职而且依我看比我更没有用的顾问和帮手①,您是再也找不到了。您在信上对我提到的那种事,我简直是一窍不通的。我的作品的出售,而且是相当不顺利的出售,是由某一位谢尔盖延科经手的;除《田地》以外还有哪一个杂志附送增刊,我不知道,而且我同任何一个出版商或者编辑部都不熟悉。倘使您许可的话,我就把您的事去托付另一个人,犹如以前我把我的事托付别人一样。只是请您来信说明,除马克思以外必须找哪个出版商,并且请您尽可能准确地开出您的条件,也就是您暂时出售还是永久出售,大约索价多少,等等,等等。据说在今后的两年里马克思把谢德林的作品作为附刊。

现在我要提出一个问题:您何苦让您的作品去做别人的奴隶,重复那种使得我现在随时都要抓耳挠腮的错误呢?自己出版自己的作品岂不简单些吗?

法语的《决斗》我有一本,然而是远在九十年代出版的,显然译者不是 Chirol②。这篇小说远比萨哈林岛写得早。

为什么您在多夫斯克住这么久呢?那么,我等候您的进一步

---

① 1904年1月17日符·留·基根-杰德洛夫写信给契诃夫,请求契诃夫帮助他把他的作品售与某个出版商。——俄文本注
② 基根-杰德洛夫在写给契诃夫的信上说,他打算把法语的《决斗》译本寄给契诃夫,译者是 Chirol(法语:希罗尔),巴黎1902年版。——俄文本注

的盼咐,现在祝您万事如意。紧紧握您的手。

您的安·契诃夫
一九〇四年一月二十四日
于莫斯科

八七四

致尼·巴·孔达科夫①

十分尊敬的尼科季木·巴甫洛维奇:

您在写给我的信上提到的冷冰冰的淡漠(彼得堡观众对待《底层》)多半已经被艺术剧院忘记了;因为涅米罗维奇-丹钦科昨天动身到彼得堡去租赁剧院,为了演二十场戏,要不就是三十场。要是他能办成这件事,他们就要把《尤利乌斯·恺撒》和《樱桃园》带去。目前您就看这些戏吧,到明年就可以回到库科尔尼克②和波列沃依③的戏上去了。

我的健康状况和去年比较起来,是不错的;咳嗽减轻了,我觉得自己精神饱满,打算工作了,如果我没有工作,那只能怪罪我的房门,它放进多得不计其数的客人来。二月十日左右我多半要动身到可爱的雅尔塔去。我准备出国,然而没有去,一时也不会去,因为没有钱;再者今年夏天我要跟我的妻子一块儿到瑞典去,至少我自己有这样的想望,那么为了这趟旅行就得积攒钱财,养精

---

① 给孔达科夫的回信,孔达科夫在写给契诃夫的信上说:"据说,我们在此地,在彼得堡,不会看到您的戏(指《樱桃园》)了,因为您的剧院不可能原谅对高尔基的《底层》的冷冰冰的淡漠。"——俄文本注
② 涅斯托尔·瓦西里耶维奇·库科尔尼克(1809—1868),俄国剧作家、小说家。
③ 即俄国作家和新闻工作者尼·阿·波列沃依。

蓄力。

您在找一个庄园,而我在为自己找一个别墅,却无论如何也找不到。现在要找到一个庄园是困难的,购买庄园则更加困难,而在自己的庄园里生活就越发困难;依我看,最好还是到政府管理皇室地产的部门去租赁十俄亩地,为期九十九年,靠近河边或者在湖边的什么地方。

您在写给我的信上没有提到您的健康状况,也没有提到三月间您准备到哪儿去。还是到意大利去吗?

您写完短篇小说,就劳驾寄给我。为了写出一个合乎当代的精神或者趣味的剧本,那就得知道一个我遵命向您泄露的秘密:写剧本的时候必须眯缝着眼睛。

多承您寄给我信,我无限感激您,而且会很久很久地认为我自己欠着您的情。多谢您。我由衷地祝您精力充沛,身体健康。

您的安·契诃夫
一九〇四年一月二十六日
于莫斯科

八七五

致阿·尼·韦塞洛甫斯基①

十分尊敬的阿历克塞·尼古拉耶维奇:

今年整个冬天,在有利的条件下,我打算住在莫斯科,到那时候我完全听从您的支配。不管我担任协会的临时会长还是单纯地

---

① 阿·尼·韦塞洛甫斯基在写给契诃夫的信上说,俄罗斯语文爱好者协会在1904年1月24日的会议上,对契诃夫的健康状况不允许他现在到莫斯科来"进一步参加"协会的活动表示遗憾。——俄文本注

做一个会员,也不管您交给我什么样的职务,我一概会极力不辜负您的信任,尽量为协会效力①。

我不知道我该为一月十七日怎样向您道谢才好。这是一种我没有料到而且我不管怎么都受之有愧的荣誉。多谢您,我永远也不会忘记这件事。

祝您万事如意,我永远是诚恳地尊敬您而且忠实于您的人。

安·契诃夫

一九〇四年二月二日

于莫斯科

在大斋的第一个星期我要离开此地。

八七六

致丽·阿·阿维洛娃②

十分尊敬的丽季雅·阿历克塞耶芙娜,目前我没有(而且预料也不会有)一行文字能够提供您收进文集。大斋一开始我就动身到雅尔塔去,在那儿我会在稿纸里找一找,然而我不能给您什么希望,因为我未必会找到什么作品。

要是您不反对听一听我的意见,那我就要说:编一本文集是很慢很难的,会影响编者的情绪,而且销路特别不好。尤其是您预备编的这种集子,也就是随手拼凑而成的集子。请您看在上帝的分

---

① 1904年1月17日契诃夫当选为俄罗斯语文爱好者协会的临时会长。(参看第八七一和八七二封信的注)——俄文本注

② 给丽·阿·阿维洛娃的回信,阿维洛娃写信给契诃夫,谈了她打算编辑出版具有慈善性质的文集的计划。——俄文本注

上原谅我这些唐突的话,可是这些话我愿意再说五遍,十遍,一百遍;要是我能够阻止您做这件事,我就会由衷地高兴。要知道,您有为这个集子工作的工夫,尽可以用别的方法募集好几千卢布,不是逐步地、一点儿一点儿地凑齐,而是就在目前,在这段情绪高昂的时期,趁捐助的热情还没有降温就凑齐。要是您无论如何一定要出版一个集子,那么您就出版一本售价在二十五戈比到四十戈比之间的不大的集子,汇集优秀的作家(莎士比亚、托尔斯泰、普希金、莱蒙托夫等)关于伤兵,关于对伤兵的同情和救助等凡是在这些作家的著作里能够找到的恰当的名言。这既有趣味,又可以不出两三个月就出版一本书,很快地销完。

原谅我出的这个主意,请您不要生气。

顺便说一句,目前,像这样的集子已经出版和正在出版的已经不下十五本。

您没有提起您的健康状况,可见您的健康状况是好的,而这正是我由衷地祝愿的。

祝您健康。祝您万事万事如意。

忠实的安·契诃夫
一九○四年二月七日
于莫斯科

八七七

致丽·阿·阿维洛娃

十分尊敬的丽季雅·阿历克塞耶芙娜,明天我要动身到雅尔塔去。要是您想起给我写信,我将会十分感激您。

倘使您不出版集子①,倘使已经这样决定了,那我很高兴。编辑和出版集子是劳神的、辛苦的,可是收入通常不佳,常常亏本。依我的看法,最好是在杂志上发表一篇您自己的短篇小说,然后把稿费捐给红十字会就行了。

请原谅,我冻坏了,我刚从察里津回来(我坐的是马车,因为火车不通,那边发生了出轨的事),我的手不好写字,而且我还得收拾行李。祝您万事如意,主要的是祝您快活,不要把生活看得这么奥妙费解;实际上生活大概要简单得多。再说,我们所不理解的生活配得上种种使得俄罗斯人的脑筋疲劳不堪的、恼人的思想吗,这还是问题。

紧紧握您的手,为您的来信致以衷心的谢意。祝您健康,顺遂。

忠实的安·契诃夫
一九〇四年二月十四日
于莫斯科

八七八

致奥·列·克尼碧尔

我的好妻子,你不相信我这个医师,可是我仍旧要对你说,柯尔萨科夫②非常容易悲观③,他总是推测最可怕的结局。从前我这儿有一个生病的姑娘,我给她治了两三个月的病,约柯尔萨科夫

---

① 参看第八七六封信。——俄文本注
② 俄国儿科医师,教授。
③ 指柯尔萨科夫教授对奥·列·克尼碧尔的侄子列夫·康斯坦丁诺维奇·克尼碧尔的诊断。——俄文本注

来会诊过,他断定她会死掉,殊不知她至今还活着,早已嫁人了。如果得了椎骨结核,那么,这离着脑子和脊髓还远。只是不应当带着这个男孩外出做客,不应当允许他蹦跳过多。我仍旧要问:为什么选中了叶夫帕托里亚①呢?

我在雅尔塔居住的这段时间里,也就是从二月十七日起,太阳一次也没有露过面。潮湿得厉害,天空灰蒙蒙,我一直待在房间里。

我的行李来了,可是呈现出一种令人沮丧的样子。第一,事实上它们比我所料想的要少;第二,两口木箱子在路上摔裂了。我生活得有点烦闷,索然无味,周围的人乏味得令人恼火,对什么事都不感兴趣,对一切都无动于衷。

你可知道,《樱桃园》在各城市里都演过三四场,获得了成功。刚才我读过顿河畔罗斯托夫城的消息②,那儿上演第三场了。啊,但愿穆拉托娃不在莫斯科,列昂尼多夫不在那里,阿尔捷木不在那里才好!要知道,阿尔捷木表演精彩,我是无话可说的。

你写道,你没有收到我的信,其实我天天给你写信,只有昨天没写。没有什么事可写,然而我仍旧写。小狗希纳普住惯了,已经伸长了后腿,在我的书房里躺下,它在我母亲的房间里过夜,在院子里同别的狗玩耍,因此身上总是很脏。

你的叔叔舅舅很多,你屡次陪他们出去玩,小心,不要感冒才好。至少在第四个星期你们不演戏的时候你得待在家里。

关于夏天你想出什么法子没有?我们在哪儿住呢?很想离莫

---

① 乌克兰克里米亚城市,濒临黑海。
② 大概指 1904 年 2 月 24 日《亚速海滨地区》报上的一段通讯,这段通讯说"经观众再三要求,《樱桃园》将第三次公演(而且是最后一次)。这出戏于 2 月 21 日和 22 日在罗斯托夫剧院的舞台上曾获得艺术上的巨大成功"。——俄文本注

斯科不远,离火车站不远,为的是不必坐马车,为的是躲开那些恩人和崇拜者。你考虑一下别墅的事吧,亲爱的,考虑一下吧,也许会想出什么法子来的。要知道你是个耳聪目明、通情达理、办事可靠的人,然而这要在你不生气的时候。我常常极其愉快地回想我和你那次一块儿到察里津去,后来又回来的旅行。

好,愿上帝保佑你,亲爱的,善良而又招人喜欢的狗。我思念你,我已经不能不思念了,因为我跟你处得熟了。吻我的妻子,拥抱你。

你的安

一九〇四年二月二十七日

于雅尔塔

八七九

致玛·彼·阿历克塞耶娃(莉莉娜)

亲爱的玛丽雅·彼得罗芙娜,"别了,房子!别了,旧的生活!"①您念得恰如其分。多谢您的可爱的、很可爱的、精彩的信,愿上帝赐给您更多的健康和安宁。到春天,五月上旬,以至更早一些,我会到莫斯科去。

紧紧握您的两只手,吻它们;祝您活下去并且健康,请您不要忘记忠实于您而且十分感激您的

安·契诃夫

一九〇四年二月

于雅尔塔

---

① 玛·彼·莉莉娜扮演的《樱桃园》中安尼雅的对白。——俄文本注

八八〇

致奥·列·克尼碧尔

我亲爱的、出色的妻子,我活着,健壮得像一头牛,而且心情舒畅,只有一件事目前我还不能习惯,那就是我的修士般的生活状况。

有一件事要托你,我的心上人。就像我常对你说的一样,我是个医师,我是女子医学高等女校的朋友。当初《樱桃园》登出广告的时候,这个高等女校的学生们就把我看作医师,向我提出要求,问我是不是能为她们的辅助团体单独演一场;她们穷得很,大批的人因为缴不起学费而退学,等等,等等。我答应同经理处①谈一谈,后来就谈了,而且得到了诺言。……涅米罗维奇在临行之前对我说明目前去彼得堡安排一次演出是不大切合实际的,现在有战事,可能戏票会完全卖不出去;他问道:为那些学医的女生举行一次文艺早会以便筹募基金,岂不更好一些?我同意他的意见,最后他应许举办一次文艺早会,只是要求在彼得堡对他提一提这件事。那么,我的亲人,你现在和到了彼得堡都提醒他一下吧,总之你要坚持这个早会非举办不可。在彼得堡会有医学高等女校的人来找你,你就接待她们,出一出主意,对她们尽量亲切些,告诉她们怎样和在什么地方才能找到涅米罗维奇。

马克思的地图册收到了。我在等你信上提到的那双皮靴。我想到施特劳赫,不知道他为什么会死掉。愿他升入天堂,他是个极好的人。

---

① 指莫斯科艺术剧院的经理处。

我们会打败日本人。萨沙舅舅回来了,做了上校,卡尔舅舅戴上了新的勋章。

秋天我要开始造浴室。不过,这都是梦想,梦想!

列瓦①的体温如何?为什么你在信上没提?心上人,我的小马,祝你健康、快活、幸福。我担心客人们会来。这儿的人乏味得很,引不起人的兴趣;跟他们没有什么话可谈,而听他们讲话呢,你的眼睛就会变得呆板无神。

好,愿上帝保佑你。

你的安
一九〇四年三月三日
于雅尔塔

八八一

致奥·列·克尼碧尔

我亲爱的小朱顶雀,你生我的气,发牢骚,可是,说真的,我没有什么过错。我同玛霞似乎根本没有谈起过察里津②,关于这件事我一点也不知道;我同你在信上提起的马尔狄诺夫③见过面,可是只有冬天他才在察里津住,关于夏天的情形他是凭传闻来下断语的,再者总的说来不知什么缘故我不喜欢他,他显得有点令人乏味。我记得十年到十二年前《俄罗斯新闻》的西左夫要把这个别墅卖给我。总的说来,我认为这个别墅问题主要得由你来决定,而

---

① 克尼碧尔的侄子列夫的小名。
② 契诃夫打算在察里津找一个别墅,因为医师劝他冬天住在莫斯科附近。——俄文本注
③ 即尼古拉·阿韦尼罗维奇·马尔狄诺夫,俄国画家。

不是由我。要知道在这种事情上我是个糊涂人。

为什么我的剧本①在海报上和报纸的广告上都被固执地叫作正剧？涅米罗维奇和阿历克塞耶夫在我的剧本里所看到的跟我所写的完全不一样,我准备打任何赌:我的剧本他们两个人一次也没认真地读过。请你原谅我说这话,可是请你相信的确如此。我所指的不单是第二幕的那么可怕的布景,也不单是指哈留青娜一个人,后来由阿杜尔斯卡雅②替换了她,可是仍旧照那样做,却根本没有照我所写的去做。

天气暖和,不过在背阴的地方却觉得冷,傍晚也冷。我常懒洋洋地散步,因为不知什么缘故我喘不过气来。这儿,在雅尔塔,有个过路的糟糕戏班子要演《樱桃园》。

我在等着跟你见面的时候,却总也等不到,亲爱的。我没有你而生活着,得过且过;日子在过去,谢天谢地,既没有思想,也没有欲望,光是拿出纸牌来摆牌阵,从这个墙角走到那个墙角。我已经很久没有到浴室去了,似乎有六年了。我在读所有的报纸,连《政府通报》也读,因此皮肤变成褐色了。

来信告诉我你在彼得堡待到什么时候,劳驾。不要忘记我,有的时候也要想到从前跟你一块儿举行过婚礼的人。吻我的心上人。

你的马大哈
一九〇四年四月十日
于雅尔塔

---

① 《樱桃园》。
② 《樱桃园》中杜尼亚霞一角的扮演者。——俄文本注

八八二

致亚·瓦·阿木菲捷阿特罗夫

亲爱的亚历山大·瓦连契诺维奇,为您的可爱的信,为我极愉快地读过(我不打算隐瞒)两次的那两篇评论①,我向您叩头。从您的这两篇评论里不住地向我吹送来一些很久以前的然而已经被忘却的东西,好像您是我的亲属或者同乡似的,于是《闹钟》的纪念画②在我的记忆里生动地浮现,在那幅画里我、您、耳朵凑着电话的听筒的巴塞克③站在库烈平和基切耶夫④身旁,而这个纪念日好像发生在一百年前或者二百年前似的……顺便说一句,这一期纪念专号存放在我的档案室里,等您到雅尔塔来,我就把它找出来拿给您看。

您到达雅尔塔的时候,请务必在当天傍晚打电话通知我,赐给我这种快乐。我,再说一遍,非常非常想跟您见面,请您记住这一点;不过,要是您在五月一日以后离开彼得堡,要是您在莫斯科停留一两天,那么我们就约定在莫斯科的一家饭馆里见面。

现在我写得少,读得多。我连《俄国报》也读,我订了这个报

---

① 指1904年3月27日阿木菲捷阿特罗夫以署名 О. Л. 发表在《俄国报》上的小品文《莫斯科艺术剧院》,以及同年4月3日和4日他发表在同一家报纸上的论文《樱桃园》。——俄文本注
② 这张纪念画的标题是《〈闹钟〉的编辑日》,发表在《闹钟》杂志1885年第126号上。——俄文本注
③ 即叶甫根尼·维亚切斯拉沃维奇·巴塞克,俄国律师,新闻工作者,《闹钟》杂志的撰稿人。——俄文本注
④ 即尼古拉·彼得罗维奇·基切耶夫,俄国新闻工作者,翻译家,《闹钟》杂志的主编。——俄文本注

纸。今天我读了知识出版社出版的《丛刊》①,那上面有高尔基的作品《人》,这使我强烈地联想到一个年轻的教士的布道,这种教士没留胡子,用男低音说话,"O"音念得重②。我还读了布宁的精彩的短篇小说《黑土》,这确实是一个出色的短篇,有些地方简直惊人,我特意向您推荐这个作品。

如果我身体健康,那么七月或者八月间我就动身到远东去,不是以新闻记者的身份,而是以医师的身份。我觉得医师见到的会比新闻记者见到的多。

昨天我收到一封从符拉迪沃斯托克③寄来的信,那是一个乐观愉快的青年人,一个作家写来的;他高高兴兴地到符拉迪沃斯托克去了,可是在那儿突然感到了绝望。

由衷地向您致意,向伊拉丽雅·符拉季米罗芙娜深深鞠躬。再一次多谢您。紧紧握您的手。

您的安·契诃夫
一九〇四年四月十三日
于雅尔塔

八八三

致包·亚·拉扎烈甫斯基④

亲爱的包利斯·亚历山德罗维奇,昨天您的忧郁的长信寄到

---

① 知识出版社《丛刊》第 1 册,圣彼得堡 1904 年版。
② 俄国下诺夫哥罗德城人的土音。
③ 即海参崴。
④ 契诃夫给包·亚·拉扎烈甫斯基的回信,拉扎烈甫斯基当时被派到西伯利亚东部的符拉迪沃斯托克,担任法院的侦查官。——俄文本注

我这儿,我读过一遍,满心地同情您。现在,必须认为,您不需要同情,因为春天来了,天气暖和,出色的海湾已经没有冰了。当初我到符拉迪沃斯托克的时候,天气美妙,尽管是十月间也很暖和,海湾上有真正的鲸鱼浮游,摆动着大尾巴,总之我的印象是美好的,这也许是因为我当时正在返回祖国。等到战事①结束(它很快就会结束),您就开始到附近地区去走一走;您不妨到哈巴罗夫斯克、阿穆尔河②、萨哈林岛,到滨海地带去,您会见到许许多多以前没有见过的新事物,以后就至死都不会忘记它们;您会历尽艰辛,也会流连忘返,因而就不会觉察到这可怕的三年是怎样过去的。在符拉迪沃斯托克生活并不乏味,是西欧方式的,至少在和平时期是这样;我觉得您的妻子如果在战后到您那边去,那就不是做了一件错事。倘使您是个猎人,那么当地的人关于狩猎和老虎有多少话可谈啊!而且那儿的鱼多么好吃!海滩上满是牡蛎,又大又鲜美。今年七月间或者八月间,要是我的健康状况允许的话,我就以医师的身份到远东去。说不定我会在符拉迪沃斯托克停留一下。我不久就到莫斯科去;不过以后请您仍旧把信寄到雅尔塔来,无论我在什么地方,信都会从那儿及时转到我的手里。

紧紧握您的手,祝您身体健康,心情舒畅。您写道在符拉迪沃斯托克没有书可读。那么图书馆呢?杂志呢?

如果发生炮轰或者诸如此类的事,那就请您描写一下,寄来,要么交杂志发表,要么交《俄罗斯思想》发表,这要看篇幅大小而定。

您的安·契诃夫
一九〇四年四月十三日
于雅尔塔

---

① 指日俄战争。
② 即黑龙江。

八八四

致奥·列·克尼碧尔

我的心上人,妻子,我在给你写最后一封信,然后,如果有必要的话,我就打电报了。昨天我身体不好,今天也是这样,不过今天我仍旧觉得轻松一点,除了鸡蛋和菜汤以外什么也没吃。外面在下雨,天气很坏,寒冷。尽管我有病,尽管天下雨,今天我还是坐车到牙科医师那儿去了。

西伯利亚第二十二步兵团参加了战役①,可是要知道,萨沙舅舅就在这个团里!我心里老是想着他。人家写道,有九个连长战死和负伤,而萨沙舅舅正巧是连长。不过,上帝慈悲,你的极可爱的舅舅萨沙会安然无恙的。我想象得到他多么疲劳,多么愤怒!

昨天叶甫契希·卡尔波夫,苏沃林剧院的导演,到我这儿来了,他是个平庸的剧作家,然而自命不凡到了极点。这些人已经衰老,我跟他们相处总感到乏味,他们虚情假意的亲热使人厌烦到头昏脑涨的地步。

我早上到达莫斯科,快车已经开始通车了。啊,我的被子!啊,牛肉饼!小狗,小狗,我真是想你啊!

拥抱你,吻你。你得规规矩矩。不过,要是你不再爱我,对我心冷了,那你就直说,不要不好意思。

关于察里津的别墅之事我已经在信上给你讲过了。关于我收到的索包列甫斯基的涉及别墅的信,也已经说过。好,愿基督保佑

---

① 指日俄战争中4月18日在丘列恩切附近的战役。——俄文本注

你，亲爱的。

> 你的安
> 一九〇四年四月二十二日
> 于雅尔塔

八八五

致玛·巴·契诃娃

亲爱的玛霞，我仍旧躺在床上，一次也没有穿上衣服，一次也没有出过门，一直处在你走的时候的那种局面里。前天我无缘无故得了胸膜炎，现在平安无事了。不管怎样，我们已经买好六月二日的车票，就要动身到柏林去，然后到黑林山①去。我的呼吸好一点，气喘缓解了。我对我的医师②是满意的。现在我不再泻肚了，这样的舒服事我几乎有二十五年没有经历了。塔乌别完全否定保温水敷布，认为这是有害的。我的侧面放着一块酒精敷布（把一块布浸透酒精，攥紧，像水敷布那样放在患处，贴上胶布，等等）。

昨天万尼亚来了。他要到雅尔塔去，可是究竟什么时候去，却弄不明白。他总是千方百计弄得人家猜不透他的心思。

你管一管卫生间的坑吧，劳驾。你吩咐人把水抽干净（用来浇果树），然后用钢条和水泥做个盖子。你跟巴巴卡依③谈一谈。而且要对阿尔塞尼说，要他离那个坑远一点儿，免得跌下去。

---

① 位于德国西南端，莱茵河上游右岸。多矿泉和疗养地。多瑙河的发源地。
② 即下文提到的尤里·罗曼诺维奇·塔乌别，莫斯科内科医师。1904年春天在莫斯科给契诃夫看病。——俄文本注
③ 即巴巴卡依·奥西波维奇·卡尔法，俄国承包人，曾参加契诃夫在雅尔塔的别墅的建造。

昨天戈尔采夫来了,带着几分酒意。他说他十分劳累,疲乏了,想出去休息休息,等等。他完全不是一个新的人物了。

我会把国外的地址寄给你。

问候妈妈,祝你健康。过两三天我再给你写信。吻你。

你的安

一九〇四年五月二十二日

于莫斯科

八八六

致包·亚·萨多甫斯基①

十分尊敬的包利斯·亚历山德罗维奇:

您的诗②奉还。我个人认为这首诗在形式上是完美的,可是话说回来,诗不是我的本行:在这方面我懂得很少。

讲到内容,那么它没有使人感到有说服力。例如,您的麻风病人说:

我穿着讲究的衣服站在那儿,

不敢往窗子外面看。

这就不易理解:这个麻风病人有什么必要穿讲究的衣服,而且为什么他不敢看?

总的说来,您的主人公的举动常常缺乏逻辑,然而在艺术里如同在生活里一样,任何偶然的事情都是没有的。

---
① 包·亚·萨多甫斯基(1881—1938),俄国诗人。——俄文本注
② 《麻风病人》。——俄文本注

祝您万事如意。

安·契诃夫
一九〇四年五月二十八日
于莫斯科

八八七

致康·彼·皮亚特尼茨基①

十分尊敬的康斯坦丁·彼得罗维奇：

您的来信对于我完全是意外的。为什么您不早一点儿，至少在一两个月以前写信给我呢？那样我就会把这个剧本的校样留在我这儿，不到明年一月或者更晚一点儿不寄回去；可是照现在这样，在我生病的这段时间里，我的脑子里根本没有想到过马克思可能现在出版这个剧本，我读完校样，寄给他的时候，简直一点儿也没有想到。这可怎么办呢？不过今天我会给马克思写信，我认为他会照我的请求办理的。

我觉得马克思出版《樱桃园》不会使您遭到任何损失。他是专为剧院出版的，再者，"知识"社拥有范围广大的读者和崇拜者，因此对它来说任何竞争都是不可思议的。

四千五百卢布②我收到了，我向您致以衷心的谢意。我仍旧躺在床上，处在一个真正的病人的局面里。六月三日我动身到黑

---

① 契诃夫给康·彼·皮亚特尼茨基的回信。皮亚特尼茨基在写给契诃夫的信上说，知识出版社的《丛刊》第2册即将出版和发售，里面刊登了契诃夫的剧本《樱桃园》，他要求契诃夫不要准许马克思在年底以前出版这个剧本。——俄文本注

② 知识出版社付给契诃夫的《樱桃园》的稿费。

林山去。我的地址是德国, Badenweiler, post. rest.①。

祝您万事如意,如果您见到阿历克塞·马克西莫维奇②的话,请您代我问候他。祝您健康,顺遂。

安·契诃夫
一九〇四年五月三十一日
于莫斯科

八八八

致阿·费·马克思

十分尊敬的阿道夫·费多罗维奇:

遵照医嘱,我要在六月三日动身出国,我的地址如下:德国,Badenweiler, post. rest. 八月间或者更早一些,我就会回家,到俄国来了。

《樱桃园》的校样经我签过字,寄给您了。我已经把校样寄给您,现在恳切地请求您在我没有把它完工以前不要让我这个剧本问世,我打算再补充人物的性格描写。而且我同书商"知识"社约定不到一定的期限不出版这个剧本。

祝您万事如意。

诚恳地尊敬您和忠实于您的

安·契诃夫
一九〇四年五月三十一日
于莫斯科

---

① 德语:巴登魏勒,留局待领信件。
② 高尔基。——俄文本注

八八九

致列·伊·留比莫夫①

十分尊敬的列昂尼德·伊凡诺维奇：

我病了，从五月二日起就躺在床上，而且明天出国就医，不过我仍旧来得及为您的儿子亚历山大·列昂尼多维奇出一点力。今天我已经托一位先生，让他跟校长谈一谈，明天我要同另一位先生谈一下。

我在七月间或者八月初回来，到那个时候我就会想尽一切办法促使我满腔同情的您的愿望得以实现。

请您允许我为您这封和善而精彩的信向您道谢，并且祝愿您和您的家人万事如意。

诚恳地尊敬您和忠实于您的

安·契诃夫

一九〇四年六月二日

于莫斯科

---

① 莫斯科助祭，市立学校教师。这是契诃夫给列·伊·留比莫夫的回信。留比莫夫在写给契诃夫的信上要求他出力把他的儿子，一个学医的大学生亚历山大·列昂尼多维奇·留比莫夫从尤利耶甫斯基大学转到莫斯科大学。——俄文本注

八九〇

致彼·伊·库尔金

亲爱的彼得·伊凡诺维奇,我把我的地址告诉您:

德国,Badenweiler,Herrn Anton Tschechow,Villa Friederike①。

我的腿已经完全不痛了,我睡得好,吃得多,只是仍旧气喘,这是由于肺气肿和五月间我在莫斯科时候的猛然消瘦造成的。我的健康不是按佐洛特尼克,而是按普特在增长②。Badenweiler 是个好地方,气候暖和,生活方便,开销低廉,不过,大概不出三天我就会开始考虑为了摆脱烦闷无聊的心情而动身到某个地方去。

请您来信,我亲爱的,写得长一点,我求求您。祝您健康,顺遂。

您的安·契诃夫

一九〇四年六月十二日

于巴登魏勒

八九一

致瓦·米·索包列甫斯基

亲爱的瓦西里·米哈依洛维奇,多谢您的《俄罗斯新闻》,我

---

① 德语:巴登魏勒,弗里德里克别墅,安东·契诃夫先生。契诃夫在 1904 年 6 月 10 日到达该地。——俄文本注
② 意谓"不是一点一滴地增长,而是突飞猛进";佐洛特尼克是旧俄重量单位,等于 1/96 俄磅,约合 4.26 克。

从到达此地的第一天起就收到这份报纸,它对我所起的作用犹如使人温暖的太阳;我每天早晨带着极大的乐趣读它。我更要向您多多道谢,向您深深鞠躬的是我认识了格·包·姚洛斯①。这是一个出色的人,极其有趣,待人亲热,无比殷勤。我在柏林住了三天,一连三天都感到姚洛斯对我的关切。可惜当时我的腿还完全不能活动,特别是最初的几天我感到身体不适,没法把我自己交给他全权处置哪怕两个小时。要不然他会带我去看柏林的许多好东西。据我所知,他对自己的看法颇为谦虚,并不确切地知道他的柏林来信在我们莫斯科,以至在俄罗斯,享有多么大的成功。

我的身体在复原,正在按普特,而不是按佐洛特尼克增长。我的腿早就不痛了,仿佛根本没有痛过似的,我吃得多,胃口好,剩下的只有由肺气肿造成的气喘和由消瘦而来的衰弱,这种消瘦是在我发病期间发生的。在此地给我看病的是一个好医师,聪明而内行。他是医师 Schwöhrer②,娶了我们莫斯科的席瓦果。

Badenweiler 是一个别致的疗养地,可是在哪方面别致,我还说不清楚。大量的树木,山的印象,很暖和的天气,孤零零地立在树木当中的那些小房子和旅馆。我住在一个不大的、孤零零的公寓里,阳光充足(直到傍晚七点钟为止),有极其出色的园子,我们两个人每天付十六个马克(房间、午饭、晚饭、咖啡)。伙食认真,甚至很认真。可是我觉得:总的说来这是多么乏味啊!今天正巧从凌晨起就下雨,我待在房间里听着房顶上下狂风呼啸。

德国人要么失去了美感,要么根本就没有过:德国女人的装束不是缺乏美感,而简直是难看,男人也这样,整个柏林没有一个容貌美丽而不被服装弄得很丑陋的女人。不过,在经营管理方面他

---

① 格利果利·包利索维奇·姚洛斯,俄国政论家,《俄罗斯新闻》驻柏林特派记者,他的通讯稿的总标题是《柏林来信》。——俄文本注
② 德语:施韦雷尔。在巴登魏勒为契诃夫治病的医师。

们却了不起，达到了我们所达不到的高度。

我的唠叨已经惹得您厌烦了吧？不过，请您允许我为报纸，为姚洛斯，为您在莫斯科的来访（这适逢其会，而且使我极其愉快），再一次向您热烈地致谢。您对我的态度我永远也忘不了。祝您健康，顺遂，愿上帝赐给您暖和的夏天。顺便说一句，柏林很冷。热烈地拥抱您，握您的手。

您的安·契诃夫
一九〇四年六月十二日
于德国，Badenweiler

八九二

致玛·巴·契诃娃

亲爱的玛霞，今天我收到你的头一封信，那是一张明信片，多谢。我生活在德国人中间，已经习惯了我的房间，习惯了饮食起居，然而对德国的肃静和安宁却无论如何也不能习惯。屋里屋外毫无动静，只有早晨七点钟和中午公园里才奏乐，这真是珍贵的音乐，然而很平庸。其中连一丁点儿的才能也感觉不到，一丁点儿的味道也没有，然而另一方面，秩序和诚实却遍地都是。我们俄国的生活有才能得多，至于意大利的或者法国的生活就更不用说了。

我的健康状况在复原，我走路的时候已经不觉得自己有病，我管自走来走去，气喘有所缓解，身上也一点都不痛了，剩下的只有病后的急剧消瘦；我的腿很细，而这是以前所从来也没有过的。这些德国医师把我的整个生活翻了个底朝天。早晨七点钟我在床上喝茶，不知什么缘故非在床上不可，七点半钟一个类似按摩师的德国人来了，他把我周身上下用水擦洗一遍，这结果倒不坏，然后我就得略微躺一会儿,起床,到八点钟喝橡实做的可可茶,同时吃下大量的黄油。十点钟我吃碎燕麦粥,异常可口,气味芬芳,同我们俄国的不一样。然后是呼吸新鲜空气,晒太阳。读报纸。午后一点钟吃午饭,然而我不是什么菜都吃,而只吃那些由奥尔迦按医生的吩咐为我挑选出来的菜。到四点钟又喝可可茶。七点钟吃晚饭。临睡以前喝一杯草莓茶,这是为了安眠。所有这些花样,含有很多骗人的因素,不过也有很多确实有益的好处,例如燕麦粥就是。日后我会带一点燕麦回去。

奥尔迦刚才到瑞士去了,到巴塞尔①去治她的牙。她傍晚五点钟回来。

我非常想到意大利去。万尼亚在我们家里,我很高兴,问候他。也问候妈妈。女子中学的情形怎么样?瓦尔〔瓦拉〕·康斯〔坦丁诺芙娜〕没有走吧?包罗杜林活着吗?把我的地址告诉索菲雅·巴甫洛芙娜,让她来信谈一谈包罗杜林吧。

你们一切都顺利,我很高兴。我在此地大概还要住三个星期,然后到意大利去稍住一阵,以后也许从海上回到雅尔塔去。

多多来信。叫万尼亚也写信来。祝你健康、顺遂,吻你。

你的安
一九〇四年六月十六日
于巴登魏勒

我的地址:德国,Badenweiler,HerrnAnton Tshechow。
别的都不必写。

---

① 瑞士北部巴塞尔城市半州首府,位于莱茵河畔。

八九三

致康·彼·皮亚特尼茨基[①]

十分尊敬的康斯坦丁·彼得罗维奇:

我从五月二日起病得很重,一直躺在床上;就我现在了解的来说,我没有想到这恰恰是我应该考虑的事情,因此在整个这件不愉快的事里,不管我愿意还是不愿意,我必须承担大部分的责任。我为了弥补损失也许只能退还四千五百卢布[②],七月底我回到俄国以后您会收到我寄去的这笔款子,而且我要承担这本书由于销售不佳而可能遭到的损失。我是这样决定的,而且恳求您同意这个办法。

这件事在法律上只能这样解决:您把我告到法院去(我完全同意您这样做,相信这一点也不会改变我们的良好关系);那时候我就约请格鲁森贝格担任我的律师,他就用我的名义同马克思进行交涉,要求他弥补您所遭到的和我要负责的损失。

总之,要么按和平的方式由我付给您四千五百卢布和损失,要么把这件事按法律方式解决。我当然赞成第二个办法。不论我目前给马克思写什么样的信,都一概无济于事。我要断绝同他的任

[①] 契诃夫给康·彼·皮亚特尼茨基的回信,皮亚特尼茨基在写给契诃夫的信上说,马克思正在为《樱桃园》出版单行本,售价四十个戈比,并且将和知识出版社的《知识》丛刊第2册(该册刊登《樱桃园》)同时出版,因而阻碍丛刊的销售,使知识出版社遭到重大损失。皮亚特尼茨基同俄国律师格鲁森贝格商议后写道:"马克思没有任何权利支配这个剧本,将它出版,刊登广告,等等。这是抢劫,不是别的。必须从莫斯科发出明确的抗议。不应当要求他,而应当勒令他。"——俄文本注

[②] 知识出版社已经付给契诃夫的《樱桃园》稿费。

何来往，因为我认为自己受到了颇为卑鄙和愚蠢的欺骗，再者目前不管我给他写什么样的信，对于他是一概毫无意义的。

请您原谅我给您的平静的出版生活增添了这样的烦扰。有什么办法呢，我的剧本总是出问题，不知什么缘故我的每一个剧本问世都要闹一场笑话，我从我的剧本上面从来也没有体验过通常作者体验到的心情，却总是体验到一种相当古怪的心情。

不管怎样，您不要太激动，不要生气；我所处的局面比您更坏。我的地址：

德国，Badenweiler，Herrn Anton Tshechow.

我身体不好。紧紧握您的手。诚恳地尊敬您的

安·契诃夫

一九〇四年六月十九日

于巴登魏勒

八九四

致格·伊·罗索里莫

亲爱的格利果利·伊凡诺维奇，我要对您提出一个请求。有一天傍晚您对我讲起您跟列·列·托尔斯泰一块儿做过一次途经阿索斯①的旅行，您是从马赛到敖德萨吧？坐的是奥地利的"劳埃德"号轮船吗？如果是这样，那就请您看在造物主的分儿上赶紧拿起笔来给我写一封信，说明这条轮船哪一天，几点钟从马赛开出，要几天才开到敖德萨，白天或者晚上的几点钟到达敖德萨，在船上能不能享受到舒适的条件，例如我和我的妻子单住一个舱房，

---

① 希腊的一个半岛，位于爱琴海上。

伙食好,环境干净……总之您自己是否满意。主要的是我需要安静和气喘病人所需要的一切。我恳求您,写信来吧!请您也写上船票的价钱。

这些天来我的体温一直升高,不过今天平安无事,我觉得身体健康了,特别是在我不走路的时候,也就是不感到气喘的时候。我气喘得厉害,简直要喊救命,有的时候甚至灰心丧气了。我一共失去体重十五俄磅。

此地热得叫人受不了,简直要喊救命,可是我没有单薄的衣服,仿佛是到瑞典去似的。据说到处都很热,至少在南方是如此。

那么,我极为焦急地等候您的回信。请您,好朋友,原谅我的打搅,不要生气,也许日后我也能照样报答您,我用这个想法来安慰自己……这个德国的疗养地巴登魏勒是个多么要命的乏味地方啊!

紧紧握您的手,向您的妻子深深鞠躬,问候。祝您健康,幸福。

您的安·契诃夫
一九〇四年六月二十八日
于巴登魏勒

八九五

致玛·巴·契诃娃[①]

亲爱的玛霞,此地酷暑开始了,弄得我措手不及,因为我随身带来的都是冬天的衣服,我喘得上气不接下气,巴望着离开此地。

[①] 契诃夫的最后一封信。——俄文本注

可是到哪儿去呢？我打算到意大利的科莫①去，可是那边的人都热得跑掉了。欧洲的南部到处都热。我打算从的里雅斯特②坐轮船到敖德萨，可是不知道现在，六月和七月间，这样做行不行。柔尔日克能打听一下那边有什么轮船吗？那些轮船坐起来舒服吗？每次停靠的时间拖得长吗？伙食好吗？等等，等等。对我来说，只要轮船好而不是坏，这就成了无可代替的闲游。柔尔日克倘使给我打一个**由我付钱**的电报，他就帮了我很大的忙。电报上应该这样写："Badenweiler Tshechow. Bien. 16. Vendredi."Bien 的意思是轮船好，16 是旅程的日子，Vendredi 是从的里雅斯特开出的日期。当然，这只是我所拟的电报格式，如果轮船是在星期四开出，那就不应当写 Vendredi 了。

要是热一点，那也没有关系：我有法兰绒的衣服。至于坐火车沿铁路回去，老实说，我是害怕的。现在坐火车，闷得透不过气来，特别是因为我的气喘病只要有一星半点的问题就会加重。此外，从维也纳到敖德萨没有卧车，一路上颇不安宁。再者，坐火车回家也太快，我还没玩够呢。

天气极热，恨不得脱光衣服才好。我不知道该怎么办了。奥尔迦到弗赖堡③去为我定做法兰绒的衣服了，在巴登魏勒当地既没有裁缝，也没有鞋匠。她把久沙尔做的我那身衣服带去做样子了。

伙食很合口味，可是我吃不多，我的胃常常失调。当地的黄油我吃不进。显然，我的胃已经坏到无可救药的地步，恐怕没有法子可治，除非持斋，也就是什么东西都不吃，算了。而治气喘的唯一方法就是一动也不动。

---

① 意大利北部城市。
② 意大利港口，濒亚得里亚海。
③ 德国西南部的一个城市。

装束雅致的德国女人一个也没有,这儿完全缺乏美感,弄得人心里苦闷。

好,祝你健康、快活,问候妈妈、万尼亚、柔尔日、老太太以及其他所有的人。常常来信。吻你,握你的手。

你的安
一九〇四年六月二十八日
于巴登魏勒